LENA JOHANNSON

Die Villa an der Elbchaussee

AF216766

atb aufbau taschenbuch

LENA JOHANNSON

Die Villa an der
Elbchaussee

Die Geschichte einer
Schokoladendynastie

ROMAN

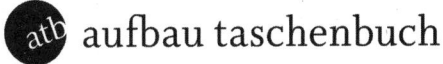 aufbau taschenbuch

ISBN 978-3-7466-3444-9

Aufbau Taschenbuch ist eine Marke
der Aufbau Verlage GmbH & Co. KG

7. Auflage 2023
© Aufbau Verlage GmbH & Co. KG, Berlin 2019
www.aufbau-verlage.de
10969 Berlin, Prinzenstraße 85
Gesetzt aus der Adobe Garamond durch die LVD GmbH, Berlin
Druck und Binden CPI books GmbH, Leck, Germany
Printed in Germany

Kapitel 1

Frühjahr 1919

Frieda blinzelte, sie musste ihre Augen mit den Händen abschirmen, so hell waren die Strahlen der Sonne. Nie hätte sie sich vorstellen können, welche Leuchtkraft sie in diesem Teil der Erde hatte. Zu Hause hätte ihre Mutter sie längst ermahnt, die Arme zu bedecken, damit ihre Haut nicht den weißlichen Schimmer verlöre, der an Porzellan erinnern sollte. Doch ihre Mutter war weit weg. Frieda fühlte sich frei. Hier fehlte ihr nichts, höchstens der leichte Wind, der meist über die Alster strich. Immerhin spendete das Blätterdach der Baumriesen, die rund um die Plantage standen, ein wenig Schatten.

Ein großer, türkis und nachtblau schimmernder Schmetterling setzte sich auf Friedas Schuh. Sie lächelte und blickte ihm nach, als er in die flirrende Hitze davonflog, zwischen hohen knorrigen Bäumen hindurch, die gelbe und rötlichbraune Kakaofrüchte trugen. Eine besonders große lag, in zwei Hälften geschlagen, am Boden. Ihre Samen würden schon bald als Kakaobohnen in Säcken nach Hamburg verschifft werden.

»Sehe sich einer diese Schlafmütze an! Anscheinend hat sich hier nichts geändert. Das gnädige Fräulein liegt auf der faulen Haut herum, während da draußen die Welt einfach nicht zu Verstande kommen will.«

Frieda schreckte auf. Das Buch über die Geschichte des Kakao-Anbaus, in dem sie nach dem Mittagessen gelesen hatte, rutschte ihr polternd von den Knien. Das war Ernsts Stimme. Unmöglich.

Ernst war doch eingezogen worden, noch auf die letzten Tage. Mit klopfendem Herzen öffnete sie die Augen und blickte geradewegs in sein verschmitzt lächelndes Gesicht.

»Ernst!« Sie sprang auf, schlang die Arme um ihn und drückte ihn an sich. Dünn war er geworden.

»Aua! Willst du mich umbringen?« Er schob sie von sich und lachte ein wenig bemüht. »Glaubst du etwa, ich bin den Gewehrkugeln und Granaten ausgewichen und habe mich in Afrika durchgeschlagen, damit du mich jetzt zur Strecke bringst?« Er schnaufte übertrieben.

Typisch Ernst! Als ob es das Normalste der Welt wäre, dass er plötzlich wieder vor ihr stand. Obwohl … typisch? Da war ein Schatten in seinem Blick, der ihr fremd war.

»Ist das alles, was dir einfällt, wenn du mich nach mehr als zwölf langen Monaten wiedersiehst? Schöne Begrüßung«, sagte sie, aber der flapsige Ton wollte ihr nicht recht gelingen.

Ernst Krüger hob die Hand zur Mütze: »Melde mich gehorsamst zurück, Fräulein Hannemann!« Dann streckte er ihr etwas ungelenk die Hand entgegen, ein Hauch von Röte huschte über seine Wangen. »Schön, wieder hier zu sein.« Er räusperte sich, blickte zu Boden, schwieg.

Unschlüssig standen sie sich in der großen Diele gegenüber.

Endlich. An jedem einzelnen Tag hatte sie diesen Moment herbeigesehnt. Die Pendeluhr tickte, als sei nichts geschehen. Auf dem Tischchen neben dem roten Ledersessel stand ein Strauß prächtiger Amaryllis. Alles war so wie immer. Nur dass Ernst endlich wieder da war.

»Ja«, sagte sie, ihre Stimme war plötzlich brüchig, »es ist wirklich schön, dass du wieder da bist.«

Ernst war anderthalb Jahre jünger als sie und ihr beinahe so vertraut wie ihr Bruder. Seit sie denken konnte, lebte er mit seiner Mutter im Gesindetrakt des Hannemannschen Kontorhauses in der Bergstraße. Frieda hatte ihn praktisch täglich gesehen, solange ihre Familie dort selbst noch gelebt hatte. Seine Mutter band Friedas Mutter das Mieder, schnürte ihr die Schuhe und kochte für die Hannemanns. Friedas Mutter fand, dass Ernst kein Umgang für die Tochter eines hanseatischen Kaufmanns war. Doch die beiden kannten sich nun einmal von Kindesbeinen an und verstanden sich prächtig. Und so ließen ihre Eltern Frieda gewähren. Ihre Mutter hoffte wohl, die Jahre würden diese unpassende Freundschaft von ganz alleine beenden. Auch nach dem Umzug in die Villa in der Deichstraße sahen die beiden sich fast jeden Tag. Ernst war mit zehn der Laufbursche ihres Vaters geworden, also ging er auch in dem neuen Haus ein und aus. Bis er plötzlich in den Krieg musste. Zwar verabscheute er das Gemetzel, glaubte aber, dass er als Soldat so manche Zulage bekäme, die er für seine Mutter sparen konnte. Und jeder Mann wurde gebraucht, selbst wenn er noch gar keiner war. »Kanonenfutter«, hatte ihr Vater damals gesagt und den Kopf geschüttelt. »Es ist ein Jammer!«

Frieda würde nie vergessen, wie erschrocken sie gewesen war, als sie von Ernsts Plänen hörte. Damit hätte sie nie gerechnet. Bei ihrem Bruder war es anders gewesen. Hans hatte sich gleich zu Beginn in das große Abenteuer gestürzt, wie er es genannt hatte. Aus freien Stücken und mit ungestümer Begeisterung.

»Wirst sehen, Schwesterchen, Weihnachten bin ich zurück. Dann bin ich ein Held. Und die jungen Damen werden Schlange stehen, um mit mir auszugehen.« Frieda verstand nicht, warum er dafür erst ein Held sein wollte, die jungen Damen hatten doch auch so schon auf der Straße die Köpfe nach ihm verdreht. Ihr geliebter Bruder Hans. Fünfmal hatten sie nun schon Weihnachten gefeiert. Ohne ihn. Wenn er nur auch endlich nach Hause käme …

Ernst räusperte sich und trat von einem Fuß auf den anderen. Sentimentalitäten waren noch nie seine Sache gewesen.

Frieda dagegen hätte ihn am liebsten schon wieder umarmt.

»Du bist zurück. Du bist wirklich wieder zurück! Wie geht es dir denn?«

»Ich hatte wohl noch Glück. Alles in allem.« Er blickte auf seine ausgetretenen Schuhe. »Bin in französische Gefangenschaft geraten und denn nach Afrika gekommen. Da hab ich den Besitzer einer Kakaoplantage kennengelernt und konnte mich gleich 'n büschen nützlich machen. Dadurch ist es mir nicht schlecht ergangen.« Ein schiefes Lächeln. »Wollte trotzdem nach Hause. Wusste doch, dass ich hier gebraucht werde. Am Ende geht Hamburch noch unter ohne mich.«

»Da hast du recht. Es stand kurz davor«, antwortete Frieda lächelnd. Dann fiel ihr Blick auf den zerschlissenen Koffer, der – nur noch von Riemen und Kordeln zusammengehalten – mitten in der Diele stand. »Du bist wahrhaftig gerade erst angekommen«, stellte sie fest. »Hast du deine Mutter überhaupt schon gesehen?«

Ernst schüttelte den Kopf. »Wie geht's ihr denn?«

Schöner Mist, hätte sie bloß den Mund gehalten. »Es war nicht leicht für sie.« Frieda zögerte. »Na ja, ohne ihre beiden Männer … Sie hat den Anzug deines Vaters zur Ablieferungsstelle gebracht.« Bloß nicht aufblicken, bloß nicht ihm in die Augen sehen müssen. »Und ihren Ehering auch«, fügte sie leise hinzu. »Das war die Anordnung, sie konnte nicht anders. Das Geld hat sie ein paar Wochen über Wasser gehalten, aber dann musste sie sich im Hafen etwas dazuverdienen. Die Arbeit ist ihr gehörig auf die Knochen geschlagen, fürchte ich. Es tut mir leid, Ernst, ich …«

»Frieda, mein Herz?« Frieda verdrehte die Augen, sie konnte es nicht ausstehen, wenn ihre Mutter sie so nannte.

»Die gnädige Frau«, flüsterte Ernst und griente kurz.

»Entweder soll ich ihr das Haar flechten oder ihr vorlesen, damit ihr das Sticken nicht zu langweilig wird. Wollen wir wetten?«

»Na, mach schon! Geh du zu deiner Mutter, ich schaue mal, wo meine steckt.«

»Sie wird in der Küche sein, um für Vater den Nachmittagskaffee zuzubereiten.«

»Vielleicht habe ich Glück und kann ein Zuckerstück stibitzen.« Ernsts Augen leuchteten.

»Wenn du wirklich Glück hast, bekommst du ein Stückchen von der guten Hannemannschen Schokolade«, erklärte Frieda stolz.

»Was soll das sein?«

»Frieda, Kind, wo steckst du nur wieder?«, der Tonfall ihrer Mutter war jetzt deutlich ungeduldiger.

»Erkläre ich dir später«, sagte sie daher eilig und raffte ihr Kleid. »Morgen früh an unserem alten Geheimplatz?«

Frieda hatte richtiggelegen, sie sollte ihrer Mutter die Haare machen und dabei mit ihr plaudern. Es war nicht so, dass Frieda nicht gern einen Plausch mit ihrer Mutter hielt, sie waren einfach nur selten einer Meinung. Für Rosemarie Hannemann bestand ihr Lebenswerk darin, zwei gesunde Kinder zur Welt gebracht zu haben, dem Haushalt eines angesehenen und stadtbekannten Kaufmanns inklusive einer kleinen Schar Bediensteter vorzustehen, stets nach der neusten Mode gekleidet zu sein und hübsch auszusehen. Damit war sie zufrieden. Für Frieda war das unbegreiflich, das konnte doch nicht alles sein. Die Welt war doch so viel größer und stand jedem offen. Gerade in diesen Zeiten. Wenn die Wirren des Krieges sich erst gelegt hatten, wollte Frieda reisen, sie wollte lernen – studieren vielleicht. Es gab so viele Möglichkeiten, dass sie am meisten Angst davor hatte, sich nicht entscheiden zu können. Und ihre Mutter? Sie begnügte sich damit, stolz auf ihren Hausstand, ihr beherrschtes Naturell und ihre

Geduld zu sein. Selbst die Tatsache, dass ihr Mann Albert nur wenig Zeit für seine Ehefrau hatte, was sie zu einsamen Stunden der Langeweile verdammte, nahm sie mit großem Gleichmut hin.

»Nun, Frieda, mit wem hast du gesprochen?«

»Stell dir vor, Mutter, Ernst ist aus dem Krieg zurück. Ist das nicht wunderbar? Gertrud wird ganz außer sich sein vor Freude«, erzählte sie strahlend, während sie das kastanienfarbene Haar ihrer Mutter zu zwei dicken Zöpfen flocht, die sie später zu einer Schnecke auf ihrem Kopf auftürmen würde.

»Der Ernst, wirklich? Das ist eine gute Nachricht«, entgegnete Rosemarie leise. Ihre Stimme klang so dünn, als könnte sie im nächsten Moment brechen. In ihrer Freude hatte Frieda gar nicht daran gedacht, was die Neuigkeit bei ihrer Mutter auslösen würde. Natürlich dachte sie an Hans, daran, wie sehr sie selber hoffte, ihren Sohn wieder bei sich zu haben. Schuldbewusst schwieg Frieda; am besten, sie brachte ihre Mutter schnell wieder auf andere Gedanken.

»Nicht wahr? Er scheint gesund und munter zu sein, nur noch schmaler ist er geworden. Vielleicht könnten wir ihnen etwas von unserer Trinkschokolade spendieren. Frau Krüger kann es auch gebrauchen. Sie ist ja nur noch Haut und Knochen.« Frieda hatte sich mit einem Knie auf die Chaiselongue gestützt und legte eine Strähne über die andere.

»Niemand zwingt sie, im Hafen zu arbeiten. Sie hat doch bei uns ihr Auskommen, wie schon all die Jahre. Wenn ihr das plötzlich nicht mehr reicht ...«

Frieda hielt in der Bewegung inne und blickte fassungslos auf ihre Mutter, die die sorgfältig manikürten Hände in den Schoß legte.

»Es hat noch nie gereicht.« Rosemarie sah überrascht zu ihrer Tochter auf, der eine Strähne aus den Fingern glitt. »Stillhalten, Mama! Was glaubst denn du, kein Mensch kann von dem bisschen eine Familie ernähren. Wusstest du nicht, dass sie nach dem Tod ihres Mannes immer wieder Schwierigkeiten hatte, Ernst und sich durchzubringen? Sie arbeitet gewiss nicht zum Vergnügen im Hafen. Wenn ihr der guten Frau ein paar Pfennige mehr im Monat gebt, würde sie auf der Stelle dort aufhören.«

Rosemarie seufzte. »Du bist zu großzügig, mein Herz. Wir sollen ihr Trinkschokolade spendieren und der Krügerschen auch noch mehr bezahlen. An uns ist der Krieg auch nicht spurlos vorbeigegangen. Ich habe Senator Lattmann für die Witwen und Waisen und für die Verwundeten schon eine nicht unerhebliche Summe gegeben. Wir können nicht alle Welt durchfüttern.« Frieda merkte, wie der Ärger in ihr wuchs. Noch zu gut erinnerte sie sich daran, wie konsterniert ihre Mutter gewesen war, als ihr Vater damals dem Spendenaufruf des Senators gefolgt war, allzu großzügig, wie Rosemarie damals gemeint hatte. Und jetzt soll das ihr Verdienst gewesen sein?

Eine Weile schwiegen sie. »Wenn dein Vater sich nur endlich um die Reparatur unseres Grammophons kümmern würde«, sagte Rosemarie schließlich und seufzte. »Dann hätte ich wenigstens etwas Zerstreuung und Ablenkung.«

»Wir könnten in das Völkerkundemuseum gehen«, schlug Frieda vor.

»Liebe Güte, mein Herz, was soll ich da?«

Frieda hätte sich gern fremdartige Kleider, Boote, wie man sie im Hamburger Hafen nicht sehen konnte, die irdenen Schalen und Krummsäbel angeschaut und ein bisschen von der weiten Welt geträumt.

»Erinnerst du dich an diese schreckliche Schau bei Hagenbeck?«, fragte ihre Mutter plötzlich. »Du warst noch ganz klein, gerade sieben oder vielleicht acht Jahre alt. Und du hattest keine Angst! Mir läuft noch heute ein Schauer über den Rücken, wenn ich nur daran denke, wie nah du an diese Indianer herangegangen bist.«

Frieda steckte die letzte Haarnadel fest und ließ sich neben ihre Mutter auf die Chaiselongue gleiten. »Sie waren doch freundlich, wovor hätte ich Angst haben sollen?«

»Freundlich?« Rosemarie tastete die frisch gesteckte Frisur ab, zückte einen perlenbesetzten Handspiegel und betrachtete das Werk ihrer Tochter. »Wenn ich nur an die Hautfarbe denke, so dunkel und rot, als hätte die Sonne sie vollkommen verbrannt. Und diese Bemalung …« Nach einem weiteren Blick auf ihren perfekt gepuderten Teint steckte sie mit einem zufriedenen Nicken den Spiegel wieder weg. »Nein, mein Herz, es waren schaurige Gestalten.«

Zum Abendessen servierte Henriette den ersten Spargel aus den Marschlanden, dazu Ewerscholle. Das weiße Tischtuch war perfekt gestärkt, das Porzellan glänzte mit dem Tafelsilber um die Wette. Etwas anderes hätte Mutter selbst dann nicht hingenommen, wenn um sie herum alles in Schutt und Asche gelegen hätte.

»Ein kräftiges Stück Fleisch wär mir lieber«, brummte Großvater Carl, nachdem Mutter das Tischgebet gesprochen und allen einen guten Appetit gewünscht hatte. »Ich weiß nicht, warum alle so verrückt nach diesem Spargel sind.«

»Mit zerlassener Butter ist er ein Gedicht«, schwärmte Vater. »Es ist mir ein Rätsel, dass du dich nicht dafür begeistern kannst, Vater. Wenn du Rosemarie sehr freundlich bittest, kommt morgen womöglich Stubenküken auf den Tisch. Das gab es lange nicht, was, Röschen?«

»Butter und Stubenküken«, murmelte Frieda vor sich hin, »Gertrud Krüger wäre froh, wenn sie Ernst ein solches Willkommensmahl auftischen könnte. Ganz dünn ist er im Krieg geworden«, sagte sie jetzt lauter, um sicherzugehen, dass ihr Großvater auch jedes Wort verstand. Seit einigen Jahren konnte er nicht mehr so gut hören. »Dafür sehe ich ein bisschen schlechter«, pflegte er gern zu scherzen.

»Die brauchen keine Butter. Einen ordentlichen Kakao brauchen die«, verkündete er. Frieda lächelte stillvergnügt. Genau diese Reaktion hatte sie sich erhofft.

»Kakao bringt einen Menschen wieder auf die Beine«, begann Großvater, »sogar den, der durch Krankheit oder durch ungeschickte Arznei der promovierten Quacksalber und graduierten Idioten entkräftet ist.«

»Du hast so recht, Großpapa. Sollten wir den Krügers dann nicht etwas von unserer guten Trinkschokolade bringen? Jetzt, wo doch Ernst wieder aus dem Krieg da ist?«

Sie sah ein fröhliches Blitzen in den Augen ihres Vaters.

»Ja, davon sollten sie etwas haben«, stimmte Carl zu. »Damit kommen sie wieder zu Kräften.«

»Ich habe dir vorhin schon gesagt, dass du zu spendabel bist, mein Herz«, mahnte Rosemarie.

»Wir kennen Ernst, seit er auf der Welt ist«, entgegnete Vater sanft. »Zwei Dosen unserer guten Schokoladenflocken stürzen uns nicht ins Verderben. Komm mich morgen in meinem Kontor besuchen, Sternchen. Ich denke, Gertrud wird sich freuen, wenn du ihr das Geschenk machst.« Frieda strahlte, ihre Mutter köpfte mit sparsamem Blick eine Stange Spargel, enthielt sich aber eines weiteren Kommentars. Großvater Carl schien vergessen zu haben, dass er dem Gemüse aus den Marschlanden nichts abgewinnen konnte, und ließ sich von Henriette eine weitere Portion auflegen. Auf dem Kaminsims tickte die Uhr aus Nussbaum, und von der langen Wand gegenüber den Fenstern blickte Friedas Urgroßvater Theodor Carl streng aus seinem goldenen Rahmen. Er hatte Hannemann & Tietz Import von Kolonialwaren mit einem Kompagnon gegründet und beim Großen Brand 1842, als halb Hamburg in Flammen aufgegangen war, irgendetwas Bedeutendes vollbracht. Viel mehr wusste Frieda nicht von ihm.

Ihre Mutter seufzte vernehmlich.

»Nun, Röschen, was bedrückt dein Herz?«, fragte Albert.

»Es freut mich ja, dass Ernst wieder zu Hause ist.«

»Ach, der Ernst ist wieder da? Der von der Krügerschen?« Großvater Carl sah seinen Sohn fragend an. Der nickte nur. Großvater wurde allmählich tüdelig.

»Nur muss ich nun noch mehr an unseren Hans denken. Er liegt noch immer in irgendeinem verseuchten Schützengraben und ringt um sein Leben.« Sie legte das Besteck auf dem halb vollen Teller zusammen und tupfte sich mit der Serviette zuerst die Augenwinkel, dann den Mund.

»Aber nein, Röschen, gewiss nicht. Der Krieg ist vorbei.«

»Leider ist er das«, polterte Großvater dazwischen. »Wir waren längst nicht geschlagen. Im Feld waren wir es nicht. Ich werde nie begreifen, dass Wilhelm seinen Thron aufgegeben hat. Alles nehmen die uns weg nach diesem lachhaften Waffenstillstand. Republik!« Er schnaubte verächtlich. »Als ob wir im Krieg nicht schon genug verloren hätten.« Wütend fuchtelte er mit der Gabel in der Luft herum. »Ich bin alt, ich kriege das bisschen Zeit, das mir bleibt, schon rum. Aber ihr? Ihr werdet euch noch wundern, wenn die Arbeiter plötzlich das Sagen haben bei den Sozis.«

»Lass es gut sein, Vater.«

»Ist doch wahr. Jetzt wählen schon die Frauen.« Großvater lachte auf. »Wohin soll das noch führen? Ihr werdet noch an meine Worte denken.«

Ein herzergreifendes Schluchzen von Mutter verhinderte, dass Großvater Carl die Wiedereinsetzung Wilhelms als Kaiser fordern konnte, wie er es allzu gerne tat.

»Wenn ich nur sicher sein könnte, dass unser Junge noch am Leben ist«, flüsterte sie mit tränenerstickter Stimme.

Vater strich ihr zärtlich über die Hand und begann – wie jedes

Mal, wenn es um Hans ging – beruhigend auf seine Frau einzusprechen. Und wie immer in solchen Momenten fühlte sich Frieda schuldig. Als ob es nicht recht sei, dass sie als Mädchen nicht für ihr Vaterland hatte kämpfen müssen. Als ob es ihren Eltern womöglich lieber gewesen wäre, eine Tochter zu opfern, die irgendwann doch nur eine stattliche Mitgift kosten würde, anstatt den Nachfolger hergeben zu müssen, der einst das stolze Familienunternehmen weiterführen sollte. Sie konnte doch nichts dafür, dass sie ein Mädchen war. Bitte schön, sie legte keinen Wert auf eine Aussteuer, sondern würde liebend gern selbst bei Hannemann & Tietz in die Lehre gehen.

»Magst du deinem alten Herrn Gesellschaft leisten, Sternchen?«

Sie hatten gerade die Mahlzeit beendet, ihr Vater sah sie erwartungsvoll an. »Meine *Imperator* soll heute die Säulen für sein Hallenbad bekommen.«

»Das lasse ich mir bestimmt nicht entgehen.« Frieda folgte ihm in sein Bastelzimmer, einen dunkel getäfelten Raum, der ursprünglich als Rauchsalon vorgesehen war. Doch weder Vater noch Großvater rauchte, ein ungewöhnlicher Umstand, der in der Hamburger Kaufmannschaft immer wieder für Frotzeleien oder Erstaunen sorgte.

In der Mitte des Raumes stand ein riesiger Tisch, und in einem Wandschrank stapelten sich die verschiedensten Hölzer, Pappen, Klebstoffe und Farben. Wie schon sein Vater und sein Großvater war Albert Hannemann Kaufmann durch und durch, es gab nichts, was er nicht über den Anbau und Import von Roh-Kakao wusste. Seine Leidenschaft aber galt den Schiffen. Da ihm die Zeit fehlte, die Waren, mit denen er handelte, selbst über die Ozeane zu holen, hatte er sich darauf verlegt, Modelle von Schiffen zu bauen. Als vor sieben Jahren im Hamburger Hafen die *Imperator* vom Stapel gelaufen war, hatte er mit seinem ersten Modell begonnen. Nie würde Frieda den Anblick und die flirrende Atmosphäre vergessen. Sie erinnerte sich, als wäre es erst Tage her, dass Vater ihr beinahe die Hand zerquetscht hatte vor lauter Aufregung und Begeisterung. Von dem Nieselregen, in dem Kaiser Wilhelm II. höchstpersönlich dem gigantischen Dampfer seinen Namen gab, hatte sie nichts gespürt. Erst zu Hause, als ihre Mutter furchtbar über die nassen Kleider geschimpft hatte, war ihr aufgefallen, dass sie komplett durchnässt und wie kühl ihr gewesen war. Hans hatte damals mit Fieber das Bett gehütet und sich noch Wochen später darüber geärgert, dass er das Erlebnis versäumt hatte. So sehr es Frieda für ihren Bruder leidgetan hatte, so sehr hatte sie es doch genossen, diesen Moment mit ihrem Vater allein zu teilen.

»Donnerwetter!«, hatte er wieder und wieder geraunt. »Das ist Ballins Meisterstück. Keine Frage. Diese *Imperator* wird nicht untergehen wie die *Titanic*, sondern unserer Hansestadt und dem gesamten Deutschen Reich lange große Ehre machen.« Im Anschluss an den Stapellauf hatte Albert Ballin ihrem Vater eine Besichtigung ermöglicht, und er war es auch, der ihm Fotos besorgt hatte, die nun als Vorlage für sein Modell dienten. Die *Imperator* wird Hamburg lange Ehre machen. Von wegen. Schon ein Jahr nach dessen erster Reise hatte der Krieg ihn an die Kette gelegt. Nun hatte er Hamburg ganz verlassen – als Kriegsentschädigung an Großbritannien.

»Siehst du, hier bekommen die Säulen ihren Platz«, erklärte Albert ihr jetzt und nahm die feinen Holzstücke zur Hand, die er vorbereitet hatte. Wie viele Stunden mochte er daran geschnitzt und gemalt haben?

»Darf ich?« Sie streckte eine Hand aus, und ihr Vater reichte ihr eines der winzigen Kunstwerke.

»Sie sind wunderschön«, flüsterte sie. »Und sie sehen genau so aus wie die auf dem Bild.« Immer wieder wanderten ihre Augen von der Fotografie zu dem kleinen hölzernen Stäbchen und zurück. Unglaublich, es stimmte einfach alles: Das untere Drittel war glatt und kunstvoll bemalt, der obere Teil, der sich zum schlichten Kapitell hin nur wenig verjüngte, war gekehlt.

»Natürlich. Es soll ja alles so aussehen wie beim echten Schiff«, sagte er stolz. Mit einer Pinzette nahm er ihr die Miniatur-Ausgabe einer Marmorsäule ab und platzierte sie neben einem rechteckigen Becken, in das zwei Treppen mit zierlichen Geländern führten.

»Aber die *Imperator* ist ja an der Seite offen«, hatte Frieda überrascht festgestellt, als sie das Modell vor Jahren zum ersten Mal begutachtete.

»Aber natürlich, Sternchen, sonst könnte man die Pracht unter Deck doch gar nicht sehen.« Neben dem dreistöckigen Schwimmbad mit Barbier und Dampfbad waren über die Jahre ein Wintergarten mit Palmen, ein Restaurant, dessen Küche vom Ritz-Carlton betrieben wurde, wie Vater damals nach der Besichtigung anerkennend erwähnt hatte, Salons mit seidenen Wandbehängen und Kristallleuchtern und sogar eine Turnhalle hinzugekommen. Das größte Passagierschiff der ganzen Welt war so riesig und so verschwenderisch ausgestattet, dass ihr Vater auch die nächsten sieben Jahre noch daran basteln würde. Einige Minuten sah sie ihm still zu, wie er mit ruhiger Hand eine Säule nach der anderen an ihren Platz setzte und mit einem Tröpfchen Leim befestigte.

Dann kam ihr ein Gedanke, und ehe sie weiter darüber nachdachte, war er auch schon raus: »Das Lyzeum fehlt mir. Ich bin froh, dass ich in den letzten Wochen deine Bibliothek hatte. Ich glaube, ohne deine Bücher wäre ich vor Langeweile gestorben.«

Er lachte. »Eine merkwürdige Aussage für eine junge Dame von sechzehn Jahren. Du solltest tanzen gehen, uns in den Ohren liegen, dass du neue Kleider brauchst.«

»Mutter stöhnt zwar oft, weil es so viel gibt, worum sie sich kümmern muss, aber im Grunde weiß sie doch meist nichts mit sich anzufangen«, fuhr sie fort, ohne auf den warnenden Blick ihres Vaters zu achten. »Ich will nicht so werden, Papsi. Das ist einfach nichts für mich.« Sie sah ihn verzweifelt an. »Den lieben langen Tag nur nach den Bediensteten schauen, sich um die Frisur sorgen oder die neuste Kleidermode, das kann doch nicht alles im Leben sein.« Das war doch nicht so schwer zu verstehen. Vor allem für jemanden, der sein Kontor so liebte wie seinen Bastel-Salon. »Oder denk nur an die gute Gertrud Krüger. Sie ist auf euch angewiesen oder auf andere Herrschaften, die sie in Stellung nehmen. Ich möchte nicht immer auf andere Menschen angewiesen sein«, erklärte sie ernst.

»Aber diese Gefahr besteht ja auch gar nicht, Sternchen«, entgegnete ihr Vater sanft. »Du wirst eine äußerst großzügige Mitgift bekommen, mit der dich ein wohlhabender junger Mann gerne nehmen wird. Vielleicht ist er sogar reich genug, auf ein üppiges Brautgeschenk zu verzichten«, setzte er leiser hinzu. »Damit bist du für alle Zeit unabhängig.«

»Wie bitte?« Das konnte doch nicht sein Ernst sein. Hatte er ihr nicht zugehört? Plötzlich flackerte das Licht. Stromschwankungen, wie so oft. Ihr Vater, der gerade ein überschüssiges Tröpfchen Leim entfernte, blieb mit seiner Pinzette an einer der beiden Leitern hängen, die in das Miniatur-Schwimmbad führten.

»Schöner Mist«, schimpfte er.

»Siehst du, das ist die Strafe dafür, deine liebe Tochter so zu erschrecken.«

Die Nase dicht über dem Bassin, betrachtete er sein Werk. »Glück gehabt, nichts passiert.« Er atmete auf.

»Einen reichen Mann heiraten nennst du Unabhängigkeit? Ich möchte auf niemanden angewiesen sein, auch nicht auf einen Ehemann.« Als sie sein Schmunzeln sah, kniff sie die Augen zusammen. Am liebsten würde sie losschimpfen, aber wie oft hatten ihr ihre Eltern gesagt, dass es sich für eine junge Frau nicht schickte, ihren

Emotionen freien Lauf zu lassen. Besser, sie konnte ihrem Vater beweisen, dass sie klare Vorstellungen für ihre Zukunft hatte.

»Bitte, lass mich die Ausbildung zur Handlungsgehilfin absolvieren! Ich habe mich erkundigt, man hört nur Gutes über diese Grone Schule. Lass mich hingehen, Vater, bitte!«

Er winkte ab. »Nein, Frieda, daraus wird nichts«, sagte er und wandte sich wieder den Holzarbeiten zu.

Was war denn jetzt los? Wenn sie allein waren, gelang es ihr sonst immer, ihn um den kleinen Finger zu wickeln. Zumindest hätte sie erwartet, dass er sich ihre Pläne in Ruhe anhörte.

»Aber warum hast du mich dann ermuntert, deine Bücher zu lesen? Du hast mir alle Schriften über den Kakao gegeben, über den Anbau, seine Heilkraft und die Verarbeitung. Und du hast mich aufgefordert, auch die Artikel über die doppelte Buchführung zu lesen, obwohl du wusstest, dass ich sie sterbenslangweilig finde. Warum, wenn ich niemals in deinem Kontor arbeiten soll?«

»Du bist eine Frau, Sternchen. Was willst du in meinem Kontor tun?«

»Die Korrespondenz ablegen, die Handelsbücher führen. Was eben zu tun ist.«

»Darum wird sich dein Bruder kümmern.«

»Mein Bruder ist aber nicht hier«, fiel sie ihm ins Wort und erntete einen Blick, der sie sofort zum Schweigen brachte. »Entschuldigung«, murmelte sie, »so habe ich das nicht gemeint.«

»Er wird seine Lehre antreten, sobald er zurück ist.« Ehe sie erneut protestieren konnte, fuhr er fort: »Außerdem habe ich noch lange nicht vor, mich zur Ruhe zu setzen, und es gibt zwei erfahrene Prokuristen im Kontor, die ihm zur Seite stehen werden. Für dich haben deine Mutter und ich andere Pläne.«

Andere Pläne? Das klang, als seien die schon sehr konkret. Wie konnten ihre Eltern hinter ihrem Rücken über ihre Zukunft entscheiden, ohne ihre Meinung anzuhören oder sie zumindest in Kenntnis zu setzen? Verzweiflung stieg in ihr auf, sie fühlte sich hilflos und schrecklich wütend.

»Was sind das für Pläne?«

»Ich habe dir all diese Dinge zu lesen gegeben, weil ich möchte, dass du die Grundzüge des kaufmännischen Betriebs verstehst. Die Zeiten ändern sich. Ich halte es inzwischen für günstig, wenn ein Mann sich mit seiner Ehefrau darüber unterhalten kann.«

Kapitel 2

Es war ein warmer Mai-Tag. Obwohl noch früh am Morgen, hatte die Sonne bereits erstaunlich viel Kraft. Ungewöhnlich für Hamburger Verhältnisse. Eilig ließ Frieda das schlichte Wohn- und Kontorhaus in der Deichstraße hinter sich. Es war nicht nur recht warm für die Jahreszeit, auch hatte es lange nicht geregnet, sodass das Wasser im Nikolaifleet fiel und einen dunklen Rand an den Mauerwerken hinterließ. Nicht mehr lang, und die ersten schweren Holzpfähle, auf denen die meisten der mehrgeschossigen Speicher und Kontorgebäude im schlammigen Grund standen, würden zu sehen sein. Dann hätten es selbst die Schuten schwer, im Niedrigwasser zu manövrieren. Doch so weit würde es kaum kommen. Wenn in Hamburg auf eines Verlass war, dann auf den Regen. Wurde wirklich Zeit, es begann bereits modrig zu riechen. Ehe sie den Hopfenmarkt erreichte, sah sie sich um, ob keiner der Kaufmänner oder Kapitäne, die bei ihrem Vater ein und aus gingen, in der Nähe war. Dann hüpfte sie, wie sie es als kleines Mädchen gern gemacht hatte. Rechter Fuß einen Schritt vor, Hüpfer auf rechts, linker Fuß einen Schritt vor, Hüpfer auf links. Sie hatte ihr langes dunkelbraunes Haar zu einem Zopf geflochten, der ihr nun auf den Rücken klopfte.

Was hatte Ernst gesagt, wo er gewesen war, in Afrika? Er würde einiges zu erzählen haben. Frieda lächelte. Wie sehr hatte sie um den Freund gebangt. Sie konnte das Glück noch gar nicht richtig fassen. Hans würde auch bald nach Hause kommen, dessen war sie jetzt wieder sicher. Mit jedem Tag, der seit dem Waffenstillstand vergangen war, mit jeder Welle heimkehrender Soldaten war ihre Hoffnung gesunken. Doch nun hatte sie neuen Mut gefasst.

Je näher sie dem Hopfenmarkt kam, desto kräftiger schwoll ein Geräuschpegel an, den wohl nur eine Großstadt wie Hamburg hervorzubringen vermochte. Bauern aus den Vierlanden und Marschlanden redeten Platt untereinander, aber auch mit der Kundschaft, den Bediensteten der Kaufleute und Senatoren und den Frauen der Werftarbeiter und Quartiersleute. Frieda liebte den breiten Dialekt. Er klang so gemütlich. Und ehrlich; sie konnte sich beim besten Willen nicht vorstellen, dass jemand auf Platt log und betrog.

Um sie herum war geschäftiges Treiben. Männer mit dunklen Westen über den weißen Hemden und Frauen mit langen Schürzen und runden Strohhüten mit gewölbter Krempe boten ihre Waren feil. In den letzten Jahren waren es immer ein bisschen weniger Bauern geworden, die ihr Obst und Gemüse, ihre Wurst, den Schinken und Milchprodukte hier in Körben und auf Decken übereinandergestapelt anpriesen. Lebensmittel waren knapp, sogar von Plünderungen der Feinkostgeschäfte hörte man immer mal wieder. Wer selbst etwas anbaute, kam wohl gar nicht mehr bis in die Stadt, sondern verkaufte es direkt auf seinem Hof. Oder es landete gleich auf dem eigenen Teller.

Am Rand des Marktes stand ein braunes Pferd auf dem Kopfsteinpflaster. Vor den Leiterwagen gespannt, wartete es darauf, dass es wieder rausging aus der großen Stadt. Frieda trat heran und streichelte dem Tier die weiche Haut um die Nüstern.

»Bist ein hübscher Kerl«, sagte sie leise und klopfte ihm den Hals. »Genießt du den Schatten von St. Nikolai?« Der Turm der mächtigen Hauptkirche soll einmal das höchste Bauwerk der ganzen Welt gewesen sein, hatte Großvater Carl ihr erzählt.

»Na, Deern, willst 'n Appel?«

»Liebe Zeit, haben Sie mich erschreckt!« Woher war der Mann so plötzlich gekommen? »Ein Apfel zu dieser Jahreszeit?« Sie versuchte zu erkennen, was er in seiner Hand verbarg. Es war rund und violett. Ein Apfel war das ganz sicher nicht. Als er in meckerndes Gelächter ausbrach, wurde der mickrige Rest eines schiefen Gebisses sichtbar. »Büst klook, Deern. Nee, Äppel gifft dat noch nich. Man blots 'n büschen Rhabarber.« Das Lachen war dahin, sein Blick wurde matt.

»Und Kohlrabi, wenn ich mich nicht täusche«, sagte sie und deutete, als er sie überrascht ansah, auf das Gemüse, das zwischen seinen Fingern hervorlugte.

»Büst klook, Deern«, wiederholte er und schlurfte davon.

Sie ließ den Hopfenmarkt hinter sich, bog in den Großen Burstah ein und erreichte schnell das Rathaus mit der Börse. Welch ein Unterschied zu dem Treiben auf dem Markt. Dort waren Not und Mangel deutlich zu sehen, hier schien die hanseatische Welt noch in Ordnung. Männer in Anzügen und mit Hüten auf den Köpfen eilten hinein und hinaus.

Damen in langen Roben mit gerüschten Sonnenschirmchen flanierten über den Rathausplatz in Richtung Jungfernstieg und Alster. Frieda blickte zu den Türmen des neu erbauten Rathauses hinauf. Ein echtes Märchenschloss! Zwar war der Turm längst nicht so hoch wie der von St. Nikolai, doch mit seinen vielen Spitzen und Schnörkeln, mit den unzähligen Figuren und geschwungenen Simsen sah es aus, als könne dort nur ein König zu Hause sein. Wenige Schritte hinter dem großzügigen Platz bog sie rechts in die Bergstraße ein. Vater hatte schon oft davon gesprochen, das Haus dort aufzugeben. In diesen Zeiten musste auch er klug mit dem Geld umgehen, und die Deichstraße war wahrlich groß genug zum Wohnen und als Kontor. Dennoch konnte er sich nicht von dem schlichten roten Backsteinbau mit abgerundetem Giebel trennen. Es war sein Elternhaus, dort war er aufgewachsen. Nein, so bald würde er sich wohl nicht zum Verkauf entschließen, schon deshalb nicht, weil es Großvater Carl das Herz brechen würde. Außerdem bekäme er in diesen Tagen schwerlich auch nur annähernd das, was das Haus wert war. Lieber wenig dafür bekommen als noch dafür bezahlen, ging ihr durch den Kopf. Erst kürzlich war die Haustür zu Bruch gegangen, als irgendjemand versucht hatte, sich Zugang zu verschaffen. Aber was wusste sie schon? Ihr Vater würde schon das Richtige tun.

Frieda trat ein. Es roch nach Staub und Papier.

»Einen guten Morgen, Fräulein Hannemann«, schallte es ihr entgegen. Sie grüßte die Handlungsgehilfen freundlich zurück, ehe sie die Treppe in den ersten Stock hinauflief, wo ihr Vater sein Kontor hatte. Sie klopfte an, die andere Hand bereits an der Klinke. Kaum dass sie die Stimme ihres Vaters hörte, öffnete sie und stieß beinahe mit Ernst zusammen.

»Hoppla!« Frieda strahlte ihn an.

Er machte einen Satz zurück. »Entschuldigung, wie ungeschickt von mir.«

Was war nur mit ihm los? Früher hätte er sie damit aufgezogen, wie tüffelig sie war. Oder er hätte abgewartet, in welche Richtung sie ausweichen wollte, um ihr erneut in den Weg zu treten und einen Zusammenstoß zu provozieren. Bestimmt war es die Anwesenheit ihres Vaters, die ihn hemmte.

»Soll ich wieder gehen?«

»Nein, Sternchen, bleib nur hier. Vielleicht hört dieser Sturkopf auf dich.« Er deutete auf Ernst, der jetzt stocksteif vor dem Fenster stand und seine schirmlose Mütze knetete. »Stell dir vor, er hat mich tatsächlich gebeten, ihn wieder als Laufburschen in Stellung zu nehmen.«

»Ich brauche nun mal Arbeit. Und zwar sofort.«

»Das verstehe ich doch.« Ihr Vater seufzte. Die beiden tauschten ihre Argumente anscheinend nicht zum ersten Mal aus. »Du willst Geld verdienen, damit deine Mutter nicht länger im Hafen schuften muss. Wer würde das nicht verstehen? Bist ein feiner junger Mann, Ernst, das bist du wirklich.« Ernst starrte auf seine Schuhspitzen. Sie sahen aus, als hätte er sie heute früh noch schnell mit Spucke poliert, um einen guten Eindruck zu machen. »Und ich bleibe dabei: Kräftige junge Männer mit einer schnellen Auffassungsgabe, wie du sie hast, werden überall gebraucht. Du wirst bald sechzehn, ein gutes Alter, um in die Lehre zu gehen. Als Schuhmacher, Drucker oder meinetwegen auch als Buchbinder.«

Frieda sah von einem zum anderen. Warum konnte Ernst nicht bei Vater in die Lehre gehen? Doch sie schwieg besser, sonst würde ihr Vater das nur wieder falsch verstehen und annehmen, dass sie nicht an Hans' Rückkehr glaubte.

»Als Arbeiter kannst du mehr verdienen. Du willst doch nicht dein ganzes Leben Laufbursche oder ungelernter Helfer sein«, fuhr ihr Vater fort.

»Als Arbeiter kann ich mehr verdienen?« Ernsts Augen funkelten. »Aber nur, wenn ich nicht gerade arbeitslos bin und mich in die Schlange stellen darf, um nach Almosen zu betteln. Oder bei einem Streik oder einem Aufstand totgeprügelt werde. Nee, schönen Dank.« Sein Blick streifte Frieda, die ihn entsetzt anstarrte. So hatte er noch nie geredet.

»'tschuldigung«, stammelte er, »aber ist doch wahr. Meine Mutter hat mir erzählt, was hier los war und noch immer los ist. Das ist bald schlimmer als der Krieg selbst.«

»Na, na«, machte ihr Vater halbherzig.

»Ist 'n starkes Stück«, sagte Ernst leise, »ich hab mitgekriegt, wie einige Kameraden Post von zu Hause bekommen haben. Alles in bester Ordnung, hieß das immer. Uns geht's prächtig. Von wegen!« Er schüttelte traurig den Kopf.

Albert Hannemann nickte bedächtig. »Hast schon recht, Junge, solche Briefe hat Rosemarie unserem Hans auch geschrieben. Dass die Moral an der Front bloß nicht leidet.« Er seufzte. »Wer weiß, ob ihn überhaupt einer erreicht hat.«

Eine Weile schwiegen die Männer. Von draußen drangen das Klappern der Pferdehufe, das Klingeln der Straßenbahn und hin und wieder auch das Hupen eines Automobils zu ihnen hinauf. Sonst war im Kontor nur das Ticken der drei Uhren zu hören, die über einer langen Nußbaumanrichte hingen. Eine zeigte die Zeit in Hamburg an, eine zweite die in Kamerun, dem Land, aus dem die größte Menge Roh-Kakao importiert wurde. Die dritte Uhr war auf New Yorker Zeit eingestellt, wo ein Bruder von Großvater Carl ein Geschäft gegründet hatte.

»Sei es drum, ich nehme dich gerne, Ernst. Ich weiß, du bist zu gebrauchen, dich kann man schicken. So, und nun muss ich mich auf den Weg in den Brook machen. Ich dachte, diese Kakao-Wirtschaftsstelle wäre eine gute Idee.« Er stöhnte vernehmlich. Als er Ernsts fragenden Blick bemerkte, erklärte er in wenigen Worten, dass erst vor einigen Tagen sowohl Fabrikanten als auch Importeure diese Stelle zusammen mit der Reichsbank und den Ministern in Berlin gegründet hatten. Ein verzweifelter Versuch, für gemeinsame Interessen und gegen die Schwierigkeiten, wie gestiegene Zölle, hohe Preise und die Zuckerknappheit, zu kämpfen. »Ach, das weißt du auch noch nicht.« Er lachte trocken. »Ich bin inzwischen beides, Importeur und Fabrikant. Lass dir das von meiner Tochter erzählen, sie liebt die Manufaktur. Und sie hat ein Händchen für köstliche Rezepturen, muss ich gestehen.«

»Diese Wirtschaftsstelle«, hakte Ernst nach, »Sie sagten, Sie dachten, das wäre eine gute Idee. Ist es denn nicht so? Klingt doch ziemlich vernünftig.«

»Ja, schon, aber vor allem ist es erst einmal eine Menge Arbeit und Zeit. Ich bin Kaufmann, Ernst, ich will handeln. Im Ministerium und in der Reichszuckerstelle wird nur debattiert. Jetzt muss ich aber wirklich.« Damit erhob er sich hinter seinem schweren Schreibtisch. »Willst du dafür sorgen, dass meine Tochter wohlbehalten nach Hause kommt?«

»Selbstverständlich, Herr Hannemann.«

Eine Minute später standen Frieda und er auf der Bergstraße. »An unseren alten Treffpunkt brauchen wir wohl nicht mehr zu gehen«, meinte Ernst, nachdem er die zwei Dosen Schokoladenflocken, die Albert Hannemann ihm geschenkt hatte, in die kleine Krügersche Wohnung im Keller gebracht hatte. »Wohin dann? Zum Jungfernstieg? Oder willst du sofort nach Hause?«

»Auf keinen Fall! Ich will alles über Afrika wissen.«

»Und ich über eure geheimnisvolle Manufaktur.« Endlich blitzten seine Augen wieder.

»Lass uns zur Speicherstadt gehen. Ich war schon so lange nicht mehr da. Mir scheint, sie wächst unaufhörlich. »

»Immerhin in dieser Hinsicht hast du dich nicht verändert. Gott sei Dank«, sagte er. Wie eigenartig er sie dabei ansah.

»In welcher Hinsicht habe ich mich denn verändert?«, fragte sie, während sie den Fischmarkt überquerten. Aber er zuckte nur mit den Schultern.

Was sollte sie damit anfangen? Schweigend gingen sie die Brandstwiete weiter, bis sie schließlich den Zollkanal erreichten. Welch ein Anblick! Jedes Mal, wenn sie hier war, raubte er ihr den Atem. Vor ihr erhob sich auf den Brookinseln eine Festung aus rotem Backstein. Seite an Seite standen die mächtigen Speicher wie eine einzige Wand. Durch die Gesimse und Friese in symmetrische Abschnitte aufgeteilt, hatten sie eine Schönheit und Eleganz, die von den Ornamenten aus grün und gelb glasiertem Stein noch unterstrichen wurden. Frieda legte den Kopf in den Nacken, um ganz nach oben sehen zu können, wo die Giebel, die die Seilwinden schützten, sich von dem blauen Himmel abhoben. Einige der Luken waren geöffnet, an dicken Tauen wurden Säcke und Kisten in die Lagerräume der Geschosse gehievt. Hinter den großen Fenstern der unteren Stockwerke arbeiteten Kaufleute und ihre Handlungsgehilfen, darüber stapelte sich die Ware, die sie aus aller Welt kauften und wiederum in die ganze Welt verkauften. Möwen zogen kreischend ihre Runden und schauten, ob es nicht etwas zu stibitzen gab. Männer schrien Kommandos, Pferde, vor beladene Karren gespannt, wieherten ungeduldig, das Wasser gluckste und plätscherte, wenn ein Kahn vorüberglitt. Frieda musste schlucken.

Auch wenn sie von hier aus nur einige Fähren sehen konnte, die kreuz und quer flitzten, und die Masten der großen Segelschiffe weiter hinten im Hafen, spürte sie doch deutlich, dass vor ihr die Freiheit begann. Nur ein Stückchen die Elbe hinauf, dann war man in Cuxhaven und damit an der Nordsee. Oft hatte sie stundenlang Vaters Atlas studiert und sich vorgestellt, wie es sein mochte, auf einem Schiff unterwegs zu sein. Nach England war es nicht weit, mit ausreichend Proviant könnte man sogar bis nach Grönland fahren. Was für ein Abenteuer, das ewige Eis. Doch ihr würde schon England genügen. Sie dachte an Stonehenge, an James Cook. Hatte er nicht einige der Länder erkundet, aus denen ihr Vater Kakao importierte?

»Bist du hier angewachsen, oder wie?« Ernst stand mit verschränkten Armen vor ihr und schien sie schon eine ganze Weile zu beobachten.

»Was? Ach so, nein, lass uns weitergehen.«

Sie überquerten die Kornhausbrücke. Über allem lag der eigentümliche Geruch des Hafens, eine Mischung aus leicht fauligem Wasser, Kaffee, Gewürzen und Pferdemist.

An einem Mäuerchen am Ende der Brücke blieb Ernst erneut

stehen. »Jetzt erzähl schon. Was hat es mit dieser Schokoladenmanufaktur auf sich?«

Frieda legte eine Hand auf die Ziegel. Die Sonne hatte den Stein aufgewärmt. Kurzerhand stützte sie sich auf, holte Schwung und saß mit einem Satz auf der Mauer. »Deine Mutter wird sich freuen«, stellte Ernst mit einem breiten Grinsen fest.

»Sie regt sich doch ständig über irgendetwas auf«, entgegnete sie schulterzuckend und klopfte mit der Hand auf den Platz neben sich. Er zögerte, dann sprang auch er hinauf, wobei er einigen Abstand zu ihr hielt. Was hatte er vorhin gesagt? In einer Hinsicht hätte sie sich nicht verändert. Dabei war er es doch, der sich verändert hatte. Sie schob den Gedanken beiseite.

»Die Manufaktur«, begann sie, »Hannemanns feine Hamburger Schokolade. Mein Vater hatte die Idee schon früher, als Schokolade nicht mehr nur für die reichen Leute war. Warum sollen wir uns von Sprengel, Stollwerck und Hachez die Preise diktieren lassen, meinte er, wenn der Markt gerade mit Roh-Kakao geflutet wird? Ist doch besser, wir verarbeiten einen Teil der Bohnen selbst und verdienen besser daran als durch den reinen Verkauf. So hat er sich das vorgestellt.«

»Nur dass im Krieg nix mehr in Hamburg ankam. Höchstens über Umwege. Von einer Kakaoflut kann im Moment wohl kaum die Rede sein.«

»Stimmt.« Sie blinzelte. »Ich glaube, der Gedanke, eine eigene Schokolade anzubieten, hat ihm einfach zu gut gefallen.« Sie lachte. »Außerdem dachten alle, der Krieg sei vorbei, ehe man Labskaus sagen kann.«

»Schön wär's gewesen.« Er ließ die Beine baumeln, seine Hacken schlugen abwechselnd gegen die Mauer. »Da hättest du in aller Ruhe Labskaus mit Rote Bete und Matjes sagen können, und der Krieg wär trotzdem noch nicht vorbei gewesen.«

»Vater hatte wohl noch etwas mehr als dreitausend Sack Kakaobohnen. Und Angst, dass man ihm die beschlagnahmt. Da hat er lieber die ersten eigenen Tafeln und die Flocken für Trinkschokolade draus gemacht. Eine Conchiermaschine hatte er ja schon vor Jahren gekauft.«

»Eine was?«

»Conchiermaschine. Die rührt die Kakaomasse und sorgt dafür, dass sie nicht krümelig, sondern herrlich cremig wird.«

»Da läuft einem ja schon beim Gedanken das Wasser unter der Brücke zusammen.«

Frieda lachte wieder und nickte. Dann erzählte sie, dass ihr Vater mit Gero Mendel, Betreiber des Warenhauses am Jungfernstieg, eine Abmachung getroffen hatte. Nur dort konnte man die Hannemannsche Schokolade kaufen. Ganz exklusiv und auch nur auf persönliche Empfehlung. »Unterm Ladentisch«, wisperte sie und sprang von der Mauer.

Sie schlenderten in Richtung Kehrwieder.

»Dein Vater ist plietsch. Klug, meine ich. Im Krieg ging nicht nur nichts rein in den Hafen, es ging auch kaum was raus. Sein Lager war aber noch voll. Also stellte er selber Schokolade her, das nenne ich wirklich plie… klug«, sagte er bewundernd. »Außerdem: Wohlstand ist längst nicht alles.«

Sie sah ihn von der Seite an. »Bist du das, Ernst Krüger? Hast du mir nicht immer erzählt, es ginge im Leben vor allem darum, Wohlstand zu erreichen?«

»Für mich! Na klar. Ich hab ja nichts bis jetzt. Aber dein Vater … das Ansehen eines Kaufmanns hängt nicht bloß von seinem Wohlstand ab.«

»Sondern?«

»Davon, ob er einfallsreich ist, ob er etwas wagt, das noch keiner vor ihm ausprobiert hat. Dein Vater hat Ideen und Visionen. Deshalb hat der Name Hannemann einen so guten Klang in Hamburg.«

Er reckte stolz das Kinn. »Darum arbeite ich so gern bei ihm. Da kann ich fix was lernen und selber mal was werden.«

»Nur nicht gerade als Laufbursche«, gab sie leise zu bedenken.

»Ach was, das ist schon in Ordnung. Ich kann morgen gleich bei ihm anfangen, und Mutter braucht nicht mehr im Hafen schuften. Alles andere findet sich.«

Frieda sah etwas aus dem Augenwinkel und hörte auch schon ein fettes Klatschen. Eine Möwe hatte Ernst einen großen grünlichen Klecks auf die Schulter gesetzt.

»So ein Schiet«, gluckste Frieda und konnte sich das Lachen kaum verkneifen.

»Kannst wohl sagen. Na, wenn das kein Glück bringt. Alles Gute kommt doch von oben, oder?«

Sie nestelte ein Taschentuch hervor. »Nee, lass mal!« Er winkte ab. »Das ist doch so ein teures Spitzendings.«

»Willst du etwa lieber mit dem Schietdings herumlaufen?« Sie zog eine Augenbraue hoch, schnaufte ungeduldig und machte sich an seiner Schulter zu schaffen. »Das haben wir gleich.« Ernst sah kurz weg, doch dann drehte er den Kopf, und seine Lippen streiften ihren Handrücken. Frieda erstarrte in der Bewegung. Wie weich sich das angefühlt hatte. Schnell zog sie die Hand weg. Komisch, es war irgendwie schön gewesen. Fremd und ein bisschen aufregend, aber schön.

»Siehst du, ich sach doch, du sollst das nicht«, brummte er.

»Ist doch nicht meine Schuld, wenn du mir unbedingt auf die Finger gucken musst«, verteidigte sie sich.

»Ich reibe den Rest zu Hause aus«, sagte er und trat einen Schritt zur Seite. »Danke.« Sie gingen weiter. Warum war er denn plötzlich so ruppig?

»Dein Vater sagt, du hast ein Händchen für Rezepte«, begann Ernst nach einer Weile.

»Für köstliche Rezepte«, betonte sie.

»Aha.«

»Ich habe zum Beispiel Rosenwasser in die Conchiermaschine zu der Kakaomasse gegeben. Die Damen sind verrückt nach dem Aroma.« Sein anerkennender Blick ließ ihr Herz hüpfen. »Na ja, so viele haben noch nicht davon gekostet«, räumte sie ein. »Es macht mir einfach Spaß, mir neue Geschmacksrichtungen zu überlegen … das könnte ich den ganzen Tag machen.«

Gedankenversunken ging sie weiter. Sie mussten aufpassen, wohin sie ihre Füße setzten, das Kopfsteinpflaster war alles andere als eben, und überall lagen die Hinterlassenschaften der Pferde herum.

»Ich könnte Schokoladenfabrikantin werden«, rief sie plötzlich.

»Du?«

»Ja, ich. Warum denn nicht?«

»Du bist ein Mädchen.« Er stockte. »Eine Frau.« Seine Augen wussten nicht, wohin. »Noch dazu die Tochter eines Kaufmanns, der nicht nur in Hamburg einen guten Ruf hat.«

»Na und!«

»Was geht bloß in deinem hübschen Schädel vor?« Er schüttelte belustigt den Kopf, wurde ernst.

»Schau dir deine Mutter an. Sie hat Kinder bekommen, steht dem Haushalt vor. Das ist es, wofür ihr gemacht seid.«

»O bitte, Ernst, die Zeiten ändern sich«, fuhr sie ihn an. »Mein Vater hat mich all seine Bücher über Kakaobohnen und über Buchführung lesen lassen, damit sich mein Ehemann, den ich irgendwann haben werde, mit mir über sein Geschäft unterhalten kann. Mein Vater kann das mit meiner Mutter nicht. Er nennt sie seinen Papagei, weil sie wunderschön aussieht und sich farbenprächtig kleidet.«

Er griente breit. »Ist doch drollig.«

»Drollig! Pah. Schön, aber dumm, meinst du wohl.« Ehe er etwas einwenden konnte, sprach sie weiter: »Papageien denken nicht, sie plappern nur nach, was man ihnen lange genug vorsagt.« Sie blieb stehen und trat nach einem Stein, der auf dem Weg lag. Er flog im hohen Bogen und landete mit hohlem Klicken an dem Reifen eines Fuhrwerks.

»Guter Schuss!« Ernst nickte ihr zu.

»Ich bin doch nicht auf das Lyzeum gegangen, nur um mich gut mit einem Ehemann unterhalten zu können, der noch nicht einmal in Sicht ist.«

»Warum denn sonst?«

Frieda war sprachlos. Er war ihr Freund, und er glaubte daran, dass alles möglich war, alles, was man von ganzem Herzen wollte. Warum unterstützte er sie nicht?

»Hast ja recht, immer mehr Frauen üben einen Beruf aus. Aber doch nicht freiwillig. Während des Krieges waren die meisten Männer im Feld, da ging es nun mal nicht anders. Da mussten Fruenslüüd als Schaffnerin oder Verkäuferin einspringen. Aber nun ist bald alles wieder normal, Frieda.« Er baute sich vor ihr auf und sah ihr in die Augen. »Du bist aus gutem Haus. Und kann doch sein, dass da doch schon wer in Sicht ist. Vielleicht nicht morgen oder übermorgen. Aber du wirst auf jeden Fall einmal einen Mann heiraten, der für dich sorgt, einen, der dich auf Händen trägt. Du musst nicht arbeiten.«

»Also wirklich, du redest schon genau so wie mein Vater.« Sie pustete sich eine Strähne aus der Stirn und ließ ihn einfach stehen. »Ich muss nicht, aber ich möchte«, sagte sie trotzig.

»Warum?« Schon war Ernst wieder neben ihr. »Komm mit!«

Er zog sie hinter sich her zu einer Frau, die einen riesigen Korb bei sich trug. Sie selber war so klein, dass man auf den ersten Blick meinen konnte, es handle sich um ein Kind.

»Na, was hast du da in deinem Korb?«, fragte Ernst.

Das kleine Weib strahlte ihn an und ließ eine stattliche Zahnlücke im Unterkiefer sehen. »Zitronen. Willst 'n poor? Blots fünf Penningen.«

»Nee, nee. Ich wollte nur wissen, ob du gern Zitronen verkaufst.«

Ihre Augen wurden groß. Sie starrte erst Ernst an, dann Frieda. »Is er 'n Tüderbüdel?«

»Bitte?«

»Sie denkt, ich bin nicht ganz richtig im Kopf«, erklärte Ernst, »weil ich annehme, dass sie nur aus Jux und Dollerei den ganzen Tag diesen schweren Korb mit sich rumschleppt. »

Frieda holte tief Luft, wie ungerecht, sie so vorzuführen, doch die kleine Frau kam ihr zuvor: »Ich bin die Zitronenjette. Wat soll ich wohl sonst machen?«

Ernst verschränkte die Arme vor der Brust. »Tüünkraam, die Zitronenjette is doch längst tot!«

Das stimmte. Sogar Frieda hatte von der Frau gehört, die jeden Tag angefaulte Früchte aus den Hafenschuppen geholt und weiterverkauft hatte. Jedermann in Hamburg hatte sie gekannt, sogar ein Theaterstück über ihr Leben war vor etlichen Jahren in St. Pauli aufgeführt worden. Frieda erinnerte sich, dass ihr Vater in der Zeitung von Jettes Tod gelesen hatte.

»Ich hatte gehofft, dass sie irgendwo weit weg von Hamburg ein neues Leben begonnen hat«, hatte er damals gesagt. »Haben ihr übel mitgespielt, die Burschen auf St. Pauli.«

»Du kannst dich doch nicht einfach für eine Tote ausgeben – das macht man nicht!«

Ernst war empört.

»Alle konnten sie bannig gut leiden. Geht doch nich, dass sie einfach wech is. Darum spring ich nu für sie ein«, krächzte sie hinter den beiden her.

Frieda musste lächeln. Vielleicht war die Alte doch nicht so verdreht. Im Grunde eine schöne Vorstellung, dass jemand anders einfach einspringen und den Platz eines verlorenen Menschen einnehmen konnte.

Tief in Gedanken sah sie hinüber zum Hafen, wo ein behäbiges graues Dampfschiff am Kai lag.

»Ernst Krüger?« Die Stimme kam von oben. Erstaunt blickte Frieda an Block H hoch, wo vor allem Kaffee gelagert war, wenn sie nicht irrte. Die gesamte Speicherstadt war der Übersichtlichkeit halber in Blöcke aufgeteilt, die, wenn irgendwann alles fertig war, von A bis Z gekennzeichnet sein sollten. Wenigstens eine kleine Orientierungshilfe, wenn man ein spezielles Lagerhaus suchte. Trotzdem war es immer noch schwer genug, sich in der kleinen Handelsstadt, die sogar über ein eigenes Rathaus verfügte, zurechtzufinden, fand Frieda.

»Spreckel!«, rief Ernst.

An der offenen Luke des vierten Stocks stand ein Mann und winkte mit beiden Armen. »Nee, dat glaub ich doch nich, du bist dat wirklich«, rief er und strahlte. Jetzt lehnte er sich so weit vor, dass Frieda schon Angst hatte, er würde jeden Moment vornüberkippen und in die Tiefe stürzen.

»Kann man wohl sagen!« Ernst riss den Arm hoch und schwenkte lachend seine Mütze.

»Wo hast du dich bloß so lange rumgetrieben? Alle dachten, dich hat 'ne Granate erwischt oder 'ne Kugel. Warte, ich komm runter!«

Ein paar Sekunden später erschien Spreckel in der Tür. Er trug eine dunkelblaue Schirmmütze auf dem Kopf, eine blaue Hose und eine schwarze Jacke mit zwei Reihen großer runder Knöpfe. Vier, fünf Schritte mit rudernden Armen, dann war er bei ihnen, packte Ernst an den Schultern und schüttelte ihn, als müsse er sich von dessen Echtheit überzeugen.

»Mönsch, wir dachten, du bist tot.«

»Ach was, Unkraut vergeht nicht.«

»Wie geht's dir denn, Jung?«

»Schlechten Menschen geht's immer gut, weißt du doch.« Schon lachten sie wieder, umarmten sich und klopften einander auf die Schultern.

Frieda räusperte sich. Die beiden sahen sie an, als sei sie eben erst aufgetaucht, als hätte jemand sie klammheimlich auf dem Kopfsteinpflaster abgestellt.

»Darf ich vorstellen?« Ernst deutete mit leichtem Kopfnicken auf Frieda. »Friederike Hannemann.«

»Vom Kakao-Hannemann?« Der Bursche musterte sie neugierig, dann schnitt er eine Grimasse, die wohl Bewunderung ausdrücken sollte. »Ach ja, für den hast ja gearbeitet vorm Krieg«, meinte er. »Denn is das die Tochter vom Alten?«

Frieda zog die Augenbrauen hoch. »Nein, der Alte ist mein Großvater. Nehme ich wenigstens an.«

»Oh, äh, padong, ich wollte nicht respektarm sein.«

»Und mit wem habe ich das Vergnügen?«

Ernst schlug sich mit der flachen Hand an die Stirn. »Mensch, Hein, du kannst einen aber auch rammdösig machen.« Er schüttelte den Kopf. »Entschuldigung, Frieda, das ist Quartiermann Hein Spreckelsen.«

Der verneigte sich etwas steif.

»Sehr erfreut«, sagte sie.

»Ong Schontee!« Er verbeugte sich tief. »Aber sagen Sie man lieber Spreckel zu mir, das sagen alle, das kenn ich.«

»Sag mal, Spreckel«, begann Ernst, und seine Augen blitzten auf diese ganz besondere Weise. Frieda kannte den Blick nur zu gut, Ernst führte etwas im Schilde. »Oben bei dir auf'm Verleseboden arbeiten doch auch Fruenslüüd, oder?«

»Wieso, suchst du 'ne Braut?« Spreckel griente über das ganze Gesicht.

»Ach wat, dumm Tüüch«, entgegnete Ernst und errötete. Frieda musste schmunzeln. Das geschah ihm recht. Schließlich hatte er ihr vorhin erst gerade einen Bräutigam aufschwatzen wollen. Nein, für die Ehe waren sie ja wohl beide noch ein bisschen zu jung.

»Klar! De Mannslüüd sind ja alle weg. Na, nicht alle«, sagte Spreckel, und wieder klopfte er Ernst fröhlich auf die Schulter. »Gott sei Dank nicht alle. Nee, das Verlesen ist schon lange Frauensache. Das machen seit jeher unsere Kaffeemietjes«, meinte er fröhlich.

»Das ist gut. Ich frag wegen Fräulein Hannemann. Die will unbedingt arbeiten.« Ernst setzte eine Unschuldsmiene auf.

Spreckel dagegen klappte die Kinnlade herunter, und ein Speicheltropfen kullerte über die Unterlippe. »Die Mademoiselle will bei Spreckelsen und Consorten anheuern?« Frieda wusste nicht, was sie dazu sagen sollte.

Glücklicherweise sprang Ernst in die Bresche: »Na, zumindest mal gucken würde sie schon gerne. Ich mach nur Spaß, Spreckel. Es geht um die Schwester eines Hausmädchens. Schlimme Sache, ihr Mann ist im Feld geblieben, ihre drei Brüder auch. Jetzt muss sie sich allein versorgen, sie braucht wirklich dringend Arbeit.« Frieda war verblüfft, fast hatte sie vergessen, wie leicht Ernst flunkern konnte.

»Deshalb würde sich die Dame gern 'n büschen umsehen. Stimmt's, Fräulein Hannemann?«

»Das ist wahr, das würde ich sehr gerne«, gab sie spitz zurück und streckte das Kreuz durch. Sollte Ernst sich nur freuen, sie in eine peinliche Lage gebracht zu haben. Sie hatte schon oft davon geträumt, mal einen der Speicher von innen zu sehen. Bisher hatte ihr Vater ihr meist verboten, die Lagerräume zu besuchen, in denen er seine Kakaobohnen und Kolonialwaren aufbewahren ließ. Es gefiel ihm schon nicht, wenn sie sich überhaupt auf den Brookinseln herumtrieb. Deswegen war sie bisher nur selten in einem Speicher gewesen, und dann auch nur im untersten Stockwerk, wo die Kontore auch nicht viel anders aussahen als die in der Berg- und in der Deichstraße.

Spreckel verneigte sich formvollendet. »Na dann, biengvenü in meiner bescheidenen Hütte. Ist aber 'n büschen anstrengend bis ganz oben auf den Verleseboden«, warnte er sie. Er sah an ihr herunter. »Und ganz sauber isses auch nicht.«

»Schon gut, wir haben eine ausgezeichnete Wäscherin.« Ehe Frieda sich's versah, betrat sie mit den beiden Männern das Gebäude. »Denk bloß nicht, du kannst mich ärgern, Ernst Krüger«, zischte sie. »Ich habe dich durchschaut, ich weiß genau, was du vorhast.«

»Ich weiß gar nicht, was du meinst.«

Er ließ ihr den Vortritt. Frieda hatte das Gefühl, als würde sie eine Kathedrale betreten. Nur dass es nicht nach Wachs duftete, sondern eher ein wenig nach Stroh und nach Kaffee. Sie folgte Spreckel in die erste Etage, dann in die zweite. Dann hielt sie es nicht länger aus.

»Und in diesen Stockwerken wird überall Kaffee gelagert?«

»So isses. Wollen Sie mal sehen?«

»Wenn das möglich ist.«

»Kloor!« Leiser sagte er: »Gediegen, Sie sind 'ne verdrehte Person, Frollein, kann das sein?«

»Spreckel!«, wies Ernst ihn zurecht.

»Ich mein ja man nur. Ich kenn keine Dame, die sich für'n Lagerboden interessiert.« Vor ihnen tat sich ein Raum auf, dessen Anblick Frieda den Atem stocken ließ. Große Säcke, so weit das Auge reichte, ordentlich gestapelt, als seien sie an einem unsichtbaren Rahmen ausgerichtet worden. Selbst in den hintersten Ecken türmten sie sich auf. »So 'n Sack wiegt sechzig Kilo«, begann Spreckel zögernd. »Den kannst nicht einfach so an seinen vier Zipfeln packen. Der rutscht dir weg.« Frieda hatte ihren Rock leicht angehoben und ging von einer Reihe zur nächsten. Staunend betrachtete sie die ungeheuren Mengen. »Und die Hände machst dir auch kaputt an dem störrischen Sisalzeug«, fuhr er fort. »Wir ham spezielles Werkzeug zum Anpacken. Griepen nennen wir die Dinger.« Offenbar hatte Spreckel begriffen, dass sie sich wirklich für all das hier interessierte, denn er war nun ganz in seinem Element. »An der Wand fängst mit dem Achtersacker an.« Sie sah ihn fragend an. »So heißt die Technik, mit der wir die Säcke an der Wand hoch stapeln.« Mit einem kurzen Wink forderte er Ernst auf, ihm zu helfen. Gemeinsam schnappten sie sich einen der dunkelbraunen Ungetüme und legten es gegen eine leere Wand. Ein weiterer Sack landete direkt davor, den nächsten platzierten sie so, dass er schräg auf dem ersten und zweiten zu liegen kam. »Nu käme wieder einer vorne drauf und immer so weiter«, erläuterte er. »Hält bombenfest und verrutscht nie nicht, so 'n Achtersacker.«

»Ja, Spreckel, nun ist mal wieder gut.« Ernst seufzte vernehmlich und wischte sich den Schweiß von der Stirn.

»Ich finde das faszinierend.« Sie schenkte Ernst einen frechen Seitenblick und dann Spreckel ihr schönstes Lächeln. »Der Stapel da drüben sieht ganz anders aus.« Schon machte sie sich auf den Weg, Ernsts Stöhnen im Ohr.

»Das ist 'n Bock. Immer ein Sack so rum.« Spreckel malte mit beiden Händen eine breite Linie von links nach rechts in die Luft. »Und denn zwei so rum drauf.« Nun deutete er zwei Linien von vorne nach hinten nebeneinander an.

»Ich verstehe.«

»Ich hab mich spezialisiert auf Kaffee«, erklärte er ihr stolz. »Is ja nicht nur, dass die Säcke gelagert werden müssen, also, richtig gelagert, dass da nix schimmeln kann und so. Nee, das Gewicht muss überhaupt erst mal stimmen und die Qualität. Ich muss die Ware prüfen, Kaffeeproben verschicken. Da gibt das 'n extra Briefkasten für, wissen Sie?«

»Komm schon, Spreckel«, brummte Ernst wieder.

»Tja, dann zeige ich Ihnen noch den Verleseboden, was?«, schlug der vor und ging voraus. Frieda folgte ihm durch das Treppenhaus, dessen Fenster auf das Fleet hinaus gingen, bis hinauf in den sechsten Stock. Die Etage war dem Lagerboden im Grunde sehr ähnlich. Die riesige Fläche war nur von massiven tragenden Balken unterteilt. Was Frieda zuerst auffiel, war das Licht. Freundlich und hell wirkte alles. Durch gläserne Kuppeln in der Deckenkonstruktion fielen die Strahlen der Mai-Sonne herein. Dennoch baumelten über allen Tischen, die hier in langen Reihen aneinander standen, elektrische Lampen. Für die dunkle Jahreszeit oder verregnete Tage vermutlich. Immerhin mussten die Frauen und Männer, die auf Holzschemeln auf einem gefalteten Jutesack saßen, genau hinsehen können, wenn sie die Kaffeebohnen per Hand sortierten. Es saßen tatsächlich überwiegend Frauen bei der Arbeit, immer zwei einander gegenüber. Nur vereinzelt mal ein junger Bursche. Zwischen ihnen erhob sich auf der gesamten Länge des Tisches ein kleiner Wall aus hell-gelblichen Bohnen. Blitzschnell griffen die Arbeiterinnen immer wieder nach den Bohnen und ließen sie in verschiedene Schalen oder Beutel gleiten. Diejenigen, die mit dem Gesicht zum Eingang saßen, flüsterten ihren Kolleginnen etwas zu und deuteten mit den Köpfen zur Tür. Sie gaben sich nicht einmal Mühe, es unauffällig zu machen. Die anderen drehten sich um, sahen Frieda mit unverhohlener Neugier von oben bis unten an und nickten dem Quartiersmann zu.

»Moin, Herr Spreckelsen«, rief die eine oder andere. Dann wandten sie sich wieder den Kaffeebohnen zu. Worüber sie tuschelten, lag auf der Hand.

»Moin, lassen Sie sich man nicht stören«, rief Spreckel. Dann erklärte er Frieda: »Sehen Sie, Fräulein Hannemann, jede einzelne

Bohne wird per Hand nach Farbe und Größe sortiert. Vor allem müssen die Stinkbohnen weg.« Frieda guckte ihn erstaunt an. »Kommt immer mal vor, dass 'ne gammelige dabei ist«, erklärte er.

Frieda sah ihnen eine Weile zu. Eine Frau fiel ihr vor allem auf. Sie hatte leuchtend rotes Haar, das sie auf Kinnhöhe abgeschnitten hatte. Durch ihre knabenhafte Figur erkannte man erst auf den zweiten Blick, dass sie eine Frau war. Was Frieda an ihr faszinierte, waren ihre Augen. Die Arbeiterin betrachtete Frieda beinahe spöttisch und sah auch nicht schnell zur Seite, als ihre Blicke sich trafen. Sie trug ein schlichtes graues Kleid und eine weiße Schürze, strahlte aber ein Selbstvertrauen aus, als wäre sie in teuerste Seide gekleidet und säße gerade beim Nachmittagstee.

»Tja, mehr gibt es eigentlich auch nicht zu sehen«, unterbrach Spreckel ihre Gedanken. »Früher haben wir hier sogar selbst geröstet. Aber das machen wir nicht mehr. Ist zu gefährlich. Nicht, dass unsere schöne neue Speicherstadt in Flammen aufgeht. Wie damals, als halb Hamburg niedergebrannt ist.« Er sah sie an. »War das eigentlich Ihr Urgroßvater, der damals so heldenhaft …?« Weiter kam er nicht.

»Aber ab und zu röstest du schon noch, oder, Spreckel?« Ernst schnupperte.

»Manchmal, kleine Proben«, gab Spreckel zu.

»Ist ein herrlicher Duft!« Ernst schloss kurz die Augen.

»Beinahe so gut wie der von Schokolade«, bemerkte Frieda, raffte ihren Rock und folgte Spreckel ins Treppenhaus.

»Da ham Sie recht, Mademoiselle«, stimmte Spreckel ihr zu, als sie Stufe um Stufe hinabstiegen. »Beim Geruch von Schokolade läuft einem auch sofort das Wasser im Mund zusammen.« Das Sonnenlicht blendete noch immer, als sie wieder auf den Bürgersteig vor dem mächtigen Speicher traten. »Hab was läuten hören, dass es Hamburgs Feine nur beim Mendel gibt.«

Frieda erschrak. »Woher …?« Sie war auch ein wenig stolz, aber immerhin wurde die Hannemannsche Schokolade nur unter dem Ladentisch angeboten. So ganz legal war der Verkauf nicht. Man musste vorsichtig sein.

»So was spricht sich fix rum.« Er lachte. »Nur beim Mendel also. Na ja …«

»Wieso, was haben Sie gegen das Warenhaus Mendel? Das ist ein guter Name in Hamburg und über die Stadtgrenzen hinaus.«

»Ja, ja, das kann wohl sein«, meinte er und scharrte mit der Schuhspitze auf dem Kopfsteinpflaster. »Is eben 'n Jude.« Er zuckte die Schultern. Als er Friedas Blick sah, sagte er schnell: »Ich mein man nur. Gibt einige, die die nicht mögen. Denken, dass die schuld sind, an dem ganzen Schlamassel, dass es uns nu so schlecht geht, keine Arbeit, alles bannig teuer, Sie wissen schon.«

»Wie sollen die Juden daran Schuld tragen, wenn nicht genug Arbeit für alle da ist? Das ergibt doch keinen Sinn.«

»Sagen Sie, Mademoiselle. Andere meinen, wir hätten für 'n großes Kaiserreich gekämpft und haben nu 'ne kleine Republik. Elsass futsch, Westpreußen futsch und Danzig auch. Und da stecken die Juden hinter, sagen welche.« Spreckel winkte ab. »Ich versteh da nix von. Ich versteh was von Kaffee.« Seine Augen leuchteten.

»Mann, das habe ich alles so vermisst«, seufzte Ernst, nachdem sie sich von Spreckel verabschiedet hatten. »Hamburg ist ein riesiger Markt. Hier gibt es einfach alles. Nicht nur Kaffee und Kakao, sondern alles: Kautschuk, Margarine, Apfelsinen, Baumwolle, Tabak.« Seine Augen hatten einen beinahe fiebrigen Glanz. »Irgendwann bin ich selbst ein Kaufmann und lasse Spreckel oder einen anderen Quartiersmann meine Waren wiegen, lagern und sortieren.«

Auch Frieda war noch ganz erfüllt von der Atmosphäre auf dem Verleseboden. Die Speicherstadt war schon immer ein besonderer Ort für sie gewesen, sie nun einmal von innen, im Herzen, erlebt zu haben, war etwas völlig anderes.

»Das will ich auch«, verkündete sie, ohne nachzudenken. Ernst zog beide Augenbrauen hoch. »Ich werde natürlich kein Kaufmann«, räumte sie ein. »Aber irgendwann werde ich auch hier meiner Arbeit nachgehen. Die Küche der Manufaktur ist nicht mehr als ein Kabuff. Vielleicht könnte Vater ein Stockwerk in einem Speicher anmieten«, überlegte sie laut. Sie spürte, wie sie innerlich ganz kabbelig wurde, wie das Wasser der Alster, wenn der Wind darüberstrich.

»Spreckel hatte schon recht, du bist ein verdrehtes Weib.«

Noch bevor sie ihrem Ärger Luft machen konnte, fuhr Ernst fort: »Begreif doch, die Arbeit ist schwer und darum Männersache. Von solchen Tätigkeiten abgesehen, wie die Kaffeemädchen sie erledigen. Tagaus, tagein Kaffeebohnen nach Farbe und Größe sortieren, wirklich, Frieda, davon kannst du doch nicht träumen. Sei froh, dass dich einmal ein Ehemann versorgen wird, dem es reicht, dass du hübsch bist und dass er in deiner Nähe sein darf. Lass dir nicht von irgendwelchen Blaustrümpfen einreden, es sei ein Spaß, an jedem Morgen früh im Kontor zu sein, Entscheidungen zu treffen und bis spät mit Problemen zu kämpfen. Du hast eine romantische Vorstellung davon. Heutzutage reicht es längst nicht mehr aus, wohlhabend zu sein, du musst als Erster eine Idee haben.«

»Das sagtest du schon«, entgegnete sie kühl.

»Dein Vater ist ein Mann, der Ideen hat. Diese Manufaktur zum Beispiel ist einfach 'ne Wucht. Wenn die Handelsbeschränkungen erst fallen und er die Hannemannsche Feine offiziell und überall anbieten darf, wird sie bald weit über Hamburg hinaus berühmt sein.«

Sprach er eigentlich noch mit ihr, oder schwärmte er nur so vor sich hin? »Ich habe keine romantische Vorstellung, ich habe auch Ideen«, meldete sie sich energisch zu Wort.

Spöttisch schaute er sie von der Seite an. Er traute ihr aber wirklich gar nichts zu, na warte, der würde sich noch wundern!

»Zum Beispiel möchte ich Schokoladenautomaten in Hamburg aufstellen. Dann könnten die Menschen jederzeit Hannemanns Feine bekommen, am Tag und sogar in der Nacht, ganz gleich wann sie der Heißhunger überfällt.«

Ernst runzelte die Stirn. »Ich bringe dich jetzt besser nach Hause. Hab's deinem Vater versprochen.«

Nachdem sich Ernst verabschiedet hatte, ging Frieda schnurstracks in die Kakaoküche. In dem schmalen fensterlosen Anbau hatte ihr Vater zunächst nur die Conchiermaschine abgestellt, nach und nach waren verschiedene Walzen, Formen für Schokoladentafeln, Töpfe und Tiegel hinzugekommen. Sie musste an Spreckel denken. Er war so ganz anders als die Quartiermänner, die sie bisher kennengelernt hatte. Die verhandelten mit ihrem Vater, für die Knochenarbeit hatten sie ihre Leute. Die meisten waren sogar nur stille Teilhaber, steckten Geld ins Geschäft, waren die drei Konsorten im Hintergrund, deren Namen man nicht kannte, und hofften auf üppige Gewinne. Ernst hatte ihr erzählt, dass Spreckel dagegen seinen Beruf von der Pike auf bei seinem Vater gelernt hatte. Das Kontor lag ihm nicht besonders, er fühlte sich am wohlsten, wenn er selbst inmitten der Säcke unterwegs war, wenn er über die Lagerböden sausen, wiegen, Proben nehmen und Ware auf ihre Qualität begutachten konnte. Wirklich ein netter Kerl, sie konnte sich gut vorstellen, eines Tages einmal mit so jemandem zusammenzuarbeiten. Nur dass Ernst so überholte Ansichten hatte, machte sie noch immer wütend. Aber er würde sie nicht ins Bockshorn jagen. Im Gegenteil! Sie würde sich von nichts und niemandem von ihren Plänen abbringen lassen, sondern ihrem Vater zeigen, dass sie Talent hatte, dass sie verschiedene Schokoladenvariationen entwickeln konnte, die sich gut verkaufen ließen. Wenn er eingestehen musste, dass sie weit mehr als nur Flausen im Kopf hatte, dann ließe er sie vielleicht doch noch das Kaufmännische lernen und womöglich sogar irgendwann die Manufaktur übernehmen. Obwohl es in dem kleinen Labor, wie Vater es auch gern nannte, immer etwas feucht und kühl war, wurde ihr ganz warm vor Aufregung. Worauf wartete sie eigentlich noch? Es gab genug zu tun! Ihr Versuch mit dem Rosenwasser war besonders bei den Damen gut angekommen. Was würde wohl den Herren schmecken? Etwas Fruchtiges vielleicht. Bananenkakao war seit Jahren ein Renner, allerdings eher für schwächliche Kinder, Alte oder Frauen, die eine schwere Geburt hinter sich gebracht hatten. Nein, für die Herren musste es etwas Raffiniertes sein, etwas Herbes vielleicht, das einen feinen Gegensatz zur Süße der Schokolade brachte. Ihr kam die sonderliche Frau mit dem Korb Zitronen in den Sinn. Zitronen! Nein, zu sauer, das war nicht das Richtige. Was hatte der Mann auf dem Hopfenmarkt gesagt, es gäbe noch etwas Rhabarber? Das war es!

Am liebsten wäre sie sofort losgerannt, um ein paar Stangen Rhabarber zu besorgen, dann aber besann sie sich. Wie sollte sie die Frucht in die Schokoladenmasse bekommen? Vielleicht wenn sie Saft herstellte und den zur Masse in die Conchiermaschine gab? Das könnte funktionieren. Ansonsten würde ihr schon etwas einfallen. Sie schlüpfte aus dem kleinen Anbau und machte sich zum zweiten Mal an diesem Tag auf den Weg zum Hopfenmarkt. Hoffentlich war der Bauer aus den Vierlanden noch dort, und hoffentlich hatte er noch etwas Rhabarber übrig. Sie könnte die Stangen auch abkochen, in kleine Stücke schneiden und diese kandieren. Die dann in eine dunkle Schokolade getaucht, ja, das könnte zu einem köstlichen Ergebnis führen. Tief in Gedanken wurde sie immer schneller. Hatte sie neulich nicht gelesen, dass es möglich war, die Kakaomasse in Formen zu gießen, mit Fruchtmark zu befüllen und schließlich mit einem Schokoladendeckel zu verschließen? Wenn ihr das gelänge, wäre es eine kleine Sensation. Vater wäre stolz auf sie und käme nicht umhin, ihr Verantwortung in der Manufaktur zu übertragen oder ihr wenigstens den Wunsch nach einer Ausbildung zu erfüllen.

Frieda hätte nicht sagen können, woher der junge Mann gekommen war, der mit einem Mal so dicht vor ihr stand, dass sie um ein Haar mit ihm zusammengestoßen wäre.

»Verzeihung«, sagten beide gleichzeitig. Der Klang dieser Stimme ließ Frieda aufblicken. Er war tief und weich und hatte etwas Fremdes an sich, wenn man das nach nur einem einzigen Wort sagen konnte. Und er gehörte zu einem Herrn, der etwa einen halben Kopf größer war als sie selbst. Er hatte rötlichbraune Haare und einen ebensolchen Bart, der, sorgsam gestutzt, Oberlippe und Kinn zierte. Ein Lächeln lag auf seinen Lippen. Da waren Sommersprossen auf seiner Nase. Herrje, was stand sie hier herum und betrachtete die Nase eines Fremden? Friedas Wangen wurden heiß. Sie machte einen Schritt nach links, um an ihm vorbeizukommen. Im selben Moment hatte er offenbar die gleiche Idee und trat unglücklicherweise zur gleichen Seite. Also machte sie einen Schritt nach rechts. Wieder prallten sie beinahe zusammen.

»Verzeihung«, wiederholten sie wiederum gleichzeitig, als hätten sie das lange einstudiert. Der Fremde lachte leise. Seine grauen Augen lachten mit. Es waren ausgesprochen sympathische Augen. Sie schienen in dieser Sekunde nichts auf dieser Welt zu sehen als Frieda. Mit einer eleganten Drehung gab der Mann die Deichstraße frei, und Frieda konnte ihren Weg in Richtung Hopfenmarkt fortsetzen.

»Danke«, flüsterte sie, als sie an ihm vorbeiging. Ihr Herz klopfte, sie hörte seine Schritte, die sich entfernten. Es gehörte sich nicht, sich nach einem Mann umzudrehen. Was sollte er von ihr denken? Andererseits würde er es nur bemerken, wenn er sich ebenfalls nach ihr umschaute. Ein rascher Blick bestätigte ihr, dass andere Passanten keine Notiz von ihr nahmen. Sie konnte es wagen. Frieda warf einen Blick über die Schulter. Er war fort. Sie drehte sich ganz herum, stand da und suchte die Straße ab und die Hauseingänge. Nichts. So plötzlich, wie er aufgetaucht war, war er auch wieder verschwunden. Er musste eines der Häuser betreten haben. Oder er war in eine Droschke gestiegen. Sie glaubte nicht, dass er hier wohnte. Dann hätte sie ihn sicher früher schon einmal gesehen. Doch es war ja möglich, dass er erst kürzlich hierhergezogen war. Vielleicht machte er Geschäfte mit einem der Kaufleute hier. Die Aussichten waren nicht übel, ihm irgendwann wieder zu begegnen.

Kapitel 3

»Wohin so schnell, mein Herz?« Beinahe wäre es Frieda gelungen, ungesehen zur Tür hinauszuschlüpfen, doch ihre Mutter hatte ihre Augen wieder einmal überall.

»Ich habe Clara versprochen, mit ihr zu ihrem Onkel zu gehen.« Ihre Mutter sah sie fragend an. Sie hatte doch wohl nicht schon wieder vergessen, wer Levi Mendel war, oder besser, was er beruflich tat. »Wir wollen ihn und seine Schwäne an der Alster besuchen.«

»Was solltet ihr auch sonst bei Levi Mendel zu suchen haben? Ich werde nie verstehen, was du an diesen großen bedrohlichen Vögeln findest. Von weitem sind sie schön anzusehen, aber aus der Nähe … Sie können einem Furcht einflößen, findest du nicht?«

»Ach was. Sie tun doch nichts. Das Wetter ist einfach zu schön, um im Haus zu hocken, und Levi ist so nett.«

»Wie kann man das wissen? Der Mann spricht doch kaum ein Wort. Na gut. Komm aber nicht so spät zurück, mein Herz, dein Vater ist heute Abend zum Essen verabredet, und wir begleiten ihn.«

Frieda nickte und huschte eilig nach draußen. Wie sie es hasste, wie ein kleines Mädchen behandelt zu werden. Sie war erwachsen. Jedenfalls ziemlich. Noch mehr hasste sie es, bei den Geschäftsessen ihres Vaters die brave Tochter zu spielen. Aber ihr Vater bestand darauf, dass seine beiden Damen, wie er sie nannte, mitkamen. »Das schafft Vertrauen und stärkt die geschäftliche Bindung.« Es spielte keine Rolle, ob sich Frieda jedes Mal vorkam wie ein Dekorationsgegenstand, wie eine Vase oder ein Kerzenhalter, wie die überdimensionale Brosche an der Brust ihrer Mutter oder der Siegelring am Finger ihres Vaters. Wenn sie sich wenigstens frei an den Gesprächen beteiligen dürfte. Wann immer sie über etwas anderes sprach als über das Essen, das Wetter oder die neuen Stoffe, die man jetzt gern für Vorhänge verwendete, fielen Mutter oder Vater ihr jedoch ins Wort oder gaben ihr mit Blicken zu verstehen, dass sie zu schweigen hatte.

Als sie am Ende der Deichstraße angekommen war, musste sie unwillkürlich an den jungen Mann vom Vortag denken. Sie sah seine Augen vor sich. Schade, sie hätte ihn gern noch einmal getroffen, aber er war nirgends zu sehen. Und wenn schon, was sollte sie wohl tun, ihn ansprechen vielleicht? Völlig unmöglich. Wozu auch? Das hätte sie nicht sagen können, sie wusste nur, dass in seinem Blick und in seinem Verhalten so viel Humor gelegen hatte, dass es ein Vergnügen sein musste, mit ihm zu plaudern. Eine ähnlich angenehme Ausstrahlung hatte nur Ernst, und er war immerhin ein guter Freund. Am Hopfenmarkt bog sie links ab. Als sie gerade an der Kreuzung zwischen Graskeller und Alter Wall angekommen war, fuhr eine U-Bahn in die auf einem Viadukt gelegene Haltestelle Rödingsmarkt ein. Frieda hielt sich die Ohren zu, das Quietschen der Bremsen war unerträglich laut. Sie beeilte sich, am Alsterfleet in Richtung Jungfernstieg zu laufen. Dicke graue Wolken türmten sich in der Ferne auf. Von wegen schönes Wetter. Lange konnten Clara und sie kaum bei den prächtigen weißen Vögeln, den eigentlichen Herrschern über die Alster, und bei dem wortkargen Onkel bleiben. Es würde Regen geben. Glücklicherweise hatte ihre Mutter keinen Blick dafür. Ob sie überhaupt jemals aus dem Fenster sah?

Auf dem Boulevard, den prachtvolle Häuser säumten, das größte war das Warenhaus Mendel, das Claras Vater gehörte, vibrierte wie

49

immer das Leben. Die Straßenbahn rumpelte unter der Stromleitung entlang, als würde sie wie eine Marionette geführt. Kaum war sie vorbei, beanspruchten Droschken die Fahrbahn schon wieder für sich. Auch ein Adler K5 hüpfte über das Pflaster. Frieda kannte sich mit Automobilen nicht aus, aber den K5 erkannte sie im Schlaf, weil Hans immer für ihn geschwärmt hatte. Dann auch noch in Bordeauxrot und auf Hochglanz poliert. Das Verdeck würde der Herr am Steuer allerdings besser bald schließen, wenn er keine Dusche abbekommen wollte. Wie dem auch sei, ihr Bruder wäre von dem Wagen begeistert gewesen.

Unter den ausladenden Kandelabern passierte sie den Alsterpavillon, bog rechts ab um die Binnenalster herum. Kurz hinter der Lombardsbrücke gab es ein Bootshaus. Ein Stückchen dahinter stand eine weiße geschwungene Holzbank, auf der Clara bereits auf sie wartete.

Claras Vater Gero Mendel war mit Friedas Vater befreundet, seit sie denken konnte. Er und seine Frau Mirjam waren eine Zeitlang an jedem Sonnabend zu Kaffee und Kuchen gekommen und hatten anschließend Karten gespielt. Clara war das Nesthäkchen. Sie hatte drei sehr viel ältere Brüder, wünschte sich jedoch sehnlichst eine Schwester. Diese Rolle nahm Frieda gern ein, die sich ebenfalls immer eine Schwester herbeigesehnt hatte. Gewiss, sie liebte ihren Bruder, aber als Spielgefährte war er kaum zu gebrauchen gewesen. Nur selten hatte Frieda ihn dazu bringen können, mit ihnen nach draußen zu den Schwänen zu gehen oder seine Holz-Eisenbahn für die Mädchen aufzubauen. Ihre Bemühungen, etwas gemeinsam zu unternehmen, hatten fast nie gefruchtet. Nach dem gemeinsamen Kaffeetrinken hatte Hans sich meist in sein Zimmer zurückgezogen, während die beiden Mädchen allein miteinander spielten.

Mit der Eröffnung des Mendelschen Warenhauses am Jungfernstieg und den wachsenden Aktivitäten des Kakao-Vereins, dessen

Gründungsmitglied Friedas Vater war, lange bevor er auch die Kakao-Wirtschaftsstelle aus der Taufe gehoben hatte, fielen die Sonn-abend-Vergnügungen der beiden Familien immer häufiger aus. Die Männer hatten zu wenig Zeit, die Frauen waren wohl nicht auf die Idee gekommen, sich allein mit ihren Kindern zu treffen. Der Krieg hatte den gemütlichen Kaffee-Nachmittagen endgültig ein Ende gesetzt.

Claras hellblonde lange Zöpfe leuchteten vor dem dunkler werden-den Himmel. Als sie Frieda entdeckte, sprang sie auf und lief ihr ent-gegen.

»Ich bin doch nicht zu spät?« Frieda zückte ihre Taschenuhr, ein Erbstück ihrer Großmutter Leopoldine, die Hebamme gewesen war.

»Nein, du doch nicht.« Clara lächelte. Alles an ihr war dünn. Ihre Haare, ihre Nase, die Lippen, selbst die Stimme. »Ich wollte nur die frische Luft genießen, ehe der Regen da ist.« Sie wendete den Blick zum Himmel. »Sehr lange wird es wohl nicht mehr dauern.«

»Viel Zeit habe ich sowieso nicht«, sagte Frieda finster. »Mein Vater hat heute Abend ein Geschäftsessen, und wir müssen dabei-sitzen.« Sie schnaubte und trat nach einem Stein, der mit hohlem Plumps in die Alster fiel.

»Manch einer wäre dankbar, wenn er heute noch ein üppiges Es-sen auf den Teller bekäme.«

»Ich weiß ja. Ich wäre trotzdem lieber mit einer Kleinigkeit zu-frieden, die ich zu Hause und allein essen dürfte«, knurrte sie.

»Da kommt Onkel Levi«, rief Clara und blickte hinaus auf die Außenalster. Das kleine Boot, das eben noch am Schwanenhaus ge-legen hatte, glitt nun über das Wasser. Claras Onkel, die Schiffer-mütze auf dem Kopf, stand aufrecht wie immer und trieb die Nuss-schale mit kräftigen Schlägen auf sie zu. Dreißig oder mehr der eleganten Tiere begleiteten ihn. Frieda mochte diese wunderschönen Vögel, sie glichen in ihren Augen den Hamburger Kaufleuten. Sie waren ebenso stolz.

Levi Mendel hatte Clara und ihr einmal erklärt, dass es früher Königen, Herzögen und anderen Herrschern vorbehalten gewesen war, ein eigenes Schwanenwesen zu besitzen. Einfachen Leuten, Bürgerlichen war dies unter Androhung empfindlicher Strafen verboten gewesen. Als Hamburg vor einigen hundert Jahren seine Unabhängigkeit gewonnen hatte, war es den Stadtvätern ein Anliegen gewesen, Schwäne zu haben, zu hegen und zu pflegen. Dafür nahmen sie einen Schwanenwärter in Dienst, ein Posten, den es noch heute gab. Die Vögel waren lebendiges Zeichen der Macht und Unabhängigkeit, zwei Attribute, die eben auch die Hamburger Kaufleute für sich reklamierten.

Levi kam mit seinem Boot heran und mit ihm die Vogelschar. Die Elterntiere nahmen augenblicklich fauchend ihr Revier in Besitz. Frieda und Clara gingen langsam einige Schritte rückwärts, dabei hätten sie liebend gern die ersten flauschigen grauen Küken des Jahres aus der Nähe betrachtet oder sogar in die Hand genommen.

»Sieh nur, ein ganz schwarzes«, rief Clara entzückt. »Guten Tag, Onkel Levi. Geht es deinen Kindern gut?« Levi Mendel war älter als Claras Vater, lebte aber allein. Er selbst nannte sich, wenn er überhaupt mal mehr als ein Wort sprach, Schwanenvater. So kam es, dass auch Clara die Tiere als seine Kinder bezeichnete. Soweit Frieda es einschätzen konnte, war er der am strengsten gläubige Jude der Familie.

»Bestens«, rief Levi, sprang mit einem Satz aus der Nussschale und ging zu dem Pflock, an dem er sie sichern würde. Er hatte den Knoten eben festgezogen, als plötzlich Unruhe in die Gruppe kam. Einige der Vögel richteten sich auf, spreizten ihre weißen Flügel, zischten und fauchten. Ihr Nachwuchs schnatterte und piepte aufgeregt und ging hinter den Großen in Deckung. Was war denn mit einem Mal los? Frieda sah sich um. Es hatten sich doch tatsächlich ein paar Halbstarke angeschlichen und warfen jetzt Steine nach den Schwänen. Wieder einmal. Obwohl es bei Strafe verboten war, die Tiere zu verletzen, zu töten oder auch nur zu beleidigen.

»Ungezogene Bengel!«, schimpfte Levi. »Macht bloß, dass ihr wegkommt.«

»Wieso? Sind doch bloß Gänse«, rief einer.

»Nee, Enten«, brüllte ein anderer.

»Alles besser als Judenschweine!«, schrie ein dritter. Es flog ein weiterer Stein, nicht auf die Vögel, sondern in Levis Richtung, dann rannten die Kerle davon. Die ersten Tropfen fielen.

»Ist wohl besser, ihr kommt ein anderes Mal wieder«, meinte Levi leise. Frieda nickte, nahm Clara bei der Hand, die sich nicht rührte, und zog sie mit sich. Eine Weile liefen sie schweigend nebeneinanderher.

»Sie sind sich ein Leben lang treu«, sagte Clara, als sie den Jungfernstieg erreicht hatten, und seufzte, wie jedes Mal, wenn sie und Frieda bei den Schwänen gewesen waren. »Ein ganzes Leben. Ist das nicht romantisch?«

Tropfen liefen am Fenster der Droschke herab. Das Wetter spiegelte perfekt Friedas Stimmung wider. Auf dem Heimweg von der Alster war sie bis auf die Knochen nass geworden. Das hatte eine Standpauke ihrer Mutter zur Folge gehabt, die augenblicklich Henni herbeigerufen hatte, damit diese Frieda ein heißes Bad einließ. Obwohl noch reichlich Zeit gewesen war, ihr langes Haar mit der Brennschere in Form zu bringen und dann mit ein paar hübschen Kämmen zu bändigen, war Rosemarie Hannemann auf und ab gelaufen wie einer der Schwäne, wenn man seine Brut bedrohte. Frieda hätte sich nach dem Bad liebend gern ihr Nachtkleid angezogen, sich in eine Decke gewickelt und, eine kühle Limonade neben sich, die Nase in ein Buch gesteckt. Stattdessen musste sie die kommenden Stunden damit verbringen, Vaters Geschäftspartner bei jeder Gelegenheit zuzustimmen. Ja, das Essen ist wirklich ganz hervorragend. In der Tat, der Regen ist nicht schön, aber er war überfällig, damit die Fleete nicht gänzlich trockenfallen. Sie seufzte tief. Nicht undankbar sein. Clara hatte schon recht. Außerdem konnte man nie wissen, vielleicht hatte der Reeder, mit dem Vater sich traf, Interessantes zu erzählen.

Die Badeanstalt für Herren und Damen zog an ihr vorüber, ebenso die Anleger Walhalla und Auguststraße, als die Droschke in Richtung Fährhaus fuhr. Was war mit ihren Eltern heute nur los gewesen, fragte sie sich. Sie hatten sich äußerst merkwürdig betragen. Vater hatte nicht, wie sonst üblich, darauf hingewiesen, welche Bedeutung das Essen für Hannemann & Tietz habe. Er hatte darauf verzichtet, zu betonen, dass es einen guten Eindruck mache, wenn Frau und Tochter ihn begleiteten. Wenn Frieda recht darüber nachdachte, war er auffällig schweigsam gewesen. Dafür hatte Mutter umso mehr geredet und ein eigentümliches Theater veranstaltet.

»Was wirst du anziehen, mein Herz?« Kaum hatte sie einen Blick auf das Kleid der Wahl geworfen, kam auch schon der Protest, wenn auch sanft: »Willst du nicht lieber das Kleid mit dem Schößchen tragen? Ich glaube, es kaschiert deinen Bauch ein wenig und rückt die Hüften in den Mittelpunkt.« Als ob Frieda Speck auf den Rippen hätte! Nur weil sie nicht so dünn war wie Clara, oder sich in derart enge Kleider zwängte wie ihre Mutter, konnte sie sich doch wohl sehen lassen. Dazu sollte es die Kette mit den Rubinen sein. »Die sollen schließlich nicht denken, dass die Geschäfte nicht glänzend laufen.« Wenn Frieda nicht irrte, liefen sämtliche Geschäfte noch schleppend, da die meisten Schiffe Hamburg verlassen hatten und Waren nur noch unter Schwierigkeiten transportiert werden konnten. Sowohl in die Stadt hinein als auch aus der Stadt heraus.

Das betraf nicht nur ihren Vater, sondern jeden der Händler. Doch sie ersparte sich jeglichen Kommentar, zog das Kleid mit dem Schößchen an und legte die Rubinkette um. Da saß sie nun und wünschte sich sehnlichst, sie wären bereits auf dem Rückweg.

Vor dem Uhlenhorster Fährhaus, einem stolzen Bau, der direkt auf der Ecke zwischen Außenalster und Langer Zug hockte, hielten sie an. Bei gutem Wetter drängten sich hier die Ruderboote noch am Abend. Der Blick hinüber auf die Villen von Harvestehude und den Turm von St. Johannis war aber auch zu schön. Ebenso die Sicht auf das Fährhaus selbst mit seinen Türmen, auf denen stets Hamburgs Fahne wehte. Frieda kletterte unter dem Schutz des Regenschirms, den der Chauffeur aufgespannt hatte, aus der Droschke.

Eigentlich war sie immer gerne hier, ihr Vater hatte bei ihrem ersten Besuch in dem Lokal, das mittlerweile eine Hamburger Institution war, von dessen Geschichte erzählt.

»Wenige Jahre vor dem verheerenden Brand haben Investoren jede freie Fläche um die Alster herum aufgekauft. Uhlenhorst war fast vollständig aufgeteilt, und auf der anderen Seite war dieser Herr Fontenay dabei, sämtliche Wassergrundstücke zu sichern und mit Wohnhäusern bebauen zu lassen. Niemand hätte mehr an der Alster spazieren gehen können. Um das zu verhindern, haben über dreißig Kaufleute eine Aktiengesellschaft gegründet, um an die Stelle des alten Lokals das neue prächtige zu setzen und es zu verpachten. So konnten alle Menschen, ob arm oder reich, den schönen Ort genießen, ein Butterbrot essen und der Blaskapelle zuhören oder mehrere Gänge speisen und dazu Champagner trinken.« Noch heute erinnerte sich Frieda daran, wie stolz ihr Vater geklungen hatte.

Sie bekamen einen Tisch an einem der großen Fenster. Noch war es hell, und sie konnten auf die vom Regen gekräuselte Alster schauen, die heute verlassen dalag. Das Ehepaar Rickmers traf wenige Minuten nach ihnen ein. Man machte sich bekannt, die Herren schoben den Damen die Stühle zurecht, ehe sie selbst Platz nahmen. Justus Rickmers, der Sohn des Reeders, habe an der Friedrich-Wilhelms-Universität in Berlin studiert, erklärte er gleich zur Begrüßung und bedachte Frieda mit einem erwartungsvollen Blick.

»Interessant«, sagte sie, weil sie höflich sein wollte. Ihr fiel auf, dass dieser Justus sie immer wieder auf eine Weise ansah, die ihr unpassend erschien, als prüfe er, ob ihre Fingernägel sauber, ihre Hände gepflegt seien, als vermesse er ihre Gestalt und wolle herausfinden, ob das Schößchen, zu dem ihre Mutter ihr geraten hatte, einen kugeligen Bauch verberge.

Es gab Aalsuppe und anschließend Rundstück warm. Mutter machte abwechselnd Frau Rickmers, ihrem Gatten und Justus Komplimente. Wie hübsch sie die Haare trugen, wie gut der Stoff sei, wie exzellent die Zusammenstellung der Farben von Hose und Weste. Frau Rickmers lobte ihrerseits die Spitzengardinen und das feine Porzellan. Frieda kämpfte zunehmend mit einer Müdigkeit, sie musste ein Gähnen unterdrücken. Erst als ihr Vater von den Problemen auf Kakaoplantagen und den Plänen der Manufaktur berichtete, wurde sie wieder munter. Dazu hätte sie endlich mal gern etwas gesagt, doch sie bekam keine Gelegenheit, denn bei jeder auch noch so kleinen Pause riss Herr Rickmers das Gespräch an sich. Nur wenn er trank oder die Gabel in den Mund schob, kam mal jemand anders zu Wort.

Und so konzentrierte sie sich lieber auf die Musik, für die ein Pianist sorgte, der außerhalb ihres Blickfelds spielte. Sie machte sich einen Spaß daraus, den Titel eines Stücks schon an den ersten Tönen zu erkennen. Eine Zeitlang rauschte das Tischgespräch nur so an ihr vorbei, dann jedoch riß die laute Stimme von Rickmers senior sie aus ihren Tagträumen.

»Die *Sophie Rickmers* wird ein Handelsdampfer, wie ihn die Welt noch nicht gesehen hat«, prahlte er gerade. »Sie liegt noch in unserer Werft, wird aber in null Komma nichts fertig sein.«

»Ein Schiff, wie aufregend«, warf Rosemarie ein.

Was sonst sollte ein Werftbesitzer und Reeder wohl bauen?, dachte Frieda erschöpft. Schon schwadronierte Rickmers weiter, zählte auf, wie viele Tonnen der Dampfer würde fassen können, auf wie viele Knoten er es brachte, wenn er erst auf den Weltmeeren unterwegs sein würde. Sie seufzte und unterdrückte ein Gähnen.

Im nächsten Augenblick tauchte ein Kellner mit einer Karaffe Wasser an ihrem Tisch auf. Sie sah, dass die Kristallflasche ins Schwanken geriet, und noch ehe sie etwas hätte tun können, bekam Rickmers senior eine kalte Dusche. Der schrie auf. Für eine Sekunde verstummten die Gespräche, nur noch das Klavier im Nebenraum war zu hören. Es war, als wäre das Treiben im Uhlenhorster Fährhaus für die Dauer eines Atemzugs zu einem Gemälde erstarrt.

»Ich bitte um Verzeihung. Es tut mir so leid«, stammelte der Kellner und machte sich mit einer Serviette an Rickmers' Schulter zu schaffen. Frieda presste die Lippen aufeinander. Jetzt bloß nicht laut lachen! Das wäre ihr auch schnellstens wieder vergangen, denn Rickmers holte aus und schlug die Hand beiseite. Die Serviette flog im hohen Bogen weg und landete auf einer brennenden Kerze, deren Flamme glücklicherweise augenblicklich erstickt wurde.

»Sie Tölpel«, polterte der Reeder. Von einem diskreten Umgang mit dem Vorfall schien er nichts zu halten.

»Verzeihung, mein Herr. Das hätte nicht passieren dürfen«, flüsterte der Ober. Sein Gesicht war dunkelrot geworden.

»Da sind wir überraschenderweise einer Meinung. Gehen Sie mir bloß aus den Augen.« Rickmers dachte noch immer nicht daran, seine Stimme zu senken. Dabei war ganz offensichtlich, dass der junge Kellner jedes weitere Aufsehen vermeiden wollte. Er sah sich wieder und wieder panisch um, lächelte den Gästen, die neugierig die Hälse reckten, schief zu. Gerade das schien Rickmers anzustacheln. »Die Sache wird Konsequenzen für Sie haben, junger Mann«, ließ er den Kellner eisig wissen. Frieda stellte fest, dass weder Frau Rickmers noch Justus auf die Szene reagierten. Könnten sie nicht wenigstens den Versuch unternehmen, ihn zu beruhigen?

»Bloß gut, dass es kein Bier war«, sagte die Gattin lediglich an Rosemarie gewandt. »Das hätte in der Droschke schön gestunken.«

»Eben, es ist nur Wasser«, platzte Frieda heraus. »Das trocknet ganz schnell, und dann ist nichts mehr davon zu sehen.« Alle Blicke waren plötzlich auf sie gerichtet. Frieda deutete auf die großen Fenster, an denen die Regentropfen herabliefen. »Wir werden heute wohl alle noch etwas abbekommen«, meinte sie und lächelte in die Runde. »Da fällt doch so ein kleiner Schluck nicht ins Gewicht.« Das Missgeschick hätte nicht passieren dürfen, keine Frage. Trotzdem hatte sie Mitleid und hoffte inständig, dass Rickmers von seiner Drohung Abstand nahm und dem armen Kerl keinen Ärger machte.

»Es geht nicht um das Wasser oder die Menge, es geht ums Prinzip«, erklärte er ihr jetzt streng.

»Aber im Prinzip könnte so etwas doch jedem von uns passieren.« Sie sah ihn lächelnd an.

»Nicht jedem, nur dem, der bedient«, stellte Justus richtig. In dem Moment trat der Geschäftsführer an den Tisch, entschuldigte sich, als wäre Rotwein auf Rickmers' Schulter gelandet oder Bratensoße, und bot rote Grütze für die gesamte Runde als kleine Entschädigung an.

»Albert, hör doch nur, der Pianist spielt *Mondnacht auf der Alster*. Wollen wir nicht tanzen?« Rosemarie sah Vaters Gäste an. »Es ist so ein schönes Lied. Und hinterher passt auch die rote Grütze wieder.« Sie kicherte mädchenhaft. Sicher, zum Tanzen war ein Walzer nie verkehrt. Aber konnte eine moderne Stadt wie Hamburg nicht auch eine moderne Hymne vertragen?

Nachdem Frau Rickmers ihrem Mann gut zugeredet und ihm höchst auffällig zugezwinkert hatte, ließ der sich nicht länger bitten, die vier zogen ab in Richtung Tanzfläche im Nebenraum. Frieda blieb mit Justus allein zurück. Auch das noch.

Der musterte sie wieder mit diesem prüfenden Blick, lehnte sich zurück und sagte: »Sie wollten zur Schule gehen, hörte ich.«

»Ich war auf dem Lyzeum.«

»Natürlich. Aber sie wollten noch länger die Schulbank drücken, richtig? Bemerkenswert!« Überraschend, wie gut er über sie informiert war.

»Ja, es ist mir wichtig zu verstehen, womit meine Eltern ihr Geld verdienen«, setzte sie zögernd an.

»Sie meinen: Ihr Vater. Womit Ihr Vater sein Geld verdient.«

»Ja, natürlich, mein Vater.« Widerstand regte sich in ihr. Schön, es gab genug, was Frieda an ihrer Mutter nicht verstehen konnte, andererseits war sie eben so erzogen worden. Zu ihrer Zeit hatten die Frauen noch nicht solche Möglichkeiten gehabt wie heute. Außerdem ärgerte es Frieda, dass Mutters Anteil völlig unter den Teppich gekehrt wurde.

Mit gerunzelter Stirn sah sie diesen Justus an. »Wissen Sie, ich denke, meine Mutter leistet auch ihren Beitrag. Sie hat zwei Kinder erzogen, steht einem großen Haushalt vor. Ohne sie könnte mein Vater sein Unternehmen kaum so ungestört führen. Wie dem auch sei«, murmelte sie. »Ihnen ist vielleicht bekannt, dass mein Vater nicht nur ein einflussreiches und sehr aktives Mitglied des Kakao-Vereins ist, sondern auch die Kakao-Wirtschaftsstelle mitgegründet hat.« Justus zog die Augenbrauen hoch, sagte jedoch nichts.

»Diese Wirtschaftsstelle setzt sich aus Einfuhr- und Fabrikationsausschuss zusammen. Die dort organisierten Importeure, Händler,

Makler und Fabrikanten bemühen sich, die Versorgung mit Rohkakao, aber auch mit Kakaobutter, Pulver und selbstverständlich Schokolade zu gewährleisten. Sie legen das Gewicht von Tafeln fest, bestimmen Inhaltsstoffe und sogar Handelsspannen.«

Er starrte sie an. »Woher wissen Sie das alles?«

»Ich höre zu, wenn mein Vater spricht«, gab sie knapp zurück. »Und ich lese. Sehen Sie, das ist genau das, was ich meine. Nur wenn ich weiter lerne und mich bilde, kann ich die Dinge verstehen, die für unsere Stadt und ihre Zukunft von Bedeutung sind.«

Eine ganze Weile sagte keiner von ihnen ein Wort, ob er sie jetzt mit anderen Augen sah?

»Ihr Geist ist in der Tat so kraus wie Ihr Haar«, sagte er schließlich. Ihr Haar war nicht kraus, sondern in ordentliche Welle gelegt. Sollte das also ein Kompliment sein, das ihm nur verunglückt war?

»Welch eine kuriose Idee, dass Haushalt und Kindererziehung ein Beitrag zum Wohlstand eines Kaufmanns wären. Und wie absurd, als Frau etwas von geschäftlichen Dingen oder der Zukunft einer Stadt verstehen zu wollen.« Er betrachtete sie jetzt neugierig, wie ein exotisches Insekt.

»Na ja, ich mache mir eben meine Gedanken …«

»Das sollten Sie nicht, das schadet nur Ihrem Teint. Vom Grübeln bekommen Sie Falten.« Zwar lächelte er nun, doch nicht einmal das machte ihn sympathisch. Frieda musste an den Fremden aus der Deichstraße denken, dessen graue Augen so gestrahlt hatten, als er gelächelt hatte. Mit ihm würde sie sich jetzt lieber unterhalten.

»Ich sagte nicht, dass ich grüble. Ich denke nur nach.«

»Aber das brauchen Sie doch nicht. Sie sind eine Frau, das erledigt jemand anderes für Sie.«

»Was? Das Denken?« Wie sollte das wohl gehen?

Das konnte unmöglich sein Ernst sein.

»Ja, gewiss.«

»Wie das?«

Doch bevor er ihr antworten konnte, war der Walzer vorüber, und ihre Eltern kamen zum Tisch zurück.

»Nun, mein Herz, wie hat er dir gefallen?« Die Haustür war gerade erst hinter ihnen ins Schloss gefallen, und ihre Mutter hatte noch nicht einmal die Stola abgelegt.

Frieda ahnte, was los war, sie hatte es schon den ganzen Abend befürchtet. Dieser prüfende Blick des Juniors, und dann waren Rickmers und ihre Eltern zum Tanzen gegangen und hatten Frieda mit Justus allein zurückgelassen. Auffälliger ging es ja wohl nicht. Trotzdem hatte sie noch ein Fünkchen Hoffnung, dass sie alles falsch gedeutet hatte. Es durfte einfach nicht wahr sein.

»Wer? Wie hat mir wer gefallen?«, fragte sie möglichst arglos.

»Bitte, Friederike, du hast dich schon den ganzen Abend so anstrengend betragen. Erspare mir einen Migräneanfall. Wie hat dir der junge Rickmers gefallen?« Sie sah zu Albert hinüber. »Ein schmucker junger Mann, finde ich.«

»Weiß nicht, etwas blasiert vielleicht und sonst … nichtssagend«, murmelte Frieda.

»Nun werd bloß nicht eins von diesen launischen flatterhaften Dingern.«

»Ist das nicht das Gleiche?«

»Bitte?«

»Launisch und flatterhaft, meine ich.«

»Friederike! Dein Vater und ich halten Rickmers für eine gute Wahl.«

»Wahl wofür?«

»Albert, sag doch auch mal etwas!«

Ihr Vater hatte sich ein Glas Wasser eingeschenkt und ließ sich nun in seinem Sessel nieder. »Du bist ein gescheites Mädchen und hast natürlich bemerkt, dass es heute Abend weniger um meine Geschäfte ging als darum, dass du einen jungen Mann kennenlernen sollst. Er wird einmal eine traditionsreiche und bedeutende Werft übernehmen.« Jedes Wort klang, als habe er es sorgfältig abgewogen.

Ihr Herz begann plötzlich heftig zu schlagen, die Sache war ernster als gedacht. Am liebsten wäre sie in die Schokoladenküche geflüchtet. Dort war sie in einer Welt, die nur ihr gehörte. Schön, hin und wieder war ihr einer von Vaters Angestellten behilflich. Wenn es darum ging, die Kakaobohnen zunächst zu reinigen, zu rösten und grob zu mahlen, oder auch später, beim Feinwalzen. Doch meist war Frieda mit der duftenden Kakaomasse und den Zutaten, die sie zum Verfeinern brauchte, alleine. Ihr Vater hatte sich noch nicht dazu durchringen können, die Manufaktur richtig in Betrieb zu nehmen.

Auf der einen Seite gefiel ihm der Gedanke, eine Hannemannsche Schokolade auf den Markt zu bringen, auf der anderen war der Zeitpunkt alles andere als günstig, solange die wirtschaftliche Lage so schlecht war und die Reichszuckerstelle weiterhin deutsche Schokolade blockierte.

Für Frieda hatte das zur Folge, dass sie vorerst mehr experimentierte, als dass sie produzierte. Und genau das war es, was sie so sehr liebte: die Tür zwischen sich und der Realität, der Not, die der Krieg bis nach Hamburg getragen hatte, zu schließen und einzutauchen in ihre Welt der Geschmacksnoten und Düfte. Frieda hatte mehr und mehr ein Gefühl dafür entwickelt, wie sich die Konsistenz veränderte, wenn man weniger Kakaobutter oder mehr Milchpulver verwendete, wenn die Zutaten im Mélangeur nur eben oder besonders lang miteinander vermischt wurden, wie lange die Masse in der Conchiermaschine bleiben musste, damit das Ergebnis eine besonders cremige Tafel wurde.

»Du weißt, dass Deutschland seine besten Schiffe abgeben muss-te.« Ihr Vater holte Frieda aus ihren Träumen zurück. »Die *Sophie Rickmers* ist einer der ersten Handelsdampfer, die die Lücke füllen werden. Nächstes Jahr soll sie vom Stapel laufen.«

»Ich weiß, Papa, es wurde ja ausführlich genug darüber geredet.« Sie spürte, wie ihr die Tränen in die Augen stiegen. Ihr Vater konnte doch nicht ernsthaft denken, dass sie das blöde Schiff interessierte. Wollte er sie wirklich an diese Familie Rickmers verschachern? Mit einem Mal fühlte Frieda sich von der ganzen Welt im Stich gelassen. Sie hockte sich auf die Armlehne seines Sessels und schmiegte sich an ihn. »Ich bin noch nicht einmal siebzehn, Papsi. Und Bremerha-ven ist schrecklich weit weg. Ich würde dich so sehr vermissen. Euch beide«, fügte sie eilig hinzu.

Ihr Vater nahm ihre Hand. »Na, na, Sternchen, du tust gerade so, als wollten wir dich lieber heute als morgen aus dem Haus haben. Deine Mutter und ich möchten, dass du dir deinen Ehemann, wer auch immer es sein wird, in aller Ruhe aussuchen kannst. Du sollst ihn gründlich kennenlernen, ehe du dich für ihn entscheidest. Da-für braucht es Zeit und viele Gelegenheiten, mehr voneinander zu erfahren. Was denkst du denn von uns?«

Sie atmete auf, vielleicht hatte sie überreagiert. Vielleicht wollten ihre Eltern ihr einfach nur einen jungen Mann vorstellen.

»Du hast vollkommen recht, entschuldige. Und wenn Herr Rick-mers wieder einmal in Hamburg ist, treffe ich ihn schon noch mal. Wenn dir so viel daran liegt.« So häufig würde dieser Schnösel schon nicht aus Bremerhaven herauskommen. Und wenn doch, fiele ihr ganz sicher eine Ausrede ein, schwerer Husten beispielsweise oder eine Magenverstimmung. Zur Not musste sie ihm die Lust auf wei-tere Begegnungen eben durch anstrengendes Betragen versalzen, wie ihre Mutter es nennen würde.

»In nicht einmal einem halben Jahr wirst du siebzehn.« Wieso klang Vater denn plötzlich so streng? Gerade hatte Frieda noch gedacht, dieses lästige Thema sei vorerst erledigt. Da hatte sie sich wohl getäuscht. »Das bedeutet, du könntest in zwei Jahren heiraten.«

»Was?« Sie sprang auf.

»Natürlich, mein Herz, je eher, desto besser«, stimmte ihre Mutter zu.

»Aber warum?«

»Zwei Jahre oder meinetwegen zweieinhalb sind keine lange Zeit, um den Charakter eines Menschen kennenzulernen. Ich bin beinahe vier Jahre mit deiner Mutter ausgegangen.«

»Das war allerdings eine lange Zeit«, stellte die fest.

»Kann doch sein, dass du den jungen Rickmers nicht lieb gewinnst.« Das konnte sogar sehr gut sein. »Dann werden wir dich mit einem anderen aussichtsreichen Kandidaten bekannt machen. Du wirst sehen, die Wochen werden nur so an dir vorüberfliegen. Wir haben also keine Zeit zu verlieren.« Er probierte ein Lächeln.

»Aber warum so schnell?«

Seine Gesichtszüge wurden ungewohnt hart. »Die Geschäfte laufen nicht besonders, Frieda. Ich will ganz ehrlich zu dir sein, ich glaube kaum, dass sich das in Zukunft schnell ändern wird. Es sind schwierige Zeiten, mein Kind. Wir haben keinen Kaiser mehr, die junge Republik muss auf die Beine kommen, Stabilität gewinnen.«

»Oh bitte, Liebster, das sind doch keine Details für ein so junges Ding«, unterbrach Rosemarie ihn.

»Ich glaube, Frieda versteht mich sehr gut, wenn sie den Grund meines Handelns kennt.« Er sah sie eindringlich an. »Deine Rolle in dieser Familie und auch bei Hannemann & Tietz ist wichtiger, als du bisher vielleicht geglaubt hast. Ich befürchte, die wirtschaftlichen Probleme werden uns noch lange beschäftigen. Daher ist es klug, wenn ein Schwiegersohn in Sicht ist, der Bedeutung, Einfluss und nicht zuletzt Geld mitbringt, damit wir uns auch in den nächsten Jahren einen standesgemäßen Lebensstil leisten können.«

Frieda starrte ihn fassungslos an. Sie sollte reich heiraten, um ihnen über wirtschaftliche Engpässe zu helfen? Ging es ihnen dafür nicht noch viel zu gut?

»Wir können es uns leisten, im Fährhaus zu essen, unsere Kleidung ist nach der neusten Mode, und der Tisch ist immer reichlich gedeckt. Wie das, wenn die Geschäfte so schlecht laufen, dass ihr einen reichen Schwiegersohn braucht, der euch rettet?«

»Friederike!« Ihre Mutter funkelte sie an, doch im nächsten Augenblick trat ein Lächeln auf ihre Lippen. »Von diesen Dingen verstehen wir nichts, mein Herz, also sei bitte nicht schon wieder anstrengend.«

Die Standuhr tickte laut. Noch immer trommelte der Regen an die Fensterscheiben.

»Ich habe ein Reservekonto aufgelöst«, sagte ihr Vater in die Stille hinein.

»Was?« Rosemarie riss die Augen auf.

»Als Kaufmann braucht man immer ein Polster, eine Sicherheit. Genau das war dieses Konto. Weil ich es aufgelöst habe, können wir uns weiter etwas leisten«, erklärte er müde. »Vorerst. Mit dem Geld kommen wir die nächsten Monate, vielleicht auch zwei Jahre über die Runden, selbst wenn sich der Handel nicht deutlich erholt.« Frieda sah ihn noch immer an. Er sah so grau aus, so abgespannt. »Tja, Kind, das ist das Leben.«

»Und dann, was ist dann, wenn das Geld verbraucht ist? Wenn der Handel sich nicht deutlich erholt, sondern womöglich noch schwächer wird?« Rosemaries Stimme hatte einen unangenehmen schrillen Ton. »Dein Vater hat recht, du musst heiraten, Frieda. Besser heute als morgen. Wenn alle einverstanden sind, brauchst du nicht einmal achtzehn zu sein. In diesen Zeiten muss jeder sein Opfer bringen.« Ihre Lippen begannen zu zittern. »Dein Bruder hat womöglich sein Leben für sein Vaterland gegeben. Damit auch für dich. Da ist es wohl nicht zu viel verlangt, einen sehr hübschen wohlhabenden jungen Mann zu ehelichen.« Frieda machte einen Schritt auf ihren Vater zu, sie konnte keinen klaren Gedanken fassen. Flehentlich sah sie ihn an. Das durfte einfach nicht wahr sein. Gleich würde er sie in die Arme schließen und alle Probleme lösen. Wie immer.

»Es war ein langer Tag, wir sollten schlafen gehen.« Ihr Vater erhob sich. »Wie ich schon sagte, die nächsten zwei Jahre werden wir schon überstehen. Und zur Not haben wir ja auch noch das Haus in der Bergstraße, das wir verkaufen können.« Er machte eine kurze Pause. »Und auch dieses Haus hier.«

Kapitel 4

Den Kopf gesenkt, ein Hütchen tief in die Stirn gezogen, lief Frieda zum Jungfernstieg. Der Regen fiel in langen Schnüren vom Himmel. Dieses Mal hatte sie einen Schirm mitgenommen. Zum einen hatte sie wenig Lust, schon wieder nass zu werden. Zum anderen wollte sie ihre Mutter nicht mehr als nötig gegen sich aufbringen. Sie wusste nur zu gut, wer das Sagen im Hause Hannemann hatte. Trotzdem war es stets angebracht, Mutters Laune zu schonen. Noch immer war Frieda aufgewühlt. Gleichzeitig brannten ihre Augen vor Müdigkeit. Zuerst hatte sie, nachdem alle zu Bett gegangen waren, noch eine Weile an der Schlafzimmertür ihrer Eltern gelauscht. Das gehörte sich nicht, und sie schämte sich dafür. Ein wenig. Doch wie sonst sollte sie wissen, ob Vater und Mutter womöglich schon Absprachen mit Rickmers getroffen hatten. Darüber erfuhr sie nichts.

Sie hörte nur, wie ihre Mutter sagte: »Du denkst wirklich, dass wir eins der Häuser verkaufen müssen, oder sogar beide?«

»Nur im Notfall, Röschen. So weit wird es schon nicht kommen.«

»Ich kümmere mich darum, dass unsere Tochter zur Vernunft kommt. Dieser Justus scheint ein anständiger Kerl zu sein, sie wird es bei ihm gut haben.« Das eheliche Bett knarzte bedrohlich. Frieda meinte zu verstehen, dass Mutter vorerst die Zahl der Hausangestellten reduzieren würde, sollte dies Vater ein wenig entlasten. Ehe sie am Ende noch erwischt wurde, war sie in ihr Bett geschlüpft. An Schlaf war vor Anbruch der Dämmerung nicht zu denken gewesen.

Mit dem letzten Gedanken der Nacht war sie am Morgen erwacht: Heiraten! In zwei Jahren. Und womöglich so einen Langweiler, der das Glück hatte, in eine äußerst wohlhabende Familie geboren worden zu sein. Das war ernsthaft zu befürchten. Ihr blieb nicht viel Zeit, um eine andere Lösung zu finden. Das Haus in der Bergstraße zu verkaufen, war ganz sicher keine. Dieser Schritt brächte Großvater ins Grab. Hannemann & Tietz, Import für Kakaobohnen und Kolonialwaren, musste irgendwie gerettet werden. Bloß wie? Im Grunde kannte Frieda die Antwort, nur machte die ihr Angst. Vor dem Warenhaus Mendel angekommen, schüttelte sie ihren Schirm aus. Ehe sie sich am Tag zuvor von Clara verabschiedet hatte, hatten die beiden vereinbart, sich heute noch einmal zu treffen. Immerhin hatten sie kaum Gelegenheit gehabt, ausführlich miteinander zu reden. Schon zu lange nicht mehr.

Der vierstöckige Einkaufspalast, eines der feinsten Häuser am Platz, verfügte über ein Schreibzimmer, einen Lesesaal sowie einen Erfrischungsraum. Letzterer war der feste Treffpunkt der Freundinnen.

»Einen wunderschönen guten Tag, gnädiges Fräulein.« Frieda hatte gerade die Stufen erreicht und brauchte einen Moment, ehe sie begriff, dass der Gruß ihr galt. Sie nickte und lächelte dem Mann in der Mendelschen Uniform – schwarze Hose, weißes Hemd, weinrote Weste – freundlich zu.

»Wir haben die besten Mitarbeiter.« Clara stand plötzlich neben ihr. »Da kann Rudolf Karstadt anstellen, was er will.« Sie grinste zufrieden. Frieda war immer wieder erstaunt über ihre Freundin. So zerbrechlich Clara sonst auch wirkte, ging es um die Familie Mendel oder deren Unternehmen, wurde sie unerbittlich.

»Wollen wir ein paar französische Hüte probieren?«, schlug Clara vor.

»Wenn du möchtest.«

»Oder sollen wir lieber die Kleider ansehen? Nein, ich weiß etwas Besseres. Wir gehen in die Stoffabteilung. Mein Vater sagte etwas von nachtblauer Seide, die eingetroffen sein soll.«

»Schön, warum nicht?« Frieda folgte ihr lustlos. »Wie ist es nur möglich, dass ihr ständig Waren bekommt, wir dagegen kaum noch Kakaobohnen oder Gewürze kriegen können? Heißt es nicht, es gibt keine Schiffe mehr? Wie ist dann eure Seide in die Stadt gelangt?«

Clara zuckte mit den Schultern. »Ich weiß es nicht.« Dicke Orientteppiche verschluckten die Geräusche ihrer Schritte auf dem Parkett. Frieda spürte Claras Blick auf sich, starrte jedoch stur vor sich hin. »Was ist dir denn über die Leber gelaufen? Schlägt dir etwa der Regen aufs Gemüt? Sei doch froh, dass es schüttet. Endlich steigt das Wasser in den Fleeten wieder, und dieser fürchterliche Gestank hört auf.«

Frieda blieb abrupt stehen. »Meine Eltern wollen, dass ich heirate.«

»Wie bitte? Wann? Und vor allem: wen?«

»Wenn ich Glück habe, erst in zwei Jahren. Aber ich soll jetzt schon Männer kennenlernen, die in Frage kommen.« Sie seufzte tief. »Ach Clara, ich will keinen serviert bekommen wie einen Hummer. Ich will mich verlieben. Einfach so. Vielleicht hier mitten zwischen französischen Kleidern und ledergebundenen Büchern. Ich ...« Ratlos verstummte sie. Plötzlich fiel ihr der Mann aus der Deichstraße wieder ein. So stellte sie sich das vor, man lief sich über den Weg, lernte sich kennen, ging miteinander aus.

»Planänderung. Die nachtblaue Seide läuft uns nicht weg. Gehen wir lieber in die Delikatessenabteilung und gönnen uns ein paar Petit Fours. Das ist genau das, was du jetzt brauchst.«

»Gute Idee.«

Sie hockten sich in eine Nische, zwei kleine rosa Kuchenkunstwerke, verziert mit kandierten Veilchen, vor sich auf dem Tisch. Das Eichenholz, mit dem die Wand neben ihnen verkleidet war, glänzte beinahe schwarz und roch nach Wachs.

Frieda erzählte von Justus, davon, wie ungewöhnlich er ihren Wunsch fand, weiter zur Schule zu gehen. Und sie schilderte bis ins kleinste Detail die Szene mit dem Unglückswurm von Kellner, der Rickmers senior die Dusche verpasst hatte.

»Sieht er wenigstens gut aus?«, wollte Clara wissen.

»Rickmers senior?« Frieda schmunzelte. Es tat gut, sich alles von der Seele reden zu können.

»Der Junior natürlich«, erklärte Clara überflüssigerweise und schob sich das letzte Stück des zuckrigen Gebäcks in den Mund.

Frieda dachte nach, dieser Justus war ihr kaum im Gedächtnis geblieben. »Na ja, hässlich ist er nicht. Vielleicht ein bisschen gewöhnlich, unauffällig, aber unter dem Strich nicht übel«, fasste sie ihren Eindruck zusammen. »Ich habe keine Ruhe, dazusitzen, Clara. Ich habe das Gefühl, jemand hat eine riesige Sanduhr umgedreht, und sobald das letzte Körnchen von oben nach unten gerieselt ist, ist mein Schicksal besiegelt. Es muss doch etwas geben, das ich unternehmen kann.«

»Zumindest gibt es etwas, das wir jetzt unternehmen können.« Clara sprang auf. »Lass uns doch die Seide ansehen. Vielleicht lenkt dich das ein wenig ab.«

Die beiden streiften durch die Abteilungen. Frieda strich über das dicke Polster eines wuchtigen Sofas und betrachtete den ovalen Couchtisch mit Spitzendeckchen und die zierlichen Stühle mit geschwungenen Beinen und Armlehnen. Sperrholzmöbel, wie sie jetzt in Massen in die Läden kamen, suchte man hier vergebens. Direkt neben den Möbeln gab es eine Fläche, die einzig Coco Chanel gewidmet war. Frieda bewunderte die Französin und hatte ihretwegen sogar mal ein Vogue-Magazin gelesen, das Clara vor zwei oder drei

Jahren von jemandem geschenkt bekommen hatte. Frieda wollte sein wie Coco, ein eigenes Unternehmen mit vielen Angestellten haben, eigene Kreationen.

»Mir ist das viel zu schlicht«, urteilte Clara. »Ich habe es gern, wenn es glitzert und Stoffmassen rascheln. Das passt zu uns Mädchen.«

»Dafür passt der Chanel-Stil zu selbstbewussten Frauen. Außerdem sind diese geraden und kürzeren Schnitte doch viel bequemer.« Sie hielt ein schwarzes Kleid vor sich und drehte sich vor einem der großen Spiegel, die zwischen den Auslagen standen. »Sehr elegant, findest du nicht?«

»Ich bevorzuge dies hier.« Clara hatte sich aus der Abteilung nebenan ein über und über mit Spitze besetztes Kleid geholt und hielt es vor ihren Körper. Frieda probierte einen Hut, so riesig wie ein Wagenrad und mit einer Feder geschmückt. Als sie sich gerade zu Clara herumdrehte, damit die ihr Urteil abgeben konnte, rutschte er Frieda bis fast auf die Nase.

»Ganz apart.« Clara gluckste. »So musst du deinem Schicksal auch nicht mehr ins Auge sehen.« Sie nahmen noch die langen Ketten aus Glasperlen unter die Lupe, die Madame Chanel entworfen hatte. »Modeschmuck«, meinte Clara ein wenig abfällig. »Ich glaube kaum, dass der sich durchsetzt.«

Sie kicherten über Hüfthalter, an denen man Feinstrümpfe befestigen konnte, probierten Lippenstifte, die bis vor kurzem nur Schauspielerinnen benutzt hätten, tätschelten einem Tiger aus Onyx den Kopf und verglichen in der Posamentierabteilung Zierbänder, Volants, Quasten und Knöpfe aller Größen und Farben. Die Regale mit Büchern fesselten Frieda besonders. Bei schlechtem Wetter kam sie manchmal her, ohne mit Clara verabredet zu sein, und brachte Stunden damit zu, in Werken von Hesse zu blättern oder im Roman einer ganz neuen Schriftstellerin mit Namen Vicki Baum.

»Die neue Buchhandlung drüben am Pferdemarkt will uns anscheinend unbedingt unbequem werden«, sagte Clara plötzlich.

»Wieso?«

»Kaum haben sie ihr Geschäft eröffnet, wollen sie schon Veranstaltungen anbieten. Stell dir vor, Lesungen mit echten Autoren.« Sie schüttelte den Kopf, ihre blonden Haare umspielten ihr skeptisch verzogenes Gesicht. Auf einmal fasste sie Frieda am Arm. »So, und nun will ich endlich alles ganz genau wissen«, verkündete sie resolut. »Ist dieser Justus auf deinen Vater zugekommen, oder umgekehrt? Habt ihr schon darüber gesprochen, wo ihr wohnen würdet? Wenn er Schiffe baut, kann er genauso gut nach Hamburg ziehen.« Da hatte sie zweifellos recht. In der Stadt bleiben zu können, wäre ein Trost, nur wollte Frieda nicht einen einzigen Gedanken daran verschwenden, dass es tatsächlich zur Heirat mit diesem Rickmers kommen könnte.

»Also, ich fasse mal zusammen«, sagte Clara, »er hat Geld ...«

»Daran denkst du als Erstes?«

»Ich dachte, deinem Vater ginge es darum, einen reichen Schwiegersohn zu bekommen. Außerdem bin ich Jüdin. Sagt man uns nicht nach, wir wären nur auf Geld aus?« Frieda verdrehte die Augen, doch Clara ließ sich nicht beirren. »Du sagst, er ist nicht hässlich. Was willst du denn noch?«

»Ist das dein Ernst?«

Zunächst tat Clara, als habe sie Frieda nicht gehört. »Nein«, sagte sie plötzlich.

Frieda knuffte ihr sanft gegen den Arm, die beiden lachten. Es tat gut, mit ihrer Freundin zu sprechen.

»Weißt du nicht mehr, wie oft wir davon geträumt haben, was wir in unserem Leben alles anstellen wollen?«, fragte sie. »Wir wollten die Welt sehen, nach England fahren oder noch weiter weg.« Als sie noch klein gewesen waren, hatte Levi sie manchmal mitgenommen zum Schwanenhaus. Das war ihre einsame Insel gewesen, die Alster ihr Ozean.

»Da waren wir noch Kinder. Es waren nur Träume. Wir wussten die ganze Zeit, was uns in Wahrheit erwartet. Du etwa nicht?« Clara sah Frieda an.

»Doch schon, aber …«

»Jedenfalls ungefähr«, fuhr Clara fort. »Wir wussten ungefähr, was uns erwartet, wenn wir erwachsen sind.« Langsam gingen sie die Treppe hinunter. »Du willst unbedingt arbeiten, wirst aber heiraten. Und ich würde gern heiraten.« Ihre Stimme wurde noch leiser. »Stattdessen werde ich eine Ausbildung zur Krankenschwester machen.«

»Was sagst du da?« Frieda starrte sie an. »Ist das sicher? Seit wann weißt du es?«

»Es war schon länger im Gespräch. Vor ein paar Tagen haben wir die Bestätigung bekommen, dass ich zugelassen bin.«

»Freust du dich denn gar nicht?«

»Worauf sollte ich mich wohl freuen?« In Claras Augen traten mit einem Mal Abscheu und Angst. »Auf blutgetränkte Verbände, verschmutzte Betten, auf Spritzen, die ich in fremdes Fleisch stechen muss?«

»Krankenschwester ist ein sehr interessanter Beruf und ein wichtiger noch dazu, und was noch viel wichtiger ist: Er wird dir die Möglichkeit geben, selbständig zu sein, dein Leben so zu führen, wie es dir gefällt, statt dich von jemandem aushalten zu lassen. Also wirklich, Clara, dass du nicht begreifst, welches Glück du hast. Heiraten kannst du später immer noch.« Es war doch nicht zu glauben, ihre beste Freundin würde einer Arbeit nachgehen und tat so, als würde man sie für die nächsten Jahre ihres Lebens in einen feuchten kalten Keller sperren. Wie konnte sie nur so dumm sein?

»Und wenn er eine andere findet, während ich Klistiere verabreiche oder Pflaster klebe?«

»Ich würde liebend gern Pflaster kleben, Verbände wickeln.«
Frieda redete sich immer mehr in Rage. »Ehrlich, Clara, ich würde
sofort mit dir tauschen. Du kannst diesen Justus Rickmers haben.
Ich schenke ihn dir.«

Clara reckte das Kinn. »Nein, danke, den kannst du behalten.«

»Siehst du, du willst auch nicht bloß verheiratet werden.«

Sie seufzte. »Es geht nicht darum, was ich will, Frieda. Meine
Mutter hat einfach einen Narren an der berühmten Sidonie Werner
gefressen. Mutter sagt, die Frau hat völlig recht, die beste Mitgift für
die jüdische Frau ist ihre Ausbildung.«

»Und das stimmt auch«, rief Frieda. »Du kannst wirklich dankbar
sein, eine so kluge Mutter zu haben.«

»Sie ist nicht klug, sie plappert nur nach, was die Werner sagt.
Die genießt in der jüdischen Gemeinde ein großartiges Ansehen,
also kann sie wohl kaum falschliegen. Meint meine Mutter.«

»Was das Nachplappern angeht, haben unsere Mütter etwas gemeinsam«, sagte Frieda seufzend. »Leider hört meine gar nicht erst
den richtigen Leuten zu.«

Die beiden traten ins Freie. Der Regen hatte aufgehört. Clara
hielt nach einer Droschke Ausschau. »Ach, Clara, alles ist im Wandel. Apropos, hat die Universität inzwischen eigentlich ihren Betrieb aufgenommen?«

»Allerdings.« Clara schnaufte demonstrativ. »Mit der Ruhe ist es
jetzt vorbei. Es sind ja nur wenige Schritte von unserem Haus bis
zum Universitätsgebäude. Du kannst dir bestimmt vorstellen, was
da jetzt jeden Morgen los ist.«

»Ist es nicht aufregend? All die Professoren und Studenten.«
Frieda beneidete ihre Freundin. Sie würde selbst gern täglich einen
Blick darauf werfen, die Atmosphäre von Wissen und Bildung in
sich aufnehmen können.

»Vor allem das Gebäude ... phänomenal«, stellte Clara anerkennend fest und versuchte eine Droschke heranzuwinken. Aber es herrschte mal wieder Hochbetrieb auf dem Jungfernstieg, und alle Fahrzeuge waren besetzt. »Ich werde wohl die Straßenbahn nehmen müssen«, sagte sie seufzend.

»Würdest du dieses prächtige Gebäude nicht gern von innen kennenlernen?«, schwärmte Frieda. »Alle begreifen endlich, wie wichtig Bildung ist. Für jedes Geschlecht! Es soll sogar eine Professorin geben, stell dir das nur vor!«

Clara sah sie irritiert an. »Bildung für jedes Geschlecht, aber längst nicht für jeden Stand.«

»Du hast recht, aber sollten nicht gerade die Wohlhabenden eine gute Ausbildung haben, schließlich entscheiden sie über das Schicksal der Stadt und der gesamten jungen Republik.«

»Und wer ist das?«

Sie konnte aber auch wirklich schwer von Begriff sein. »Na ja, also die Senatoren natürlich, aber eben auch die Kaufleute«, gab Frieda ungeduldig zurück.

»Siehst du, die Männer«, verkündete Clara triumphierend. »Frauen entscheiden nicht über das Schicksal einer Stadt, schon gar nicht jüdische Frauen.«

»Ich verstehe nicht, was du immer damit hast.« Nun wurde es Frieda aber wirklich zu dumm. »Jüdin oder Christin. Deutscher oder Engländer. Das ist doch gleich, Mensch ist Mensch!«

»Du solltest vorsichtig sein mit dem, was du sagst. Die Engländer sind unsere Feinde«, erinnerte sie Clara leise.

»Das waren sie im Krieg.«

Clara zuckte mit den Schultern. »Die englischen Kanonenboote versperren noch immer den Hafen.«

»Genau wie die französischen und amerikanischen«, konterte Frieda. »Wir haben Frieden. Jetzt zählt nur noch, ob einer aufrichtig ist oder nicht.«

»Wenn es nur so einfach wäre, gestern noch Feind, heute schon wieder Freund.« Sie sah Frieda in die Augen. »Die Engländer haben meinem Bruder ein Bein weggeschossen. Sie könnten deinen Bruder auf dem Gewissen haben. Wie würdest du dann darüber denken?«

Frieda zuckte zusammen, was konnte man darauf schon erwidern?

»Habt ihr noch immer nichts von Hans gehört?« Claras Stimme war mit einem Mal brüchig – wie Eis auf einer Pfütze nach dem ersten Frost.

Frieda schüttelte den Kopf. »Nein, nichts.«

Clara nickte langsam. Schimmerten da Tränen in ihren Augen? Gerade noch hatte sie Frieda mit ihrer Haltung zur Weißglut gebracht, doch in dieser Sekunde wusste Frieda wieder, warum sie ihre Freundin so gern hatte. Es gab nicht viele, die so mitfühlend waren und so großzügig.

Dankbar lächelte sie sie an.

Clara erwiderte das Lächeln schmal. »Ich muss jetzt wirklich gehen«, erklärte sie dann. »Ich habe zwei Angorakaninchen geschenkt bekommen. Die wollen ihre Möhren haben.«

Die grauen Wolken verzogen sich langsam, hier und da blitzte schon wieder ein bisschen Himmelblau durch. In Gedanken versunken machte Frieda sich auf den Heimweg. Clara war anders gewesen als sonst, weniger sorglos. Hatte Frieda etwas Falsches gesagt? Hatte sie ihre Freundin zu sehr spüren lassen, wie glühend sie Clara um die Aussicht auf ein eigenes Auskommen, auf einen Beruf beneidete? Plötzlich hielt sie inne. »Ich würde gerne heiraten«, hatte Clara gesagt.

»Und wenn er eine andere findet?« Genau, so hatte sie sich ausgedrückt. Klang doch ganz so, als habe sie dabei an einen speziellen

Mann gedacht. Warum fiel ihr das erst jetzt auf? Frieda schüttelte wütend den Kopf. Sie hatte nicht richtig zugehört. Stattdessen hatte sie ihre eigenen Ansichten über alles gestellt. Wie konnte sie nur so unsensibel sein? Clara fürchtete sich womöglich tatsächlich vor dem täglichen Umgang mit Blut und Krankheit. Nur weil Frieda sich liebend gern als Krankenschwester versuchen würde, musste das für Clara längst nicht gelten. Im Grunde waren sie in der gleichen Situation, ihre Eltern bestimmten, was aus ihnen werden sollte. Doch statt Verständnis zu zeigen, war sie nur ungeduldig geworden. Und sie hatte den vielleicht wichtigsten Satz des Tages ignoriert, anstatt Clara sofort Löcher in den Bauch zu fragen. Vor dem Wohnhaus in der Deichstraße angekommen, schlüpfte Frieda in die Kakaoküche. Sie musste sich ablenken, ihre Stimmung wieder heben. Es tat weh, dass Clara anscheinend ein Auge auf einen jungen Mann geworfen, ihr aber nichts davon erzählt hatte. Und sie hatte nicht gefragt, hatte es einfach überhört. Es war zum Aus-der-Haut-Fahren!

Für einige Sekunden schloss sie die Augen. Sie wollte Schokolade machen. Nicht irgendeine, sondern eine Schokolade, wie sie die Hamburger noch nie gekostet hatten. Sie würde experimentieren, um etwas ganz Spezielles zu entwickeln. Vielleicht etwas, das man in den Automaten anbieten konnte, von denen sie träumte. Etwas, das alle haben wollten. Es musste ein Geschmackserlebnis werden, das gleichzeitig nicht zu viel kosten durfte. Der milde Duft gerösteter Bohnen füllte sie mehr und mehr aus und schien ihre Sorgen und Gedanken zu verdrängen. Frieda sog die Luft ganz langsam durch die Nase ein. Dann machte sie sich ans Werk. Die Kakaobohnen hatte sie bereits zuvor mithilfe verschiedener Walzmaschinen zu einer recht fein gemahlenen Masse verarbeitet. Diese füllte sie nun aus einem Bottich in den Mélangeur, einen Mixer, den Vater der Familie Suchard günstig hatte abkaufen können. In der Granitschale seien schon die Zutaten der ersten Milka-Tafel gerührt worden, hatte Vater stolz verkündet, als er das Gerät in der Kakao-Küche auf den Tisch gehievt hatte. Milka, ein einfacher Name für eine einfache Schokolade, dachte sie. Einfach, aber gut, denn mehr als Milch und Kakao war im Grunde nicht nötig, um ein hochwertiges Ergebnis zu erhalten. Doch Frieda wollte mehr, das berühmte I-Tüpfelchen. Sie füllte die Masse in die Schale und gab Kakaobutter, Milch und Zucker hinzu. Nicht zu viel davon, denn zum einen waren alle Zutaten derzeit noch rar, zum anderen wollte sie ein möglichst kräftiges Aroma kreieren, nicht zuckrig, sondern ganz von den guten Bohnen dominiert. Sie setzte die Walzen in der erwärmten Granitwanne in Bewegung und sah zu, wie flüssige und feste Bestandteile miteinander vermischt wurden. Nach wenigen Minuten war der Moment gekommen, der Masse den gewissen Pfiff zu verleihen. Frieda hatte vor einiger Zeit schon Zimt verwendet, den ihr Vater aus Ceylon importierte. Die Schokolade war köstlich geworden, nur erinnerte Zimt doch sehr an Weihnachten und war darum nur für die kalte Jahreszeit geeignet, fand sie. Sie wollte dieses Mal etwas ganz Neues ausprobieren, das sowohl im Sommer als auch im Winter auf der Zunge zerging. Ihr Vater importierte auch Pfeffer wie viele Hamburger Kolonialwarenhändler. Pfeffer und Schokolade, eine gewagte Rezeptur! Vorsichtig gab sie einige der scharfen Kügelchen in die Schale. Auch davon nicht zu viel, damit es beim Naschen nicht zu sehr am Gaumen brannte. Außerdem war das Gewürz ein teures Vergnügen. Frieda hatte sich für roten Pfeffer entschieden, ungeschälte reife Körner also, weil sie hoffte, dass trotz der recht gründlichen Zerkleinerung winzige Farbpartikel sichtbar bleiben würden. Trotz der Kühle in dem unbeheizten kleinen Raum wurde ihr warm. Das lag gewiss nicht nur daran, dass die erwärmte Granitwanne eine angenehme Temperatur abstrahlte, sondern vielmehr an ihrer Aufregung und Vorfreude. Wenn Frieda sich auch in dem Anblick der dunklen Masse verlieren konnte, die immer mehr Glanz bekam und sich wieder und wieder durch die Schale wälzte, brachte ihre Ungeduld sie doch dazu, den Prozess nach zwanzig Minuten zu beenden. Sie tauchte einen Löffel in die Schokolade und kostete. Mit geschlossenen Augen konzentrierte sie sich ganz und gar auf das Aroma, das sich auf ihrer Zunge entfaltete. Das Verhältnis von Kakaomasse und Zucker war perfekt getroffen. Auch die Menge an Milch konnte sie so beibehalten. Noch war da dieser typische leicht sandige Eindruck in ihrem Mund, doch darum machte sie sich keine Sorgen, denn der würde durch erneutes Walzen und das Conchieren zum Schluss verschwinden. Je länger sie die Schokolade schmeckte, gegen den Gaumen drückte und bewegte, desto klarer kam der Pfeffer zum Vorschein. Frieda schluckte. Sie spürte ein ganz leichtes Prickeln im Rachen. So ein Glück, die Rezeptur war gelungen, gleich beim ersten Versuch! Sie strahlte. Mehr von dem Gewürz durfte sie auf keinen Fall verwenden, oder? Sie wollte einen weiteren Löffel eintauchen, besann sich aber. Am Ende hatte ihre Mutter noch recht mit ihrer Mäkelei über Friedas Figur. Doch selbst dieser Gedanke konnte ihre gute Laune nicht dämpfen. Es lohnte sich ohnehin mehr, mit der nächsten Probe zu warten, bis die Masse sehr fein gemahlen war. Wenn sie warm, dickflüssig und ganz cremig aus der Conchiermaschine kam, war sie einfach am besten. Allein bei der Vorstellung lief ihr das Wasser im Munde zusammen. Welch ein Glück, dachte sie erneut. Oft genug waren ihr ihre Experimente mehrmals gründlich misslungen. Manches Mal waren die Ergebnisse gewöhnlich. Essbar, aber gewöhnlich. Dann wieder hatte sie beim Kosten das Gesicht verzogen und in schlimmen Fällen sogar Schokolade wieder mit Kakaobutter, Milch und Zucker verlängert, bis die Tafeln wenigstens genießbar waren. Aber dieses Mal … Clara sollte die Erste sein, die von der neuen Kreation kosten durfte! Frieda stimmte ein kleines Lied an, die finsteren Gedanken waren endgültig vertrieben. Zufrieden schaltete sie den Mélangeur erneut ein.

Kapitel 5

Erst wenige Tage waren vergangen, seit Ernst nach Hause zurückgekehrt war und den Dienst als Laufbursche für Albert Hannemann
wieder angetreten hatte. Frieda kam es vor, als sei er gar nicht weg
gewesen. Nun gut, er war älter geworden und reifer irgendwie, aber
im Grunde war er der gute Freund geblieben, der ihr so vertraut war.
Noch immer hatte er stets einen Schalk im Nacken, noch immer
wusste er einen Mantel aus Charme um seinen Ehrgeiz zu legen, mit
dem er jeden für sich einnahm.

Es war ein perfekter Frühlingstag Ende Mai, als er in das Haus in
der Deichstraße gesaust kam.

»Nachricht von Albert Hannemann«, schrie er keuchend. »Wichtige Nachrichten!«

»Was machst du denn für ein Theater, Ernst Krüger?« Frieda
hatte ihr Buch über Gewürze beiseitegelegt, in dem sie gerade über
die Inhaltsstoffe und die Heilkraft von Pfeffer gelesen hatte, und
trat aus ihrem Zimmer. Bei dem Geschrei konnte sich kein Mensch
konzentrieren. Ernst war im Begriff, die Treppe nach oben zu den
Hannemannschen Wohnräumen zu rennen. Als er sie sah, blieb er
auf der dritten Stufe stehen.

»Dein Vater schickt mich«, brachte er noch immer kurzatmig
hervor. Er schien den ganzen Weg von der Bergstraße hierher gelaufen zu sein.

Ihr wurde mulmig. »Geht es ihm nicht gut?«

»Er hat einen Anruf bekommen. Aus dem Allgemeinen Krankenhaus St. Georg.« Er machte eine Pause und sah ihr ins Gesicht, ein sanftes Lächeln trat in seinen Blick. »Hans ist da. Er wartet auf euch.«

Tränen schossen ihr in die Augen, ihr blieb kurz die Luft weg. »Was sagst du da?« Ihre Stimme gehorchte ihr nicht. Frieda raffte ihren Rock und rannte los, die Holztreppe beschwerte sich mit lautem Knarren.

»Langsam!«, rief Ernst und lachte. Er machte eilig einen Schritt nach hinten und suchte Halt an der Wand. Gerade noch rechtzeitig, denn schon fiel Frieda ihm um den Hals.

»Und das ist auch ganz sicher?«, fragte sie erstickt. »Ich meine, sie sind sicher, dass es mein Bruder ist?«

Er nickte und nahm behutsam ihren Arm.

»Klar, sonst hätten die nicht angerufen«, meinte er und löste sich von ihr.

»Aber wie ist er nur dorthingekommen, so lange nach Kriegsende?«

»Vielleicht hat er auch 'n lütten Abstecher nach Afrika gemacht wie ich.«

»Geht es ihm denn gut? Das Krankenhaus, sagst du, dann ist er verletzt. Weißt du, was er hat?« Tausend Gedanken wirbelten durch ihren Kopf. Sie sah ihn an, vielleicht konnte sie aus seiner Miene lesen. Bestimmt würde er ihr nicht die Wahrheit sagen, sondern sie schonen. »Wird er wieder gesund?«

»Ich bin kein Arzt, verehrtes Fräulein Hannemann«, erklärte er, lächelte sie aber aufmunternd an. »Dein Vater hat nur gesagt, dass dieser Arzt im Kontor angerufen hat und dass ich deiner Mutter und dir eine Droschke rufen soll. Mit der fahrt ihr in die Bergstraße und dann zu dritt weiter nach St. Georg.«

»Kommst du denn nicht mit?«

»Ich? Nee, das is 'ne Familiensache.«

»Eben. Du gehörst doch praktisch zur Familie.«

Da war wieder dieser seltsame Blick, der war neu an Ernst.

»Nee, nee, lass man. Dein Bruder kriegt bloß einen zu viel, wenn die ganze Bagaasch auftaucht. Ich ruf denn mal 'n Wagen.«

Die Droschke fuhr über den Alsterdamm, vorbei an dem eindrucksvollen Sitz der Hamburg-Amerika-Linie. Frieda blickte nach draußen auf das junge verheißungsvolle Grün der Bäume. Wenn sie nur die ewige Schleife in ihrem Kopf beenden könnte. Wie ging es Hans, wo war er so lange gewesen, was hatte er erleben müssen, würde er wieder gesund werden, wie ging es ihm? Und so weiter. Bloß an etwas anderes denken. Gerade überquerten sie die Straße Brandsende. Hier hatte man im Jahr 1842 den Großen Brand aufhalten können. Was hatte dieser Spreckel neulich gesagt? Sie erinnerte sich nicht genau an seine Worte, war aber sicher, dass er ihrem Urgroßvater eine Heldentat hatte andichten wollen. Sie musste unbedingt ihren Vater danach fragen. Soweit sie wusste, war das verheerende Feuer, das einen bedeutenden Teil der Stadt verschlungen hatte, in der Deichstraße ausgebrochen, im Haus eines Tabakhändlers. Schnell war die Forderung da gewesen, Häuser zu sprengen, um dem Brand ein Ende zu setzen. Welch eine Entscheidung, dachte sie, als sie am stolzen Grand Hotel Atlantic vorbeirollten, an dem gerade eine Fahne wehte. »Zehn Jahre Luxus und Bequemlichkeit« war darauf zu lesen. Vor zehn Jahren war es eröffnet worden, vor allem, um die anspruchsvollen Gäste der Hamburg-Amerika-Linie standesgemäß unterzubringen. Während des Großen Brandes mochte ein nicht minder teures und eindrucksvolles Bauwerk an der Stelle gestanden haben. Kaum vorstellbar, es zu opfern, um den Flammen Einhalt zu gebieten. Wie verzweifelt mussten die Hamburger gewesen sein, dass sie genau das schließlich taten? Dennoch hatte das unermessliche Leiden von damals für die Hamburger von heute trotzdem sein Gutes. Ohne die Zerstörung hätte man wohl kaum so vieles neu und so viel schöner aufgebaut. Die Alsterarkaden etwa, die dem Baustil Venedigs nachempfunden waren. Frieda seufzte. Ihre Eltern saßen ihr stumm gegenüber und hielten sich bei den Händen. Je näher sie dem Allgemeinen Krankenhaus kamen, desto weniger wollte es Frieda gelingen, sich von dem abzulenken, was ihnen bevorstand. Sie freute sich auf ihren Bruder, sehr sogar. Doch sie hatte auch Angst.

»Er hat etwas abbekommen, wird aber wieder vollständig gesund werden, wie es aussieht«, hatte ihr Vater knapp erklärt, als er in die Droschke gesprungen war. Was mochte das bedeuten? Was, wenn Hans ein Bein fehlte oder ein Arm. Nein, dann würde er doch nie wieder vollständig gesund sein. Was sie besonders beunruhigte, war, was der Arzt über Hans' geistigen Zustand gesagt hatte.

Seufzend schob sie den Gedanken beiseite, er würde schon wieder auf die Beine kommen. Ernst ging es ja auch gut, und auch er war im Krieg gewesen. Hans war jetzt dreiundzwanzig. Er kam gerade zur rechten Zeit zurück! Vater würde ihn einarbeiten, und zusammen konnten sie die Firma retten. Hans war der Erbe, das hatte sie als Kind oft genug zu hören bekommen, und er selbst hatte das ebenfalls zu gern betont. Dann sollte er jetzt mal machen. Damit war sie aus dem Schneider, hoffte sie, und dieser Rickmers konnte ihr ein für alle Mal gestohlen bleiben.

Das Allgemeine Krankenhaus St. Georg war ein riesiger gelber Backsteinkomplex mit Patiententrakten, Schwestern- und Pflegerinnenhaus und dem zweistöckigen Badehaus. Seit sie in der Lohmühlenstraße ausgestiegen waren, jammerte ihre Mutter leise vor sich hin: »Wenn er nur kein Krüppel ist oder völlig entstellt. Wieso ist er denn überhaupt auf der Irrenstation?«

»Da ist er nicht mehr«, korrigierte sie ihr Mann. »Da war er zuerst. Jetzt ist er auf der allgemeinen Männerstation.«

»Herr, hilf!«, flehte Mutter und schnäuzte sich. »Dass er nur nicht hässlich geworden ist oder ein kompletter Idiot.« Frieda ballte die Fäuste und presste die Lippen aufeinander, um nichts zu dem Gezeter zu sagen. Sie warf ihrem Vater einen Blick zu. Ihm ging es genauso, das lag auf der Hand, so wie seine Kieferknochen mahlten. »Was soll nur werden, wenn er nicht mehr alleine zurechtkommt, wenn er sich nicht selbst waschen kann und gefüttert werden muss?« Die Stimme ihrer Mutter bebte und wurde mit jeder Silbe eine Nuance höher. Das war zu viel für ihren Vater.

»Er wird wieder völlig gesund, hat Professor Sandmann gesagt. Kannst du dich nicht einfach freuen, dass wir unseren Jungen zurückbekommen?«, fragte er mit eisigem Ton.

Mit dem ersten Schritt durch den Haupteingang umhüllte sie eine Wolke aus Gerüchen. Scharf roch es, nach einer Mischung aus Urin und Lysoform oder einem anderen Desinfektionszeug. Frieda versuchte flach zu atmen. Ihr Vater hatte sich bei einer Schwester nach dem Weg erkundigt. Frieda glaubte an dem Widerstreit der Gefühle zu ersticken, der in ihr tobte. Sie konnte kaum mehr abwarten, ihren Bruder zu sehen, und teilte gleichzeitig einige der Befürchtungen ihrer Mutter. Außerdem musste sie wieder an Clara denken. Sie konnte ihre Freundin bereits in einer der Schwesternuniformen vor sich sehen und deren Ängste mittlerweile sogar ein wenig verstehen. Trotzdem, Frieda würde liebend gern mit ihr tauschen.

Am Ende eines langen schmalen Ganges lag der Männersaal. Sie traten ein und wurden unvermittelt von vielen Augenpaaren gemustert. Es waren gewiss dreißig Betten, die in zwei einander gegenüberliegenden Reihen in engen Abständen nebeneinander standen. Die einfachen Metallgestelle einer Reihe waren bis ganz an die Wand geschoben worden, hinter der Reihe gegenüber hatte man eine Bretterwand aufgestellt, die Frieda an einen hohen Gartenzaun erinnerte.

Vermutlich lag dahinter ein weiterer Krankensaal wie dieser hier. Ein Mann, nur mit einem weißen langen Hemd bekleidet, humpelte auf zwei Krücken an ihnen vorüber, ein anderer lag röchelnd und mit geschlossenen Augen in den Kissen, die Decke bis zum Kinn gezogen. Den meisten schien es jedoch nicht allzu schlecht zu gehen, dachte Frieda. Gott sei Dank. Ihre Augen suchten die Betten ab, dann hatte sie ihn entdeckt. Auf dem letzten Lager in der rechten Reihe. Sie erkannte ihn sofort. Hans. Ihr großer Bruder. Als kleines Mädchen hatte sie ihn bewundert, später seine Hänseleien mal genossen, mal ertragen. Es war Jahre her, dass sie ihn das letzte Mal gesehen hatte, dennoch waren die Bilder so lebendig, als wäre es gestern gewesen. Infanteristen, die am Papendamm jubelnd in den Krieg zogen. Das dunkelblonde Haar fiel ihm wellig in den Nacken. Er saß aufrecht, die Schultern gestrafft und kräftiger, als sie ihn in Erinnerung hatte. Friedas Herz zog sich zusammen. Hundertmal hatte sie sich diesen Moment ausgemalt, wie sie ihn sehen, auf ihn zurennen, ihm in die Arme fallen würde. Liebend gern würde sie genau das jetzt tun, doch sie konnte nicht. Fünf lange Jahre, fast ein Drittel ihres Lebens. Er war ihr Bruder, aber er war auch ein Fremder.

Sie hatten zu dritt am Eingang verharrt, jetzt setzten sie sich langsam in Bewegung. Da war noch etwas gewesen, was Professor Sandmann am Telefon gesagt hatte: »Ihm scheint zwischendurch das Gedächtnis abhandengekommen zu sein oder die Orientierung. Oder beides. Jedenfalls wusste er weder, wer er ist, noch wohin er soll, als ihn jemand am Hauptbahnhof aufgelesen hat. Aber jetzt ist er wieder ganz der Alte.« Wenn dieser Sandmann nur recht hatte. Wenn nur Ernst jetzt hier wäre.

»Hans!« Das war Vaters Stimme, ganz rau und leise. Trotzdem hatte Hans ihn anscheinend gehört, denn er drehte sich langsam zu ihnen. Frieda hielt den Atem an. Lieber Himmel! Eine Narbe zog sich von Hans' Braue haarscharf am rechten Auge vorbei über die

Wange beinahe bis zu den schönen vollen Lippen hinunter. Er sah grotesk aus, wie ein Clown, dem man nur auf eine Seite ein Lachen gemalt hatte.

»Grundgütiger!« Mutter hatte aufgeschrien, presste sich jetzt die Hand vor den Mund und ließ sich gegen eines der Betten sinken.

»Reiß dich zusammen«, zischte Albert sie so scharf an, dass Rosemarie augenblicklich verstummte. »Kümmere dich um deine Mutter!«, wies er Frieda heiser an. Damit ließ er die beiden stehen und ging mit schnellen Schritten zu seinem Sohn. Frieda entdeckte an einer Wand einen Hocker und führte ihre Mutter behutsam zu ihm. Dann folgte sie in Zeitlupe ihrem Vater über den gebohnerten Holzboden. Sie nahm kaum die Schwester wahr, die einen der Patienten versorgte, noch die Männer, die sie neugierig beobachteten. Alles verschwamm in einem Nebel. Nur Hans nicht. Frieda konnte nicht aufhören ihn anzustarren. Es war nicht die Narbe, die sie erschreckte, es war sein Blick. Wie Urgroßvater Theodor Carl, der tot aus seinem goldenen Rahmen von der Wand schaute. Er hat das Gedächtnis und die Orientierung verloren, hämmerte es in ihrem Schädel, aber er ist wieder der Alte. Nein, das war er gewiss nicht. Nicht annähernd. Wie hatte dieser Arzt das nur behaupten können? Er hatte ihren Bruder ja nicht einmal gekannt, ehe der Krieg ihn durchgerüttelt hatte. Frieda sah, wie Hans sich schwerfällig erhob. Er hinkte die wenigen Schritte um das Ende des Bettes herum seinem Vater entgegen. Der schloss ihn in die Arme und hielt ihn lange fest. Sie fühlte sich wie betäubt, wusste nicht, wie lange sie nur wenige Schritte von den beiden entfernt gestanden hatte, ehe ihr Vater Hans endlich losließ. Die beiden hatten kein Wort gesprochen. Mit einem Mal wurde es ihr bewusst. Ihr schöner, immer leicht spöttischer großer Bruder war ein gebrochener Mann.

Sie musste jetzt stark sein, für ihn. Nur nicht die Beherrschung verlieren. Immer wieder holte sie tief Luft. Da sah er sie an, nicht durch sie hindurch, sondern sah sie an, als wäre sie das Erste, das er hier wirklich wahrnahm. Seine Augen wurden feucht, seine Lippen begannen zu zittern, sodass die Narbe zuckte wie in einem grässlichen Lachanfall.

»Frieda!« Es war nur ein Hauch. »Meine kleine Frieda!« Er humpelte auf sie zu und drückte sie so fest an sich, dass sie kaum noch atmen konnte.

»Du hast mich doch nicht etwa vermisst?«, presste sie hervor und versuchte ein Lachen, das ihr gründlich misslang. Ein Beben ergriff ihren Körper, sie konnte einfach nichts dagegen tun. Stark sein, dachte sie und hatte den Kampf schon verloren. Frieda klammerte sich an ihm fest, krallte ihre Hände in sein Hemd. Er schluchzte laut auf. Das war zu viel, und sie ließ ihre Tränen laufen, weinte, schluckte, versuchte sich zu beruhigen, weinte und weinte. Da war nur noch der zuckende Körper ihres Bruders und der tröstende Arm ihres Vaters auf ihrem Rücken. Verschwommen sah sie, wie ein kleiner Tropfen auf Vaters Handrücken fiel. Auch er weinte. Zum ersten Mal in ihrem Leben weinte ihr Vater.

Auf dem Heimweg saß Vater still in der Droschke. Er sah Hans wieder und wieder an. Wann immer ihre Blicke sich trafen, lächelte Albert und nickte seinem Sohn zu.

»Das wird schon wieder«, schien er sagen zu wollen. Mutter dagegen redete ununterbrochen. Nachdem sie sich gefangen und von dem Schock erholt hatte, war ihre Beherrschung zurückgekehrt. Laut dachte sie über mögliche Behandlungen nach, die die Narbe verblassen lassen könnten. Sie hielten einmal an, um zwei Gläser Delikatesssülze der Fleischwarenfabrik Heil & Co. mitzunehmen. Fünf Mark das Pfund.

»Der nimmt's von den Lebenden!«, schimpfte Mutter, doch zur

Feier des Tages sollte es ihr recht sein. »Für unseren Sohn ist das Beste gerade gut genug.«

Am meisten freute sich Großvater über die Sülze. Sie gehörte zu seinen erklärten Leibspeisen. Und zum Dessert wollte er Heldengeschichten hören.

»Du bist jetzt ein Mann, Hans«, erklärte er mit stolz geschwellter Brust. »Und zwar ein Hannemann.« Frieda schmunzelte. Die Komik seiner Formulierung war Großvater nicht einmal bewusst. Sie sah zu Hans hinüber, doch der grinste nicht, sondern starrte auf seinen Teller. »Lass mal hören, wie vielen Briten und Franzosen du den Arsch weggeschossen hast.«

»Carl! Vater!«, riefen Albert und Rosemarie wie aus einem Mund, vermutlich aus recht unterschiedlichen Gründen.

»Was denn?« Carl blickte in die Runde. »Schlimm genug, dass wir den Krieg verloren haben. Wenigstens ein paar Schlachten werden wir doch gewonnen haben.« Er drückte die Oberlippe in Richtung seiner Nasenlöcher. »Sein Großvater hat als Junge schon gegen die Dänen gekämpft«, dozierte er. Albert verdrehte dezent die Augen. »Und in der Dritten Armee von Friedrich III. habe ich nicht unerheblich dazu beigetragen …«

»… die Belagerung von Paris vorzubereiten«, beendeten Frieda und Albert den Satz gemeinsam mit Großvater Carl.

»Das will ich meinen! Ich kann doch wohl davon ausgehen, dass mein Enkel, in dessen Adern mein Blut fließt, meinen Mut und meine Raffinesse geerbt und sich ebenfalls höchste Ehre erworben hat.« Er wandte sich an Hans, der noch immer nichts dazu gesagt hatte. »Was, Jung, du hast doch bestimmt eine Menge zu erzählen.« Er lachte gönnerhaft und trank einen großen Schluck Bier. »Nun spann uns mal nicht so lange auf die Folter!«

»Ihr könnt euch nicht vorstellen, wie das ist«, begann Hans nach einigen Sekunden der Stille heiser. »Da herrschte bald jeden Tag dicke Luft.« Was sollte das bedeuten? Sein Mund verzog sich spöttisch, wie sie es von ihrem Bruder kannte. Die Narbe ließ es wie ein boshaftes Grinsen aussehen. Schon im nächsten Moment pressten sich seine Lippen zu einem dünnen Strich zusammen. »Sie war von Granatsplittern, von feindlichen Geschossen und Explosionsgasen beinahe gesättigt«, erklärte er bitter.

»Ihr habt ja wohl für nicht minder dicke Luft über den Köpfen des Gegners gesorgt, nehme ich an«, unterbrach der Großvater ihn. »Und in ihren Lungen. Wie habt ihr das mit dem Chlorgas gemacht?«

»Bitte, Carl, das möchte nun wirklich niemand hören.« Rosemarie legte Messer und Gabel exakt nebeneinander auf ihren Teller und tupfte sich den Mund mit einer Serviette. »Schon gar nicht bei Tisch. So etwas Unappetitliches«, murmelte sie.

»Ach was!« Carl fuchtelte ungeduldig in der Luft herum. »Sind sie wie die Ratten aus dem Bau gekrochen? Oder sind sie in ihren Gräben krepiert, und ihr habt sie nur noch eingesammelt?«

Endlich sah Hans ihn an, müde und voller Abscheu. »Ich bin in meinem Schützengraben geblieben, Großvater«, sagte er leise, »und habe gebetet.« Sein Brustkorb hob und senkte sich schnell. »Keine Heldentaten, keine Ruhmesgeschichten.« Sein Blick wanderte wieder in dieses Nichts, in dem ihn niemand erreichen konnte. Dort war er allein, so schien es. »Die Kameraden sind reihenweise gestorben. Im Kugel- und Granathagel oder vor Kälte. Direkt neben mir.« Das Ticken der Standuhr übertönte ihn beinahe, so leise sprach er.

»Kälte und Feuchtigkeit, eine grausame Kombination. Viele bekamen den Grabenfuß. Eiseskälte, nasse Strümpfe, nasse Schuhe, Tag und Nacht. Die Fußsohlen schwellen an wie ein Schwamm, werden immer dicker, bis du nicht mehr laufen kannst.« Mutter presste eine Hand vor den Mund. »Irgendwann sind die Zehen schwarz und löchrig wie bei einer Mumie. Die Haut wird einfach aufgefressen, wenn du ewig im Schlammloch liegst, das sich Schützengraben nennt.« Er atmete schwer, dann schwieg er. Frieda ließ ein Stück Sülze auf ihrem Teller zurück und verzichtete auf ein Dessert. Sie wollte nie wieder Geschichten von der Front hören. Sie wollte, dass es niemals wieder Krieg gab. Sie wollte, dass ihr Bruder das alles vergessen und wieder der Alte sein konnte.

Die Tage vergingen, ohne dass Hans sich wesentlich veränderte. Er blieb, so oft es ging, in seinem Zimmer. Zu den Mahlzeiten kam er angehumpelt, setzte sich wortlos, aß gierig und zog sich, meist auch ohne eine einzige Silbe, zurück. Er schien weder zu bemerken, was er verspeiste, noch wer mit ihm am Tisch saß. Seine Augen waren oft weit aufgerissen, als sähe er die Schrecken des Krieges noch in jeder winzigen Einzelheit vor sich. In den Nächten hörte Frieda ihn durchs Haus schleichen. Tap-tap, tap-tap, tap-tap. Manches Mal hielt sie sich die Ohren zu, weil sie diesen müden traurigen Rhythmus einfach nicht mehr ertragen konnte. Die wenigen Stunden, in denen er Schlaf fand, waren noch schlimmer. Dann schrie er, wimmerte oder heulte wie ein wildes Tier. Das erste Mal hatte Frieda das Grauen gelähmt. Sie war nicht einmal in der Lage gewesen, sich die Decke über die Ohren zu ziehen, hatte einfach nur leise geweint und gewartet, bis es wieder still geworden war. Es hatte lange gedauert. Am nächsten Morgen hatte er ausgesehen wie ein lebender Toter, bleich, mit wirrem Haar, vollkommen erschöpft. Mutter hatte kein Wort darüber verloren, und Vater war natürlich längst im Kontor gewesen. Niemand war zu ihm gegangen, niemand hatte ihn getröstet. Auch sie nicht. Dabei musste er sich entsetzlich einsam und verlassen gefühlt haben. In den folgenden Nächten stand sie auf und ging zu ihm, wenn seine Albträume ihn quälten. Sie schlüpfte in sein Zimmer, hockte sich auf den Rand seines Bettes und legte ihm behutsam die Hand auf den Arm oder streichelte über das nassgeschwitzte Haar. So hatte es Mutter oder Gertrud Krüger früher bei ihr gemacht, wenn sie schlecht geträumt hatte. Frieda erinnerte sich an Situationen, in denen Hans sie getröstet hatte. Natürlich war es ihm lieber, er konnte sie gehörig verschaukeln, doch als sie zum Beispiel einmal über nasses Kopfsteinpflaster gehüpft, ausgerutscht war und sich das linke Knie aufgeschlagen hatte, da war er es gewesen, der sie beruhigt, ihr unendlich zärtlich die Wunde abgewaschen und ein großes Pflaster aufgebracht hatte. Es fühlte sich fremd an, dem großen Bruder sanft über den Rücken zu streichen, das tränennasse Gesicht auf ihren Schoß zu betten, ihn gewähren zu lassen, wenn er ihre Hand festhielt, bis ihn die Kraft verließ und er schließlich wieder einschlief. Doch es fühlte sich auch richtig an.

Im Juni begleitete Frieda ihn ins Krankenhaus, wo man sich sein Bein noch einmal ansehen wollte. Sie liefen zur Haltestelle Rathausmarkt und fuhren mit der Straßenbahn zum Lübecker Tor. In den Vorgärten begann eine Ahnung von Sommer. Nicht mehr lange, dann würden die Rosen voll erblüht sein. Die Knospen waren bereits prall, an geschützten Stellen zwischen den wärmenden Häusern hatten sich manche schon geöffnet. Margeriten malten weiße Sprenkel in das Grün. Es gab einfach keine schönere Zeit in Hamburg. Hans schien das alles nicht zu sehen. Er starrte düster vor sich hin und hielt Friedas Hand die ganze Zeit fest wie ein kleines Kind die Hand der Mutter.

»Wenn du fertig bist, können wir vielleicht ein wenig in den Park gehen«, schlug sie vor, weil sie sein Schweigen nur schwer ertragen konnte.

»Lieber nicht«, entgegnete er leise.

Frieda musste lange im Flur des Krankenhauses warten, ehe Hans endlich zurück war.

»Und? Was hat der Arzt gesagt?«

»Ich habe Paul getroffen«, sagte er mit belegter Stimme, anstatt ihr zu antworten. »Aus dem Infanterieregiment 76«, erklärte er. »Er war mit mir an der Westfront. Hat jetzt 'ne Prothese, aber die sitzt nicht gut.« Er sprach wie aufgezogen. »Wenigstens lebt er. Paul sagt, dass nicht mal sechshundertfünfzig Mann nach Hause gekommen sind.« Er sah ihr direkt in die Augen. »Von mehr als dreitausend.« Sie erinnerte sich an den Abschied am Papendamm. Es waren wirklich Massen gewesen, die in Volksfestlaune ihre Hüte in die Luft geworfen und gejubelt hatten. Dreiviertel von ihnen tot oder verschollen, dachte sie beklommen. »Da habe ich wohl noch Glück gehabt«, meinte er leise und lächelte zum ersten Mal, seit er aus dem Krieg zurück war.

Auf dem Rückweg stiegen sie am Hauptbahnhof aus und liefen über den Glockengießerwall und Alsterdamm zum Jungfernstieg. Die hübschen Türmchen der Alsterlust reckten ihre Spitzen in den blauen Himmel. Um den Steg, die Badeanstalt und das Bootshaus herum schaukelten Boote auf dem Wasser, einige trugen ein weißes Segel. Dazwischen waren die Köpfe der Schwimmer zu erkennen. Hans hatte sich bei Frieda untergehakt. Er betrachtete das Treiben, als sehe er es zum ersten Mal. Die Luft roch nach Neubeginn und war weich. Zielstrebig zog Frieda ihren Bruder zu Mendels, um diese Zeit standen die Chancen gut, Clara im Warenhaus anzutreffen. Seit Hans' Rückkehr hatten sie sich nicht mehr gesprochen.

»Komm, wir gönnen uns etwas Gutes, Ananas vielleicht oder Sahnetorte«, schlug Frieda fröhlich vor.

»Na schön«, stimmte Hans zu und hob vorsichtig die Augenbrauen. Ein Paar kam ihnen entgegen. Die Frau starrte ihn unverhohlen an.

»Du wirst staunen, was es bei Mendel alles gibt«, plapperte Frieda drauflos. Ihr Bruder hatte sich unter dem Blick der Spaziergängerin ganz steif gemacht und schließlich den Kopf gesenkt. »Sogar Hannemanns Feine haben sie da«, erzählte sie weiter. »Bisher nur unterm Ladentisch, aber das ist bald vorbei. Du weißt ja noch gar nichts von Vaters Schokoladenmanufaktur. Vor allem weißt du nicht, wer für die besonders köstlichen Rezepte zuständig ist.« Sie sah ihn von der Seite an, machte eine bedeutungsvolle Pause. Er fragte nicht nach. Natürlich nicht. Wenn sie ihn doch nur ablenken und aufheitern könnte. Bis vor einer Minute war er auf dem Weg der Besserung gewesen, hatte die Lebendigkeit der Stadt wahrgenommen, ihre Schönheit. Wie hatte diese dämliche Pute ihn nur so anstarren können, hatte die denn überhaupt keine Manieren? Nun war das zarte Pflänzchen erstickt. Als ob man nicht an jeder Ecke einen Kriegsheimkehrer mit Verletzungen sehen würde. Statt die Schaufenster der Geschäfte zu betrachten, konzentrierte Hans sich nur noch auf die Passanten, prüfte, wie sie auf seinen Anblick reagierten, und versuchte mehr und mehr, sein Gesicht zu verstecken.

»Ich kann da nicht reingehen«, keuchte er heiser, als sie vor dem Mendelschen Warenhaus angekommen waren.

»Warum nicht?« Sie kannte die Antwort, und sie wusste, dass er es wusste.

»Da drinnen werden mich noch mehr Leute anstarren, belauern geradezu.« Er atmete schwer. »Und ich kann ihnen nicht ausweichen.«

»Hans?« Das war Claras Stimme.

»Clara! Wir wollten dir gerade einen Besuch abstatten.« Frieda strahlte, ihre Freundin kam wirklich im rechten Moment. Frieda drückte sie zur Begrüßung an sich. »Ja, er ist endlich nach Hause gekommen.«

»Hans, ich freue mich so! Das ist ...« Claras Augen glänzten. Es war nicht zu übersehen, dass sein Anblick ihr einen Schreck versetzt hatte. Doch vor allem war da Freude, unendliche Freude.

»Hallo, Clara.« Er reichte ihr zaghaft die Hand. »Du bist richtig erwachsen geworden.«

»Und du lebst«, stotterte Clara und kämpfte gegen die Tränen. Ein kurzes Zögern, dann fiel sie ihm einfach um den Hals.

»Haben Sie kein Zuhause?« Ein Herr hatte sich vor den dreien aufgebaut. Er hätte an ihnen vorbeigehen können, doch er dachte gar nicht daran.

»Oh, Verzeihung!« Clara machte ihm augenblicklich Platz.

»Ich freue mich so! Das müssen wir feiern. Kommt, ich lade euch zu einem Glas Champagner ein.«

»Nein, lieber nicht.« Hans' Augen flackerten. Doch von einer Sekunde auf die andere schlug seine Stimmung um. »Ich lebe, ja, aber ich bin ein Monster«, flüsterte er bitter. »So etwas wollt ihr bestimmt nicht in eurem schicken Warenhaus haben.«

»Solch einen Unsinn darfst du nicht einmal denken!« Claras Stimme zitterte. »Und schon gar nicht aussprechen. Du hast eine Narbe. Na und? Sie wird verblassen, und sie macht dich nicht zu einem schlechteren Menschen. Schon gar nicht zu einem Monster, im Gegenteil«, fuhr sie fort, ehe er Einspruch erheben konnte, »sie zeigt, dass du den Mut hattest, zu kämpfen. Darauf kannst du stolz sein, und das Warenhaus Mendel wird immer stolz sein, einen so tapferen Mann begrüßen zu dürfen.« Frieda blinzelte eilig die Tränen weg. Sie hätte Clara vor lauter Dankbarkeit die Füße küssen können.

»Denk doch mal an das, was dir dein Kamerad Paul vorhin erzählt hat«, erinnerte sie Hans sanft. »Die meisten aus deinem Regiment sind nicht zurückgekehrt. Du sagtest selbst, du hast Glück gehabt.«

Er sah von einer zur anderen und seufzte. »Wenn ihr meint.« Ein schiefes Lächeln. »Gegen ein Glas Champagner habe ich jetzt wirklich nichts einzuwenden.«

Frieda und Clara bugsierten ihn in die Feinkostabteilung. An einem Stehtisch, ein wenig abseits, prosteten sie sich feierlich zu. Frieda nippte andächtig, Hans dagegen trank das Glas in einem Zug bis zur Hälfte leer.

»Was wirst du jetzt tun?«, wollte Clara von ihm wissen. Er hob kurz die Schultern. »Nun ja, deine Schwester wird heiraten«, erklärte sie unbekümmert. Was sollte das denn jetzt? Jetzt hätte Frieda Clara am liebsten auf den Fuß getreten, damit sie den Mund hielt. Sie fing den überraschten Blick ihres Bruders auf.

»Unsere lieben Eltern haben mir jemanden vorgestellt, den sie wohl ganz gern als Schwiegersohn hätten.« Hoffentlich hörte es sich an, als mache ihr dieser Gedanke keine Sorgen. »Ist aber nicht mein Fall. Außerdem habe ich es nicht eilig mit dem Heiraten.« Sie funkelte Clara über den Rand ihres Glases an, ihre Freundin schien es jedoch nicht zu bemerken.

»Du wirst dich bestimmt erst mal gründlich ausruhen«, sagte sie zu Hans. »Ich kann mir vorstellen, dass du die Hölle durchgemacht hast.« Dabei betrachtete sie ihn voller Mitgefühl. »Und dann wartet sicher das Geschäft, habe ich recht? Ich werde Krankenschwester, Frieda Ehefrau, und du wirst Kaufmann. Wie dein Vater.« Als sie merkte, wie sich das angehört haben musste, fügte Clara schnell hinzu: »Zunächst mal. Ehemann wirst du natürlich auch. Später.« Sie lief rot an.

Frieda sah sie irritiert an. War ihr der kleine Schluck von diesem prickelnden Zeug schon so auf den Verstand geschlagen?

»Ja, natürlich, so wird's sein«, sagte Hans bitter, trank aus und stellte das Glas mit so viel Schwung ab, dass Frieda Angst hatte, der Stiel könnte brechen. »Die Damen werden Schlange stehen, um jemanden mit einer so grässlichen Fratze für den Rest des Lebens um sich zu haben.«

»Sicher werden sie das. Und zwar weil du ein toller Kerl bist.

Wenn sich eine an so einer lächerlichen Narbe stört, ist sie sowieso nicht gut genug für meinen Bruder.« Sie legte ihre Hand auf seine. Kurz fürchtete sie, er würde sie wegschlagen, doch er seufzte nur.

»Frieda hat völlig recht. Du hast eine Frau verdient, die deinen Charakter sieht, die dich von ganzem Herzen liebt«, sagte Clara leise.

Am Tisch neben ihnen wurde gelacht, ein Stück weiter betrachteten die Kunden die Seefische und Meeresfrüchte, die auf Eis lagen. Frieda dachte fieberhaft nach. Sie musste unbedingt das Thema wechseln und Hans auf andere Gedanken bringen.

»Wenn du meinst. Willst du mich vielleicht heiraten?«, fragte Hans unvermittelt und sah Clara an.

Frieda war wie vom Donner gerührt, und Clara schien es nicht anders zu gehen.

»Was? Aber das … das wäre …«, stammelte sie. Der Glanz in ihren Augen wurde stärker, ihre Wangen glühten.

Doch ehe Clara ihre Fassung wiederhatte, brach Hans plötzlich in bitteres Gelächter aus.

»Keine Sorge, das war nicht ernst gemeint. Natürlich nicht«, zischte er und ließ die beiden einfach stehen.

»Hans!« Frieda wollte ihm nachrennen. Ein rascher Blick zu Clara hielt sie jedoch auf. Ihre Freundin war kreidebleich, sie sah aus, als würde sie im nächsten Moment in Ohnmacht fallen. Frieda legte ihr einen Arm um die Taille und führte sie zu einem Stuhl.

»Es tut mir leid, das war sehr unanständig von ihm.« Sie strich Clara beruhigend über den Arm. »Es geht ihm nicht gut. Du hattest schon ganz recht, er muss die Hölle durchgemacht haben und kann es einfach nicht verkraften. Bitte, du darfst ihm nicht böse sein.«

»Darf ich nicht?«, entgegnete Clara eisig. »Nein, natürlich nicht.« Allmählich kehrte die Farbe zurück in ihre Wangen. »Wir können froh sein, dass die ehrbaren Hannemanns sich überhaupt mit uns abgeben. Wir sind nur gut, um uns beschimpfen zu lassen, als Sündenbock für alles herzuhalten und Schokolade unter dem Ladentisch zu verkaufen.« Sie war laut geworden. Eine Frau drehte sich nach ihnen um und schüttelte den Kopf.

Frieda fühlte sich, als hätte sich etwas auf ihre Brust gelegt, das ihr den Atem nahm. »Bitte, Clara, warum sagst du so etwas? Das ist doch nicht wahr!«

»Ach nein?« Sie hatte sich wieder so weit im Griff, ihre Stimme zu senken. »Wenn wir auffliegen, wenn jemand den richtigen Leuten einen Tipp gibt, dass wir hier deutsche Schokolade verkaufen, wer, glaubst du, ist dann dran? Die angesehenen Hannemanns oder die Juden?«

Die Tage gingen zäh dahin. Frieda wachte mit schlechtem Gewissen auf und ging damit zu Bett. Was hatte sie falsch gemacht, dass Clara so von ihr dachte? Wie konnte ihre beste Freundin annehmen, ihre Familie würde die Mendels als Sündenböcke missbrauchen oder als Partner in einem dubiosen Geschäft, in dem sie den Kopf hinhalten mussten? Und dann war da noch ein Gedanke, den Frieda nicht loswurde. Clara hätte Hans' Antrag auf der Stelle angenommen, wenn er nur ernst gemeint gewesen wäre, dessen war Frieda sich sicher. Sie war nicht schockiert gewesen, sie hatte gestrahlt. Wäre das vielleicht die Lösung?

Je mehr sie darüber nachdachte, desto besser gefiel ihr der Gedanke. Eine Heirat wäre Claras Chance, der Ausbildung zur Krankenschwester zu entgehen. Und Hans war nicht die schlechteste Wahl. Clara kannte ihn von Kindesbeinen an. Sie wusste, dass er im Grunde seines Herzens ein lieber Mensch war. Und Clara mit ihrer mitfühlenden Art war für seine Seele vielleicht genau die richtige

Arznei. Die beiden konnten einander guttun. Und die Häuser Hannemann und Mendel waren auch aus geschäftlicher Sicht eine gute Verbindung. Wenn sie die Schokoladenmanufaktur mit außergewöhnlichen Kreationen bekannt machte, konnte das Warenhaus Mendel irgendwann ganz offiziell die Produkte an den Kunden bringen. Womöglich sogar exklusiv. Es war geradezu genial. Clara würde eine mehr als ordentliche Mitgift bekommen. Die war ja wohl mindestens so viel wert wie das Erbe dieses Rickmers. Dann wäre Frieda wirklich aus dem Schneider. Sie würde mit Clara darüber sprechen. Bestimmt kam zwischen ihnen dann alles wieder in Ordnung. Es musste einfach so sein.

Immerhin verließ Hans mittlerweile regelmäßig das Haus, ein Lichtblick. Die Nächte waren noch immer schlimm, und er krallte sich manches Mal an ihr fest wie ein Ertrinkender, sodass sie schon voller blauer Flecken war. Aber es hatte auch endlich eine Nacht gegeben, in der er durchgeschlafen hatte. Vater hatte ihn sogar schon zweimal mit in das Kontor genommen.

»Das lenkt ihn ab«, hatte er knapp erklärt. »Außerdem wird's Zeit, dass er endlich alles lernt, was ein Kaufmann wissen muss.« Arbeit gab es mehr als genug. Ob Österreich-Ungarn, Skandinavien oder sogar Russland, viele Länder hatten vor dem Krieg Rohkakao aus Hamburg bezogen. Das war fürs Erste vorbei. »Unsere Handelsverbindungen sind wegen der beschädigten Beziehungen mächtig ramponiert«, hatte ihr Vater einmal gesagt. »Vertraute Handelswege sind stillgelegt.« Es galt, an alte Erfolge anzuknüpfen und gleichzeitig um neue wirtschaftliche Verbindungen zu werben. Häufig war Albert Hannemann in der Reichsbank, organisierte ausländische Kredite, um neue Abschlüsse in Rohkakao tätigen zu können. Mehr als einmal reiste er auch nach Berlin, um mit dem zuständigen Minister zu verhandeln. Die Zölle stiegen, die Kosten für Zucker auch, der Wert des Geldes dagegen fiel. Frieda spitzte gründlich die Ohren, wenn sie Vater mit Großvater darüber reden hörte. Noch immer war die Situation brenzlig, und die Kakao-Wirtschaftsstelle sowie der Verein der Kakaohändler beanspruchten ihren Vater stark. Denn natürlich hatte nicht nur Hannemann & Tietz diese Probleme, alle Importeure, Händler und Fabrikanten waren davon betroffen, und in diesen Tagen musste man noch mehr zusammenstehen als sonst schon.

Auch Ernst hatte alle Hände voll zu tun. Frieda sah ihn zwar immer mal, für einen kleinen Klönschnack reichte es allerdings selten. Nur einmal nahm er sich die Zeit, nach Hans zu fragen. Das war an einem von Hans' schlechten Tagen gewesen.

»Das ist nicht mein Bruder«, hatte sie betrübt geantwortet. »Ich weiß nicht, wer der Mann ist, den wir aus dem Krankenhaus abgeholt haben, aber er ist nicht mein Bruder.« Sie hatte schwer geseufzt und die Stimmungswechsel beschrieben, die Hans durchmachte. Und die Familie mit ihm. »Gerade noch ist er in sich gekehrt und sieht so schrecklich traurig aus, dann ist er zynisch und fährt aus der Haut. Wenn sich das nicht bald ändert, braucht Vater einen anderen Lehrling.« Dabei hatte Frieda ihm einen bedeutungsvollen Blick zugeworfen.

Jetzt war sie auf dem Weg zu Gertrud Krüger. Mal sehen, wenn sie Glück hatte, lief Ernst ihr wieder über den Weg.

»Moin, Gertrud, meine Mutter schickt mich«, rief Frieda, nachdem sie die große Küche betreten hatte, in der allerhand Kochgeschirr, Kellen und Rührbesen an Gittern von der Decke baumelten. Gertrud Krüger zog gerade mit blutigen Händen die Innereien aus einem stattlichen Fisch. Ihre Lippen verzogen sich zu einem freudigen Lächeln, als sie Frieda sah. Alt war Gertrud Krüger in den letzten Jahren geworden. Ihre sonst so prallen Wangen wurden hohl, die Haut zerknitterte. Trotzdem strahlte sie noch immer eine große

Herzlichkeit aus, und man konnte auf den ersten Blick erkennen, woher Ernst den schelmischen Ausdruck und die sympathische Miene hatte.

»Schön, dich zu sehen, Frieda. Was gibt's denn?« Sie wusch sich die Hände und wischte sie anschließend an ihrer Schürze trocken.

»Kannst du bitte zwei Gläser Delikatesssülze von Heil mitbringen, wenn du nachher noch auf den Markt gehst?« Frieda kannte Gertrud, seit sie auf der Welt war. Die Jahre waren vergangen, und Frieda und Gertrud waren sich einig, dass es höchst albern wäre, die Anrede zu verändern und sich nicht mehr zu duzen. Immerhin war sie so etwas wie eine zweite Mutter für Frieda gewesen und würde es immer bleiben.

Gertrud machte große Augen. »Schon wieder? Die Herrschaften haben doch neulich erst zwei Gläser gekauft.« Sie klopfte sich die Hände noch einmal an der Schürze ab und ging wieder an die Arbeit. »Dein Großvater isst das Zeug wohl löffelweise.«

Frieda verzog das Gesicht. »Andere wären froh, wenn sie sich überhaupt ein Glas leisten könnten, ich weiß.«

»Nee, so mein ich das doch nicht. Aber das ist gar nicht gut bei seiner Gicht. Von wegen Sülze von größtem Nährwert und delikatem Geschmack«, zitierte sie gespielt vornehm die Werbung. »Wenn du mich fragst, ist das 'ne stinknormale Sülze.« Frieda lächelte. »Stinknormal und eben gar nicht gut bei Gicht«, wiederholte Gertrud.

Nach dem kurzen Abstecher zu Gertrud setzte Frieda ihren Weg fort. Es wurde wirklich höchste Zeit, sich mit Clara auszusprechen. Im Warenhaus war sie nicht zu finden. Das Wetter war herrlich, bestimmt besuchte sie ihren Onkel Levi und die Schwäne. Hoffentlich. Sonst müsste sich Frieda mit der Straßenbahn auf den Weg zur Schlüterstraße machen. Sie wollte ihre Freundin doch unbedingt treffen. Frieda lief vom Jungfernstieg zum Bootshaus kurz hinter der

Lombardsbrücke. Glück gehabt. Schon von weitem sah sie die Schar weißer Vögel und leuchtend blondes Haar. Clara und Levi saßen auf der Bank im Schatten einer Platane, Levi biss gerade kräftig in sein Rundstück, das die großen Tiere ausgesprochen zu interessieren schien. Als er Frieda kommen sah, brummte er etwas, tätschelte Claras Hand, grüßte Frieda und ging, verfolgt von seinen Schwänen, den Wiesenstreifen entlang, der die Außenalster an dieser Stelle einrahmte.

»Hallo, Clara.« Frieda machte ein zerknirschtes Gesicht. Claras Miene war ziemlich abweisend, sie hatte Hans' Auftritt in der Feinkostabteilung noch nicht verdaut. Egal, nicht lange drum herumreden. »Es tut mir leid, dass wir neulich Streit hatten. Das war aber auch wirklich eine unglückliche Situation. Darf ich?« Sie deutete auf den frei gewordenen Platz auf der Bank und setzte sich, nachdem Clara genickt hatte.

»Unglückliche Situation«, meinte Clara, »wenn du es so nennen willst.« Sie heftete ihren Blick auf die Spitzen ihrer neuen Lackschuhe.

»Schöne Schuhe.« Keine Reaktion.

»Ach komm schon!« Frieda pikte ihr vorsichtig einen Finger in die Seite, eine sichere Methode, Clara zum Lachen zu bringen. Jedenfalls meistens. Dieses Mal entlockte es ihr nur ein widerwilliges Grienen, und sie rückte ein Stück von Frieda weg. »Es stimmt nicht, dass ihr nur der Sündenbock für uns seid«, beharrte Frieda. »Wie kommst du nur darauf? Wir sind doch Freundinnen. Oder etwa nicht?« Claras linke Augenbraue schnellte kurz in die Höhe.

»Freundinnen«, wiederholte sie traurig. »Du hast mich nie nach meinen Brüdern gefragt, was die im Kriegseinsatz durchgemacht haben, was sie jetzt tun, einer ohne Bein.« Frieda wusste nicht, was sie sagen sollte. Claras Brüder waren deutlich älter als sie, sie waren schon immer ihrer Wege gegangen, waren nie mit zu Besuch gekommen. »Ist dir wirklich nicht aufgefallen, dass wir immer zu euch gekommen sind zum Kartenspielen und Kaffeetrinken? Nie seid ihr zu uns gekommen, nie habt ihr das Haus von Juden betreten.«

»Das war doch keine Absicht. Es hat sich nicht ergeben. Unsere Eltern sind befreundet, schon ewig und drei Tage! Du glaubst doch nicht wirklich, dass wir euch anders behandeln, nur weil ihr Juden seid. Das wart ihr schon immer.« Sie zuckte mit den Schultern, um zu unterstreichen, dass sie keinen Schimmer hatte, was daran schlimm sein sollte. Clara senkte den Blick.

»Juden werden immer anders behandelt«, sagte sie finster. »Meine Brüder haben sich alle freiwillig gemeldet. Doch ganz gleich wie mutig sie gekämpft haben, in den Augen ihrer Kameraden waren sie immer Außenseiter. Wusstest du, dass irgendein Minister sogar eine Judenzählung angeordnet hat?«

»Was soll das sein?«

»Die Juden seien Drückeberger, hieß es. Sie würden nicht für ihr Vaterland kämpfen. Die Zählung sollte prüfen, ob das wahr ist, ob es zu wenig jüdische Freiwillige gibt.« Clara schüttelte den Kopf. Sie schwiegen.

Dann sagte Frieda: »Das hat nichts mit uns zu tun. Ich habe nie ein Geheimnis daraus gemacht, dass wir Freundinnen sind, obwohl ich natürlich mitbekommen habe, dass mancher dummes Zeug über Juden verbreitet. Für meine Eltern gilt das Gleiche. Sobald die gute Hannemannsche Schokolade ganz offiziell angeboten werden darf, geschieht das im besten Haus am Platz, bei Mendel!«

»Aber noch wird eure feine Schokolade nicht offiziell verkauft, sondern nur an ausgewählte Kunden.« Clara machte eine kurze Pause und blickte düster vor sich hin. Frieda ließ ihr Zeit. »Ich habe meine Eltern reden hören. Wenn wir uns etwas zuschulden kommen lassen, wird es schwer bestraft. Ihr dagegen kämt mit einem blauen Auge davon.«

Natürlich, viele Hamburger betrachteten Juden als Eindringlinge, als Betrüger. Nicht nur Hamburger, sondern überhaupt die Deutschen. Auch Spreckel hatte so eine Andeutung gemacht. Aber gegen solchen Unsinn konnte man sich doch wehren.

»Das sind die Folgen dieses schrecklich dummen Krieges«, sagte Frieda. »Der hat so viel Leid gebracht, und jetzt suchen die Leute einen Sündenbock. Das vergeht, Clara. Wenn sich der Handel erst wieder erholt hat und die Menschen Arbeit haben, die anständig bezahlt wird, dann denken sie nicht mehr darüber nach, wer woran Schuld hat.«

»Schön wär's.« Clara pustete sich eine feine Strähne aus dem Gesicht.

»Ganz sicher!« Frieda wollte ihrer Freundin so gerne Mut machen. »Außerdem würde mein Vater euch doch nicht im Stich lassen, falls ihr wegen unserer Schokolade tatsächlich Schwierigkeiten hättet. Unsere gesamte Familie würde immer zu euch halten und euch helfen, was auch passiert. Das verspreche ich dir hoch und heilig!« Sie lächelte geheimnisvoll. Meisen und Spatzen zwitscherten, irgendwo erfüllte ein Zaunkönig die Luft mit seinem meisterlichen Gesang. »Ich habe sogar schon eine Idee, wie dir zu helfen ist.«

Clara sah sie ernst von der Seite an. »Ach ja?«

»Kann es sein, dass du den Antrag meines Bruders angenommen hättest?«, fragte Frieda leise. Eigentlich hatte sie nicht so mit der Tür ins Haus fallen wollen, aber nun war es eben raus.

»Was?« Clara sah sie entsetzt an.

»Ich könnte das verstehen«, sagte Frieda schnell. »Du willst diese Ausbildung zur Krankenschwester nicht machen.« Sie lachte. »Es ist schon verrückt, was? Ich hätte gern einen Beruf und soll einen Ehemann kriegen. Du würdest den Ehemann der Ausbildung vorziehen.«

»Na ja, grundsätzlich hast du schon recht, es wäre nicht dumm«, gab sie scheu zu. »Natürlich nicht irgendeinen Ehemann, aber …«, stammelte sie.

»Es gibt da schon einen, stimmt's?« Frieda wäre jede Wette eingegangen, dass es sich um Hans handelte. Claras Reaktion auf den überraschenden Antrag hatte Bände gesprochen, ihre Enttäuschung, weil er es nicht ernst gemeint hatte, ebenfalls. »Wie konntest du mir das nur verschweigen?« Frieda zwinkerte ihr zu. »Na los, sag es!«

»Es gibt niemanden. Wie kommst du darauf?«, fragte Clara barsch.

Warum fiel es ihr nur so schwer zuzugeben, dass sie in Friedas Bruder verliebt war? Das war doch nicht schlecht, im Gegenteil. »Ach, komm schon, ich habe doch Augen im Kopf. Clara, das ist die Lösung für alles. Du bekommst nicht irgendeinen Ehemann, sondern genau den, den du dir wünschst, und ich komme ums Heiraten herum.« Sie lachte fröhlich.

»Wovon sprichst du, Frieda?«

»Ich könnte bei meinen Eltern ein gutes Wort für dich einlegen!« Frieda sah sie erwartungsvoll an.

»Wie meinst du das?«

»Ich fädle eure Hochzeit ein! Ich mache ihnen klar, dass es für Hans nur gut sein kann, wenn sich eine so liebe und sensible Frau, wie du es bist, um ihn kümmert. Meine beste Freundin die Frau meines Bruders!«

Sie lachte. »Besser geht es nicht.« Wirklich, diese Vorstellung war einfach wundervoll. Frieda sah Clara in die Augen. »Du wärst das große Los für ihn. Du hast so viel Herzenswärme, bist klug und patent. Und ein ganz übler Ehemann ist er bestimmt auch nicht.« Frieda strahlte sie an.

»Darum geht es nicht«, gab Clara schroff zurück. Was war denn jetzt los? Es war der beste Plan überhaupt.

»Worum dann?« Frieda sah schon alles ganz deutlich vor sich, und was sie da sah, war perfekt. »Du brauchst keine Ausbildung machen, ich muss nicht heiraten, Hans ist in den allerbesten Händen, und wir beide werden uns auch in Zukunft immer sehen. Es wird herrlich, Clara.« Clara sprang auf, dabei gab es ein hässliches Geräusch. Ihr Rock war an einem Holzspan hängen geblieben, der aus der Sitzfläche der Bank ragte. »Oje, wie ärgerlich. Ich kann das für dich nähen«, bot Frieda an. Hoffentlich musste sie das nicht einlösen, dann würde der Rock nur unbedeutend besser aussehen als mit dem Loch, das das Holz gerissen hatte.

»Ich will das nicht«, schrie Clara sie an.

»Ist ja schon gut, ich wollte nur helfen«, stammelte Frieda erschrocken. So schlecht nähte sie dann auch wieder nicht, wenn sie sich Mühe gab.

»Du verstehst gar nichts!« Clara schossen Tränen in die Augen.

»Ich wusste nicht, dass dir der Rock so kostbar ist. Du hast ihn nicht oft an, woher sollte ich wissen …«

»Ich pfeife auf den Rock!« Clara schlug wütend gegen den Stoff. »Ich spreche von deinem Bruder, ich will deine Hilfe bei deinem Bruder nicht. Ich will nicht, dass du uns verkuppelst.« Jetzt liefen die Tränen über ihre Wangen, tropften ihr vom Kinn. Frieda stand langsam auf und machte einen Schritt auf sie zu. Was hatte sie denn bloß falsch gemacht? »Ich liebe deinen Bruder«, flüsterte Clara. »Seit ich ein kleines Mädchen bin, liebe ich ihn aus vollem Herzen.« Frieda sah ihre Freundin zittern, wagte aber nicht, sie zu berühren, zu trösten. »Du fädelst unsere Hochzeit ein, ja? Du bist doch nur mit dir selbst beschäftigt. Sonst hättest du doch längst gemerkt, wie sehr ich unter seiner Abwesenheit gelitten habe, unter der Unsicherheit, weil ich nicht wusste, ob er überhaupt noch am Leben ist.« Clara wusste nicht, wohin mit ihren Armen, wohin mit ihrer Enttäuschung und Wut. Clara war in Hans verliebt, natürlich. Genau darum war der Plan doch so gut. »Ich liebe ihn, aber ich bin für ihn nur die kleine Mendel, die Tochter des Juden, der dumm genug ist, eure Schokolade zu verkaufen.«

»Nein, das stimmt nicht, Clara. Hans mag dich. Ich meine, er mochte dich, als wir Kinder waren. Er war so lange fort, du bist jetzt eine Frau, er kennt dich doch gar nicht mehr. Aber ihr könnt euch wieder kennenlernen, ganz neu.« Etwas in Claras Gesicht wurde weicher. »Es ist mir ernst, es wäre einfach perfekt, wenn ihr heiratet. Du bist genau das, was er jetzt braucht.«

»Du meinst wohl, unser Geld ist genau das, was du jetzt brauchst, um nicht selbst heiraten zu müssen.« Frieda schnappte nach Luft. Das war doch nur die halbe Wahrheit. »Aber ich will ihn nicht kaufen«, schleuderte Clara ihr entgegen. »Er soll mich nicht unseres Geldes wegen heiraten oder weil ihn sonst keine nimmt.« Ihre Stimme brach. »Er soll mich doch lieb haben!« Sie schluchzte auf, hob ihren Rock und rannte davon.

Frieda stand wie betäubt da und sah ihr nach. Sie wollte sie zurückrufen, bekam aber keinen Ton heraus. Ihre Füße waren bleischwer, unmöglich, Clara nachzulaufen. Eben hatte sich Frieda schon in bunten Farben ausgemalt, dass Clara die Mutter von Friedas Nichten und Neffen wäre. Wie schon ihre Eltern würden auch sie sich regelmäßig zum Kaffeetrinken sehen. Sie wären nicht mehr nur Freundinnen, sondern wurden Familie. Frieda ließ den Kopf hängen. Verschwommen sah sie den Klee an ihren Schuhen. Clara liebte es, nach vierblättrigem Glücksklee zu suchen. Heute nicht. Heute hatte sie kein Glück gehabt. Eine Träne tropfte von Friedas Nasenspitze. Von wegen, die beiden würden eine Familie. Plötzlich hing ihre Freundschaft am seidenen Faden. Frieda durfte Clara nicht verlieren. »Es tut mir leid, Clara«, flüsterte sie. Ganz langsam drehte sie sich um. Wieso hatte sie nur alles so gründlich vermasselt? Noch eine Träne lief über ihre Wange. Mit hängenden Schultern machte Frieda sich auf den Heimweg. Sie würde auf der Stelle in die Schokoladenküche gehen. Es gab nichts Besseres, um ihre düstere Stimmung zu vertreiben. Außerdem hatte sie beim Hantieren mit den Zutaten, beim Rühren der duftenden Masse die besten Ideen. Und es musste dringend eine her, um ihre Freundschaft zu Clara zu retten. Falls das überhaupt noch möglich war. Ein furchtbarer Gedanke.

»Hoppla!« Der Mann musste geradewegs aus dem Alsterpavillon gekommen sein. Frieda hatte ihn jedenfalls nicht bemerkt. Mit einem eleganten Schritt zur Seite wich er ihr aus. Etwa einen halben Kopf größer als sie, rötlichbraune Haare, die unter seinem Hut hervorlugten, Sommersprossen, Bart. Sie erkannte ihn sofort wieder. Es war der Mann, der ihr in der Deichstraße aufgefallen war. Er drehte sich kurz nach ihr um, lächelte. Er hatte sie auch erkannt! Friedas Herz machte einen Hüpfer. Ehe sie ihn ansprechen konnte, stieg er in ein Taxi und verschwand.

Kapitel 6

Sommer 1919

Zwischen Ernst und Albert Hannemann hatte sich mittlerweile eine Routine eingespielt. Morgens, wenn Friedas Vater ins Kontor kam, war Ernst bereits zur Stelle, um die anfallenden Botengänge und Handreichungen zu erledigen. Von dort eilten beide in die Deichstraße, wo Albert mit seiner Familie das Mittagessen zu sich nahm, während Ernst noch für ihn unterwegs war oder sich in der Küche mit einem Butterbrot, Kartoffelsuppe oder mit dem, was eben so übrig war, stärkte. Den Nachmittag verbrachten sie wieder in der Bergstraße, am Brook oder irgendwo im Hafen. Ein Krümel Schwarzbrot in Ernsts Mundwinkel verriet Frieda, dass er gerade direkt aus der Küche kam, als sie in der Diele aufeinandertrafen.

»Na, hat's geschmeckt?«

Ernst wischte sich eilig über die Lippen. »Lecker!«, sagte er und nickte eifrig. »Und du, hast nix zu tun?«, neckte er sie. »Oder bist schon weitergekommen mit deinen Plänen, 'ne Schokoladenfabrik zu eröffnen und Automaten zu bauen?« Er verschränkte die Arme vor der Brust.

Schwang da womöglich ein bisschen Bewunderung mit, oder bildete sie sich das bloß ein? »Erstens ist es eine Manufaktur, zweitens will ich die Automaten nicht selbst bauen«, klärte sie ihn auf.

»Na, dann isses ja gut. Ich muss denn auch los.« Er schickte sich an, sie stehen zu lassen.

Sie zog ihre Uhr hervor. »Wir haben gerade erst gegessen. Vater liest noch seine Zeitung, ehe er wieder ins Kontor geht. Ich glaube, heute will er sowieso in den Brook zur Kakaowirtschaftsstelle. Er hat irgendetwas von einem Minister erzählt, der …«

»Weiß ich alles«, unterbrach er sie ungeduldig. »Und ich weiß, dass er nach dem Essen zur Zeitung immer ein Glas Weinbrand trinkt. Muss ich ihm vom Schnapshöker holen.«

»Von wo?« Sie machte große Augen.

»Von der Spirituosenhandlung«, sagte er und betonte jede Silbe einzeln. Er deutete mit dem Kopf auf die andere Straßenseite. »Jeden Tag um Punkt ein Uhr.«

»Dann musst du dich wirklich beeilen.«

»Sach ich doch.« Trotzdem blieb er stehen. Eine Falte über seiner Nase zeigte an, dass er nachdachte. »Weißt du, was ich nicht verstehe?«

»Dass man schon mittags Weinbrand trinken kann?« Frieda verzog das Gesicht.

»Nee, das versteh ich schon. Aber warum der Chef nicht eine Flasche kauft und sich täglich davon einschenken lässt, das kapier ich nicht. Das wär doch viel günstiger.«

»Da hast du recht. Hast du ihn danach gefragt?«

»Klar, hab ich. Ich bezahle dich nicht fürs Denken, sondern fürs Laufen, hat er gesagt. Oder habe ich dich als Denkburschen eingestellt?« Er schüttelte den Kopf und zuckte mit den Schultern. »Na, mir soll's recht sein«, meinte er und griente, als führe er schon wieder etwas im Schilde. »Tschüs!«

Der 23. Juni des Jahres 1919 war ein bewölkter Sommertag. Frieda und ihre Mutter saßen bei weit geöffneten Fenstern und einem Glas

von Gertruds Limonade in der guten Stube. Großvater ruhte sich im Sessel vom Mittagessen aus und war eben im Begriff einzuschlafen. In der nächsten Sekunde war er wieder hellwach.

»Auf'm Rathausmarkt ist der Düvel los!«, schrie Ernst schon von weitem und stürmte herein.

»Was sagst du da, Kerl?« Großvater schnellte in seinem Sessel hoch und ließ Ernst nicht aus den Augen. »Protestieren die Hamburger tatsächlich gegen diesen unseligen Vertrag?« Frieda verdrehte die Augen. Schon während des Essens hatte Großvater kein anderes Thema gehabt, als dass die Weimarer Nationalversammlung den Versailler Friedensvertrag gebilligt hatte. Und zwar bedingungslos, wie er mehrfach betonte. Ein Skandal!

»Nee!« Ernst schüttelte vehement den Kopf. »Die stürmen die Fabrik vom Heil.«

Das Entsetzen war Großvater ins Gesicht geschrieben. »Von Jacob Heil? Sülze-Heil?«

Ernst nickte und konnte sich ein Grinsen nicht verkneifen. »Jo, Fleischwarenfabrik Heil & Co., Delikatesssülze und andere Köstlichkeiten aus Mäusen, Hunden und Katzen.« Seine Mundwinkel wanderten noch weiter nach oben.

»Pfui Teufel!«, rief Rosemarie und presste sich eine Hand vor die Lippen.

»Was erlaubst du dir?« Großvater schnappte nach Luft und verlor etwas Farbe.

»Könntest du vielleicht mal von Anfang an erzählen, was da los ist?«, forderte Frieda Ernst auf.

»Mit Vergnügen! Ein Fuhrmann hatte heute früh 'n paar Fässer bei Heil & Co. in der Kleinen Reichenstraße abzuholen. Eins ist ihm wohl weggerutscht und auf den Boden geknallt. Das gab vielleicht 'ne Sauerei! Und vor allem stank das!« Er verzog das Gesicht, als hätte er selbst neben dem Fass und seinem übelriechenden Inhalt gestanden. »Paar Leute haben die widerliche Pampe auf'm Gehsteig gesehen und den Geruch mitgekriegt. Na, die haben eins und eins zusammengezählt und kapiert, dass Heil aus dem Mist seine Sülze macht.« Augenscheinlich genoss Ernst es, im Mittelpunkt zu stehen und die skandalösen Neuigkeiten zu verbreiten. »Und denn sind die rein und haben den ganzen Schlamassel entdeckt.«

»Könntest du dich ein bisschen klarer ausdrücken?« Großvater Carl verlor die Geduld.

Ernst sah mit scheinheiliger Miene von Frieda zu Rosemarie. »Meinen Sie denn, dass die Mägen der Damen das verkraften?«

»Los doch!«, forderte Carl ihn auf.

Ernst zuckte die Achseln. »Tja, da lagen wohl jede Menge Felle und Häute von Mäusen und Ratten rum. War dick Schimmel drauf.«

»Das reicht«, sagte Rosemarie keuchend, stand auf und lief hinaus.

»Sogar 'n Kopp vom Hund soll man gefunden haben«, berichtete Ernst unbeeindruckt weiter. Frieda schloss die Augen. Ruhig ein- und ausatmen.

»So ein verdammter Mist«, schimpfte Carl.

»Fanden die Leute auch. Hat sich natürlich fix rumgesprochen. Tja, denn sind da immer mehr hin zur Fabrik und haben die wohl gestürmt. Haben 'n paar Arbeiter saftig verprügelt, erzählt man sich.« Frieda konnte Ernst an der Nasenspitze ansehen, dass ihm das nicht passte. Seinem Ärger Luft machen, ja, aber Prügel? Nein, Ernst ging Raufereien lieber aus dem Weg, wenn er konnte.

»Das sind diese KPD-Halunken!« Großvater Carl war dunkelrot im Gesicht. »Die hetzen alle auf!«

»Nun beruhig dich mal wieder«, meinte Frieda. Sein Herz war nicht mehr das stärkste, er musste aufpassen.

»Ich muss denn auch mal wieder«, sagte Ernst. »Hab gehört, die wollen den Heil höchstpersönlich auf den Rathausmarkt schleifen.«

Frieda sprang auf. »Ich begleite dich.« In der Diele fragte sie: »Warum tun die das, Ernst? Die von der KPD, meine ich, warum hetzen sie die Menschen auf?«

»Die Leute muss keiner aufhetzen, Frieda. Die haben bloß Hunger.« So schlimm? Lebensmittel waren jetzt schon seit Jahren knapp, das war ihr klar, aber dass es so schlecht stand … Ernst konnte anscheinend ihre Gedanken lesen. »Das ist das Leben, Fräulein Hannemann«, sagte er spöttisch. »Das echte Leben, mein ich, nicht das, was du hier hast.«

Seine Worte steckten ihr derartig tief in den Knochen, dass Frieda sich minutenlang nicht rührte. Je länger sie darüber nachdachte, desto mehr gewann ihre Wut die Oberhand. Was dachte sich Ernst Krüger eigentlich? Frieda wusste nur zu gut, wie schwer die wirtschaftliche Lage war. Wirklich? Hatte sie nicht bis vor wenigen Wochen noch geglaubt, Hannemann & Tietz hätte nur eine leichte Flaute, wie alle? Sie hatte nicht einmal geahnt, dass ihr Vater ein Reservekonto hatte auflösen müssen, um Familie und Firma über die Runden zu bringen. Und die Menschen da draußen, die einfachen Arbeiter, versehrte Kriegsheimkehrer, Witwen und Waisen? Wie naiv, zu glauben, sie hätten lediglich Geldsorgen, könnten sich Fleisch oder Feinkost nur nicht immer leisten. Sie hungerten. Trotzdem, Frieda lebte schließlich nicht in einem Wolkenkuckucksheim! Sie sah ja die ausgemergelten, hohlwangigen Gestalten, wenn sie das Haus verließ. Eine Tür klappte, die des Badezimmers vermutlich. Mutter war im Anmarsch. Ehe sie Fragen stellen oder Frieda aufhalten konnte, lief sie die Treppen hinunter und schlüpfte ins Freie. Auf der Deichstraße herrschte meistens Betrieb, doch heute kam es ihr noch belebter vor. Am Hopfenmarkt dann erfasste Frieda ein regelrechter Sog. Ernst hatte nicht übertrieben, die Nachricht von verdorbenem Fleisch, von Sülze, die aus Ratten und Hunden gemacht wurde, hatte sich wie ein Lauffeuer in der Stadt verbreitet und war das Thema, über das hitzig gesprochen wurde.

»Du glaubst doch nicht, dass die Angestellten dieses Halsabschneiders nichts davon gewusst haben?«, sagte ein Herr mit einer Schirmmütze mit Kordel auf dem Kopf, wie Prinz Heinrich von Preußen sie gern getragen hatte.

»Halsabschneider trifft in diesem Fall wohl doppelt zu«, entgegnete der Mann, mit dem er in Richtung Rathaus unterwegs war, und lachte. »Ich kenne einen, der da arbeitet«, sagte er dann nachdenklich. »Das ist ein ganz anständiger Kerl, der hätte das doch gemeldet.«

»Nicht, wenn er für das Schweigen gut bezahlt worden ist.«

Immer mehr Männer und Frauen drängten von allen Seiten heran. Frieda verlor die beiden Herren aus den Augen, deren Gespräch sie zum Teil angehört hatte. Sie fühlte sich wie eine der Schuten, die dicht an dicht durch die Fleete glitten. An manchen Tagen konnte man trockenen Fußes von einer zur anderen Seite gelangen, so eng drängten sich die Boote im Wasser.

»Die vom Amt lassen uns doch im Stich«, sagte plötzlich ein kleiner Mann neben ihr und schob sie unsanft zur Seite. »Wenn wir uns nicht selbst helfen, hilft uns keiner.«

»Dat is wohr«, stimmte ihm einer zu. Schon waren die beiden an Frieda vorbei. Mit jedem Schritt, den sie dem Rathausmarkt näher kam, wurden die Stimmen der vielen Menschen lauter. Sie brüllten durcheinander, protestierten dagegen, dass Fabrikant Heil Kapital aus ihrem Hunger geschlagen hatte.

»Das wird er büßen!«, hörte sie, und: »So 'n Swienjack, so 'n olles!« Eine Frau, die sich mit gelüpftem Rock an Frieda vorbeischob, meinte: »An't Geld schall 'n nich rüken, wo dat mit verdeent is!« Nein, dachte Frieda, an Heils Geld hatte man auch nicht gerochen, womit er es verdiente. In seiner Fabrik dafür umso mehr.

Auf dem Rathausplatz bot sich ihr ein erschreckendes Bild. Männer mit wutverzerrten Mienen reckten die Fäuste empor, Frauen hatten die Hände angriffslustig in die Taille gestemmt. Es war ein Schreien und Krakeelen, ein Schimpfen und Schubsen. Sie sollte nicht hier sein, sie sollte schnellstens kehrtmachen und von hier verschwinden. Plötzlich gab es noch mehr Aufregung.

»Sie haben den Heil und seine feine Prokuristin«, rief einer. Applaus brandete auf, die Menge jubelte. Ob Frieda wollte oder nicht, sie wurde von einer Masse Körpern in die Richtung geschoben, in die man den Fleischfabrikanten und seine Angestellte schleppte. Diese Enge, diese Hitze. Ihre Brust wurde ihr eng, sie blickte sich schnell nach allen Seiten um. Doch es war aussichtslos. Wie sollte man diesem Pulk aufgebrachter Menschen entkommen? Dann eben nicht. Ihr würde schon nichts geschehen. Die verärgerten Männer und Frauen hatten es nicht auf sie abgesehen, und sie wollte kein Feigling sein.

»Ins Wasser mit dem Pack«, schrie jemand.

»Nee, lieber aufhängen«, meinte ein anderer. Aufhängen? Das ging deutlich zu weit. Eingeklemmt zwischen einem dickbäuchigen Mann und zwei Kerlen, die sauer nach Schweiß rochen, stolperte sie vorwärts. Grauen packte sie, als sie erkannte, dass eine Frau die Treppen zum Kaiser-Wilhelm-Denkmal hinaufgeschubst wurde. Das musste diese Prokuristin sein, von der die Rede gewesen war. Und sie wollten sie wahrhaftig aufknüpfen! Am Kaiser-Wilhelm-Denkmal. Die Frau schrie erbärmlich um ihr Leben. Dann geschah alles gleichzeitig. Frieda hörte ein lautes Platschen, gefolgt von brüllendem Gelächter und Gejohle. Männer in dunklen Mänteln, mit Stiefeln an den Füßen und Schirmmützen auf den Köpfen rückten an. Polizei, endlich! Ihre Erleichterung währte nicht lange. Die Uniformierten waren nicht gerade zimperlich, und die Leute schlugen zurück. Sie prügelten auf Polizisten ein! Waren denn jetzt alle komplett verrückt geworden? Lieber Himmel, nur weg hier, sonst bekam sie doch noch etwas ab oder wurde verhaftet. Nur, wohin? Vor allem, wie sollte sie sich durch die Masse kämpfen? Friedas Herz schlug schnell, ihr Atem ging stoßweise.

»Kommen Sie, ich bringe Sie in Sicherheit!« Die Stimme war ganz nah an ihrem Ohr und hatte etwas Vertrautes und sehr Beruhigendes an sich.

Frieda sah zur Seite, direkt in warme graue Augen. »Sie?«

»Sie erinnern sich an mich?« Der Mann mit dem rötlichbraunen Haar, dem Bart und den sehr netten Sommersprossen auf der Nase lächelte sie an, als hätten sie sich an einem ganz gewöhnlichen Junitag für einen Spaziergang durch die Alsterarkaden verabredet.

»Natürlich«, flüsterte sie.

»Wie schön, das freut mich.« Zum dritten Mal war dieser Fremde wie aus dem Nichts aufgetaucht. Er musste ein Zauberer sein. Oder ein Schutzengel. Ihr Schutzengel. Ja, das war es, darum hatte sie schon bei ihrer ersten Begegnung so ein besonderes Kribbeln gespürt.

»Kommen Sie, das ist im Moment kein guter Ort für eine junge Dame.« Er nahm ihren Arm und sah sie fragend an. »Darf ich?«

»Ja.« Noch immer tobte um sie herum der Tumult, doch Frieda fürchtete sich nicht mehr. »Frieda Hannemann«, sagte sie und lächelte. Er nannte ihr seinen Namen und nickte ihr kurz zu. Bei dem Lärm hatte sie ihn nicht verstanden. Jensen, hieß er so? Ehe sie nachfragen konnte, bahnte er einen Weg durch die tobende Menge und nahm Frieda mit sich.

»Die haben den Heil in die Alster geworfen. Die sind zu allem fähig«, sagte er, als sie die Großen Bleichen erreicht hatten.

»Unfassbar. Das waren doch alles rechtschaffene Leute. Wie können sie nur so wütend sein?« Sie kannte die Antwort, Ernst hatte es ihr erklärt. »Ja, sie haben Hunger, und das ist schlimm.« Was plapperte sie da eigentlich? »Aber deshalb tut man so etwas doch nicht.«

Sie holte Luft. »Jedenfalls bin ich sehr froh, dass Sie mich gerettet haben, Herr …« Wie peinlich. Sie hätte gleich nachfragen müssen, als sie seinen Namen nicht verstanden hatte. »Jensen«, beendete sie den Satz auf gut Glück und hielt den Atem an.

Ein amüsiertes Lächeln erschien auf seinen Lippen. »Gern geschehen, Fräulein Hannemann.« Sie lächelte erleichtert zurück. Hatte sie ihn doch richtig verstanden. »Sie wohnen in der Deichstraße?«

»Ja, woher …?«

»Dort haben wir uns zum ersten Mal gesehen.«

»Natürlich, Sie haben recht.« Wie nett, dass er das noch wusste. Es war dumm, aber sie freute sich. »Sagen Sie, Sie kommen nicht aus Hamburg, nicht wahr? Sie sind nicht hier geboren, meine ich?« Ein Schatten trat in sein Gesicht. »Verzeihung, das geht mich nichts an. Es ist nur wegen Ihrer Sprache. Sie klingen so …« Das war ja ganz prima, sie redete sich um Kopf und Kragen. Er musste sie für eine dämliche Pute halten. »Sie klingen nicht so breit wie der typische Hamburger«, sagte sie und schaute betreten zu Boden.

»Sehr aufmerksam. Nein, ich bin nicht hier geboren.« Es klang hübsch, wie er sprach, so weich. Nur konnte sie sich überhaupt keinen Reim darauf machen, aus welcher Gegend er kommen mochte. Jensen war ein sehr norddeutscher Name. »Darf ich Sie nach Hause bringen?«

»Nein, danke, das ist nicht nötig. Sie haben mich aus der Gefahrenzone gebracht, den Rest schaffe ich schon.« Was redete sie da? Es wäre wundervoll, nicht alleine nach Hause gehen zu müssen. Außerdem hätte sie sehr gerne ein wenig mit ihm gesprochen, ihn näher kennengelernt. Sie hätte sich ohrfeigen können.

»Na dann«, sagte er, »passen Sie auf sich auf.«

»Wie kann ich Ihnen danken, Herr Jensen?«, fragte sie schnell, um ihn noch nicht gehen zu lassen. Nicht einfach so. Wieder dieses amüsierte Funkeln in seinen Augen.

»Sagen Sie einfach: schönen Dank! Das sagt man doch in Hamburg, richtig?«

»Du liebe Zeit, ich habe mich noch nicht einmal bedankt.« Ihr schoss die Röte in die Wangen. »Was sollen Sie nur von mir denken? Vielen Dank, Herr Jensen, ich bin Ihnen wirklich von ganzem Herzen dankbar.«

»Sie denken, damit ist es erledigt?« Er verzog keine Miene. »Finde ich gar nicht, ich finde, Sie schulden mir etwas.« War er doch kein so anständiger Kerl, wie sie geglaubt hatte? Was konnte sie ihm nur vorschlagen? Plötzlich trat ein fröhliches Lächeln auf seine Lippen. Er drehte den Kopf langsam nach rechts, sah sie wieder an und wandte sich erneut dem Gebäude zu, vor dem sie standen. »Das kann doch kein Zufall sein?«, meinte er. Frieda hatte schon viel vom Trocadero gehört. Es war ein Tanzpalast, in dem Musik gespielt, akrobatische Darbietungen und anderes gezeigt wurde. Sie selbst hatte noch nicht das Vergnügen gehabt. »Machen Sie mir bitte die Freude?« Ihr Herz schlug einen Takt schneller. Ja, sie würde gern mit ihm ausgehen. Er wirkte ungeheuer sympathisch und hatte ganz offenbar Humor. Nur war sie noch nie mit einem erwachsenen Mann ausgegangen, noch dazu mit einem, von dem sie nichts wusste. Worüber sollte sie mit ihm reden, wie sollte sie sich verhalten? Er stand noch immer mit erwartungsvoll nach oben gezogenen Brauen vor ihr.

»Die Freude wäre auf meiner Seite«, sagte sie und strahlte ihn an.

Frieda und ihre Mutter verließen in den kommenden Tagen nicht das Haus. Es war zu gefährlich. Erschreckend, was Vater und Ernst berichteten. Zwar waren Fleischwarenfabrikant Heil und seine Prokuristin mit dem Leben davongekommen, doch die hungernden Menschen waren nur umso wütender. Sie führten auf eigene Faust Kontrollen durch, hieß es. Das bedeutete, dass sie in weitere Fabriken eindrangen, wobei sie wohl auch noch in anderen Betrieben höchst unappetitliche Funde gemacht hatten, hörte man. Was genau das war, wollte Frieda gar nicht wissen, denn Ernst hatte lachend erzählt, dass man einige Angestellte, die sich den Eindringlingen besonders ruppig in den Weg gestellt hätten, gezwungen hatte, die widerlichen Dinge zu essen. Der Rathausmarkt war Mittelpunkt der Geschehnisse. Jeder, der irgendwie in Verdacht geraten war, wurde dorthingeprügelt und vor den Augen der gaffenden Menge übel zugerichtet. Am Abend des vierundzwanzigsten Juni schlug sich Ernst gegen alle Vernunft zu ihnen in die Deichstraße durch.

»Die Bahrenfelder sind da. Es wird geschossen«, presste er atemlos hervor. »Rühr dich bloß nicht raus«, schärfte er Frieda ein.

»Was soll das heißen?« Von den Bahrenfeldern hatte sie gehört, leider nicht viel Gutes. Es war ein Freiwilligenbataillon, das angeblich gegründet worden war, um ein Munitionsdepot an der Luruper Chaussee zu bewachen. Sechshundert Mann für ein Depot! Wer glaubte denn so was? Schön, am Anfang waren es nicht ganz so viele gewesen. Trotzdem. Es hatte sich schnell herumgesprochen, dass ein Zusammenschluss aus Bankdirektoren und Kaufleuten das Bahrenfelder Freikorps, wie es offiziell hieß, auf die Beine gestellt hatten, um die Linken in Schach zu halten. Mitglieder waren vor allem Männer aus gutbürgerlichen Familien, noch dazu wohlhabend. Und mit Maschinengewehren ausgestattet. Die fackelten nicht lange.

»Wieso die?«

»Die Herren im Rathaus wussten sich wohl nicht mehr anders zu helfen. Zwei Kompanien haben sie auf die Leute losgelassen. Aber denn ist was explodiert oder so. Was weiß ich, jedenfalls gab's 'n ordentlichen Knall, und die Bahrenfelder sind ausgebüxt.« Er feixte.

»Also herrscht jetzt Ruhe.« Sie atmete auf.

»Nee, davon kannst nur träumen. Irgendsolche radikalen Rebellen hatten wohl schon auf der Lauer gelegen. Spartakisten womöglich. Die haben das Feuer aufs Rathaus eröffnet.« Das konnte doch nicht wahr sein. »Und das Kriegsversorgungsamt am Großen Burstah is auch dran«, berichtete er unbeeindruckt weiter. »Die hätten das doch mitkriegen müssen, das mit der ekligen Sülze. Aber nee, haben nix unternommen«, ereiferte er sich und legte die Stirn in Falten. »Das sagen jedenfalls die Leute. Und deswegen haben sie das Amt auch gleich gestürmt.«

»Was sagst du da? Aber damit ist doch keinem geholfen. Ist nicht sogar die Nahrungsmittelversorgung in Gefahr, wenn im Versorgungsamt nicht gearbeitet werden kann?«

»Sehr plietsch, Frieda. Nur ist den Putschisten das schnurzpiepegal. Die drohen einfach damit, die Lager zu plündern.«

Später erfuhr sie, dass im Amt Lebensmittelkarten gestohlen worden waren. Die Menschen mussten wirklich großen Hunger leiden oder in ihrer Wut jedes Maß verloren haben. Wie auch immer, Ernst behielt bedauerlicherweise recht, von Ruhe und Frieden konnte man nur träumen. Es wurde nicht besser, sondern nur noch schlimmer. Die ganze Nacht über hörte man aus der Ferne Schüsse und immer auch wieder Glas bersten. Hans rollte sich am ganzen Körper schlotternd auf seinem Bett zusammen, die Hände fest auf beide Ohren gepresst. Es wurde geplündert und zerstört. Zeitweilig war sogar der Hauptbahnhof von Aufständischen besetzt, hieß es. Am Morgen nach dem Einmarsch der Bahrenfelder rief der Kommandant den Belagerungszustand aus, worunter sich Frieda nichts vorstellen konnte.

Ihrer Mutter ging es ähnlich. »Haben wir jetzt Krieg in Hamburg?«, wollte sie bei Tisch wissen und nestelte an der Spitze ihres Ärmels herum.

»Keinen Krieg, nur Revolution«, antwortete ihr Vater. Hans saß mit versteinerter Miene dabei und schwieg, dafür wurde Großvater Carl nicht müde, wieder einmal die KPD und diese unerzogenen Linken überhaupt für alles verantwortlich zu machen.

Frieda verfolgte voller Sorge, dass das Rathaus gestürmt worden sei, dass Bahrenfelder gefangen genommen und auch einige erschossen wurden, dass Gefängnisse unter die Kontrolle von Aufständischen geraten waren. Alles klang nach Gewalt. Vor allem klang alles so, als würde dieser entsetzliche Zustand noch lange andauern. Was sollte nur aus ihrer Verabredung mit dem netten Herrn Jensen werden? Etwas in ihr flatterte, wenn sie an ihn dachte. Sie konnte ihn nicht einmal erreichen. Mussten die Spartakisten oder KPDler oder sonst wer denn ausgerechnet jetzt Hamburg auf den Kopf stellen?

»Unser Senat ist noch jung«, erklärte ihr Vater ihr eines Abends, als sie ihn in seinem Bastel-Salon besuchte. Er werkelte nicht weiter an der stolzen *Imperator*, dafür fehlte ihm offensichtlich die Ruhe. Er betrachtete lediglich den Leib des Dampfer-Modells und dessen Innenleben und tauchte so in seine eigene friedliche kleine Welt ab. »Er kann es sich nicht leisten, die Stadt noch länger nicht im Griff zu haben.« Albert atmete lange aus. »Die werden Berlin um Hilfe bitten«, sagte er mehr zu sich selbst. »Wenn sie das überhaupt müssen. Wahrscheinlich sind die Herren in Berlin sowieso schon außer sich und fürchten um den Verlust der Kontrolle über den Hafen. Wenn sie die Reichswehr schicken, dann haben wir hier wirklich Krieg, wie deine Mutter sagt«, meinte er finster.

Tags darauf erklärte Ernst Frieda, sie solle sich keine Sorgen machen, die Gewerkschaften und Arbeiterparteien würden den Einmarsch der Reichswehr schon zu verhindern wissen. In der Arbeiterzeitung hätte bereits ein Aufruf gestanden, der die Rebellierenden zur Ruhe ermahnte. Wie es aussah, folgten viele diesem Aufruf, denn die Lage entspannte sich deutlich. Und auch ihrer Verabredung zum Tanzvergnügen stand anscheinend doch nichts im Wege.

Herr Jensen hatte ihr angeboten, ihr einen Wagen zu schicken, der sie zum Trocadero abholen würde. Doch sie hatte abgelehnt. Sie war nicht sicher, ob ihre Eltern sie überhaupt gehen ließen, und falls doch, wollte ihre Mutter sie bestimmt begleiten, um den jungen Mann kennenzulernen. Bloß das nicht. Überraschenderweise war es jedoch anders gekommen. Vater war zwar ein wenig skeptisch, weil sie ihm rein gar nichts über diesen Jensen sagen konnte, doch er freute sich, dass sie überhaupt endlich ausging. Ihre Mutter meinte zu wissen, dass die Jensens eine große Architektendynastie seien.

»Wenn es einer von denen ist, schnappe ihn dir nur!« Sie hatte Frieda zugezwinkert, damit war der Fall für sie vorerst erledigt.

Nun war Frieda also unterwegs. Viel zu früh, aber erstens hatte sie furchtbare Angst, zu spät zu kommen, zweitens hielt sie es nicht aus, zu Hause zu sitzen und auf die Kaminuhr zu starren, und drittens wollte sie ohnehin noch zum Jungfernstieg, um nach einem Duftwasser zu schauen. Die Geschäfte sollten alle wieder geöffnet sein, hieß es. Frieda achtete besonders gründlich darauf, wohin sie ihre Füße setzte. Henriette hatte ihre Schuhe auf Hochglanz poliert. Ihre erste Verabredung! Es fühlte sich an, als liefen Ameisen über ihre Haut. Dieser Herr Jensen war wirklich ein schickes Mannsbild. Wenn er auch noch eine gute Partie war … Frieda schüttelte den Kopf. Er ging einmal mit ihr tanzen. Das bedeutete gar nichts. Trotzdem. Ihr Herz pochte. Sie war voller Vorfreude und schrecklich aufgeregt. Wie gerne würde sie Clara von Herrn Jensen erzählen. Doch sie hatten nach ihrem erneuten Streit kein Wort mehr miteinander gewechselt. Frieda hatte ihr einen Brief geschrieben, hatte Clara erklärt, dass sie keinesfalls an sich selbst dachte, sondern die Verbindung zwischen Clara und ihrem Bruder wirklich für eine gute Idee hielt. Für beide Seiten. Keine Reaktion.

An einer Fassade im Graskeller fiel Frieda eine Schmiererei auf.

»Nach Schillers Lied von der Glocke«, hatte jemand an die Wand geschrieben. Und darunter: »Heute muss die Sülze werden, frisch, Gesellen, geht zur Hand. Nehmt nun Fleisch vom Katzenbalge, tut auch Ratten dann hinzu, und dann kocht das edle Ganze mit den Mäusen zum Ragout!«

Am Jungfernstieg angekommen, sah sie sich um. Gottlob, das Warenhaus Mendel hatte nichts abbekommen. Zumindest waren die Schaufenster noch ganz. Sie überlegte, ob sie hier nach einem Parfum schauen sollte, zögerte jedoch. Jetzt wollte sie Clara lieber nicht begegnen. Sie musste unbedingt mit ihrer Freundin sprechen, aber sie wollte sich ihre gute Laune nicht verderben lassen, nicht heute. Ein schrilles Klingeln ließ sie herumfahren. Ein Automobil fuhr haarscharf vor einer Straßenbahn über die Gleise. Das war knapp. Sie wollte sich wieder umwenden, da sah sie Herrn Jensen aus dem Alsterpavillon kommen. Er war nicht allein. Eine Frau mit braunem Haar, das sie kunstvoll geflochten trug, war bei ihm. Frieda sollte hier nicht stehen und die beiden unverhohlen anstarren, nur schaffte sie es einfach nicht, sich auch nur einen Millimeter zu bewegen.

Die Frau war hübsch, soweit Frieda das aus der Entfernung sagen konnte. Jensen hielt ihre Hand. Die beiden sprachen miteinander, es wirkte sehr vertraut, als ob sie sich schon lange kannten. Sie sollte sich jetzt wirklich um ihr Duftwasser kümmern, dachte sie und sah zu, wie Jensen die Frau in die Arme schloss. Frieda wurde schummerig und trotz der sommerlichen Temperaturen kalt. Sie umarmten sich innig und lange. Als Jensen die Frau endlich losließ, ging sie mit schnellen Schritten davon. Er sah ihr lächelnd nach, wie ein Mann seiner Geliebten eben nachsah. Frieda wurde übel. Die eine verabschieden und zur nächsten laufen, was? Nicht mit ihr. Sie drehte sich hastig um und rannte beinahe nach Hause.

Kapitel 7

»Geht es dir besser, mein Herz? Oder soll ich nicht doch Dr. Matthies rufen?«

»Das ist nicht nötig, Mutter«, antwortete Frieda, wie auch die Male zuvor, wenn Rosemarie Hannemann ihrer Tochter eine gründliche Untersuchung vorgeschlagen hatte. »Es geht mir ja gut, von dem Schwindel abgesehen. Es ist gewiss die Hitze.«

»Ja, die macht mir auch zu schaffen.« Ihre Mutter stöhnte und tupfte sich Stirn und Schläfen. »Dieser heiße Wind gibt mir den Rest. Am besten lassen wir die Vorhänge zugezogen und bewegen uns nicht, bis die Temperaturen wieder erträglich sind.«

Ihr Vorschlag kam Frieda sehr gelegen, auch wenn sie es normalerweise hasste, nur herumzusitzen. Aber was war schon normal in diesen Tagen? Als Frieda am Abend ihrer Verabredung mit Jensen viel zu früh nach Hause gekommen war, hatte sie sich mit der Notlüge gerettet, ihr sei plötzlich so schwindlig geworden, dass sie beinahe gestürzt wäre. Sie würden das Rendezvous bestimmt bald nachholen, hatte sie ihren Eltern versichert, etwas vom Wetter gemurmelt und sich dann zurückgezogen.

»Die Aufregungen der letzten Tage waren zu viel für sie«, hörte sie ihren Vater noch sagen.

»Unsere Kleine ist nun eine Frau, Albert«, meinte ihre Mutter. »Da ist Schwindel völlig normal.«

Als Frieda endlich allein in ihrem Zimmer war, ließ sie den Tränen freien Lauf. Da hatte sie einmal eine Verabredung gehabt, mit jemandem, der ihr gefiel und nicht ihren Eltern, und dann ... Konnte sie sich so in Jensen getäuscht haben? War er ein Frauenheld, der an jedem Finger eine haben musste? Warum war sie bloß weggelaufen? Das war nicht der Stil der Hannemanns. Hanseaten waren geradeheraus. Sie hätte ihn direkt damit konfrontieren können, dass sie ihn mit einer anderen Frau gesehen hatte. Na und? Vielleicht war er auf Brautschau, hatte die eine gerade kennengelernt, als ihm Frieda über den Weg gelaufen war. Womöglich wollte er sich entscheiden, welche besser zu ihm passte. Ihre Gedanken drehten sich im Kreis. Es hatte nicht danach ausgesehen, als hätte er die andere erst kürzlich kennengelernt. Und wenn sie eine Verwandte war? Nein, die Körpersprache der beiden hatte etwas Inniges an sich gehabt, das eher zu Verlobten passte. In dem Fall wäre es keineswegs in Ordnung, mit Frieda zum Tanzvergnügen zu gehen. Wäre sie nicht feige davongelaufen, wüsste sie nun wenigstens, woran sie war.

Um sich von ihrem Kummer abzulenken und ihre Ruhe zu haben, hatte sie den Schwindel erfunden, hinter dem sie sich seit dem Abend versteckte. Es war die perfekte Ausrede, um das Haus möglichst selten zu verlassen. So lief sie nicht Gefahr, diesem feinen Herrn Jensen unversehens über den Weg zu stolpern. Diese Vorstellung war ihr so unangenehm, dass sie es nicht einmal wagte, zum Warenhaus Mendel zu laufen. Dabei hätte sie liebend gern Clara ihr Herz ausgeschüttet. Der Gedanke an die Freundin war kein Trost, im Gegenteil. Interessierte sich Clara überhaupt noch für ihren Kummer? Oder würde sie ihr wieder vorwerfen, nur mit sich beschäftigt zu sein? Kein Brief, nichts, Clara schwieg eisern. Dabei hätte Frieda sie so gebraucht. In den kommenden Tagen hielt sich Frieda entweder in ihrem Zimmer oder der Kakaoküche auf. Die kleine Küche war der einzige Ort, an dem es ihr gelang, sich für kurze Momente völlig abzulenken. Frieda genoss die Kühle und die ganz eigene Mischung aus Düften, die sie schon beim Eintreten umfing. Mal füllte sie ihre kleinen Dosen auf, in denen sie Vanilleschoten, Zimtblüten und allerlei gemahlene Gewürze aufbewahrte, wie Curry, Kardamom, Koriander. Dann reinigte sie den Mélangeur gründlich, entfernte das Walzrad und die anderen Einzelteile, bis sie nur noch den nackten Trog hatte. Erst als der und sämtliche Teile blitzten, baute Frieda das Gerät wieder zusammen. Am liebsten aber gab sie etwas vorbereitete Schokoladenmasse auf einen Löffel, setzte mal Pfeffer, mal Curry oder sogar Salz hinzu und probierte. Oft genug war sie der Ansicht, dass ein bestimmtes Aroma nichts in köstlicher Schokolade zu suchen hatte, und dann war sie überrascht, welches Geschmackserlebnis sich am Gaumen und auf der Zunge entwickelte.

Glücklicherweise achtete niemand wirklich darauf, was sie tat. Im Hause Hannemann gab es im Moment anderes, um das man sich kümmern musste. Am ersten Juli waren Tausende Reichswehr-Soldaten einmarschiert und hatten die Stadt unter militärische Kontrolle gestellt. Hans verkroch sich in sein Zimmer und ließ sich noch seltener blicken als sonst. Manches Mal hörte Frieda ihn wimmern.

»Was ist denn los? Uns geschieht doch nichts.«

»Der Krieg«, murmelte er, »der Krieg kommt zurück. Er sucht mich. Und dieses Mal kriegt er mich, Frieda.«

Auch Ernst war außer sich, doch aus ganz anderen Gründen. Er behauptete steif und fest, dass die Aufständischen zwar noch immer hier und da aktiv gewesen seien, doch dass die Aussicht auf Ruhe und Normalität auch ohne das brutale Eingreifen der Truppe in Sicht gewesen wäre. Es ging das Gerücht, Arbeiter, die während des Einmarschs trotz der lautstarken Aufforderung: »Straße frei!« nicht rechtzeitig in einem Hauseingang verschwunden waren, seien einfach erschossen worden.

Noch mehr beschäftigte Friedas Vater ein anderes Problem. So sehr er und seine Mitstreiter in der Kakao-Wirtschaftsstelle sich auch mühten, blieb der Verkauf deutscher Schokolade auf Anordnung der Reichszuckerstelle im eigenen Land verboten. Die Reichsstellen legten, je nachdem, wofür sie zuständig waren, Höchstpreise für Brot, Eier oder eben Zucker fest, damit derart knappe Güter gerecht verteilt wurden. So sollte verhindert werden, dass zwar die Wohlhabenden ausreichend versorgt waren, die Armen aber hungerten. Zudem sollte der Verbrauch generell gedrosselt werden, damit die Versorgung möglichst lange aufrechterhalten werden konnte. Allerdings kannten sich nicht alle, die plötzlich einen Schreibtisch in einer Reichsstelle bekamen, wirklich gut mit wirtschaftlichen Fragen aus. Es war zum Verrücktwerden! Wie sollten sich die Geschäfte erholen, wenn es derartige Erschwernisse gab? Natürlich wurden bei verdeckten Kontrollen in Lebensmittelgeschäften und Konditoreien immer wieder Kakao und Schokolade entdeckt. Die Besitzer behaupteten stets, sie hätten nur geringste Mengen erstehen können. Von einem Fremden, oftmals einem Soldaten. Sie kamen damit durch, konnten sich allerdings keinen weiteren Fehltritt leisten. Nein, so konnte der Handel nicht wieder auf die Beine kommen.

Abend um Abend stöhnte ihr Vater über die schier ausweglose Lage, und mittlerweile hatte er Frieda doch tatsächlich angesteckt, ihrem Optimismus zum Trotz.

Wenn sie wüsste, dass sie in absehbarer Zeit Schokolade würden verkaufen können, dann hätte sie den nötigen Antrieb, neue Rezepturen auszuprobieren, aber so sorgte ihre ohnehin gedrückte Stimmung dafür, dass sie noch nicht einmal daran Freude fand.

Ihr Vater arbeitete immer mehr. Er ging am Morgen früher aus dem Haus und kam am Abend später zurück. Wenn er daheim war, las ihre Mutter ihm jeden Wunsch von den Augen ab und hörte sich seinen Kummer an, wenn sie auch nichts zu seiner Beruhigung zu sagen wusste. Hans begleitete seinen Vater mal, dann wieder blieb er den ganzen Tag im Bett liegen. Wie gerne hätte wenigstens Frieda geholfen, doch vom Import verstand sie nichts. Selbst wenn, wäre es ihrem Vater nie in den Sinn gekommen, sie in das Geschäft einzubeziehen. Die Manufaktur war der einzige Bereich, in dem er sie machen ließ. Solange diese allerdings nicht ganz offiziell den Betrieb aufnehmen und verstärken konnte, waren ihr die Hände gebunden. Wenigstens hatte sie mit ihrem Vater über die Gefahr gesprochen, die für die Mendels bestand, wenn sie weiter Hannemannsche Schokolade wider die Anweisung der Reichszuckerstelle anboten.

»Sie sind Juden. Für sie wird ohnehin mit anderem Maß gemessen«, hatte Frieda gesagt. »Denkst du nicht, dass das Risiko gestiegen ist, seit die Soldaten der Reichswehr in der Stadt das Sagen haben?«

Ihr Vater hatte sie lange angesehen und nachdenklich genickt. »Bist ein kluges Mädchen, Frieda«, hatte er gemeint und dabei schrecklich müde ausgesehen. »Ich kümmere mich darum.«

Clara fehlte Frieda, wie gerne wär sie wieder mit ihr durch das Warenhaus gestromert und hätte über Gott und die Welt geredet. Immerhin würde Vater dafür sorgen, dass die Mendels keine Schwierigkeiten bekämen, das wollte sie Clara unbedingt sagen. Überhaupt war es höchste Zeit, aus ihrem Schneckenhaus zu kriechen und endlich mit ihrer Freundin zu reden. Doch sie traf Clara weder im Erfrischungsraum noch im Lesesaal des Kaufhauses an. Auch ein Besuch bei Levi und seinen Schwänen war erfolglos. Natürlich könnte Frieda in die Schlüterstraße fahren, doch dann müsste sie auch noch in die Straßenbahn steigen. Schon der Gang zum Jungfernstieg war ihr schwergefallen, weil sie ständig befürchtet hatte, Jensen würde wieder einmal aus dem Nichts direkt vor ihr auftauchen. Sie beschloss, sich dennoch auf den Weg ins Grindelviertel zu machen, falls sie Clara auch am nächsten Tag nicht antreffen sollte. Obwohl es für einen Spaziergang zu warm war, flanierte Frieda ein Stückchen an der Außenalster entlang. Hier herrschte nicht sonderlich viel Betrieb, und man konnte einen Passanten schon von weitem sehen und gegebenenfalls einen anderen Pfad wählen. Sie betrachtete die Boote auf dem Wasser und blickte hinauf zu einem Schwarm Möwen, der heftig krakeelend über ihrem Kopf durch die Luft sauste. Zurück an der Lombardsbrücke, sah sie sofort wieder Jensen vor sich, wie er diese Frau umarmte. Warum diese Verabredung? Was wollte er damit bezwecken, sich einfach zweigleisig amüsieren? Das wollte ihr nicht in den Kopf. Sie ging auf das prächtige Jugendstilgebäude zu, in dem der Norddeutsche Regatta Verein sein Zuhause hatte, und traute ihren Augen nicht. Das war doch Ernst, der dort auf einem Steg hockte. In dem Moment erkannte er sie auch, sprang auf und winkte fröhlich. Mit gerafftem Rock betrat sie den hölzernen Pfad. Unter ihr gluckste das Wasser, mit leisem Klopfen stießen festgemachte Boote aneinander.

»Ernst Krüger«, rief sie, »was, bitte schön, machst du hier?«

»Ich hab Feierabend«, verteidigte er sich. »Das ist meine Zeit, dein Vater muss auch mal ohne mich klarkommen. Wenn Feierabend ist, bin ich oft hier, und sonntags.«

»Das meine ich nicht. Du kannst in deiner Freizeit natürlich tun, was du magst«, sagte sie schnell. »Nur ist dies ein Segelverein. Wenn ich mich nicht irre, sind die Mitglieder eher wohlhabend.« Bloß kein falsches Wort, sie wollte nicht auch die zweite Freundschaft aufs Spiel setzen, die ihr etwas bedeutete.

»Jo, das ist richtig. Sind viele Kaufmänner dabei«, erklärte er stolz. »Irgendwann bin ich auch einer. Schon vergessen?«

Sie schmunzelte. »Aha, und da trittst du jetzt schon mal dem Verein bei. Nur zur Sicherheit, falls der irgendwann wegen Überfüllung geschlossen werden sollte«, neckte sie ihn.

»Nee, ich bin da doch nicht drin. Noch nicht. Nö, aber ich kann das Wasser eben leiden. Und die schicken Boote auch.« Sie setzten sich auf Kisten, die am Ende des Stegs standen. Ernst ließ sofort wieder die Füße in die Alster hängen. »Ah, herrlich!«, sagte er und schloss die Augen. Frieda beneidete ihn um die Erfrischung. Sie blickte sich schnell um. Wenn sie es geschickt anstellte … Eilig griff sie unter ihren Rock und zog. Wenn man es nicht wollte, rutschten die Seidenstrümpfe einem bis zum Knie, und jetzt? Sie zog noch einmal. Ernst bemerkte es und sah sie mit großen Augen an.

»Ihr Männer habt es einfach besser«, schimpfte sie. »Ihr dürft euch eine Arbeit suchen, ihr verdient Geld, und ihr könnt in aller Öffentlichkeit nackte Füße haben.«

»Wir dürfen in den Krieg ziehen, hast du vergessen.« Er hob kurz die Schultern. Dann beugte er sich weit vor über das Wasser, beschirmte die Augen mit einer Hand, obwohl die Sonne von hinten kam, und rief übertrieben erstaunt: »Was is'n das da? So was hab ich ja noch nie nicht gesehen!« Frieda begriff nicht gleich, sondern sah in die Richtung, in die er zeigte. Dann verstand sie, lüpfte den Rock und rollte beide Strümpfe ab. Als er das leise Platschen ihrer Füße hörte, sah er sie wieder an und griente breit.

»Du hast recht, es ist wunderbar.« Sie bewegte die Zehen, dass Blasen aufstiegen. »Jetzt will ich endlich wissen, was du hier treibst, darfst du hier überhaupt sitzen, solange du noch kein Mitglied dieses Seglerclubs bist?«

Ernst erzählte ihr, dass er am Anfang immer nur auf dem Steg gehockt habe. Bei so einer Gelegenheit hatte er das Gespräch zweier Segler gehört, denen es davor graute, die Planken ihrer Jollen zu schrubben. Kurzerhand hatte Ernst sich angeboten, das für sie zu erledigen.

»Nicht für Geld«, sagte er. »Hab denen gesagt, dass ich da Spaß dran hätte.« Er zwinkerte ihr zu. »Denn kamen bald andere, die lästige Arbeiten loswerden wollten. Aber die haben sich wohl scheniert, mich einfach so zu fragen, und haben mir 'ne Mark angeboten.« Sie gaben ihm nicht nur Geld, sondern brachten ihm obendrein einiges über das Segeln bei. »Sollst man sehen, irgendwann fehlt einer an Bord, denn nehmen die mich mit! Und du, was machst du so? Kommst grad von der Arbeit auf'm Verleseboden bei Spreckel. Oder hattest du 'n Rendezvous?«

»Wie kommst du denn darauf?« Frieda sah ihn böse an.

»Ich mein ja man bloß. Meine Mutter sagt, deine Mutter sagt …«

»Meine Mutter erzählt viel, wenn der Tag lang ist«, unterbrach sie ihn schroff. Sein Blick besänftigte sie ein wenig. »Du weißt doch, der Papagei«, sagte sie und verdrehte die Augen. »Nein, ich habe wirklich gerade andere Sorgen.«

Eine Falte grub sich über seiner Nase in die Stirn. »Was denn für Sorgen?«

Frieda stieß die Luft aus. Dann erzählte sie ihm von dem Streit mit Clara. Nur dass Clara in Hans verliebt war, ließ sie aus, stattdessen redete sie von ihrer Angst, die Mendels könnten tatsächlich in ernste Schwierigkeiten geraten, gerade jetzt, wo doch die Reichswehr die Gesetze und auch gleich die Strafen machte.

»Ich habe mit meinem Vater darüber gesprochen. Er und Claras Vater haben gemeinsam beschlossen, dass es vielleicht wirklich besser wäre, die Hannemannsche nicht mehr zu verkaufen«, schloss sie betrübt. »Nicht einmal mehr unter dem Ladentisch.« Ernst hatte ihr aufmerksam zugehört, ohne sie auch nur ein einziges Mal zu unterbrechen.

»Aber die Leute wollen Schokolade essen«, sagte er nach einer Weile. »Ich glaub kaum, dass der Ebert damit einverstanden ist, wenn die aus'm Ausland kommt.« Sie sah ihn skeptisch an. »Den Reichspräsidenten, mein ich.«

»Ich weiß, wer Friedrich Ebert ist«, knurrte sie.

»Wär nicht gut, wenn ihr eure Ware nicht mehr bei Mendel unters Volk bringen könntet, ne?« Er sah zerknirscht aus. »Denn bist du deine Manufaktur erst mal los.« Es tat weh, das so deutlich zu hören. Aber genau so war es. Für Vater war die Kakaoküche nur ein niedliches kleines Experiment, eine Liebhaberei. Er hatte die Geräte zur Herstellung günstig kaufen können und die erste Schokolade, ein Rezeptbuch in der Hand, mit seiner Tochter produziert. Er bemerkte schnell, dass sie ein gutes Gespür für Rezepturen hatte, und erlaubte ihr, das Regiment zu übernehmen und auszuprobieren, was immer ihr einfiel. Als dann die ersten Tafeln zum Verkauf bereit waren, besorgte ihr Vater Verpackungsmaterial und organisierte den Verkauf über seinen Freund Mendel. Er stellte ihr sogar jemanden an die Seite, der die teilweise anstrengenden und zeitraubenden Vorarbeiten erledigte. Wäre der dumme Erlass der Reichszuckerstelle ihr nicht in die Quere gekommen, hätte sie bald größere Mengen herstellen können. Sie hätte ihre eigenen Arbeiter bekommen und ihre Hannemannsche in vielen Sorten weit über Hamburg hinaus verkauft. So hatte sie sich das vorgestellt. Und jetzt? Frieda seufzte und ließ die Schultern hängen. »Och Mensch, nu sei man nicht so traurig.« Er tätschelte ihr unbeholfen den Arm. Gar nicht typisch für ihn, eigentlich knuffte er sie eher. »Musst eben doch heiraten«, schlug er fröhlich vor.

Das fehlte ihr noch. »Aber auf keinen Fall diesen schnöseligen Rickmers.«

»Wieso?« Er starrte sie an, als hätte sie ihm gerade eröffnet, dass sie Hamburg verlassen würde.

»Ach, nur so.« Sie hatte wirklich keine Lust, auch noch davon zu erzählen. »Es ist doch nicht einzusehen«, schimpfte sie stattdessen. »Schön, mein Vater ist in erster Linie Importeur. Was sollen aber die Schokoladenfabrikanten tun? Wie sollen sie wieder Geschäfte machen und verdienen, wenn man ihre Ware in deutschen Läden verbietet? Französische chocolat avec plaisir, deutsche, nein danke. Das ergibt keinen Sinn.« Sie hob die Füße aus dem Wasser und ließ sie mit lautem Platschen wieder hineinfallen, dass es im hohen Bogen spritzte.

»So 'n Schietwetter«, rief Ernst, »nu regnet's auch noch.« Frieda musste lachen. Das tat gut. Sie warf ihm einen dankbaren Blick zu und erntete ein vergnügtes Lächeln.

»Vielleicht ist das die Lösung«, sagte sie leise, »vielleicht schreiben wir einfach Chocolat auf das Einwickelpapier.« Sie blickte über das Wasser. Die letzten Boote kamen zurück an die Stege, größere machten sich, mit fein gekleideten Herrschaften an Bord, auf den Weg zum Uhlenhorster Fährhaus. Die Damen und Herren würden sich das Feuerwerk auf der Alster ansehen.

»Frieda, du bist ein Genie!«, flüsterte Ernst plötzlich. »Ja, genau, das isses!« Er begann zu lachen. Frieda verstand kein Wort.

»Französisches Papier«, sagte er endlich und sah sie an, als sei damit alles klar. Sie zog die Augenbrauen hoch. »Also kein französisches Papier natürlich, sondern nur die Schrift«, erläuterte er aufgeregt. »Ich war doch in Kriegsgefangenschaft bei den Franzosen. Einer hat mir 'ne Tafel Schokolade zugesteckt. Die hab ich natürlich längst gefuttert, aber das Papier, das hab ich mir aufgehoben. Hat mir so gut gefallen, mit viel Gold und so Blumenranken drauf.« Sie verstand noch immer nicht, worauf er hinauswollte. »Ich geb das deinem Vater, und der lässt genau so 'n Papier drucken, wickelt Hannemanns Feine da rein, fertig. Schon kann Mendel ganz offiziell französische Tafeln verkaufen.«

Das konnte doch unmöglich sein Ernst sein. »Das wäre Betrug, Ernst Krüger«, wisperte sie.

»Nee, Frieda, das wäre die Lösung! Ich kenn da jemand in der Druckerei, wo die auch die Arbeiterzeitung drucken. Die freuen sich über jeden Auftrag.« Er senkte die Stimme. »Das wird natürlich 'n paar Mark kosten. Aber funktionieren könnte es.«

Zuerst hielt Frieda Ernsts Vorschlag für eine Schnapsidee. Aber wenigstens war es eine Idee. Vor allem wollte ihr sein letzter Satz nicht aus dem Sinn gehen: Es könnte funktionieren. Diese Vorstellung war gar zu verlockend. Also fasste sie sich ein Herz und erzählte ihrem Vater davon.

Albert Hannemanns Reaktion glich der von Frieda aufs Haar: »Das ist Betrug, Frieda, und obendrein noch eine Schnapsidee.« Je mehr er allerdings darüber nachdachte, umso besser gefiel ihm die Sache. Am Ende zitierte er Ernst zu sich, um sich das Papier zeigen zu lassen und mit ihm die Einzelheiten zu besprechen. Hinter verschlossener Tür, versteht sich. Frieda wäre liebend gerne dabei gewesen, doch sie war darauf angewiesen, dass Ernst sie nach der Besprechung ins Bild setzte, was er großmütig tat. Sie war ein wenig ärgerlich. Gut, Ernst hatte die Idee mit dem Papier gehabt, aber sie war doch diejenige, die ihn darauf gebracht hatte. Und sie hatte ihrem Vater die Lösung vorgeschlagen. Ihr Ärger verflog durch die Aussicht, bald wieder mehr Schokolade zu produzieren, sich neue Sorten einfallen zu lassen. Sie war so gut gelaunt, dass es ihr nichts ausmachte, nur mit ihren Eltern am Sonntag eine Ausfahrt zu unternehmen. Hans hatte sich im letzten Augenblick entschuldigt. Er wolle lieber einen Blick in die Bücher werfen, die Vater ihm gegeben hatte. Kaufmännisches Rechnen, Importbestimmungen, Lagerhaltung, solche Dinge. Also waren sie zu dritt nach Othmarschen gefahren. In der Elbchaussee gab es ein hübsches Lokal, auf dessen Terrasse sie unter einer Markise Kuchen aßen.

»Ist es nicht herrlich hier?« Albert ließ seinen Blick über die Elbe schweifen. »Ein wunderbares Plätzchen, meint ihr nicht? Hm, Röschen, hier ließe es sich gut leben.« Er tätschelte Rosemaries Hand.

»Daran ist wohl kaum zu denken«, entgegnete sie betrübt. »Für die Elbchaussee fehlt uns das nötige Kapital.« Sie seufzte. Ausnahmsweise musste Frieda ihrer Mutter recht geben. Sie sah einen Dampfer die Elbe heraufkommen, hörte den Vögeln zu und genoss die Käsesahne.

»Was ist nun eigentlich mit diesem Architekten, mein Herz?«, wollte ihre Mutter unvermittelt wissen.

»Mit welchem Architekten?« Wovon sprach sie um Himmels willen?

»Na, mit diesem Herrn Jensen. Werdet ihr miteinander ausgehen?«

Wohl kaum, dachte sie finster und spürte schon wieder so einen Stich. »Ach, ich weiß nicht«, sagte sie leichthin und fühlte den kritischen Blick ihres Vaters auf sich gerichtet.

»Sein Interesse scheint nicht sehr groß zu sein, wenn er dich bisher nicht bedrängt hat, eure Verabredung endlich nachzuholen. Er war nicht ein einziges Mal bei uns, um sich nach deinem Befinden zu erkundigen, und hat nicht einmal Blumen geschickt.«

»Die letzten Tage waren für alle aufreibend, Mutter. Er hatte vermutlich Wichtigeres im Kopf.«

»Es gibt nichts Bedeutenderes als die Frau, deren Herz man erobern will«, belehrte ihre Mutter sie. »Wenn er sich nicht um dich bemüht, ist er nicht der Richtige. Wir sollten die Rickmers zum Essen hierher einladen. Was denkst du?« Frieda wollte gerade antworten, doch sie kam nicht zu Wort. »Dieser Justus ist vielleicht ein ganz feiner Mensch, du solltest ihm eine zweite Chance geben.«

Allein bei der Vorstellung wurde Frieda ganz elend.

Ihr Vater sah sie liebevoll an. »Wenn ich mich nicht irre, hat Justus Rickmers auch keine Blumengrüße geschickt. Oder habe ich das nur nicht mitbekommen, meine Liebe?« Er nahm Rosemaries Hand in seine. Frieda konnte zusehen, wie ihre Mutter dahinschmolz. »Hat er womöglich um ein Rendezvous mit unserer Tochter gebeten?« Rosemarie musste eingestehen, dass er das nicht getan, also auch kein größeres Interesse gezeigt hatte. »Dann scheint er mir auch nicht der Richtige zu sein. Wir werden einen anderen jungen Mann finden.«

»Du hast recht, Liebster. Wer weiß, vielleicht holt der Herr Architekt ja noch Versäumtes nach.« Sie tätschelte Frieda die Wange und gab sich vorerst zufrieden.

Als sie nach Hause kamen, fanden sie Hans im Speisezimmer vor. Er saß am großen Esstisch, den Kopf auf die ausgestreckten Arme gebettet, und schlief.

»Oh sieh nur, Albert«, flüsterte Mutter entzückt, »er ist über den Büchern eingeschlafen.« Eingeschlafen war er, nur konnte Frieda weit und breit kein Buch entdecken. Sie ahnte Böses.

»Genug geschuftet, mein Liebling«, zwitscherte Rosemarie und berührte sanft Hans' Schulter. »In deinem Bett kannst du dich besser ausruhen.« Hans regte sich. Er hob ganz langsam den Kopf ein kleines Stück und sah sie aus glasigen Augen an.

»'schuldigung«, nuschelte er.

»Du hast getrunken«, stellte Albert kühl fest. »Hast du gleich damit begonnen, als wir das Haus verlassen haben, oder war es dir noch möglich, vorher die Unterlagen zur Hand zu nehmen, wie du es versprochen hast?«

Hans richtete sich vollständig auf und bemühte sich um Haltung. »Ich hatte Kopfschmerzen und konnte mich nicht konzentrieren«, entgegnete er leise. Frieda zerriss es das Herz. Sie konnte ihrem Bruder ansehen, wie leid es ihm tat, wie unglücklich er selbst war. Vater ging es nicht besser. Er hatte immer wieder Geduld und Verständnis gezeigt und wurde immer wieder enttäuscht.

»Und du dachtest, Wein und Schnaps helfen gegen Kopfschmerzen?« Vaters Kieferknochen traten hervor.

»Nun sei nicht so streng zu dem Jungen«, wandte Mutter ein.

Albert atmete einmal aus, dann sagte er scharf: »Geh deinen Rausch ausschlafen, wir sprechen morgen darüber.« Hans rappelte sich auf, schwankte bedenklich und verließ das Zimmer. »Wir können nicht länger unsere Hoffnung auf ihn setzen«, sagte ihr Vater und sah Frieda an. »Dass er getrunken hat, stört mich nicht, junge Männer tun das eben. Aber er hat mein Vertrauen missbraucht.« Er atmete schwer. »Dein Bruder ist nicht die Zukunft für Hannemann & Tietz.« Das war eine Bombe. Frieda hörte die Stimme ihres Vaters und die Worte immer wieder, als sie längst im Bett lag. Sie bekam kein Auge zu, so aufgeregt war sie. Vater würde sie in die Lehre gehen lassen! Hans fand sich seit diesem entsetzlichen Krieg einfach nicht mehr zurecht. Und vielleicht hatte sie ihren Vater endlich überzeugen können, wie sehr ihr das Kontor am Herzen lag, dass sie wie ein Kaufmann denken konnte. Sie würde ihn nicht enttäuschen.

Kapitel 8

Herbst und Winter 1919

Zwar riss sich Hans in den folgenden Wochen zusammen, begleitete seinen Vater in das Kontor, las dicke Schinken über die Buchhaltung und das Vertragswesen des Kaufmanns und verzichtete auf jeglichen Alkohol, dennoch war das Vertrauen Albert Hannemanns schwer beschädigt. Das konnte Frieda deutlich spüren, zum Beispiel an ihrem Geburtstag im Oktober. Ihr Vater reichte ihr heimlich ein Muster des Papiers mit französischem Aufdruck, in das die Hannemannsche eingewickelt werden sollte. Mutter war gerade dabei, die Geburtstagstorte anzuschneiden, Hans faltete konzentriert Servietten. Aufgeregt betrachtete Frieda den lavendelfarbenen Bogen mit den goldenen Ranken und der geschwungenen goldenen Schrift: Spécialité au chocolat.

»Wenn der Plan aufgeht«, flüsterte er ihr zu, »hast du in deiner geliebten Kakaoküche womöglich bald mehr zu tun, als dir lieb ist.«

Beinahe hätte Frieda laut gejubelt. Ihr Vater legte seine Hoffnung auf sie und die Manufaktur. Ein wahrer Lichtblick an diesem trüben Tag, wenn sich Frieda insgeheim auch gewünscht hätte, dass er sie nun doch eine Ausbildung beginnen ließe.

Obendrein vermieste ihr ein Gedanke den Geburtstag: Sie war ein Jahr älter und kam so dem Heiratsalter noch ein Stück näher. Das und der Umstand, dass sie sich noch immer nicht mit Clara ausgesprochen hatte, lagen schwer auf ihrem Gemüt. Jeder weitere Tag, an dem sie nichts voneinander hörten, kein Wort miteinander wechselten, schob sich wie eine Mauer zwischen sie, die höher und höher wurde.

Einmal war Frieda in die Schlüterstraße gefahren, doch man sagte ihr, Clara sei nicht zu Hause. Sie habe ihre Ausbildung im Israelitischen Krankenhaus begonnen. Das mochte ja stimmen, aber Frieda hatte nun einmal gesehen, dass sich die Gardinen in Claras Zimmer bewegt hatten, als sie kehrtgemacht und noch einmal nach oben geblickt hatte. Schön, wenn Clara sich verleugnen lassen wollte, dann bitte. Außerdem war der Weg von der Deich- in die Schlüterstraße genauso lang wie der von der Schlüterstraße in die Deichstraße. Frieda hatte ganz fest damit gerechnet, dass Clara an ihrem Geburtstag über ihren Schatten springen würde. Man hatte ihr doch gewiss ausgerichtet, dass Frieda da gewesen war, dass sie also ihre Absicht gezeigt hatte, an der Freundschaft festzuhalten. Nichts, kein Zeichen von Clara. Der Teller, der für sie auf die Tafel gestellt worden war, blieb unberührt.

Wenige Tage später fegte ein Herbststurm über die Stadt, als ihre Mutter sich beim Mittagessen zu ihr beugte:

»In der Kunstgewerbeschule am Lerchenfeld wird gerade eine höchst interessante Ausstellung gezeigt, mein Herz. Dein Vater und ich werden sie uns heute ansehen. Magst du uns begleiten?« Ihre Mutter trug eine dunkelgrüne Robe mit hellgrünen Spitzenapplikationen und steckte sich gerade eine glitzernde Spange in ihr Haar. »Als Kind hast du immer so hübsch gemalt. Vielleicht würde es dir Freude machen, wieder damit anzufangen.«

Ein schöner Einfall, sie war so lange nicht mehr aus gewesen, vor allem aber mochte sie Kunst. Ihr gefiel die Vorstellung, dass ein Maler oder Bildhauer mit jedem Werk ein Stück von seiner Seele offenbarte. Und sie liebte Museen, in denen man sich völlig in etwas Fremdes vertiefen konnte. Gut, die Schule am Lerchenfeld war nicht gerade die Kunsthalle, aber Frieda war neugierig.

»Ja, gerne. Was wird denn gezeigt?«

»Bilder eines äußerst hoffnungsvollen Künstlers. Alfred Fellner heißt der junge Mann. Soll sehr begabt sein.« Ihre Mutter schätzte üppige Gemälde und einen sicher geführten Pinselstrich, insofern konnte man ihr Urteil gut für bare Münze nehmen.

Die Straßenbahnhaltestelle Mundsburg lag nur ein paar Meter von der Kunstgewerbeschule entfernt. Schon die wenigen Schritte reichten, um Frieda trotz Wollmantel und passender Kappe frösteln zu lassen. Der Winter stand vor der Tür, das konnte man nicht leugnen.

»Dieser Fellner ist ein interessanter junger Mann«, sagte ihr Vater, als sie die Stufen zu dem roten Ziegelbau hinaufstiegen. »Ehe er sich dem Kunststudium zuwandte, hat er eine kaufmännische Ausbildung gemacht.« Er nahm die Hände vor den Mund, hauchte gegen die kalten Finger. »Er ist nur vier Jahre älter als du und stellt schon aus. Ich hörte, dass dieser Herr Fellner außerdem schon bald ein eigenes Atelier in Hamburg eröffnen wird.«

»Interessant.«

»Kann man wohl sagen. Ein kluger Kopf und eine große musische Begabung, das ist eine ungewöhnliche Kombination, findest du nicht?«

»Allerdings.«

Frieda sah ihren Vater von der Seite an. Wirklich ungewöhnlich war, dass er so viel über den jungen Künstler wusste. Vater vertrat die Auffassung, dass es sich gut machte, Werke anerkannter Maler oder Bildhauer zu besitzen. Sie mussten ihm einfach gefallen und einen gewissen Wert haben. Seit er an seiner *Imperator* arbeitete, sah er genauer hin, das ja, aber dass er sich besonders für Gattungen, Techniken oder gar Kunstschaffende interessiert hätte, wäre ihr neu.

Die Ausstellung war recht gut besucht. Während ihre Eltern gerade jemanden begrüßten, schlenderte Frieda allein durch den ersten Raum. Die Werke waren von beeindruckender Kraft. Es waren Holz- und Linolschnitte zu sehen, vor allem aber Aquarell- und Ölbilder. Lokale in St. Pauli schienen diesen Herrn ebenso zu faszinieren wie der Hafen. Frieda stand sehr lange vor einigen Gemälden. Manche waren ziemlich abstrakt, aber immer konnte man das Motiv auf Anhieb erkennen. Der Künstler hatte ein Händchen für kräftige Farben, die er jedoch nicht immer verwendete. Interessant. Sie verlor sich im Anblick der Striche und Symmetrien, der Flächen und Formen. Was für ein Mensch mochte es sein, der diese Werke geschaffen hatte?

»Herr Hannemann, es freut mich außerordentlich, dass Sie es einrichten konnten.« Frieda erkannte die Stimme von Richard Meyer, Leiter der Kunstgewerbeschule. Sie drehte sich um und sah neben ihm einen Mann mit klugen Augen, die sich auf der Stelle in die von Frieda bohrten. »Und Ihre reizende Gattin gibt uns ebenfalls die Ehre. Welch eine Freude.« Er deutete galant einen Handkuss für Rosemarie an, die mädchenhaft kicherte. Für Friedas Geschmack völlig unpassend, ihre Mutter war schließlich kein Backfisch mehr. Meyer wandte sich Frieda zu. »Das Fräulein Tochter, nehme ich an?«

»Frieda Hannemann.« Sie kam zu ihnen herüber und reichte Meyer die Hand.

»Sehr erfreut. Darf ich Ihnen Alfred Fellner vorstellen?« Der Maler begrüßte alle drei mit einem kräftigen Händedruck, wie Frieda erfreut feststellte. Ihre Hand hielt er eine Sekunde länger als nötig, meinte sie. »Er ist Schüler von Julius Wohlers und Arthur Illies, zwei unserer besten Lehrer am Institut«, fuhr Meyer fort.

»Ihre Werke sind höchst interessant«, versicherte Rosemarie Fellner. Frieda musste schmunzeln. Vor dem Bild einer unbekleideten Frau auf einer Ottomane, die sich höchst unzüchtig darbot und eindeutig eine Prostituierte darstellen sollte, hatte sie ihre Mutter schwer nach Luft schnappen sehen. »Sie müssen uns unbedingt später noch erzählen, woher Sie nur Ihre Ideen nehmen.«

Bei einigen Motiven war das nur allzu offensichtlich, doch das behielt Frieda besser für sich.

»Doch jetzt würde ich gern die Gunst der Stunde nutzen und Ihnen Herrn Meyer entführen.« Sie hakte sich bei dem Schulleiter unter. »Das Fenster in der Eingangshalle ist eine Pracht«, flötete sie. »Ich würde zu gern mehr darüber wissen.«

»Das interessiert mich auch«, sagte Vater hastig und hüstelte. Erstaunlich, beim Betreten der Halle hatte Vater das Fenster nicht eines Blickes gewürdigt.

»Dann entschuldigen Sie beide uns für einen Moment?« Meyer sah von Frieda zu Alfred Fellner. Beide nickten, dann waren sie allein. Frieda fühlte sich plötzlich unbehaglich. Dieser Maler war nur gut vier Jahre älter als sie, doch er hatte die Ausstrahlung eines reifen Mannes von großer Ernsthaftigkeit. Wenn er sie nur nicht immer so eindringlich ansehen würde, als studiere er jede Einzelheit ihrer Gesichtszüge, um sie später auf die Leinwand bringen zu können. Worüber sollte sie bloß mit ihm reden?

»Ich wette, meine Mutter wird Sie später mit ihren Fragen überhäufen«, begann sie. »Dann werde ich früh genug erfahren, woher Sie Ihre Einfälle nehmen. Mir ist aufgefallen … Wie kommt es, dass ich kein Bild vom Jungfernstieg finden kann, von der Elbchaussee oder von der Schönen Aussicht?«

»Was sollte ich da malen? Dort gibt es nur Fassaden. Im Hafen ist Leben. Oder in den Gängevierteln, wie hier.« Er trat einen Schritt zur Seite und deutete auf ein kleines Ölbild in schlichtem Rahmen. »Ich male nicht die Steine, die Portale, die Kamine, ich bringe das Innere auf die Leinwand.« Das Innere eines Viertels? Für Friedas Begriff wären das Wohnräume oder vielleicht die Menschen, die dort lebten.

»Hm, bemerkenswert«, sagte sie langsam. »Ich kenne mich in diesen Bezirken nicht sonderlich gut aus.«

»Das überrascht mich nicht«, unterbrach er sie. »Im Rademachergang etwa gibt es die meisten Freudenhäuser der Stadt. Ich glaube kaum, dass Sie in der Nähe etwas zu suchen hätten.«

Sie spürte, wie sie unter seinem Blick errötete. Dämlich. Ob das irgendwann im Leben aufhörte? »Ich dachte, die Zustände sind dort ... nun ja, nicht gerade einladend. Also, nicht in den Freudenhäusern, sondern in diesen Wohnvierteln, meine ich«, ergänzte sie rasch. »Nicht ohne Grund wurden viele bereits saniert, und wenn ich nicht irre, sollen weitere Straßenzüge folgen. Bei Ihnen sieht alles so hübsch aus, so bunt.«

»Sehen Sie genau hin!« Er nahm ganz selbstverständlich ihren Arm und führte sie ein Stück näher an das kleine Kunstwerk heran. »Lassen Sie sich von der Leuchtkraft der Farben nicht täuschen! Es ist eine bunte Welt da draußen, eine schöne und vielleicht sogar eine romantische. Trotz des Drecks und der Armut. Sehen Sie hin! Beides ist in dem Bild festgehalten, Licht und Schatten, finden Sie nicht?«

Nein, das fand sie ganz und gar nicht, Not und Elend konnte sie beim besten Willen nicht entdecken. »Schön, dass Sie diese Gänge und Gassen festhalten, ehe sie abgerissen werden«, sagte sie ausweichend.

»Es ist eine Schande, diese Orte sind Hamburg«, gab er empört zurück. »Ich muss die letzten Überbleibsel malen, ehe sie auch noch zerstört sind.« In Friedas Ohren klang das ein wenig radikal, Hamburg war doch wohl so viel mehr. Sie mochte jedoch nicht mit ihm darüber streiten. Sie kannten sich ja kaum. Stattdessen fragte sie ihn lieber nach dem Atelier, das er eröffnen wollte. »Ich habe einen Raum in einem Speicher gefunden«, erzählte er.

»In einem Speicher?« Das klang ungewöhnlich und aufregend,

darüber hätte Frieda gern mehr gewusst, doch in diesem Moment kamen ihre Eltern mit Herrn Meyer zurück und verwickelten den jungen Künstler in ein Gespräch.

Auf dem Heimweg und auch zu Hause wanderten Friedas Gedanken immer wieder zu diesem Fellner. Ein bemerkenswerter Mann und durchaus nicht unattraktiv. Er hatte ihr vorgeschlagen, sich wiederzusehen. Wollte sie das? Bestimmt konnte sie mit ihm eine Menge Neues kennenlernen und Aufregendes erleben. Warum also nicht?

Beim Abendessen sagte sie: »Das war wirklich eine sehenswerte Ausstellung, er ist wirklich talentiert, dieser Herr Fellner. Vielleicht kann ich von ihm etwas lernen. Ich denke, ich werde ihn in seinem Atelier besuchen, wenn er es bezogen hat.«

»Wird Zeit, dass du etwas von einem talentierten Mann lernst«, sagte Hans leise.

»Auf keinen Fall!« Was war denn in Mutter gefahren? »Dieser Hungerkünstler kommt nicht in Frage!« Hans zog nur eine Augenbraue hoch, sagte aber nichts.

»Du hast doch selbst gesagt, ich könnte vielleicht wieder malen. Warum sollte mir jemand, der so begabt ist, nicht ein paar Kniffe zeigen? Ich finde Alfred Fellner nett.«

Mutter konnte sich kaum beruhigen. Er würde sich in den übelsten Spelunken der Stadt herumtreiben, schimpfte sie. Wenn sie das geahnt hätte.

»Selbst wenn er so viel Erfolg hat, wie anscheinend alle meinen, wird es doch dauern, bis er von seiner Kunst eine Familie ernähren kann. Daran kann seine kaufmännische Ausbildung auch nichts ändern. Außerdem: Frieda Fellner, das klingt ganz furchtbar.«

»Wie bitte? Mutter, ich wollte ihn nur in seinem Atelier besuchen und nicht gleich heiraten.« Vater konzentrierte sich auf seinen Teller,

Mutter nestelte aufgeregt an ihrer Serviette herum. Unglaublich, erst wollten sie ihr schnellstens einen Ehemann andrehen. Wenn sie dann einen kennenlernte, der sie ein wenig interessierte, brachen sie in Panik aus. Mit einem Schlag fiel ihr wieder ein, was Vater alles über Fellner gewusst hatte. Natürlich, er hatte entweder eine Karriere vor sich, die viel Geld brachte, oder er konnte als Kaufmann bei Hannemann & Tietz einsteigen. Sie hatten sie mit einer ganz bestimmten Absicht in diese Ausstellung geschleift! Frieda sah von einem zum anderen.

»Wie konnte ich nur so dämlich sein? Na, Mutter, hast du gedacht, du bekommst einen Schwiegersohn, der Blümchen malt und dir eine hübsche Vase töpfert?«

»Ich möchte von diesem Menschen gar nichts mehr haben.« Das klang ziemlich enttäuscht, geschah ihr recht.

»Es war ein Versuch, Frieda, nicht mehr und nicht weniger. Kein Grund, ungezogen zu deiner Mutter zu sein. Was wir von Fellner gehört hatten, klang vielversprechend. Ich fürchte allerdings, man muss bei ihm damit rechnen, dass er sich zu einer renitenten Persönlichkeit entwickelt.«

»Dann kommt er auf keinen Fall in Frage«, flüsterte Hans, stand auf und verließ das Speisezimmer.

»Hamburg denkt zu sehr an den Kommerz, er steht in der Hansestadt an oberster Stelle«, zitierte Vater den Maler kopfschüttelnd. »Was soll das wohl heißen? Von Luft, Liebe und schönen Künsten hat noch keiner überleben können.«

In diesem Moment nahm sich Frieda fest vor, Alfred Fellner wiederzusehen. Schon um ihre Eltern zu ärgern. Sie fand ihn interessant, die Gespräche mit ihm anregend, aber über eine Freundschaft würde es wohl nicht hinausgehen. Der Funke war einfach nicht übergesprungen. Frieda wollte ein Prickeln auf der Haut spüren, wollte in Augen blicken, in denen sie sich verlieren konnte. So, wie es bei diesem Jensen der Fall gewesen war. Verdammt, warum ging er ihr nicht endlich aus dem Kopf?

Vor ein paar Tagen war sie auf der Judenbörse in der Elbstraße gewesen, um ein paar Spangen und Bänder für ihre Mutter zu besorgen, da eilte ein Mann mit rötlichem Haar an ihr vorüber. Er hatte den Kragen seines Mantels gegen die Herbstkälte hochgeschlagen und trug obendrein einen Schal. Als sie ihn sah, war Frieda wie erstarrt stehen geblieben. Dann war er in eine Seitenstraße abgebogen, und sie hatte einen Blick auf sein bartloses Gesicht erhaschen können, das nichts mit dem von Jensen gemein hatte. Trotzdem hatte noch Minuten später ihr Herz geklopft, und die Enttäuschung darüber, dass aus ihrem Rendezvous nichts geworden war, meldete sich schmerzhaft zurück. Friedas Stimmung glich dem Novemberwetter, das grau und kalt und düster über die Stadt zog. Daran konnte auch die Nachricht nichts ändern, Fleischfabrikant Heil sei angeklagt und zu drei Monaten Gefängnis und einer Geldstrafe von 1000 Reichsmark verurteilt worden. Einige seiner Arbeiterinnen hatten bezeugt, dass er für seine Delikatesssülze Kalbskopfhäute verwendet habe, noch dazu solche, die bereits schimmelig und mit Maden durchsetzt gewesen war. Damit war dieser feine Herr Heil noch glimpflich davongekommen. Zumal nichts dagegen sprach, dass er seine Fabrik weiter betrieb, wenn er wieder auf freiem Fuß war. Sie dachte, man hätte ihn von den Zutaten seiner Produkte essen lassen sollen, wie es die aufgebrachte Menge mit den Arbeitern gemacht hatte, und erschrak über ihre Wut.

Weihnachten war nicht mehr fern, nicht einmal mehr einen Monat bis zum Fest. Ernst hatte ihr mit leuchtenden Augen berichtet, dass die Verpackung für Hannemanns Gute Französische, wie er die Schokolade augenzwinkernd genannt hatte, in Druck sei. Nach anfänglichen Schwierigkeiten würden die Walzen nun laufen. Das bedeutete, Frieda konnte sich in die Arbeit stürzen. Endlich ein Lichtblick! Mutter war weniger begeistert.

»Hältst du das wirklich für eine gute Idee, Albert? Ich weiß nicht, was ihr mit dieser merkwürdigen Verpackung genau im Schilde führt, aber es klingt für mich nicht so, als sei damit alles in Ordnung. Natürlich, Liebster, ich verstehe nichts davon. Aber sollte nicht wenigstens ein Angestellter diese Aufgabe übernehmen? Frieda ist ein Mädchen und unsere Tochter, sie gehört ganz bestimmt nicht in einen muffigen Raum voller Maschinen und Dreck.« Glücklicherweise war ihr Vater standhaft geblieben. Und mit einem Schlag sah es so aus, als hätte er an ihrem Geburtstag recht gehabt. Frieda bekam alle Hände voll zu tun. Außer Ernst gab es niemanden, der sie in der Produktion unterstützen konnte. Das Risiko war zu groß, dass jemand den Mund nicht halten würde. Hörten aber die falschen Leute davon, dass Hannemann & Tietz Tafeln in größerem Stil produzierte, oder bekamen sie gar die französische Verpackung zu Gesicht, war es mit der Manufaktur endgültig aus. Nicht einmal Hans wurde eingeweiht.

»Er ist noch nicht zuverlässig genug«, meinte ihr Vater.

Also stürzte sich Frieda in die Arbeit. Endlich hatte sie wieder gute Laune, wenn sie morgens aufstand. Was hatte Ernst einmal gesagt, sie hatte eine romantische Vorstellung von Arbeit? Von wegen! Sie liebte es. Täglich gab sie Kakaomasse, etwas Kakaobutter, Zucker und Milch oder Sahne in den Mélangeur und hörte seinem Brummen zu, bis er alle Zutaten gut vermischt hatte. Sie verfeinerte mit Zimt und Kardamom, ehe sie alles in die Conchiermaschine gab. Frieda hatte sich angewöhnt, vor dem Mischen nur wenig Kakaobutter in die Rührschüssel zu geben, dafür vor dem Conchieren noch etwas hinzuzutun. Sie hatte die Erfahrung gemacht, dass die Schokolade dadurch einen besonders feinen Schmelz bekam. Genau das war es, was Frieda so glücklich machte: In ihrer Experimentierküche schaute ihr niemand auf die Finger oder sagte ihr, was zu tun sei. Sie wusste es selbst am besten und wurde mit jedem Tag besser. Es kostete viel Zeit, die noch flüssige Schokolade in die Tafelformen zu gießen, zu rütteln, damit es keine Luftbläschen gab, und die fest gewordene Schokolade schließlich ganz vorsichtig herauszuklopfen, ehe die Formen erneut befüllt werden konnten. Es war ein regelrechter Strudel, der Frieda mitriss, ihr guttat, sie aber gleichermaßen anstrengte. Die ersten fertigen Tafeln mussten in Silberpapier gewickelt werden, damit Platz für neue da war. Wenn doch nur das Papier aus der Druckerei bald käme. Dann könnten die Tafeln irgendwo außerhalb ihrer Schokoladenküche gelagert werden. Frieda war vollkommen erfüllt von all diesen Dingen. Selbst am Sonntag wollte sie in ihre Kakaoküche gehen, doch war der neunte Dezember seit langem der erste helle Tag. Der Himmel leuchtete blau über Hamburgs Dächern. Zwar war es bitterkalt, es hatte strengen Nachtfrost gegeben, dafür entschädigte das Glitzern der Fleete im Sonnenlicht. Der Gedanke, sich jetzt in ihr feuchtkaltes Kabuff zu verkriechen, erschien Frieda alles andere als verlockend. Sie brauchte Licht und frische Luft. Kurzerhand erzählte sie ihren Eltern, sie sei mit Ernst verabredet. Er hätte eine Idee für ein Rezept und wolle das mit ihr besprechen. Das war natürlich geflunkert, doch Frieda hoffte wirklich, Ernst zu treffen. Sie würde gerne mal wieder mit ihm klönen. Er und Clara waren immer ihre einzigen Vertrauten gewesen. Nun gut, auch mit Hans hatte sie über vieles reden können. Vor dem Krieg. Doch das war vorbei. Und Clara hatte sich noch immer nicht gerührt, hatte ihr nicht einmal geschrieben. Obwohl Frieda mehr als einmal versucht hatte, sie zu erreichen, und obwohl Friedas Geburtstag gewesen war. Die Enttäuschung war groß und inzwischen auch die Wut. Wie gut, dass es Ernst gab, ihr einziger Freund, wie es aussah.

»Ach, das tut mir leid, Deern«, sagte Gertrud Krüger, die sich gerade anschickte, die Wohnung zu verlassen. »Der Jung wollte zu den Segelbooten.«

»Im Winter?« Einige Jollen mochten noch im Wasser sein, benutzt wurden sie zu dieser Jahreszeit sicher nicht mehr. Ob Ernst eine Liebschaft hatte, von der seine Mutter nichts wissen sollte? Frieda musste lächeln. Nein, warum sollte er Geheimnisse vor ihr haben. Seiner Mutter war es bestimmt gleich, aus welchem Haus eine mögliche Freundin kam, ob sie ein bisschen Geld hatte oder einen Beruf, solange sie nur ein gutes Herz besaß. Und Ernst würde sich nur eine aussuchen, die anständig und ehrlich war, davon war Frieda überzeugt. Gertrud schloss die Wohnungstür hinter sich. »Und was hast du denn Schönes vor?«, wollte Frieda wissen.

»Schön? Na ja …« Sie lachte. »Ich geh runter zum Hafen. Hab da jemanden kennengelernt, als ich da gearbeitet habe, der macht in Blumen. Dem kauf ich die Rosen ab, die übrig sind und die keiner mehr zum normalen Preis will. Und die verkauf ich dann.«

»Am Sonntag?«

»Der stellt sie für mich wech, und ich hol sie mir. Am Sonntag sind alle auf den Beinen, da wirste Rosen los. Und sonst muss ich ja auch für die gnädige Frau da sein.« Die beiden gingen ein Stück zusammen. Der Wind war eisig und biss in die Wangen. »Ich hab das als Kind schon gemacht«, murmelte Gertrud in ihren verschlissenen Wollschal. »Wusstest das gar nicht?« Frieda schüttelte den Kopf. »Doch, doch, so hab ich doch Ernsts Vadder kennengelernt. Hab beim Feuerwehrball Rosen verkauft.« Ihre Augen bekamen einen verräterischen Glanz. »Wenn du mal deine große Liebe triffst, denn halt die fest, Frieda. Das Leben nimmt sie dir schon schnell genuch wech.«

In Gedanken versunken schlenderte Frieda Richtung Segelverein. Gertruds Worte spukten in ihrem Kopf herum. Halt an deiner Liebe fest … was, wenn Jensen ihre große Liebe hätte werden können? Hatte sie damals am Jungfernstieg zu voreilig reagiert? Hätte sie ihn nicht ansprechen sollen, ihm Gelegenheit geben sollen, sich zu erklären? Traurig betrachtete sie den Alsterpavillon mit seinen Kuppeln. Er leuchtete geradezu in der Wintersonne und hob sich wie ein Schloss vor der glitzernden Alster ab. Daneben der elegante Schwung des Stegs, an dem im Sommer die Ausflugsschiffchen festmachten, und auf der anderen Seite der einfache Holzsteg für die Nussschalen, der jetzt verwaist dalag. In der klaren eisigen Luft wirkten die filigran geschwungenen Kandelaber wie zerbrechliche Eisblumen, auf den blauen Winterhimmel getupft.

Ernst war nicht an der Lombardsbrücke. Schade. Frieda hatte noch keine Lust, den Rückweg anzutreten, und lief ohne Ziel weiter am Wasser entlang. Sie ließ das Hotel Atlantic hinter sich und die Badeanstalt in der Schwanenwik Bucht, die erst im nächsten Sommer zu neuem Leben erwachen würde. Nicht weit davon lag das Winterquartier der Schwäne, in einem Seitenarm der Außenalster. Geschützt von einem baumbestandenen Wall und hohen Uferböschungen, drängten sich die Tiere im eisigen Wasser. Hier waren sie sicher, denn Levi sorgte stets dafür, dass der kleine abgegrenzte Bereich eisfrei blieb. Weder er noch Clara waren zu sehen. Gerade jetzt hätte sie so gerne mit jemandem geredet, mit einem Menschen, der sie kannte und verstand. Doch niemand war da. Mit einem Schlag fühlte sich Frieda fürchterlich allein. Sie hatte sich in den letzten Wochen so sehr in ihre Schokoladenküche verkrochen, aus Zorn vor Claras Schweigen und Flucht vor ihren Gefühlen, dass sie gar nicht gemerkt hatte, wie einsam sie eigentlich war. Damit hatte sie alles nur noch schlimmer gemacht. Frieda musste dringend etwas ändern. Plötzlich fiel ihr Alfred Fellner ein, was hatte er über die alten Gängeviertel gesagt, die bald abgerissen werden sollten? Diese Orte sind Hamburg, dort ist das Leben. Das war ihr damals doch recht übertrieben erschienen, und auch jetzt noch fand sie, das Leben spiele sich genauso in den Villen der Elbchaussee oder den Kontorvierteln ab, wo Kaufleute die Geschicke der Stadt maßgeblich lenkten. Trotzdem, ihre Neugier war geweckt. Wenn sie schon keine großen Reisen machen und sich auch nicht zusammen mit Clara nach England oder in die weite Welt träumen konnte, so wollte sie doch zumindest die eigene Stadt erkunden. Es war Zeit, dass sie einmal eines dieser Gängeviertel kennenlernte.

Mit klopfendem Herzen bestieg sie die Fähre hinüber zur Alten Rabenstraße.

Sie lief den Mittelweg bis zum Gänsemarkt runter, über die Gleise der Straßenbahn hinweg und am Lessing-Denkmal vorbei und hielt sich dann rechts zur Kaiser-Wilhelm-Straße. Welch ein Unterschied, die Häuser, die diesen prächtigen Boulevard säumten, waren so hoch, dass Frieda den Kopf weit in den Nacken legen musste, um die steinernen Figuren, die es hier und da auf den Simsen gab, sehen zu können. Unten präsentierten Geschäfte ihre Ware in Schaufenstern, oben lebten wohlhabende Menschen hinter Spitzengardinen und mit verschnörkelten Balkongeländern. Doch nur wenige Meter, schon fand man sich zwischen windschiefen Fachwerkhäusern mit winzigen Fenstern und schwarzen Schornsteinen auf den Dächern wieder. Wie die Speckstraße etwa oder der Rademachergang, der für seine Freudenhäuser bekannt war. Es wäre wohl zu kühn, ausgerechnet dorthin einen Abstecher zu machen. Frieda entschied sich für den Kornträgergang unweit der Synagoge, die sie mit Clara mal besucht hatte. Nach wenigen Schritten verschluckte sie eine fremde Welt. War das hier wirklich ihr geliebtes Hamburg? Düster war es in der engen Kopfsteingasse, selbst an diesem sonnigen Tag. Wie viele Menschen hier wohl übereinandergestapelt und nebeneinandergepfercht hinter den unzähligen Fenstern wohnen mochten, von deren Rahmen die Farbe abblätterte? Ein Hund mit struppigem Fell und einem halb abgerissenen Ohr, der sich da, wo das Sonnenlicht es bis zum Boden schaffte, aufgewärmt hatte, sprang auf, als Frieda näher kam, und humpelte davon.

»Guste, Ludwig, Arne, kommt rin, gifft Steckrübensuppe«, rief irgendwo irgendjemand. Die Stimme hallte hohl durch die Häuserschlucht.

Die Fachwerkhäuser, jedes Stockwerk schaute ein wenig über dem darunter hervor, standen Seite an Seite. Ohne Lücke. Nicht dran zu denken, wenn hier ein Feuer ausbrechen würde. Wer im vierten Stock oder gar darüber im Dachgeschoss wohnte, wäre rettungslos verloren.

Emailleschilder priesen Zigarren und andere Tabakwaren an, warben für ein Rollfuhrunternehmen oder für den An- und Verkauf alter Möbel und Partiewaren. Sogar ein Logierhaus gab es. *Zur Kornblume*, las Frieda. Nicht gerade anheimelnd. Sie hörte Schritte, hob den Kopf, den sie gegen den Wind, der hier wie durch einen Schlot pfiff, gesenkt hatte. Ein Mann kam ihr entgegen. Fleckige Hose, die Ärmel der Jacke, die für diese Jahreszeit zu dünn war, ausgefranst, ausgetretene Schuhe. Wenn die armen Leute eine Prokuristin aufhängen und einen Fleischwarenfabrikanten ersäufen wollten, weil sie wütend und hungrig waren, was würde dann einer tun, der einen warmen teuren Wollmantel direkt vor die Nase gesetzt bekam? Noch dazu mit einer nicht gerade kräftigen jungen Frau darin, die sich weder wehren konnte noch hier Unterstützung finden würde. Sie gehörte nicht hierher, er dagegen war hier zu Hause. Der Mann kam näher, er hatte sie gesehen und blickte sie nun direkt an. Friedas Herz schlug schneller, sie spürte Panik in sich aufsteigen. Was sollte sie tun, einfach umdrehen und wegrennen? Keine kluge Idee. Plötzlich sah sie, dass es doch Lücken zwischen den windschiefen Wohnhäusern gab. Sie folgte dem Impuls, bog ab und fand sich in einem Hof wieder. Sie saß in der Falle. Hektisch blickte sie sich um. Zu ihrer Linken und Rechten und direkt vor ihr Häuser, wie sie hinter ihr auf dem Kornträgergang standen, nur nicht so hoch. Die Türen zu den Erdgeschosswohnungen waren verschlossen. Natürlich. Zu den Wohnungen darüber führten Holzstiegen. Die Schritte des Mannes kamen bedrohlich näher. Was sollte sie nur tun?

»Na, was gibt's zu glotzen?« Frieda erschrak und sah sich um. Die Stimme war von oben gekommen. Ein Fenster unter einem der Giebel war geöffnet. Eine Frau blickte auf sie herunter. Leuchtend rotes Haar. Frieda erkannte sie sofort. Es war die Arbeiterin von Spreckels Kaffee-Verleseboden, die Frieda so unverhohlen angesehen hatte. »Ich kenn Sie doch«, rief die Rothaarige und blies den Rauch einer Zigarette in den Himmel, der sich allmählich in Abenddämmerung hüllte. »Na klar! Klei mi am Mors, Sie sind die, die uns neulich beim Arbeiten zugeguckt hat. Und nu wolln Se mal sehen, wie unsereins so haust, oder was?« Die Rothaarige hatte noch einen kräftigen Zug genommen und warf Frieda den Zigarettenstummel direkt vor die Füße.

»Nein, ich wollte nur … Ich habe jemanden gesucht«, schwindelte Frieda und wusste im gleichen Moment, dass die Frau ihr kein Wort glaubte.

Schon erklang ein kehliges Lachen. »Ja, klar, Sie kennen bestimmt jede Menge Leute hier inner Gegend.« Ihre Augen wurden zu Schlitzen, und sie wurde ernst. »Sie ham Schiss«, stellte die Rothaarige fest. »Wollte einer was von Ihnen?« Sie schien tatsächlich besorgt zu sein. »Warten Sie, ich komm runter.«

»Nein, nein, nicht nötig«, stotterte Frieda. Die Kaffeearbeiterin konnte es nicht mehr hören, denn schon war das Fenster geschlossen. Einen Moment später trat sie aus der Tür. Frieda schnappte

nach Luft. Auf dem Verleseboden im Speicher war ihr sofort aufgefallen, wie kurz diese Person ihr Haar trug. Damit nicht genug, sie
hatte obendrein Hosen an. Die reinste Provokation.

»Nun machen Sie den Mund man wieder zu, dass da nicht noch
Ungeziefer reinkommt. Gibt's genug hier.« Da war wieder das spöt-
tische Lächeln, das Frieda schon im Speicher bemerkt hatte. »Was is
nu, macht Ihnen jemand Ärger?«

»Nein, ich glaube nicht. Ich weiß nicht.« Frieda wusste nicht einmal, ob der Mann schon an dem Hof vorbei war oder ob er im
Gang noch auf sie lauerte. »Da war ein Kerl, ich hatte das Gefühl,
er wollte mich möglicherweise … überfallen.«

Die Rothaarige stützte die Fäuste in die Taille, warf den Kopf
zurück und lachte wieder laut, bis ein Hustenanfall sie schüttelte.
»Hätte mir was überziehen sollen, ist lausig kalt«, sagte sie leise.
Dann schüttelte sie den Kopf. »Sie hatten das Gefühl, er wollte Sie
möglicherweise überfallen«, wiederholte sie Friedas Worte und traf
ihren Ton dabei überraschend gut. »Warum hatten Sie denn so 'n
Gefühl? Weil das 'n armer Schlucker war, weil seine Büx die beste
Zeit schon hinter sich hatte oder weil er Ihnen komisch gekommen
ist?« Frieda sah betreten zu Boden. »Dacht ich's mir doch«, sagte die
Rothaarige eisig. »Nur weil wir arm sind, sind wir noch lange keine
Verbrecher.«

»Natürlich nicht, das habe ich auch nicht gemeint.« Sie würde
sich entschuldigen und schleunigst gehen. Das hier führte zu nichts
Gutem.

»Doch, ham Sie.« Das klang irgendwie traurig. Die Frau machte
auf dem Absatz kehrt und ging zurück zum Haus. An der Tür bekam
sie wieder einen Hustenanfall, schlimmer dieses Mal. Das klang gar
nicht gut.

»Sie sollten lieber nicht rauchen.«

Die Rothaarige rang nach Luft und drehte sich ganz langsam zu

Frieda um. Die sah ihr fest in die Augen. »Haben Sie Thymian im Haus, Kamille oder Salbei und am besten ein wenig Ingwer?« Die Frau schüttelte den Kopf. »Mein Vater importiert Gewürze, ich verstehe ein bisschen davon. Sie müssen dringend etwas gegen Ihren Husten tun. Wenn Sie wollen, bringe ich Ihnen Ingwer und ein paar Kräuter.«

»Dafür hab ich kein Geld.«

Jetzt lachte Frieda. »Ich will auch keins haben. Sie wollten mir helfen, weil sie dachten, ich werde vielleicht bedrängt, jetzt helfe ich Ihnen.«

Sie kniff die Augen zusammen. »Einfach so?«

»Einfach so!«

Die Rothaarige kam langsam auf sie zu. Als sie dicht vor Frieda stand, reichte sie ihr die Hand. »Ich bin Ulli.«

Ulli, das war ein Männername. Natürlich hieß die Rothaarige nicht wirklich so, ihr Taufname war Ulrike. Trotzdem. Sie nannte sich wie ein Mann, sie trug die Haare kurz wie ein Mann, und sie zog Hosen an. Frieda kannte niemanden, der sich das traute. Es wurde schon dunkel, als Frieda vom Kornträgergang zurück in Richtung Kaiser-Wilhelm-Straße lief. Die Absätze ihrer Stiefel klackten laut auf dem Kopfsteinpflaster und erzeugten einen hohlen Hall. Ein paar finstere Gestalten gingen an ihr vorüber, aber Frieda hatte keine Angst mehr. Jetzt kannte sie die Menschen, die in diesen Vierteln lebten. Sie waren sicher keine Verbrecher, jedenfalls nicht alle. Sie waren nur arm, hatten es schwer. Vielleicht waren sie deswegen mutiger. Und das mussten sie auch sein. Von wegen bunt und romantisch. Dieser Herr Fellner mochte durch die Augen eines Künstlers etwas anderes sehen, was Frieda zu Gesicht bekommen hatte, war alles andere als schön, es war erschreckend. Und trotzdem würde sie wiederkommen. Sie hatte es versprochen.

Kapitel 9

Die Zeit rann Frieda nur so durch die Finger. Gleich am Tag nach ihrem Ausflug in das Gängeviertel war sie wieder in den Kornträgergang gelaufen und hatte Ulli mit Ingwer und Kräutern versorgt. Sie hatte im Hinterhof gestanden und gerufen, irgendwann hatte sich das Fenster unter dem Giebel geöffnet. Ein Mädchen hatte auf Frieda herabgesehen, das Ulli wie aus dem Gesicht geschnitten war. Es hatte nichts gesagt, doch wenig später war die Haustür geöffnet worden, und die selbstbewusste Rothaarige hatte vor ihr gestanden.

»Sie halten Wort!« Ulli nickte anerkennend. »Hätt ich nicht gedacht. Denn sind wir nun wohl quitt.« Ja, das waren sie.

Frieda dachte so manches Mal an diese Frau, wenn sie von früh bis spät Schokolade machte. Sie war wie eine dieser Kämpferinnen für Frauenrechte in Frankreich, England oder Amerika, von denen man immer wieder hörte. Für sie war es keine große Sache, einer Arbeit nachzugehen, eine eigene Wohnung oder wenigstens ein Zimmer zur Untermiete für sich zu haben. Für Frieda fühlte es sich noch immer besonders an, wenn sie in ihre Kakaoküche ging.

Allmählich gingen die Kakaobohnen zur Neige. Ihr Vater hatte glücklicherweise wieder Abschlüsse tätigen können, nur fehlten Schiffe. Der gesamte Handel litt darunter, alles verzögerte sich. Immerhin war das Papier mit der französischen Beschriftung endlich fertig. Wenn der Mélangeur vor sich hin ratterte, die Feinwalze oder die Conchiermaschine lief, nutzte Frieda die Zeit und wickelte, in

Wollkleid und Schürze, fingerlose Handschuhe, Schal und Mütze gehüllt, Tafeln ein. Sie würde noch heute Abend Ernst bitten, diese möglichst bald zu Mendel zu bringen. Die Leute waren in Weihnachtsstimmung, sie sollten die Möglichkeit haben, gute Schokolade zu kaufen. Ob sie wohl reichlich zugreifen würden? Noch wichtiger: Wie würde ihnen die Kreation mit Zimt und Kardamom schmecken?

»Moin, Frieda!« Ernst betrat die Kakaoküche und schloss schnell die Tür hinter sich, ehe noch mehr Kälte hereinkam.

»Moin, Ernst. Du kommst mir gerade recht. Wenn du mir schnell hilfst, ein paar Tafeln einzuwickeln, kannst du gleich den ersten Karton zu Mendel bringen.« Sie strahlte ihn an. Er sah weniger zufrieden aus.

»Das mach man lieber selber«, antwortete er, ehe sie ihn fragen konnte, was los war. »'ne lütte Pause wird dir guttun.«

»Ernst Krüger, ich kann mir keine Pause leisten. Schon gar nicht, um bis zum Jungfernstieg zu rennen und wieder zurück.« Sie schnaufte.

»Da komm ich grad her«, sagte er und klang zerknirscht. »Hab was für deinen Vater abgeliefert.«

»Und?«

Noch immer guckte er unglücklich aus der Wäsche. »Ich hab deinen Bruder gesehen. Oder besser gesagt, gehört hab ich ihn. Hat 'n ziemlichen Radau gemacht bei Mendel.« Ausgerechnet. Frieda schloss die Augen und atmete tief durch.

»Was meinst du mit Radau?«, presste sie hervor.

»So genau hab ich das nich mitgekriegt. Nur dass er wohl Champagner haben wollte. Auf Pump oder umsonst. Was weiß ich. Jedenfalls hat er mächtig rumgepöbelt. Mendel hat mich gesehen und gemeint, ich soll man lieber fix eurem Vater Bescheid geben, denn bräuchte er nicht die Polizei holen.«

»Ein Segen«, sagte sie zu sich selbst.

»Ich dachte, vielleicht gehst du lieber hin.«

Sie nickte. »Danke, Ernst!« Frieda tätschelte im Vorbeigehen seinen Arm und zog ihren Mantel über die Schürze, während sie schon hinaus auf die Deichstraße trat.

»Einen wunderschönen guten Morgen, gnädiges Fräulein!« Eine Mitarbeiterin in schwarzem Rock, weißer Bluse und weinroter Weste lächelte Frieda verbindlich an.

»Guten Morgen. Wo finde ich bitte Herrn …?«, noch bevor sie weitersprechen konnte, hörte sie schon Hans' empörte Stimme.

»Das habe ich gerne, die feinen Herrschaften verkriechen sich zwischen ihren Delikatessen und Maßanzügen, während Tausende junge Männer für sie in den Krieg gezogen sind.«

Er schien im Lesesaal zu sein.

»Danke, ich weiß schon, wo's langgeht«, hauchte Frieda und war bereits auf der Treppe.

»Nun beruhige dich doch endlich«, hörte sie Mendel, als sie die Tür erreicht hatte. Sie atmete noch einmal tief durch, ehe sie eintrat.

»Frieda?« Gero Mendel zog die Augenbrauen hoch. »Der Krüger sollte deinen Vater schicken.«

»Guten Tag, Herr Mendel.« Sie warf ihrem Bruder einen finsteren Blick zu. »Mein Vater war nicht abkömmlich, darum bin ich hier. Danke, dass Sie nicht die Polizei verständigt haben.« Sie schluckte.

»Schon gut.« Gero Mendels rundliches Gesicht entspannte sich ein wenig. »Dein Bruder hatte sich schon beruhigt. Das dachte ich zumindest, aber jetzt fängt er wieder an.« Hans hing mehr auf dem Stuhl, als dass er saß. Jetzt starrte er stumm vor sich hin und schien noch gar keine Notiz von Frieda genommen zu haben. Seine blonden Locken standen ihm wirr vom Kopf ab, Schweißperlen schimmerten auf seiner Stirn.

»Dann bringe ich ihn wohl schleunigst nach Hause, was?« Sie bekam ein trauriges Lachen hin. »Komm, Hans, wir gehen.«

Er sah zu ihr auf, sein Blick flackerte. »Frieda, meine kleine Frieda«, murmelte er.

Ein dicker Kloß stieg in ihrem Hals auf. Sie musste an das Krankenhaus denken. Auch da hatte er sie so angesehen. »Na komm schon«, sagte sie leise und fasste ihn am Arm.

»Ich denke, Clara will mich heiraten. Da werd ich doch 'n Fläschchen Champagner kriegen können. Als Verlobungsgeschenk.« Er kicherte.

»Mir scheint, du hattest heute schon mehr als genug.«

»Keinen Champagner!«, stellte er richtig. »Tja, wenn das nette Töchterchen es ehrlich gemeint hätte, dann vielleicht, nicht wahr?« Er funkelte Mendel böse an. »Aber so? Keine Heirat, kein Champagner.«

Frieda nickte Mendel zu und schob ihren Bruder hinaus.

»Was glotzt ihr denn so?«, fuhr Hans zwei Frauen an, die an Stehtischen ausgerechnet Champagner schlürften. »Habt ihr noch nie einen Kriegskrüppel gesehen?«

»Hör auf damit!«, fauchte Frieda.

Er blieb stehen. »Ich lag in der Champagne im Schützengraben, im Schlamm, überall Blut und Fleischstücke, die die Granaten aus meinen Kameraden gerissen haben. Auf Ihr Wohl, meine Damen!«

»Sei doch endlich still!« Frieda zerrte ihn mit sich. Sie zitterte, blinzelte die Tränen weg, die ihr in die Augen schossen.

Männer und Frauen schüttelten die Köpfe, gingen zur Seite, Kinder versteckten sich hinter ihren Eltern. Wenn es etwas wie Schutzengel gäbe, könnte Frieda jetzt einen brauchen. Nicht mehr weit, nur noch ein paar Schritte, gleich hatte sie es geschafft. Dann zuckte sie zusammen. An einer der Säulen am Haupteingang stand Clara, ihr Gesicht war wie versteinert. Auch Hans hatte sie gesehen.

»Na, willst du mich immer noch? Kannst mich haben, bist weit und breit die Einzige.« Frieda warf ihrer Freundin einen verzweifelten Blick zu. Nichts. Kein Mitgefühl, kein Verständnis, kein Bedauern, dass sie sich so lange nicht gesprochen hatten.

»Es tut mir leid, Clara, er …« Weiter kam sie nicht.

»Was bildet ihr euch eigentlich ein«, schrie Hans. »Glaubt wohl, ihr seid was Besseres. Dabei kommen die Leute nur wegen unserer Schokolade in euren schäbigen Laden.«

»Bist du wahnsinnig?«, zischte Frieda.

»Meine Schwester macht nämlich die allerbeste Schokolade auf der ganzen Welt.« Hans schleuderte in einer ausholenden Geste den Arm durch die Luft.

Zwei Männer in Mendelscher Uniform standen unschlüssig herum und wussten anscheinend nicht, ob sie eingreifen sollten.

Clara stand auf einmal neben ihnen. »Nun schmeißt sie schon raus!«, sagte sie eisig.

»Mann, Mann, Mann, die ganze Stadt spricht von nix anderem.« Ernst schnupperte an der Masse, die in der Conchiermaschine hin und her gewälzt wurde. Frieda reichte ihm wortlos ein Holzlöffelchen. Seine Augen leuchteten. »Danke!« Er stellte flink einen Beutel beiseite, den er in der Hand gehabt hatte, tunkte den Löffel ein und schob ihn zwischen die Lippen. »Mmh, ist das gut«, stöhnte er um den Löffelstiel herum. Dann trat ein Schatten in sein Gesicht. »Nicht genug, dass dein Bruder deinem Vater keine Hilfe ist, nu treibt er Hannemann & Tietz noch in den Ruin«, meinte er finster.

»Du übertreibst.« Frieda war müde. Nach der hässlichen Szene im Warenhaus Mendel hatte es zu Hause das erwartete Donnerwetter gegeben. Ihre Mutter war schluchzend zusammengesunken. Auch Hans hatte geweint, wie sie ihn noch nie hatte weinen sehen. Das war etwas anderes als seine nächtlichen Albträume.

»Ich weiß nicht, was in mich gefahren ist«, murmelte er immer wieder. »Ich hätte im Schützengraben sterben sollen, das wäre besser für euch gewesen.«

»Du darfst so etwas nicht sagen, niemals wieder, hörst du?« Ihre Mutter hatte ihn an sich gezogen, ihr Vater hatte hilflos danebengestanden. Er wirkte blass und so, als wäre er mit seinem Latein am Ende. Wenn sie daran dachte, wie erschöpft er ausgesehen hatte, konnte sie Ernst tatsächlich glauben, wenn er von Ruin sprach.

»Nee, Frieda, kannst mir glauben. Es ist leider so schlimm.« Eine tiefe Falte grub sich in seine Stirn, und sein Blick konnte einem wirklich die blanke Angst in die Glieder jagen.

»Ich hab deinen Vater und den Mendel gehört. Dafür konnt ich wirklich nix, ich hab nicht gelauscht«, versicherte er ihr eilig.

»Was hast du gehört?«

Es dauerte, bis er ihr antwortete. »Da muss noch mehr gewesen sein als der Auftritt im Warenhaus«, begann er und rang die Hände. »Der Mendel hat deinem Vater Vorwürfe gemacht. Jemand soll angeblich Gerüchte über ihn streuen, jemand aus eurer Familie.«

»Was denn für Gerüchte?« Sie verstand gar nichts mehr.

»Na ja, dass im Warenhaus betrogen würde, von wegen Etikettenschwindel und so.« Er deutete mit dem Kopf auf das Einwickelpapier.

»Was?« Frieda wurde übel, sie zwang sich, ruhig zu atmen. »Das ist doch gar nicht möglich, Ernst! Hans weiß nichts davon. Vater hat es ihm nicht erzählt, weil er geahnt hat, dass mein Bruder Dummheiten machen könnte.«

»Wenn er es nicht war, wer dann?«

Sie hob hilflos die Schultern. Dann stockte sie. »Du sagst, mein

Bruder treibe Hannemann & Tietz in den Ruin. Angenommen, er hätte von dem französischen Aufdruck Wind bekommen und würde das herausposaunen«, überlegte sie laut, »dann würde er doch vor allem den Ruf von Mendel beschädigen, nicht unseren.«

»Das schon«, meinte Ernst und grub die Hände tief in die Hosentaschen.

»Raus mit der Sprache! Du hast doch noch etwas gehört.«

»Kannst wohl sagen«, flüsterte er. »Frieda, der Mendel sagt, er kann eure Schokolade nicht mehr verkaufen.« Er biss sich auf die Lippe. »Das ist einfach zu gefährlich. Wenn einer den Gerüchten auf den Grund geht und feststellt, dass in der französischen Verpackung Hannemanns Feine steckt, denn ist der Mendel geliefert. Er muss seine Familie und sein Geschäft schützen, Frieda. Mit unserem genialen kleinen Schwindel ist es vorbei, ehe es angefangen hat.«

In ihren Ohren rauschte es. Wie glücklich war sie in den letzten Tagen gewesen, wie sehr hatte sie gehofft, dass sie durch ihre Kreationen dem Familienunternehmen wieder zu mehr Aufschwung verhelfen könnte. Und nun das. »Aber dann … dann ist das ja alles umsonst!« Sie sah sich in der Kakaoküche um, die beinahe aus den Nähten platzte. Jeder freie Winkel war mit Kartons vollgestellt, in denen Tafeln in Silberpapier lagen. Auf dem Arbeitstisch standen die Behälter mit vorbereiteter Kakaomasse dicht an dicht, in den Regalen standen Säckchen mit Gewürzen und Nüssen und darunter die Kartons mit dem französischen Papier. »Und das ganze Geld, das Vater für den Druck ausgegeben hat? Es war doch mit Mendel abgesprochen, wie kann er ihn jetzt so im Stich lassen?«

»Mendel kann nicht anders«, erklärte er noch einmal und nahm sie behutsam in den Arm. »Es tut mir so leid, Frieda.«

Das Abendessen war für Frieda die reinste Tortur gewesen. Großvater hatte mindestens fünf Mal wissen wollen, was zu Weihnachten auf den Tisch käme. Ihre Mutter zählte die gesamte Menüfolge wieder und wieder auf, als hätten sie noch nicht darüber gesprochen. Selbst beim vierten Mal fragte sie ihn noch, welches Dessert er sich wünsche, und erntete einen dankbaren Blick ihres Mannes. Ansonsten wurde kaum gesprochen. Das Ticken der Kaminuhr dröhnte dafür geradezu in Friedas Ohren.

»Mir ist nicht gut«, erklärte sie, als sie das zähe Schweigen und die schuldbewussten Blicke ihres Bruders nicht mehr aushielt. »Ich gehe ins Bett.« Bald nachdem sie die Tür hinter sich geschlossen hatte, hörte sie die Tür zur guten Stube noch einmal klappen. Dann das schwere Schlurfen ihres Großvaters auf dem Flur. Keine Minute danach klangen die Stimmen ihres Vaters und Bruders zu ihr herüber und wurden lauter und lauter.

»Von wem sollen die Gerüchte denn sonst stammen?«, rief Vater erbost. »Wer von uns sollte wohl sonst schlecht über die Mendels reden, über unsere Freunde? Hast du nur einmal an die Tragweite deines Handelns gedacht? Oder hat dir der Alkohol deinen Verstand schon komplett in Fetzen gerissen?«

»Ich war das nicht«, schrie Hans zurück. »Ich schwör's dir!« Die Stimmen wurden leiser, Frieda meinte auch ihre Mutter zu hören, die höchstwahrscheinlich zu schlichten versuchte.

»Halte du dich da raus, du verstehst nichts davon«, sagte ihr Vater gerade streng. Hatte sie also recht gehabt. Nur wovon verstand ihre Mutter nichts? Natürlich, sie hatte keine Ahnung von den Konsequenzen. Vielleicht hatte Vater ihr noch nicht einmal erzählt, dass es keine Hannemannsche Schokolade bei Mendel geben würde, dass sie das Geld für das Papier auch ins Hafenbecken hätten werfen können. Jetzt wieder Hans' Stimme. Frieda spitzte die Ohren.

»Vieles von dem, was ich gesagt habe, tut mir leid, Vater. Aber nicht alles. Sie halten sich für etwas Besseres«, erklärte er aufgebracht.

Ein bitteres Lachen. »Am schlimmsten ist Clara. Sie hat mich verhöhnt, richtiggehend lustig gemacht hat sie sich über mich.« Bitte? Wie kam er nur darauf? Frieda lief auf Zehenspitzen zurück in den Flur und legte ihr Ohr an die Tür zur guten Stube. »Lädt mich zum Champagner ein und tut so, als könne sie sich sogar vorstellen, mich zu heiraten. Du hättest ihr Grinsen sehen sollen. Für sie ist das alles nur ein Witz. Mir ist aber nicht nach Scherzen zumute. Sie muss schließlich nicht ihr Leben lang mit einer solchen Fratze zurechtkommen.« Wieder ein bitteres Lachen. »Wahrscheinlich fühlte sich das Fräulein Mendel schon wie eine Heilige, nur weil sie es mit einem Monster am selben Tisch ausgehalten hat.«

Friedas Gedanken überschlugen sich. Wie hatte Hans nur alles so falsch auffassen können? Er war es doch gewesen, der sofort über die Idee einer Hochzeit gespottet hatte, er hatte doch Clara ins Gesicht gelacht. Sie musste ihm unbedingt sagen, dass er sich gründlich irrte. Bloß wie? Clara würde ihr nie verzeihen, wenn sie ihm offenbarte, dass Clara in ihn verliebt war. Womöglich würde er wieder eine Szene machen und Clara damit aufziehen. Das konnte sie ihr nicht antun.

»Ich muss schon sagen, Albert, das hätte diese kleine verwöhnte Göre nicht tun dürfen. Wenn sie unseren Sohn derartig vorführt, darf sie sich nicht wundern, dass er seine Beherrschung verliert. Wenn das auch nicht recht ist«, fügte Rosemarie in tadelndem Ton hinzu.

»Ich kann mir nicht vorstellen …«, setzte Albert an, wurde aber von seiner Frau unterbrochen.

»Du hast diese Kaiserjuden ja immer in Schutz genommen. Ich habe dir gleich gesagt, man darf ihnen nicht trauen. Einerseits die Botschafter in Berlin als adlige Mumien bezeichnen, andererseits dem Kaiser schöne Augen machen und ihn in sein Sommerhaus in Trittau einladen.« Frieda bekam einen trockenen Mund. Waren Rosemarie und Claras Mutter Mirjam nicht immer Freundinnen gewesen?

»Das ist Jahre her.« Albert klang unendlich erschöpft.

»Genau wie dieser Ballin«, fauchte Rosemarie, »das war auch so ein Kaiserjude!«

Kapitel 10

Frühjahr 1920

Das neue Jahrzehnt hatte begonnen, fühlte sich aber auch nicht anders an als das vergangene. Noch immer riefen SPD und Gewerkschaften zu Streiks auf und zu Widerstand gegenüber dem Soldatenrat. Noch immer waren die Menschen arbeitslos oder schufteten unter erbärmlichen Bedingungen. Hunger und Not waren allgegenwärtig und mit ihnen auch Gewalt.

Noch immer lagen englische, französische und amerikanische Kanonenboote im Hafen und blockierten die Stadt, bis der Friedensvertrag Ende Januar endlich unterzeichnet war. Das Deutsche Reich hatte Gebiete abtreten müssen, in einigen Grenzregionen gab es Volksabstimmungen, bei denen sich die Bevölkerung entscheiden konnte, ob sie zum Deutschen Reich oder lieber zum Nachbarn gehören wollten.

Frieda kümmerte das alles herzlich wenig. In der Kakaoküche gab es für sie nichts mehr zu tun, die Freundschaft zwischen Clara und ihr war zerbrochen, darüber machte sie sich keine Illusionen. Frieda hatte ihr nach dem Rauswurf aus Mendels Warenhaus einen Brief geschrieben, hatte sich im Namen ihres Bruders entschuldigt. Eine Antwort hatte sie nie erhalten. Hans hatte offiziell eine Lehre bei seinem Vater begonnen. Ob er sie zum Abschluss brachte, stand in den Sternen. Von einem Tag auf den anderen war Frieda überflüssig geworden und fühlte sich unendlich einsam. Sooft sie auch ihren Vater bekniet hatte, im Kontor zumindest aushelfen zu dürfen, so oft hatte er abgewinkt. Er habe alle Hände voll damit zu tun, Hans auf den rechten Weg zu bringen.

Dass Ernst auch kaum Zeit für sie hatte, leuchtete ihr zwar ein, machte aber alles nur noch schlimmer.

Anfang Februar eröffnete ihr Vater seiner Familie beim Abendessen, dass er für ein paar Tage nach Berlin fahren wolle.

»Ich muss den Herren in der Reichszuckerstelle endlich klarmachen, dass es so nicht weitergeht.« Kurz keimte in Frieda Hoffnung auf, aber schnell wurde ihr klar, dass er sich eher um andere Mitglieder der Kakaowirtschaftsstelle und um Abnehmer seines Import-Kakaos, der nun wieder in größerer Menge erwartet wurde, sorgte, als dass er dabei an die Schokoladenmanufaktur dachte. Zu Friedas Kummer nahm er nur Hans mit auf diese Reise. Sie blieb mit Großvater und ihrer Mutter allein zurück. Ihr Großvater wurde in der letzten Zeit immer wunderlicher. An einem Vormittag kurz nach Neujahr hatte er versucht, einen Teppich aufzurollen, um ihn aus dem Fenster zu werfen, weil er ihm nicht gehöre, wie er sagte. Dann wieder zog er seine Hose falsch herum an und beschwerte sich über die mangelnde Passform dieser neumodischen Dinger, oder er ging in seinen Pantoffeln am verschneiten Fleet entlang. Mutter war ihm gegenüber die Sanftheit in Person. Sie hatte ihrem Mann versprochen, dass sie sich gut um seinen Vater kümmern würde, und das tat sie. Mal holte sie mit erstaunlicher Gleichmut zwanzigmal am Tag ihre Zeitschriften aus seinem Zimmer, die er unter seinem Kopfkissen versteckte. Dann erklärte sie ihm, wo im Haus sich welcher Raum befand, und scheute nicht einmal eine Besichtigung des Kellers, als sei dies die normalste Beschäftigung, die man sich denken konnte. Frieda war dankbar, dass Mutter sie nicht ein einziges Mal aufforderte, auch etwas Zeit mit Großvater zu verbringen. Um der beklemmenden Situation zu entkommen, ging sie – egal bei welchem Wetter – jeden Tag spazieren. Mal zu den Landungsbrücken, dann wieder zu den Speichern, gelegentlich traf sie Ulli, wenn diese von der Arbeit kam. Sie fragte sich, ob sie das Atelier von diesem Fellner finden konnte? Er würde seinen Namen wohl kaum an den Eingang zu einem der stolzen Backsteinbauten schreiben. Irgendwann fand sie sich vor dem Block wieder, in dem Spreckel den Kaffee lagerte. Sehnsüchtig sah Frieda hinauf zum obersten Stockwerk. Die Frauen, die dort Tag für Tag gute Bohnen von den gammeligen trennten, hatten ein so viel schwereres Leben als sie, dennoch beneidete Frieda sie in diesem Augenblick von ganzem Herzen. Sie hatten wenigstens eine Aufgabe und wurden gebraucht!

»Guten Tag, gnädiges Fräulein.« Frieda fuhr herum und blickte in das Gesicht von Ernst Krüger. Jedenfalls in den kleinen Teil, der unverhüllt war. Die dicke Wollmütze ragte ihm beinahe über die Augen, seine Nase steckte unter einem löchrigen Wollschal. »Na, willst es doch mal mit der Arbeit da oben versuchen?« Er deutete mit dem Kopf in Richtung Verleseboden, ohne die Hand aus der Hosentasche zu nehmen.

»Wär nicht schlecht«, entgegnete sie düster. »Dann hätte ich wenigstens etwas zu tun, etwas Sinnvolles«, ergänzte sie sofort, ehe er ihr wieder vorschlagen konnte, sie solle eine Tischdecke sticken oder das Klöppeln lernen.

»Deine Probleme möcht ich haben«, nuschelte er, zog dann den Schal herunter, damit sie ihn besser verstehen konnte. »Nee, ich weiß ja, dass du enttäuscht bist.« Er machte eine unbeholfene Armbewegung, halb Schulterzucken, halb Umarmung, und hätte beinahe den Beutel fallen lassen, den er in seiner freien Hand trug.

Frieda zuckte ebenfalls mit den Schultern, sie hatte keine Lust, länger darüber zu reden. Ernst konnte ihr ja doch nicht helfen. »Was schleppst du da eigentlich mit dir herum? Ich habe dich schon öfter mit so einem merkwürdigen Bündel gesehen.«

»Das ist gar nicht merkwürdig.« Er zögerte, dann trat ein triumphierender Ausdruck in sein von der Kälte gerötetes Gesicht, und er holte eine Flasche Weinbrand hervor. »Musst ich lange drauf sparen!«

»Du trinkst doch nicht etwa? Es reicht schon, dass mein Bruder nicht die Finger von dem Zeug lassen kann.«

»Nee, ich doch nicht.« Über ihren Köpfen schrien zwei Möwen gegen das Pfeifen des Windes an. »Der ist für deinen Vater. Ich hab dir doch erzählt, dass ich ihm jeden Tag nach dem Essen einen davon einschenken muss. Am Anfang hab ich jedes einzelne Glas beim Schnapshöker geholt. Jetzt kauf ich 'ne ganze Flasche und behalte das Geld, das mir dein Vater gibt. Das macht sechzig Pfennige Gewinn pro Glas!«

Frieda prustete los. »Du wirst wirklich noch ein Kaufmann!«

»Sag ich doch. Aber du darfst es deinem Vater nicht verraten.«

»Warum nicht? Ich glaube, es würde ihm gefallen. Er schätzt Männer mit Geschäftssinn.« Sie lächelte. »Keine Sorge, er erfährt kein Wort.«

»Apropos Geschäft. Was ist denn mit den Automaten, von denen du mal gesprochen hast? Wenn Mendel eure Schokolade nicht verkaufen will, dann stell doch einfach diese Dinger auf! Wolltest du doch sowieso.«

Natürlich, das war es! Warum war sie nur nicht selbst darauf gekommen? Sobald Vater aus Berlin zurückkam, würde sie ihm den Vorschlag machen. Ungeduldig zählte sie die Stunden, die nächsten zwei Tage blieb sie sogar zu Hause, um die Ankunft von Hans und ihrem Vater bloß nicht zu verpassen. In ihrem Kopf überschlugen sich die Ideen. Als es endlich so weit war, musste sie feststellen, dass ihr Vater vom Hauptbahnhof direkt ins Kontor gegangen war. Ihren

Bruder, der durchgefroren, aber mit strahlenden Augen in der Diele stand, hätte sie dagegen beinah nicht wiedererkannt. Er sprudelte nur so über vor lauter Begeisterung.

»Wir waren im Wintergarten, Schwesterchen. Du hast so etwas noch nicht gesehen«, schwärmte er. »Artisten sind unter der Kuppel geflogen, richtig geflogen.« Während er atemlos vom Admiralspalast erzählte, den sie auch besucht hatten, fiel ihr auf, dass er sich die Haare geschnitten hatte. Die sorgsam gelegten und auf Hochglanz gebürsteten Wellen endeten an seinen Ohrläppchen. Das Erstaunlichste war seine Narbe. Sie war natürlich noch da, doch sie schien innerhalb der wenigen Tage deutlich verblasst zu sein. Wie war das möglich? »Sie ist nicht weg, kleine Schwester«, sagte er plötzlich. »Ich kaschiere sie jetzt mit so einer Creme, die mir eine junge Dame gegeben hat.« Hans warf ihr einen vielsagenden Blick zu. »Ich habe sie im Admiralspalast kennengelernt, als Vater schon in seinem Hotelbett geschnarcht hat. Frieda, ich sage dir: Berlin ist eine Weltstadt! Ganz anders als das muffige Hamburg. Da geht es nicht immer nur um Geld und Geschäft, da geht es um Kunst, um Vergnügen.« Er sah sie an, seine Augen glänzten. Frieda dachte an Fellner. Der hatte sich auch darüber beklagt, dass den Hamburgern der Kommerz an erster Stelle stünde. Sie hatte damals gedacht, das wäre in allen Großstädten gleich.

»Diese Stadt lebt!« Er packte ihre Hände. »In Berlin wird getanzt und gefeiert.« Jetzt wirbelte er sie im Kreis herum. Sie juchzte überrascht auf und hörte sich lächelnd seine Beschreibungen des berühmten Admiralspalastes an. »Stell dir vor, es gibt römisch-russische Bäder mit Säulen, wie Vater sie in seinem Schiffsmodell gebaut hat, nur viel größer natürlich. Und es sind mehrere Baderäume, die durchgehend geöffnet haben, die ganze Nacht hindurch.« Wie im Rausch erzählte er von Kegelbahnen, einem Lichtspieltheater und von einer Eisarena von unvorstellbarem Ausmaß. »Und die Frauen

… diese Frau, die ich kennengelernt habe …« Er küsste die aneinander gelegten Fingerspitzen seiner rechten Hand. »Sie hatte pechschwarze Haare, ganz kurz. Und sie trug einen Anzug wie ein Mann. Einfach atemberaubend!«

Im gleichen Maß, wie Hans aufgeblüht war, schien Vater gealtert zu sein. Er war an dem Abend erst spät nach Hause gekommen und hatte einen fahlen Teint, der Frieda gar nicht gefiel. Am nächsten Morgen hatte er schon das Haus verlassen, um früh in den Brook und anschließend in das Kontor zu gehen, als Frieda zum Frühstück hinuntergekommen war. Am zweiten Abend nach seiner Rückkehr fand Frieda ihn in seinem Sessel in der guten Stube und erschrak. Seine Haut war so grau, seine Glieder hingen so schlaff. Sie stand wie angewurzelt. Er war doch nicht etwa … Nein, sein Brustkorb hob und senkte sich langsam. Sie atmete auf und wollte sich davonschleichen, da hob er matt die Lider.

»Bitte entschuldige, Papsi, ich wollte dich nicht stören.«

»Du störst nie, Sternchen.« Er rappelte sich auf, gähnte hinter vorgehaltener Hand und klopfte mit der anderen neben sich auf die Armlehne. Sie setzte sich und kuschelte sich an seine Schulter.

»Hans scheint die Reise gut bekommen zu sein.«

»Ja, er hat eine erstaunliche Verwandlung durchgemacht«, antwortete er nachdenklich. »Ich wünschte nur, er würde seine neu gewonnene Energie in seine Ausbildung stecken. Jede Nacht hat er in Berlin zum Tag gemacht. Du kannst dir vorstellen, wie müde er war, wenn wir zu arbeiten hatten.« Sein leises Lachen war warm und verriet, wie sehr er seinen Sohn trotz aller Scherereien liebte. »Er ist jung. Ich hoffe, er begreift trotzdem, was an erster Stelle zu stehen hat. Wenn er entdeckt, dass auch Hamburgs Vergnügungsviertel seine Reize hat, dann gute Nacht, Marie.«

Ihr Großvater kam herein. Ohne die beiden zu grüßen, schlurfte er zum Kamin und drehte die Uhr um, sodass das Ziffernblatt zur Wand zeigte. Frieda sah ihren Vater an, der kräuselte die Lippen und zuckte kaum merklich mit einer Achsel. Großvater setzte sich, als sei nichts gewesen, auf das Sofa und griff nach der Zeitung.

»Wir haben mal über einen Schokoladen-Automaten gesprochen, erinnerst du dich?«, begann Frieda. »Der Stollwerck in Köln hat den ersten gebaut, und du sagtest, in Altona hätte es auch einen Fabrikanten gegeben, der Automaten aufgestellt hat.«

Ihr Vater nickte. »Ja, etwa zu der Zeit, als du geboren wurdest.«

»Heute gibt es in Hamburg keine mehr. Lass uns das ändern!«, schlug sie ihm vor. »Wenn es Hannemanns Französische nicht im Kaufhaus gibt, dann eben in Automaten.«

»Dafür kann ich nicht auch noch Geld ausgeben, Sternchen.« Er senkte die Stimme, obwohl Großvater vermutlich ohnehin schon wieder vergessen hatte, was es mit der ganzen Geschichte auf sich hatte. »Der Druck und das Papier waren schon teuer genug.« Er seufzte. »Und obendrein für die Katz.«

»Nur wenn wir die Tafeln einfach liegen lassen«, sagte sie eindringlich. »Wenn wir sie aber loswerden können …«

»Nein, Liebes«, unterbrach er sie, »wir können so oder so alle Tafeln wieder auswickeln.« Seine Miene hellte sich ein wenig auf. »Wie es aussieht, darf deutsche Schokolade bald wieder in den Handel gebracht werden.«

»Das ist ja wunderbar!« Frieda drückte ihrem Vater einen Kuss auf die Wange. Endlich eine gute Nachricht.

»Wunderbar, aber erst einmal teuer. Wir müssen sofort Werbung machen. Anzeigen in den Zeitungen, Plakate, das kostet eine Menge Geld.«

»Reklame ist dummes Zeug!«, schimpfte Großvater plötzlich. »Die Qualität der Ware muss stimmen und der Preis. Das ist alles.«

»Das war früher so, Vater.«

»Papperlapapp!« Er holte Luft und setzte zu einem Vortrag an, hielt verwirrt inne und deklamierte schließlich: »Kakao bringt einen Menschen wieder auf die Beine, der durch Krankheit oder durch ungeschickte Arznei der promovierten Quacksalber und graduierten Idioten entkräftet ist.«

»Da hast du recht, Vater«, sagte Albert sanft.

Frieda musste schlucken. Ihr Großvater wurde in beängstigendem Tempo tüdeliger. Selbst Mutter war mit ihrem Latein am Ende. »So geht es nicht weiter, Albert«, hatte sie nicht zum ersten Mal gesagt, nachdem Großvater Carl wieder eine seiner »Phasen« gehabt hatte, wie ihr Vater es nannte. »Es ist eine betrübliche Tatsache, dass dein Vater allmählich den Verstand verliert. Ich kann nicht Tag und Nacht auf ihn aufpassen. Wir müssen uns mit dem Gedanken vertraut machen, ihn nach St. Georg zu bringen.«

»Kommt nicht in Frage«, erwiderte er. »Vater hat den Namen Hannemann & Tietz gemacht.«

»Dein Vater hat das Geschäft von seinem Vater übernommen. Du hast es zu dem gemacht, was es heute ist, Liebster.«

»Wir geben ihn nicht weg, auf keinen Fall.«

Sie nahm ihn in den Arm und blickte zu ihm auf. »Schon gut. Noch werde ich ja mit ihm fertig. Und wenn es noch schlimmer wird, dann holen wir uns eben eine Krankenschwester ins Haus.« Sie küsste ihn zärtlich, und Frieda konnte sehen, wie die Spannung von ihrem Vater abfiel. An diesem Abend ging er nicht noch einmal ins Kontor, sondern zog sich in seinen Bastel-Salon zurück, Frieda folgte ihm.

»Es ist so traurig«, sagte er heiser. »Da hat ein Mensch sein Leben lang geschuftet, und wenn er seine alten Tage genießen könnte, macht ihm eine Krankheit einen Strich durch die Rechnung.«

»Vielleicht fühlt sich Großvater gar nicht so schlecht. Ich meine, manchmal wirkt er doch ganz fidel.« Frieda bewunderte den Anstrich, den das Modellschiff bekommen hatte.

»Ach Sternchen, werd nur nicht erwachsen. Das ist kein Spaß!«
»Aber ich bin erwachsen«, protestierte sie.

»Ja, das bist du wirklich. Du wirst in diesem Jahr schon achtzehn, wenn es bis Oktober auch noch lange hin ist.« Er zwinkerte ihr zu, dann erzählte er erneut von Hans' Eskapaden in Berlin. »Ich hatte gehofft, er würde sich freuen, wenn ich ihn mitnehme, wenn ich ihn bei wichtigen Besprechungen dabei sein lasse, ihm das Gefühl gebe, ich traue ihm etwas zu. Trotz allem. Danach sieht es aber nicht aus. Er treibt sich lieber im Rademachergang herum als im Kontor.« Ihr Bruder besuchte ein Freudenhaus? Frieda hatte noch nicht einmal ihren ersten Kuss bekommen. Sie wünschte sich, dass sie einen Mann kennenlernen würde, den sie küssen wollte. Wie konnte Hans zu einer völlig fremden Person gehen, die noch dazu mal mit diesem, mal mit jenem ... was sollte daran schön sein?

»Auch um das Kakao-Dinner schert er sich nicht«, riss ihr Vater sie aus ihren Gedanken. »Wir haben es wegen des Krieges verschoben, noch länger können wir auf keinen Fall warten.« Er sah sie an. »Es muss im Mai stattfinden, und der ist schneller da, als wir Labskaus sagen können.« Sie schmunzelte, diese Redewendung hatte er eindeutig von Ernst.

»Ja, natürlich«, sagte sie nachdenklich und nickte, »das Dinner ist gerade jetzt wichtig, um Beziehungen zu festigen.«

»Ach, mein Sternchen, warum bist du nur kein Junge? Du würdest mich unterstützen. Ach was, du würdest das Kakao-Dinner alleine auf die Beine stellen, von der Tischdekoration bis zu der eigens für die geladenen Gäste kreierten Spezialität.«

Nichts täte Frieda lieber. Wenn es doch nur einen Weg gebe, der die Vorbereitung dieser bedeutenden Veranstaltung in ihre Hände legte. Monate später plagte Frieda das schlechte Gewissen. Sie war sicher, dass ihr unbedachter Wunsch ein schreckliches Unglück ausgelöst hatte.

Kapitel 11

Sommer 1920

An einem frühlingshaften Sonnabend im April brach Albert Hannemann zusammen. Am Morgen hatte er über Schmerzen in Bauch
und Nacken geklagt.

Als er zum Mittagessen aus dem Kontor kam, sagte er: »Mir ist
nicht gut, ich lege mich ein wenig hin.«

»Jetzt?« Rosemarie konnte es nicht ausstehen, wenn nicht alle
pünktlich bei Tisch waren.

»Ja, jetzt«, antwortete Albert schlicht, fiel der Länge nach hin und
blieb reglos liegen.

Der eilig herbeigerufene Dr. Matthies stellte einen viel zu hohen
Puls fest. »Er muss umgehend ins Krankenhaus, Frau Hannemann.«
Rosemarie nickte stumm. »Im Jerusalem ist er am besten aufgeho-
ben, denke ich.«

»Ausgerechnet ins Jerusalem, muss das sein?« Rosemarie kniff die
Augen zusammen. »Warum nicht nach St. Georg?«

»Ich glaube, es ist das Herz. Im Jerusalem gibt es einen Kollegen,
der sich damit brillant auskennt.«

»Sie entscheiden, was das Beste für meinen Vater ist«, sagte Frieda
bestimmt. »Wenn du willst, begleite ich ihn, Mutter.«

»Auf keinen Fall!« Sie tupfte sich die Augen. »Ich bleibe bei meinem Mann.«

»Soll ich mit den Kindern etwa alleine essen?«, beschwerte sich
Großvater Carl. »Wo steckt Leopoldine überhaupt?«

»Was redest du denn da, Großmutter ist schon lange tot«, erklärte Frieda ungeduldig. Sein Blick, verwirrt und entsetzt, tat ihr weh, doch sie hatte jetzt wahrlich andere Sorgen. Das Herz. Bisher hatte ihr Vater höchstens mal eine Erkältung gehabt. Und jetzt das. Eine Herzerkrankung war eine ernste Sache. Lieber Gott, wenn er nur wieder gesund werden würde. Nicht auszudenken … Nein, Frieda weigerte sich, diese Vorstellung zuzulassen. Sie spürte, wie die Angst sich schwer auf ihren Brustkorb legte. Was sollte sie denn ohne ihren Papsi tun? Frieda wünschte, sie könnte bei ihm sein, dürfte mit ins Krankenhaus fahren. Nur musste einer im Haus das Zepter übernehmen, und Hans war mal wieder unauffindbar, seit zwei Tagen schon. Wo er sich nur herumtrieb? Frieda hatte den Verdacht, dass er sich einfach in einen Zug nach Berlin gesetzt hatte. Wenn ihr Bruder jetzt nur hier wäre, ihr Mut zusprechen, sie in den Arm nehmen könnte. Frieda fühlte sich unendlich allein.

Als ihre Mutter Stunden später nach Hause kam, war sie in einem erbarmungswürdigen Zustand. Ihre Wangen waren blass, eine Strähne ihres Haars hatte sich aus dem Knoten gelöst. Frieda fiel auf, wie viel Grau bereits in dem Braun schimmerte. Der bunte Papagei war alt geworden. Wann war das geschehen?

»Er ist am Leben«, sagte ihre Mutter. »Das ist das Wichtigste, er ist am Leben. Trotzdem. Was soll nur werden? Es kann lange dauern, hat der Arzt gesagt. Ich weiß seinen Namen nicht mehr«, redete sie wie aufgezogen weiter. »Wie hieß er denn noch? Jedenfalls kann es lange dauern, sehr lange, bis Albert wieder nach Hause kommt. Was soll nur werden?«

Frieda ging zu ihrer Mutter, die auf der Chaiselongue zusammengesunken war. Sie legte ihr behutsam eine Hand auf die Schulter. »Die Hauptsache, Papa wird wieder ganz gesund. Alles andere findet sich«, sagte sie leise.

»Von alleine findet sich gar nichts, Frieda«, brauste sie auf. »Hättest du dich nicht so aufgeführt und an jedem, den wir dir vorgestellt haben, etwas zu mäkeln gehabt, wäre dein Vater längst entlastet. Dann wäre das schreckliche Unglück nicht geschehen.« Das konnte unmöglich ihr Ernst sein. Es rauschte in Friedas Ohren, und da war etwas in ihrer Kehle, etwas Widerliches, Hartes, das im Begriff war, ihr die Luft abzuschnüren.

»Du brauchst mich gar nicht so anzusehen«, fuhr ihre Mutter kühl fort. »Oder kannst du womöglich einen Bräutigam aus dem Hut zaubern, einen, der Geld hat und noch dazu kaufmännisches Geschick? Oder wenigstens eins von beidem?« Frieda atmete schwer. »Nein, natürlich kannst du das nicht.«

»Nein, Mutter, das kann ich nicht.« Ihre Stimme zitterte, und Frieda war selbst erschrocken über den Hass, der darin mitschwang. Doch sie konnte nicht anders, das, was sich in ihrer Kehle gesammelt hatte, kam offenbar direkt aus ihrem Herzen. Und es musste raus. »Ich konnte an Justus Rickmers nichts finden. Wen habt ihr mir noch vorgestellt? Ach richtig, diesen Maler. Fellner war sein Name. Wenn ich mich richtig entsinne, wolltest du ihn nicht, weil er nämlich nicht nur die feinen Gegenden der Stadt kennt, sondern auch die Armenviertel. Habe ich jemanden vergessen?« Sie war laut geworden, lauter, als es sich ihrer Mutter gegenüber gehörte. Aber das war ihr egal.

»Du wusstest genau, was wir von dir erwarten, und hättest dich selbst nach einem geeigneten Mann umsehen können. Das wolltest du doch, selbst entscheiden. Jeder muss seinen Beitrag leisten, Friederike.«

»Ach ja? Und was ist dann dein Beitrag, Mutter?«

»Friederike!« Sie schnappte so hastig nach Luft, dass Frieda kurz befürchtete, Dr. Matthies ein zweites Mal rufen zu müssen.

»Ich habe Stunde um Stunde Schokolade gemacht, Mutter. Ich habe sie in Papier gewickelt und in Kisten gepackt. Ich kenne die

Geschäfte von Hannemann & Tietz so gut, wie mein lieber Bruder sie eigentlich kennen sollte. Das ist mein Beitrag, Mutter. Vater kann immer über alles mit mir reden, was das Geschäft angeht.«

»Na großartig, das ist ihm sicher eine unverzichtbare Hilfe.« Sie verzog spöttisch das Gesicht.

»Das denke ich auch, denn mit seiner Frau kann er ja nicht darüber sprechen. Sie versteht nichts von diesen Dingen«, zischte Frieda.

»Natürlich nicht, dafür bin ich auch nicht da«, rechtfertigte ihre Mutter sich erbost. »Dafür hat er seine Angestellten. Ich kümmere mich um den gesamten Haushalt, mache mich für ihn schön, lenke ihn abends ab, wenn er erschöpft aus dem Kontor kommt. Das ist es, was eine Frau zu tun hat.«

Frieda schüttelte langsam den Kopf. »Das war vielleicht zu Großmutter Leopoldines Zeit so. Heute wählen Frauen, Mutter. Sie arbeiten, entscheiden. Sie tragen Hosen. Frauen sind nicht dümmer als Männer, warum sollten sie also weniger Rechte haben?«

Rosemarie lachte auf. »Du hast nicht die geringste Ahnung, mein Kind.« Sie wurde plötzlich ganz ruhig. »Was glaubst du, warum dein Vater mich zur Frau genommen hat?« Diese Frage hatte Frieda sich manches Mal gestellt, sie blieb stumm. »Er wusste, welches Schicksal ihm bestimmt ist. Ihm war klar, dass er einen Kolonialwarenhandel übernehmen würde und eine Frau brauchte, mit der er sich zeigen konnte. Er hat sich in mich verliebt, ja. Aber er hat sich dennoch Zeit genommen, mich kennenzulernen. Dabei hat er festgestellt, dass ich mich weder in Dinge einmische, von denen ich nichts verstehe, noch dass ich über die Maßen verschwenderisch wäre. Schon als junges Mädchen wusste ich mich auf jedem Parkett zu benehmen und Dienstboten anzuleiten.«

Frieda sah sie lange an. Es war viele Jahre her, dass ihre Eltern sich zum ersten Mal begegnet waren. Wahrscheinlich hatte ihre Mutter sogar recht, und Vater erwartete damals noch nicht, dass eine Frau sich für das Geschäft interessierte. Nur hatten die Zeiten sich geändert und mit ihnen Albert Hannemann. Mutters letzter Satz drang in Friedas Bewusstsein. Dienstboten anleiten.

»Vaters Angestellte warten auf seine Anweisungen«, sagte sie mehr zu sich selbst. »Von alleine werden sie das Kakao-Dinner nicht vorbereiten.«

»Das was?«

»Das ist mein Beitrag, Mutter. Hamburg bekommt sein Kakao-Dinner, wie Vater es geplant hat. Darum werde ich mich kümmern. Kümmere du dich um Großvater und um Hans. Wenn das nicht zu viel verlangt ist.«

»Und denn bist du einfach raus und hast deine Mutter sitzenlassen?« Ernst sah sie an, als hätte sie gerade behauptet, einen Schwan bei lebendigem Leib verspeist zu haben.

»Ich weiß ja auch nicht, was in mich gefahren ist.« Frieda knetete unglücklich ihre Hände. »Manchmal treibt sie mich einfach zur Weißglut. Ich mache mir solche Sorgen um meinen Vater, Hans ist weg. Und Großvater scheint tatsächlich den Verstand zu verlieren. Das war zu viel auf einmal.« Sie ließ den Kopf hängen. »Ich habe völlig die Beherrschung verloren.«

»Donnerwetter, alle Achtung!«, entfuhr es ihm.

Nach der hässlichen Auseinandersetzung mit ihrer Mutter hatte Frieda sich in ihrem Zimmer eingeschlossen. Das hätte sie nicht tun müssen, denn Rosemarie fiel es wahrscheinlich im Traum nicht ein, auf ihre Tochter zuzugehen. In Rosemaries Welt hatte Frieda sich unmöglich benommen und hatte sich zu entschuldigen. In aller Form. Und damit hatte sie recht. Frieda war auch mehrfach ganz kurz davor gewesen, doch sie hatte es nicht geschafft. Sie war noch viel zu aufgewühlt gewesen. Nur das kleinste Wort ihrer Mutter hätte sie sofort wieder auf die Palme gebracht. Außerdem fand

Frieda, dass sie recht hatte mit dem, was sie gesagt hatte. Das Wie war natürlich nicht in Ordnung gewesen, und das tat ihr auch von Herzen leid.

Weder zum Abendessen noch zum Frühstück hatte Frieda sich sehen lassen. Ihr Plan war, das schönste und größte Kakao-Dinner auf die Beine zu stellen, das die Stadt je gesehen hatte. Wenn ihr das gelänge, würde ihre Mutter ihr verzeihen. Fragte sich nur, wie dieses Wunder geschehen sollte. Wenn es einen Menschen gab, der ihr in dieser verzwickten Lage helfen konnte, dann war es Ernst Krüger. Frieda war am frühen Sonntagmorgen in die Bergstraße gelaufen. Gertrud Krüger hatte ihr verraten, dass er zu den Booten wollte. Und da saßen sie nun auf dem Steg des Norddeutschen Regatta Vereins. Es war noch zu kalt, um die Füße ins Wasser baumeln zu lassen, aber die frische Luft und der weite Blick über die glitzernde Alster waren Balsam für Friedas Seele.

»Wenn ich nur den Mund nicht so voll genommen hätte«, meinte sie kleinlaut. »Ich kann das doch niemals einlösen.«

»Weißt noch, als du mich das erste Mal hier getroffen hast?« Sie sah ihn fragend an. »Du konntest nicht glauben, dass ich Mitglied in so 'nem Verein bin. Da sind bloß reiche Leute drin, hast du gesagt. Stimmt ja auch.«

»Sag nicht, du bist inzwischen aufgenommen.« Frieda konnte es nicht fassen.

»Nee, nee, aber ich hab damals gesagt, dass ich irgendwann mitsegeln darf. Ohne eigenes Boot und Clubausweis.« Er strahlte sie fröhlich an.

»Tatsächlich?«

»Jo! Da hat mal einer die Scheißerei gekriegt.« Er erschrak. »'schuldigung! Also, 'ne Magen-Darm-Verstimmung, mein ich, hat einer gehabt. Direkt bevor's rausgehen sollte. Tja, das war 'n Sonntag wie heute, ich hatte Zeit …«

»Das war bestimmt schön, ich freue mich für dich.« Das tat sie wirklich, nur war ihr einfach nicht nach Plaudern zumute. Sie hatte Probleme zu lösen. Große Probleme.

»Du willst das gar nicht hören, ne? Ich erzähl dir das, weil ich meine Schnute auch manches Mal 'n büschen voll nehme.«

»Im Unterschied zu mir hältst du aber ein, was du dir vornimmst.«

»Das schaffst du auch, Frieda!« Er sah sie an. »Wenn jemand das schafft, dann du.«

Ihr ging das Herz auf. Spontan schlang sie die Arme um ihn. »Wenn ich dich nicht hätte, Ernst Krüger!« Sie ließ ihn wieder los. Nach einer Weile sagte sie schwach: »Ich habe mir gewünscht, mich darum kümmern zu dürfen. Vielleicht bin ich schuld an dem Unglück. Weil ich es mir gewünscht habe.« Es auszusprechen, tat weh. »Aber doch nicht so!«, rief sie.

»So 'n dummes Zeug!« Er machte eine wegwerfende Handbewegung. »Du bist doch nicht der liebe Gott, dass das passiert, was du willst.«

»Ich weiß ja auch nicht.« Wieder schwieg sie ein paar Sekunden, ehe sie tief Luft holte. »Ich habe es mir wirklich gewünscht, Ernst, und nun habe ich entsetzliche Angst davor.«

Vier Männer in weißen Hosen und weißen kurzärmeligen Hemden kletterten auf ein Segelboot, das am anderen Ende des Stegs schaukelte. Überall auf der Außenalster waren bereits Schiffchen mit geblähten Segeln unterwegs.

»Du brauchst keine Angst zu haben«, sagte Ernst ruhig. »Du hast doch mich.« Dabei sah er ihr fest in die Augen. »Ich lasse dich nicht alleine, Frieda, niemals.« Was war da plötzlich zwischen ihnen? Frieda schluckte. Das war nicht der Blick ihres besten Freundes, der für sie wie ein Bruder war, das war fremd und kribbelte. Sie erinnerte sich, dass er sie schon mal so angesehen hatte, damals, als er nach seiner abenteuerlichen Rückkehr aus dem Krieg plötzlich wieder vor ihr gestanden hatte.

»Hat Vater irgendetwas mit dir besprochen?«, fragte sie hastig, um diesen eigenartigen Moment zu vertreiben. »Wegen des Kakao-Dinners, meine ich. Was brauchen wir alles?«

Ernst räusperte sich und sah kurz zu Boden. »Es gibt da 'n Ordner, soviel ich weiß. Da müsste die Gästeliste drin sein.«

Frieda erinnerte sich an das Gespräch mit ihrem Vater. »Wir brauchen Tischdekoration und natürlich ein großes Essen, mehrere Gänge.«

»Blumen kannst von meiner Mutter kriegen«, schlug er vor. »Die kann auch Gestecke binden, wenn du so was willst.«

»Wunderbar!« Sie strahlte. »Was noch?«

»Das Essen muss irgendwer auf den Tisch bringen. So richtig elegant.« Er nahm die Haltung eines Kellners ein, eine Hand vorgestreckt, als trüge er eine Platte, die andere auf dem Rücken.

»Ich glaube, ich weiß, wen ich frage.« Sie lächelte. Es wäre doch gelacht, wenn sie ihren großen Worten keine Taten folgen lassen könnte.

»Und denn natürlich noch die Kakao-Spezialität«, ergänzte Ernst und betonte jeden Buchstaben einzeln. »Die darf das vorher noch nie nicht gegeben haben, und da soll die ganze Stadt von sprechen.«

»Puh, das ist eine harte Nuss.« Frieda schnaufte.

»Für dich doch nicht! Was hast du mir erzählt, als ich heimgekommen bin? Du hast ein Händchen für köstliche Rezepte. Na, denn man los!«

Am Nachmittag fuhr Frieda gemeinsam mit ihrer Mutter ins Krankenhaus. Das Jerusalem lag an der Schäferkampsallee, Ecke Moorkamp in Eimsbüttel und war einst von einem irischen Missionar für Juden gegründet worden. Das Gebäude neben der Jerusalem-Kirche war kein mehrteiliges Bauwerk wie das Allgemeine Krankenhaus in St. Georg, sondern erinnerte eher an eine sehr großzügig geratene Villa. Auch der Raum, in dem ihr Vater lag, unterschied sich deutlich von dem Männer-Krankensaal, aus dem sie Hans damals abgeholt hatten. Albert Hannemann lag in einem hellen freundlichen Zimmer, in dem es insgesamt vier Betten gab. Eins war leer, in einem anderen schlief ein Mann, in dem dritten lag einer, der sie neugierig beäugte, als sie eintraten. Frieda grüßte den Fremden freundlich, ihre Mutter ging zu ihrer Überraschung sogar an dessen Bett. Doch sie gab ihm nicht, wie Frieda gedacht hatte, die Hand, sondern zog wortlos einen Vorhang zu, hinter dem der Mann mitsamt seinem Bett verschwand. Frieda trat an das Krankenlager ihres Vaters.

»Hallo Papa, wir sind's, dein Papagei und dein Sternchen.« Ihr wurde die Brust eng. Vaters Wangen waren bleich und eingefallen. Sein Atem ging so schwach, dass man ihn kaum wahrnahm, nur ein feines Keuchen war zu hören. »Was machst du nur für Sachen, Papsi?«, flüsterte sie und gab ihm einen zarten Kuss auf die Wange. Sie fühlte sich kalt an. Seine Lider flatterten, dann öffnete er ein wenig die Augen. Frieda schluckte die Tränen herunter und lächelte ihn an.

Ihre Mutter zog sich den einzigen Besucherstuhl nah an das Bett und setzte sich. »Albert, mein Lieber, wie geht es dir?«

»Hm«, machte er und schnaufte schwer.

Sie griff nach seiner Hand und knetete sie. »Geben sie dir genug zu essen? Morgen bringe ich dir Kakaoflocken mit. Du weißt doch, was dein Vater immer sagt.« Sie lachte traurig. »Kakao bringt einen Menschen wieder auf die Beine, der durch Krankheit …« Mehr brachte sie nicht heraus, ehe sie die Lippen aufeinanderpresste, um die Fassung nicht gänzlich zu verlieren. Frieda berührte sanft ihren Arm, doch ihre Mutter schüttelte sie ab. Die ganze Fahrt über hatte sie kein Wort gesprochen.

»Das ist eine sehr gute Idee, Mutter«, meinte Frieda betont fröhlich. »Nicht wahr, Papa, Kakao hat noch jedem geholfen.« Sie hatte so sehr gehofft, ihn nach einigen Dingen fragen zu können. Waren die Einladungskarten für das Dinner schon in Druck? Wo sollte es überhaupt stattfinden? Wer war im Kakao-Verein für die Planung zuständig? Aber von ihrem Vater war keine Antwort zu erwarten. Sie würde schon irgendwie ohne ihn zurechtkommen, Hauptsache, er würde wieder gesund werden. Sie blieben nicht lange, um ihn nicht zu sehr anzustrengen. Frieda versicherte ihm, dass er sich keine Sorgen machen müsse, das Kakao-Dinner würde stattfinden. »Ich kümmere mich darum, und Ernst hilft mir. Da kann doch gar nichts schiefgehen.« Ihre Mutter verzog zwar spöttisch das Gesicht, verzichtete jedoch auf jeglichen Kommentar.

Am Montag war Frieda schon im Morgengrauen auf den Beinen.

»Herr des Himmels und der Erde«, sagte Gertrud erstickt, »hast du mich erschreckt.« Sie bereitete in der Küche gerade das Frühstück vor und war auch schon dabei, Gemüse für das Mittagessen zu putzen. »Ernst hat mir gesagt, was los ist.« Sie wischte sich die Hände an der Schürze ab und kam auf Frieda zu. »Das tut mir bannig leid, Deern. Weißt denn schon was, wie's ihm geht und ob das wieder wird?«

Frieda berichtete von dem Besuch und dem anschließenden Gespräch mit dem Arzt. Die Aussichten waren gut, dass er wieder auf die Beine kam, doch das brauchte Zeit. Außerdem würde er in Zukunft auf sich aufpassen müssen. Sein Herz war schwach, zu viel Aufregung konnte ihn umbringen. »Dein Vater ist so ein feiner Mensch«, sagte Gertrud und wischte sich mit dem Handrücken über die Augen. »Is 'n Jammer. Wenn er man bloß bald wieder hier ist.«

»Das wird schon.« Frieda bestrich sich eine Scheibe Brot mit Butter.

»Ne schön dicke, nicht so 'n Offiziersschnittchen«, kommentierte Gertrud. Dazu trank Frieda einen Kakao, ehe sie sich auf den Weg machte.

Sie hatte einen Plan. Zuerst ging sie in die Bergstraße, um mit Meynecke zu sprechen. Der Buchhalter, ein zartgliedriger stiller Mann, arbeitete schon ewig für ihren Vater. Das Dinner würde eine hübsche Stange Geld kosten, und sie hatte keine Ahnung, woher sie das nehmen sollte.

»Ihr Vater hat sich federführend um alles gekümmert«, erklärte Herr Meynecke ihr, nachdem er sehr freundliche Worte des Mitgefühls gefunden hatte. Ihm war anzusehen, dass ihn die Nachricht tief getroffen hatte. »Das bedeutet jedoch nicht, dass er auch alles alleine finanzieren muss.«

»Sondern?«

»Nun, das Dinner ist eine Veranstaltung des Vereins der Hamburger Kakaohändler. Wussten Sie eigentlich, dass der vor neun Jahren hier in den Räumen von Hannemann & Tietz in der Bergstraße gegründet wurde?«

Frieda schüttelte den Kopf.

»Aber so war es, und Ihr Vater war ein Gründungsmitglied. Wie dem auch sei, dieses Dinner soll eines der wichtigsten Instrumente werden, um Betriebe weltweit, die in der einen oder anderen Weise mit Kakao zu tun haben, zusammenzubringen. Nach der Premiere hätte längst die zweite Veranstaltung stattfinden sollen«, erklärte er und zündete sich eine Pfeife an.

»Nur kam der Krieg dazwischen«, sagte sie.

Er nickte. »Umso wichtiger ist es, dass der Gedanke jetzt endlich aufgegriffen wird, ehe das erste Dinner völlig in Vergessenheit gerät.«

Er machte eine Pause. »Gestatten Sie mir eine Frage?«

Sie nickte.

»Warum sitzt mir nicht Ihr Bruder gegenüber und bespricht diese Dinge mit mir?«

»Er ist unterwegs, vielleicht in Berlin, im Ministerium. Ich weiß es nicht genau.« Er glaubte so wenig daran wie sie, doch war höflich genug, es dabei zu belassen.

»Wie dem auch sei, auch eine Tradition, die über viele Jahrzehnte Bestand haben soll, beginnt mit einem ersten Schritt. Ohne den zweiten wird sie allerdings nie existieren.« Er blies weißen Rauch in die Luft. »Wie dem auch …«, er stutzte und sprach schnell weiter: »Die Mitglieder des Vereins zahlen einen jährlichen Beitrag und haben eine Sonderumlage für das Kakao-Dinner getätigt. Das dürfte also kein Problem sein.« Das waren gute Nachrichten.

Als Nächstes sprach sie mit Ernst, der sie an den ersten Vorsitzenden des Kakao-Vereins Otto Weber verwies. Der müsse wissen, wie weit die Planungen bereits gediehen seien. Ihre Sorge, dass dieser Weber sie, siebzehnjährig und – noch schlimmer – eine Frau, nicht empfangen würde, verflog, kaum dass sie sein Kontor betreten hatte.

Die Nachricht von Albert Hannemanns betrüblicher Erkrankung schien bereits in alle Gassen und Speicher, in alle Kontore und Fleete gesickert zu sein. Otto Weber drückte kräftig ihre Hand und sicherte ihr und ihrer Familie jede Hilfe zu, die sie brauchte.

»Das ist sehr freundlich, ich danke Ihnen. Aber ich komme eigentlich wegen des Kakao-Dinners.«

Damit hatte er augenscheinlich nicht gerechnet. Er ließ sich hinter seinem Schreibtisch auf einen verschnörkelten Stuhl mit hoher Lehne fallen.

»Ich weiß, dass mein Vater sich federführend darum gekümmert hat. Machen Sie sich keine Sorgen, ich übernehme das für ihn.« Weiter kam sie nicht.

»Sie? Sie machen Scherze, mein Kind.«

»Nicht im Geringsten, Herr Weber, danach ist mir im Moment wirklich nicht zumute.«

»Verzeihung, natürlich, aber dann verstehe ich nicht ...«

»Ich wüsste nur gern, wie der Stand der Dinge ist.« Sie holte ein Blatt Papier hervor. »Sind bereits Räumlichkeiten reserviert? Für einhundert Personen oder mehr benötigen wir eine Menge Platz. Noch dazu sollte das Essen dort selbstverständlich exquisit sein.«

Webers Wangen hatten sich gerötet, sein Mund stand leicht offen, und er starrte sie an, als sei sie eine Erscheinung.

»Apropos«, fuhr sie ungerührt fort, »ist die Gästeliste schon komplett?«

Er nickte.

»Fein!« Sie lächelte ihn an. »Sie würden mir sehr helfen, wenn Sie mir eine Ausfertigung davon zur Verfügung stellen könnten, dann muss ich nicht erst lange suchen.«

Wieder zu Hause in der Deichstraße, war sie um einiges schlauer. Sie wusste nun, was noch alles zu tun war. Allerdings fürchtete sie, dass dieser Weber sie nicht einfach machen lassen würde. Sie konnte wetten, dass er schon den gesamten Vorstand alarmiert hatte, noch bevor sie das Kontorhaus verlassen hatte. Sie musste eben gut sein und ihn und die anderen Herren überzeugen. Was aber, wenn sie es nicht schaffte? Sie wäre das Gespött der ganzen Stadt. Frieda sah Ernst vor sich. Wenn das jemand schafft, dann du, hatte er gesagt. Sie atmete durch. Also schön, eins nach dem anderen. Als Erstes würde sie Dinge in der Reihenfolge auf eine Liste schreiben, in der sie sich darum zu kümmern hatte. Dazu brauchte sie einen Ort, an dem ihre Mutter und Großvater Carl sie nicht störten.

Frieda öffnete die Tür zu Vaters Bastel-Salon und zuckte zusammen. »Hans! Lieber Himmel, wo kommst du denn plötzlich her?«

Er saß auf einem Stuhl direkt vor dem Modell der *Imperator*, das

Kinn auf eine Hand gestützt. »Unser Vater ist ein Künstler«, sagte er heiser, ohne den Blick von dem Modell zu nehmen. »Ich wäre so gerne beim Stapellauf dabei gewesen, aber er wollte lieber mit seiner Tochter allein sein.«

»Das ist doch nicht wahr, du warst krank«, erinnerte sie ihn.

»Das hat Vater dir erzählt.« Er stieß die Luft aus und verlor sich im Anblick des Schiffes. Kein Wort darüber, wo er gewesen war.

»Vater ...« Frieda wollte es ihm behutsam beibringen, da hörte sie Schritte im Flur: ihre Mutter.

»Hans? Bist du das?«, rief sie schon von Weitem.

Frieda seufzte. Auftritt Rosemarie Hannemann. Sie hatte sich die Haare zu einem kunstvollen Gebilde auftürmen lassen, hielt den Rock ihrer weinroten Robe mit zierlichen Fingern und stolzierte wie eine Königin. Ein wenig unpassend, wenn man bedachte, dass ihr Mann im Krankenhaus noch nicht vollständig über den Berg war. »Wo warst du nur, mein Liebling?«

Hans stand auf und ließ sich von ihr auf die Wangen küssen.

»Hat mich etwa jemand vermisst?«, fragte er kühl.

»Oh, aber natürlich!« Ihre Stimme versagte, sie nestelte ihr Taschentuch hervor und schluchzte herzzerreißend.

»Ist etwas passiert?« Plötzlich wurde seine Stimme brüchig.

»Vater ..., er ist im Krankenhaus«, sagte Frieda und sah ihn direkt an. »Er hatte einen Infarkt, er lebt, aber er ist noch nicht über den Berg.«

Hans holte Luft, doch was immer er sagen wollte, er brachte es nicht über die Lippen. Sein Gesicht verzerrte sich, und er musste sich abwenden.

»Wir haben dich tatsächlich vermisst. Einer muss sich nämlich um die Geschäfte kümmern. Sonst geht alles den Bach runter.«

»Das soll ich machen?« Er drehte sich so heftig um, dass er um ein Haar das Schiff umgerissen hätte.

»Wir besprechen das lieber woanders«, schlug Frieda vor.

»Ja, macht das.« Ihre Mutter schnäuzte sich. »Wir sehen uns dann später beim Abendessen, nicht wahr, mein Liebling?« Sie tätschelte Hans' unversehrte Wange, der drehte den Kopf weg.

»Du bist Vaters Lehrling«, erinnerte Frieda ihren Bruder, als sie allein waren. »Wer sollte sonst das Kontor leiten?«

Jetzt, wo er wieder da war, konnte er sie unterstützen. Ihn würden die Kaufmänner als Gesprächspartner akzeptieren. Nun gut, Hannemann junior war nicht gerade für seine Zuverlässigkeit und sein Interesse an Kolonialwaren bekannt, aber niemand würde wagen, ihm nicht wenigstens eine Chance zu geben.

»Eben, Frieda«, sagte er in ihre Gedanken, »ich bin ein Lehrling. Noch nicht einmal lange.« Er lief in der guten Stube auf und ab. »Was ist mit Meynecke und mit …?«

»Ich habe nicht gesagt, dass du es alleine schaffen musst«, beruhigte sie ihn. »Sie werden alle für dich da sein. Aber du bist nun mal Vaters Nachfolger. Das ist die Gelegenheit, um zu zeigen, was du kannst.«

»Was ich kann? Was kann ich denn, hä? Du weißt genau, dass mir Vaters Schuhe drei Nummern zu groß sind.« Seine Augen glänzten beinahe fiebrig, es lag die nackte Panik darin. Sie wollte ihn beschwichtigen, trat auf ihn zu, doch er hob abwehrend die Hände.

»Ich kann das nicht, Frieda!« Weg war er. Einen Moment später hörte sie seine Zimmertür knallen.

»Du kannst nicht immer weglaufen, Hans«, flüsterte sie und seufzte. Wie konnte er sie nur so im Stich lassen? Was sollte sie nur tun? Am besten, sie kümmerte sich um ihre Liste, wie sie es vorgehabt hatte. Nein, das kam ja gar nicht in Frage. Sie würde nicht zulassen, dass ihr Bruder diese Chance vermasselte. Wie konnte man nur so feige sein? Scheitern war keine Schande, es nicht einmal zu versuchen, dagegen schon.

Frieda klopfte an seine Tür. »Darf ich reinkommen?«

»Von mir aus.«

»Hör zu, Hans, du wirst jetzt endlich aufhören, dich zu bedauern und nur an dich zu denken.« Er setzte zum Widerspruch an, doch ihr Blick brachte ihn zum Schweigen.

Er lag zusammengerollt auf seinem Bett wie ein kleiner Junge. Frieda setzte sich zu ihm. »Er wird wieder gesund, daran glaube ich ganz fest, aber er braucht Zeit«, sagte sie beschwichtigend.

»Vater hat gute Angestellte. Sie wissen, was zu tun ist. Fürs Erste. Du musst ihnen nur das Gefühl geben, da zu sein. Es muss ein Hannemann da sein.«

Hans starrte verzweifelt vor sich hin.

»Um das Kakao-Dinner kümmere ich mich.«

»Dann kann ja nichts schiefgehen«, sagte er spöttisch. »Dieses alberne Essen ist keine große Sache. Das kriege sogar ich hin.«

»Ach ja?« Frieda sprang auf. Das schlug doch wohl dem Fass den Boden aus. »Dann hast du bestimmt eine Idee für eine Spezialität zur Hand, die es noch nicht gibt, eine Neuheit, die extra für diesen Abend entwickelt wird. Keine große Sache«, wiederholte sie ärgerlich und stemmte die Hände in die Hüften. »Na, was ist? Hast du ein Rezept für mich in deiner Schublade? Es muss luxuriös sein und den Leuten den Atem rauben. Ganz Hamburg muss davon sprechen!«

»Gib ihnen Champagner«, sagte er leichthin. »Auch ihren verklemmten Gattinnen. Gib ihnen viel davon. Du wirst sehen, Schwesterchen, davon wird Hamburg reden.«

»Du verstehst ja nicht einmal, worum es geht!« Frieda rauschte aus dem Zimmer und schlug die Tür hinter sich zu.

»Luft holen nicht vergessen«, ermahnte Ernst sie und griente. Er hatte ja recht, sie musste sich beruhigen, aber allein die Erinnerung an das Gespräch mit ihrem Bruder machte sie schon wieder wütend.

»Weißt du, Frieda, der Hans ist ... wie soll ich das sagen? Er is 'n Klooksnacker. Er hat nicht viel tun müssen früher, alle hatten ihn gern, obendrein ist er der Erstgeborene. Denn kam der Krieg, und er dachte, da geht er hin und ist 'n Held. Genauso hat er wohl gedacht, irgendwann gehört ihm Hannemann & Tietz, und die Arbeit machen andere. Der braucht 'n büschen, bis er kapiert, dass das Leben so nicht ist.«

»Wird höchste Zeit, dass ihm ein Licht aufgeht«, meinte Frieda mürrisch.

»Das mit dem Champagner ist keine üble Idee. Das teure Blubberzeuch ist mächtig gefragt.«

»Ja, vielleicht, aber wie kriegen wir das mit Kakao zusammen?«

Er legte die Stirn in Falten. »Wenn dir das gelingt, ist es auf jeden Fall 'ne Bombe! Überleg mal, für Damen gehört sich das nicht, in der Öffentlichkeit Alkohol zu schnasseln.«

Sie warf ihm einen amüsierten Blick zu. »Zu trinken, mein ich. Pralinen dürfen die aber futtern. Und es stimmt, was dein Bruder sagt, Champagner will im Moment jeder.«

Frieda überlegte, schon möglich, dass Hans' Einfall ausnahmsweise ganz brauchbar war. Dann sprang sie auf. »Ich hab's! Weißt du was, wir stellen gleich zwei Neuheiten vor. Champagnerschokolade und für die Herren welche mit fein gemahlenen Kaffeebohnen.«

»Die Bohnen kannst bestimmt von Spreckel kriegen.«

»Sehr gut!« Dann fiel ihr etwas ein. »Wenn es keine Schokolade wäre, keine Tafel, meine ich ... Wäre es nicht viel eleganter, wenn wir einzelne kleine Portionen hätten, statt Stücke abzubrechen? Wie die Petits Fours bei Mendel, sie sind auch viel netter als ein ganzes Tortenstück.«

»Hm, wenn du meinst. Von mir aus könnten die Schokoladenportionen ruhig groß ausfallen.«

Frieda war nicht mehr zu bremsen. »Aber hübsch sollen sie doch auch sein, und das werden sie, wenn wir statt der einfachen Tafeln kunstvolle Pralinen herstellen. Champagner-Pralinen, Ernst, wir sind genial!«

»Jo, in der Theorie sind wir nicht übel.«

»Da gibt es diesen belgischen Chocolatier«, sagte sie langsam, »Neuhaus heißt er, glaube ich. Er hat von seinem Vater einen Betrieb übernommen, in dem es früher Medizin gab.« Sie erinnerte sich an eine Festschrift anlässlich eines Jubiläums, die sie gesehen hatte, und wurde immer aufgeregter, je mehr ihr wieder einfiel. »Das ist es, Ernst!«

»Medizin? Meinst, die Herrschaften wollen lieber Rizinusöl als Champagner, damit sie nach dem Dinner gleich …« Er feixte. »Weißt schon.«

Sie ging nicht darauf ein. »Der Großvater von diesem Neuhaus hat schon damit angefangen, Medizin mit Schokolade zu übergießen, damit der scheußliche Geschmack überdeckt wird. Der Enkel hat sich völlig auf die Schokolade konzentriert und sie mit anderen Zutaten gefüllt, mit Früchten zum Beispiel.«

»Früchte kannst einfach in die flüssige Kakaomasse tauchen«, wandte er ein. »Das mach mal mit Schampus.«

»Neuhaus hat auch Pralinen mit Likör gefüllt! Ich muss nach Brüssel, Ernst. Ich muss wissen, wie das geht, oder am besten dort gleich unsere Champagner-Pralinen herstellen. Das wird eine Sensation!« Sie klatschte vor Begeisterung in die Hände.

»Das wird vor allem knapp«, entgegnete er trocken.

Damit hatte er dummerweise recht. Bis zum Dinner waren es keine drei Wochen mehr, und es gab noch jede Menge zu tun. Auf eine Flugverbindung konnte sie nicht hoffen. Gerade hatte man die im Krieg beschädigte und anschließend notdürftig wieder aufgebaute Luftschiffhalle auf Verlangen der Siegermächte zerstören müssen. Großvater hatte sich furchtbar darüber aufgeregt. Neue Linienverbindungen hätte es geben sollen, hatte er sich überraschend informiert und klar ereifert, das war nun hinfällig. Außer zwischen Hamburg und Berlin würde es vorerst keine regelmäßige Verbindung geben. Bliebe der Zug. Nur musste sie diesen Monsieur Neuhaus erst kontaktieren, ob er überhaupt Zeit für sie hatte und bereit war, ihr zu helfen. Selbst wenn er das war, blieb die Frage, wie sie einige hundert Pralinen in der Eisenbahn von Brüssel nach Hamburg transportieren sollte? Sie könnte einen Fuhrunternehmer beauftragen. Was aber, wenn es sehr warm war? Würden die Pralinen ihre Füllung behalten, wenn die Schokolade weich wurde? Das waren eindeutig zu viele Fragen, auf die sie nicht rechtzeitig eine Antwort haben würde. Sie musste selber einen Weg finden, den Champagner in die Schokolade zu bekommen.

Frieda wusste nicht, wo ihr der Kopf stand. Manchmal ging sie mitten in der Nacht in ihre Kakaoküche, weil sie keinen Schlaf fand, ihr dafür plötzlich eine Idee in den Sinn schoss, die sie augenblicklich ausprobieren musste. Glücklicherweise hatte ihre Mutter offenbar verstanden, dass sie ihrem Mann nicht nur mit ihren Besuchen an seinem Krankenbett helfen konnte, sondern auch damit, sich um seinen Vater zu kümmern, ohne Frieda damit zu behelligen. Mutter hielt ihr wahrhaftig den Rücken frei, akzeptierte, wenn sie nicht bei Tisch erschien, und auch sonst ihrer Wege ging.

Hans war weiterhin damit beschäftigt, sich fürchterlich leidzutun. Wie ein geprügelter Hund schlich er durchs Haus. Zuerst hatte es Frieda noch das Herz zerrissen, doch allmählich verlor sie die Geduld, und ihr Ärger wuchs. Sie fühlte sich von ihm im Stich gelassen. Wieso konnten sie in dieser schweren Situation nicht zusammenhalten? Aber nein, das Gegenteil war der Fall, Hans war fast nie zu Hause.

Er ging nach dem Abendessen oft aus und kam erst spät in der

Nacht wieder. Dann schlief er und ließ sich vor dem Mittagessen gewöhnlich nicht sehen.

Als sie wieder einmal weit nach Mitternacht in der Kakaoküche werkelte, hörte sie ein Poltern. Sie hielt den Atem an. Eine Männerstimme. Frieda rührte sich nicht. Sie konnte ihre Augen nicht von der Tür wenden. Das Licht! Wenn da draußen jemand war, der nach etwas Essbarem oder Wertvollem suchte, das sich versilbern ließ, lockte die brennende Lampe ihn womöglich geradezu an. Wenn sie das Licht jetzt löschte, fiel das erst recht auf. Ob der Schein sehr deutlich durch den Spalt unter der Tür auf die Straße drang? Wieder die Stimme, die vor sich hin murmelte. Ein Betrunkener wahrscheinlich. Hoffentlich meinte er nicht, hier einen trockenen Schlafplatz zu finden. Ein Klappern, dann musste sie mit ansehen, wie die Türklinke nach unten gedrückt wurde. Sie schnappte sich ein Küchenmesser, nicht gerade eindrucksvoll, aber besser als nichts. Die Tür wurde geöffnet, eine Gestalt schälte sich aus der Dunkelheit.

Instinktiv trat sie einen Schritt zurück, obwohl sie wusste, dass es hinter ihr keinen zweiten Ausgang gab, durch den sie hätte flüchten können.

»Immer noch tüchtig, Schwesterchen?«

Hans.

Sein Blick fiel auf das Messer, und er lachte. »Damit wolltest du einen Haderlumpen in die Flucht schlagen, der die Absicht hat, über dich herzufallen?«

»Du hast mich erschreckt!«, entgegnete sie, atmete auf und knallte das Messer auf ihren Arbeitstisch.

Er kam näher, seine Augen hatten einen eigenartigen Glanz. »Was treibst du hier? Sollte ein anständiges Mädchen um diese Zeit nicht in seinem Bett liegen? Allein?«

Sie spürte die Röte in ihre Wangen schießen. »Wenn der Bruder

schon nicht arbeitet, muss das anständige Mädchen das wohl übernehmen.« Sie kontrollierte rasch, ob die Flasche Champagner, die
sie besorgt hatte, vor seinem Blick geschützt war. Für ihre Versuche
reichte einfachster Wein. Sollte er den entdecken und mitnehmen,
konnte sie es verschmerzen. Der Champagner dagegen wäre ein är-
gerlicher Verlust.

»Du machst Ernst«, sagte er ruhig und sah sie an.

»Was meinst du?«

»Du wirst dieses Dinner veranstalten.«

»Natürlich, ich habe es Vater versprochen.« Sie verschränkte die
Arme vor der Brust.

Er nickte bedächtig, seine Augen wanderten ruhelos umher. »Wirst
du es schaffen?«

»Das muss ich«, gab sie knapp zurück. »Ernst kennt einen, der
uns die Einladungskarten druckt. Gertrud Krüger übernimmt den
Blumenschmuck, und ich kümmere mich, wie mein Bruder mir
geraten hat«, sagte sie spöttisch, »um die Champagner-Pralinen.«

»Ha! Meine Idee«, rief er und sah dabei so fröhlich aus, dass
Frieda sich ein Lächeln nicht verkneifen konnte.

»Na ja, zumindest der Champagner«, wandte er ein, ehe sie etwas
sagen konnte.

»Die Pralinen werden eine Sensation!«

Wenn sie überhaupt etwas wurden, dachte sie, doch sie wollte
ihm nicht die Freude verderben und ihm gestehen, dass es ihr bisher
noch nicht gelungen war, eine flüssige Füllung herzustellen, die
dort blieb, wo sie bleiben sollte: in einem knackigen Schokoladen-
hohlkörper.

»Was mir noch Kopfzerbrechen macht, sind die Räumlichkei-
ten«, sagte sie stattdessen. »Otto Weber möchte ins Cölln's gehen.
Die Lage ist auch sehr gut, und die gebackenen Austern sind ein
Gedicht, nur finde ich die Aufteilung der Räume nicht günstig.«

»Wie viele Gäste werden es sein?«, fragte Hans und hockte sich auf den niedrigen langen Tisch, auf dem normalerweise Schokoladentafeln in ihren Formen fest wurden.

»Hundert. Vielleicht vier oder fünf mehr.«

»Dann ist das Cölln's nichts«, stimmte er ihr zu. »Ich meine, welchen Sinn hat dieser ganze Abend? Geht es nicht darum, Importeure, Produzenten, Makler und Warenhausbesitzer in Kontakt zu bringen?« Er rieb sich die Augen. »Für diskrete Besprechungen ist das Cölln's gut, für Hamburger mit ihren Partnern aus aller Welt, die sich schon kennen.

Um einander erst kennenzulernen, wäre ein großzügiger Saal besser.« Er sah sie unsicher an. »Oder?«

»Das sehe ich genauso. Nur kenne ich einen solchen Saal nicht.«

»Das Trocadero.«

Frieda zuckte zusammen – ausgerechnet. Sie hatte ewig nicht an Jensen gedacht und legte auch keinen Wert darauf, dass er ihr wieder durch den Kopf spukte. »Ein großer, sehr schöner Saal, sehr gutes Essen. Es ist nicht der Admiralspalast, aber du könntest deinen Gästen sogar ein wenig Akrobatik vorführen lassen.« Deinen Gästen. Frieda spürte ein warmes Kribbeln durch ihren Körper huschen.

»Das klingt gut. Das Trocadero scheint mir genau das Richtige zu sein. Für unsere Gäste.«

Frieda war sich mit dem Geschäftsführer des Tanzpalasts schnell einig. Dass Hans sie begleitet hatte, war dabei sicher hilfreich gewesen. Nicht allein, weil er ein Mann war, sondern vor allem weil ihr Bruder offensichtlich häufig im Trocadero verkehrte. Um Kellner, die elegant servieren konnten, musste sie sich keine Gedanken mehr machen, dafür war mit der Reservierung des gesamten Lokals per Handschlag gesorgt. Fehlten nur noch reizende Geschöpfe, die Friedas Champagner-Kreation und die Kaffee-Köstlichkeit präsentierten. Und sie wusste auch schon sehr genau, wen sie dafür haben wollte. An einem milden Abend Anfang Mai machte sie sich auf den Weg in den Kornträgergang. Jemand hatte eine Schale mit Stiefmütterchen in den Hinterhof gestellt, in dem die rothaarige Ulli lebte, sodass er etwas freundlicher aussah. Dafür schlug Frieda ein Geruch nach Exkrementen entgegen, der ihr kurzfristig den Atem raubte.

»Ach nee. Wie komm wir denn zu der Ehre?« Ulli hatte sich einen Stuhl vor die Haustür gestellt. Neben ihr stand ein Glas mit Limonade oder Sekt auf dem Boden, in der Hand hatte sie eine Zigarette. Wie hielt sie diesen Gestank nur aus? Das Mädchen, das bei Friedas zweitem Besuch in diesem Hinterhof aus dem Fenster gesehen hatte, war bei ihr. Es hockte neben dem Stuhl und malte mit Kreide auf den Stein.

»Ihre Schwester?«, fragte Frieda, obwohl die Ähnlichkeit kaum einen anderen Schluss zuließ. Sie lächelte der Kleinen zu. Das Mädchen sah unsicher zu Ulrike, die ihre Zigarette zwischen die Lippen klemmte und begann, mit beiden Händen in der Luft zu gestikulieren. Erst auf den zweiten Blick erkannte Frieda, dass sie ein Zeichen nach dem anderen formte, während die Kleine sie nicht aus den Augen ließ. Plötzlich hob das Mädchen eine Hand, dann begann die Kleine, Gesten zu formen. Mal legte sie einen Finger in die Handfläche, dann führte sie die Fingerspitzen an die Lippen. Frieda stand nur da und beobachtete staunend das stumme Schauspiel.

»Gebärdensprache«, sagte Ulli, lehnte sich zurück, warf ihre Zigarette zu Boden und trat sie aus.

Frieda schaute sie überrascht an.

»Ham Sie wohl noch nie gesehen, was?«

»Nein. Wofür soll das gut sein?«

Ulli trug dieses Mal ein schlichtes Kleid, aber sie hatte es unanständig weit über die Knie gezogen. »Marianne ist taubstumm. Ich weiß, schlaue Leute halten das für Affensprache. Is doch Unfug.

Meine Schwester kann nicht hören, dafür umso besser sehen. Ich kann beides. Ist doch logisch, dass wir uns mit den Händen unterhalten. Was dagegen?«

»Nein, natürlich nicht.« Diese Ulli hatte wirklich Haare auf den Zähnen. Ob es eine gute Idee war, ausgerechnet sie für das Trocadero anzuheuern?

»Was macht Ihr Husten?«, wechselte Frieda das Thema.

»Besser«, gab Ulli zurück und zündete sich eine neue Zigarette an.

»Rauchen Sie immer so viel?«

»Geht Sie das was an?«

Nein, es war sogar eine ausgesprochen dumme Idee gewesen. Sie würde ihren Bruder fragen, der kannte ganz bestimmt einige hübsche Damen. Frieda zuckte die Schultern und wandte sich zum Gehen.

»Was wird 'n das? Sie sind doch nicht hierhergelatscht, um mich nach meinem Husten zu fragen.«

»Ich wollte Sie fragen, ob Sie Interesse an ein paar Pfennigen Zuverdienst haben. Ich bräuchte jemanden.«

Sie sah Ulli an.

»Allerdings jemanden, der sich benehmen kann. Einen, der es ein paar Stunden ohne Rauchen aushält.«

»Ulrike?« Die raue Frauenstimme kam offenbar durch das geöffnete Fenster unter dem Giebel. Ulli schloss kurz die Augen, blies Rauch durch die Nase aus und löschte dann ihre Zigarette.

»Rike, ich hab Durst!«

»Ich komm!« Als sie sich von ihrem Stuhl erhob, sprang Marianne ebenfalls sofort auf. Frieda blieb unschlüssig stehen. »Gehen Sie bloß nicht weg. Zuverdienst klingt wie 'n Silberglöckchen in meinen Ohren.« Sie griente. Dann legte sie den Kopf schief. »Sie können auch mit reinkommen. Dauert nicht lang.«

»Ja, warum nicht?«

In dem Augenblick kam eine Frau aus dem Haus und öffnete den Verschlag neben der Eingangstür. Dahinter verbarg sich ein Plumpsklo, das sich die Bewohner dieses Hofes anscheinend teilten. Daher also der Gestank. Frieda folgte Ulli schmale ausgetretene Stiegen hinauf, die bedrohlich knarrten. In einem Vorraum im Treppenflur, von dem zwei weitere Stufen in die eigentliche Wohnung führten, befand sich die Küche. Zumindest etwas in der Art. Ulli goss Wasser aus einem Krug in ein Glas. Sie musste sich unter dem niedrigen Türrahmen ducken, um die Wohnung betreten zu können. Frieda tat es ihr nach. Dunkel war es und muffig. Durch die kleinen Fenster kam kaum Licht herein.

»Tagsüber isses zu allem Überfluss auch noch laut«, meinte Ulli, der ihre Blicke nicht entgangen waren. »Im Haus nebenan wohnt ein Schuhmacher im gleichen Stockwerk. Den hörst hämmern, als würd der auf deinem Schoß sitzen.« Sie zuckte mit den Achseln. »Gewöhnst dich an alles. Und ich bin am Tag sowieso meistens beim Spreckelsen.« Sie öffnete eine Tür, Frieda spähte an ihr vorbei in einen Raum, der ihr noch dunkler vorkam. Kein Wunder, vergilbte Gardinen wehten leicht, obwohl die Fensterchen dahinter geschlossen waren, an den Wänden klebten dunkelgrüne Tapeten. Frieda konnte eine Gestalt im Bett liegen sehen, sie wollte nicht unhöflich sein, darum blieb sie vor der Zimmertür stehen und wandte den Blick ab.

»So, Muttern, hier hast du Wasser«, hörte sie Ulli sagen. Ihre Stimme hatte plötzlich einen völlig anderen Klang, ganz zart. »Langsam, langsam, sonst verschluckst dich wieder. Ja, so ist gut.«

Ob es wohl auch einen Vater in dieser Familie gab, oder lebten die drei Frauen allein?

»Brauchst noch was, Muttern?«, fragte Ulli gerade. »Denn ist gut. Wenn du was brauchst, rufst wieder, ne? Ich bin mit Mariannchen unten.«

Frieda hörte ein Ächzen, dann das Knarzen des Holzbodens. Ulli war zurück und schob sich an ihr vorbei zu einer weiteren Tür. »Meine Schwester und ich schlafen hier«, erklärte sie und öffnete eine Tür. Marianne hockte in dem winzigen Dachzimmer auf dem Boden und spielte mit einer windschiefen hölzernen Lokomotive. Als sie Ulli sah, sprang sie auf und kam zu ihnen. Sie wich ihrer Schwester höchst ungern von der Seite, wie es aussah.

»Jetzt ham wir jeder 'n eigenes Bett«, sagte Ulli und machte sich schon auf den Weg in Richtung Flur. »Als meine große Schwester noch hier war, ham Marianne und ich uns eins geteilt.«

Zurück im Hof, atmete Frieda tief ein. Der Gestank der Toilettenanlage war nicht weniger geworden, aber immerhin mischte er sich mit der frischen Luft, die von der Elbe kam.

»Ist nicht so schick wie bei euch zu Haus, was?« Sofort steckte sich Ulli wieder eine Zigarette an. Sie hockte sich auf eine Steinstufe und bot Frieda den Stuhl an. »Wenn sich einer am Handstein im Klo wäscht, muss die Tür offen bleiben, denn kommt keiner mehr vor und zurück inner Bude«, meinte sie lachend. Dass sie überhaupt ein eigenes Klo hatten, war ihr ganzer Stolz, erzählte sie. »Die armen Leute müssen da hin«, sagte sie und deutete mit der Zigarette auf die Holztür. »Mein Vater hat als Schauermann im Hafen geschuftet, nu ist er Straßenfeger am Rathaus. Ist nicht so anstrengend und bringt 'n büschen mehr.«

Diese Ulrike hatte eine sehr harte Schale, dafür einen wunderbaren Kern, so schien es. Genau wie Kakaofrüchte. Und sie konnte ein paar Pfennige sehr gut gebrauchen. Frieda wollte eben auf das Kakao-Dinner zu sprechen kommen, als sie merkwürdige gurgelnde Laute hörte und Ulli gleichzeitig aufsprang und zu ihrer Schwester stürzte. Marianne hatte Hinkebock gespielt und war gestolpert. Ihr Knie blutete.

»Mensch, was machst du denn«, murmelte Ulli, obwohl ihre

Schwester sie nicht hören konnte. Sie strich ihr liebevoll über den Kopf, küsste sie, wiegte sie in ihren Armen. Die Kleine beruhigte sich schnell. Wie es aussah, war der Schreck größer gewesen als der Schmerz. Eigentlich wollte Frieda längst gehen, es wartete schließlich noch jede Menge Arbeit auf sie, doch irgendetwas hielt sie an diesem Ort.

Mit einem Schlag wurde ihr die Brust eng, Tränen traten in ihre Augen. Sie sah ihren Vater vor sich, wie er bleich und hohlwangig in seinem Krankenbett lag, sie dachte an das Kakao-Dinner, an die vielen feinen Herrschaften, die voller Erwartungen daran teilnehmen würden. Wie hatte sie sich nur einbilden können, sie wäre in der Lage, eine solche Veranstaltung auf die Beine zu stellen? Bisher hatte sie es noch nicht einmal geschafft, die Pralinenspezialität dafür herzustellen. Warum war da denn niemand, der sie in den Armen hielt und sie tröstete?

»Alles in Butter?« Ulli sah sie an, nicht spöttisch, sondern sehr sanft.

Frieda schüttelte den Kopf. »Überhaupt nichts ist in Butter!« Sie wischte sich schnell eine Träne weg, die ihr über die Wange kullerte. Dann begann sie zu erzählen. Die Worte sprudelten von ganz allein aus ihr heraus und ließen sich nicht aufhalten. »Mein Vater liegt im Krankenhaus. Das Herz. Wir wissen noch nicht, ob er wieder ganz gesund wird.« Sie erzählte, dass sie keine Ahnung hatte, wie es mit Hannemann & Tietz weitergehen sollte, dass schon der Krieg und die Handelsbeschränkungen dem Importgeschäft schwere Verluste eingebracht hatten. Sie erzählte von ihrem Bruder, der sich so verändert hatte und ihr keine Unterstützung war, geschweige denn das Ruder in die Hand nahm. Frieda erwähnte sogar die Männer, die man ihr vorgesetzt hatte, damit durch Heirat wieder Geld in die Familienkasse floss. Ulli hörte ihr schweigend zu, bot ihr nur zwischendurch eine Zigarette an. Als Frieda endlich fertig war, hüpfte

Marianne längst wieder über die mit Kreide aufgemalten Zahlenfelder. Es fühlte sich gut an, alles einmal ausgesprochen zu haben, wenn es dieser eigentlich fremden Frau gegenüber auch irgendwie unpassend war. Frieda atmete tief durch.

Ulli sah sie lange an. »Deine Probleme hätt ich gern«, sagte sie schließlich und blies den Rauch in die Luft. »Nimm doch einfach den Kerl mit dem meisten Geld.«

»Aber ich liebe keinen von denen.«

»Na und? Für die Liebe suchst dir 'n andern.« Sie legte den Kopf schief. »Gibt's da vielleicht schon einen?« Ulli schlug sich an die Stirn. »Klar, der, mit dem du im Speicher warst, stimmt's?«

Frieda lachte auf. »Unsinn, das war doch der Ernst. Nein, der ist wie ein zweiter Bruder für mich.« Sie lächelte.

Ulli hockte wieder auf der steinernen Stufe und lehnte sich gegen die Hauswand. Es war dunkel geworden, die Laterne tauchte den Hof in schummriges Licht und ließ Schatten tanzen. »Das sieht der aber ganz anders. Da hab ich 'n Blick für.«

Frieda musste an den Moment auf dem Steg denken. Da war etwas zwischen ihr und Ernst gewesen, das sich fremd angefühlt hatte, anders als sonst. Wenn sie es recht bedachte, hatte sich etwas verändert, seit er aus dem Krieg zurück war.

»Ach was«, sagte sie mehr zu sich selbst, »der Ernst und ich, das ist doch … das wäre … Das ist ganz anders als bei Jensen.«

»Aha, und wer soll das sein?«

Im ersten Augenblick erschrak Frieda, dass sie den Namen laut ausgesprochen hatte. Doch schon der Gedanke an ihn versetzte sie in Aufruhr, obwohl sie ihn so lange nicht gesehen hatte. Also erzählte sie von dem attraktiven Fremden, mit dem sie verabredet gewesen war, den sie aber versetzt hatte.

»Das war aber nicht grad schlau. Hättest ihn lieber fragen sollen, wer die Ziege war. Bestimmt nur seine Cousine oder so. Dann hättest dich ganz umsonst aufgeregt und ihm ohne Grund 'n Korb verpasst.«

Was, wenn Ulli richtiglag? Es war ja nicht so, dass Frieda diesen Gedanken nicht selbst schon oft genug gehabt hätte. Doch es führte zu nichts, sich das Gehirn über Dinge zu zermartern, die nun einmal geschehen und nicht rückgängig zu machen waren. Wahrscheinlich sah sie Jensen nie wieder. Sollte sie damals wirklich falsche Schlüsse gezogen haben, würde er sie nie dafür zur Rede stellen können. Und nun Schluss mit diesen albernen Überlegungen, Frieda musste sich wahrhaftig um anderes kümmern.

Kapitel 12

Endlich war der große Tag gekommen. Frieda war seit sechs Uhr früh auf den Beinen. Sie wollte nichts dem Zufall überlassen. Die Kleider für Ulli und Marianne, die sie im Modehaus Unger gekauft hatte, hingen bereit. Für sich selbst hatte Frieda ein Kleid bestellt, das zu den anderen beiden passte, aber aufwendiger gearbeitet war.

Um Marianne machte sie sich keine Sorgen, sie würde genau das tun, was Ulrike ihr beigebracht hatte, und Frieda würde an geeigneter Stelle darauf hinweisen, dass das Mädchen taub war, damit es nicht zu Missverständnissen kam. Wegen Ulli hatte sie mehr Bedenken. Zwar hatte sie mehrfach versichert, sie wisse, wann sie sich zu benehmen habe und was für Frieda auf dem Spiel stand. Würde sie sich aber auch noch daran erinnern, wenn ihr jemand quer kam? Es half nichts, darüber nachzugrübeln. Genauso wenig wie über den Zustand ihres Vaters. Frieda hatte so sehr gehofft, er könne an dem Abend dabei sein. Seit einigen Tagen war er aus dem Krankenhaus zurück, doch er war immer noch furchtbar schwach.

»Das Liegen hat mich erst richtig krank gemacht«, schimpfte er. Immerhin, er konnte schon wieder schimpfen. Dr. Matthies hatte ihm empfohlen, jeden Tag mehr Schritte zu gehen und länger aufzubleiben. Das Kakao-Dinner war allerdings eine viel zu große Anstrengung, was Albert Hannemann glücklicherweise einsah. Gottlob hatte Hans zugesagt, im Trocadero an ihrer Seite zu sein. Welch eine Erleichterung! Mehr erwartete sie von ihm nicht. Nach dem mitternächtlichen Gespräch hatte sie die Hoffnung gehabt, er würde sich auch ein wenig für den Abend verantwortlich fühlen. Die hatte sich jedoch schnell zerschlagen. Ihr Bruder sagte ihr nicht, wenn er für ein paar Tage verschwand, und er ließ sie auch darüber im Dunkeln, wo er sich herumtrieb.

Den Blumenschmuck würde Gertrud gegen Mittag direkt ins Trocadero bringen. Bis dahin blieb Frieda Zeit, um noch einmal in ihre Kakaoküche zu gehen. Ihr Herz schlug ihr bis zum Hals. Was, wenn die Halbkugeln zerlaufen oder in sich zusammengefallen waren? Jeden Morgen krampfte sich ihr Magen bei dieser Vorstellung zusammen. Und jeden Morgen hatte sie beruhigt aufatmen können. Bisher.

Sie huschte in den feuchtkühlen Raum, sog den himmlischen Duft von Schokolade und Kaffee ein und sah zufrieden über die Kartons und Schalen, die jeden Zentimeter ausfüllten. Auf den ersten Blick schien alles in Ordnung. Die Schokolade zeigte keinerlei graue Schleier, wie es vorkommen konnte, wenn die Kuvertüre nicht richtig temperiert worden war. Dann nämlich setzte sich die Kakaobutter ab und ließ die Pralinen unappetitlich alt aussehen.

Frieda griff nach einer kleinen Silberzange und hob mal hier, mal dort eines der gefüllten Kunstwerke an. Wunderbar, sie bestanden auch bei näherem Hinsehen, gaben nicht nach, sondern fühlten sich so fest an, wie es sein sollte. Wie viele Tage und Nächte hatte es sie gekostet, bis sie endlich dahintergekommen war, dass die Kuvertüre der Schlüssel zu allem war. Die Champagnercreme, nicht ganz flüssig, aber auch nicht zu fest, hatte sie recht schnell hinbekommen. Die Praline an sich hatte ihr dagegen größte Schwierigkeiten gemacht. Immer wieder hatte sie gerührt, die Formen ausgegossen, die Hohlkörper abkühlen und vollständig trocknen lassen. Mal war die Wand so dünn gewesen, dass jede Berührung sie zerbrechen ließ, dann wieder vermischte sich der Deckel, den Frieda nach dem

Befüllen aufsetzte, mit der Creme. Sie hatte sämtliche Bücher gewälzt, die sie hatte finden können. Nichts. Erst ein Anruf in Brüssel bei Chocolatier Neuhaus brachte die Erleuchtung. Nach seiner genauen Anleitung hatte sie die Kuvertüre zunächst auf 45 Grad erhitzt. Dann hatte sie sie unter ständigem gleichmäßigem Rühren auf 27 Grad abkühlen lassen, ehe die Masse wiederum auf 31 Grad erhitzt werden musste. Als Neuhaus ihr diesen Vorgang erklärt hatte, war sie erst sicher gewesen, er wolle sie auf den Arm nehmen. Dann hatte sie die schlechte Qualität der Übertragung am Telefon im Verdacht. Da sie nach mehrmaligem Nachfragen jedoch immer das Gleiche verstanden hatte, war ihr nichts anderes übrig geblieben, als es zu versuchen. Mit erstaunlichem Erfolg. Unzählige Male hatte Frieda den Ablauf wiederholen müssen, zunächst um die Formen zu gießen, später um den fertigen Pralinen ihren glänzenden Überzug zu geben. Es hatte sich gelohnt.

Und nun war es also so weit.

»Du machst das schon«, raunte Ernst ihr im Entrée des Trocaderos zu. In den letzten Tagen konnte er kaum geschlafen haben, weil er alles erledigt hatte, was Frieda noch eingefallen war. Trotzdem wirkte er frisch und gutgelaunt. Er und Ulli waren ihre Stützen. Ohne die beiden, da war Frieda absolut sicher, würde sie diesen Abend unmöglich überstehen. Sie begleiteten die Gäste an ihre Plätze, die nach und nach eintrafen.

Frieda hatte sich mit ihrem Vater besprochen, der ihr geraten hatte, die Ehrengäste in die Logen zu setzen, Mitglieder des Senats, bedeutende Persönlichkeiten der Kultur und andere, die eigentlich nichts mit dem Geschäft zu tun hatten. Importeure, Produzenten, Händler und Bankiers dagegen hatten ihre Tische unten im großen Saal. Ebenso Quartiersmann Hein Spreckelsen, den Frieda eigenmächtig auf die Gästeliste gesetzt hatte. Immerhin waren Quartiersleute der Motor der Speicherstadt und damit des Hamburger Handels.

Frieda stand am Ende des Saals gegenüber der Bühne, über der sich eine mit Stuck und Malerei verzierte Kuppel wölbte. Die Musiker spielten leise Strawinskys Feuervogel in einer heiter-leichten Variation. Sie sah zu, wie sich der prachtvolle Raum füllte. Das Trocadero war wirklich eine vortreffliche Wahl. Reich verzierte Säulen und Balustraden trennten zwar einzelne Nischen ab wie in einem Theater, gleichzeitig war alles großzügig und miteinander verbunden, sodass niemand sich zurückgesetzt oder ausgeschlossen fühlen würde.

»Guten Abend, Fräulein Hannemann.« Otto Weber, der Vorsitzende des Kakao-Vereins, trat zu ihr.

»Guten Abend, Herr Weber. Wie schön, dass Sie da sind. Ich habe in den letzten Tagen immer wieder versucht, Sie zu erreichen, aber Sie waren nie zu sprechen ...«

Seine verschlossene Miene gefiel ihr ganz und gar nicht.

»Selbstverständlich habe ich ein paar Worte vorbereitet, aber ich denke, es steht Ihnen zu, die Gäste im Namen des Vereins zu begrüßen. Nicht zuletzt«, sprach sie weiter, »müssen wir dringend über die Finanzen reden. Sie hatten mir zugesagt, die Kosten zu übernehmen. Die größte Summe wird natürlich für das Trocadero fällig. Und dann sind da noch die Mitarbeiter, die ebenfalls maßgeblich zum Gelingen des Abends beitragen werden, deren Kleider, die Auslage für die Pralinen.«

»Selbstredend werde ich unsere Gäste begrüßen«, entgegnete er frostig. »Wenigstens darüber sind wir uns einig.«

»Wie bitte? Ich verstehe nicht ganz«, Friedas Herz begann zu klopfen. Was wollte er damit sagen?

Er trat einen Schritt näher, sodass sie seinen Atem spüren konnte. »Jetzt ist nicht Zeit und Ort, um das zu besprechen. So viel nur: Sie waren nicht befugt, all die Entscheidungen allein zu treffen. Das Cölln's ist ein Restaurant von bestem Ruf.« Er sah sich um, sein Blick, als wäre er in einer Schlangengrube gefangen. »Ein Tanzpalast«, stieß er aus. »Dazu noch Personal aus der Gosse!« Er fixierte Ulli, die gerade zwei Paare zu einem Tisch führte.

Frieda schnappte nach Luft, wollte sich verteidigen, doch Weber ließ ihr keine Gelegenheit dazu. »Ich bin Ihrem Vater zuliebe hier, Fräulein Hannemann. Ausschließlich Ihrem Vater zu Gefallen. Glauben Sie bloß nicht, dass der Verein diesen ganzen Firlefanz bezahlt.« Damit ließ er sie stehen.

Friedas Beine fühlten sich merkwürdig weich an, sie suchte Halt an einem der geschwungenen Geländer.

»Bin ich zu spät?« Hans!

»Nein, du kommst genau richtig.« Frieda bat ihn, die Ankommenden zu begrüßen, und lief, ohne auf seinen Protest zu achten, durch den Saal zu den Toiletten. Ihre Gedanken fuhren Karussell. Bei Unger, im Trocadero und auch den Musikern hatte sie ihr Wort gegeben, dass der Kakao-Verein sämtliche Rechnungen begleichen würde. Es war dem guten Namen von Hannemann & Tietz zu verdanken und der Tatsache, dass jeder größtes Mitgefühl für ihren Vater hatte, dass man ihr vertraut und nach hanseatischem Brauch Geschäfte per Handschlag besiegelt hatte. Wie sollte sie den Verpflichtungen jetzt nachkommen? Sie spürte Panik in sich aufsteigen. Sie konnte unmöglich ihrer Familie die gesamten Kosten aufbürden. Das würde sie ruinieren, und Vater würde es nicht überleben. Es hatte keinen Sinn, sich hier länger zu verkriechen. Sie musste da rausgehen, sich zeigen und diesen Abend irgendwie hinter sich bringen. Er musste ein Erfolg werden. Jetzt erst recht!

»Gott sei Dank! Ich dachte schon, du kommst nicht wieder.« Hans sah sie aus weit aufgerissenen Augen an.

»Keine Sorge, ich lasse dich nicht im Stich«, entgegnete sie ruhig.

Sie blickte auf ihre Taschenuhr. »Otto Weber wird gleich die Gäste begrüßen«, erklärte sie ihm und ließ ihren Blick durch die Reihen der Tische gleiten. Schön sah alles aus, die weißen Tischdecken, die silbernen Kerzenleuchter, das schimmernde Kristall und nicht zuletzt die Gestecke aus dunkelroten Rosen, Gräsern und Maiglöckchen, die Gertrud gesammelt hatte. »Ich werde auch ein paar Worte sagen. Über den Ablauf, den Zustand unseres Vaters.« Sie sah lächelnd in die Runde. Das Stimmengewirr schwoll immer mehr an. Dass viele der Gäste auch über sie sprachen, lag auf der Hand. Die Musiker beendeten ihr Spiel, Otto Weber trat zu Frieda und Hans. Zu dritt gingen sie den Gang entlang, den man mitten im Saal freigelassen hatte. Die Unterhaltungen wurden zu aufgeregtem Flüstern.

»Was muss ich machen? Ich weiß überhaupt nicht, was ich machen muss«, wisperte Hans nervös.

»Du brauchst nur neben mir zu stehen, mehr erwarte ich nicht von dir«, gab sie leise zurück.

Frieda war jetzt ganz ruhig. Vor der Bühne angekommen, setzte sie ein strahlendes Lächeln auf und blickte erneut durch die Reihen. Dann erstarrte sie. Zutiefst vertraute Augen fingen ihren Blick ein. Rötlichbraune Haare, ein Bart an Kinn und Oberlippe, Sommersprossen.

Das Rauschen in ihrem Kopf war zurück, schlimmer als zuvor. Der Raum um sie begann sich zu drehen. »Ich erwarte doch mehr«, flüsterte sie, hakte sich bei ihrem Bruder ein und klammerte sich geradezu an seinem Arm fest. »Du musst reden. Ich kann nicht.«

Was dann kam, versank in einem zähen Nebel. Weber musste wohl seine Begrüßungsrede gehalten haben. Im Nachhinein glaubte Frieda zu wissen, dass auch Hans etwas zustande gebracht hatte. Sie hatte es geschafft, sich auf ihren Beinen zu halten und eine einigermaßen passable Figur zu machen, mehr ging nicht. Das Essen war serviert worden, und als der Moment gekommen war, die neuen Kakao-Kreationen zu präsentieren, war sie sogar in der Lage gewesen, Marianne und Ulrike vorzustellen und ein paar Worte zu den von ihr entwickelten Rezepten zu sagen.

»Du übernimmst die Tische dort drüben«, wies sie Ulli knapp an.

»Ich dachte, die machst du. Ich sollte doch …«

»Nicht denken, machen! Ich bleibe auf dieser Seite.«

Ulli verzog kurz das Gesicht. »Wie du willst.« Damit war der Fall für sie erledigt, und Frieda brauchte nicht an Jensens Tisch zu gehen. Was wollte er hier, wer hatte ihn überhaupt eingeladen? Ein Herr Jensen hatte nicht auf der Liste gestanden, da war sie sicher. Das wäre ihr sofort aufgefallen. Ob er etwas mit Kakao zu tun hatte?

Sowohl die Champagner-Pralinen als auch die mit den Kaffeesplittern kamen erstklassig an. Frieda eilte in Richtung Küche, wo sie weitere Kartons bereitstehen hatte. Die Leute rissen sich förmlich um ihre Köstlichkeiten. Trotz der Gefühlsachterbahn, die sie hinter sich hatte, spürte sie eine warme Welle von Stolz. Sie hatte es geschafft und ihren Vater nicht enttäuscht. Was hatte er einmal gesagt? Sie hatte ein Händchen für köstliche Rezepte. Ja, das hatte sie. Und nun wusste es ganz Hamburg.

Eine weitere Platte verführerisch glänzender Pralinen vor sich, wäre sie beinahe mit Jensen zusammengestoßen.

»Himmel, haben Sie mich erschreckt«, sagte sie keuchend und balancierte das Tablett aus, das ins Schaukeln geraten war wie ein Dampfer auf der Elbe.

»Warum sind Sie nicht gekommen?« Er schien immer noch verärgert.

»Für Ihren Tisch ist meine Angestellte zuständig«, gab sie ein wenig arrogant zurück. »Sie müssen schon ein bisschen Geduld haben. Alle wollen mehr von den guten Hannemannschen Pralinen haben.«

»Davon spreche ich nicht, und das wissen Sie.« Natürlich wusste sie das. Nur war dies weder der richtige Ort noch der richtige Zeitpunkt. »Ich habe mir Sorgen gemacht«, sagte er ernst.

»Ich mir auch. Um meinen Ruf.«

»Was wollen Sie damit sagen?«

»Ich habe Sie mit einer Dame gesehen.« Das klang nicht halb so gleichgültig, wie sie sich gewünscht hätte. »In einer innigen Umarmung mitten auf der Straße.«

»Wann und wo soll das denn gewesen sein?«, fragte er scharf.

Frieda wurde wütend. »Das war am Tag unserer Verabredung. Sie kamen mit ihr aus dem Alsterpavillon. Und Sie haben sie … in aller Öffentlichkeit …« Das Gefühl war wieder da, als habe sie ihn gestern mit der anderen gesehen. »Ich muss zu meinen Gästen«, murmelte sie.

Jensen trat ihr in den Weg. Er sah sie lange an. Seine Augen bekamen einen warmen Glanz. »Ich weiß, von wem Sie sprechen«, sagte er sanft. »Ihr Eindruck täuscht Sie nicht, diese Dame ist etwas ganz Besonderes für mich. Ich liebe sie wirklich sehr.«

Wie konnte er nur? Er leugnete nicht einmal! Es versetzte Frieda einen Stich, sie wollte weiß Gott keine Einzelheiten hören.

»Tja, das ist schön für Sie. Ich muss mich jetzt wirklich wieder um die anderen Gäste kümmern«, brachte sie hervor. »Es war nett, Sie getroffen zu haben.« Sie wandte sich von ihm ab.

»Die Dame ist meine Schwester.« Frieda wirbelte herum, eine Champagnerpraline flog vom Tablett. Jensen fing sie elegant aus der Luft. »Oh, vielen Dank!« Er schob die Süßigkeit in den Mund.

»Ist das wahr?«, fragte sie, und ihre Stimme verriet, wie sehr sie sich über diese Erklärung freute.

Er nickte. »Ich bin kein Lügner, Fräulein Hannemann.« Wie hatte sie nur so dämlich sein können? Sie hätte ihn fragen müssen, gleich nachdem er sich vor dem Pavillon von seiner Schwester verabschiedet hatte. Irgendwie hatte sie es geahnt, andererseits hatte alles so intim gewirkt ... Sie hatte sich verhalten wie ein dummer Backfisch. Genau das war sie ja auch gewesen. Damals. Das war lange her. Sie nahm sich ganz fest vor, ab sofort alles auf der Stelle anzusprechen, was sie ärgerte oder verwirrte.

»Nein, Sie sind bestimmt kein Lügner, Herr Jensen, bitte verzeihen Sie mir.« Sie lächelte. »Nun, es hat sich zwar ein wenig verzögert, aber im Trocadero sind wir dennoch. Ich hoffe, Sie genießen den Abend. Übrigens sollten Sie Ihren Platz wieder einnehmen. Gleich kommt nämlich der Höhepunkt, eine Akrobatikdarbietung, die Ihnen den Atem rauben wird.«

»Kann ich mir nicht vorstellen. Ich glaube, der Höhepunkt des Abends ist etwas ganz anderes.« Seine Augen hefteten sich an den ihren fest, sein Gesicht kam dem ihren näher. »Es sind diese unwiderstehlichen Pralinen«, flüsterte er, stibitzte sich eine weitere und ging zurück in den Saal.

»Die ganze Stadt spricht von nix anderem!« Ernst lief wie aufgezogen durch die Diele in der Deichstraße. »Du musst Pralinen machen, Frieda, jede Menge. Alle wollen die haben. Jeder will nur noch Schokolade von Hannemann & Tietz.«

Frieda schwebte auf Wolken. Das Kakao-Dinner war ein Riesenerfolg. Rosemarie Hannemann konnte sich kaum darüber beruhigen, dass dieser extraordinäre Abend in einem Atemzug mit dem Namen ihrer Familie genannt wurde, wie sie wieder und wieder betonte.

»Und die Worte, die Hans gesprochen hat, sind allen so ans Herz gegangen. Der Junge wird ein würdiger Nachfolger für seinen Vater, ich habe nie daran gezweifelt«, schwärmte sie.

Hans dagegen dachte gar nicht daran, sich von nun an mehr um die Geschäfte zu kümmern. Er freute sich ehrlich mit seiner Schwester, der allein das Lob für das Gelingen gebührte, wie er sagte. Darüber hinaus war er von der rothaarigen Ulrike mehr als angetan. »Das ist eine Frau, Schwesterchen«, meinte er mit glänzenden Augen. »Die Verführung in Person, aber nicht leicht zu haben. Genau wie ich es mag.«

Frieda wusste nicht, was sie damit anfangen sollte. Sie würde Ulli auf den Zahn fühlen. Mit dem Geld für sie und ihre Schwester in der Tasche machte sich Frieda auf den Weg in den Kornträgergang. Wie gut, dass Vater ein bisschen Bargeld im Haus hatte. Dass auch die Rechnungen noch offen waren, hatte sie ihm lieber nicht gebeichtet, das wäre zu viel Aufregung für ihn. Noch hoffte Frieda, sich mit Weber einigen zu können. Nach diesem Erfolg, der schließlich auch dem Ruf des Kakao-Vereins genützt haben dürfte, musste er sich einfach an seine Zusagen halten. Ulli und Marianne erwarteten sie schon im Hof. Marianne kam sofort auf Frieda zugerannt und warf sich in ihre Arme.

»Nicht so stürmisch«, rief Frieda lachend und zeigte die Geste für die Begrüßung, die sie von Ulli gelernt hatte.

»Na, Frau Hannemann & Tietz«, sagte Ulli, die mit verschränkten Armen an der Hauswand lehnte, eine Zigarette zwischen den Lippen. »War wohl 'n voller Erfolg für dich, was?« Sie zwinkerte.

»Für uns alle«, erwiderte Frieda und reichte ihr ein in Seidenpapier eingeschlagenes Päckchen. Sie hatte Schokolade, Pralinen und Kakaoflocken für Ulli und ihre Familie eingepackt.

»Oh, danke schön.« Ulli warf den Zigarettenstummel weg und machte einen Knicks. »Bares ist mir allerdings lieber.«

»Natürlich, das war schließlich abgemacht.« Frieda holte ein Kuvert hervor und reichte es ihr. »Danke für eure Hilfe. Ihr wart umwerfend!«

»Ja, ja, nu is gut mit Süßholzraspeln.« Ulli nahm lässig den Umschlag entgegen und sah hinein. Es war mehr darin als abgesprochen, aber jeder Groschen war verdient, fand Frieda. »Das ist … das ist ja viel zu viel«, stotterte Ulli.

Frieda musste lachen. »Dass ich dich jemals sprachlos erleben würde, hätte ich mir nicht träumen lassen.«

»Nicht sprachlos, bloß 'n büschen überrascht. Danke!« Schon hatte sie ihre Rüstung wieder verschlossen. »So, und nu mal Butter bei die Fische! Der Kerl mit dem roten Haar war nicht zufällig der, den du mal versetzt hast, nur weil er 'ne andere geküsst hat, oder?« Ulli entging scheinbar gar nichts.

Frieda spürte die Hitze in ihren Wangen. »Ganz zufällig war er das. Bevor du sowieso gleich fragst: Die Frau, die er damals umarmt hat, war seine Schwester. Und: Ja, wir werden miteinander ausgehen.«

»Donnerwetter!« Ulli lachte. »Sag ich doch, das war 'n voller Erfolg für dich.«

»Was ist denn mit dir? Ich habe da so etwas läuten hören, dass mein Bruder dir Avancen gemacht hat, aber du hast ihn abblitzen lassen?«

»Dein Bruder ist 'n schöner Mann, ich wär nicht abgeneigt.« Sie sah Frieda von unten herauf an.

»Aber?«

»Ich kann mir kein Balg leisten. Tja, dummerweise tragen wir Frauen das Risiko alleine. Die Mannsbilder wollen ihren Spaß, und fertig. Ich hab ihm gesagt, dass er denn wenigstens zahlen müsste, aber das will er nicht.«

Frieda wollte etwas sagen, verschluckte sich jedoch und bekam einen Hustenanfall.

»Na, na, so schlimm? So läuft's eben.«

Frieda kam sich furchtbar naiv vor. Sie hatte noch nie eine Frau so reden hören.

»Vielleicht mach ich's trotzdem«, fuhr Ulli ungerührt fort und zwinkerte Frieda zu. »Ist 'n stattlicher Kerl, dein Bruder, und er will Marianne seine Holzeisenbahn schenken.«

Da konnte sie lange warten, dachte Frieda, behielt es aber lieber für sich.

Zwei Tage nach dem Dinner war Albert Hannemann zum ersten Mal wieder in sein Kontor gegangen. Genauer gesagt, hatte er sich den Anweisungen von Dr. Matthies gemäß mit dem Wagen abholen lassen. Frieda war überglücklich. Ihr Vater würde endlich wieder ganz gesund sein, alles andere fände sich auch. Sie saß mit ihrer Mutter und Großvater Carl in der guten Stube und spielte *Mensch ärgere dich nicht*. Lieber wäre sie in ihrer Kakaoküche und hätte Pralinen gemacht, doch erstens bemerkte sie, dass sie nach den Strapazen der letzten Wochen ziemlich müde war, und zweitens führte jetzt wieder ihr Vater das Regiment. Sie hatte zwar keinen Zweifel, dass er sie weiter in der Manufaktur werkeln lassen würde, doch musste sie eben warten, bis er von alleine mit ihr darüber sprach.

»Du bist dran, Carl«, erinnerte Mutter ihren Schwiegervater und zwinkerte ihm verschwörerisch zu. »Du musst aufpassen, sonst gewinnt Frieda noch.«

»Ich passe auf«, schimpfte er, »aber ihr bringt immer wieder alles durcheinander.«

»Wie heißt das Spiel noch?«, fragte Frieda lächelnd. Da hörte sie Ernst in der Diele, der nach ihr rief.

»Wir sind in der guten Stube«, rief sie zurück.

»Es gehört sich für eine Dame nicht, durch das halbe Haus zu brüllen, mein Herz«, wies ihre Mutter sie zurecht.

Ernst trat ein und ersparte Frieda eine Antwort. »Guten Tag, Frau Hannemann. Herr Hannemann.« Er nickte den beiden zu. »Moin, Frieda, dein Vater will dich sehen.«

»Es geht ihm doch gut?«, fragte Mutter alarmiert.

»Jo, allerbest!« Ernst nickte eifrig.

»Geh nur, mein Herz, dein Großvater und ich werden uns auch ohne dich amüsieren.« Sie lächelte Carl liebevoll an. Bei allem, was man an ihr kritisieren konnte, den Umgang mit dem tüdeligen alten Herrn meisterte sie perfekt.

»Was gibt's denn?« Frieda platzte beinahe vor Neugier. Es war noch nie vorgekommen, dass ihr Vater sie in sein Kontor hatte rufen lassen. Es konnte nur mit der Manufaktur zu tun haben.

»Wenn ich das wüsste!« Er hob die Schultern. »Er hat nur gesagt, ich soll dich holen. Er hätte was zu besprechen. Mit dir und mit mir auch.«

»Guten Tag, Fräulein Hannemann«, tönte es von allen Seiten, als die beiden das Kontorhaus in der Bergstraße betraten.

»Herzlichen Glückwunsch zu Ihrem großen Erfolg!«, sagte jemand. Ein anderer: »Dolle Sache, man hört in den Gassen nix anderes.«

»Siehst, du wirst noch berühmt«, meinte Ernst und tätschelte ihr kurz den Arm.

»Ach was, das ist genauso schnell wieder vergessen«, gab sie zurück und hoffte, dass sie sich irrte.

»Meine Tochter hat mir erzählt, wie groß dein Anteil am Gelingen des Kakao-Dinners war und wie sehr du sie unterstützt hast, während ich aus dem Verkehr gezogen war. Dafür möchte ich dir danken.« Albert kam um seinen Schreibtisch herum, baute sich vor Ernst auf und schüttelte ihm lange die Hand. »Ich werde dir das nie vergessen, mein Junge. Hannemann & Tietz wird dir das nie vergessen.«

Frieda atmete tief durch. Es tat so gut, ihren Vater wieder in seinem Kontor zu sehen. Und es tat nicht minder gut, dass Ernst die

Anerkennung bekam, die er verdiente. Sie wünschte sich nur, ein Dankeschön in klingender Münze würde folgen. Sie wusste, wie dringend Ernst und seine Mutter das Geld brauchten. Zumal er in den letzten Wochen nicht mehr zum Regatta-Verein gegangen war, wo er sich bestimmt die eine oder andere Mark hätte dazuverdienen können. Darauf hatte er verzichtet, um Frieda stets zur Seite zu stehen.

»Ist schon gut.« Ernst winkte ab. »Ich hab das doch gern gemacht.«

»Was ich dir sehr hoch anrechne.« Albert ließ seine Hand los und trat an das Fenster. »Ich denke, du solltest nicht länger als Laufbursche für mich arbeiten«, meinte er.

»Was? Aber wieso?« Ernst sah erschrocken von ihm zu Frieda und wieder zurück zu Albert Hannemann.

Der drehte sich zu ihm um. »Du musst mehr aus deinem Leben machen, mein Junge. Ich fürchte, in Zukunft wird mir jemand anders meinen Weinbrand nach dem Essen servieren müssen.«

»Oh, das wär dumm, die Flasche ist ja noch ganz voll. Sind grad erst zwei Gläser raus, höchstens drei.« Ernst legte die Stirn in Falten.

»Wie darf ich das verstehen?« Albert verschränkte die Arme und sah ihn erwartungsvoll an.

»Oh, verdorri.« Frieda wollte ihm gerade zu Hilfe kommen, doch Ernst streckte den Rücken durch und erklärte Albert Hannemann sein Geschäftsmodell. »Die erste Flasche war anstrengend, da hab ich lange sparen müssen. Danach ging's«, schloss er.

Albert sah seine Tochter an, die zuckte mit den Achseln, lächelte und nickte. »Und du wusstest natürlich Bescheid!« Albert schüttelte lächelnd den Kopf. Dann brach er in schallendes Gelächter aus. »Du bist schlau, Ernst Krüger«, sagte er prustend. »Du bist sehr schlau. Aus dir wird ein sehr guter Kaufmann werden!«

Frieda und Ernst hatten in sein Lachen eingestimmt.

Ernst klopfte sich auf die Schenkel. »Jo, ich bin 'n plietschen Kerl«, rief er und schüttete sich aus. Er sah zu Frieda hinüber und verstummte. »'schuldigung«, murmelte er.

»Hast du gehört, was ich gesagt habe?« Albert betrachtete Ernst wohlwollend.

»Dass ich schlau bin?«

»Ich sagte, dass aus dir ein sehr guter Kaufmann werden wird. Vorausgesetzt natürlich, du nimmst mein Angebot an, Lehrling bei Hannemann & Tietz zu werden.«

Frieda schossen Tränen in die Augen. Sie hätte ihrem Vater auf der Stelle um den Hals fallen mögen. Das war so viel besser als ein paar Mark in die Hand.

»Mann in de Tünn!« Ernst wurde kurz blass, dann färbten sich seine Wangen rot. »Das ist ... ja, na klar nehm ich das an.«

Er wischte sich die Hand an seiner Jacke ab, obwohl die in den letzten Sekunden nicht schmutzig geworden sein konnte. Für einen Augenblick sah es aus, als würde er Albert Hannemann umarmen, doch er reichte ihm nur die Hand und schüttelte sie, als sei er Frau Holle leibhaftig. »Danke, Herr Hannemann, ich sag ganz herzlich schönen Dank! Ich enttäusch Sie nicht, das versprech ich bei der Gesundheit meiner Mutter oder bei was Sie wollen.«

»Mir würde es schon genügen, wenn du mir nicht den Arm ausreißt.« Albert verzog gespielt das Gesicht, dann ging er zurück an seinen Schreibtisch und holte ein Kuvert hervor, das er Ernst reichte. »Den Rest des Tages hast du frei. Ich möchte, dass du deine Mutter richtig schick einlädst. So eine Lehrstelle muss schließlich gefeiert werden, denkst du nicht?«

»Doch, ja, unbedingt! Danke, Herr Hannemann. Kann ich Sie nicht auch einladen? Und Frieda. Und Ihre Gattin natürlich. Die ganze Familie!«, schlug er atemlos vor.

»So viel ist nun auch wieder nicht in dem Umschlag.« Albert lachte.

Nachdem Ernst gegangen war, wandte er sich an seine Tochter: »Dass das klar ist, Friederike, jetzt habe ich hier wieder das Sagen«, verkündete er streng.

»Natürlich, Vater.« Sie sah zu Boden. Eben hatte sie sich noch so sehr für Ernst gefreut und ein wenig für sich gehofft …

Plötzlich hörte sie ein Glucksen, sie sah auf. Ihr Vater hatte Tränen in den Augen, seine Lippen, ja sein ganzer Körper bebte. Im nächsten Moment brach er schon wieder in lautes Gelächter aus.

»Was …?« Sie konnte nicht anders, ihr Gesicht verzog sich zu einem breiten Lächeln.

»Entschuldige, Sternchen! Es macht mir einfach zu viel Freude, wieder unter den Lebenden zu sein.« Seine Miene veränderte sich. »Du hast in den letzten Wochen mehr geleistet, als ich von meinem Sohn je erwartet hätte. Dafür möchte ich mich auch bei dir bedanken.«

»Bietest du mir jetzt auch eine Lehrstelle an?«, fragte sie schelmisch und meinte es im Grunde doch sehr ernst.

»Nein, Sternchen, das ist nichts für dich. Ich habe mir etwas anderes überlegt.«

Frieda konnte ihr Glück kaum fassen: Ihr Vater wollte die Schokoladen-Manufaktur erheblich ausbauen! Und er hatte die Leitung in ihre Hände gelegt. Mit Feuereifer stürzte sie sich auf Bücher über Kalkulation, studierte die Unterschiede zwischen dem edlen Criollo- und dem ertragreicheren und robusteren Forastero-Kakao, ließ sich darüber informieren, welche Mengen in Nigeria, an der Goldküste, in Brasilien oder Ecuador angebaut wurden. Gewiss, Meynecke würde ihr bei allen finanziellen Fragen geduldig mit Rat und Tat zur Seite stehen. Und rund um die Kakaofrüchte, ihre Anbaugebiete und die Verarbeitung konnte ihr Vater ihr jede Frage sofort beantworten, doch Frieda fand, dass sie sich selbst mit allem auskennen musste, was die Manufaktur und die Herstellung von Schokolade in den unterschiedlichsten Sorten betraf. Vater hatte ihr eine große Verantwortung übertragen und ihr gleichzeitig absolutes Vertrauen geschenkt. Nichts in ihrem Leben hatte mehr Bedeutung. Nicht einmal die neuerliche Verabredung mit Herrn Jensen. Doch die stand auf Friedas persönlicher Wichtigkeitsliste eindeutig an zweiter Stelle. Wie oft hatte sie an ihn gedacht, hatte sie sich ausgemalt, wie es wohl gewesen wäre, wenn sie ihn damals zur Rede gestellt hätte. Manchmal, wenn sie gerade in ein Buch vertieft war, hatte sie es einfach auf den Schoß sinken lassen, weil sie plötzlich sein Gesicht vor sich sah. Sein enttäuschter Blick, weil sie ihn vor so langer Zeit versetzt hatte, sein verschmitztes Lächeln, als er sich eine weitere Praline ergaunert hatte.

Ein einziger Wermutstropfen trübte Friedas Glück. Clara. Sie wünschte sich, sie könnte ihr erzählen, was sie alles erlebte. Doch die Verbindung zwischen ihnen schien für alle Zeit zerbrochen zu sein. Frieda tröstete sich damit, dass sie es ebenso wenig für möglich gehalten hätte, dass sie und Jensen eine zweite Chance bekämen, doch genau das war nun der Fall. Warum also sollte das nicht auch für ihre Freundschaft zu Clara möglich sein? Frieda hoffte darauf, dass sich auch dies wieder fügen würde, sodass endlich alles wieder im Lot wäre.

Jensen hatte ihr nach dem Dinner ein Bouquet lavendelfarbener Rosen geschickt, darin die Einladung zu einem Abendessen im Cölln's. Ausgerechnet. Sie hatte lächeln müssen und sofort zugesagt.

Er erwartete sie am Eingang des weißen Eckhauses, das nicht weit vom Rathaus entfernt lag.

»Wie schön, dass Sie mich nicht wieder versetzt haben«, begrüßte er sie.

»Warten Sie deshalb an der Tür?«

»Natürlich. Die Blamage wäre nicht ganz so groß, wenn ich nach einigen Minuten einfach gegangen wäre, als hätte ich bereits am Tisch gesessen.«

»Ich bin froh, dass ich pünktlich erschienen bin, womöglich hätten Sie nicht lange gewartet.«

»Das hätte ich wirklich nicht, ich warte grundsätzlich nicht gern.« Er lächelte sie an. »Nicht einmal auf eine wunderschöne Frau.« Ein Flattern schoss durch ihren Körper, als hätte irgendetwas in ihr sanft zu vibrieren begonnen.

»Darf ich?« Er reichte ihr den Arm.

»Gern.« Sie legte ihre Hand scheu in seine Ellenbeuge. Wie sehr hatte sie sich auf diesen Abend gefreut. Jetzt wäre sie am liebsten auf und davon gelaufen. Worüber sollte sie mit ihm reden? Er würde innerhalb kürzester Zeit durchschauen, dass sie keine Erfahrungen mit erwachsenen Männern hatte. Er würde sie auslachen, dachte sie, als sie ihm durch den Empfangsraum folgte, der für seine handbemalten Kacheln berühmt war, die schon seit weit über hundert Jahren die Wände bedeckten. Bilder von Segelschiffen, Austern und Netzen erinnerten an Fischhändler Johann Cölln, der das Restaurant vor langer Zeit eröffnet hatte.

Ihr Tisch erwartete sie in einem der elf Separees, für die das Restaurant bekannt war und die es für das Kakao-Dinner so ungeeignet gemacht hatten.

»Darf ich Ihnen schon etwas zu trinken servieren?« Der Kellner sah so elegant aus, dass sich Frieda trotz ihres weinroten langen Kleides seltsam schlicht vorkam.

»Bei Cölln's isst man Fisch«, stellte Jensen fest. »Was halten Sie von einem Weißwein dazu?«

»Sehr gern.« Sie würde ohnehin nur daran nippen, Frieda brauchte alle ihre Sinne. Nachdem der Kellner die Weinsorte notiert und die

Speisekarte überreicht hatte, zog er sich zurück. Sobald sie gewählt hatten, würden sie nach ihm klingeln, und auch dann, wenn sie weitere Wünsche hätten. Sofern sie das nicht taten, ließ man sie in Ruhe. Diskretion und Privatsphäre wurden in diesem Hause großgeschrieben.

»Fräulein Hannemann, ich würde gerne etwas klären«, begann Jensen und sah beängstigend ernst aus.

»Ich auch. Wie haben Sie sich bloß in das Kakao-Dinner gemogelt? Ihr Name stand nicht auf der Gästeliste.«

»Senator von Melle hat mich mitgenommen. Seine Gattin war erkrankt.«

»Verstehe. Welch ein glücklicher Umstand.«

»Nicht für Frau von Melle.« Jensen schmunzelte. Der Kellner erschien, schenkte Wein ein und zog sich zurück. »Jetzt bin ich an der Reihe, etwas zu klären«, setzte er erneut an.

Was gab es nur so Wichtiges?

»Hat das nicht bis später Zeit?« Frieda griff eilig nach ihrem Glas. Sie fürchtete sich davor, dass er etwas zu sagen hatte, das ihr nicht gefallen könnte. »Sollten wir nicht erst auf unser überraschendes Wiedersehen anstoßen und darauf, dass Sie heute nicht umsonst auf mich gewartet haben?«

»Das sollten wir. Andererseits …«

Liebe Güte, so wie er sie ansah, würde er ihr gleich eröffnen, dass die Frau, mit der sie ihn gesehen hatte, doch nicht seine Schwester, sondern seine Ehefrau und Mutter seiner acht Kinder war. Frieda wollte das nicht hören. Sie wollte Komplimente bekommen, sich begehrt und erwachsen fühlen. Sie wollte diesen einen Abend um jeden Preis genießen, was immer danach auch geschehen würde.

»Also«, sagte sie ein wenig zu laut, »dann tun wir das auch. Solange Sie mir nicht gestehen wollten, dass Sie ein Engländer sind oder Schlimmeres.« Sie lachte und fühlte sich sehr eloquent.

Für einen Moment sah er ziemlich irritiert aus, dann strahlte er sie an und ergriff ebenfalls sein Glas. »Gott bewahre! Auf Ihr Wohl, Fräulein Hannemann, auf Ihren Triumph, von dem ganz Hamburg spricht!«

Ihre Sorge, dass sie sich womöglich anschweigen würden, war vollkommen unbegründet. Frieda erzählte ihm, dass sie ab sofort für die Schokoladenmanufaktur zuständig sei. Dass ihr Vater ihr darüber hinaus versprochen hatte, sie mit etwaigen Heiratskandidaten in Ruhe zu lassen, behielt sie natürlich für sich. Jensen schien alles zu interessieren. Er fragte nach Kakaosorten und ob man sie am bloßen Geschmack unterscheiden konnte. Er wollte genau wissen, welche Aufgabe so eine Conchiermaschine hatte, wenn die Masse doch vorher schon durch verschiedene Walzen gepresst worden sei.

»Sie entwickeln die Rezepturen also alle selbst?«

»Ja. Um ehrlich zu sein, ist das der schönste Teil meiner Arbeit.« Meiner Arbeit, wie gut es sich anfühlte, das auszusprechen. Nach einem Hummerschaumsüppchen gab es Scholle nach Johann Cöllns Art. Frieda trank entgegen ihrem Vorsatz bereits das zweite Glas Wein und fand das Leben ganz wundervoll.

»Ihre Pralinen mit Splittern von Kaffeebohnen sind eine Offenbarung. Ich sage das nicht, um Ihnen zu schmeicheln.« Er legte den Kopf schief. »Doch, natürlich will ich das.«

Sie musste kichern.

»Aber nur mit der Wahrheit. Ich würde ein Vermögen für diese Schokolade bezahlen.«

»Tun Sie sich keinen Zwang an.«

»Haben Sie schon einmal an Tee gedacht?«

Sie stutzte. »Vielleicht später. Im Moment bleibe ich lieber bei Wein.«

Jensen lachte. Ihr fiel auf, dass er makellose Zähne hatte. »Sie sind witzig. Klug, fleißig und witzig. Dazu noch wunderschön.« Er sah ihr in die Augen, und Frieda schmolz dahin. »Sie sind ein Juwel, Frieda. Wissen Sie das überhaupt?«

»Oje, Sie machen mich ganz verlegen.«

»Dafür gibt es keinen Grund, ich sage nur die Wahrheit.« Er trank einen Schluck Wein. »Das mit dem Tee ist übrigens auch mein Ernst. Vielleicht könnte man das getrocknete Blatt fein zerkleinern. Oder Sie brühen Tee auf, lassen ihn abkühlen und verwenden den Extrakt für eine Creme, wie Sie es mit dem Champagner gemacht haben.«

Als Frieda kurz vor Mitternacht in ihrem Bett lag, vibrierte noch immer etwas in ihr. Ein glückliches Lächeln lag auf ihrem Gesicht, und das Letzte, woran sie dachte, ehe sie in einen tiefen Schlaf fiel, war die Tatsache, dass sie und Jensen stundenlang geredet hatten und sie doch noch immer kaum mehr über ihn wusste, als dass er Teetrinker war.

Kapitel 13

Herbst und Winter 1920

Der Sommer verstrich, der Herbst färbte das Laub rot, in den Vierlanden und Marschlanden wurde die Ernte eingefahren, sodass auf dem Hopfenmarkt die Stände mit Kohl, Rüben, mit Kartoffeln und Äpfeln endlich wieder überquollen.

Alle waren ausgehungert, nach den langen düsteren Kriegsjahren, und langsam ging es wieder bergauf.

Vor allem aber tanzte die Welt. Sie tanzte Charleston, Frieda und Jensen tanzten mit. Frieda hatte sich extra ein neues Kleid gekauft, ein viel zu kurzes, wie ihre Mutter fand. Doch sie ließ ihre Tochter seit dem Kakao-Dinner gewähren. Wenn sie sich auch nicht um das Geschäft kümmerte, entging ihr doch nicht, dass alle Welt verrückt nach Friedas Pralinen war. Sosehr es ihr auch missfallen mochte, ihr Mann hatte nun einmal seiner Tochter das Zepter der Manufaktur in die Hände gelegt und nicht seinem Sohn. Und sie akzeptierte seine Entscheidungen.

Und Frieda genoss es! Sie fühlte sich frei wie noch nie zuvor in ihrem Leben. Noch immer mussten die meisten Menschen jeden Pfennig umdrehen, doch die Gewissheit, dass ausgerechnet durch Friedas Arbeit ein paar Mark zusätzlich in die Familienkasse flossen, erfüllte sie mit Freude und Stolz. Endlich hatte sie eine Aufgabe und war etwas wert. Dass Jensen ihr Komplimente machte, beflügelte sie zusätzlich. In Hosen, so wie Ulli, würde sie sich zwar niemals auf die Straße trauen, undenkbar. Aber die kürzeren Kleider, die nicht mehr den Knöchel bedecken mussten, gefielen ihr. Man konnte sich auch viel besser darin bewegen. Nach der Verabredung im Cölln's waren Frieda und Jensen noch einige Male ausgegangen. An einem Abend hatte sie sich ein Herz gefasst und ihn gefragt, wo er gewesen sei nach dem ersten, dem geplatzten Rendezvous.

»Wo sollte ich wohl gewesen sein?«

»Sie waren die ganze Zeit in Hamburg? Wir sind uns nie über den Weg gelaufen.«

»Hamburg ist eine große Stadt«, hatte er geantwortet. »Das Schicksal wollte anscheinend nicht, dass wir uns so bald wiedersehen.« Das war typisch für ihn, Jensen nahm das Leben von der leichten Seite. Eine Eigenschaft, die Frieda ganz besonders an ihm schätzte. Sie gingen im Park spazieren oder essen, sie besuchten eine Lesung in der Thalia-Buchhandlung oder sahen sich ein Stück im Theater an. Nie machte er Anstalten, ihre Eltern kennenzulernen oder Frieda mit zu sich nach Hause zu nehmen. Sie mochte ihn, sehr sogar. Wenn sie anfangs auch irritiert von seiner Haltung war, richtete sie sich doch ausgesprochen gut damit ein. Mehr noch, immer wieder hörte Frieda von den Töchtern befreundeter Kaufmannsfamilien, die sich verlobten, bald darauf heirateten und kurz danach mit einem dicken Bauch durch die Straßen liefen. Sobald sie den ersten Schritt machten, sobald sie sich für einen Mann entschieden, würde ihr Weg vorgezeichnet sein. Und der hatte nur reichlich wenig mit Freiheit oder Entfaltung zu tun. Genau das aber wünschte sich Frieda sehnlichst. Es lag einfach in der Luft, die Frauen ihrer Generation erlaubten sich mehr, als es ihre Mütter je gewagt hätten. Warum also nicht dieses neue Lebensgefühl genießen?

In diesen Tagen dachte sie oft an Clara. Sie fehlte ihr noch immer schrecklich. Ob sie über die neuen Möglichkeiten der Frauen wohl ebenso dachte wie sie? Wie es ihr wohl ging? Frieda hätte ihr liebend gern von dem Kakao-Dinner erzählt, davon, wie sie einige Tage nach dem Dinner in Otto Webers Kontor gesessen und ihn um das Begleichen der offenen Rechnungen gebeten hatte. Welch eine Genugtuung, dass einige Mitglieder des Kakao-Vereins zu ihm gekommen waren und die Veranstaltung als noch besser als die erste gelobt hatten. Die Vorstandssitzung, in der er über die Finanzen hatte abstimmen lassen wollen, fand nicht statt, denn das Ergebnis hätte bereits vorher festgestanden. Weber hatte die Rechnungen an sich genommen, zugesagt, dass er sie umgehend begleichen lassen würde, und sich von ihr verabschiedet. Es war mehr als offensichtlich gewesen, dass er sie rasch loswerden wollte, doch so billig hatte sie ihn nicht davonkommen lassen.

»Das Trocadero war dann wohl doch eine gute Wahl, meinen Sie nicht?«, hatte sie ihn gefragt. »Und die beiden Damen, die die Pralinen verteilten, sind ebenfalls auf große Zustimmung gestoßen, hatte ich den Eindruck. Es sind ja auch ausnehmend hübsche Frauen, die sich zu benehmen wissen.«

»In der Tat, ja, das war kaum zu erwarten, aber am Ende hatten Sie den richtigen Riecher, wie es scheint«, musste er zerknirscht gestehen. Das hatte sie hören wollen. Auf dem Rückweg hatte sie sich vorgestellt, wie sie gemeinsam mit Clara über den muffeligen Kaufmann gelacht hätte. Am allerliebsten wollte sie ihr natürlich von Jensen erzählen, aber sie konnte eben nichts erzwingen, ihre Freundschaft war mit der Kindheit gegangen, dachte Frieda manchmal. Vielleicht wäre das auch geschehen, wenn die vielen hässlichen Dinge nicht vorgefallen wären. Vielleicht musste sie sich über das freuen, was sie hatte. Und das war viel. Mit Jensen sah sie die Welt neu. Einmal ging sie mit ihm zu Hagenbeck. Es war ein heißer Tag im Spätsommer gewesen. Sie standen gerade am Gehege der Wildkatzen, als ein Tierpfleger einen Tiger an einer Leine aus dem Verschlag führte, in dem die Tiere die Nacht verbrachten.

»Sehen Sie sich nur dieses stolze Geschöpf an«, sagte Jensen plötzlich leise. Sie betrachtete ihn von der Seite, er wirkte ungewöhnlich bedrückt. »Sollte es nicht frei sein?«

»Offen gestanden, würde mich der Gedanke nervös machen, diese wilden Kreaturen freizulassen.« Er lächelte nicht einmal. »Es ist das Wesen eines Tierparks, dass Löwen und Tiger darin eingesperrt sind. Wie sonst sollten wir sie betrachten können? Ich hörte, dass in anderen Städten sogar schwere hohe Stahlgitter um die Gehege stehen. Hier sind es nur diese leichten Zäune und die Gräben. Meinen Sie nicht, die Tiere haben so ein größtmögliches Maß an Freiheit?«

»Freiheit«, sagte er leise. »Sehen Sie ihn sich doch an, man hat ihn an die Leine gelegt. Würden Sie das wollen?«

»Eine Tatze ist verbunden.« Sie kniff die Augen zusammen. »Ich nehme an, er hat sich verletzt. Vielleicht bringt der Pfleger ihn gerade vom Arzt zurück zu den anderen?«

»Ja, vielleicht ist es zu seinem Besten. Möglich, dass man das nicht immer erkennt.« Sein Blick war in die Ferne gerichtet. Sprach er noch von dem Tiger oder eher von sich selbst? Frieda dachte noch lange darüber nach und kam zu dem Schluss, er habe ihr zu verstehen geben wollen, dass für ihn eine feste Bindung nicht in Frage kam. Er wollte frei sein, das stand über allem, er ließ sich nicht an die Leine legen. Ihr war es recht, denn im Grunde dachte sie ähnlich. Zumindest für den Moment. Sie war glücklich, wenn sie ihn nur sehen konnte. Sicher, sie hätte gern mehr von ihm gewusst, von seiner Familie, seiner Herkunft. Frieda wusste nur, dass er bei der Marine gewesen war und seine Schwester in einem Lazarett gearbeitet hatte. Wann immer sie mehr herauszufinden versuchte, wich er ihr aus. Vielleicht brauchte er einfach Zeit, er würde jedenfalls seine Gründe haben. Und Zeit, dachte sie, hatten sie reichlich.

Frieda hatte mit der Manufaktur ohnehin alle Hände voll zu tun. Zum ersten Mal, seit sie die ersten Versuche mit Kakaomasse, Zucker, Milch und weiteren Zutaten unternommen hatte, stand Frieda regelmäßig zwischen Maschinen, Formen, Gewürzen und Silberpapier, weil Bestellungen für ihre Kreationen vorlagen. Natürlich konnte sie sich längst nicht mit Reichardt vergleichen, der in Wandsbek eine Fabrik betrieb. Allein im Einpackraum beschäftigte er zig Arbeiterinnen. Bei Hannemann setzte man eben auf Klasse statt Masse. Sie würden langsam wachsen, ganz wie es die wirtschaftliche Lage zuließ. Bis dahin musste sich Frieda damit begnügen, dass mal Henriette, die eigentlich als Küchenhilfe bei den Hannemanns eingestellt war, das Verpacken der Tafeln und Pralinen übernahm. Ab und zu schickte ihr Vater auch einen seiner Angestellten, der gerade abkömmlich war. Das meiste jedoch war für Frieda zu tun. So wäre es ihr zeitlich kaum möglich, eine festere Bindung einzugehen, sagte sie sich, wenn die Zweifel in ihr wuchsen. Endlich hatte sie, was sie sich schon als Kind gewünscht hatte, eine Beschäftigung, die ihrem Leben einen Sinn und ihr Unabhängigkeit gab. Fehlte nur noch eine große Kakaoküche in einem der Speicher. Oft saß sie am Abend bei ihrem Vater in seinem Salon, wo er an seinem geliebten Modellschiff werkelte. Sie sprachen über die Schokoladen-Automaten, die Frieda nicht aus dem Sinn gingen, über Großvater, auf den man immer mehr achtgeben musste, oder über die Zukunft der Manufaktur.

»Ich brauche dringend größere Räume«, erklärte sie ihm kurz nach ihrem achtzehnten Geburtstag. »Wir brauchen mehr Maschinen und Helfer, die sie regelmäßig für mich bedienen. Die brauchen allerdings Platz, sonst treten sie sich nur auf die Füße. Könntest du nicht einen Speicherboden anmieten oder wenigstens ein paar Räume in der Bergstraße erübrigen?«

»Wusstest du, dass er jetzt unter britischer Flagge fährt?« Ihr Vater setzte gerade einen Adler auf die Weltkugel am Bug. »Es ist ein Jammer. Er war einst der Stolz des Deutschen Reiches, das größte Passagierschiff der Welt. Und nun fährt es für die Engländer.«

»Hast du mir zugehört, Papa?«

»Ja, mein Kind, das habe ich. Wie oft hast du mich schon um mehr Platz gebeten?«

»Und wie oft hast du mich vertröstet? Die Küche ist kaum mehr als ein Verschlag, den du genutzt hast, um die Conchiermaschine abzustellen.«

Er sah sie liebevoll an. »Das ist wahr.«

Schmaler war er geworden, seit er im Krankenhaus gelegen hatte, und sein Haar war grau und schütter. »Du machst deine Sache wirklich gut. Daran hatte ich keinen Zweifel. Dir fehlt allerdings noch die Weitsicht. Die Geschäfte gehen besser, die Leute gönnen sich wieder etwas. Sofern sie das können. Aber noch immer haben viele Männer keine Arbeit und wissen nicht, wie sie ihre Familien ernähren sollen«, sagte er düster. »Noch immer leiden viele Menschen an Hunger und brauchen Brot oder mal ein Stück Fleisch dringender als Schokolade.« Er sah sie lange an. »Ich bin ein glücklicher Mann, Sternchen, weil ich meine Familie versorgen kann. Und ich verstehe dich, aber du musst mich auch verstehen. Ich habe erfahren, wie schnell das Leben vorbei sein kann. Ich muss klug entscheiden, damit ihr auch ohne mich versorgt bleibt.« Frieda musste schlucken. Ging es ihm womöglich wieder schlechter? Dr. Matthies war kürzlich da gewesen. Zu einer Routineuntersuchung, wie ihr Vater sagte, oder verschwieg er ihr etwas? »In diesen endlosen Stunden in dem dummen Krankenhausbett habe ich eines verstanden, mein Kind. Mein Leben findet nicht nur im Kontor statt. Ich bin ein Kaufmann, ja, und ich werde das auch noch lange bleiben, wenn unser Schöpfer es mir erlaubt. Aber ich bin auch ein Ehemann, ein Vater.« Er machte eine kurze Pause und betrachtete das Schiff vor sich. »Und ein Modellbauer«, fuhr er lächelnd fort.

»Ich möchte die *Imperator* fertigstellen. Vor allem möchte ich Zeit mit meiner Familie haben, mit meinem hübschen Papagei und mit dir, Sternchen.« Das war ja alles gut und schön, aber deswegen konnte er ihr doch größere Räume zugestehen, in denen sie tun konnte, was ihr wichtig war.

»Die Familie ist das Wichtigste im Leben«, sagte er eindringlich. »Du darfst das nicht unterschätzen. Such dir einen netten Mann, Sternchen, der dafür sorgt, dass du deinem Rezept-Labor gerne mal den Rücken kehrst.«

Als sie schwieg, fuhr er fort: »Die Einnahmen sind wieder gestiegen, seit die Handelsbeschränkungen gefallen sind und der Hafen seinen Betrieb wiederaufgenommen hat. Sollte sich diese erfreuliche Entwicklung fortsetzen, möchte ich eine Villa in der Elbchaussee kaufen.« Das waren überraschende Neuigkeiten. »Ja, Sternchen, ein Domizil, in dem wir wohnen können. Das Kontor bleibt hier oder in der Bergstraße. Schon lange wohnen die Hamburger, die etwas auf sich halten, in der Elbchaussee. Mein Vater hätte sich dort ebenfalls niederlassen sollen, als die Geschäfte glänzend liefen, aber du kennst ihn ja. Er hängt an dem alten Kasten in der Bergstraße und weiß nicht, was er woanders soll.« Ihr Vater schmunzelte, und auch Frieda huschte ein Lächeln über die Lippen.

Als Albert damals das Kontorhaus in der Deichstraße gekauft hatte, war von Großvater zu hören gewesen: »Und dann? Dann haben wir wieder nur ein Haus. Das haben wir jetzt schon, wozu also ein anderes?«

»Aber dein Großvater ist alt geworden, neulich ist er spazieren gegangen, kam zurück und fragte, wieso man das Rathaus an einen anderen Platz gestellt habe und wo es nun stünde.« Er seufzte. »Es hat eine ganze Weile gedauert, ehe ich begriffen habe, dass er glaubte, in der Bergstraße zu sein.« Frieda musste schlucken. »Wir werden ihn vielleicht nicht mehr lange bei uns haben. Oder er weiß nicht mehr, wo er ist oder wer wir sind. Man hört das immer öfter von alten Herrschaften.« Unvermittelt trat ein entschlossener Ausdruck auf sein Gesicht. »Wenn wir also weiter so guten Umsatz machen und das Haus in der Bergstraße verkaufen, können wir uns eine Villa in der Elbchaussee leisten. Was die Godeffroys können, schaffen wir ja wohl schon lange!«

Frieda musste lachen. Überseekaufmann Godeffroy, der schon vor über hundert Jahren Kokosnüsse auf Segelschiffen nach Hamburg importiert hatte und König der Südsee genannt worden war, musste Vater wirklich schwer beeindrucken. »Ich sehe es schon vor mir«, schwärmte er, »wir werden eine riesige Terrasse haben und können dort endlich wieder mit den Mendels Kaffee trinken und Kuchen essen und Sommerfeste feiern.«

»Ich dachte nicht, dass du noch mit Gero Mendel in Verbindung stehst.«

»Selbstverständlich, warum wohl nicht? Gero ist mein Freund.«

»Das war er, dachte ich, bis er unsere Schokolade aus dem Sortiment entfernt hat. Trotz eurer Abmachung und obwohl du schon für viel Geld das Papier hast drucken lassen«, erinnerte sie ihn. »Was ist er denn für ein Kaufmann, wenn ein Handschlag für ihn nichts gilt?«

»Du musst noch viel lernen, meine Kleine. Erstens solltest du immer deine Freundschaften von dem Geschäft trennen. Zweitens hätte Gero allen Grund gehabt, unserer Familie etwas krummzunehmen, nach dem unwürdigen Spektakel, das mein werter Sohn am Jungfernstieg aufgeführt hat. Es gibt nichts, was ich ihm vorzuwerfen hätte.«

Vaters Worte wollten ihr einfach nicht aus dem Kopf gehen. Warum hatte sie nicht darauf gedrungen, sich mit Clara auszusprechen, warum hatte sie so schnell aufgegeben? Ihre Freundschaft war an so vielen Missverständnissen zerbrochen. Wenn sie ganz ehrlich zu sich war, hatte sie schon damals im Warenhaus den großen Schmerz in Claras Augen erkannt, nur war sie eben mit ihrem Bruder beschäftigt gewesen. Frieda konnte sie verstehen. Sie war in Hans verliebt gewesen, und er hatte über ihre Gefühle nur gelacht und obendrein noch ihre Familie beleidigt. Wie hätte sie wohl reagiert, wenn es andersherum gewesen wäre? War es nicht verständlich, dass Clara nichts mehr von ihr hatte wissen wollen? Andererseits kam Frieda nicht darüber hinweg, dass sich Clara nicht einmal bei ihr gemeldet hatte, als ihr Vater so schwer erkrankt war. Und wenn sie es trotz allem noch einmal versuchte? Vielleicht konnten sie noch einmal von vorne anfangen.

In Gedanken versunken ging Frieda an die Alster. Ganz automatisch war sie zu Levis Steg gelaufen. Sie hatte Glück, er war gerade dabei, die Schwäne für das Winterquartier einzufangen.

»Schönen Tag, Frieda, du hast mich aber lange nicht besucht.« Für den wortkargen Levi war das ein langer Monolog.

Sie fragte nach seinem Befinden und nach den Schwänen, erzählte dann von ihrer Manufaktur und ihren Aufgaben dort. »Wie geht es Clara? Hab sie lange nicht gesehen.« Sie hielt den Atem an.

»Weiß ich. Ist nicht gut, dass ihr euch nicht mehr seht, finde ich.« Das klang, als ob Clara ihrem Onkel ihr Herz ausgeschüttet hatte. Sosehr sich Frieda auch mühte, mehr bekam sie darüber nicht aus ihm heraus. Sie erfuhr lediglich, dass Clara sich gut in ihre Rolle als werdende Krankenschwester eingelebt und damit ziemlich viel zu tun hatte. Als Frieda zurück in die Deichstraße ging, fasste sie den Entschluss, ihre einstige Freundin wiederzusehen.

Niemals hätte sie sich erträumt, wie schnell das geschehen sollte.

Zu ihrem achtzehnten Geburtstag hatte Jensen Frieda versprochen, ihr einen Wunsch zu erfüllen.

»Wir gehen aus, wohin du willst. Ins Lichtspielhaus oder in die Oper. Ganz wie du magst.« Obwohl Frieda noch immer nicht seinen Vornamen kannte, waren die beiden irgendwann zum vertrauten Du übergegangen. Sie kannten sich zu gut, um einander noch länger zu siezen. Auf ihre Nachfrage hatte er nur gelacht und gemeint, er fände es irgendwie charmant, wenn sie ihn weiterhin Jensen nannte, das hätte einen gewissen Reiz. Zwar fand Frieda das nicht und nahm sich vor, ihm sein Geheimnis bald zu entlocken, doch es wollte ihr einfach nicht gelingen. Stattdessen wurde es zu einem Spiel zwischen den beiden, dass sie ihn wieder und wieder aufs Glatteis führte, er jedoch jedes Mal geschickt auswich. Sie hatte geantwortet, dass sie es sich gründlich überlegen müsste, ein solches Angebot bekäme man schließlich nicht häufig. Zwei Tage später hatte sie in der Zeitung von der Schauspielgruppe eines gewissen Herrn Ohnsorg gelesen. Schon länger führte er Schwänke und Dramen in niederdeutscher Sprache auf, was Frieda sich unbedingt einmal ansehen wollte. Jetzt, so las sie, hatte er seiner Theatertruppe einen Namen gegeben, der zur Geltung brachte, wofür sie stand: Niederdeutsche Bühne. Frieda war sofort begeistert.

»Oh, bitte, ich höre Plattdeutsch zu gerne«, hatte sie Jensen bei ihrer nächsten Begegnung vorgeschwärmt. »Wollen wir nicht gemeinsam hingehen? Das wünsche ich mir zum Geburtstag.« Er hielt natürlich Wort, und so sahen sie sich wenig später im Thalia Theater *De Keunigin von Honolulu* an.

»Eine sehr schöne Vorstellung«, meinte er anschließend schmunzelnd. »Worum ging es?«

»Wie? Hast du denn nicht zugehört?« Besonders anspruchsvoll war das Stück nicht gerade gewesen, aber dafür sehr unterhaltsam, fand sie. »Sag nicht, du bist eingeschlafen!«

»Wo denkst du hin? Ich hatte große Freude daran, den Schauspielern zuzusehen. Noch lieber habe ich allerdings dich angesehen. Weißt du eigentlich, dass du Grübchen hast, wenn du lachst?« Es hatte zu regnen begonnen. Sie gingen, beide unter einen Schirm gedrängt, vom Pferdemarkt in Richtung Jungfernstieg, wo sie noch tanzen oder sich wenigstens einen Schlummertrunk genehmigen wollten. Beim Anblick des Alsterpavillons musste Frieda an Jensens Schwester denken.

»Willst du sie mir nicht mal vorstellen?«, fragte sie ihn. »Ich würde sie wirklich gern kennenlernen.«

»Ihr werdet euch sicher gut verstehen, nur ist sie im Moment nicht in Hamburg«, erklärte er.

»Wo ist sie denn?« Er setzte zu einer Antwort an, als ein fürchterlicher Knall ihn zum Verstummen brachte. Frieda zuckte zusammen. »Was war das?« Schon von weitem war das Unglück zu sehen. Eine Straßenbahn war in ein Auto gekracht. Frieda hielt sich instinktiv ein bisschen stärker an Jensen fest, bei dem sie sich untergehakt hatte.

»Die nasse Fahrbahn«, murmelte er. »Du bleibst am besten hier, das könnte hässlich werden. Ich sehe mal nach, ob ich helfen kann.« Damit löste er sich behutsam von ihr, drückte ihr den Schirm in die Hand und lief auch schon auf die Menschentraube zu, die sich in Sekundenschnelle gebildet hatte. Frieda folgte ihm unschlüssig. Das könnte hässlich werden. Da hatte er vermutlich recht. Außer im Krankenhaus hatte sie noch nie einen Verletzten gesehen. Und dort waren die Wunden immer versorgt gewesen. Sie zögerte. Wenn sie schon nicht mehr tun konnte, wollte sie wenigstens den Schirm halten, damit das Unfallopfer bei der Kälte nicht komplett nass wurde.

»Das sieht nicht gut aus«, hörte sie jemanden durch das Prasseln der Regentropfen. »Isser tot?«, fragte ein anderer. »Hat schon jemand den Krankenwagen gerufen?«, wollte eine Frau atemlos wissen. »Brauchst nicht mehr, der is hin«, meinte der nächste. Der Pulk hatte sich geöffnet und einen weiten Kreis gebildet, sodass Frieda den Wagen jetzt gut sehen konnte. Ein Adler K5. So einer, wie Hans ihn gerne hätte. Eine böse Ahnung nahm ihr die Luft. Erst neulich hatte er ihr das Gefühl, in einem solchen Auto zu sitzen, in schillerndsten Farben beschrieben. Sie hörte noch seine Worte: »In Berlin sind immer mehr Automobile auf den Straßen.«

»Das ist in Hamburg nicht anders«, hatte sie erwidert und sich über den fiebrigen Glanz in seinen Augen gewundert. Der kam sicher nicht nur von seiner Begeisterung. »Was treibst du ständig in Berlin?« Vater nahm ihn nicht mehr mit, das wusste sie.

»Ich verstehe überhaupt nicht, dass du es in Hamburg aushältst. Dieses spießige Hanseatengerede. Berlin, das ist nach London und New York die Metropole der Welt, Berlin ist Avantgarde, das sind Dadaisten.« Frieda hatte es auf sich beruhen lassen. Sie wünschte, er würde sich mehr für seine Ausbildung interessieren als für Automobile und Dada, doch wann immer sie darüber sprachen, gerieten sie in Streit. Ein außer Dienst gestellter Sanitäts-Lkw raste heran. Jemand musste sehr schnell zu einem Telefon gelaufen sein, um Hilfe herbeizuholen. Die Schaulustigen stoben auseinander. Frieda sah Jensen, der nun ebenfalls zur Seite ging, sodass Friedas Blick genau auf den verletzten Fahrer fiel.

»Hans!« Es war tatsächlich ihr Bruder. Sie spürte einen schneidenden Schmerz in ihrer Brust, ihr Kopf dröhnte bedrohlich. Sie ließ den Schirm fallen, rannte los. Jensen kam ihr entgegen und fing sie ab.

»Er lebt, Frieda, er lebt.« Er packte ihre Schultern und stellte sich ihr in den Weg, sodass sie unmöglich mehr von dem Grauen sehen konnte. »Sein Puls scheint mir recht stabil zu sein«, erklärte Jensen ruhig. »Er wird es schaffen.« Noch immer versuchte Frieda, sich von ihm loszumachen.

»Er ist mein Bruder. Lass mich zu ihm!« Sie weinte, schlug ihm mit den Fäusten auf die Brust.

»Du kannst nichts für ihn tun. Er ist in besten Händen«, beruhigte er sie.

Sie wand sich in seinen Armen, flehte ihn an, schimpfte. Für einen kurzen Moment gelang es ihr, über seine Schulter zu sehen. Da war ein Mann bei ihrem Bruder, ein Arzt wahrscheinlich. Neben ihm stand eine Krankenschwester. Clara!

»Dein Bruder hat Glück gehabt.« Clara sah sie ernst an.

»Danke, dass ihr so schnell gekommen seid und ihm geholfen habt«, stotterte Frieda.

»Das ist unsere Aufgabe.« Clara hatte sich verändert, ihr Gesicht war voller geworden, dunkle Schatten um ihre Augen verrieten, dass sie nicht genug Schlaf bekam. Ihre Stimme hatte einen festeren Klang, war nicht mehr so dünn wie damals. Ihre Nähe tat Frieda gut, sie hatte etwas Tröstendes, war ein Halt. Noch immer war Frieda vollkommen durcheinander. Man hatte Hans mit dem Sanitäts-Lkw ins Israelitische Krankenhaus St. Pauli gebracht. Damals hatten sich Ärzte und Schwestern gut um ihren Vater gekümmert, und auch Hans verdankte sein Leben vermutlich Sanitätern, die ihn im Lazarett versorgt hatten. Also würde er auch jetzt wieder gesund werden, davon war sie überzeugt. Trotzdem ließen die Umgebung, der Geruch und das Bild ihres Vaters in seinem Krankenbett, das ihr plötzlich wieder deutlich vor Augen stand, heftige Emotionen auf sie einprasseln. Sie hätte sich gern an Jensens starke Schulter gelehnt, doch der hatte sich, nachdem er und Clara sich kurz angesehen hatten, geradezu überstürzt verabschiedet. Kannte er Clara? Was sollte Frieda nur davon halten? Und wie konnte er sie ausgerechnet jetzt alleine lassen?

»Er hat wirklich großes Glück gehabt«, wiederholte Clara gerade.

»Er wurde durch den Aufprall gegen die Frontscheibe geschleudert. Die ist vollständig zersplittert.« Sie schüttelte den Kopf, als könne sie es selbst nicht glauben. »Hans hat nur Kratzer abbekommen. Hätte er sich nur einen Zentimeter weiter nach links gelehnt, als der Zusammenstoß passierte, wäre seine Halsschlagader getroffen.«

»Clara?« Eine ältere Frau in Schwesterntracht tauchte im Flur auf. »Vom Rumstehen lernen Sie nix, mein liebes Fräulein«, tadelte sie streng, doch ihre Augen sagten, dass sie es gut meinte.

»Ich muss dann wieder.« Clara rührte sich nicht vom Fleck.

»Ja, natürlich. Wann hast du denn Schluss hier?«, fragte Frieda, ohne groß darüber nachzudenken. »Ich würde dich gern einladen. Als Dankeschön.«

»Nicht nötig«, entgegnete Clara kühl, »ich habe nur meine Arbeit gemacht.« Ein Lächeln trat auf ihr Gesicht. »Dein Bruder wird ein, zwei Tage bleiben müssen. Zur Sicherheit. Du kommst ihn doch bestimmt besuchen oder holst ihn ab. Dann sehen wir uns.«

»Nun setzen wir uns aber mal in Bewegung, junge Dame«, rief die Frau in der Tracht, und Clara huschte davon.

Nach drei Nächten durfte Hans das Krankenhaus verlassen. Obwohl ihr Vater gesagt hatte, ihr Bruder könne selbst sehen, wie er nach Hause käme, holte Frieda ihn ab. Der Unfall schien Hans aufs Gemüt geschlagen zu sein. Ihm war schon klar, sagte er, dass er Glück gehabt hatte.

»Aber wie soll ich den Schaden wohl bezahlen, Schwesterchen, kannst du mir das verraten?«

»Woher hattest du das Auto überhaupt? Es gehört dir doch nicht, oder?«

»Natürlich nicht, wie sollte ich mir einen Adler leisten können? Im Gegensatz zu meiner bewunderten Schwester bin ich nur ein kleiner Lehrling.« Er fuhr sich durch die blonden Haare. »Selbst das nicht mehr lange.«

»Wie bitte? Wieso?«

»Na, Vater hat doch jetzt einen Liebling.« Er meinte Ernst, natürlich.

»Ernst hat sich die Lehrstelle verdient. Mit dir hat das doch gar nichts zu tun.« Frieda mochte diese Diskussion nicht führen. »Hast du Clara gesehen? Ich wollte ihr wenigstens rasch guten Tag sagen.«

»Seid ihr jetzt wieder dicke miteinander, du und die kleine Mendel? Nur weil sie mich verarztet hat? Das muss sie doch als Schwesternschülerin. Da kann sie mich nicht mehr herumschubsen wie in ihrem schicken Warenhaus.«

»O bitte, Hans, das reicht! Du hast dich in dem schicken Warenhaus aufgeführt, als kämst du geradewegs aus der Gosse. Was hätte sie schon tun können?« Er fuhr sich wieder durch das Haar und lachte spöttisch. »Außerdem ist das lange her. Irgendwann muss es mal gut sein«, sagte sie und erstickte damit seinen Protest. Gerade wollte sie noch einmal nach Clara fragen, als sie aus einem Zimmer trat und ihr den Flur entlang entgegenkam.

»Ich sehe, der Patient darf nach Hause.« Clara lächelte Hans an. Ihre Wangen färbten sich auf der Stelle rosig, und ihre Augen bekamen einen verräterischen Glanz.

»Er muss«, widersprach er mit einem Schmelz in der Stimme, der Frieda aufhorchen ließ. »Zu seinem großen Bedauern muss er das.« Er sah Clara tief in die Augen. »Zu Hause werde ich mutterseelenallein in meinem Bett liegen und mich nach deiner guten Behandlung zurücksehnen.« Was war um alles in der Welt in ihn gefahren? Gerade war er doch noch über Clara hergezogen. Und was war mit Clara los? Ihre Wangen begannen regelrecht zu glühen. »Ich wette, hier wäre ich in den besseren Händen.«

»Ach was, du bist wieder gesund«, gab Clara zurück und kicherte.

»Du hast keine Behandlung mehr nötig.« Sie sah ihn von unten herauf an. »Wenn du möchtest, komme ich aber gern vorbei und sehe nach dir.«

»Das würdest du tun? Du würdest mich auch weiter versorgen?« Das war ja nicht auszuhalten. Hans schnurrte geradezu wie ein liebestoller Kater.

»Ach, das wäre schön«, sagte Frieda. »Ich würde mich über deinen Besuch auch sehr freuen.« Das war die Wahrheit. Clara musste zurück zu ihren Patienten, also verabschiedeten sie sich, nicht ohne sich ein baldiges Wiedersehen zu versprechen. »Ich freue mich sehr, dass du dich mit Clara anscheinend doch ganz gut verstanden hast. Das hat sich vorhin noch ganz anders angehört«, meinte Frieda, als die beiden in die Herbstkälte hinaustraten.

»Sagen wir es mal so, sie versteht es gut, einen Mann glücklich zu machen.« Sein Ton hatte etwas Ironisches an sich, das Frieda überhaupt nicht gefiel.

»Wie meinst du das?«

»Die kleine Mendel ist abends noch an mein Bett gekommen. Ich hatte ein Einzelzimmer, das weißt du ja. Ich fühlte mich einsam, konnte nicht schlafen …«

Frieda blieb abrupt stehen. »Was ist zwischen euch passiert?«

»Wie ich schon sagte, sie versteht es, einen Mann glücklich zu machen. Keine Sorge, es ist nichts vorgefallen, das sie nicht auch gewollt hätte. Glaub mir, ich brauchte sie nicht einmal besonders ermuntern. Ich glaube, sie ist ein Früchtchen. Sie wollte es schon, als sie sich zu mir hereinschlich.«

»Du hast mit ihr … Ihr habt …« Sie konnte es nicht aussprechen. Augenblicklich musste sie an Ulli denken. Ich kann mir kein Balg leisten, hatte die gesagt. Was, wenn Clara schwanger geworden war?

»Nun sieh mich nicht so entsetzt an. Sie war noch unberührt.« Er zögerte. »Und dabei ist es auch geblieben«, sagte er mit gesenktem

Kopf. Dann machte er sich wieder gerade. »Du kannst einen Mann auch befriedigen, ohne gleich deine Unschuld zu opfern. Davon hast du keine Ahnung, stimmt's?«

»Pfui Teufel, Hans, was ist nur aus dir geworden?«, fauchte sie und ließ ihn stehen.

Frieda trug einen Wollmantel, ihre gefütterten Stiefel, Handschuhe, Schal und Pelzkappe gegen den schneidenden Wind. Sie wollte Spreckel einen Besuch abstatten. Für ihre Herren-Schokolade benötigte sie weitere Kaffeebohnen, keine große Menge, aber eine gute Qualität. Ihr war klar, dass Spreckel kein Händler war, die Ware, die er lagerte, gehörte ihm nicht. »Die paar Böhnchen hab ich immer für Sie, Mademoiselle«, hatte er ihr das letzte Mal jedoch versichert. Und irgendetwas von Warenproben und Überschuss gemurmelt. Sie ahnte, dass er den Überschuss abzweigte und die Kaufleute, die ihm die Säcke anvertrauten, damit streng genommen betrog. Doch Ernst, ein Musterbeispiel hanseatischer Geradlinigkeit, hatte sie beruhigt: »Von Betrug kannst nicht sprechen. Spreckel kriegt von denen immer was für'n Eigenbedarf. Na gut, er haut die vielleicht ein ganz büschen übers Ohr, weil sein Bedarf eben ein büschen größer ist als gedacht, aber eigentlich nicht mal das so richtig. Du brauchst dir keine Sorgen machen.«

Nun war sie auf dem Weg zu ihm. Hoffentlich konnte er das Rösten und Zerkleinern der Bohnen für sie übernehmen. Sie wusste inzwischen, dass Spreckel regelmäßig selber röstete. Für den besagten Eigenbedarf. Mit größter Vorsicht natürlich, damit am Ende nicht doch ein Feuer in der Speicherstadt wütete. Sie wäre froh, sich diesen Arbeitsschritt sparen zu können. Ihre Maschinen, mit denen sie die Kakaomasse walzte, waren für das Zerkleinern der harten Bohnen nicht geeignet, und eine Walze eigens für diesen einen Vorgang anzuschaffen, lohnte sich nicht. Wo sollte sie die auch lassen?

Es wäre die beste Lösung, Spreckel mit beidem zu beauftragen und ihm dafür einige Pfennige extra zu geben.

Der Zeitball auf dem Turm des Kaiserspeichers fiel zum ersten Mal an diesem Tag und zeigte den Seeleuten die Stunde an. Sofort hatte Frieda wieder die Stimme ihres Vaters im Ohr, die an dem Abend, als sie mit Hans aus der Klinik gekommen war, durch das gesamte Haus in der Deichstraße getönt hatte.

»Du hast die Wahl! Entweder kümmerst du dich jetzt endlich vernünftig um deine Ausbildung, und ich komme mit der Hälfte deines Lohnes für den Schaden auf, oder wir beenden diese Posse, und du wirst im Kaiserspeicher arbeiten, bis das Auto bezahlt ist.«

»Da schleppe ich lieber Säcke, als dass ich mich weiter von dir im Kontor herumschubsen lasse.« Nicht zum ersten Mal war Hans seinem Vater gegenüber laut geworden und hatte die Tür zum Salon hinter sich zugeschlagen. Anschließend hatte Frieda ihre Mutter jammern hören: »Albert, wir haben doch nur diesen einen Sohn. Du darfst nicht so streng mit ihm sein. Du kannst nicht zulassen, dass er wie ein einfacher Arbeiter im Speicher Säcke stapelt. Er ist doch ein Hannemann, dein Erbe!«

»Erspare mir diesen Gedanken!«

Frieda war nicht sicher, ob ihrem Bruder die Plackerei wirklich schaden oder nicht sogar nützen würde. Sein Bein, das im Krieg etwas abbekommen hatte, war wieder intakt. Nur manchmal, wenn das Wetter wechselte, hatte er Schmerzen. Auch die Prellungen und blauen Flecken, die er bei dem Unfall davongetragen hatte, verschwanden. Sollte er sich seine dummen Gedanken und seine Lust auf Schnaps und Schlimmeres nur kräftig aus dem Leib schwitzen.

Sie wollte gerade den Speicher betreten, in dem Spreckel sein Reich hatte, als sie Jensen sah. Das erste Mal, seit er geradezu fluchtartig das Krankenhaus verlassen hatte. Er schien es eilig zu haben und lief, den Kragen seines Mantels hochgeschlagen, zielstrebig auf einen Block zu, der hinter Spreckels Kaffeespeicher lag.

Man spionierte niemandem hinterher, das gehörte sich nun wirklich nicht. Aber man hatte auch keine Geheimnisse vor einem Menschen, mit dem einen eine Freundschaft verband. Vielleicht sogar mehr. Frieda zögerte nur kurz, dann ging sie hinter ihm her. Jetzt waren sie also quasi quitt, versuchte sie sich einzureden. Gerade noch sah sie ihn in dem roten Backsteinbauwerk verschwinden. Was hatte er nur hier zu schaffen? *Hälssen & Lyon* las sie in goldenen Lettern über den geschwungenen Portalen. Sie blickte an dem schlanken Bau hinauf, der ein wenig neben seinem Nachbarn hervorstand. Fünf Speicherböden plus das Erdgeschoss. Die ebenfalls geschwungenen Ladezugänge, die über Seilwinden versorgt wurden, waren alle verschlossen. Eine Möwe schrie, die Kälte biss Frieda in die Wangen. Was mochte sich hinter dieser Fassade verbergen? Nun, sie hatte einen Namen, damit ließe sich das leicht herausfinden.

Spreckel stand gerade an einer offenen Luke, so wie bei ihrer ersten Begegnung.

»Moin, Spreckel, halten Sie sich bloß gut fest«, rief sie ihm zu.

»Frollein Hannemann!« Er winkte fröhlich. »Na klar, Sie wissen doch, eine Hand für die Ware, eine fürs Leben.« Um diese Grundregel aller Quartiersleute und Speicherarbeiter zu verdeutlichen, löste er die eine Hand, die fürs Leben, von der Haltestange und stand nun freihändig an der Luke, genau das, was man niemals tun sollte. »Ich komm runter«, rief er.

»Aber bitte über die Treppe.« Sie lachte, ihr Atem stand in der Luft.

Sein Kontor im Erdgeschoss war mit dem von Friedas Vater nicht zu vergleichen. Die Möbel waren zwar auch einmal teuer gewesen, das konnte man ihnen ansehen, doch von all den Waren und Werkzeugen, die hier kurzfristig abgelegt oder ruppig hin und her geschafft worden waren, hatten Tisch und Schränke tiefe Kratzer abbekommen. Speckel war eben kein gewöhnlicher Quartiersmann, wie er immer wieder selbst behauptete, sondern ein Arbeiter. Ihm waren Sisalsäcke und Griepen näher als Papier und Rechenschieber. Über das Zerkleinern der Kaffeebohnen und die nächste Lieferung – Speckel bestand darauf, persönlich in die Deichstraße zu kommen, um gleich ein paar Tafeln Schokolade und ein Schälchen Pralinen einzuheimsen – waren sie sich schnell einig.

»Ist immer wieder ein Pläsier, mit Ihnen Geschäfte zu machen, Mademoiselle«, sagte er und verbeugte sich, als sie sich verabschiedete.

»Das Vergnügen ist ganz auf meiner Seite«, gab sie zurück und deutete einen Knicks an. »Ach, Speckel, was ich fragen wollte ... In den Speichern drüben im Pickhuben ist Hälssen & Lyon über dem Eingang zu lesen. Sind das auch Quartiersleute?«

»Wieso, brauchen Sie jemanden für Ihren Kakao? Da kann ich mich drum kümmern.«

Sie lachte. »Nein, nein, darum geht es nicht. Aber wenn mein Vater mal neue Quartiersleute suchen sollte, weiß ich, wen ich ihm vorschlage.«

Speckel strahlte, ihre Frage schien er schon wieder vergessen zu haben. »Nein, ich hörte neulich jemanden über Hälssen & Lyon sprechen, und eben las ich den Namen ...«

»Dahinter steckt der Ellerbrock. Der macht in Tee, hat auch den Teeverband gegründet, mein ich.« Er legte nachdenklich die Stirn in Falten.

Tee also. Ob Jensen damit handelte? Sehr gut möglich, ihr fiel ein, dass er ihr bei ihrem ersten Rendezvous vorgeschlagen hatte, Pralinen mit Tee zu machen. Wäre das nicht die perfekte Gelegenheit gewesen, ihr etwas über sich und seinen Beruf zu erzählen? Warum sollte er aus Teehandel ein Geheimnis machen? Das ergab keinen Sinn. Es sei denn, er war wie ihr Bruder und interessierte sich kaum für das Geschäftliche. Genau wie Hans war auch Jensen manchmal einige Tage fort, einfach so, ohne ihr eine Erklärung zu geben. Vielleicht tauchte er ja auch im Berliner Nachtleben ab und amüsierte sich lieber, als dass er Frachten berechnete und Qualitäten prüfte? Nein, so war er nicht. Aber wie ist er denn, Frieda, was weißt du schon über ihn? Sie wollte Jensen nicht bedrängen, ihn schon gar nicht an die Leine legen. Wenigstens eine Adresse hätte sie dann aber doch gerne von ihm, sodass sie ihn erreichen konnte. Das war doch nicht zu viel verlangt, dachte sie und stapfte durch die Kälte nach Hause.

Clara kam an einem Sonntag im Dezember zu Besuch. Frieda musste sich eingestehen, dass sie nervös war. Sie hatte am Morgen selbst einen Kuchen gebacken, anstatt Gertrud darum zu bitten. Champagnercreme zwischen zwei Biskuitböden. Die fertige Torte dick mit Glasur bestrichen, natürlich aus Hannemanns guter Schokolade. Sie hatte im Esszimmer gedeckt. Für zwei. Oder sollte sie ihren Bruder dazubitten? Clara würde sich freuen, sich womöglich aber auch falsche Hoffnungen machen. Vater hatte Hans' Wahlmöglichkeit zwischen Kaiserspeicher und Kaufmannslehre nachträglich zurückgezogen. Wahrscheinlich Mutter zuliebe. Stattdessen hatte er ihn verdonnert, seine Lehre gefälligst zu beenden und ernst zu nehmen. Und der Abzug des Lehrlingsgehalts war von der Hälfte auf ein Drittel reduziert worden, soweit Frieda es gehört hatte. Eine großzügige Regelung für ihren Bruder. Der war tatsächlich ein paar Tage im Kontor erschienen, pünktlich sogar. Er hatte sich, wie Ernst ihr erzählte, bemüht, die Aufgaben zu erledigen, die sein Vater ihm übertrug. Von echtem Eifer konnte jedoch kaum die Rede sein, und das bisschen Energie, das Hans für Tinte und Rechenmaschine aufzubringen in der Lage gewesen war, verpuffte schneller, als man Labskaus sagen konnte. Wie konnte man ihm nur helfen? Er wollte ja, das zeigte er immer wieder, nur sog ihn dann das Nachtleben ein und spuckte ihn meist in erbärmlichem Zustand wieder aus.

Frieda klopfte an seine Tür. Keine Antwort. Das vernehmliche Schnarchen reichte ihr. Sie klopfte erneut und ging dann hinein.

»O du liebe Güte«, entfuhr es ihr. Sie ging zum Fenster, öffnete die Vorhänge und ließ frische Luft herein. »Guten Morgen, du Langschläfer, raus aus den Federn!«

»Bist du des Wahnsinns?«, keuchte er. »Willst du, dass ich mir den Tod hole. Mach das Fenster zu!« Er hustete theatralisch.

»Hätte ich keine Luft hereingelassen, hätte der Tod dich geholt, der Erstickungstod. Das Frühstück hast du übrigens schon verpasst, aber du könntest einen Kaffee mit uns trinken, und ich würde dir sogar ein Stückchen meiner eigenen Tortenkreation abgeben«, erklärte sie ihm betont fröhlich. Ehe er sich wirklich noch eine Erkältung holte, schloss sie das Fenster wieder.

»Die perfekte Tochter hat Torte gebacken!« Er schnaufte verächtlich. »Danke, du kannst sie mit den stolzen Eltern allein genießen. Da stört der Versager-Sohn nur.« Er zog die Decke über die Ohren und drehte sich zur Wand.

Frieda seufzte. Sie hatte es so satt, dass er sich derartig bedauerte. Gleichzeitig tat er ihr leid. Sie setzte sich zu ihm auf das Bett. Er roch nach kaltem Rauch.

»Du sollst so etwas nicht sagen.« Frieda schluckte, sie hatte nicht damit gerechnet, dass sie so traurig klingen würde. »Du bist kein Versager, du hast nur viel durchgemacht.« Sie fuhr ihm zärtlich durch das Haar, das unter der Decke hervorlugte. »Such dir ein nettes Mädchen, gib dir ein wenig Mühe im Kontor, dann kommt schon alles in Ordnung.« Hoffentlich bemerkte er nicht, wie leer ihre Worte waren. Er drehte sich zu ihr um, versteckte sein Gesicht aber noch unter der Bettdecke. Sie hörte einen seltsamen erstickten Laut. »Geht es dir nicht gut?« Sie schob behutsam die Daunendecke zur Seite, da warf er seinen Kopf auf ihren Schoß.

»Nicht doch, nicht weinen, es wird wieder gut, das verspreche ich dir«, flüsterte sie und streichelte unablässig seine nasse Wange. »Es liegt an dir ganz allein. Du bekommst von uns jede Unterstützung, die du brauchst. Aber bitte, lauf nicht immer weg, versprich mir das! Du musst diese Lehre bis zum Ende bringen. Und zwar richtig. Du bist der Erbe von Hannemann & Tietz. Wenn du es klug anstellst, wirst du dir deinen eigenen Adler leisten können.« Wie sollte sie ihn nur zur Vernunft bringen?

»Und für die Manufaktur hast du mich«, schloss sie. Er beruhigte sich ganz allmählich. »Das sind keine schlechten Aussichten, oder?«

Er hob den Kopf und sah sie an. »Ich wünschte, ich hätte deine Klarheit und deinen Optimismus, Schwesterchen.«

»Dann lass dich von mir anstecken«, sagte sie und lachte. »Und jetzt raus aus den Federn. Wir werden nämlich nicht mit unseren Eltern Kuchen essen, sondern mit Clara.«

»Die Mendel kommt?« Mit einem Stöhnen ließ er sich wieder fallen.

»Sie würde sich bestimmt freuen, wenn du uns Gesellschaft leistest …«, murmelte sie.

»Ich habe keine Lust, sie zu sehen. Ich war letzte Nacht im Lübschen Baum. Da laufen andere Kaliber herum.« Er grinste breit und schwang die Beine aus dem Bett. »Aber bevor du dich aufregst, Schwesterchen, ich werde zumindest guten Tag sagen.«

Hans hielt sein Versprechen. Er setzte sich zu ihnen, und es gelang ihm sogar, höflich zu Clara zu sein. Die himmelte ihn an. Es war so offensichtlich, dass sie ihn noch immer sehr mochte, höchstwahrscheinlich sogar noch immer verliebt in ihn war.

»Der Kuchen ist köstlich«, lobte Clara. »Den könnte Gertrud bei uns im Warenhaus anbieten.«

»Den habe ich gebacken«, antwortete Frieda stolz.

»Ach wirklich?«

»Ja.« Frieda lachte. »Auch die Glasur ist selbstgemacht.« Sie wollte Clara von der Manufaktur erzählen, die sie nun leitete.

»Ich hörte, dass die Hannemannsche Schokolade sich recht gut verkauft«, sagte Clara. »Tja, sehr dumm, dass wir sie nicht anbieten.«

»Darüber könnte man doch wieder reden«, meinte Frieda vorsichtig.

Clara nickte. »Ich könnte mir vorstellen, dass mein Vater interessiert wäre. Was denkst du?« Sie wandte sich an Hans.

»Ist mir gleichgültig«, gab er kauend zurück. »Das entscheidet sowieso Vater.«

»Das entscheiden wir gemeinsam«, stellte Frieda richtig.

Ehe sie endlich von ihrer Position berichten konnte, fragte Clara Hans: »Aber du wirst das Unternehmen doch irgendwann übernehmen, oder nicht? Ich dachte, du lernst bereits das Nötige. Wenn du nicht gerade Automobile in ihre Einzelteile zerlegst.« Sie schmunzelte.

Frieda versetzte es einen Stich, Clara wusste doch, wie viel ihr immer daran gelegen hatte, in der Firma ihres Vaters zu arbeiten, besonders in der Manufaktur. Doch sie schien sich keinen Deut dafür zu interessieren.

»Ich hole noch etwas Sahne«, sagte sie leise und stand auf.

»Und wenn ich nicht gerade in Nachtclubs das wenige Geld verprasse, das mir der alte Herr für diese alberne Lehre zugesteht«, hörte sie Hans sagen, ehe sie die Tür hinter sich schloss.

Sie hatte sich so auf Claras Besuch gefreut. Es tat weh, dass sie nur Augen für Hans hatte. Vielleicht war Clara auch ein wenig unsicher nach der langen Zeit. Frieda wollte diese Chance jedenfalls nutzen. Unbedingt.

Als sie die gute Stube betrat, steckte Hans hastig etwas ein. Hatte Clara ihm etwa etwas mitgebracht? Ihrem Bruder ja, aber nicht ihr? Unsinn, bestimmt sah sie Gespenster.

»Du solltest dich mit meiner Schwester unterhalten. Das ist die erfolgreiche Person in der Familie«, sagte er. »Ich langweile euch doch sowieso nur.«

Ohne ein weiteres Wort schob er den Stuhl nach hinten und verließ den Raum.

»Du langweilst uns doch nicht«, rief Clara ihm noch nach. Dann starrte sie betreten auf ihre Hände, die sie gefaltet auf der Tischkante abgelegt hatte. Die Uhr schien lauter zu ticken als sonst. Schneeflocken ließen sich an der Fensterscheibe nieder.

»Er ist einfach nicht mehr der, der er einmal war«, begann Frieda leise. »Ich glaube, er braucht noch immer Zeit, all das zu verkraften, was er im Krieg erleben musste.« Sie seufzte. »Noch ein Stück?« Sie nahm den Tortenheber zur Hand. Clara schüttelte den Kopf. Frieda musste sie irgendwie aufmuntern, sie ablenken. »Wie ist das Leben als Schwesternschülerin? Ist es so furchtbar, wie du befürchtet hattest? Blutige Verbände, Spritzen …« Sie lachte.

»Nein, es ist nicht schlimm. Im Gegenteil, es ist ein gutes Gefühl, Menschen helfen zu können.« Sie biss sich auf die Unterlippe. »Menschen wie Hans zum Beispiel«, sagte sie leise und hörte sich mit einem Mal wieder an wie früher, so zerbrechlich. »Er braucht Hilfe und sehr viel Zuwendung.«

»Da hast du recht. Nur ist es damit nicht getan, er muss auch selbst etwas unternehmen, um sich wieder zurechtzufinden.«

Frieda konnte sich selbst nicht mehr hören. Warum machte ihr Hans auch noch dieses Wiedersehen mit Clara kaputt? Sie wollte mit der Freundin ihr Leben teilen, ihr endlich wieder näher sein. Es konnte doch nicht immer nur um Hans gehen. »Stell dir vor, mein Vater hat mir tatsächlich die Leitung der Schokoladen-Manufaktur übertragen. Ich entscheide natürlich nicht alles allein, wichtige Dinge bespreche ich mit ihm. Aber ich darf die Rezepte entwickeln, ich beaufsichtige die Arbeiter. Na ja, so viele sind es noch nicht. Dafür stehe ich täglich selbst an den Walzen und der Conchiermaschine«.

Außer einem Nicken und einem »Ja, ja« war Clara nichts zu entlocken. »Ich habe das Kakao-Dinner im Mai organisiert, weil mein Vater krank war und sich nicht selbst darum kümmern konnte. Ach Clara, ich wäre vor Angst beinahe gestorben, aber dann hat doch alles ganz wunderbar geklappt!«

»Ich hörte davon.«

Frieda räusperte sich. Clara hatte sicher nicht nur von dem Dinner gehört, sondern auch, wie schlecht es um Albert Hannemann gestanden hatte. Kein Wort dazu. Sollte Frieda sie direkt fragen, ob ihr das gleichgültig war? Nein, sie musste ihre alte Freundin hervorlocken und die Distanz zwischen ihnen überwinden. Irgendwie. Aber wie? Hilflos blickte sie auf. Clara starrte noch immer auf ihre Hände, sie fühlte sich offenkundig genauso unwohl.

»Vielleicht hätte ich nicht herkommen sollen«, sagte Clara schließlich heiser.

»Hör zu, wenn Hans dir im Krankenhaus Hoffnungen gemacht haben sollte …« Weiter kam sie nicht.

Clara sprang auf. »Hat er etwas gesagt? Was? Was hat er dir erzählt?« Ihre Wangen waren dunkelrot, sie zitterte.

»Nichts!« Frieda stand auf und trat einen Schritt auf sie zu. »Nein, nein, gar nichts. Ich meinte nur, weil er doch beim Abschied diese Dinge gesagt hat, dass er nicht nach Hause will, sondern bei dir in besseren Händen sei. Bei euch in der Klinik, meine ich.«

Frieda konnte deutlich sehen, dass Clara ihr kein Wort glaubte.

Clara kannte sie noch immer zu gut. »Es tut mir so leid, Clara. Hans ist … Du solltest ihn dir aus dem Kopf schlagen.«

»Und damit ist dann alles erledigt?« Clara war außer sich, so hatte Frieda sie noch nie erlebt.

»Das habe ich nicht gemeint.« Wie konnte sie sie nur beruhigen?

»Dann solltest du besser überlegen, was du sagst! Überhaupt«, Clara schnaubte, »ausgerechnet du rätst mir, dass ich ihn mir aus dem Kopf schlagen soll? Vielleicht solltest du dir lieber den Kerl aus dem Kopf schlagen, mit dem du verkehrst.« Wie sich das anhörte!

»Jensen? Wieso, was meinst du? Kennst du ihn?«

Clara lachte auf. »Jensen? So nennst du ihn?«

Nackte Panik schnürte Frieda die Kehle zu. »Das hat sich so ergeben«, stammelte sie.

»Ich kenne seine Schwester. Ich weiß ja nicht, was du mit ihm zu schaffen hast, aber du solltest dir gründlich überlegen, ob es dir gut zu Gesicht steht, mit ihm auszugehen.« Sie machte eine kurze Pause, ehe sie sagte: »Immerhin haben er und seinesgleichen deinen Bruder auf dem Gewissen!«

Kapitel 14

Der Lebenshunger der Menschen war grenzenlos, das zeigte sich nicht zuletzt in ihrem Appetit auf Schokolade. Hannemanns Feine war im wahrsten Sinne in aller Munde, vor allem die Champagnerpralinen konnten nicht so schnell produziert werden, wie sie nachgefragt wurden. Sie standen für alles, was die Menschen in den zurückliegenden Jahren versäumt hatten. Die benötigten Maschinen wurden endlich angeschafft, sogar zwei Arbeiterinnen eingestellt.

Die kleine Kakao-Küche neben dem Haus in der Deichstraße reichte nun natürlich nicht mehr aus. Albert hatte einige Umräumarbeiten in der Bergstraße vornehmen lassen, sodass dort ein Raum frei geworden war, der immerhin etwa doppelt so groß war wie ihr bisheriges Refugium in der Deichstraße. Das Beste: Es handelte sich um einen Kellerraum, der bis zu diesem Zeitpunkt in erster Linie als Lager für alles Mögliche genutzt worden war. Ihr Vater konnte ihn leicht erübrigen. Dort herrschte ein günstiges feuchtkühles und vor allem recht konstantes Klima. Da der Raum neben der Wohnung der Krügers lag, sahen sich Frieda und Ernst nun oft, wenn er Feierabend machte oder sie sehr spät noch an Rezepturen saß, mischte und probierte.

Albert Hannemann importierte Kakao in Rekordmengen. Natürlich nicht etwa für die eigene Produktion, sondern in erster Linie für die vielen Großabnehmer, die die Bohnen oder Kakaobutter tonnenweise kauften.

Trotz der guten Auftragslage oder vielleicht gerade deshalb blieb er bei seiner neuen Haltung. Er wollte Zeit mit seiner Familie verbringen und nicht nur arbeiten, wie er es von seinem Großvater und seinem Vater kannte, sondern das Leben genießen. Er führte seine Frau in Sagebiels Fährhaus hoch oben in Blankenese aus, lud die Familie ins Lichtspielhaus ein, wo man sich köstlich über *Kohlhiesels Töchter* amüsierte. Er wirkte ganz und gar zufrieden, von den immer wieder aufflammenden Streitereien mit Hans einmal abgesehen. Der Handel erholte sich prächtig, die Befürchtung, der Hamburger Markt könne langfristig leiden, weil englische Ware, die vor dem Krieg über die Hansestadt in verschiedene Länder verschickt worden war, nun möglicherweise über London abgewickelt werden könnte, bewahrheitete sich nicht. Alle Zeichen deuteten darauf, dass die lange lähmende Flaute endlich überwunden sei.

Für Frieda bedeutete das vor allem, dass sie keine weitere Vorstellung eines potentiellen Bräutigams mehr über sich ergehen lassen musste. Der Name Justus Rickmers fiel glücklicherweise nie mehr.

Dafür hätte sie nun ihren Eltern gern jemanden vorgestellt, den sie von Herzen lieb hatte. Jensen. Nur hatte sie nicht einmal mehr die Gelegenheit bekommen, ihm ein Treffen vorzuschlagen. Ihr Herz wurde schwer bei der Erinnerung. Sie kam fast um vor Angst, dass sie auch keine mehr bekommen würde, dass sie alles kaputt gemacht hatte. Dabei hatte sie doch nur endlich ein bisschen über ihn erfahren wollen. Es war bei dem gemeinsamen Weihnachtsmarktbesuch gewesen. An einer Bude direkt vor dem Rathaus hatte er sich einen heißen Tee bestellt, während Frieda natürlich lieber den Kakao probiert hatte. Eine perfekte Gelegenheit, ihm ein paar Fragen zu stellen.

»Du bist Teetrinker«, stellte sie fest, ihre dampfende Tasse in den Händen. »Schon immer?«

»Ja, ich bin mit Tee aufgewachsen.«

»Wo eigentlich?«, fragte sie so beiläufig, wie sie es eben hinbekam.

»Wo was?« Er wirkte zerstreut, beobachtete die Leute, die an ihnen vorüberflanierten. Wie immer, wenn sie gemeinsam unter vielen Menschen unterwegs waren, fühlte es sich an, als sei er auf der Hut. Die für ihn sonst so typische Leichtigkeit hatte dann scheinbar Pause.

»Wo bist du aufgewachsen? Ich weiß so wenig von dir.«

»Du weißt mehr als genug«, antwortete er und lächelte. »Du weißt, dass ich deine Pralinen liebe, dass ich dich …« Er stockte. Friedas Herzschlag beschleunigte sich. »… dass ich dich sehr gern habe. Du weißt, dass ich kein Plattdeutsch verstehe, Tee trinke.« Er pustete in seine Tasse.

»Soll ich aufzählen, was ich alles nicht von dir weiß?« Seine Miene verfinsterte sich. Vielleicht wäre es besser zu schweigen, aber das konnte sie nicht. Sie konnte doch nicht immer Rücksicht auf ihn nehmen, immer zurückstehen. »Ich habe dich vor einiger Zeit in der Speicherstadt gesehen, bei Hälssen & Lyon. Hast du beruflich mit Tee zu tun?« Er starrte sie an. »Tee und Kakao«, sagte sie und brachte ein Lächeln zustande, »das tut sich doch nicht weh. Kein Grund, so ein Geheimnis daraus zu machen.«

»Spionierst du mir nach?« Er sah sie ernst an.

»Nein! Ich hatte selbst in der Speicherstadt zu tun. Da habe ich dich in das Gebäude gehen sehen. Das ist alles. Dass hinter Hälssen & Lyon der Ellerbrock steckt und dass der mit Tee handelt, weiß in Hamburg jedes Kind«, schwindelte sie, aber Jensen kaufte es ihr ab.

»Ich würde dich gern weiter in mein Leben lassen, Frieda. Sehr viel weiter sogar.« Er lächelte traurig.

Warum klang das nach einem sehr großen Aber? Aus Angst vor dem, was kam, starrte sie in ihre Tasse.

»Ich fürchte nur, dir würde nicht gefallen, was du dabei erfahren könntest.«

Sie schluckte und pustete konzentriert auf ihren Kakao, obwohl der längst abgekühlt war. »Es käme auf einen Versuch an«, schlug sie leise vor, ohne ihn anzusehen.

»Können wir zwischen uns nicht einfach alles so lassen, wie es jetzt ist?«

»Von mir aus, natürlich.« Sie hob kurz die Schultern, als spielte es für sie keine große Rolle. »Nur weiß ich nicht, ob mir das auf Dauer gefällt. Ich kann dich nie erreichen, wenn ich es möchte, ich kenne niemanden aus deiner Familie. Womöglich bist du verheiratet und hast einen ganzen Stall voller Kinder.« Sie lachte, tat so, als ob es ihr nicht ernst wäre. Doch das war es.

»Hör auf, Frieda, ich habe dir schon oft gesagt, dass es keine andere Frau in meinem Leben gibt.« Ihr Herz machte einen Hüpfer. Keine andere Frau, das war beinah eine Liebeserklärung. Aber eben nur beinah. Warum immer wieder diese Distanz, diese Geheimniskrämerei? Bisher hatte er sie noch nicht einmal geküsst.

»Ich verstehe nur nicht …« Weiter kam sie nicht.

»Bitte, Frieda, lass es! Wir können beide nur verlieren.«

Ohne noch ein weiteres Wort, hatten sie ausgetrunken und sich gleich darauf verabschiedet.

Nachdem Clara an jenem Sonntag so überstürzt aufgebrochen war, hatte Frieda noch lange über ihre Worte nachgedacht. Sie hatte es für Neid gehalten, was Clara über Jensen gesagt hatte. Weil sie Hans nicht haben konnte, gönnte sie Frieda auch kein Glück in der Liebe. Er hat deinen Bruder auf dem Gewissen. Das war völlig unmöglich.

Doch nach diesem Weihnachtsmarktbesuch hallten die Worte immer wieder in ihrem Kopf. Was hatte Jensen gesagt? Du könntest etwas über mich erfahren, das dir ganz und gar nicht gefällt. Vielleicht war es kein Neid, sondern schlicht die Wahrheit.

Nach dem unschönen Gespräch hatten sie sich einige Tage nicht gesehen. Das kam immer mal vor, doch dieses Mal hatte Frieda ein schlechtes Gefühl. Sie fürchtete wirklich, sie könnte ihn durch ihre Fragerei verloren haben. Der Gedanke tat entsetzlich weh. Dann endlich kam eine Nachricht. Er fragte, ob sie Lust auf einen Ausflug hatte. Natürlich sagte sie zu.

Frieda hatte nicht schlecht gestaunt, dass er sie in die Speicherstadt führte. Geradewegs zu Hälssen & Lyon. Trotz der Kälte, die in dem eleganten Backsteingebäude herrschte, wurde Frieda warm vor Aufregung. Gleich beim Eintreten umgab sie eine Komposition aus den exotischsten Düften. Fruchtiges mischte sich mit ätherisch-frischen Aromen, das alles durchsetzt von herb-waldigen Gerüchen. Sie gingen eine Treppe hinauf. Die Arbeiter in ihren dunklen Jacken und Hosen mit langen Schürzen davor grüßten Jensen wie einen alten Bekannten, doch mit hörbarem Respekt. Sie hatten es nicht mit Sisalsäcken zu tun, sondern fuhren Holzkisten auf Karren herum und stapelten sie meterhoch übereinander. Der Atem stand den Männern vor den Lippen. Zwei leerten eben eine Kiste aus und warfen diese achtlos aus dem Fenster. Frieda hörte ein leises Platschen, als das Holz im Fleet landete.

»Hier entstehen Teemischungen ganz nach Kundenwunsch«, erklärte Jensen und deutete auf zwei Männer, die mit Schaufeln die winzigen getrockneten Pflanzenteile in kleine Schachteln füllten. Es war laut, über ihnen auf dem nächsten Speicherboden wurden offenbar Kisten geschoben. Die Arbeiter riefen sich Kommandos zu. Frieda konnte Jensen kaum verstehen, sie neigte sich zu ihm hinüber.

»Die Ware kommt aus der ganzen Welt.« Seine Augen leuchteten. Er bückte sich und griff in den Haufen, der sich vor ihnen auftürmte. »Siehst du hier, das reine Blatt. Du kannst es noch erkennen.« Er führte seine Hand an ihre Nase. »Duftet der nicht herrlich?« Sie schnupperte. Im gleichen Augenblick senkte auch Jensen den Kopf. Ihre Nasenspitzen berührten sich beinahe. Frieda wich zurück, doch nur ein wenig. Hatte er das absichtlich gemacht? Diese Nähe, dieser Ausdruck in seinem Gesicht, sein Blick auf ihre Lippen gerichtet. Ein warmes Gefühl durchströmte sie. Er hatte nachgedacht, hatte sich entschieden, ihr mehr über sich zu verraten. Keine Geheimnisse mehr, wenigstens deutlich weniger. Endlich würde er sie näher an sich heranlassen, dachte sie glücklich. Er würde sie küssen, dessen war sie mit einem Mal ganz sicher.

»In Tee steckt die ganze Welt«, schwärmte er, »das ganze Leben.« Wieder bückte er sich und sammelte etwas auf, was er Frieda zeigen wollte. »Das hier sind die Blüten des Echten Lavendel. Darin stecken die Hoffnung und das Versprechen auf den Sommer, auf Wärme und Fruchtbarkeit.«

Frieda schloss die Augen und sog den Duft ein, der sie an teure Seife denken ließ.

»Sie kommen aus Südfrankreich. Diese Blätter dagegen, Camellia sinensis, sind in China gewachsen. Sie haben dafür gesorgt, dass der Strauch stets mit Nährstoffen versorgt ist. Und hier.« Er ging in die Knie und hob eine schrumpelige Beere auf. »Die Frucht.« Er hielt sie zwischen Daumen und Zeigefinger dicht vor sein Gesicht. Dieses Mal näherte sich Frieda absichtlich. Sie atmete tief den Duft ein, schloss die Augen.

»Das wundervolle Ergebnis einer guten Verbindung«, sagte er leise. »Wenn alles zueinanderpasst und wir der Natur ihren Lauf lassen, dann entsteht etwas Perfektes, etwas Neues.«

Sie öffnete die Augen, ihre Blicke trafen sich, hielten einander fest.

»Dann spielt es keine Rolle, ob beide die gleiche Herkunft hatten«, flüsterte er. In seinem Blick lag etwas Flehendes. Frieda wagte sich noch einen Millimeter vor, sie bot ihm ihre Lippen dar. Das

Getöse um sie herum, die Arbeiter, die sich feixend in die Seite stießen und zu ihnen herüberblickten, nahm sie nur am Rande wahr.

»Es kommt nicht darauf an, woher«, meinte Jensen eindringlich. »Es zählt nur, dass es gut ist, so wie es ist.« Alles in ihr flatterte, flog ihm zu. Sie atmete schnell, ihr war warm. Nur noch eine Sekunde, dann würden die Härchen seines Barts ihre Haut streicheln. Und dann …

»Vorsicht, alle mal beiseite!«, tönte eine kräftige Stimme. Gleich darauf schob einer der Arbeiter eine Karre mit zwei übereinandergestapelten Teekisten an ihnen vorbei. Ceylon, las Frieda auf der einen und Kenia auf der anderen. Der magische Moment war verloren. Sie hörte Jensen von den unterschiedlichen Blattgraden und Verarbeitungsmethoden erzählen, vom Welken, Rollen und Fermentieren, von den edlen weißen Tees und dem grünen, der nicht welken durfte, sondern geröstet wurde und so seine Farbe behielt. Die Hitze, die sie bis vor wenigen Augenblicken noch ausgefüllt hatte, stahl sich davon, Kälte kroch aus dem Boden durch ihre Sohlen und breitete sich in ihrem Körper aus. Sie schauderte.

»Lass uns irgendwo hingehen, wo es wärmer ist«, schlug er vor.

Sie liefen die Treppen hinab und verließen den Speicher von Hälssen & Lyon. Ein Leiterwagen, von einem Schimmel gezogen, rumpelte über das Kopfsteinpflaster und zwang sie, stehen zu bleiben.

»Tee ist mindestens so faszinierend wie Kakao.« Jensen wandte sich zu ihr. »Das wollte ich dir zeigen.«

»Du hattest recht, es hat mir sehr gefallen.«

»Das ist schön.« Er nahm ihre Hände. »Erinnerst du dich, was ich bei unserem ersten gemeinsamen Abendessen sagte?«

»Tee und Schokolade«, antwortete sie sofort und nickte.

»Denkst du nicht auch, das wäre eine glückliche Verbindung?«

»Ja, das kann ich mir sehr gut vorstellen. Herber Kakao mit fruchtigem Tee.« Sie dachte nach. »Oder eine eher süße Milchschokolade in Kombination mit einem leicht bitteren Blatt«, sagte sie zu sich selbst und überlegte schon, wie sie es anstellen könnte, beide Aromen zusammenzubringen. Frieda legte nachdenklich den Kopf schief. Man könnte einen Extrakt herstellen und daraus wiederum eine Creme, die sich in Pralinen füllen ließe. Wenn sie Blüten verwendete, würden die aber auch sehr gut in ganzen Stücken zur Geltung kommen, wenn man sie noch auf der Tafel erkennen konnte. Mit einem Mal wurde ihr bewusst, dass Jensen einen Finger unter ihr Kinn gelegt hatte.

»Kakao«, sagte er und tippte auf ihre Nasenspitze, »und Tee«, damit deutete er auf sich, »ist die glücklichste Verbindung, die ich mir vorstellen kann.« Er neigte leicht den Kopf. Wie von einem unsichtbaren Band gezogen hob sie ihm ihr Gesicht entgegen. Sie sollte das nicht tun, nicht hier auf offener Straße, dachte sie noch, als ihre Lippen sich behutsam auf seine legten. Sein Bart war viel weicher, als sie gedacht hätte. Und seine Lippen waren aufregend. Er presste sie nicht einfach auf ihre, er spielte damit, küsste sie wieder und wieder, sanft erst, dann immer leidenschaftlicher, als käme ihm die Beherrschung nach und nach abhanden. Frieda ging es nicht anders. Es kümmerte sie nicht, wer sie möglicherweise sehen konnte. Sie befreite ihre Hände aus den seinen, schob sie in seinen offenen Mantel, streichelte sanft seinen Rücken. Sie wollte ihn spüren, ganz nah. Seine Arme hielten sie, Frieda schmiegte sich an ihn, konnte ihre Lippen nicht von ihm lösen, ihre Hände nicht von seinem Körper. Sie standen eng umschlungen, waren eins, es schien Frieda wie die Erlösung.

Kapitel 15

Frühjahr 1921

Frieda schwebte auf Wolken. Er hatte ihr die Wohnung gezeigt, in der er lebte, sie verbrachten die Neujahrsnacht auf das Jahr 1921 gemeinsam bei Cölln's, aßen, redeten, tranken guten Wein und lachten.

Dass ein so großzügiges und kostspieliges Silvestermenü längst nicht jedem Hamburger vergönnt war, wusste sie natürlich. Im Gegenteil, viele große Feiern zum Jahresausklang fanden nicht statt, weil die wirtschaftliche Lage es schlicht nicht erlaubte. Ihr Vater schien recht zu behalten, man konnte nicht sicher sein, dass es aufwärtsging, dass Wohlstand in die Hansestadt kam und sich dort für lange Zeit niederließ. Die Stabilität, die dadurch wahrscheinlicher geworden wäre, stellte sich nicht ein.

»Jederzeit können wieder Unruhen ausbrechen«, befürchtete Albert Hannemann. Doch sowohl Reichskanzler Fehrenbach in Berlin als auch Bürgermeister Diestel in Hamburg betonten, es gebe allen Grund zur Zuversicht. Und Frieda war wild entschlossen, das zu glauben. Das Leben war so wunderbar, es musste einfach alles gut werden. In Hamburg und auf der ganzen Welt. Jensen und sie sahen sich jede Woche, meist alle zwei Tage. Er hatte ihr noch immer nicht verraten, wie sein Vorname war, wenn er auch ankündigte, das tun zu wollen.

»In einem besonderen Moment«, hatte er gesagt und sie geküsst.

»Jede Sekunde mit dir ist ein besonderer Moment, jeder Kuss, jede Unterhaltung, einfach alles.«

»Danke, so etwas Schönes hat mir noch niemand gesagt.« Als sie aufblickte, sah sie, wie ernst es ihm damit war.

»Das will ich hoffen.«

»Obwohl, eine gibt es da doch, die mir ganz zauberhafte Komplimente macht. Hin und wieder.«

»Es wird dir nicht gelingen, mich eifersüchtig zu machen«, erklärte sie spitz. Dumm nur, dass ihre Stimme etwas ganz anderes sagte.

Jensen lachte. »Es ist mir bereits gelungen. Ich rede von meiner Schwester«, besänftigte er sie und strich ihre eine Strähne hinter das Ohr. Jensen liebte ihr langes Haar. Das sagte er ihr immer wieder. Er spielte gern mit einer ihrer Locken, wenn sie sich in einem Restaurant gegenübersaßen oder wenn sie ins Theater gingen. Und auch jetzt konnte er die Finger nicht davon lassen. »Du wolltest sie doch kennenlernen. Sie hat eine Stelle im hiesigen Waisenhaus bekommen. Wenn du also noch immer …« Es gelang ihm nicht, den Satz zu beenden.

»Liebend gern«, rief Frieda und drückte ihm einen Kuss auf die Wange. »Ich würde mich wirklich sehr freuen.«

»Sie sich bestimmt auch. Vor allem, wenn du ihr einen heißen Kakao kredenzt oder deine berühmten Pralinen.«

Die Aussicht, endlich jemanden aus seiner Familie kennenzulernen, bei der Gelegenheit gewiss seinen Vornamen und sicher auch etwas über seine Herkunft, seine Kindheit zu erfahren, machte Frieda ganz kribbelig. Sie fand, es war an der Zeit, ihn nun auch ihren Eltern vorzustellen. Sie würde es ihm vorschlagen, wenn sie sich das nächste Mal trafen. Ganz beseelt von diesen glücklichen Gedanken, machte Frieda sich auf den Weg zum Colonialwarenladen, um weißen Tee zu besorgen. Gerade als sie die Tür mit der feinen Klingel öffnen wollte, trat ihr eine junge Frau entgegen. Clara. Erschrocken zuckte sie zurück.

»Clara, bitte entschuldige, ich wollte nicht …«

»Guten Tag, Frieda. Schon gut, ich habe auch nicht aufgepasst.« Clara grub die Hände tief in die Manteltaschen. »Schön, dass wir uns treffen.« Sie klang unsicher. Das war wieder die Clara, die Frieda aus Kindertagen kannte. »Ich wollte sowieso mit dir …« Sie holte tief Luft. »Es tut mir leid, vieles ist unglücklich gelaufen, als wir uns das letzte Mal gesehen haben.« Sie sprach langsam, als müsse sie jedes Wort mit Bedacht wählen.

»Können Sie nicht woanders schnacken?« Eine dralle Frau mit einem Korb über dem Arm schob die beiden zur Seite. Clara und Frieda machten ihr Platz. Sie traten ans Geländer der Bleichenbrücke.

»Du hast recht«, begann Frieda, »es ist einiges unglücklich gelaufen. Es hat so viele Missverständnisse zwischen uns gegeben.« Clara stand mit gesenktem Kopf vor ihr, und mit einem Mal hatte Frieda das Gefühl, es könnte zwischen ihnen doch wieder wie früher werden. Dieser Moment war goldrichtig. Sie blickte hinunter auf das gefrorene Fleet. Die Schuten mussten das Eis brechen, um an ihr Ziel zu gelangen. Genau das musste Frieda auch gelingen. »Lass uns den ganzen dummen Ärger vergessen und noch einmal von vorne anfangen, was meinst du?« Sie sah Clara an. »Du fehlst mir, weißt du?« Eine Weile standen sie einfach nur da.

»Du hast mir auch gefehlt«, gab Clara nach einer gefühlten Ewigkeit zurück und lächelte scheu. Frieda wollte sie gerade in den Arm nehmen und an sich drücken, da sagte Clara: »Die Sache mit deinem Bruder … Du hattest die Idee, uns zusammenzubringen. Damals.« Sie lächelte schief. »Du sagtest, mit mir würde er das große Los ziehen.«

»Das war dumm von mir.«

»Nein, nein«, entgegnete Clara hastig. »Ich habe nicht gut darüber nachgedacht. Heute denke ich anders. Du hattest recht, ich hätte für ihn da sein können. Das hätte ihm sicher gutgetan. Ich habe ihn noch immer sehr gern, weißt du?«

Frieda stellte sich kurz vor, wie es hätte sein können. Clara wäre noch immer ihre beste Freundin. Sie könnten über alles reden, könnten gemeinsam lachen und weinen. Alles wäre einfacher. Womöglich würde Hans sogar eine bessere Figur im Kontor machen. Vielleicht hätten sie schon Kinder, oder Clara wäre zumindest guter Hoffnung. Frieda musste lächeln.

»Wie geht es ihm denn? Hat er mittlerweile eine Frau gefunden, die für ihn da ist?« Das klang ängstlich.

Die Vorstellung, wie stark ihre Freundschaft noch sein könnte, zerplatzte wie eine Seifenblase. Interessierte Clara sich denn nur für Hans?

»Er trinkt zu viel, treibt sich vermutlich mit den falschen Leuten herum. Nein, er hat keine feste Freundin, dafür jede Menge Affären.« Sie sah das Zucken um Claras Mundwinkel und den Schmerz in ihren Augen. Frieda tat es weh, ihr diese Wahrheit zu sagen, aber vielleicht war es auch gut so, vielleicht würde sie ihn so endlich vergessen, um frei für einen netten Mann zu sein. Das war besser für sie.

»Warum habt ihr ihn auch im Stich gelassen?«, fragte Clara hart.

»Was?« Frieda schnappte nach Luft und musste husten. Die Eiseskälte biss ihr in den Hals. »Was meinst du damit?«

»Medikamente allein, mit denen er sich betäubt, sind keine Lösung.«

»Natürlich nicht.« Wovon sprach sie nur?

»Habt ihr ihn ermuntert, einen Psychologen aufzusuchen, oder habt ihr ihn, besser noch, zu einem begleitet?«

»Nein, das nicht direkt, aber …«

»Denkst du nicht, er hätte Hilfe gebraucht?«

»Ganz offensichtlich, aber die haben wir ihm doch angeboten. Immer wieder.« Wie konnte Clara es wagen? Sie wusste doch nicht einmal, welche Probleme Hans hatte, geschweige denn, welche Hilfe er von seiner Familie bekam. Und dachte sie nicht, dass auch Hans selbst für sein Leben verantwortlich war? Jeder ist seines Glückes Schmied, so sagte man doch.

»Ihr seid gar nicht dazu in der Lage. Hans braucht jemanden, der etwas davon versteht, von seinem Schmerz und von Wegen, damit umzugehen.«

Claras Stimmungsumschwung war zu viel für Frieda. »Gerade hast du mir erklärt, dass du ihn noch immer sehr gernhast. Warum hast du ihn nicht einfach besucht? Gleich nachdem du uns zum Champagner eingeladen hattest. Es hätte sich etwas zwischen euch entwickeln können, ohne dass ich die Finger im Spiel habe. Ganz so, wie du es dir gewünscht hast.«

Clara ging nicht darauf ein. »Du wolltest doch immer lernen, studieren. Hast du schon mal den Namen Freud gehört? Oder Charcot?« Ehe Frieda antworten konnte, fuhr sie fort: »Vielleicht solltest du dich einmal mit den Schriften dieser beiden grandiosen Psychologen beschäftigen, sie sind hochinteressant. Ein Fachmann auf diesem Gebiet wäre für deinen Bruder ein Segen.«

Leiser sagte sie: »Mit der richtigen Hilfe hätte er manchen Fehler nicht gemacht oder könnte jetzt wenigstens dafür geradestehen.«

Was sollte das jetzt wieder heißen? »Hans war im Allgemeinen Krankenhaus St. Georg, als er endlich den Kriegswirren entkommen ist. Und falls du dich erinnerst, er war auch bei euch«, entgegnete Frieda patzig. »Warum hat ihm denn da niemand gesagt, dass er einen Psychologen konsultieren soll? Oder haben eure Ärzte das nur nicht erkannt? Bist du klüger als sie?«

»Wohl kaum. Sonst hätte ich mich nicht darauf eingelassen …« Clara wirkte mit einem Mal verzweifelt. Nur kurz, dann trat etwas Böses in ihren Blick. »Klüger als du bin ich allemal.«

»Was meinst du?« Frieda verschränkte die Arme vor der Brust.

»Sonst würdest du dich nicht immer noch mit diesem Engländer treffen.«

»Wie bitte?« Frieda lachte auf. »Ich kenne keinen Engländer.« Das Lachen blieb ihr im Halse stecken. Oder doch? Ein schlimmer Verdacht packte nach ihr, wie die Spinne im Netz nach der Fliege.

»Ausgerechnet ein Brite!«, zischte Clara, als hätte sie den Einwand nicht gehört. »Auf offener Straße turtelst du mit ihm, sodass es jeder sehen kann.«

»Selbst wenn es so wäre, was geht es dich an?« Ihre Stimme zitterte. Konnte das sein?

»Hast du nicht zugehört? Dieser Jason und seinesgleichen tragen die Schuld daran, dass der Krieg so lange gedauert hat. Hans hat sich, wie so viele, darauf verlassen, Weihnachten schon wieder zu Hause zu sein.« Da hatte sie recht. Am fünften August des Jahres 1914 war er jubelnd in die Schlacht gezogen und hatte geglaubt, im Dezember wieder komfortabel in der Deichstraße zu sitzen. »Und so wäre es gekommen, wenn die Franzosen und Russen nach Plan besiegt worden wären.« Clara ereiferte sich immer mehr. »Nur dass sich die Engländer unbedingt einmischen und deutsche Soldaten angreifen mussten. Sie haben deinen Bruder auf dem Gewissen und Tausende andere, deren Seelen ebenfalls Schaden genommen haben, die mit nur noch einem Bein durch die Welt humpeln, denen ein Arm fehlt, oder die irgendwo in fremder Erde liegen. Die Engländer haben alles kaputtgemacht!«

Frieda ließ Clara einfach stehen. Ihr liefen die Tränen über die Wangen. Wie konnte ihre Freundin nur so widerwärtig sein? Plötzlich hatte sie das Gefühl, dass alles, worauf sie sich bisher verlassen hatte, auseinander fiel. Sie musste mit Jensen reden. Alles passte zusammen: das Geheimnis um seinen Namen, seine Familie, seine Herkunft. Sein eigenartiges Benehmen, wenn sie unter Menschen waren. Nicht zuletzt seine Bemerkungen, dass ihr nicht gefallen könnte, was es über ihn zu erfahren gab. Seine Worte im Speicher bei Hälssen & Lyon fielen ihr wieder ein. Es hat keine Bedeutung, woher jemand kommt. Kakao und Tee, eine perfekte Verbindung. All diese Dinge hatte er gesagt, und mit einem Mal schienen sie einen Sinn zu ergeben. Vielleicht war aber auch alles ganz anders, vielleicht hatte sie sich von Clara ins Bockshorn jagen lassen und die Schlüsse gezogen, die sie ziehen sollte. Es gab nur einen Weg, Klarheit zu bekommen.

Wie in Trance lief sie zu seiner Wohnung und klingelte.

»Frieda! Das ist eine Überraschung.« Er trat zur Seite und ließ sie eintreten.

»Vielleicht habe ich noch eine für dich«, sagte sie und blickte ihm in die Augen. »Ich glaube, ich kenne deinen Vornamen.« Seine Augen wurden zu Schlitzen, er war auf der Hut. »Jason.«

Er sah sie sehr lange an, dann atmete er tief ein und aus. »Wollen wir das nicht in Ruhe besprechen?« Kein Widerspruch, kein schallendes Gelächter, nicht einmal der Versuch, ihr etwas anderes aufzutischen. Clara hatte die Wahrheit gesagt.

»Das kann doch nicht dein Ernst sein! Wann wolltest du mir reinen Wein einschenken?«, fauchte sie. »Ach ja, natürlich, in einem besonderen Moment.«

»Du hast recht, ich hätte es dir längst sagen müssen. Ich entschuldige mich dafür, dass ich es nicht getan habe. Und nun bitte ich dich, dass wir wie erwachsene Menschen darüber reden.«

»Ich weiß gar nicht, was es noch zu reden gibt«, brachte sie heiser hervor und musste die Tränen hinunterschlucken. Sie würde auf keinen Fall weinen. »Vielleicht gehe ich lieber wieder.«

»Nein, das solltest du nicht tun«, sagte er sanft. »Weißt du noch, du hast mich versetzt, weil du meine Schwester für meine Geliebte gehalten hast. Du hast dir etwas zusammengereimt. Mach diesen Fehler nicht noch einmal. Lauf nicht wieder weg!«

»Dieses Mal liegt es ja wohl etwas anders, du hast ja schon zugegeben, dass das stimmt, was ich mir zusammengereimt habe.« Mit einem Blick, der einen Stein so weich wie Kakaomasse hätte werden lassen können, forderte er sie auf, sich zu setzen. Frieda ließ sich in einen Sessel fallen.

»Ich habe dich nicht angelogen, ich habe mich mit meinem vollen Namen vorgestellt.« Er setzte sich auf die Ecke eines kleinen Sofas und war ihr damit so nah wie nur möglich. Zumindest körperlich.

»Ganz offensichtlich hast du mich falsch verstanden. Es war ja auch ziemlich laut.« Sie erinnerte sich, als wäre es gerade erst geschehen. All die Menschen, die lautstark protestiert hatten und die den Fleischfabrikanten Heil samt seiner Prokuristin lynchen wollten. Selbst wenn Frieda nach Hause hätte gehen wollen, hätte sich die Masse Leiber einfach weiter mit ihr durch Hamburgs Straßen gewälzt. Nicht auszudenken, was geschehen wäre, wenn Jason nicht aufgetaucht wäre und sie aus der brenzligen Situation gerettet hätte.

»Es war so niedlich«, sprach er weiter, und seine Augen bekamen diesen warmen Glanz, den sie gleich am ersten Tag so gemocht hatte, »du hast Herr Jensen zu mir gesagt. Das hat mir gefallen.« Sie warf ihm einen strengen Blick zu, obwohl ihr das schon schwerfiel. »Ich wollte es gleich aufklären«, sagte er rasch, »aber je länger ich gewartet habe, weil es keine passende Gelegenheit gab, desto schwerer wurde es. Bitte entschuldige!«

»Es hat hundert Gelegenheiten gegeben, Jason.« Der Name kam ihr noch nicht leicht über die Lippen. »Zum Beispiel immer dann, wenn ich nach deinem Vornamen gefragt habe. Oder schon früher, als wir bei Cölln's über Tee gesprochen haben etwa.«

»Aber an dem Abend habe ich es doch versucht!« Er beugte sich vor und nahm ihre Hände in seine. »Erinnerst du dich nicht? Ich wollte es klären, damit das nicht zwischen uns steht, aber du warst so aufgekratzt.« Er lächelte. »Du wolltest kein Geständnis hören, sondern anstoßen und fröhlich sein.« Er ließ ihre Hände abrupt los. »Du sagtest: Solange Sie kein Engländer sind oder Schlimmeres.«

Frieda sah ihn fassungslos an. Das sollte sie gesagt haben? Unmöglich! Oder doch, ja, ganz allmählich fiel es ihr wieder ein, dass sie sich darüber gefreut hatte, gebildet und über die Weltpolitik informiert zu wirken. So war sie sich zumindest vorgekommen.

»Ach, und das war kein Anlass, mir reinen Wein einzuschenken?«

»Das habe ich doch getan.« Er schmunzelte. »Er hat dir sehr gut geschmeckt, wenn ich nicht irre.« Das belustigte Blitzen verschwand so schnell, wie es gekommen war.

»Du hast mir verheimlicht, dass du der Feind bist.« Sie wusste selber, wie dumm das klang, hatte aber keine Ahnung, wie sie mit dieser verdrehten Situation umgehen sollte.

»Das bin ich nicht, Frieda, und war es auch nie. Unsere Regierungen haben gegeneinander gekämpft, nicht wir Menschen.«

Es wäre zu schön, das zu glauben. »Aber es waren doch wohl Menschen, die einander erschossen haben.«

»Ja, das ist wahr. Weil sie mussten, nicht weil sie Feinde waren.« Er richtete den Blick auf einmal in die Ferne. »Ich war auf einem Kanonenboot stationiert. Dort habe ich nicht einen einzigen Deutschen zu sehen bekommen.« Jetzt sah er sie direkt an. »Die, die sich an der Front beinahe in die Augen blicken konnten, die haben oft genug nicht geschossen.«

»Wie meinst du das?«

»Mein Cousin Nick war an der Westfront. Es geschah in der Weihnachtsnacht gleich im ersten Kriegsjahr. Nick sah ein Licht direkt an der feindlichen Linie. Er wollte es sofort seinem Vorgesetzten melden, denn das war ungewöhnlich. Doch noch ehe er dazu kam, leuchtete ein Licht nach dem anderen auf.« Jason lächelte. »Es war eben Weihnachten, selbst dort im Dreck und mitten im Krieg. Nick erzählte mir, er sei wie versteinert gewesen. Plötzlich hörte er eine Stimme, ganz nah. Jemand rief in ziemlich schlechtem Englisch: Hey soldier, English soldier! Ein Deutscher, da gab es keinen Zweifel. Mein Cousin hielt sein Gewehr fest umklammert. Und dann rief die Stimme: Merry Christmas!« Frieda stellte sich die Szene vor. In der Schwärze der Nacht, dazu noch in der Kälte und fern der Heimat wünscht einem der Feind eine frohe Weihnacht. Eine Gänsehaut prickelte auf ihren Armen. »Nick hatte erst Angst, hat er mir erzählt, er dachte, das könnte ein Trick sein. Nur blieb es nicht bei dem einen Deutschen. Immer mehr murmelten einen Weihnachtsgruß in der Sprache ihres Feindes. Es klang ebenso ängstlich, aber auch aufrichtig. Die Männer klangen, wie Nick und seine Kameraden sich fühlten: einsam, melancholisch und ein klein wenig feierlich. Schließlich hat Nick den Deutschen auch schöne Weihnachten gewünscht. Er konnte nicht anders. Und dann kamen sie ins Gespräch, die Gewehre noch immer griffbereit.«

»Ich … warum erzählst du mir das?«, fragte sie.

»Warte, die Geschichte ist noch nicht zu Ende. Die Soldaten, Engländer und Deutsche, haben irgendwann gemeinsam gesungen. Stille Nacht, heißt es bei euch, Silent Night bei uns. Es ist die gleiche Melodie.«

Frieda konnte nicht anders, sie musste lächeln. »Das ist nur eine Geschichte von vielen, Frieda. In diesem Fall hat sicher auch der Geist von Weihnachten seinen Beitrag geleistet, aber hätten die Männer sich gehasst, sich gegenseitig als Feinde betrachtet, hätte auch der nichts ausrichten können. Dann hätte der Frieden an diesem Abschnitt der feindlichen Linie, an dem mein Cousin Nick lag, auch nicht weit über die Feiertage hinaus gehalten. Doch genau so ist es gewesen.«

Frieda war vollkommen durcheinander. Erst die Begegnung mit Clara, dann das Gespräch mit Jason. Sie war schrecklich enttäuscht, konnte ihm andererseits nicht wirklich böse sein. Was hatte er schon Falsches getan? Spielte es wirklich eine Rolle, dass er so lange geschwiegen hatte? Immerhin war sie nicht ganz unschuldig daran. Trotzdem, vor Clara hatte sie mehr als dumm dagestanden. Und das, obwohl ihre Versöhnung schon zum Greifen nah gewesen war. Frieda hatte Jason gesagt, dass sie Zeit brauche, dass sie alleine sein musste, und war gegangen.

Tee und Kakao, wie sollte das wohl zusammenpassen, fragte sie sich, als sie rund eine Stunde später zurück in der Bergstraße in ihrer Kakaoküche war. Überhaupt nicht, antwortete eine Stimme in ihrem Inneren. Entweder oder. Außerdem ging es gar nicht um die Herkunft oder irgendeine dumme Feindschaft. Was sie so sehr kränkte, war die Heimlichtuerei, die Unehrlichkeit. Gut, sie hatte eine unbedachte Bemerkung über Engländer gemacht. Und? Sein Verhalten war nicht hanseatisch, und genau das hatte sie ihm auch vorgehalten. Von wegen, lass es uns bitte vergessen! So einfach war das nicht. Anscheinend legten die Engländer auf Tugenden wie Aufrichtigkeit keinen Wert. König Artus kam ihr in den Sinn. Der war doch angeblich so gerecht und edelmütig. Und was war mit seiner Tafelrunde? Mit der Ritterlichkeit konnte es nicht weit her sein. Oder waren in England ausschließlich die Ritter aufrecht und von bestem Benehmen, während sich alle anderen wie die Barbaren durchs Leben schlugen? Sie wusste selbst, dass sie gerade ordentlich übertrieb. Egal, gegen ihre Wut und Enttäuschung war das genau das richtige Mittel. Frieda war immer fasziniert von Großbritannien gewesen, früher wäre sie vermutlich begeistert von seiner Herkunft gewesen. Und auch jetzt noch hätte sie zu gerne alles über seine Heimat erfahren oder ihn sogar dorthin begleitet.

Welch ein Gedanke! Ihre Familie würde das niemals zulassen.

Sie konnte unmöglich ihrem Vater einen Briten vorstellen. In gewisser Weise hatte Clara recht, hatten Briten ihren Bruder auf dem Gewissen. Und sie hatten Deutschland die *Imperator* weggenommen.

Eigentlich müsste Frieda dringend Champagnerpralinen füllen, nur fehlte ihr dafür das ruhige Händchen. Sie rührte lieber Kakaomasse zusammen, das funktionierte ohne jegliches Fingerspitzengefühl. Dachte sie.

»So ein Mist!«, schimpfte sie. Die Dose mit dem Milchpulver war ihr aus den Händen gerutscht. In letzter Sekunde hatte sie sie aufgefangen, doch nun war viel zu viel von dem Zeug im Bottich gelandet.

»Is doch kein Malheur«, meinte Henriette, die heute von der Hannemannschen Küche zum Verpacken frischer Tafeln ausgeliehen war. »Da wird vielleicht eine ganz besonders milde Milchschokolade draus.«

Frieda machte sich nicht die Mühe, darauf zu antworten. Sie rührte schweigend vor sich hin, gab von den anderen Zutaten auch etwas mehr in den Behälter. Nach einigen Minuten fühlte sich die Masse viel zu fest an. Das würde sich nach dem Walzen schon geben. Sie schaltete die Maschine ein, füllte Kakaomasse hinein. Es rumpelte und mahlte. Nur wenige Sekunden, dann gab es ein hässliches Geräusch, die Rollen standen still.

»Das gibt es doch nicht!« Frieda war lauter geworden als beabsichtigt. Henriette wurde noch blasser, als sie es sonst schon war. »Will denn heute gar nichts gelingen?« Frieda band ihre Schürze ab, die Schleife zog sich zu einem Knoten zusammen, sie zerrte sie sich vom Leib und hängte sie wütend an einen Nagel. Sie musste etwas tun, etwas Grundlegendes, das etwas verändern würde, das sie auf ganz andere Gedanken brachte. Die Idee kam aus heiterem Himmel. »Henni, falls jemand nach mir fragt, ich bin in der Talstraße zwei.«

»Oha«, hörte sie hinter sich, als sie die Kakao-Küche verließ.

Hans ließ sich die blonden Wellen schon lange im berühmten Frisiersalon in der Talstraße in Form bringen.

»Du solltest da auch mal hingehen«, hatte er ihr mehrfach vorgeschlagen, »nicht immer in diesen piefigen Laden um die Ecke.« Doch Frieda hatte keinen Sinn darin gesehen, extra einen weiten Weg auf sich zu nehmen. Obendrein nach St. Pauli, die Reeperbahn hinauf. Nicht gerade die Gegend, in der sie sich besonders wohlfühlte. Außerdem: Friseur war doch wohl Friseur. Nur weil der Salon in der Talstraße der größte weit und breit war, sagte das nichts über die Qualität. Doch er galt eben auch als der modernste der Stadt und weit darüber hinaus. Genau das, was sie jetzt brauchte!

»Ich möchte mein Haar so geschnitten haben, wie Pola Negri es trägt«, wies sie den Friseur an. »Nur noch etwas kürzer!«

Als Frieda den Salon verließ, wusste sie nicht, ob sie lachen oder weinen sollte. Einerseits fühlte sie ohne ihre alten Zöpfe eine ganz neue Leichtigkeit, andererseits hatte sie ihr langes Haar sehr gemocht. Jason würde enttäuscht sein, das machte ihr am meisten zu schaffen. Andererseits ... genau das war einer der Gründe, warum sie es getan hatte.

»Fräulein Hannemann?« Frieda drehte sich um. Vor ihr stand Alfred Fellner. »Sie sind es tatsächlich.« Er schüttelte den Kopf und konnte die Augen nicht von ihr nehmen. »Ich wollte es erst nicht glauben.« Jetzt nickte er anerkennend. »Sie sind also erwachsen geworden und haben der alten Fassade tschüs gesagt.«

»Ein bisschen Veränderung schadet doch nie, oder?« Sie sah den Maler herausfordernd an.

»Nein, Veränderung ist immer gut. Wer sich einrichtet, ist schon tot.« Wie es aussah, hatte er sich nicht verändert, jedenfalls nicht, was seine drastische Ausdrucksweise betraf. »Ich dachte, Sie würden mich mal in meinem Atelier in der Speicherstadt besuchen.«

»Ich hatte ziemlich viel zu tun, und Sie haben mich nicht eingeladen.« Sie reckte das Kinn und spürte ihre gekürzten Locken, die ihr Gesicht umspielten. Ein schönes Gefühl.

»Dann hole ich das jetzt nach.« Er nannte ihr die Adresse.

»Das ist direkt neben Spreckel«, sagte sie. »Neben Spreckelsen & Consorten, meine ich.«

»Richtig. Sie müssen ganz nach oben gehen, mein Atelier ist direkt unter dem Dach. Wegen des Lichts.« Frieda nickte. »Schön, ich freue mich auf Sie.« Er machte eine Pause, blieb aber noch stehen. »Es ist Ihnen wirklich gelungen, mich zu überraschen, Frieda Hannemann«, sagte er dann und sah ihr ernst in die Augen. »Nicht nur mit den Haaren. Ich habe von dem Kakao-Dinner gehört. Wenn sie so weitermachen, hängt irgendwann auch für Sie so eine schicke Erinnerungstafel in dieser Stadt wie die Ihres Vorfahren in der Admiralitätstraße.«

Wovon redete er? Frieda hatte keinen Schimmer. Sich bloß nichts anmerken lassen. Sie lächelte nur und machte sich auf den Heimweg. Bildete sie sich das ein, oder sahen die Leute sie anders an als vorher? Alfred Fellner hatte den Nagel auf den Kopf getroffen, sie war erwachsen geworden. Das sollte man ihr ruhig ansehen. Wie eigenartig, gerade noch hatten Wut und Enttäuschung ihr ordentlich ins Handwerk gepfuscht, jetzt hätte sie singen und hüpfen können vor lauter Freude. Es würde alles gut werden, wenn sie ihr Leben nur in die eigenen Hände nahm. Schon als Kind hatte sie sich das gewünscht, jetzt war sie achtzehn, und niemand konnte es ihr länger verbieten. Als Erstes würde sie herausfinden, was es mit dieser Erinnerungstafel auf sich hatte, von der Fellner gesprochen hatte.

Die Admiralitätstraße lag fast auf ihrem Weg, auf die paar Minuten für einen Abstecher kam es nicht an. Langsam ging sie an den Fassaden entlang, betrachtete jedes Haus aufmerksam. An einem rosa schimmernden eindrucksvollen Bau sah sie schon von weitem eine Bronzetafel neben der Eingangstür. Ihr Herz schlug schneller, als sie näher trat. Tatsächlich, der Name Hannemann sprang ihr förmlich ins Auge. Sie trat noch näher, ihr Atem stand als eisige Wolke vor ihren Lippen, während sie las.

Zum ehrenden Gedenken an Theodor Carl Hannemann, Kaufmann und tüchtiger Sohn unserer Stadt, der beim Großen Brand im Jahre 1842 das Waisenhaus des Hamburger Rats durch sein mutiges und rasches Eingreifen vor den Flammen gerettet hat. 237 Kinder und 43 Mitarbeiterinnen verdanken ihm ihr Leben. Nach der verheerenden Katastrophe konnten die Waisen an anderem Ort untergebracht werden, und in dieses Gebäude konnte vorübergehend das Rathaus der Stadt Hamburg einziehen. Auch dafür gebührt T. C. Hannemann der Dank der Stadt!

Theodor Carl Hannemann, ohne Zweifel ihr Urgroßvater. Das also war die Heldentat, über die sie schon so manche Andeutung gehört hatte. Warum hatten Vater oder Großvater Carl nie davon erzählt? Sie mussten doch stolz auf ihren berühmten Vorfahr sein. Und wäre das nicht die perfekte Geschichte, mit der man Kinder wieder und wieder in den Schlaf begleiten konnte? Sie würde Vater darauf ansprechen, dachte sie, während sie zurück an die Arbeit in der Schokoladenküche ging.

»Da war so 'n Mann, der hat nach Ihnen gefragt.« Henriette strich sich eine blonde Strähne hinter das Ohr, die ihr aus dem dünnen Pferdeschwänzchen gerutscht war.

»Geht es auch ein bisschen genauer? So 'n Mann …« Frieda schüttelte den Kopf, während sie sich die Schürze umband.

»So 'n Rothaariger war das, mit Bart.« Henriette musste sich offenbar sehr konzentrieren. »Williamson hieß der.« Jason! In ihrer Kakaoküche? Friedas Gefühl von Leichtigkeit war dahin. Eine eiserne Hand schien nach ihrem Herzen zu greifen. »Es sei wichtig, hat er gemeint, und dass er nach Berlin müsse. Jetzt gleich.«

»Kann ich ihn irgendwo erreichen?«

Henriette schüttelte den Kopf. »Nee, nu nicht mehr. Aber er meldet sich, falls er wiederkommen sollte.«

Frieda rang nach Luft. »Das hat er gesagt?«

»So ungefähr. Glaub ich.«

»Hat er *falls er wiederkommen sollte* gesagt, Henni?«, schrie Frieda die Küchenhilfe an.

Deren Augen füllten sich mit Tränen. »Weiß nicht. Kann auch sein, dass er gesagt hat: wenn ICH wiederkomme.«

»Danke, Henni«, sagte sie sanfter und ließ die Kakaoküche hinter sich. Natürlich hatte er ICH gesagt und nicht ER. Aber hatte er FALLS oder WENN gesagt, darauf kam es an. Frieda lehnte sich an die kalte Wand und schloss die Augen. Warum musste sie auch zum Friseur laufen, statt ihre Arbeit zu machen? Wäre sie doch bloß geblieben, dann hätte Jason sie angetroffen.

»Wie siehst 'n du aus?« Sie schlug die Augen auf und blickte direkt in Ernsts Gesicht. Er sah sie an, als hätte sie Möwenschiet auf dem Kopf.

»Das ist ein Bob, das trägt man jetzt«, belehrte sie ihn knapp.

»Jo, Mann trägt das, aber doch nicht du.« Er rümpfte die Nase. »Schade um dein schönes Haar.« Er seufzte tief. Frieda spürte, wie unvermittelt Tränen in ihr aufstiegen. »Was denn nu?« Er legte den Kopf schief. »Du heulst doch nicht, oder?« Sie konnte nichts sagen. »Wollen wir 'n Tee trinken?«

Das war zu viel. Sie konnte nichts dagegen tun, so schnell wurden ihre Augen feucht und liefen über. »Och Mönsch, 'tschuldigung.« Ernst stand hilflos vor ihr. »So war das nicht gemeint. So schlimm ist es nun auch wieder nicht. Muss mich eben erst dran gewöhnen«, meinte er. »Außerdem wächst das ja wieder.«

»Deswegen weine ich doch gar nicht.« Sie schniefte.

»Was ist denn passiert?« Er fasste sanft ihren Arm. »Komm, wir gehen rein. Ist nicht gemütlich mitten im Flur.«

Als sie in der engen Küche der Krügerschen Wohnung saßen, schüttete Frieda Ernst das Herz aus. Sie redete sich all den Kummer, den ihr Bruder ihr machte, von der Seele. Danach schilderte sie ihm die ganze Misere mit Clara.

»War nicht doll, was dein Bruder sich damals geleistet hat. Ich hätt allerdings geschworen, dass euch das nix macht. Clara und du, ihr wart doch wie so zwei Schwäne von ihrem Onkel. Immer treu und füreinander da. Und plötzlich nix mehr? Nur weil der Döösbaddel da rumgeblökt hat?« Sie warf ihm einen warnenden Blick zu. »Ist doch wahr.«

»Ach, Ernst, wenn's schiefläuft, dann aber auch alles«, erklärte sie, holte Luft und tupfte sich die Augen trocken.

»Was ist denn noch?« Er sah sie liebevoll an wie der kleine Bruder, den sie sich wünschte. Warum hatte sie nicht längst mit ihm gesprochen? Sie hätte wissen müssen, wie gut es tun würde.

»Was wäre ich bloß ohne dich?« Sie strich über seinen Arm.

»Ach was, wir sind Freunde. Oder so.« Er blickte kurz auf den Tisch, ehe er sie wieder ansah. »Also, raus mit der Sprache.« Da erzählte Frieda von Jason, den sie immer Jensen genannt hatte. Sie ließ nichts aus, schilderte die ersten Begegnungen und wie Jason sie in der Meute auf dem Rathausplatz gerettet hatte, wie er bei dem Kakao-Dinner unerwartet vor ihr gestanden und sie erneut eingeladen hatte. Ernst hörte ganz still zu. Wie nachdenklich er war, ein echter Freund eben. Er nahm ihre Sorgen nicht auf die leichte Schulter.

»Na ja, ich kenn den nicht«, meinte er langsam, nachdem Frieda geendet hatte. »Dass er 'n Engländer ist, spielt nicht so 'ne große Rolle, find ich. In der Speicherstadt sind einige Briten, auch Chinesen und Amis. Hamburg is 'n Schmelztiegel.« Er sah konzentriert auf seine Hände.

»Aber?«

»Hm?« Ernst sah auf.

»Dass Jason Engländer ist, spielt also keine große Rolle, aber? Was spielt dann eine?«

»Ich sag ja, ich kenn den nicht. Ist nur … vielleicht steht eure …« Er zögerte. »Verbindung«, sagte er schließlich. »Vielleicht steht die nicht unter so 'm guten Stern.«

Die nächsten Tage waren furchtbar. Kein Lebenszeichen von Jason. Frieda konnte Ernsts Worte nicht abschütteln. Vielleicht steht eure Verbindung unter keinem guten Stern. Ja, es hatte beinahe den Anschein. Bloß wusste sie nicht, welchen Schluss sie daraus ziehen sollte. Hans erschien wieder tagelang weder im Kontor noch zu Hause. Als er endlich auftauchte, war er in einem erbärmlichen Zustand, mit wirrem Haar, gläsernem Blick und Augen, die in dunklen Höhlen lagen. Jemand hatte ihn geschlagen oder er war aufs Gesicht gefallen, das war nicht aus ihm herauszukriegen, jedenfalls war seine Narbe an einer Stelle aufgeplatzt und nun geschwollen. Großvater Carl murmelte ständig etwas davon, dass der Kaiser bald alles wieder in Ordnung bringen würde.

»Diese Preußische Königspartei bringt alles wieder ins Lot, liebste Leopoldine!« Er fasste Friedas Schultern und sah durch sie hindurch. »Wenn die erst am Ruder sind, dann kommt auch unser Enkel wieder zu Verstand. Und das Rathaus kommt an seinen Platz zurück. Dann musst du auch nicht mehr arbeiten.« Er tätschelte ihre Wange. »Tag und Nacht Schokolade machen!« Er schüttelte den Kopf. »Bist schon ganz blass. Du solltest mal lieber nähen und häkeln und Kinder kriegen.«

Auch dass ihre Mutter wegen ihrer neuen Frisur einen Heulkrampf erlitten hatte, konnte Frieda nicht aufmuntern. Genauso wenig wie das politische Geschehen, es schien nie Ruhe einzukehren. Deutschland konnte sich mit den Alliierten nicht über geforderte Reparationszahlungen einigen, ausgerechnet der britische Premierminister drohte mit der Besetzung des Ruhrgebiets.

»Die Franzosen besetzen doch tatsächlich Ruhrort, Duisburg und auch Düsseldorf«, las ihr Vater ihr aus der Zeitung vor. »Das könnte der NSDAP Auftrieb verschaffen.« Er seufzte. »Dieser Hitler ist zwar nicht mehr ihr Vorsitzender, aber ich glaube nicht daran, dass er dauerhaft in die zweite Reihe tritt. Der Mann will ganz nach oben. Hoffen wir, dass es nicht dazu kommt, Sternchen. Ich habe kein gutes Gefühl bei dem.«

»Ich war übrigens neulich in der Admiralitätstraße«, begann Frieda, um über etwas Erfreuliches zu sprechen.

»Hm«, machte ihr Vater, ohne aufzusehen. Mutter kam herein, warf ihr einen Blick zu, als hätte sich Frieda den Schädel kahl geschoren, und schüttelte den Kopf, ein Ritual, das sie sich angewöhnt hatte und wohl erst ablegen würde, wenn Friedas Haare wieder lang genug für einen Pferdeschwanz wären. Wortlos setzte sie sich und vergrub sich hinter ihrer geliebten Illustrierten Modezeitschrift *Die Dame*.

»Ich habe die Erinnerungstafel für Urgroßvater Theodor entdeckt.« Ihr Vater ließ die Zeitung sinken. Frieda setzte sich zu ihm. »Was ist damals passiert? Wie ist es ihm gelungen, das Haus und fast dreihundert Menschen zu retten? Hat er das wirklich alleine geschafft?«

»Nein, alleine kann kein Mensch so etwas vollbringen.« Vater lächelte versonnen.

»Du willst doch nicht ernsthaft mit diesen alten Kamellen anfangen.« Mutter blickte erschöpft über den Rand der Zeitschrift zu ihm.

»Mich interessieren diese alten Kamellen, wie du es nennst«, fuhr Frieda sie an.

»Du hast dir einen Ton angewöhnt«, stellte ihre Mutter kopfschüttelnd fest.

»Entschuldige. Aber es interessiert mich wirklich sehr. Ich kann gar nicht verstehen, warum nie über diese Heldentat gesprochen wird.«

»Heldentat«, sagte ihre Mutter abfällig.

»Nicht alles, was nach einer Heldentat aussieht, ist auch eine«, erklärte ihr Vater sanft.

Frieda legte den Kopf schief. »Aber in diesem Fall ...«

»Ist es eine Schande«, zischte Rosemarie, knallte *Die Dame* auf das Couchtischchen und ging. An der Tür drehte sie sich noch einmal um. »Albert, du wirst dem Kind nichts sagen!«

»Wie bitte?« Frieda funkelte sie an. »Ich bin kein Kind mehr, Mutter.« Sie drückte ihr Kreuz durch. »Ich bin eine erwachsene Frau und habe ein Recht darauf, die Geschichte meiner Familie zu kennen.« Leiser fügte sie hinzu: »Und Vater hat ein Recht darauf, mir zu erzählen, was immer er will.« Wie konnte ihre Mutter ihm nur etwas verbieten? Frieda hätte sie schütteln mögen, sie hätte ihre Eltern beide aufrütteln wollen. Rosemarie schnappte einmal nach Luft, enthielt sich jedoch jeglichen weiteren Kommentars und zog die Tür gut hörbar hinter sich zu.

»Sternchen, Sternchen, du hast dich sehr verändert.« Das klang nicht unbedingt begeistert. Ein Blick in die Augen ihres Vaters sagte glücklicherweise etwas völlig anderes. »Deine Mutter kommt nicht damit klar, du musst behutsam mit ihr sein.« Er erwartete keine Antwort. »Also dann, die ganze Geschichte«, meinte er seufzend. »Du weißt ja, dass ein Nachtwächter am 5. Mai 1842 in einem Speicher hier in der Deichstraße das Feuer entdeckt hat.«

»Ja, ich weiß. Es muss rasend schnell um sich gegriffen haben.«

»O ja, davon hat mein Großvater Theodor mir oft erzählt. Rechts und links neben dem Speicher in Haus Nummer 44 befanden sich Lagerräume, die vollgestopft waren mit Wolle und Talg, mit Alkohol und Flachsgarn. Alles Zeug, das sehr leicht brennt. Die Feuerwehren waren schnell zur Stelle, aber sie waren machtlos, und sie schufteten auch noch unter erschwerten Bedingungen. Nach der langen Trockenheit herrschte Niedrigwasser in den Fleeten, dazu noch der Wind … Wir können uns das heute kaum noch ausmalen, aber das Kupferdach der Nikolaikirche muss so heiß gewesen sein, dass es sich geradezu abgeschält hat. Die Glocken, ausgerechnet die von Nikolai, der Stolz der Stadt, wurden allein von dem Feuer in Bewegung versetzt und läuteten gegen das Fauchen und Tosen, gegen das Zischen und Knacken des Brandes an.«

Sein Blick war in die Ferne gerichtet, als könne er die Bilder vor sich sehen, von denen sein Großvater ihm seinerzeit erzählt hatte. Frieda traute sich kaum zu atmen, so nah war auch ihr die Geschichte mit einem Schlag. »Du wirst heute noch manches Mal hören, dass die Senatoren damals versagt und falsche Entscheidungen getroffen haben.« Er schnaubte leise. »Nur entscheide du, dass ein Haus oder eine Brücke geopfert werden muss, um die Flammen aufzuhalten.« Er hob die Schultern und ließ sie gleich wieder sinken. »Irgendwann ging es nicht anders, das alte Rathaus an der Trostbrücke wurde gesprengt.«

»Darum musste das Waisenhaus nach dem Brand für die Amtsgeschäfte geräumt werden.« Jetzt verstand Frieda die letzten Worte auf der Erinnerungstafel.

»Das Waisenhaus, ja. Es war ein recht solides Gebäude aus Stein. Doch wenn drum herum alles in lodernder Glut steht, ist die Hitze so unvorstellbar groß, dass sie fast alles zum Schmelzen bringen kann. Dein Urgroßvater hat das erkannt und gehandelt. Er hat die Erzieherinnen geweckt und zusammen mit ihnen sämtliche leicht brennbaren Gegenstände aus dem Haus geschafft. Er musste verhindern, dass das Feuer durch die extremen Temperaturen von draußen nach drinnen springen konnte. Einige der Frauen haben unter seiner Anleitung alle nur greifbaren Gefäße mit Wasser aus dem Alsterfleet gefüllt. Einige sind sogar bis zum Herrengrabenfleet gerannt, weil es sonst nicht gereicht hätte. Es war auch so kaum genug, um Glutnester im Haus zu löschen, sobald sich welche gebildet haben.«

Frieda fröstelte und hatte gleichzeitig das Gefühl, sengende Hitze auf der Haut zu spüren. »Sie haben ihr Leben riskiert«, stellte sie leise fest. »Wenn im Haus von ganz allein kleine Brände entstanden sind und sie zur Stelle waren, um sie zu löschen, haben sie ihr Leben riskiert.«

Ihr Vater nickte. »Ja, das ist wahr. Großvater hat immer gesagt, die Erzieherinnen in ihren weißen Kitteln waren wie Engel, die Übermenschliches geleistet haben. Ihnen sind die Härchen auf der Haut verschmort, doch sie haben nicht aufgegeben.« Er lächelte stolz. »Wenn man Großvater hätte fragen können, wäre die Tafel diesen Frauen gewidmet, nicht ihm.« Sekundenlang hingen die beiden ihren Gedanken nach. »Es hat fast vierundzwanzig Stunden gedauert, ehe der Kampf gewonnen und das Waisenhaus sicher gerettet war, insgesamt hat das Feuer drei Tage gewütet. Die Stadt musste über zwanzigtausend Menschen unterbringen, die von einem auf den anderen Tag kein Dach mehr über dem Kopf hatten. Die Waisenkinder gehörten nicht dazu.«

»Warum hat dein Großvater ausgerechnet das Haus gerettet? Ich meine, natürlich, da waren Kinder und Frauen, die leicht im Schlaf hätten überrascht und getötet werden können. Aber wenn ungefähr ein Viertel der Stadt in Flammen aufgegangen ist, gab es doch sicher noch viele Gebäude, die man hätte retten müssen, in denen hilflose Menschen ihrem Schicksal ausgeliefert waren?«

»Siehst du, und jetzt kommen wir zur Kehrseite, zur Schande des Helden.« Sie sah ihn fragend an. »Dein Urgroßvater hatte ein Hausmädchen geschwängert. Das arme Ding hat sich in seiner Not das Leben genommen, nachdem es das Kind vor dem Waisenhaus abgelegt hatte.«

»Und er wusste davon?«

»Ja, sie hat ihm einen Brief hinterlassen. Das Waisenhaus war eigentlich für Kinder ab vier Jahren eingerichtet worden. Theodor hat mit einer großzügigen Spende dafür gesorgt, dass man eine Ausnahme machte. Er hat seinem unehelichen Nachwuchs Jahr für Jahr eine Summe zukommen lassen. Anonym natürlich und offiziell für das gesamte Waisenhaus.« Friedas Gedanken schlugen Purzelbäume. Dann hatte Großvater Carl also einen Bruder oder eine Schwester!

»Was ist mit diesem Kind geschehen? Weißt du etwas darüber?«

»Nein.« Er wiegte nachdenklich den Kopf. »Das Thema wurde nie besprochen, es war die Familienschande. Jedenfalls mein Vater wollte nichts davon wissen. Großvater Theodor hat es mir erzählt, als er alt war und die Firma längst an seinen Sohn übergeben hatte.«

»War es ein Mädchen oder ein Junge?«

Er zuckte mit den Achseln. »Keine Ahnung.«

»Aber jemand muss sich doch darum gekümmert haben. Ein Kind wird irgendwann erwachsen.«

»So wie du.« Er schmunzelte und tätschelte ihre Hand.

»Dieser Mensch gehört zu unserer Familie. Er muss das Waisenhaus irgendwann verlassen und auf eigenen Beinen gestanden haben. Wenn Urgroßvaters Spenden anonym und für die gesamte Einrichtung waren, dann hat sein Kind also keinerlei Unterstützung mehr genossen, als es älter wurde?«

»Das nehme ich nicht an, nein. Die Familie wollte um jeden Preis verhindern, dass die Gründe für Theodors mutiges Handeln ans Licht kommen. Dann hätten die Hamburger ihn und damit unseren Namen nicht mehr so verehrt.«

»Aber er hat dir die Wahrheit anvertraut«, beharrte Frieda. »Er muss sich doch im Grab umdrehen, weil sich niemand mehr kümmert, weil sich nicht einmal jemand für sein Fleisch und Blut interessiert.«

»Ich habe mit Großvater kurz vor seinem Tod darüber gesprochen. Er sagte mir, dass er dieses Hausmädchen wirklich geliebt hat. Dass sie sich umgebracht hat, konnte er nie so richtig verkraften. Aber es geht nicht um unser persönliches Glück, Junge, hat er damals zu mir gesagt. Es geht um Hannemann & Tietz. Das ist das Lebenswerk aller Männer dieser Familie, das steht über allem. Denn wenn wir längst tot sind, werden unsere Nachkommen daraus ihren Stolz, ihr Selbstverständnis und ihr Auskommen schöpfen.«

Kapitel 16

Eines Morgens Anfang April drückte Gertrud Frieda einen Umschlag in die Hand, als die Familie gerade beim Frühstück saß.

»Hier, Frieda, der ist für dich abgegeben worden.«

»Danke.« Als ihr Blick auf den Absender fiel, konnte sie nicht anders, sondern riss das Kuvert sofort auf.

»Na, ein Brief von dem Halunken, der dir das angetan hat?« Rosemarie deutete auf Friedas Schopf. »Bittet er dich um Vergebung?«

»Hör nicht auf sie, du siehst gut aus«, murmelte Hans. »Erste Klasse!« Rosemarie holte Luft.

Ehe sie etwas sagen konnte, meinte Albert: »Mir gefällt es auch. Passt zu dir, Sternchen.«

Frieda hörte kaum zu. Ihre Augen flogen über die Zeilen.

Liebste Frieda,
  ich bin zurück in Hamburg. Doch es gibt Probleme, die ich lösen muss. Bitte komm, so schnell du kannst, zu mir. Ich muss mit dir reden.
  Dein Jason

Sie sprang auf. »Ich muss weg.«

»Ist etwas passiert?« Ihr Vater sah sie besorgt an.

»Das erkläre ich euch später. Entschuldigt mich, bitte.«

Es hatte die ganze Nacht geregnet. Jetzt kam die Sonne durch. Dampf stieg von den nassen Straßen und Gassen auf. Frieda hastete an Menschen und Fuhrwerken vorbei, ohne sie wirklich wahrzunehmen. Nicht einmal für die Krokusse, die zwischen Lombardsbrücke und Alsterlust das Grün des Rasens durchstachen und die sie sonst so liebte, hatte sie einen Blick. Sie wollte Jason sehen, nichts weiter. Was war bloß los? Hoffentlich nichts Schlimmes. Er war wieder in der Stadt, in ihrer Nähe, dennoch spürte sie die Sehnsucht stärker als je zuvor. Sie wollte nicht mehr getrennt von ihm sein. Nie wieder. Als sie endlich an seine Tür klopfte, war sie vollkommen außer Atem. Es dauerte nur eine Sekunde, ehe sie Schritte hörte, vertraute Schritte. Dann öffnete er die Tür.

»Frieda!«

Sie fiel ihm um den Hals. »Jason, oh, ich habe dich so vermisst!« Er hielt sie fest, streichelte ihr über das Haar.

»Wo ist der Rest geblieben?«, fragte er lächelnd.

»Abgeschnitten.« Sie zuckte mit den Schultern. »Schlimm?«

Er betrachtete sie aufmerksam. »Überhaupt nicht. Hättest du mir gesagt, dass du sie abschneiden willst, hätte ich dir gedroht oder dich eingesperrt. Dabei sieht es wunderschön aus.«

Sie lachte erleichtert. Er war zurück. Er hatte sie noch immer gern, und er mochte sogar ihre kurzen Haare. »Ich bin so froh, dass du da bist«, flüsterte sie. »Du darfst nicht wieder weggehen, hörst du? Sonst musst du mich mitnehmen.« Sie fuhr mit den Fingerspitzen über seinen Nacken, presste sich an ihn, sah zu ihm auf. Seine grauen Augen waren ganz dunkel. Er begehrte sie so, wie sie ihn. Sein Blick nahm ihr den Atem, sie reckte sich ihm entgegen und küsste ihn. Seine Hände wanderten von ihrem Rücken abwärts. Frieda streifte ihren Mantel ab. Ihre Finger fuhren von ganz allein unter sein Hemd. Sein Atem ging schneller. Sie konnten nicht bis zum Äußersten gehen, das wusste sie, doch sie wollte mehr. Was hatte Hans gesagt? Eine Frau konnte einen Mann auch glücklich machen, ohne gleich ihre Unschuld zu opfern. Sie hatte wirklich keine Ahnung, und das machte ihr Angst. Gleichzeitig war sie sicher, dass Jason der Richtige war, dass er es war, an den sie ihre Unschuld verlieren wollte. Ihre Zungenspitze tastete sich neugierig über seine Lippen.

»Frieda, nein, wir sollten das nicht«, sagte er heiser. Im nächsten Moment hob er sie hoch und trug sie zum Sofa.

»Aber wir wollen es«, flüsterte sie und lachte leise.

»Mehr, als du dir vorstellen kannst«, antwortete er gequält. Er hatte sie abgesetzt, sie lehnte sich zurück. Sofort war er bei ihr, küsste sie. Seine Hände schoben ihren Rock ein Stückchen nach oben, streichelten über ihre Beine, die in Seidenstrümpfen steckten. Es fühlte sich himmlisch an. Sie seufzte. »Frieda, du wundervolle, du verwirrende Frau.« Nach jedem einzelnen Wort küsste er sie, mal auf die Nasenspitze, dann auf die Wangen, auf die Lippen. Er öffnete die Knöpfe ihrer Bluse und küsste die weiche Haut an ihrem Hals. Frieda drückte den Rücken durch und legte den Kopf in den Nacken. Was immer jetzt geschah, sie wollte es. »Ich wünschte mir so sehr, ich könnte hierbleiben«, murmelte er und küsste zärtlich die kleine Kuhle über ihrem Schlüsselbein. Das Wechselspiel seiner weichen Lippen, der forschenden Zunge jagten ihr Schauer durch den Leib, die ihr die Sprache verschlugen.

»Was meinst du, musst du denn wieder fort?«, brachte sie endlich hervor und grub ihre Finger in sein Haar.

»Ich muss nach Indien.« Frieda erstarrte in der Bewegung, ihr Körper versteifte sich. Jason sah sie an. »Auf einer Tee-Plantage gibt es Probleme, ernsthafte Probleme. Ich muss da hin.« Sie fühlte Übelkeit in sich aufsteigen, rückte ein Stückchen von ihm ab und knöpfte mit zitternden Händen die Knöpfe ihrer Bluse zu. »Ich werde über London reisen und dort ein, zwei Tage bleiben«, fuhr Jason sachlich fort. Er räusperte sich und ordnete seine Kleider. »Es geht nicht anders.« Mit einem Mal sah er sie an. »Du hast gesagt, ich muss dich mitnehmen, wenn ich wieder gehe. Begleite mich, Frieda! Komm mit mir.«

»Ich kann hier nicht so einfach weg«, antwortete sie ganz automatisch. Das durfte doch alles nicht wahr sein. Endlich waren die Missverständnisse zwischen ihnen aus dem Weg geräumt, endlich konnte sie ihre Familie mit dem Gedanken vertraut machen, dass sie sich in einen Engländer verliebt hatte, und dann endlich mit ihm zusammen sein. Das sollte alles vorbei sein, ehe es richtig begonnen hatte? Sie hatte Ernsts Stimme im Ohr. Vielleicht stand diese Verbindung unter keinem guten Stern.

»Ich möchte dich in London meinen Eltern vorstellen. Im Grunde ist das doch eine gute Gelegenheit.« Er lächelte, doch sie konnte ihm ansehen, dass er Angst vor ihrer Entscheidung hatte. »Von dort reisen wir gemeinsam weiter. Mit dem Schiff über das Meer. Wie hört sich das an?«

»Aufregend.« Sie senkte den Blick. »Das kommt alles sehr plötzlich. Ich meine, ich würde schon gerne …«

»Dann sag ja, bitte, Frieda! Ich werde lange fort sein. Wer weiß, wann ich nach Hamburg zurückkommen kann, lass uns nicht so auseinandergehen.«

»Dann geh nicht weg!«, flehte sie verzweifelt.

»Ich muss, Frieda. Jemand aus der Familie muss die Dinge auf der Plantage regeln. Ich war lange nicht in unserer Niederlassung in London und noch länger nicht in der in Indien. Mein Vater verlässt sich auf mich.«

In ihrem Kopf rasten die Gedanken. Ernst war ein guter und vor allem ein verlässlicher Lehrling, doch er war nun einmal kein Nachfolger. Hans war das schon gar nicht. Auch wenn ihr Vater noch nichts davon wissen wollte, vielleicht war es doch sie, die irgendwann die Leitung bei Hannemann & Tietz übernehmen würde. Man hörte jetzt öfter, dass eine Frau die Geschicke eines Geschäfts lenkte. Warum auch nicht? Albert Hannemann war ein Mann mit modernen Ansichten. Er klang in letzter Zeit nicht mehr so, als würde er diese Möglichkeit kategorisch ausschließen, wenn er auch sicher noch immer auf eine andere Lösung hoffte.

»Das ist bei mir nicht anders, Jason. Ich kann meinen Vater unmöglich im Stich lassen. Bitte, versteh das doch!«

»Aber er findet doch sicher jemand, der sich um die Produktion der Schokolade kümmert, solange du weg bist.«

»So einfach ist es nicht. Die Manufaktur ist ein wesentlicher Bestandteil des Unternehmens geworden, und sie liegt in meinen Händen und in meiner Verantwortung. Ich bin die Einzige, die die Rezepte kennt, die weiß, wie man die Schokolade mischt, temperiert … einfach alles. Ich kann nicht alles von heute auf morgen stehen lassen.«

»Aber ich muss von heute auf morgen gehen«, sagte er leise und schluckte.

»Dann ist das wohl ein Abschied«, sagte sie traurig. »Wärst du von Anfang an ehrlich zu mir gewesen, Jason, hätte alles anders sein können. Meine Eltern würden dich kennen. Aber so?« Sie hob hilflos die Schultern und ließ sie gleich wieder sinken. »Das kann ich ihnen nicht antun. Ich kann nicht mit einem wildfremden Mann von einem Tag auf den anderen fortgehen.«

»Wir gehen zu ihnen, jetzt gleich.« Er griff ihre Hände. Frieda sah ihn an. Ihr Herz krampfte sich zusammen, als sie sein hoffnungsvolles Strahlen sah. »Ich halte um deine Hand an, ganz offiziell«, erklärte er feierlich. »Wenn du das willst.«

Eine Träne rollte ihr über die Wange. Es gab nichts, was sie lieber wollte. »Ich kann nicht, Jason. Ich kann meine Manufaktur nicht alleine lassen«, flüsterte sie. Lange blieb es still. Nur einmal tutete ein Schiffchen auf der nahen Alster, und der Wind, der aufgefrischt hatte, rüttelte an den Fenstern.

»Frieda, ich liebe dich«, sagte er nach einer gefühlten Ewigkeit. »Ich kann ja verstehen, dass das alles zu plötzlich kommt. Aber denk doch nur: Indien. Du wirst Elefanten sehen und Tiger. Nicht hinter Gittern wie bei Hagenbeck, mitten im Dschungel.« Seine Begeisterung war so groß, Frieda konnte sich ihr einfach nicht entziehen. »In Indien wird nicht nur Tee angebaut, sondern auch Kakao. Du könntest möglicherweise für deinen Vater neue Handelspartner finden. Wer weiß, vielleicht ließe sich unsere Niederlassung sogar erweitern. Kakao und Tee.« Er sah ihr tief in die Augen. »Ich halte das noch immer für die glücklichste Verbindung, die ich mir vorstellen kann. Du und ich als Mann und Frau. Du lernst unsere Plantagen kennen, und ich begleite dich zu Kakaobauern. Bitte, Frieda, überlege es dir!« Sie holte Luft, da sprach er weiter: »Wir machen es so, ich bin noch zwei Tage hier. Bereite deine Eltern vor, besprich mit deinem Vater, wer sich in deiner Abwesenheit um die Manufaktur kümmern soll. Ich reserviere unterdessen die Passage für dich und sage meinen Eltern Bescheid, dass ich nicht allein komme. Bevor wir abreisen, stellst du mich deinen Eltern vor, und wir verloben uns. Was sagst du?«

Sie strahlte ihn an. »Du bist völlig verrückt, Jason Williamson!«

Frieda konnte an nichts anderes mehr denken. London, Indien. Zusammen mit ihm. Sie dachte an seine Umarmung, an seine Küsse. Ein unerhörtes Kribbeln zog durch ihren Körper. Er würde eine Passage reservieren, allein das Wort versprach ein ganz neues Leben. Aber nur noch zwei Tage! Frieda verkroch sich in ihr Zimmer. Sie fühlte sich wie der Tiger bei Hagenbeck, den jemand an die Leine gelegt hatte. Jason hatte recht, niemand mochte angebunden sein. Mit einem Mal kam ihr das geliebte Hamburg eng und muffig vor, als hätte man sie dort eingesperrt, während gleich hinter der Elbe die Welt begann. Sie würde ausbrechen. Jetzt. Und was wurde dann aus

Hannemann & Tietz? Das Wohl der Firma steht über deinem persönlichen Glück, finde dich damit ab! Du bist die Tochter eines hanseatischen Kaufmanns, dessen einziger Sohn keinerlei Anstalten macht, in dessen Fußstapfen zu treten. Wenn das Unternehmen also weiter von einer Generation zur nächsten gegeben werden soll, bist du diejenige, die hinter dem Namen Hannemann steht. Sie konnte nicht mit Jason gehen. Frieda schluchzte laut auf. Sie warf sich auf ihr Bett und schlug die Fäuste auf das Kissen. Das leise Klopfen hätte sie beinahe nicht gehört.

»Ja?« Sie wischte sich über das Gesicht und schniefte ein paar Mal.

»Darf ich reinkommen?« Hans. Der hatte ihr gerade gefehlt.

»Bitte.« Sie setzte sich gerade hin. Ihr Bruder erschien in der Tür. Sein Gesicht war schmal geworden in der letzten Zeit. Seine Narbe wirkte dadurch und durch die erneute Verletzung noch wulstiger. Das schien ihm nichts mehr auszumachen, jedenfalls versteckte er sie nicht länger unter einer Puderschicht.

»Ich habe dich gehört. Darf ich?« Er deutete zaghaft mit dem Kopf auf ihr Bett. Sie hatte einen dicken Kloß im Hals. Wenn Hans sich nicht so schrecklich gehen lassen würde, wäre sie frei. Immerhin schien er endlich mal wieder klar zu sein.

»Ich habe dich gehört«, wiederholte er und streichelte ihr über die noch feuchten Wangen. Sein Lächeln verwandelte das eingefallene Gesicht mit der rosa glänzenden Wulst in ein groteskes Clownsgrinsen. »In den ersten Nächten nach dem Krieg war ich mit meinen schlimmsten Alpträumen allein. Du bist die Einzige in dieser Familie, die zu mir kam und mich getröstet hat«, sagte er leise. »Ich dachte, du weinst nie.« Ein unsicheres Lachen, er strich seine zu lang gewordenen Haare hinter das Ohr. »War wohl ein Irrtum. Ich weiß nicht, ob ich ein guter Zuhörer bin, aber, na ja, ich bin hier.«

Mit einem Schlag war Frieda wieder ein Kind, das sich die Knie aufgeschlagen hat. Sie legte ihren Kopf auf seinen Schoß. Wie knochig er war. »Danke!« Eine Weile lag sie ganz still da und spürte seine Wärme und das Streicheln seiner Hände. Wie früher. »Ich habe jemanden kennengelernt«, begann sie leise.

»Oho, Schwesterchen.« Das klang anerkennend. Er ahnte ja auch noch nicht, dass es ein Engländer war.

»Ist schon eine ganze Weile her. Es war ein bisschen kompliziert, ist eine lange Geschichte.« Sie seufzte. »Aber jetzt hätte eigentlich alles gut werden können.«

»War der Brief von ihm, der heute Morgen kam?« Sie nickte. »Hat er eine andere?«

»Nein. Nein, die Sache ist die …« Sie zögerte. Womit sollte sie anfangen? »Er muss fort, nach Indien, aus beruflichen Gründen.«

»Indien!« Er schnaufte. »Dann wird er sehr lange weg sein.«

Frieda musste schlucken, nur nicht daran denken. »Er hat mich gebeten, ihn zu begleiten.« Sie hörte Hans Atem.

»Wirst du es tun?«, fragte er ruhig.

»Wie soll das denn gehen?« Sie richtete sich auf und sah ihn an. »Die Manufaktur, Hannemann & Tietz … Vater braucht mich!«

»Das ist kein Grund, dein Leben wegzuwerfen.«

»Ich wollte immer eine Arbeit haben, etwas das mich unabhängig macht. Ich empfinde das nicht als Last.«

»Ist dir das wichtiger als dieser Mann?«

Sie schüttelte sofort den Kopf. »Nein, nein, auf keinen Fall.« Sie seufzte schwer. »Ach Hans, ich möchte beides!«

Er schmunzelte. »Typisch Frau!« Dann wurde er ernst. »Wer ist es überhaupt, kenne ich ihn?«

Ihr Magen zog sich zusammen. »Er war beim Kakao-Dinner. Aber ich glaube kaum, dass er dir sonderlich aufgefallen ist.« Sie verschränkte die Finger ineinander. Ohne ihn anzusehen, sagte sie: »Sein Name ist Jason Williamson, er ist Engländer.« Frieda hielt die Luft an.

»Verstehe, dann hat er mit Tee zu tun, stimmt's? Ich meine, wegen Indien.« Sie sah ihn verblüfft an. Kein Anzeichen von Ablehnung, nichts.

»Du findest das nicht ... schlimm? Dass er Engländer ist? Du musstest im Krieg doch ... sie waren deine Feinde«, stotterte sie.

Hans winkte ab. »Unsere Regierungen haben sich bekämpft, wir waren nur dumme Schafe, die ihren Kampf ausgetragen haben. Dumme Schafe auf beiden Seiten.«

»Ich dachte ... Du hast bestimmt schreckliche Dinge gesehen. Ich war der Meinung, die Briten ...«

Hans nickte. »Ich habe Dinge gesehen, Schwesterchen, die du dir nicht ausmalen kannst und niemals solltest.« Seine fahle Haut spannte sich über seinen Kieferknochen. »Ja, die Engländer haben Dinge getan. Genau wie die Deutschen.« Er sah ihr in die Augen. »Soldaten tun grausame Dinge, Frieda, ganz gleich, woher sie kommen.« Er stopfte sich ein Kissen in den Rücken und lehnte sich an die Wand. Frieda kuschelte sich neben ihn, den Kopf an seiner Schulter. »Es gab da einen Moment ... Es war eiskalt und so neblig, dass du kaum die eigene Hand vor deinen Augen erkennen konntest. Wegen der schlechten Sicht und weil nach einem Scharmützel so ein Durcheinander geherrscht hat, habe ich meine Kameraden verloren. Ich war plötzlich allein, bin herumgeirrt. Ich brauchte einen Unterschlupf für die Nacht. Wie aus dem Nichts tauchte plötzlich ein Schuppen vor mir auf.« Sein Atem wurde schwerer. »Den hat der liebe Gott mir geschickt, denke ich noch. Ich mach die Tür auf, und langsam erkenne ich die Männer, die da drinnen hocken. Engländer allesamt. Daran gab es keinen Zweifel, obwohl sie Feldspaten bei sich trugen, jederzeit bereit, mir damit den Schädel zu spalten. Die mussten sie deutschen Soldaten abgenommen haben, aber ihre Uniformen haben sie trotzdem als Engländer verraten.« Er lachte leise.

»Was ist passiert? Bist du davongerannt?«

»In den Nebel? Da hätte ich auch gleich stehen bleiben können und warten, bis sie mich umbringen. Nein, ich habe nur meine Waffe ganz langsam heruntergenommen. Du hast natürlich immer dein Gewehr im Anschlag, wenn du einen Schuppen oder sonst was erkundest«, erklärte er ihr. »Mehr habe ich nicht gemacht. Waffe runter, das war's. Ich hab nur dagestanden. Ich hatte so viel Angst, ich hätte gar nichts machen können.«

»Und sie?«

»Das war das Kuriose. Die hätten mich abknallen können, haben sie aber nicht. Sie haben nichts getan, haben mich nur angesehen, die ganze Zeit. Irgendwann habe ich die Tür ganz langsam wieder geschlossen. Und dann bin ich weg, so schnell das eben ging in der Suppe. Ich hab immer drauf gewartet, dass ich hinter mir etwas höre, dass die Tür wieder aufgeht.« Er schüttelte den Kopf. »Sie haben mich einfach gehen lassen.« Frieda musste an die Geschichte denken, die Jason ihr erzählt hatte. Nur eine von vielen. Das schien wahrhaftig so zu sein. »Sie hätten mich ganz leicht töten können, Frieda. Doch sie haben mir mein Leben gelassen. Es waren nämlich Menschen, die so viel Schiss und so viel Mitgefühl hatten wie ich. Engländer sind keine Monster.«

»Nein, das sind sie nicht.« Sie lächelte ihn an, wurde aber im nächsten Augenblick wieder ernst. »Nur haben sie den Krieg verlängert, oder nicht? Sie hätten es in der Hand gehabt, das Ganze nach wenigen Monaten zu Ende gehen zu lassen. Dann wärst du noch im gleichen Jahr wieder zu Hause gewesen, und dir wäre so viel erspart geblieben. Ist es nicht so?«

»Wer erzählt solchen Unfug?« Er legte die Stirn in Falten.

»Da gab es doch diesen Plan …«

»Pläne! Der Plan war, dass das deutsche Heer zuerst Frankreich und dann Russland besiegen sollte. Schön eins nach dem anderen.

Aber so was kannst du nicht planen.« Er schüttelte den Kopf. »Um die Franzosen dranzukriegen, sind unsere Truppen durch Belgien marschiert. Ohne die Zustimmung des Landes.«

»Zugegeben, das war sicher nicht in Ordnung. Aber muss man sich deswegen gleich einmischen und angreifen?«

Er lachte trocken. »Frieda, die Deutschen sind nicht einfach gemütlich durch Belgien spaziert. Belgien war neutral, und wir haben sie angegriffen. Das haben die Briten nicht akzeptiert und uns darum den Krieg erklärt.« Von dieser Seite hatte sie die Sache noch nie betrachtet. Als Hans ihr einen Kuss auf die Wange drückte und schon auf dem Weg zur Tür war, sagte er: »Wenn du ihn liebst, dann geh mit ihm! Du wirst mir zwar schrecklich fehlen, weil du der einzige Mensch in diesem Haus bist, aber ich will, dass meine kleine Schwester glücklich ist.«

Frieda kämpfte sich durch eine grausame Nacht. Sie träumte von Soldaten in Hütten, von seltsamen Wesen mit sichelförmigen Zeichen im Gesicht und von Jason, der auf einem Schiff in tosender See versank. Ihr Haar klebte ihr feucht am Kopf, ihr Nachtkleid war durchgeschwitzt, und erst am Morgen, als die Dämmerung schon einsetzte, fiel sie in einen ruhigeren Schlaf. Gott sei Dank war Sonntag, und sie konnte länger liegen bleiben. Das hatte sie gehofft, doch wie es schien, wurde nichts daraus. Frieda hörte die Stimme ihrer Mutter.

»Was erlauben Sie sich? Sie haben hier nichts zu suchen, und ich glaube kaum, dass meine Tochter Sie empfangen wird.«

»Das glaub ich aber ganz sicher! Wenn Sie beim Kakao-Dinner gewesen wären, würden Sie mich kennen.« War das Ulrikes Stimme? Frieda rieb sich die Augen und setzte sich in ihrem Bett auf.

»Ich war da, wo ich hingehöre, an der Seite meines Mannes«, erklärte Rosemarie mit der ihr eigenen Würde. »Hätte ich gewusst, dass mein Sohn auch Teil dieses merkwürdigen Spektakels ist, wäre es etwas anderes gewesen, aber so? Ein Mädchen und ein Laufbursche in einem Tanzpalast!« Frieda packte die nackte Wut. Ihre Mutter hatte ihr damals nur gesagt, dass sie unmöglich an einem langen festlichen Abend teilnehmen konnte, während ihr Ehemann noch immer nicht über den Berg war. Natürlich hatte sie ihrer Skepsis darüber Ausdruck verliehen, dass es Frieda gelingen könnte, ein solches Dinner erfolgreich über die Bühne zu bringen, so abwertend wie jetzt hatte sie allerdings nicht geklungen. Friedas Zorn vertrieb den letzten Rest Müdigkeit. Sie schlüpfte eilig in Rock und Bluse und trat in den Flur.

»Ulrike, ist etwas passiert?« Ulli sah furchtbar aus. In den sonst so selbstbewusst dreinblickenden Augen lag die pure Verzweiflung. Zudem waren sie gerötet, Ulli hatte geweint. So kannte Frieda sie nicht.

»Hast du dir etwa von ihr diese schreckliche Frisur abgeschaut?« Rosemarie stemmte die Fäuste in die Hüfte.

»Komm rein«, bat Frieda Ulli und deutete auf die noch offene Tür zu ihrem Zimmer. Eigentlich wollte sie ihre Mutter ignorieren, andererseits … »Es ist mir bisher gar nicht aufgefallen, aber jetzt, wenn du da so stehst …« Rosemarie sah sie fragend an. »Du hast doch nicht etwa zugenommen, Mutter?« Damit ließ sie sie stehen.

»Es ist wegen meiner kleinen Schwester«, platzte Ulli sofort heraus, als Frieda zu ihr ins Zimmer trat. »Marianne war auf'm Viehmarkt, hat geguckt, ob sie 'n paar Knochen abstauben kann oder Fleischreste.« Sie musste zweimal ein- und ausatmen, um weitersprechen zu können. Ihr Gesicht war voller Sorge und Wut. »So 'n Aas hat sie was gefragt und natürlich keine Antwort gekriegt.« Sie senkte den Kopf. »Denn hat er gleich 'n paar Kumpels geholt. Einer der Viehhändler hat gesagt, die hätten sie erst nur beschimpft, weil sie nix sagt. Als sie versucht hat, mit ihren Händen zu sprechen, ham die sie nur ausgelacht, sie für bekloppt gehalten und ihr was zu trinken gegeben. Alkohol. Die Kleine verträgt doch nix, ist se nicht gewöhnt.« Ihre Stimme wurde dünn. »Marianne muss vor Angst fast gestorben sein und wollte die wohl nicht noch mehr verärgern. Sie ist mit denen mit.« Lange Pause. »Ich hab sie auf der Polizeiwache gesehen«, sagte sie eisig und starrte vor sich hin, ihre Lippen begannen zu zittern. »Die haben sie wegen Erregung öffentlichen Ärgernisses dahin gebracht. Woher sie die Platzwunden hat, wollten die Polizisten nicht mal wissen.« Tränen kullerten über ihre Wangen.

»O Gott, das tut mir so leid.« Frieda legte ihr zaghaft eine Hand auf die Schulter. »Wo ist sie jetzt? Zu Hause?«

Ulli nickte. »Aber die muss zum Arzt, gründlich untersucht werden. Ich weiß nicht, was die alles mit ihr angestellt haben, verhauen ham sie sie jedenfalls nach Strich und Faden, das arme Ding.« Sie schlug ihre Hände vor das Gesicht und weinte.

»Wie kann ich helfen?«, fragte Frieda heiser.

Ulli wischte sich über die Augen. »Der Arzt bei uns im Viertel war da und sacht, Marianne soll schnellstens ins Krankenhaus. Aber das können wir uns nicht leisten. Mutter ist seit Ewigkeiten krank. Ist schon schwer genug, für sie immer die Medizin zu bezahlen.«

Friedas erster Gedanke galt dem Israelitischen Krankenhaus. Die Vorstellung, dass sie dort Clara begegnen könnte, stimmte sie um. »Wir bringen sie ins Jerusalem«, sagte Frieda und ging zielstrebig zur Tür. »Jetzt gleich.«

Sie saßen schweigend nebeneinander in einem Gang, von dem verschiedene Türen abgingen. Ein schwacher Geruch von Äther hing in der Luft. Friedas Gedanken waren bei Jason. Sie schämte sich dafür, sie sollte Ulli trösten, sollte ihre Sorgen um die kleine Marianne teilen, doch in ihrem Kopf war kein Platz für etwas anderes als den einen Satz: Morgen ist er fort. Es wurde höchste Zeit, zu ihm zu gehen.

Und dann? Sie konnte nicht Hals über Kopf Hamburg verlassen. Noch weniger konnte sie ihn alleine abreisen lassen. Frieda seufzte tief. Reiß dich zusammen, ermahnte sie sich.

»Du hast gesagt, deine Mutter ist schon lange krank«, begann sie, um das zähe Schweigen zu durchbrechen. Ulli sah sie erschrocken an, als würde sie jetzt erst bemerken, dass sie nicht allein war.

»Ja, es ging vor 'm halben Jahr los. Seitdem isst sie nicht mehr gern, ist schwach und immer so müde. Sie hustet 'n büschen und ist oft heiser. Na ja, so richtig wissen wir nicht, was mit ihr los ist. Aber immer wenn der Doktor was empfiehlt, kauf ich's.« Sie faltete die Hände und presste sie so fest gegeneinander, dass die Knöchel weiß hervortraten. »Als Straßenfeger kriecht Vadder uns man grad so satt, für Arznei und so 'n Schnickschnack ist nix über. Drum geb ich so viel ab, wie ich kann. Wenn du Geld hast, ist das Leben einfacher.« Frieda nickte. Als ihr Vater umgekippt war und auch nach Hans' Unfall hatten sie schon genug Sorgen gehabt. Kaum vorstellbar, sie hätten auch noch überlegen müssen, woher sie das Geld für die Ärzte und die Medikamente hätten nehmen sollen. »Heißt aber nicht, dass du mit Geld keine Sorgen hast«, sprach Ulli weiter. »Dein Bruder macht dir auch Sorgen, stimmt's? Ich seh ihn manchmal. Wenn ich Glück hab, und 'n guter Kerl lädt mich ein, verkehre ich in den gleichen Etablissements wie er.« Sie griente schwach. »Wieso ist er so? Ich mein, warum macht er so 'n Mist? Ist doch 'n hübscher Mann und nett.«

»Nett!« Frieda schnaubte.

»Immerhin hat er Marianne seine Holzeisenbahn geschenkt. Das war mächtig nett.« Ulli lächelte ungewöhnlich zart.

»Seine gute alte …? Das hat er mir gar nicht erzählt.« Frieda blieben die Worte im Halse stecken. Wenn sie und Clara als Kinder mit Hans' Eisenbahn spielen wollten, hatte er jedes Mal Theater gemacht oder wenigstens grenzenlose Dankbarkeit erwartet. Sie dachte an die zurückliegende Nacht. »Ja, schon, er kann wirklich sehr lieb sein«, gab sie zu. »Wenn er nur nicht so schwach wäre. Anstatt endlich damit aufzuhören, sich zu bedauern, richtet er sich noch zugrunde. Was glaubt er denn, dass ein Problem fort ist, wenn er es nur lange genug ertränkt? In Wahrheit taucht es mit Verstärkung wieder auf«, sagte sie wütend. Sie liebte ihren Bruder, das machte es ihr so schwer, böse auf ihn zu sein. Doch sie war böse. Wenn er sich nur ein klein wenig am Riemen reißen würde, könnte sie mit Jason gehen. Ich will, dass meine kleine Schwester glücklich ist, von wegen! Wenn es ihm damit ernst wäre, würde er wie ein erwachsener Mann Verantwortung übernehmen.

»Da sagst du was, der richtet sich wirklich zugrunde. Wenn's man nur der Alkohol wär. Der trinkt aber noch was anderes. Weißt das eigentlich?« Frieda schüttelte den Kopf. »Ich hab ihn mal mit 'ner Frau gesehen. Hab die vorher noch nie zu Gesicht gekriegt. Das war vor'm Lübschen Baum. Die passte da gar nicht hin.«

»Und?«

»Na ja, die hat ihm 'ne braune Flasche gegeben, wie aus so 'm Medizinschrank. Könnte Äther gewesen sein, das saufen einige.«

»Wie bitte?« Frieda starrte sie an. »Das nimmt man doch für Betäubungen, dachte ich. Hier gehört so etwas hin, aber doch nicht …« Nein, das lag außerhalb ihrer Vorstellungskraft.

»Hat er Gewicht verloren in letzter Zeit?«, wollte Ulli wissen. Frieda nickte. Das hatte er ganz sicher. »Denn kannst davon ausgehen, dass er das Zeug trinkt. Hab gehört, das geht auf'n Magen.« Vor einiger Zeit war ein älterer Herr an ihnen vorbeigetrottet, jetzt eilte eine Krankenschwester vorüber. Ansonsten hing eine geradezu bleierne Ruhe über dem Krankenhaus, als wäre es eine ganz eigene Welt. Der Lärm und die Geschäftigkeit der großen Stadt blieben vor der Tür. »Weißt du, was ich nicht versteh?«, fragte Ulli in die Stille. »Wieso man sich das selbst antut. Ich mein, wenn du verkloppt wirst wie meine kleine Schwester, dann hast dir das nicht ausgesucht. Oder 'ne Krankheit ... aber sich selbst zu vergiften?« Sie zog die Augenbrauen hoch.

Der Abend dämmerte bereits, als Frieda endlich zur Ruhe kam. Es hatte lange gedauert, ehe alle Untersuchungen abgeschlossen waren. Gottlob hatten sich die Kerle nicht auch noch an dem Kind vergangen, aber was sie Marianne angetan hatten, reichte auch so schon. Ein Handgelenk war gebrochen, ihr kleiner Körper war übersät von Blutergüssen, und Speiseröhre und Magen würden noch lange unter dem zu leiden haben, was die Männer dem Mädchen eingeflößt hatten. Zwei Nächte sollte sie auf jeden Fall im Krankenhaus bleiben, danach würde sie sich mit Verband und Schonkost zu Hause erholen. Frieda mochte sich kaum ausmalen, wie lange die Seele dafür brauchen würde. Ob sie je darüber hinwegkam? Gegen halb drei hatten Ulli und sie das Jerusalem verlassen und waren zurück in die Deichstraße gegangen. Frieda hatte etwas Bargeld, mit dem sie Zutaten kaufen konnte, das gab sie Ulli.

»Ich zahl dir das zurück, jeden Pfennig«, hatte Ulli immer wieder beteuert. Dabei spielte das doch gar keine Rolle. Die Hauptsache, die Kleine wurde wieder gesund. Frieda hatte noch darauf bestanden, dass Ulli zum Essen blieb. Sie brauchte etwas, um bei Kräften zu bleiben. Und Hans freute sich über den ungewöhnlichen Gast, das war nicht zu übersehen. Offenbar konnte er Ulli wirklich gut leiden. Er brachte sie sogar noch nach Hause, damit ihr nicht womöglich auch noch etwas zustieß. Frieda zog sich zurück, als die beiden aus dem Haus waren. Die Müdigkeit kam über sie wie eine dicke Wolke, die sich vor die Sonne schob und von einer Sekunde zur anderen das Licht löschte. Trotzdem sah sie mit einem Mal alles ganz klar. Vaters Herzinfarkt, Hans' Unfall, jetzt der Überfall auf die kleine Marianne. Von einer Minute auf die andere konnte sich das gesamte

Leben ändern, konnte man alles verlieren. Selbst wenn man jung war. Darum sollte man so viel Zeit wie möglich mit dem Menschen verbringen, den man liebte. Was hatte Hans gesagt? Die Manufaktur und Hannemann & Tietz waren kein Grund, ihr Leben wegzuwerfen. Er hatte ja so recht. Und sie war ihm sehr dankbar dafür, dass er ihr Mut gemacht hatte. Ihre Entscheidung stand fest: Sie würde Jason nach Indien folgen! Morgen würde sie zu ihm gehen und es ihm sagen. Sofort fühlte Frieda ein Kribbeln im Bauch. Ein ganz neues Leben lag vor ihr. Für ihren Vater tat es ihr leid, aber er würde sie verstehen und vielleicht wirklich einen Vorteil haben. Bisher arbeitete er mit keinem Kakaoproduzenten in Indien zusammen. Das konnte sie ändern. Außerdem würde sie in der Fremde ganz neue Gewürze und Früchte kennenlernen. Vielleicht konnte sie ein paar Kisten Kakaomasse mitnehmen oder vor Ort besorgen, um an neuen Rezepturen zu tüfteln. Frieda wollte ihre Manufaktur um keinen Preis aufgeben. Sie musste dafür sorgen, dass jemand sich um die Produktion kümmerte, bis sie zurück war. Und dann würde sie Hamburg mit exotischen Genüssen überraschen, die für noch mehr Aufsehen sorgen würden als das Kakao-Dinner. Glücklich schloss Frieda die Augen.

In der Stille hörte sie ihre Mutter husten. Mutter zu verlassen, war keine Herausforderung, und das war noch die nette Formulierung. Sie kreiste sowieso nur um Hans und um sich selbst. Frieda musste wieder daran denken, was ihre Mutter am Morgen gesagt hatte. Wenn sie gewusst hätte, dass Hans ebenfalls beim Kakao-Dinner anwesend sein würde, wäre sie auch gekommen. Wie schäbig das war. Noch zorniger machte Frieda, dass ihre Mutter Vaters Dankbarkeit Ernst gegenüber kein bisschen teilte. Dass sie so abfällig über ihn gesprochen hatte, fühlte sich wie ein Stachel in Friedas Fleisch an. Gut so, dann hatte Frieda ihrer Mutter gegenüber wenigstens keine Verpflichtung mehr. Und Hans? Er musste endlich sehen, wie er alleine klarkam. Sie konnte ohnehin nicht verhindern, dass er sich zugrunde richtete, wenn er nicht selbst zur Vernunft kam. So wenig, wie sie sich in letzter Zeit sahen und er sie mit wachem Geist wahrnahm, würde es ihm nicht einmal auffallen, dass sie weg war, redete sie sich ein. Zu dumm nur, dass sie immer wieder an seine Worte denken musste: Du bist der einzige Mensch in diesem Haus.

Am nächsten Morgen war Frieda früh auf den Beinen. Sie durfte Jason um keinen Preis verpassen. Sie musste ihm sagen, dass sie zu ihm nach Indien kommen wollte. Vorher hatte sie in Hamburg noch einiges zu regeln. Musste sie die abenteuerliche Reise eben allein wagen. Wenn er einige Tage in London blieb, konnte sie ihn dort unter Umständen sogar schon einholen, sodass sie doch gemeinsam auf das Schiff gehen konnten. Allein bei dem Gedanken daran schwirrten Schmetterlinge durch Friedas Bauch, und ihr Herz schlug ihr im Hals. Was sie vorhatte, war so aufregend wie nichts zuvor in ihrem Leben.

»Guten Morgen, Gertrud.« Frieda war in die Küche gegangen, nachdem sie ihren Vater nicht, wie gehofft, beim Frühstück angetroffen hatte.

»Guten Morgen, Frieda. Meine Zeit, du auch schon so früh? Was ist denn los mit euch? Dein Vater ist auch schon wech.«

»So ein Pech.«

»Das reimt sich.« Gertrud lachte.

»Stimmt.« Frieda schmunzelte. »Er hat nicht zufällig gesagt, ob er in den Brook geht oder rüber ins Kontor?«

»Nee, hat er nicht. Ist was nicht in Ordnung?«

»Doch, doch, alles bestens. So weit.« Frieda musste schlucken. Gertrud würde ihr fehlen. Ein merkwürdiger Gedanke, schon in wenigen Tagen vielleicht für lange Zeit auf Wiedersehen zu sagen. »Und wie geht es dir?«, wollte sie wissen. Sie hatte plötzlich Angst, dass es ein Abschied für immer sein könnte. Gertrud war nicht mehr ganz jung und hatte immer schwer gearbeitet.

»Muss ja. Wenn der Ernst nur den schlimmen Husten loswerden könnte.« Sie stieß die Luft durch die Nase aus. »Fast 'ne ganze Woche liegt er nu schon, und das Fieber will auch nicht runtergehen.«

»Das wusste ich ja gar nicht.« Frieda schämte sich. Ihr war nicht einmal aufgefallen, dass sie Ernst länger nicht gesehen hatte. Sie sah verstohlen auf ihre Taschenuhr. »Ich muss ohnehin zu meinem Vater in die Bergstraße, da könnte ich Ernst gleich ein wenig Ingwer mitbringen und Thymian.«

»Och, das wär aber lieb von dir. Der freut sich bestimmt, dich zu sehen.«

Es war wärmer geworden, dafür fiel ein Nieselregen, der innerhalb kurzer Zeit durch den Stoff ihres Mantels drang. Sonne und klirrende Kälte waren ihr lieber. Sie lief mit gesenktem Kopf in die Bergstraße. Von dort war es nicht schrecklich weit zu Jasons Wohnung. Sie hatte also bestimmt noch Zeit, sich nach dem Gespräch mit ihrem Vater um Ernst zu kümmern. Ein Wadenwickel dauerte nicht lang. Doch zuerst musste sie ihren Vater in ihre Pläne einweihen. Frieda fühlte sich, als stünde ihr eine Wurzelbehandlung ohne Betäubung bevor. Am liebsten wäre sie weggelaufen. Nur eins erschien ihr schlimmer, als sich der Unterhaltung mit ihrem Vater zu stellen: Jason für Monate oder Jahre nicht zu sehen. So blieb ihr keine Wahl.

»Sternchen, das ist eine Überraschung!« Wie grau er in der letzten Zeit geworden war. »Ich hoffe, du willst deinen alten Vater nicht allzu lange von der Arbeit abhalten.«

Frieda lächelte. Ihr Blick fiel flüchtig auf die drei Uhren über der Nußbaumanrichte. Sie zeigten die Stunde in Hamburg, in Kamerun und in New York an. Wie oft hatte Frieda sie schon gesehen und doch nie darüber nachgedacht, wie es wohl war, an einem Ort zu leben, an dem nicht einmal die Uhrzeit der in Hamburg entsprach.

»Vater, ich habe einen Mann kennengelernt«, begann sie ernst. »Ich hätte ihn euch längst vorgestellt, aber es gab einige … Missverständnisse, könnte man sagen.« Der Anfang war gemacht, mit jedem Wort wurde es leichter. Sie erzählte ihrem Vater von der ersten Begegnung, davon, dass Jason sie aus der aufgebrachten Menschenmenge gerettet hatte und dass er Engländer war. »Seine Familie handelt mit Tee. Tee und Kakao, das könnte ganz gut zueinanderpassen, denkst du nicht? Ich weiß nicht, ob sie sehr vermögend sind, aber das ist mir auch egal. Ich habe Jason sehr gern. Und ich möchte mit ihm nach Indien gehen.«

Nachdem er ihr lange ruhig zugehört hatte, wich jetzt die Farbe aus seinem Gesicht. »Indien! Wann?«

»Er fährt heute noch, darum muss ich auch gleich zu ihm. Ich will ihm so schnell wie möglich folgen.« Frieda erzählte von der Möglichkeit, Kontakt zu indischen Kakaoproduzenten aufzunehmen. »Ich will dich nicht im Stich lassen, Paps. Ich will Hannemann & Tietz nicht im Stich lassen. Aber ich bin ganz sicher, dass Jason mein Glück bedeutet. Ich kann ihn unmöglich gehen lassen. Das kann ich einfach nicht …« Ihre Stimme wurde brüchig.

Vater erhob sich und kam zu ihr. »Deine Mutter wird einen Ohnmachtsanfall erleiden.« Er lächelte schief, doch nur kurz. »Du hast es verdient, dein Glück zu finden. Ich werde dir nicht im Wege stehen. Aber ich bin nicht damit einverstanden, dass du einem Mann in ein fremdes Land folgst, den ich nicht kenne. Kann dieser Jason nicht später reisen, damit du ihn uns zunächst vorstellen kannst?«

»Unmöglich. Ich habe dir doch erklärt, dass er schnell auf der Plantage gebraucht wird.« Sie dachten beide nach.

»Dann gib mir seine Adresse, damit ich zu ihm gehen kann. Jetzt gleich.« Ein guter Gedanke.

»Ich bin sicher, wenn du Jason kennengelernt hast, lässt du mich beruhigt mit ihm gehen«, sagte sie, während sie die Anschrift schon auf einem Fetzen Papier notierte. »Ich sehe jetzt noch rasch nach Ernst, ich wusste gar nicht, dass er krank ist. Wir sehen uns bei Jason, ja?« Er nickte. »Danke, Paps!« Sie küsste ihn und huschte davon.

Von dem großzügigen Kontor in den Gesindetrakt waren es nur wenige Schritte. Ernst lag in seinem kleinen Zimmerchen im Keller. Er steckte unter einem Federbett und einer Wolldecke. Seine sonst so lebendigen Augen glänzten fiebrig, und er brachte kaum einen Satz heraus, ohne zu husten.

»Geht schon besser«, versicherte er ihr trotzdem. »Noch ein, zwei Tage, dann bin ich auf'm Damm.«

»Kuriere dich bloß gründlich aus«, sagte Frieda streng. »Aus einer harmlosen Erkältung kann schnell eine Lungenentzündung werden, damit ist nicht zu spaßen.« Während sie sprach, wickelte sie konzentriert ein Handtuch um das kühle feuchte Tuch, mit dem sie seine linke Wade verpackt hatte. Anschließend wiederholte sie das Ganze auf der rechten Seite.

»Jawohl, Frau Doktor.« Ernst schmunzelte. Immerhin, er hatte seinen Humor nicht verloren, oder er hatte ihn bereits wieder zurück. Welch eine Erleichterung.

»Wenn die feuchten Tücher warm werden, müssen sie ausgetauscht werden, sonst geht das Fieber nicht runter.«

»Das kann Muttern machen, wenn sie nachher kommt.«

»Na, das ist ja eine ganz wunderbare Idee, Ernst Krüger. Die kalten Wickel sollen deine Körpertemperatur senken. Wenn du wartest, bis deine Mutter ihre Arbeit erledigt und Zeit für dich hat, dampfen die schon vor Hitze.«

»Denn mach ich das eben selbst«, meinte er kleinlaut und nieste.

»Gesundheit! Du bleibst schön liegen.« Sie zog ihre Taschenuhr hervor. Was hatte Jason gesagt? Er nahm einen Nachtzug, meinte sie sich zu erinnern. Dann hatte sie gewiss noch etwas Zeit. Außerdem war es gut, wenn Vater und er in Ruhe ein paar Worte wechseln konnten. Sie wollte Ernst in seinem Zustand unmöglich allein lassen. Schlimm genug, dass sie sich erst jetzt um ihn kümmerte. In der winzigen Küche pfiff der Kessel. »So, jetzt gibt es einen gesunden Tee«, kündigte sie an und ging.

»Kannst mir nicht lieber 'n steifen Grog bringen?« Er hustete schon wieder.

»So weit kommt's noch.« Sie kam mit der dampfenden Tasse zurück. »Du willst doch wohl gesund werden. Mein Vater braucht dich, Ernst«, setzte sie leise hinzu.

»Ja, ja, is ja gut. Bin bald wieder im Kontor. Mach dir man keine Sorgen.« Er wollte nach der Tasse greifen.

»Der muss noch ziehen.« Frieda musste ihm sagen, dass sie fortgehen würde. Mit einem Mal erschien ihr das noch schwerer als vorhin, als sie es ihrem Vater hatte beichten müssen. Sie senkte den Blick.

»Wenn man hier so dösig rumliegt, denn hat man viel Zeit zum Denken«, begann Ernst da.

»Ach ja?« Gott sei Dank, sie bekam eine Schonfrist, ehe sie das heikle Thema ansprechen musste. »Und worüber hast du nachgedacht?« Sie saß auf der Kante seines Bettes und betrachtete ihn aufmerksam.

»Das erste Jahr meiner Lehre ist nu bald rum. Ich glaub, dein Vater ist ganz zufrieden mit mir.«

»Mehr als das«, bestätigte sie.

»Die Zeit ist schnell rumgegangen. Im zweiten Jahr gibt's schon 'n büschen mehr Geld, und im dritten kann ich mir dann vielleicht schon 'ne kleine Wohnung leisten.« Er seufzte tief, hustete.

»Hier, jetzt ist er gut.« Frieda reichte ihm die Tasse, Ernst rappelte sich auf und lehnte sich gegen zwei dicke Kissen. »Aber vorsichtig, sonst verbrennst du dir noch die Schnute.«

Er zog die Lippen ein. »Daf fär fehr dumm«, sagte er und griente. Frieda musste lachen. Sie schlug seine Decke ein Stück zur Seite. »Hey, Frollein!«

Frieda legte die Hand auf einen Wickel. »Schon ganz heiß, das habe ich befürchtet.« Sie nahm die Tücher ab, ging in die Küche und kam mit frischen kühlen Umschlägen zurück.

»So stell ich mir das vor«, knüpfte Ernst an. »Das wär fein, so 'ne eigene Wohnung oder erst nur 'n Zimmer. Aber ohne Muttern, ganz für mich. Das wird natürlich nix Dolles zum Anfang, also im Vergleich zu dem, was du so kennst.« Sie wollte protestieren, kam aber nicht dazu. »Aber wenn ich auch nach der Lehre noch bei deinem Vater bleiben kann, oder wo anders einen guten Posten bekäme, denn gibt's auch mehr auf die Kralle, und denn kann ich mich bestimmt auch bald vergrößern. Zehn Zimmer werden's wohl nicht.« Er lachte leise. »Aber genug, dass sich 'ne Frau wohlfühlen könnte.« Frieda war platt, damit hatte sie nicht gerechnet. Ernst Krüger dachte daran, eine Familie zu gründen! »Na, versorgen würd ich sie auf jeden Fall anständig.«

»Davon bin ich überzeugt.« Das war sie von ganzem Herzen.

Ein komischer Gedanke, ihr Ernst und ein Mädchen. Sie war nicht eifersüchtig, natürlich nicht. Trotzdem, eigenartig fühlte sich das schon an. »Das sind große Pläne, und du hast ja noch ein bisschen Zeit. Du schaffst das bestimmt, Ernst Krüger.« Sie deckte seine Beine wieder zu. »Gibt es denn schon jemanden? Ein Mädchen, meine ich, das du im Auge hast?«

»Ja, na klar!«

Das wurde immer besser. Ernst war einfach für Überraschungen gut. »Das ist schön«, sagte sie und lächelte ihn an. »Du musst sie mir vorstellen. Vielleicht sogar noch, bevor ich abreise.«

Unter den vom Fieber geröteten Wangen wurde Ernst blass. »Wieso, wohin fährst du denn?«

Tja, sie hatte auch eine Überraschung auf Lager. »Nach Indien.«

»Was?« Das letzte Restchen Farbe verschwand auch noch aus seinem Gesicht. Er starrte sie an, die Stirn in Falten gelegt. »Du nimmst mich auf'n Arm«, krächzte er.

Frieda schüttelte den Kopf. »Ich kann es selber noch nicht richtig glauben. Der Mann, von dem ich dir erzählt habe, der Engländer ... Er muss sich in Indien um die Tee-Plantagen seiner Familie kümmern.« Ernst stellte die Tasse beiseite, als hätte er darin einen fetten Käfer entdeckt. »Er hat mich gebeten, ihn zu begleiten.«

»Das machst du?«

»Ja. Nein, ich kann nicht gleich mit ihm gehen. Es ist doch noch einiges zu regeln.« Sie seufzte. »Und er fährt ja schon heute.« Sie hatten sich gründlich verplaudert. Frieda zückte ihre Uhr. »Donnerwetter, so spät schon. Ich muss los.« Sie sprang auf. In dem Moment bekam Ernst einen schrecklichen Hustenanfall. Er sah jämmerlich aus, rang um Luft, lief dunkelrot an vor Anstrengung. Frieda konnte kaum verstehen, was er zu sagen versuchte. Schließlich deutete er auf seine Beine, zog die Decke zurück. Sie hatte doch gerade erst die Umschläge gewechselt. Na schön, auf die paar Minuten würde es wohl nicht ankommen. Nachdem sie ein weiteres Mal seine Wadenwickel erneuert hatte, verabschiedete sie sich von ihm. »Ich sehe noch mal nach dir, bevor ich abreise. Versprochen.«

Frieda nahm die Straßenbahn zur Güntherstraße und lief von dort in Richtung Alster. Als sie den weißen Bau erreichte, in dem Jasons Wohnung lag, war sie aus der Puste, und sie spürte Schweiß auf ihrem Rücken. Sie betrat das Haus, lief die Stufen in den zweiten Stock, klopfte. Nichts. Nur ihr eigener schwerer Atem. Sie klopfte wieder. Ein scheußliches Gefühl machte sich in ihr breit. Nein, das durfte einfach nicht wahr sein.

»Jason?« Sie klopfte kräftiger. »Jason!« Ihre Fäuste hämmerten gegen das Holz, der Ton hallte von den hellblauen Fliesen wider, die den größten Teil des Treppenhauses zierten. Panik schnürte ihr die Luft ab. Bitte nicht!

»Was ist denn da oben los?« Eine Männerstimme irgendwo unten im Erdgeschoss. Frieda sauste die beiden Stockwerke hinab, nahm immer zwei Stufen auf einmal.

»Entschuldigen Sie«, keuchte sie. An der Wohnungstür im Erdgeschoss stand ein Herr mit silbernem Haar, einer runden Brille auf der Nase und einem Morgenmantel aus Samt über der schwarzen Hose. Dazu trug er Lederpantoffeln. »Tut mir leid, dass ich so laut war, ich muss dringend zu Jason Williamson. Kennen Sie ihn?«

Der Mann machte große Augen, dann lachte er. »Selbstverständlich kenne ich ihn, er wohnt ja da oben. Und ich hier unten. Schon sehr lange.«

»Bitte, ich habe es wirklich eilig.«

»Nein, ich glaube nicht, dass Sie sich beeilen müssen. Herr Williamson ist nämlich abgereist.«

»Was?« Das war ihr lauter herausgerutscht als beabsichtigt. »Aber ich muss ihn sprechen!«

»Junge Dame, da sind Sie zu spät dran.«

»Wann ist er denn aufgebrochen? Wissen Sie, mit welchem Zug er fährt?« Vielleicht konnte sie Jason noch am Bahnhof erreichen.

»So was Verrücktes.« Der Mann lachte geräuschlos, doch sein Körper wackelte fröhlich. »Herr Williamson will mit dem Schlafwagen nach Basel reisen und von dort nach Calais. Denken Sie sich nur, welch eine Reise! Von Calais geht es weiter nach England, nehme ich an«, hörte Frieda ihn noch sagen, als sie längst ein paar Worte des Dankes gemurmelt, sich verabschiedet hatte und losgerannt war. Wohin? Zurück zur Güntherstraße, um die Straßenbahn zu nehmen? Nein, das dauerte zu lange. Sie lief geradewegs an der Alster entlang. Es begann kräftiger zu regnen, der Bürgersteig war rutschig, sie musste achtgeben, dass sie nicht stürzte. Warum kam denn kein Taxi vorbei? Sonst sah man immer welche, aber jetzt? Kein einziger Wagen, den sie anhalten konnte. Ihr Brustkorb hob und senkte sich viel zu schnell, sie spürte einen stechenden Schmerz in der Seite. Ein Herr im Regenmantel trat aus der Schmilinskystraße. Frieda sah ihn zu spät, konnte zwar noch ausweichen, jedoch nicht, ohne ihn anzurempeln.

»Na hör'n Se mal, Frollein! Ham Se keene Augen im Kopf?«, beschwerte er sich. Ein Besucher aus der Hauptstadt. Frieda hatte keine Zeit, sich bei ihm zu entschuldigen. Schon konnte sie das Hotel Atlantic sehen. Dahinter bog sie rechts ab, hastete den Holzdamm entlang. Endlich ragten vor ihr das gewölbte Dach des Hauptbahnhofs und die beiden Uhrentürme auf. Gleich halb sechs. Wie hatte sie sich nur so spät auf den Weg machen können? Hoffentlich war wenigstens Vater rechtzeitig zu Jason aufgebrochen! Frieda rannte weiter. Ebenso gut konnte sie aufgeben, doch sie hatte noch einen Funken Hoffnung. Immerhin wusste sie nicht einmal, wann der Nachtzug nach Basel abfahren sollte. Sie stürzte in das Empfangsgebäude, hörte ein Pfeifen, wurde noch schneller, strauchelte, ruderte hilflos mit den Armen, fing sich in letzter Sekunde. Schwarzer Qualm füllte die Halle, darüber spannten sich die Eisenträger, die das gläserne Dach trugen, wie ein Gerippe. Welches Gleis? Sie hustete, hörte das leiser werdende Schnaufen, sah Rücklichter, die soeben das Bahnhofsgebäude verließen. Die wenigen Menschen, die um diese Zeit noch unterwegs waren, verschwammen vor ihren Augen ebenso wie die Auslagen der Geschäfte. Frieda sprang die Stufen hinab, sah einen Uniformierten, hielt auf ihn zu.

»Nach Basel«, rief sie, kaum verständlich. Wieder musste sie husten. »Der Nachtzug nach Basel«, wiederholte sie.

»Ist gerade raus«, entgegnete der Uniformierte und blickte der Bahn nach, deren schwarzer stinkender Dunst sich allmählich verflüchtigte.

Kapitel 17

Sommer und Herbst 1921

Sekundenlang hatte Frieda einfach nur dagestanden und einem Zug hinterhergesehen, der längst aus dem Blickfeld verschwunden war. Die Sekunden reihten sich aneinander und wurden zu Minuten. Minuten fanden sich zu Stunden zusammen, aus denen Tage wurden. Die wiederum verwandelten sich in Wochen, in Monate und irgendwann in Jahre. Wie Tropfen, die sich zu Rinnsalen zusammenschlossen, zu einem Bach vereinigten und schließlich zu einem rauschenden Fluss wurden, der Frieda mit sich riss. Das Morgen erschien ihr unerträglich und beängstigend. Ehe sie jedoch darüber nachdenken konnte, war es das Jetzt und wurde ebenso schnell zum Gestern. Aus einer düsteren Zukunft wurde eine Gegenwart, durch die sie sich kämpfte, bis Frieda erstaunt auf eine Vergangenheit blickte, die sie irritierte. Im Fluss der Zeit gab es kein Halten.

Auf dem Heimweg vom Hauptbahnhof war Frieda dem Maler Alfred Fellner begegnet. »Jetzt sehen wir uns schon wieder, so ein Zufall. Jetzt müssen Sie mich aber wirklich in meinem Atelier besuchen kommen«, hatte er gesagt. Frieda wusste, dass sie ihm geantwortet hatte, wie man es eben tat, obwohl dieses Rauschen in ihrem Kopf es ihr schwer gemacht hatte zu sprechen, weil die eigene Stimme so fremd war.

Sie pendelte in den Tagen nach Jasons Abreise zwischen der Deichstraße und der Schokoladenmanufaktur in der Bergstraße. Dass auch

Vater Jason nicht mehr angetroffen hatte, sie also auch kein Glück gehabt hätte, wenn sie früher aufgebrochen wäre, war kein Trost. Dafür immer wieder die Frage: Warum war Jason vor seiner Abreise nicht zu ihr gekommen? Sie funktionierte, stand morgens auf, zog sich an, walzte Schokolade, goss Tafeln in ihre Formen. Doch sie probierte nicht ein einziges neues Rezept, ihr fehlte jede Idee, jede Inspiration. Es war, als wäre ihr das Gefühl für Aromen und köstlichste Kombinationen gänzlich abhandengekommen.

An einem Tag im Mai begegnete ihr Clara. Sie kam ihr auf dem Jungfernstieg entgegen und sah erbärmlich aus, blass, mit dunklen Rändern um die Augen, knochig. Ein Bild des Jammers, doch Frieda empfand nichts. Seit sie Jason am Bahnhof um Sekunden verpasst hatte, lebte sie wie in einer Blase, in der sie durch den Fluss der Zeit trieb. Was außerhalb davon geschah, konnte sie schemenhaft erkennen, nur drang es nicht bis zu ihr durch.

Auch die ewigen Vorwürfe, die Hans seinem Vater machte, und die Standpauken, die Albert wiederum seinem Sohn hielt, gingen an Frieda vorbei, als hätte sie nichts damit zu tun. Bis zu diesem einen Tag Anfang Juni. Wieder einmal stritten Vater und Hans, wieder einmal saß sie tief versunken in den immergleichen Gedanken da: Jason ist fort. Ich kann ihn nicht erreichen. Er glaubt, ich bin einfach nicht gekommen, habe ihm nicht einmal auf Wiedersehen gesagt. Er hat nicht versucht, mich zu erreichen.

»Nun reiß dich mal zusammen«, brüllte Albert Hannemann unvermittelt und ließ die Faust auf den Tisch sausen, dass das Porzellan klirrte. »Ich habe dein Selbstmitleid und deine Untätigkeit satt!«

Frieda schreckte auf. Sie wollte sich gerade verteidigen, als sie begriff, dass nicht sie, sondern wie immer ihr Bruder gemeint war. Nur hatte jedes einzelne Wort sie getroffen wie ein Schlag ins Gesicht. Er hätte genauso gut dich meinen können, schoss ihr durch den Kopf. Am schlimmsten war: Er hätte recht gehabt. Es war so einfach, sich

als hilfloses Opfer der Situation zu betrachten, anstatt sich aufzuraf-
fen, um etwas zu ändern. Was konnte sie denn ändern? Jason war
weg, und sie hatte keine Ahnung, wo er sich gerade aufhielt.

»Wie kann man nur so dumm sein!«, platzte sie heraus.

»Ja, hackt nur alle auf mir herum.« Hans sprang auf, taumelte.
»Sogar du«, sagte er leise und sah sie voller Abscheu an.

»Was? Nein, ich meinte dich doch gar nicht. Ich meinte mich
selbst.« Sie musste lachen, gleichzeitig stiegen Tränen in ihr auf.
»Hätte ich mich nicht so hängen lassen, hätte ich Jason noch in
London erreichen können.«

Hans' Miene wurde sanfter, er fuhr sich durch das Haar, das dringend mal wieder gewaschen werden müsste. »Du hättest gleich mit
ihm gehen sollen«, sagte er. »Und das werde ich jetzt auch tun.
Wenn ich in diesem Haus nicht erwünscht bin, will ich euch nicht
länger zur Last fallen.«

Rosemarie schlug die Hände vor das Gesicht und stöhnte gequält
auf, Hans verließ auf unsicheren Beinen das Speisezimmer, und
Frieda begriff überhaupt nichts. Sie musste sich sehr konzentrieren,
um den Disput zwischen ihrem Vater und ihrem Bruder in ihr Bewusstsein zu holen. Von Diebstahl war die Rede gewesen, davon,
dass Hans Geld genommen hatte. Das war keine Überraschung, wie
sonst sollte er die Ausschweifungen bezahlen können? Wenn sie alles richtig mitbekommen hatte, war der Streit schließlich eskaliert,
und Vater hatte Hans die Pistole auf die Brust gesetzt. Falls er nicht
von diesem Tage an auf Rauschmittel aller Art verzichten und sich
endlich ernsthaft um irgendeine Arbeit bemühen sollte, bekäme er
Hausverbot bei Hannemann & Tietz.

Frieda schlich davon. Sie würden sich schon wieder beruhigen, so wie
immer. Sie dagegen musste sich bewegen, musste an die Luft. Sie ging
hinaus, lief los ohne ein Ziel. Ein leichter Wind strich sanft über ih-

ren Nacken. Er brachte den Geruch von Fisch und Algen vom Meer mit. Das Meer. Indien. Ohne nachzudenken, ging sie in Richtung Speicherstadt. Wie konnte man nur so dumm sein, fragte sie sich wieder. Jason Williamson, Sohn eines Teehändlers. Es wäre ein Leichtes gewesen, eine Telefonnummer in London herauszufinden. Sie hätte nur zu Hälssen & Lyon gehen und nach ihm zu fragen brauchen. Jetzt war so viel Zeit vergangen und Jason längst in Indien oder auf dem Weg dorthin. Ob er dort überhaupt einen Fernsprechapparat zur Verfügung hatte? Natürlich nicht! Sie würde ein Telegramm senden müssen. Das war wirklich eine wunderbare Vorstellung. Sie würde ihren Vater bitten, in die Börse zu marschieren – denn ihr gewährte man wohl kaum Zutritt – und ein Telegramm nach Indien zu senden: Liebster Jason, es tut mir so unsagbar leid, dass ich dich verpasst habe. Ich liebe dich. Wie kann ich zu dir kommen? Frieda. Der einzige Grund, dass sie sich und ihre Familie auf diese Weise nicht zum Gespött machte, war, dass Vater dieses Telegramm niemals aufgeben würde.

Sie ließ Zollkanal und Sandtorhafen hinter sich, umrundete die Gasanstalt und blieb bei den Fähranlegern stehen. Von hier konnte sie beinahe zum Afrika-, Amerika-, zum Australia- oder Asia-Quai spucken. Drüben der große Kran, ein Stück weiter die Schwimmdocks der Werften. Und nur wenige Schritte von ihr die Passagierhallen. Einfach eine Passage reservieren und los, das wäre was. Möwen drehten kreischend ihre Runden. Die brauchten keine Passage, dachte sie und seufzte. Wieder hatte sie die Worte ihres Vaters im Ohr. Reiß dich zusammen! Sie musste ihren Verstand anstrengen, um Jason eine Nachricht zu schicken. Sie musste ihn irgendwie wissen lassen, dass es keine Absicht gewesen war, ihn ohne einen Abschied gehen zu lassen. Und darüber hinaus musste sie nur eins: sich so verhalten, wie es der Tochter eines Hamburger Kaufmanns gut zu Gesicht stand.

Plötzlich fiel ihr die kleine Marianne wieder ein. Sie hatte zwar Nachricht von Ulli, dass es ihr jeden Tag ein bisschen besser ging, hätte allerdings längst nach ihr sehen sollen. Das würde sie nachholen. Noch etwas kam ihr in den Sinn. An diesem furchtbaren Tag am Bahnhof war ihr dieser Maler begegnet, Alfred Fellner. Sein Atelier war hier ganz in der Nähe. Hatte er sie nicht eingeladen, ihm einen Besuch abzustatten? Jawohl, verehrter Herr Fellner, dachte sie, genau das werde ich tun. Es wurde höchste Zeit, ihr Leben wieder in die Hand zu nehmen.

»Fräulein Hannemann, das ist eine Überraschung. Ich hätte nicht geglaubt, dass sie tatsächlich hier auftauchen.« Er hatte die Ärmel seines Hemdes aufgerollt, die oberen drei Knöpfe standen offen. Kein Wunder, es war heiß hier oben unter dem Dach des Speichers. Frieda sah sich um. Neue Bilder lehnten an einer Wand und auf mehreren Staffeleien, Farbgeruch und der von Terpentinöl.

»Die Gängeviertel mal wieder«, sagte sie. »Ich habe sie mir gründlich angesehen und teile Ihre Auffassung nicht, dass es ein Jammer ist, sie zu ersetzen. Aus der Sicht des Künstlers mag das so sein, wer dort allerdings leben muss, hat einen anderen Blick auf die Dinge.«

»Die Herren im Senat haben große Pläne, wollen massenweise neue Wohnungen schaffen.« Er zog verächtlich die Mundwinkel nach unten. »Glauben Sie etwa, neue schöne Wohnungen mit fließend Wasser und Anschluss an die Kanalisation können sich all die Leute leisten, denen man zuerst ihre Zimmerchen unter dem Hintern wegreißt?« Er reinigte einen Pinsel nach dem anderen und legte sie ordentlich nebeneinander zum Trocknen auf ein Tuch. Auf großen Tischen lagen Messer, die an Schreibfedern erinnerten, kleine Walzen mit Holzgriffen, die über und über mit Farbklecksen bedeckt waren, und Druckplatten aus verschiedenen Materialien.

»Sie sollten diese Leute malen, nicht nur die Häuser mit den Gaslaternen, das Kopfsteinpflaster.« Sie sah ihn herausfordernd an. »Sie sollten die Menschen nicht nur malen, Sie sollten etwas für sie tun. Es ist einfach, einen Zustand nur zu beklagen. Worauf es ankommt, ist, etwas daran zu ändern.« Sie hatte sich vor ihm aufgebaut und die Arme vor der Brust verschränkt. Sein Gesicht war verschlossen, es verriet nicht viel über ihn, doch in seine Augen trat ein Funkeln, und ein Lächeln schob ganz langsam seine Mundwinkel in die Höhe.

»Was schlagen Sie vor?«

Frieda fühlte sich überrumpelt. »Na ja, Sie könnten eine kleine Summe von dem, was Sie an Ihren Bildern verdienen, abgeben. Bringen Sie es den Leuten, deren Zuhause Ihr liebstes Motiv ist, damit die sich das Nötigste leisten können. Medizin zum Beispiel.«

Fellner sah sie sehr lange an. »Sie haben sich verändert, Frieda Hannemann. Als Sie mir am Lerchenfeld plötzlich gegenüberstanden, waren Sie ein kleines Mädchen. Ich konnte nichts mit Ihnen anfangen. Ein verwöhntes Ding waren Sie, das nichts vom Leben weiß.«

»Es ist gut, ich habe verstanden«, entgegnete sie gereizt.

Er lachte leise. Frieda spürte, wie ihre Wangen brannten. »Sie haben sich verändert«, wiederholte er. »So könnte ich Sie lieben.«

Marianne war wieder gesund, jedenfalls äußerlich. Frieda beobachtete, wie sich das Mädchen noch dichter an Ullis Bein presste und noch mehr darauf achtete, nicht von ihr getrennt zu werden. Wie ein kleiner Schatten huschte sie um ihre große Schwester herum. Auch jetzt, als Ulli und Frieda es sich auf zwei Klappstühlen weit entfernt vom Plumpsklo bequem gemacht hatten. Marianne spielte zu ihren Füßen, blickte aber ständig auf und versicherte sich, dass Ulli noch da war.

Frieda reichte Ulrike ein Weckglas. »Statt Blumen«, sagte sie und zwinkerte. »Ich habe Salzgurken von Gurken-Fritz mitgebracht.«

»Früher kamen die zehn Pfennig das Stück.« Ulli blies Rauch in die Luft und lehnte sich zurück. »Und nu? Sind se schon bei 'ner Mark?«

»Frag nicht!« Frieda lächelte. »Wie geht es euch?« Sie warf einen schnellen Blick auf Marianne, die Murmeln gegen die Wand warf und zusah, wie diese abprallten und möglichst weit kullerten.

»Allerbest! Mutter geht's besser. Nur 'n büschen, aber immerhin. Mariannchen auch. Und der Schuhmacher von nebenan ist tot. Einfach umgefallen. Die Ruhe ist himmlisch.« Frieda musste lachen, obwohl das ja wohl keinesfalls angebracht war. »Willst was trinken? Kann dir zwar nur Handsteinperle anbieten ...«

»Gerne.« Ulli stand auf, warf den Zigarettenstummel weg und trat die Glut mit der Schuhspitze aus. Sofort war auch Marianne auf den Beinen.

»Du kannst bei Frieda bleiben. Kennst sie doch«, sagte Ulli und untermalte ihre Worte mit Gesten. Marianne lief trotzdem mit ihr ins Haus. Bald darauf waren die beiden zurück, Marianne reichte Frieda ein Glas Leitungswasser.

»Danke schön.«

Ulli rückte ihren Stuhl in den Schatten. »Ist aber auch warm heut. Prost!« Sie trank das halbe Glas leer. »Und, bei euch?«

Frieda mochte nicht von Jason sprechen, sie erzählte von dem Streit zwischen Hans und ihrem Vater. »Es war ja nicht das erste Mal, aber irgendwie ... Bisher hat mein Bruder noch nie damit gedroht, das Haus zu verlassen. Für immer, meine ich. Wo sollte er auch hin? Wahrscheinlich bleibt er ein paar Nächte weg und taucht wieder auf wie ein Streuner, zerlumpt und hungrig. Rate, wer ihn dann mit offenen Armen aufnimmt.«

»Ist doch auch gut so, oder nicht?«

»Doch, sicher. Andererseits kann es doch nicht immer so weitergehen.« Sie seufzte. »Ich wüsste zu gern, wo er unterschlüpft, wenn er nicht zu Hause schläft.«

Ulli lachte. »Das kann ich mir schon denken.« Sie setzte eine vielsagende Miene auf.

»Kannst du dir auch denken, wer die Frau ist, die ihn mit Rauschmitteln versorgt? Die würde ich sehr gerne in die Finger kriegen.«

»Oha!« Ulli lächelte spöttisch und steckte sich eine neue Zigarette an. »Ich hör mich mal um.«

Der Fluss der Zeit spülte Frieda unaufhaltsam voran. Fritz' Gurken kosteten mittlerweile zwei Mark fünfzig das Stück, und die Sonne stand selbst mittags tief am Himmel. Was Frieda kaum sah, weil sie arbeitete, in Büchern über das Pralinenmachen las oder Fellner traf, der ihre Idee aufgegriffen hatte und für jedes verkaufte Gänge-Bild einen Heiermann an arme Leute im Rademachergang, im Langeroder Kornträgergang abgab. Wenn sie überhaupt mal Zeit für sich hatte, verbrachte sie sie mit Ernst, der im Sommer regelmäßig hatte mitsegeln dürfen. Er hatte schicke weiße Stoffhosen, ein kurzärmeliges weißes Hemd und eine passende Mütze bekommen, worauf er mächtig stolz war, und seine Haut war ungewohnt braun. Bei Hälssen & Lyon hatte Frieda eine Adresse der Familie Williamson bekommen und umgehend einen Brief auf den Weg gebracht mit der Bitte um Weiterleitung nach Indien.

Hans war nicht nach Hause gekommen. Mit jedem Tag grämte Mutter sich mehr und machte Vater bitterste Vorwürfe. Bis Ulli sich schließlich meldete.

»Hab auf'm Weg vom Spreckel nach Hause einen Streuner aufgelesen. Glaub, der gehört zu euch«, hatte sie gesagt. Sie brachte ihn in der Nachbarwohnung, der des verstorbenen Schuhmachers unter. Dessen Witwe hatte eine Kammer frei und war froh über jede Mark extra, die sie kriegen konnte. Frieda gab der Frau das Geld gerne und auch Ulli eine kleine Summe, damit die sich ein wenig um ihn kümmerte, dafür sorgte, dass er einmal am Tag aß und nicht mehr als einmal am Tag betrunken war. Ulli hatte außerdem die Frau wiedergesehen, die Hans den schrecklichen Äther beschaffte.

»So wie die aussieht, säuft die das Zeug selbst«, stellte sie hart fest. »Das Leiden Christi in Pantinen.«

Im Herbst kam ein Brief von Jason. Endlich! Frieda flatterte am ganzen Körper. Sie rannte in ihr Zimmer, schloss die Tür hinter sich ab und warf sich mit dem Kuvert aufs Bett. Sie riss den Umschlag auf, zögerte. Ganz kurz fürchtete sie sich davor, es könnte etwas Schlechtes darin stehen. Vielleicht hatte er es sich anders überlegt oder eine andere kennengelernt. Dann hielt sie es nicht länger aus und faltete den Brief mit klopfendem Herzen auseinander. Er schrieb, dass er sich eigentlich nicht hatte melden wollen.

»Dein Vater hat mir ja sehr deutlich erklärt, dass ich irgendwann zu dir zurückkommen kann oder dich mir aus dem Kopf schlagen soll.« Frieda las die Zeile gleich noch mal. Das war nicht möglich. Vater hatte gesagt, er habe Jason nicht angetroffen. »Ich wollte den Kontakt zu dir abbrechen, dich vergessen. Aber das kann ich nicht. Dummerweise verstehe ich auch noch deinen Vater, er scheint meinem ähnlich zu sein. Und ich verstehe und bewundere dich für deine hanseatische Geradlinigkeit und dein unumstößliches Pflichtgefühl.«

Sie ließ den Brief sinken, atmete mehrmals tief durch. Sie würde Vater zur Rede stellen. Sofort. Frieda schloss die Augen. Nein, zuerst wollte sie alles lesen. »Deine Worte haben mich bestärkt, die Zeit hier irgendwie ohne dich zu überstehen. Wenn du bereit bist, auf mich zu warten, dann bringen wir diese Monate der Trennung hinter uns und heiraten, sobald ich zurück bin.« Er berichtete von seiner Reise und von den Schwierigkeiten auf der Plantage. Er schloss mit der Hoffnung auf ein nächstes Lebenszeichen von ihr. Immerhin, jetzt hatte sie seine Anschrift in Kalkutta, dem Herzen des einstigen Britisch-Indien, und konnte sich den Umweg über London sparen. Von Kalkutta fuhr er regelmäßig auf die Plantagen, die im nordöstlich gelegenen Bundesstaat Assam am Himalaya lagen. Frieda konnte sich nicht vorstellen, was exotischer hätte sein können.

Sie starrte vor sich hin. Vater hatte sie angelogen. Ausgerechnet er. Wie konnte er ihr das antun? Frieda platzte beinah vor Wut. Gleichzeitig stahl sich ein Lächeln auf ihre Lippen. Wir heiraten, sobald ich zurück bin. Ja, Jason, das werden wir tun. Und dann werde ich nicht länger Rücksicht auf die Familie nehmen. Den Brief in der Hand, marschierte sie in die gute Stube. Da war niemand. Vater war doch zu Hause, sie hatte vorhin seine Stimme gehört. Im Flur stieß sie fast mit Dr. Matthies zusammen.

»Guten Tag, Fräulein Hannemann. Und auf Wiedersehen.«

»Waren Sie bei Großvater?«

»Nein, bei Ihrem Vater. Er hat einfach zu viel Aufregung, das ist nicht gut für sein Herz.«

Kapitel 18

Frühjahr 1922

Mittlerweile war es wieder Frühling geworden. Frieda hatte nicht mit ihrem Vater gesprochen. Natürlich nicht. Sie wollte ihn schließlich nicht umbringen. Stattdessen sprang sie ganz selbstverständlich für ihn ein, wo sie nur konnte, und kümmerte sich gemeinsam mit Ernst um die Geschäfte, während er sich zu Hause erholte.

»Als ich Kind war, kostete eine Tafel Schokolade gerade einmal fünfzig Pfennig«, brummte Frieda, die mit Ernst und Buchhalter Meynecke in Vaters Kontor einige Rechnungen durchging. Wenn sie die beiden nicht hätte, sie wäre verloren. »Heute kostet sie 340 Mark. Die Preise für Butter, Eier und Brot sind um tausend Prozent gestiegen. Wohin soll das noch führen?« Sie pustete sich eine Locke aus dem Gesicht.

Nachdem sie alles erledigt hatten, was nicht bis Vaters Rückkehr warten konnte, erklärte Ernst: »Auf'm Heiligengeistfeld ist Frühlingsmarkt. Komm, geh'n wir hin. Für heute war'n wir tüchtig genug.«

Sie fuhren mit der Straßenbahn vom Rödingsmarkt zum Millerntor. Es herrschte mächtig Betrieb, ganz Hamburg schien auf den Beinen zu sein. Der Dommarkt, schlicht Hamburger Dom genannt, war seit Jahren eine Institution. Dass es ihn nun auch im Frühling gab, war neu. Wenn die Leute auch kaum noch genug in den Taschen hatten, um sich etwas zu leisten, wollten sie doch wenigstens gucken. Das kostete nichts. Und so bummelten einige mit Butterbroten oder selbstgebackenem Kuchen zwischen den Fahrgeschäften und Buden entlang und genossen den milden Frühsommerabend.

»Ich spendier uns 'n Holsten-Edel«, verkündete Ernst. Ehe Frieda etwas dazu sagen konnte, schlug er vor: »Nee, lieber 'n Bier mit Musik.« Er rieb sich voller Vorfreude die Hände.

»Ich meine, ich hätte vorhin eine Pankoken-Kapelle gesehen. Denkst du nicht, die werden noch spielen? Dann reicht doch ein Bier.« Sie hielt nach den vier Männern mit schwarzen Anzügen und schwarzen Melonen Ausschau, die vor wenigen Minuten mit ihren Blasinstrumenten ihren Weg gekreuzt hatten.

Ernst kniff beim Lachen die Augen zu. »Kennst nicht, ne? Bier mit Musik?« Sie hob fragend die Augenbrauen. »Ist lecker! Das ist Bier mit braunem Zucker und einem Scheibchen Zitrone«, erklärte er fröhlich, und schon war er bei der nächsten Bude, um zwei Gläser zu besorgen. Gleich darauf war er zurück und reichte ihr eins. »Auf dein Wohl, Frau Kaufmann Frieda Hannemann!«

Sie musste lächeln. »Auf dein Wohl, Herr Ober-Kaufmanns-Lehrling Ernst Krüger!« Sie schlugen die Gläser aneinander. Frieda nahm einen Schluck. »Das ist wirklich gut. Warum habe ich das noch nie vorher probiert?«

»Bist eben 'ne Dame. Die trinken anständige Sachen. Wein und so 'n Zeug.« Er verzog das Gesicht. »Oha, nu bist auf'n Geschmack gekommen. Denn kann ich nu wohl kräftig blechen.«

Frieda lachte laut auf. »Da mach dir mal keine Sorgen. Ich glaube, ein solches Gebräu reicht mir.« Sie hielt das Glas hoch. »Sonst singe ich am Ende noch unanständige Lieder.«

»Da hätt ich nix gegen.«

»Aber ich«, sagte sie streng. »Außerdem ist der Preis in den letzten fünf Minuten sicher schon wieder gestiegen. Eine zweite Runde kannst du dir gar nicht leisten.« Sein Blick bekam etwas Schelmisches. »Was führst du im Schilde, Ernst Krüger?«

»Nix! Aber nu sag ich: Da mach dir man keine Sorgen. Das mit den Preisen, die schneller steigen, als du Labskaus sagen kannst, das ist gar nicht nur schlecht, weißt du?«

»Aha?« Sie machte große Augen.

»Ich hab mir da so 'n Geschäftsmodell überlegt.« Er sah sich um wie ein Gauner, der seinem Kompagnon das Versteck von Diebesgut verraten wollte, und kam näher. »Ich hab 'n Kredit aufgenommen.« Frieda verschluckte sich an ihrem Bier und bekam einen schrecklichen Hustenanfall. »Na, na.« Er klopfte ihr auf den Rücken.

»Du hast was?«, brachte sie heiser hervor und keuchte.

»Pass auf: Zuerst hab ich bei der Margarinefabrik Mohr in Bahrenfeld für das geliehene Geld eine Partie Streichfett gekauft. Nach zwei Tagen war der Preis um das Doppelte gestiegen. Ich hab die Margarine beliehen, mit der Summe den Kredit bezahlt und hatte 'n büschen übrig. Kapierst du?« Er sah sie mit leuchtenden Augen an. »Nu mach ich das im größeren Stil. Hab von den Vereinten Gummiwaren Fabriken in Harburg Fahrradschläuche und Gummistiefel gekauft«, flüsterte er verschwörerisch. »Da war schon mehr bei über.« Er strahlte über das ganze runde Gesicht. »Und nu steig ich um auf Automobile.«

Die Geschäfte liefen immer schlechter. Statt nur unter der Inflation zu leiden, konnte man daran auch verdienen, so wie Ernst. Hatte sie Fellner nicht gepredigt, es reiche nicht, einen Zustand zu beklagen, man müsse ihn ändern? Sie zermarterte sich das Gehirn und hatte schließlich die zündende Idee. Wenn sie jetzt Automaten kaufte, würde deren Wert innerhalb von Tagen steigen. So wie Fahrradschläuche und Gummistiefel. Bot sie die dann zum Sonderpreis einem Schokoladenhersteller außerhalb ihres Wirkungskreises an, wäre es für beide Seiten ein Gewinn. Obendrein würden die Hamburger es zu schätzen wissen, die gute Hannemannsche jeden Tag zum gleichen Preis aus einem Automaten ziehen zu können. Ein Produkt, das nicht täglich teurer wird – wenn das keine glänzende Werbung war? Damit konnte sie sogar ihren Vater überzeugen.

Vielleicht, kam ihr im Nachhinein in den Sinn, hatte er nur zugestimmt, weil er zu erschöpft war, ihr zu widersprechen. Oder er hatte, wie sie, die Sache nicht zu Ende gedacht.

»Mönsch, wie kann man nur so dösig sein?«, schimpfte Ernst. Doch da war das Kind bereits in den Brunnen gefallen. Alle Händler, denen sie Automaten anbot, hatten dankend abgelehnt.

»Nee, ich will bestimmt keene Automaten. Nicht jetzt!« Die erhoffte Einnahme blieb also aus. Und auch sonst erwies sich Friedas Einfall als ausgesprochen dösige Idee, da hatte Ernst schon recht.

»Wieso fragst mich denn nicht?« Er hatte die Stirn in Falten gelegt und lief in der Manufaktur auf und ab. »Und du sagst noch, dass 'ne Tafel heute über dreihundert Mark kostet. So viele Münzen hat doch kein Mensch!«

»Ich dachte, wenn die nur fünf Mark einwerfen müssen, dann ist ihr Geld plötzlich wieder etwas wert, und sie geben es für unsere Ware aus.«

»Jo!« Er blieb stehen und funkelte sie an. »Das hat ja auch funktioniert. Alle drei Automaten waren leer, ehe du …«

»… Labskaus sagen kannst, ich weiß«, beendete sie den Satz für ihn. »Ich dachte, das wäre gut. Ich habe nicht überlegt, dass wir mit den geringen Einnahmen nicht zurechtkommen. Und schon gar nicht, dass wir für die Zutaten ein Vielfaches bezahlen müssten, wenn wir die Dinger wieder auffüllen wollten«, gab sie kleinlaut zu.

Ernst schnaufte. Dann tätschelte er ihr freundschaftlich den Arm. »Wir kriegen das schon hin. Ich lass dich nicht im Stich. Wenn das mit dem Automobil, das ich gekauft hab, klappt, denn kann ich dir Geld geben.« Sie wollte protestieren. »Keine Sorge, ich will das wiederhaben. Ist nur geliehen.« Er zwinkerte ihr zu. »Ist auch erst mal nicht so viel, ich will schließlich noch 'n paar Autos kaufen.« Ernst sah sie lange an. Das war dieser Blick, den er oft hatte, seit aus Friedas Abreise nach London und Indien vor einem Jahr doch nichts geworden war. Das war nicht mehr die Kumpelhaftigkeit, die sie von Ernst kannte, das war Zielstrebigkeit und Mut, Vertrautheit und sehr viel Nähe. »Ist doch vielleicht 'ne Investition in die Zukunft, wenn ich dir Geld leihe«, sagte er leise. »Oder nicht?«

Die Wochen flogen dahin. Frieda hatte Jason schon zwei Briefe geschrieben. Ob er sie überhaupt bekommen hatte? Sie hatte jedenfalls lange nichts von ihm gehört. Es ist ein weiter Weg, sagte sie sich, auf dem ein Kuvert leicht verschwinden kann. Mit jedem Tag wuchs ihre Angst, ihm könnte etwas zugestoßen sein, sie würde womöglich nie wieder etwas von ihm hören.

Auch zu Hause in Hamburg gab es genug Gründe, sich Sorgen zu machen. Im Juni war die Stadt von einer Anschlagsserie erschüttert worden. Rechtsradikale, hieß es, hatten versucht, das Verlagsgebäude der Hamburger Volkszeitung im Valentinskamp in die Luft zu jagen. Frieda würde nie verstehen, warum man mutwillig Gebäude zerstörte und Menschenleben riskierte. Als ob man auf diese Weise jemanden von seiner Ansicht überzeugen könnte. Außerdem hatte sie ganz andere Probleme. Die Geschäfte entwickelten sich nämlich längst nicht so, wie sie es sich mal erhofft hatte. Der Kakaoverein pries im neuen Hamburger Anzeiger zwar den Nährwert von Kakaoprodukten aller Art. Sie lieferten Fett, Eiweiß und Kohlehydrate in glücklichster Verbindung, hieß es da, und die Kakaobohne sei überhaupt ein Phänomen der Natur, in der sich auf kleinstem Raum wertvollste Inhaltsstoffe zusammendrängten. »Ein Universalnahrungsmittel, das selbst Brot und Butter ersetzt!« Nur glaubte das keiner so recht oder hatte weder Geld für Kakao noch für Butterbrot.

Nicht zuletzt Hans machte ihr Sorgen. Sie wollte zu gern diejenigen in die Finger kriegen, die ihm seine Rauschmittel beschafften. Ihn selbst zu fragen, hatte wenig Sinn. Entweder war er nicht klar bei Verstand, oder er litt, was in letzter Zeit immer häufiger der Fall war, unter dem Entzug.

»Was ist eigentlich mit der kleinen Mendel? Siehst du die gar nicht mehr?«, fragte er sie eines Tages. Seine Augen glänzten fiebrig.

»Gegenfrage: Was ist in den braunen Flaschen, die du dir ständig bringen lässt?«

Er wirkte kurz irritiert, dann nuschelte er: »Sie ist doch noch Krankenschwester, oder? Das musst du doch wissen.« Er wurde immer lauter. »Ihr wart doch mal so dicke miteinander.«

Dann hatte er sie einfach stehen lassen.

Ein wahrer Lichtblick war Besuch, der an einem schwülen Augusttag vor der Tür stand. Henriette meldete eine Miss Williamson. Sie hätte den Namen nicht zu nennen brauchen, Frieda erkannte Jasons Schwester sofort. Die gleichen freundlichen Augen, auch die Lachfältchen um die Lippen waren gleich. Frieda starrte sie an. Ein Teil von ihr hätte sie am liebsten umarmt, ein anderer Teil fragte sich ängstlich, warum sie gekommen war.

»Verzeihen Sie den Überfall.« Sie lächelte Frieda sehr freundlich an. »Eliza Williamson. Mein Bruder hat mir so viel von Ihnen erzählt. Es macht ihm schwer zu schaffen, dass Sie nicht bei ihm sein können und dass er so lange nichts von Ihnen gehört hat. Ich dachte, wir sollten uns einfach kennenlernen, und Sie erzählen mir, was los ist.« Das nannte man wohl entwaffnende Offenheit.

Frieda reichte ihr die Hand. »Ich freue mich sehr, dass Sie gekommen sind, Miss Williamson. Allerdings verstehe ich nicht … Kommen Sie, gehen wir irgendwohin, wo wir eine frische Brise abkriegen.«

Sie bekamen einen Tisch auf der Terrasse des Alsterpavillons im Schatten eines großen dunkelblauen Schirms. In der Ferne glitt Levi Mendels Kahn über das glitzernde Wasser, seine Schwäne im Schlepptau. Eliza hatte die gleichen schönen grauen Augen wie Jason und trug ihr braunes Haar jetzt kinnlang wie Frieda.

»Nennen Sie mich Liz«, schlug sie vor. »So nennt mich meine Familie.« Sie hatte ein warmes Lächeln, das Frieda sofort für sie einnahm.

»Dann nennen Sie mich bitte Frieda. Eigentlich heiße ich Friederike, aber so nennt mich niemand.« Sie rollte mit den Augen.

»Jason hat viel von Ihnen erzählt.« Liz' Blick verriet, dass sie ihn ebenso vermisste wie Frieda. »Er hat von Ihrer Schokolade geschwärmt. Aber vor allem von Ihnen, Ihrer Geradlinigkeit, Ihrer Aufrichtigkeit. Sie haben ein Herz, so groß wie der Hamburger Hafen, sagt er.«

Frieda spürte wohlige Wärme tief in sich. Das war etwas anderes als die schwüle Hitze, die sie umfing. »Sie sagten, er hat lange nichts von mir gehört. Aber das kann nicht sein. Ich habe ihm mehrmals geschrieben.«

»Ach, das ist typisch für Indien. Die eine Hälfte der Post geht verloren, die andere ist nicht auffindbar.« Sie lachte.

Sie bestellten sich Eistee. Dann begann Eliza zu erzählen. Ihre Stimme war wie eine schöne schattige Allee, auf der Frieda durch

Jasons Leben spazieren konnte. Frieda sah ihn als Jungen vor sich, der zur Schule ging und später eine Ausbildung begann. Sie sah ihn, wie er mit seinem jüngeren Bruder raufte, wie er der kleinen Schwester zum Einschlafen Märchen vorlas. Als Europa in Aufruhr geriet, wurde Jason Soldat. Er war auf einem Kanonenboot stationiert, mit dem er in den Hamburger Hafen kam. »Ich war als Lazarettschwester an der Westfront.« Elizas Lippen zuckten kurz, und ihre Augen bekamen einen verräterischen Glanz. »Ich habe mich in einen deutschen Soldaten verliebt, so hat es mich nach Hamburg verschlagen.« Sah nicht so aus, als sei dieser Liebe Glück beschieden gewesen. »Neben ihm ist eine Handgranate explodiert und hat Holzbalken in tausend Stücke gesprengt. Splitter haben sich in seinen Brustkorb gebohrt. Wir dachten, wir hätten alle zu fassen bekommen. Aber einen haben wir wohl übersehen. Der ist in sein Herz gewandert.«

»Das tut mir so leid.«

Liz erzählte, dass sie in Deutschland geblieben sei. Am Anfang nur, um die deutsche Sprache zu hören, weil sie das dem geliebten Mann näher brachte. Außerdem war sie allein in einer fremden Stadt, in einem fremden Land und hatte keine Ahnung, wie sie in die Heimat zurückkehren sollte. Sie versteckte sich, schlug sich durch. Später, als der Krieg vorbei war, fand sie Arbeit im Krankenhaus und irgendwann auch Freunde.

»Ich hatte mich in den Hafen geschlichen und einem britischen Soldaten eine Nachricht an Jason zugesteckt. Von da ab hat mein Bruder auf mich aufgepasst, so gut er konnte, und für mich gesorgt. Er hat sich ziemlichen Ärger mit meinem Vater eingehandelt, müssen Sie wissen.«

»Warum das?«

»Wir haben noch eine ältere Schwester, unser jüngerer Bruder ist gefallen.«

»Ich weiß nicht, was ich sagen soll«, flüsterte Frieda. »Sie haben so viel Schreckliches durchmachen müssen.«

»Viele mussten das«, erwiderte Liz sanft. »Jedenfalls ist Jason jetzt der einzige Sohn im Haus. Aber für Vater war auch schon vorher klar, dass er einmal den Teehandel übernehmen würde, schließlich ist er der Erstgeborene. Jason hat auch alles gelernt, was ein Kaufmann können muss. Es macht ihm glücklicherweise Freude. Als der Krieg vorüber war, hat Vater ihn sofort wieder zu Hause erwartet.« Sie blickte einer Möwe nach, die über ihren Köpfen davonsegelte. »Jason hat mich mehr als einmal gebeten, mit ihm nach Hause zu kommen, aber ich wollte nicht.« Sie lächelte. »Ich mag Hamburg. Und es war schrecklich anstrengend, Deutsch zu lernen. Das konnte doch nicht umsonst gewesen sein.« Wieder lachte sie.

»Sie sprechen sehr gut. Man könnte meinen, Sie wären hier aufgewachsen.«

»Oh, danke für das Kompliment. Auch wenn es geschummelt war.« Sie schmunzelte. »Jason ist das Sprachtalent in der Familie.« Sie nahm den Faden wieder auf. »Ohne mich ist er nicht zurück nach England gegangen. Gott sei Dank ist mein großer Bruder clever und hat eine Handelsbeziehung zu Hälssen & Lyon aufgebaut. Vater hat getobt. Er hasst die Deutschen.«

Frieda zuckte zsuammen. Das waren ja schöne Aussichten.

»Entschuldigung. Aber es war nun mal eine deutsche Pistolenkugel, die meinen kleinen Bruder getötet hat. Das wirft Vater allen Bürgern Ihres Landes vor, und er wird es nie verzeihen. Nun ja, wegen dieser neuen Geschäftsbeziehung, die Jason hierher geknüpft hat, hat Vater die Leine ein wenig lockerer gelassen, an der er Jason führt.«

Frieda musste an Bemerkungen denken, die Jason gemacht hatte. Ihr fiel der Tag bei Hagenbeck ein, als sie den Tiger an der Leine gesehen hatten. Vielleicht war es gar nicht immer um Beziehungen gegangen, wenn Jason von Freiheit gesprochen hatte. Es ging womöglich um seinen Vater und darum, dass er ein Familienerbe anzutreten hatte, ganz gleich, was auch geschah.

»Vaters Hass auf die Deutschen ist natürlich dumm. Es war Krieg. Engländer haben auch getötet, darunter bestimmt sehr nette und anständige Kerle.« Sie sah Frieda traurig an. »Nur braucht man ihm damit nicht zu kommen. Argumente zählen in dieser Sache nicht, sondern allein die Gefühle meines alten Herrn.« Sie sah Frieda in die Augen. »Darum hat Jason Ihnen so lange verschwiegen, dass er Engländer ist.«

»Weil Ihr Vater die Deutschen nicht leiden kann? Das verstehe ich nicht.«

»Nein, nein.« Liz nippte an ihrem Eistee. »Sie haben einmal eine Bemerkung darüber gemacht, dass Sie keine Engländer mögen.«

»Das war doch gar nicht so gemeint.« Frieda hätte sich noch immer für ihre dumme Bemerkung von damals ohrfeigen können.

»Woher sollte er das wissen? Jason fürchtete, Sie sind in Ihrer Meinung genauso stur wie Vater, weil auch Sie vielleicht jemanden durch die Hand unserer Soldaten verloren haben.«

Frieda und Eliza versprachen sich nach ihrer ersten Begegnung, dass sie sich öfter treffen wollten. Das taten sie. Außerdem stellte Frieda endlich ihren Vater zur Rede. Mit dem Brief in der Hand ging sie eines Tages zu ihm, als er wieder bei Kräften war.

»Warum hast du mich angelogen, Vater?«

»Wie bitte? Was meinst du, Sternchen?« Er legte die Zeitung beiseite.

»Du hast gesagt, du hättest Jason nicht angetroffen, eher er Hamburg verlassen hat. Dabei warst du bei ihm. Du hast ihm gesagt, dass ich nicht nach Indien komme.«

»Du liebe Zeit, Sternchen, das ist so lange her.«

»Warum, Vater?«

»Du bist neunzehn. In dem Alter vergisst man die große Liebe noch schnell und findet eine neue.« Sie sah ihn an, ohne eine Miene zu verziehen. »Ich konnte dich nicht gehen lassen, weil ich dich hier brauche. Vor einigen Jahren war es noch undenkbar, aber heute ist es möglich, dass eine Firma vom Vater an die Tochter weitergegeben wird.« War das sein Ernst? Ihr Herzschlag beschleunigte sich.

»Ich weiß nicht, ob es je so weit kommen muss. Aber eins weiß ich: Hannemann & Tietz steht über allem. Ich muss die Zukunft des Betriebes sichern. Ich weiß, dass du es genauso siehst, Friederike, erst der Laden, dann die Liebe. Wenn dieser Engländer wirklich der Richtige ist, dann wartest du auf ihn, und dann kommt er auch zu dir zurück.«

Die Sehnsucht zerrte heftig an Frieda und zog sie mit ihrer ganzen Kraft mit sich. Diese Schnelligkeit, mit der ein Tag zur Nacht wurde, ein neuer Tag entstand, das Tempo, mit dem die Hitze des Sommers schon wieder vergessen war und Stürme durch Hamburgs Straßen fegten, um dem Herbst das Feld zu bereiten, wurden Frieda zu Halt und Trost. Sie hätte den Gedanken, wie lange die Reise von Kalkutta nach Hamburg dauerte, sonst nicht ertragen. Die Welt war zu groß, es war nicht gut, wenn Menschen, die einander etwas bedeuteten, so weit voneinander entfernt waren. Es kostete einfach zu viel Zeit, um zueinandergelangen zu können. Nur dass die Zeit schnell verstrich, ließ Frieda an manchem trüben Tag die Zuversicht nicht verlieren. Selbst Probleme, die das ganze Land erschüttern konnten, lösten sich im Laufe der Wochen und Monate. Zum Beispiel dieser unsägliche Hitler.

»Dieses elende Gerede von Groß-Deutschland und den Kolonien, die wir zur Ansiedlung unseres Bevölkerungsüberschusses brauchen ...«, hatte Ernst gerade noch gesagt. »Hitler und seine Gauner werden uns noch Kummer machen.« Und nun war die NSDAP endlich auch in Hamburg verboten worden. So ein Glück. Das Schlimmste an diesen Leuten war in Friedas Augen ihre Einstellung zu den Juden. Nicht genug, dass sie ihnen die Mitarbeit in Redaktionen verbieten wollten, nein, diese Bande wollte die Juden allen Ernstes aus der deutschen Staatsbürgerschaft ausschließen. Welch eine Posse! Hatte dieser Hitler denn gar keinen Grips im Kopf? Was würde es allein für Hamburg bedeuten, wenn die Juden die Stadt verließen, was sie ohne Zweifel tun würden, wenn man sie ihrer Bürgerrechte beraubte? Persönlichkeiten wie Gero Mendel, der Hamburg ein unvergleichliches Kaufhaus schenkte, wie Salomo Birnbaum, der die jiddische Sprache und Literatur an der Universität lehrte. Nicht zuletzt Ida Dehmel. Ohne sie gäbe es den Hamburger Frauenclub nicht, und so manche Künstlerin, gerade die niederdeutschen, hätte es noch schwerer. Gut, dass der Spuk ein Ende hatte. Frieda hatte sich sowieso nie vorstellen können, dass die Hamburger solchen dummen Forderungen folgen würden.

Wenn sie nicht in der Schokoladenküche war, gab es vieles andere, worum sie sich zu kümmern hatte. Dazu gehörten die Nachforschungen nach der Frau, die Hans Äther oder sonst ein Teufelszeug beschaffte. Frieda hatte keine Vorstellung davon, was sie tun würde, wenn sie dieser Person gegenüberstand. Was wollte sie eigentlich erreichen? Sie bildete sich doch wohl nicht ein, die Frau davon abbringen zu können, Hans weiter zu besorgen, worum immer er sie bat. Dass Ulli ein Auge auf Hans hatte, war beruhigend. Sie war es auch, die Frieda einen Hinweis gab.

»Du wolltest doch die Dame kennenlernen, die deinem Bruder die Buddeln mit dem ganz besonderen Tropfen besorgt«, begann sie eines Tages, als Frieda sie mal wieder vor Spreckels Speicher abholte. Sie hatten sich angewöhnt, eins ums andere Mal gemeinsam den Zollkanal zu überqueren und dann in Friedas Zimmer ein Plauderstündchen abzuhalten, oder sie liefen weiter über das Nikolaifleet und gönnten sich am Neuen Wall ein Bier oder ein Glas Wein. Es kam Frieda längst nicht mehr komisch vor, in der Öffentlichkeit Alkohol zu trinken. Außerdem war Bier sowieso kein Alkohol, sondern ein Grundnahrungsmittel, wie Ernst gern sagte. »Ich hab die wieder gesehen.« Ulli blies Rauch in die kalte Luft. »Is 'ne ganz komische Person.«

»Warum, was ist mit ihr?« Frieda hatte Mühe, mit Ulli Schritt zu halten.

»Hans hat sich neulich so drollig aufgeführt, da hab ich Lunte gerochen und bin ihm nach. Hatte den richtigen Riecher, im Kornträgergang, also vorne in der Straße, hat er sich mit ihr getroffen. Ich hab mich gar nicht groß um die gekümmert, hab so getan, als hätte ich in einem der Häuser was zu tun.« Sie griente breit und nahm wieder einen tiefen Zug. »In Wirklichkeit hab ich mich aber im Hauseingang versteckt und gelauscht«, erklärte sie triumphierend.

»Und?«

»Na, es war schon 'n büschen weit weg«, gab Ulli zu. »Aber ich glaub, die ist Krankenschwester oder so was.« Genau wie Eliza, dachte Frieda. Dann traf sie die Erkenntnis wie ein Fausthieb. Oder wie Clara.

»Ist dir nicht gut?« Frieda bemerkte jetzt erst Ullis kritischen Blick.

»Was hat sie denn gesagt, wie hat sie ausgesehen?«

»Sie hatte 'n büschen mehr auf den Rippen als das eine Mal, wo ich sie vorm Lübschen Baum gesehn hab. Ist aber trotzdem 'n ziemliches Klappergestell. Wie so 'ne Spitzmaus mit Kummerfalten. So hat sie ausgesehen.« Sie warf den Zigarettenstummel weg und zog mit den Zeigefingern ihre Mundwinkel nach unten. Frieda starrte sie an.

»Findst nicht lustig, ne?« Ulli fischte ihre Zigarettenschachtel aus der Manteltasche.

»Du rauchst zu viel, Ulli«, sagte Frieda.

»Mann, was ist dir denn über die Leber gelaufen?«

»Entschuldige! Ist doch wahr, du bringst dich mit den Dingern noch um.«

Ulli zuckte mit den Schultern. »Und? Wir sterben sowieso alle.« Eine Weile gingen sie schweigend nebeneinanderher. Frieda bemerkte, dass Ulli die Schachtel unverrichteter Dinge wieder eingesteckt hatte.

»Die ham über Kanickel geredet und über Briefe«, begann Ulli plötzlich. »Keine Ahnung, worum es genau ging. Vielleicht hat sie ihm Liebesbriefe geschrieben.« Sie griente. »Und er hat sie weggeschmissen. Sie hat jedenfalls irgendwas davon gesagt, dass er sie aufheben soll, das er dass nicht machen kann. Dann wurde es richtig interessant und ging um die braunen Buddeln, die sie ihm immer mitbringt. Sie meinte, sie muss verdammt aufpassen, weil sie sowieso schon ins Visier der Oberschwester geraten ist. Wegen der starken Schmerzmittel, die im Vorrat der Klinik fehlten. Und wegen irgendeinem Eingriff hätte die sie auch auf'm Kieker, so hat sie sich ausgedrückt.«

»Was denn für ein Eingriff?«, murmelte Frieda in Gedanken. »Sie ist doch keine Ärztin.«

»Wer weiß, was das für eine ist. Vielleicht 'ne Engelmacherin. Dein Bruder ist nu wirklich kein Kind von Traurigkeit. Kann doch sein, dass er einer ein Balg angehängt und die Frau, die ich bei ihm gesehen hab, das Problem für ihn gelöst hat.«

Das war weiß Gott nicht ausgeschlossen. Frieda spürte die Wut aufsteigen. Hans hätte zu den angesehensten Männern der Stadt gehören, er hätte im Senat sitzen können. Doch er warf alles weg und sorgte nur für Kummer. »Dieser beschissene Paragraph 218 gehört wirklich längst verboten«, fluchte Ulli. »Dann riskiert keine mehr ihr Leben, nur weil sie 'n Braten in der Röhre hat, den sie nicht will. Und solche dubiose Damen nehmen diesen armen Dingern nicht auch noch Geld ab.« Frieda hörte ihr kaum zu. Gut möglich, dass ihr feiner Herr Bruder schon mehr als ein Kind in die Welt gesetzt hatte. Sie musste an Urgroßvater Theodor denken. War es möglich, dass Schicksale sich wiederholten? Nein, bei ihm lag der Fall ganz anders. Trotzdem … Sie wurde das Gefühl nicht los, irgendetwas gutmachen zu müssen.

Der Verdacht, Clara könne die Frau sein, die Hans Rauschmittel beschaffte, verfolgte Frieda. Sie fragte ihren Vater, ob er von Gero Mendel mal etwas gehört habe, wie es Clara so ging. Doch das war eine Sackgasse. Also fragte sie Ernst, der seine Ohren überall hatte und jeden in der Stadt zu kennen schien. Durch den Segelverein, in dem er inzwischen anscheinend kaum mehr wegzudenken war, sogar Anwälte, Ärzte, Senatoren und nicht zuletzt einflussreiche Kaufmänner oder wenigstens deren Söhne. Konnte doch sein, dass jemand von denen mit Familie Mendel in Kontakt stand.

Und wirklich, wenige Tage nachdem sie Ernst auf Informationen über Clara angesetzt hatte, sprach er sie an. Er habe gehört, dass ihre Ausbildung auf der Kippe gestanden habe.

»Nix Genaues weiß man nich«, meinte er und zog eine Augenbraue hoch. »Aber es heißt, sie war 'ne ganze Weile weg vom Fenster. Anfang letzten Jahres muss das gewesen sein. Denn hat sie aber doch noch die Kurve gekriegt und macht nun wohl die Ausbildung zu Ende.«

Frieda machte ihre Runde, um die Hannemannschen Automaten mit Schokoladentafeln zu bestücken, die nicht mehr ganz frisch waren oder deren Verpackung beschädigt war, sodass man sie nicht mehr zum vollen Preis anbieten konnte. Sie musste den Schaden,

den sie mit der Anschaffung angerichtet hatte, so gering wie möglich halten. Henriette half ihr beim Zusammenpacken und bot sogar an, sie zu begleiten. Was war nur mit ihr los? Sie trug ihre Haare jetzt kurz und immer sehr adrett. Früher hatte sie die Arbeit nicht gerade erfunden, doch nun bot sie sich immer wieder an, wenn Frieda Hilfe brauchte. Vielleicht hatte sie jemanden kennengelernt, vermutete Frieda. In diesem Fall lehnte sie Hennis Angebot ab, sie wollte allein sein. So konnte sie besser nachdenken. Während sie in der Straßenbahn saß oder zu Fuß durch die kühle Herbstluft marschierte, kreisten in ihrem Kopf die Gedanken. Handelte es sich bei der Frau, die Ulli mehrfach mit Hans gesehen hatte, tatsächlich um Clara? Clara hatte früher Kaninchen gehabt. Frieda konnte sich zwar nicht vorstellen, dass Hans großes Interesse daran hatte, trotzdem würde es passen, dass darüber gesprochen wurde. Und welcher Art könnte ein Eingriff sein, in den Clara verstrickt gewesen war, dass er ihr in der Klinik Schwierigkeiten gemacht hatte. Schwierigkeiten, die immerhin so groß waren, dass sie sich jetzt keinen Fehler mehr leisten konnte. Das passte zu dem, was Ernst zu berichten wusste. Ihre Ausbildung habe auf der Kippe gestanden, und sie war weg vom Fenster. Was konnte das bedeuten? Frieda überlegte. Anfang letzten Jahres. Sofort fiel ihr ein, dass sie Clara im Januar des vergangenen Jahres getroffen hatte. Die folgenschwere Begegnung vor dem Colonialwarenladen, als Clara ihr offenbart hatte, dass Jason Engländer ist. Plötzlich trat Frieda kalter Schweiß auf die Stirn. Sie erinnerte sich, dass Clara damals etwas gesagt hatte, was Frieda nicht verstanden hatte. Der Verdacht, Jason könne ihr die ganze Zeit etwas vorgemacht oder jedenfalls seine Herkunft verschwiegen haben, hatte an diesem eisigen Wintertag alles überdeckt wie die Eiskruste im Fleet. Doch jetzt waren Claras Worte wieder da. Mit der richtigen Hilfe hätte Hans manchen Fehler nicht gemacht, hatte sie gesagt, oder er hätte wenigstens dafür geradestehen können. Ohne es zu merken, wurde Frieda immer schneller. Sie fand sich im Grindelviertel wieder und lief wie aufgezogen in Richtung Schlüterstraße. Clara war keine Engelmacherin, da war sie sich jetzt ganz sicher. Doch das beruhigte sie nicht, im Gegenteil, denn es war vielleicht alles viel schlimmer. Clara war Anfang des Jahres eine Zeit weg vom Fenster gewesen, wie Ernst es genannt hatte, es gab einen Eingriff, und Claras Ausbildung war bedroht gewesen. Im Oktober zuvor hatte Hans bei ihr auf der Station gelegen.

Die Mendels hatten ein neues Hausmädchen, zumindest kannte Frieda das junge Geschöpf noch nicht, das ihr die Tür öffnete. Nein, Clara sei nicht da, erklärte sie mit so leiser Stimme, dass Frieda die Ohren spitzen musste. Sie könne aber gern der gnädigen Frau Bescheid sagen. Frieda wartete im Salon. Da stand noch immer das Nähschränkchen von Claras Mutter Mirjam. Clara und Frieda hatten es geliebt, in den Garnen und Knöpfen zu stöbern und anschließend alles fein säuberlich aufzuräumen, weil es dafür immer eine köstliche Belohnung gab. Mirjam Mendel war eine stille Frau gewesen, die den Mädchen mal Limonade, mal Kuchen brachte. Sie hatte ihnen den Umgang mit Nadel und Faden gezeigt oder ihnen Zöpfe geflochten. Wenn Frieda und Clara gespielt hatten, war sie oft zugegen gewesen, und doch hatte es sich immer angefühlt, als wären sie allein, ohne die Aufsicht eines Erwachsenen. Mirjam Mendel war immer so etwas wie ein guter Geist gewesen.

»Was willst du hier?« Frieda hatte sie gar nicht kommen hören, so sehr war sie in ihren Erinnerungen versunken gewesen.

»Guten Tag, Frau Mendel. Ich wollte eigentlich Clara sprechen.«

»Clara wohnt hier nicht mehr«, kam es eisig zurück.

Frieda war vollkommen verwirrt. Der Ton alarmierte sie. Dass Clara sich anscheinend eine eigene Wohnung genommen hatte, sollte sie nicht überraschen. Sie war schließlich alt genug, hatte Arbeit, ein eigenes Leben.

»Wo wohnt sie denn?«

»Wenn meine Tochter wollte, dass du davon Kenntnis hast, bräuchtest du nicht zu fragen.« Von den sanften Gesichtszügen, die Frieda einmal so vertraut gewesen waren, war nicht viel geblieben.

»Bitte, Frau Mendel, ich möchte wirklich dringend mit ihr reden.«

»Nach all den Jahren? Habt ihr denn nicht genug kaputtgemacht, du und dein nichtsnutziger Bruder?«

»Für das ebenso gedankenlose wie flatterhafte Handeln meines Bruders bin ich nicht verantwortlich«, erklärte sie bestimmt. Frau Mendel blieb wie versteinert, kein Zeichen, dass sie einlenken würde. Dann gab es wohl nichts mehr zu sagen. Es lag auf der Hand, dass Frieda hier nicht weiterkommen würde. Also verließ sie das Haus und fuhr geradewegs zum Israelitischen Krankenhaus. Clara hatte keinen Dienst.

»Ich bin eine alte Freundin. Leider haben wir uns aus den Augen verloren«, erzählte Frieda einer älteren Krankenschwester wahrheitsgemäß. »Ich hörte, sie wohnt nicht mehr in der Schlüterstraße bei ihren Eltern, und hatte gehofft, sie hier zu finden.«

Die Schwester verschränkte ihre fleischigen Arme. »Tja, da haben wir wohl Pech.«

Frieda glaubte, die Frau zu erkennen. »Ach was, Pech ... Ich freue mich, dass ich Sie antreffe. Es ist schon eine Weile her, dass mein Bruder hier auf Ihrer Station lag. Er hatte einen Autounfall. Sie und Clara haben sich so gut um ihn gekümmert. Ich wollte eigentlich schon lange mal kommen, um mich noch einmal zu bedanken. Aber es war immer so viel zu tun, und meinem Vater ging es nicht gut.«

»Tut mir leid zu hören«, meinte die Frau. Ihr Gesicht hatte noch immer etwas Abweisendes.

»Wie der Zufall es will, habe ich ein bisschen Schokolade in meiner Tasche.« Frieda holte zwei Tafeln hervor. »Frieda Hannemann«, stellte sie sich vor. »Bestimmt kennen Sie die Feine Hannemannsche.« Sie reichte ihr die Tafeln. »Als kleines sehr verspätetes Dankeschön«, sagte sie und strahlte die dralle Krankenschwester an.

»Das ist aber nett.« Die Miene der Frau hellte sich augenblicklich auf. Sie griff zu und ließ die Schokolade in die Tasche ihres weißen Kittels gleiten. »Ist doch gar nicht nötig, wir haben doch nur unsere Arbeit gemacht.« Das hatte Clara damals auch gesagt.

»Tja, so sind die Zeiten«, begann Frieda. »Clara kümmert sich aufopferungsvoll um die Patienten, lernt wahrscheinlich fleißig Tag und Nacht, um irgendwann einmal so gut wie Sie zu sein. Ich dagegen sorge in der Manufaktur meines Vaters dafür, dass es immer wieder neue Rezepte gibt. Ich bereite gerade eine Trauben-Nuss vor, die müssen Sie unbedingt probieren, wenn es so weit ist.«

»Och, da läuft einem ja das Wasser im Munde zusammen«, sagte die Stationsschwester und legte zur Sicherheit die Hand an die Tasche ihres Kittels, als müsse sie sich versichern, dass das kostbare Geschenk noch da war.

»O ja, meinen Kreationen kann man nur schwer widerstehen.« Frieda lächelte. »Es dauert, bis man die perfekte Kombination aller Zutaten gefunden hat. So wie es eben dauert, bis man Verbände richtig anlegen, Blut abnehmen und Spritzen setzen kann. Ich kann mir vorstellen, wie viel Zeit es braucht, ehe man alle Arzneien und ihre Wirkungen kennt.«

Die dralle Frau nickte. »Wohl wahr. Darauf versteht Clara sich am besten, auf die Arzneien. Wenn eine Wunde sehr blutet, würde sie sich lieber verdrücken, aber mit dem Medizinschrank kennt sie sich bestens aus.«

Das war ja interessant und überraschte Frieda kein bisschen.

»Ja, ich muss dann mal wieder.« Frieda machte Anstalten, sich zu verabschieden. »Schade, ich hätte Clara so gerne mal wieder gesehen. Vor lauter Arbeit haben wir uns viel zu lange nicht zu Gesicht bekommen. Na ja, kann man nicht ändern.«

»Sie freut sich bestimmt, wenn Sie mal vorbeischauen«, meinte die Krankenschwester mit gedämpfter Stimme. Sie sah sich kurz auf dem Flur um, ob jemand sie belauschte. »Wissen Sie, junge Frau, seit die Sache mit dem Abbruch passiert ist, hat sich die Clara sehr verändert.« Sie sah Frieda erschrocken an. »Aber das wussten Sie schon, dass jemand der Clara ein Kind angehängt hat?«

Kapitel 19

»Guter Gott, der Senior ist tot.« Gertrud Krüger war leichenblass. Sie hatte Großvater Carl am Nikolaifleet gefunden. Vielleicht war er wieder auf der Suche nach dem Rathaus gewesen, oder er glaubte, sich mit einem Kapitän treffen zu müssen, um Warentransporte von Afrika nach Hamburg in Auftrag zu geben. Oder er war, wie so häufig in letzter Zeit, auf der Suche nach seiner Frau gewesen. Dass sie schon seit vielen Jahren nicht mehr lebte, wollte ihm einfach nicht in den Kopf. Nichts wollte ihm mehr in den Kopf, oder es wollte dort nicht bleiben. Gestern, heute, morgen, alles löste sich mittlerweile auf.

Gertrud war morgens von ihrer kleinen Dienstwohnung im Keller der Bergstraße in die Deichstraße gekommen und hatte ihn im Fleet liegen sehen, mit Bademantel und Pantoffeln bekleidet. Er musste in aller Frühe oder vielleicht sogar schon nachts das Haus verlassen haben. Frieda hatte ihn oft gehört, wenn er nicht schlafen konnte, wie er durch Diele und Stube geisterte. Es schien, als wäre er nach Mitternacht, wenn alle anderen schliefen, erst richtig wach. Natürlich hatte sie sich über die Jahre auf seinen Tod vorbereitet, dennoch traf sie die Erkenntnis schwer, dass sie nie mehr seine Stimme hören, er sie nie mehr anlächeln würde. Seine Vorträge über die wahre Wunderwirkung von Kakao und über die promovierten Quacksalber würden ihr fehlen. Auch der Großvater, der er war, als sie noch ein Kind war, würde ihr fehlen. Bei Ausflügen in die Vierlande etwa hatte er ihr aus Eicheln Ohrringe geschnitzt. Es hatte zwar schrecklich gezwickt, wenn er sie ihr an die Ohrläppchen gehängt hatte, aber vor allem hatte Frieda sie mit Stolz getragen. Er war es gewesen, der ihr in der Elbe das Schwimmen beigebracht hatte. Mutter durfte nichts davon wissen, sie hätte es für zu gefährlich und auch unschicklich gehalten. Außerdem konnte sie selbst nicht schwimmen und sah beim besten Willen keinen Grund, warum ihre Tochter es lernen sollte. Doch Großvater Carl hatte einen guten Grund und setzte seinen Willen hinter ihrem Rücken durch.

»Das Kind lebt in einer Stadt, in der es an jeder Ecke Wasser gibt. Schwimmunterricht ist nicht gefährlich. Angst muss man nur haben, wenn das Mädchen nicht schwimmen kann.«

Nach den Lektionen im Fluss, bei denen Frieda einen Gürtel um den Bauch trug, der wiederum an einer Art Angel befestigt war, die Carl festhielt, spendierte er ihr einen Saft oder auch mal einen Eisbecher im Lotsenhaus, mit Blick auf den Elbstrand von Övelgönne. Frieda liebte das Restaurant, das in ihrer Phantasie zum Haus eines Weltumseglers wurde.

Zwei zu Hilfe gerufene Männer brachten kurz nach Gertruds Erscheinen Großvaters schlammbeschmierten Leichnam ins Haus. Die Erinnerungen an den Opa ihrer Kindheit versetzten Frieda einen Stich. Doch sie hatte gleichzeitig vor Augen, wie er in den letzten Jahren gewesen war. Nicht, dass er tüdelig geworden war, damit hatte sie sich arrangieren können, wenn die Hilflosigkeit in seinem Blick ihr auch manches Mal das Herz gebrochen hatte. Nein, das war es nicht. Was ihr zu schaffen gemacht hatte, war seine Haltung. Dass Frauen nun wählen durften, war Unfug für ihn, die Linken, die für die Arbeiter mehr Rechte einforderten, waren in seinen Augen dreistes Pack. Vielleicht war er immer so gewesen, dachte sie und betrachtete sein eingefallenes wächsernes Gesicht. Vielleicht hatte sie nur ein gewisses Alter erreichen müssen, um zu hören, was er sagte.

Trotzdem, er war nun einmal ihr Großvater, mit ihm ging ein Teil ihrer Kindheit. Am schlimmsten war jedoch der Schmerz ihrer Eltern. Ihr Vater versteckte seine Trauer nicht, sondern weinte hemmungslos. Mutter hielt ihn, streichelte ihm zärtlich über das Haar, flüsterte tröstende Worte. Ihre eigene Traurigkeit schluckte sie tapfer hinunter. Das trieb auch Frieda die Tränen in die Augen.

Die große Welt, die zwischen ihr und Jason stand, schrumpfte in den Tagen zwischen Großvaters Tod und seiner Beerdigung auf die zehn Zimmer in der Deichstraße zusammen. Nichts, was sich außerhalb davon abspielte, hatte mehr Bedeutung. Bevor das Unglück geschehen war, hatte Frieda unbedingt mit Clara sprechen wollen. Was für eine schreckliche Zeit musste sie hinter sich gehabt haben. Und dabei war sie ganz allein gewesen. Andererseits war es Claras Entscheidung gewesen, nichts von dem Kind zu sagen, jedenfalls nicht ihr oder einem anderen Mitglied der Familie Hannemann. Oder hatte Hans davon gewusst?

Jetzt spielte das alles keine Rolle mehr. Clara hatte sich entschieden, Frieda nicht um Hilfe zu bitten, dann musste sie es jetzt auch mit sich alleine ausmachen. Für Frieda gab es jetzt Wichtigeres zu erledigen. Zum Beispiel musste sie Hans Bescheid sagen, dass Großvater gestorben war. Es wäre gut, wenn er nach Hause käme. Gerade Mutter wäre das bestimmt ein großer Trost. Bei der Gelegenheit konnte sie sich ihren Bruder gleich vorknöpfen. Im Kornträgergang erfuhr sie, dass Hans nicht da war.

»Wo steckt er denn schon wieder?« Frieda stand im Treppenhaus und fröstelte, sie schlug den Kragen ihres schwarzen Wollmantels hoch.

»Keine Ahnung.« Auch Ulli sah ziemlich verfroren aus. »Ich bin nicht seine Amme und hab noch mehr zu tun, als auf deinen Bruder aufzupassen.«

»Natürlich, das weiß ich. Es ist nur wirklich wichtig. Unser Großvater ist gestorben.«

»Tut mir leid.«

»Danke. Es wäre einfach gut, wenn Hans jetzt da wäre, denke ich.«

»Ich sag ihm, was los ist, wenn ich ihn seh«, versprach Ulli. Als Frieda ging, fiel ihr auf, dass Ulli nicht eine Zigarette geraucht hatte. Außer auf dem Speicherboden hatte Frieda sie nie länger als eine Minute ohne Glimmstengel zwischen den Lippen gesehen.

Am Morgen der Beerdigung tauchte Hans auf. Gerade noch rechtzeitig.

»Du kommst also wenigstens, um deinem Großvater die letzte Ehre zu erweisen«, sagte Albert hart. »Das überrascht mich.«

»Tut mir leid, Vater«, wisperte Hans. Seine Augen waren dick und gerötet. Die Nachricht von Carls Tod hatte ihn sichtbar mitgenommen.

»Die Hauptsache, du bist da«, rief Rosemarie, zog ihn an sich und ließ endlich ihren Tränen freien Lauf.

Sämtliche Handlungsgehilfen des Hauses Hannemann & Tietz hatten sich auf dem Friedhof zwischen Zoologischem und Botanischem Garten eingefunden, ebenso zahlreiche Kaufleute, Kapitäne und Quartiersmänner. Natürlich waren auch die Bediensteten gekommen, Ernst und Gertrud Krüger und auch die blasse Henriette. Während sie hinter dem Sarg herging, fragte Frieda sich, woher Henni wohl so teure Lackschuhe haben mochte, viel zu schade, sie bei dem Wetter zu tragen. Im nächsten Augenblick schämte sie sich dafür, sich über solche Belanglosigkeiten Gedanken zu machen, während Vater vor ihr gebeugt wie ein alter Mann dem Grab entgegenging. Gero Mendel war ebenfalls da, als Einziger der Familie. Im Gegensatz zu seiner Frau schien er keinen Groll gegen Frieda zu hegen. Er drückte ihr später, als die Prozedur überstanden und Sand auf den prachtvollen Sarg mit Großvaters Überresten gehäuft worden war, freundschaftlich die Hand.

»Du bist deinem Vater eine große Stütze, Friederike«, sagte er und lächelte sanft. »Er verlässt sich auf dich. Ich nehme an, du weißt gar nicht, wie sehr.« An Hans ging er ohne ein Wort oder auch nur einen Blick vorüber.

Nach der Zeremonie auf dem Begräbnisplatz, die sie bei Nieselregen und eisigem Sturm hinter sich brachten, wärmten sich alle noch bei Kaffee und Kuchen auf. Zunächst sprach man mit gedämpften Stimmen, erinnerte einfühlsam an Carl Hannemann zu seinen besten Zeiten. Doch es dauerte nicht lang, bis die Gespräche lauter wurden und sich um das Geschäft oder die Politik drehten.

»Na, wie geht's dir?« Ernst war leise neben sie getreten.

»Sieh sie dir nur alle an!« Frieda rümpfte die Nase. »Als ob nichts geschehen wäre. Wie kann man nur so gefühllos sein?«

»Sieh du mal genau hin, Frieda«, forderte er sie auf und deutete auf ihren Vater. »Ihm tut's gut. Lenkt 'n büschen ab.« Tatsächlich, ihr Vater wirkte wieder ein wenig entspannter und lächelte sogar ab und zu. Und auch ihre Mutter in ihrer überraschend schlichten schwarzen Robe wirkte etwas gelöster.

Hans war Frieda die ganze Zeit gekonnt ausgewichen. Als ob er ahnte, was sie über Clara und ihn herausgefunden hatte. Nicht einmal in die Augen gucken konnte er ihr. Sie ließ ihn gewähren, solange sie nicht allein waren. Zu Hause jedoch, gleich nachdem ihre Eltern sich zurückgezogen hatten, um ein wenig auszuruhen, stellte sie ihn zur Rede, ehe er ihr noch entwischen konnte. Er sah mitgenommen aus, elend. Und? Es reichte mit ihrem ewigen Mitleid. Woher kam diese permanente Sorge um ihn? Wenn Mutter ihn wie ihren Prinzen behandelte, regte Frieda sich schrecklich darüber auf. Machte sie es etwa besser? Kein bisschen. Wie sollte er aufhören, sich ständig zu bedauern, wenn genau das alle um ihn herum taten?

»Du hast mich belogen, Hans Hannemann.«

»Was? Wie … Was meinst du?«

»Wegen Clara. Wegen dir und Clara, genauer gesagt.« O nein, sie würde diesem Hundeblick nicht wieder erliegen. »Die Sache im Krankenhaus. Du hast gesagt, es ist zwischen euch …« Sie kam ins Schleudern, suchte nach Worten. »Es ist nicht dazu gekommen, hast du gesagt. Das war eine glatte Lüge.« Frieda stand vor ihm im Flur an der Treppe, die Hände zu Fäusten geballt.

»Ich habe deinen Blick gesehen, als ich dir davon erzählte. Du hättest mir die Hölle heißgemacht.« Er sah sie an wie ein kleiner Bruder, der auf Milde hoffte, wenn er zugab, Angst vor ihr gehabt zu haben. Plötzlich änderte sich seine Miene, und er machte einen Schritt auf sie zu.

»Du musst dich nicht zu ihrem Anwalt aufschwingen, Frieda. Ich hab dir damals schon gesagt, sie ist aus freien Stücken in mein Bett gestiegen.«

Sie spürte, wie ihre Wangen brannten. Vor Wut und vor Scham. Hans' Lippen verzogen sich zu einem spöttischen Lächeln.

»Es ist nicht dazu gekommen«, ahmte er sie nach. »Sex, Frieda, Beischlaf, Geschlechtsverkehr. Nenn es, wie du willst, aber du kannst es ja nicht einmal aussprechen. Hast du denn überhaupt keine Bedürfnisse, keine Lust?«

Sie schnappte nach Luft. »Du lenkst ab, das tust du immer«, fauchte sie. »Es geht darum, dass man seine Bedürfnisse nicht einfach befriedigen kann, ohne über die Konsequenzen nachzudenken, ohne dafür geradezustehen. Wann wirst du das endlich lernen?«, schrie sie.

Er sah sie lange an, dann entgegnete er ruhig: »Du bist hier diejenige, die ablenkt, Schwesterchen.« Damit ließ er sie einfach stehen.

Als unten die Tür dröhnend ins Schloss fiel, löste sich Frieda aus ihrer Erstarrung. Wenige Sekunden später verließ auch sie das Haus. Tränenblind machte sie sich auf den Weg in die Bergstraße. Natürlich fühlte sie sich oft einsam, was glaubte ihr feiner Herr Bruder denn? Sie würde liebend gerne in Jasons Armen liegen. In ihrer Kakaoküche angekommen, warf sie ihren Mantel achtlos auf einen der Arbeitstische. Sie holte fein gemahlene Ingwerwurzel, eine Chilischote und kandierte Minzblätter aus dem Regal. Das reichte noch nicht. Frieda griff zum Weinbrand, den sie eigentlich für eine Pralinenfüllung vorgesehen hatte. Die Schokoladenmasse, die sie kürzlich vorbereitet hatte, landete noch einmal im Mélangeur. Es war eine besonders feine Qualität, ein sehr hoher Anteil Criollo aus Britisch-Westafrika und nur wenig Milch. Frieda schloss kurz die Augen, schnupperte. Der Moment in Jasons Wohnung war auf einmal so lebendig in ihrer Erinnerung, als sei es gestern gewesen. Sie starrte in die dunkle Masse, die sich wie ein lebendiges Wesen in der Wanne herumwälzte. Da war ein Prickeln und Ziehen in ihrem Körper gewesen, das sie vollkommen berauscht hatte. Besser als Champagner. Sie schaltete die Maschine aus. Und das war erst der Anfang gewesen, so wie diese verführerische Masse vor ihr erst der Anfang war, ein Versprechen auf unvorstellbaren Genuss. Hans hatte schon recht, sie wünschte sich sehnlich, dass dieses Versprechen endlich eingelöst wurde. Aber man konnte eben nicht alles haben, wenn man es auch noch so sehr wollte. Sie öffnete die Flasche Weinbrand und goss einen kräftigen Schluck zur Schokolade. Jason war unendlich weit weg. Sie drehte die Kappe wieder auf die Flasche. Ihr Bruder hatte gut reden, er vergnügte sich einfach mit der nächstbesten Dirne, aber für Frieda kam nun einmal nur ein Mann in Betracht, den sie liebte. Sie schraubte den Verschluss wieder auf, schnaubte wütend, setzte die Flasche an die Lippen und kniff die Augen zu. Das Zeug brannte in ihrer Kehle. Sie verschluckte sich, hustete. Wie bekam Hans den Äther nur runter, wenn schon

Weinbrand so ein Inferno entfachte? Wahrscheinlich musste man sich nur daran gewöhnen. Sie nahm noch einen Schluck, einen kräftigen.

Nachdem die gesamte Flüssigkeit gut untergerührt war, gab Frieda Ingwerpulver dazu. Zuletzt zerkleinerte sie die Chilischote so lange im Mörser, bis ihr rechter Arm weh tat. Hast du denn überhaupt keine Bedürfnisse? Und wie sie die hatte! Wenn es Hans nur ein einziges Mal in den Sinn gekommen wäre, nicht immer nur an sich und seine Lust und seinen Rausch zu denken, könnte sie jetzt bei Jason in Indien sein. Sie könnte glücklich sein. Sie wischte sich mit dem Handrücken die Tränen ab. Männer! Sie konnte ja nicht einmal sicher sein, dass sie mit Jason wirklich glücklich wäre. Vielleicht wäre er ihrer längst überdrüssig. Besonders verliebt war er anscheinend nicht, wenn er sich so lange nicht mehr meldete. Wann hatte sie den letzten Brief von ihm bekommen? Frieda nahm einen weiteren Schluck. Ein einziger Brief! Sie konnte sich nicht einmal mehr an das Datum erinnern, so lange war das her. Mittlerweile hatte er sie bestimmt vergessen, sich getröstet mit einer schönen jungen Frau in den Kolonien … Wütend räumte sie die Gewürze und den Weinbrand weg und musste sich an der Tischkante festhalten, weil sie aus dem Gleichgewicht kam.

»Hoppla!« Sie kicherte. Im nächsten Moment schluchzte sie. Kurz kam ihr in den Sinn, Alfred Fellner aufzusuchen. Sie würde sich nackt von ihm malen lassen. Ach nein, er malte doch keine Menschen. Obwohl …

Bei seiner Ausstellung waren Prostituierte in sehr ungehörigen Posen dabei gewesen. Wieder kicherte sie. Ihre Mutter war entsetzt gewesen! Sollte Jason sich doch mit einer anderen im fernen Indien vergnügen, sie würde den Maler heiraten. Ha! Schon um Mutter zu ärgern. So könnte ich Sie lieben, hatte er zu ihr gesagt. Ob er sie auch mit einem Schwips lieben könnte? Wenn Jason nichts mehr von ihr wissen wollte, bitte schön. Andere Mütter hatten auch schöne Söhne, sagte man das nicht? Dumm nur, dass sie keinen anderen wollte. Frieda tauchte den Probierlöffel in die Masse, die einen exotischen Duft verströmte. Sie legte eins von den winzigen kandierten Minzblättchen darauf und schob sich die noch warme cremige Schokoladenmasse in den Mund. Sofort loderte ein Feuer auf ihren Lippen und auf ihrer Zunge und breitete sich rasend aus. Diese Schokolade schmeckte genau wie Friedas Wut. Sie würde sie als scharfe Tafel für den Herrn anbieten.

Am Tag nach der Beisetzung und ihrem Rendezvous mit der Weinbrandflasche fühlte Frieda sich elend. Ihr Kopf dröhnte, und sie konnte Mutters Stimme, die den schönen Sarg, den prachtvollen Blumenschmuck, den hervorragenden Kuchen, den sie bestellt hatte, und nicht zuletzt die Anwesenheit zahlreicher bedeutender Persönlichkeiten wieder und wieder lobte, nur schwer ertragen. Vater war ins Kontor gegangen.

»Das Leben muss weitergehen«, hatte er gemurmelt und sich verabschiedet. Frieda bediente sich der gleichen Argumentation, wenn auch mit schlechtem Gewissen, denn ihre Mutter saß da wie das sprichwörtliche elende Häuflein. Es war nicht nett, sie allein zu lassen, nur fehlte Frieda einfach die Kraft, nett zu ihr zu sein. Auch an diesem Tag blies ein bitterkalter Wind, immerhin war es trocken. Eigentlich wollte Frieda direkt in ihre Kakaoküche gehen, um zu probieren, ob ihre scharfe Kreation vom Vortag überhaupt essbar war. Den Männern dieser Welt eins auszuwischen, zumindest denen, die Hannemannsche Schokolade kosteten, war eine Sache. Ein Produkt, das nur dadurch bekannt wurde, dass man es unmöglich hinunterbekam, eine ganz andere. Damit würde sie dem guten Namen Hannemann & Tietz nur schaden, und das würde sie nie tun. Auf dem Weg änderte sie ihre Pläne und lief, gegen den Wind gestemmt, zur Fischertwiete. Sie stattete Eliza einen Besuch ab und erzählte ihr, wie sehnsüchtig sie auf eine Nachricht von Jason wartete.

»Nichts, kein Lebenszeichen. Und das schon seit Monaten. Ich mache mir wirklich große Sorgen.«

Eliza runzelte die Stirn. »Das ist merkwürdig, ich habe erst kürzlich einen Brief von ihm erhalten. Es geht ihm so weit gut, kein Grund zur Sorge.« Sie lächelte kurz. Dann erklärte sie Frieda, dass die Plantage von Tee-Moskitos befallen sei. »Wenn er das nicht in den Griff kriegt, ist die gesamte Ernte in Gefahr.«

»Aber Jason ist Kaufmann. Was hat er mit irgendwelchen Moskitos zu schaffen?«

»Hat er dir nie erzählt, dass er ein glühender Verehrer Alexander von Humboldts ist? Das war er schon als kleiner Junge! Ich glaube, Jason wäre selbst gerne Forscher geworden und hätte die Welt bereist, um Karten anzufertigen oder neue Tier- und Pflanzengattungen zu entdecken.« Sie lächelte versonnen. »Er hat alle Schriften von diesem Humboldt verschlungen, die er in die Finger bekommen konnte. Und er hat sich früh mit Teepflanzen und -schädlingen beschäftigt. Auf diese Weise hat er unseren Vater dazu bekommen, ihm Bücher über Botanik oder Insekten zu beschaffen.« Frieda hing ihren Gedanken nach. Auf der einen Seite freute sie sich für Jason, denn wie es aussah, beschäftigte er sich gerade mit dem, was ihn an dem gesamten Tee-Imperium am meisten interessierte. Dummerweise hatte auch diese Medaille eine andere Seite.

»Das heißt, es kann noch dauern, ehe er die Rückreise antritt«, sagte Frieda mehr zu sich selbst. Liz nickte.

»Ich kann mir vorstellen, wie du dich fühlst. Er fehlt mir auch, und es gibt einfach Dinge, da hätte ich ihn noch lieber hier, um seine Meinung zu hören, seine Unterstützung zu haben.«

Frieda wusste genau, was sie meinte. »Hast du denn etwas auf dem Herzen? Ich meine, vielleicht kann ich etwas für dich tun?«

»Du bist so lieb.« Liz strich ihr fast zärtlich über den Arm. »Als ob du nicht genug eigenen Kummer hättest. Und wahrscheinlich könnte mir nicht einmal Jason helfen.« Sie seufzte. »Es geht gar nicht um mich. Es geht um das Waisenhaus.« Sie seufzte noch einmal und wurde ganz ernst. »Schon wieder einer unserer Gönner, der sich umgebracht hat. Die Herren kommen einfach nicht damit klar, dass sie für etwas eine Million verlangen sollen und im nächsten Moment für die Herstellung der gleichen Ware eine Billion ausgeben müssen. Wie soll das auch gehen? Wer sich nicht gleich das Leben nimmt, teilt uns mit, dass er uns bedauerlicherweise nicht länger unterstützen kann.« Sie sah auf ihre schmalen Hände. »Der Hunger unserer Schützlinge lässt sich dummerweise nicht von der Inflation beeindrucken und schon gar nicht lindern. Und der Winter ist noch lang. Ich weiß nicht, ob wir die nächste Kohlenlieferung überhaupt noch bezahlen können. Die Kleinen klappern schon jetzt unter ihren dünnen Decken, dass es dir das Herz zerreißt.«

Nachdem sie die kleine Wohnung von Liz verlassen hatte, musste Frieda an Alfred Fellner denken. Wo jetzt direkt an der Fischertwiete eine riesige Baustelle war, die wie eine Wunde im Herzen der Stadt klaffte, hatte vor nicht allzu langer Zeit noch eines jener Gängeviertel gestanden, die er so romantisierte. Sicher, der Lärm und der Dreck, den die Männer hier veranstalteten, um ein neues Kontorhaus entstehen zu lassen, waren gerade für die Anwohner bestimmt eine große Belastung. Frieda jedenfalls dröhnte ihr Schädel noch mehr als zuvor. Andererseits strahlte dieser noch leere Platz eine wundervolle Weite aus. Und es war die Rede davon, dass hier ein architektonisches Juwel errichtet werden sollte. Weg mit Schmutz und Enge, her mit Moderne und Großzügigkeit, ihr gefiel diese Entwicklung. Liz' Worte gingen ihr wieder durch den Kopf. Frieda hatte noch nie darüber nachgedacht, welche Auswirkung die Inflation auf ein Waisenhaus haben mochte. Sie wollte sich nicht ausmalen, welche elenden Zustände dort herrschten, und die wurden von Tag zu Tag schlimmer. Es musste dringend etwas getan werden, aber was? Vater konnte sie kaum um Hilfe bitten, und sie selbst war auch nicht gerade in der Lage, großzügig einzuspringen. Wenn das auch eine Möglichkeit wäre, um wiedergutzumachen, was Großvater Theodor und ihr lieber Bruder Hans angerichtet hatten. Ein bisschen konnte sie sicher jeden Monat entbehren, nur kämen die Frauen damit nicht weit, um die hungrigen Mäuler zu stopfen. Weit über tausend Kinder waren es in der Averhoffstraße auf der Uhlenhorst und in den Nebenstellen in Langenhorn und Garstedt, viele von ihnen im Wachstum. Das hieß, sie konnten einiges verdrücken und brauchten das auch. Die Averhoffstraße lag doch … natürlich, die war ganz in der Nähe der Kunstschule am Lerchenfeld, in der sie Alfred Fellner kennengelert hatte. Schon wieder dachte sie an ihn. Frieda wurde heiß bei dem Gedanken, dass sie sich von ihm nackt hatte malen lassen wollen. Danke, lieber Gott, dass du mich davor bewahrt hast, es wirklich zu tun. Fellner jedenfalls hätte gewiss keine Sekunde gezögert. Sie sog die kalte Winterluft tief in ihre Lungen. Mit einem Schlag wusste sie, was sie zu tun hatte. Zuerst musste die scharfe Herrenschokolade in Formen gegossen und mit den Minzblättern garniert werden. Danach würde sie Herrn Fellner in seinem Atelier besuchen.

Die feurige Schokolade hatte Frieda ordentlich mit Milch, Zucker und Kakaobutter verlängern müssen. Sie musste am Vorabend ziemlich wütend oder betrunken oder beides gewesen sein, um das Ergebnis zu akzeptieren. Nach nochmaligem Verfeinern war das Resultat allerdings ganz erstaunlich. Die Schokolade war noch immer würzig, aber auch süß und kräftig. Die kandierten Minzblätter gaben ihr das gewisse Extra und eine zusätzliche und doch ganz andere Schärfe. Frieda zeigte Henni, die eine gestärkte weiße Spitzenbluse trug, wie sie die noch weichen Tafeln mit den frisch duftenden Blättchen belegt haben wollte.

»Binde dir bloß eine Schürze um, es wäre ein Jammer, wenn deine Bluse Flecken bekäme. Sie ist neu. Findest du nicht, sie ist zu schade für die Arbeit?«

Henni senkte den Blick, ihre Wangen wurden rot. »Nein, nein, sie ist nicht neu. Meine Mutter hat sie aus einer ihrer alten Blusen gearbeitet.« Sie sah Frieda an, nur kurz, dann konzentrierte sie sich wieder auf den Steinboden. Irgendetwas stimmte nicht mit ihr.

Eine Stunde später verließ Frieda das Haus. In der Speicherstadt hüllte sie geschäftiges Treiben ein. Grüppchen von Frauen eilten ihr schwatzend entgegen. Feierabend. Die Kaffeemietjes hatten ihren Dienst beendet und würden nun ihren Familien das Abendbrot auf den Tisch bringen. Unter ihnen war Ulli.

»Waren wir verabredet?«, wollte sie wissen, als sie Frieda entdeckte.

»Tschüs, bis morgen denn«, rief ihr die Frau zu, mit der sie gegangen war.

»Jo, tschüs. Und lass dir bloß nix von deinem Kerl gefallen!« Frieda zog die Augenbrauen hoch. »Ach, ihr Mann kommt heut aus Fuhlsbüttel nach Haus. Hat 'n paar Monate eingesessen, nu hat sie Angst, dass er gleich wieder das Sagen haben will oder ihm mal wieder die Hand ausrutscht.« Ulli sah Frieda an. »Kannst froh sein, dass dein Kerl so weit weg ist. Besser geht's doch gar nicht. Du kannst immer von ihm träumen und musst nie seine stinkenden Socken wegräumen.«

»Ich bin aber nicht froh.« Frieda schnaubte. »Träumen wär schön. Aber Jason schreibt nicht einmal mehr, da vergeht mir das Träumen langsam.«

»Der meldet sich schon. Wenn nicht, kannst ihn sowieso in den Wind schießen.«

Frieda schob eine Strähne unter ihre Mütze. »Hast recht.«

»Wollen wir dann? Wird bannig kalt, wenn wir hier lange rumstehen.«

»Ach so, nein, wir sind gar nicht verabredet. Ich bin auf dem Weg in ein Atelier.«

»Ah, ich dacht schon, ich hätt was vergessen.« Ulli setzte sich trotzdem nicht in Bewegung. »Mensch, du guckst aber auch bedröppelt aus der Wäsche. Ich sag dir mal was: Wenn du etwas magst, lass es los. Kommt's zu dir zurück, gehört's auch zu dir. Wenn nicht ...« Sie zuckte mit den Achseln. »Festhalten bringt jedenfalls nix.« Ein breites Grinsen trat in ihr Gesicht. »Ich muss das wissen. Hab's mal ohne Zigaretten probiert, nachdem du mir unbedingt den Marsch blasen musstest. Ich glaub's selbst noch nicht, aber bisher sind die nicht zu mir zurückgekommen.«

Als Frieda die vielen Stufen zu Fellners Atelier bewältigt hatte, war ihr wieder warm. Sie klopfte, trat ein und traute ihren Augen nicht. Auf dem Fußboden räkelte sich eine Frau, die nur mit Seidenstrümpfen, Strumpfhaltern und hohen Schuhen bekleidet war. In der Hand hielt sie eine Zigarette mit Spitze, um die sie die knallroten Lippen gelegt hatte.

»O mein Gott«, flüsterte Frieda.

»Fräulein Hannemann, das ist eine Überraschung.«

»Ich kann auch ein anderes Mal ...«

»Nein, bleiben Sie ruhig. Wir können sowieso eine Pause vertragen, was, Edith?«

»Allerdings.« Die Frau stand auf und stolzierte spöttisch lächelnd an Frieda vorbei zu einem Paravent, hinter dem ein Bademantel für sie bereitlag.

Fellner reichte Frieda die Hand. »So schockiert?«

»Ach was, nein! Um ehrlich zu sein, habe ich darüber nachgedacht, mich selbst von Ihnen malen zu lassen.« Sie hätte sich auf die Zunge beißen können. Es blitzte in seinen Augen.

»Tatsächlich? Ich hätte schwören können, der Anblick der nackten Dame hätte Sie eben ziemlich verunsichert.«

»Wegen der Kälte«, schwindelte Frieda. »Sie muss doch entsetzlich frieren.«

»Für das Bild ist das genau richtig«, meldete sich Edith zu Wort. »Dann ist alles in bester Form und steht wie 'ne Eins.« Sie wackelte mit dem Busen.

»Natürlich, darüber hatte ich nicht nachgedacht.« Frieda lächelte schmal.

»Kommen Sie!« Fellner führte sie zu einer kleinen Sitzecke am anderen Ende des Ateliers. »Sie sehen, heute habe ich schon ein Modell hier, aber wir können gerne einen Termin ausmachen.«

»Hm, ich weiß nicht, es eilt ja nicht. Vielleicht war es auch eine Schnapsidee.« Sie lachte. Fellner war nicht unbedingt das, was sie sich unter einem attraktiven Mann vorstellte, aber seine Reife, seine bedingungslose Hingabe an die Kunst und sein kluger Kopf hatten etwas Anziehendes. Gleichzeitig machte sie diese Kombination nervös.

»Was führt Sie wirklich zu mir?«

»Geben Sie den Bewohnern in den Gängevierteln noch immer etwas von dem ab, was Sie für Ihre Bilder bekommen?« Er nickte und sah ihr dabei konzentriert in die Augen. »Denken Sie nicht, Sie müssen sich bald etwas Neues einfallen lassen? Die Viertel verschwinden, das wissen wir beide.« Er legte den Kopf schief, unterbrach sie aber nicht. Also redete sie einfach weiter und erzählte ihm von der Idee, eine Stiftung zugunsten des Waisenhauses zu gründen. »Am Lerchenfeld waren das beinahe Ihre Nachbarn. Ich dachte,

Sie könnten sich diesen armen Würmchen deshalb in gewisser Weise verbunden fühlen. Ihr Geld wäre dort jedenfalls gut angelegt.«

Fellner versprach, darüber nachzudenken, und schlug vor, das Haus gemeinsam zu besuchen und bei einem Abendessen über alles Weitere zu sprechen.

Kapitel 20

Frühjahr 1923

Nicht nur im Hause Hannemann, sondern in der ganzen Hansestadt, im ganzen Land, wollte einfach keine Ruhe einkehren. Frieda las in der Zeitung, dass die KPD unter Thälmann versucht hatte, zum Generalstreik aufzurufen und die Werften zu besetzen. Kein Wunder, dass die Menschen das Gefühl hatten, etwas ändern zu müssen. Ein Laib Brot kostete Milliarden, gleichzeitig feierten wohlhabende Herrschaften im Winter 1922 in Berlin in edlen Roben und mit Champagner die Uraufführung der neuesten Operette von Robert Stolz. Waisenkinder hungerten, während Menschen wie ihr Bruder das Leben als einzige große Feier betrachteten. Egal, ob sie es sich leisten konnten oder eben nicht. Wenn nicht bald etwas geschah, würde Deutschland aus den Fugen geraten. Der Gedanke konnte einem wirklich Angst machen.

An einem verregneten Tag Ende März im Jahr 1923 sah Frieda ihrem Vater seit Monaten zum ersten Mal wieder beim Basteln an seiner *Imperator* zu. Zwar hatte er sich manches Mal in sein Refugium zurückgezogen, ihm hatte allerdings die Konzentration gefehlt, etwas zu gestalten.

Es war schön, ihn wieder vertieft in seine Arbeit zu sehen. Eben schenkte er der Haupttreppe, die zum Promenadendeck führte, ein Geländer, winzige runde Stäbe mit einem geschwungenen Handlauf darüber.

»Wie das Innenleben einer Villa an der Elbchaussee, meinst du nicht?« Er sah sie an. Seine Augen wirkten stumpf und müde. Frieda nickte. »Werde ich uns wohl nie kaufen können.«

»Es kommen auch wieder bessere Zeiten. Wie hat Großvater immer gesagt: Es gab schon viel zu überstehen …«

»… doch es ging immer weiter«, sagten sie im Chor.

»Wer braucht schon eine Villa, noch dazu so weit draußen? Hier ist es doch wunderschön.«

Ihr Vater trug mit einer Nadel Klebstoff auf. »Ja, sicher.« Nach einer Weile sagte er: »Stimmt schon, es wird auch dieses Mal weitergehen. Ich habe nicht vor, mich aus dem Staub zu machen, wie so viele andere, nur weil die Geschäfte nicht laufen.«

»Diese verdammte Inflation«, sagte Frieda nachdenklich. »Sie macht alles zunichte, was nach dem Krieg mühevoll aufgebaut wurde.«

»Da sagst du etwas. An der Börse hört man fast jeden Tag von einem, der sich das Leben genommen hat, weil seine Existenz über Nacht zerstört ist. Aber du brauchst keine Angst zu haben, ich mache mich nicht aus dem Staub«, wiederholte er. Hatte er etwa darüber nachgedacht? Er betonte es schon sehr auffällig. »Der schöne Notgroschen, den ich langsam wieder angespart hatte, ist nichts mehr wert«, murmelte er und beugte sich vor, um sein Treppenhaus bewundern zu können. »Da fällt nicht einmal mehr die Misere mit den Automaten ins Gewicht.« Frieda musste schlucken. Ihre Schuld. Dass er ihr keinen Vorwurf machte, tröstete wenig. Was konnte sie nur tun? Sie hatte Gero Mendel im Ohr. Sie sollte ihrem Vater eine so große Stütze sein? Wohl kaum. Du weißt gar nicht, wie sehr er sich auf dich verlässt, hatte er noch gesagt. Sie fühlte sich mit einem Schlag elend, denn all ihre Arbeit in der Kakao-Küche, all ihre Rezepte, die sie kreierte, konnten Hannemann & Tietz doch nicht helfen. Nicht, wenn das Geld nicht bald wieder etwas wert wäre und die Wirtschaft sich erholte. Es war nicht klug von Vater, sich ausgerechnet auf sie zu verlassen. »Ich habe übrigens einen dänischen Kapitän kennengelernt«, setzte er an, ohne ihr ins Gesicht zu sehen. »Ein interessanter Mann. Er hat einen Sohn.«

Frieda starrte ihn an. »Es tut mir leid, Sternchen.« Er legte Pinzette und Nadel beiseite und wandte sich ihr zu. »Ich habe darauf verzichtet, dich in eine Ehe zu drängen, weil ich glaubte, dass es nicht nötig ist, dass ich eine andere Möglichkeit finde. Aber so, wie die Dinge stehen …« Er seufzte schwer. »Es kann nicht sein, dass ein Lehrling uns Geld borgt. Von der Schande abgesehen, wie lange kann uns das helfen?« Sie kannten beide die Antwort. »Oder willst du Ernst Krüger vielleicht heiraten?« Das war absurd. Ebenso gut könnte sie Hans zum Mann nehmen, das wäre das Gleiche. Vielleicht nicht ganz, aber Ernst war, so sehr sie ihn auch mochte, doch nur ein guter Freund und außerdem zu jung. »Siehst du? Was wir brauchen, ist eine langfristige Unterstützung. Obendrein von einem, dessen Geld etwas wert ist, der es nicht körbeweise anschleppen muss, um ein albernes Ei zu bezahlen.«

»Ein Engländer zum Beispiel.«

»Oder ein Däne. Unsere Nachbarn sind mit Hamburg sehr verbunden, machen hier schon lange Geschäfte, auch politisch sind wir Freunde. Ihr Stammsitz liegt jedoch in einem Land, das in einer glücklicheren Situation ist als das unsrige.«

Er verlässt sich auf dich. »Ich bin doch gar nicht abgeneigt, einen wohlhabenden Mann zu heiraten, der nicht aus Deutschland kommt. Nur muss ich ihn auch gernhaben. Das hast du selber gesagt.«

»Ich weiß. Bloß ist keiner in Sicht. Darum halte ich es für richtig, dich mit Per Møller bekannt zu machen.«

»Paps, du weißt, dass es da jemanden gibt.«

»Deinen Engländer?«

»Du hast ihm selber gesagt, ich würde auf ihn warten.«

»Ach, Sternchen, überleg doch mal, er reist Hals über Kopf ab, schreibt nicht …«

»Er hat mir geschrieben.«

»Wie oft? Einmal?« Sie senkte den Blick. Das war der wunde Punkt, und er hatte ihn genau getroffen. Na schön, die Post musste erst auf dem Landweg von der Plantage nach Bombay und mit dem Schiff weiter nach Ostafrika transportiert werden. Von dort ging alle zwei Wochen ein Dampfer nach Deutschland. Es konnten leicht Monate vergehen, ehe eine Nachricht von ihm zu ihr gelangte. Monate, aber Jason war nun fast zwei Jahre fort … und seine Schwester hatte doch auch Post erhalten.

»Deine Mutter meint, er hat wahrscheinlich in Indien eine andere, eine Hottentottin womöglich. Ich fürchte, dieses Mal könnte sie recht haben, man hört das immer wieder von den einsamen Herren in den Kolonien.« Er tätschelte ihr kurz die Hand und wandte sich wieder seinem *Imperator* zu. »Ich bitte dich nur um ein Treffen mit Herrn Møller. Wer weiß, womöglich gefällt er dir. Wenn dein Engländer dann doch noch auftaucht, ist es gut. Wenn nicht, heiratest du den Dänen.«

Per Møller schickte Frieda einen Wagen, der sie pünktlich in der Deichstraße abholte. Sie wusste von diesem Mann nur, dass er neun Jahre älter war als sie und den Wunsch geäußert hatte, die erste Begegnung zu zweit stattfinden zu lassen, obwohl Rosemarie großes Interesse angemeldet hatte, mit Albert dabei anwesend zu sein. Außerdem wusste sie, dass er das Lotsenhaus in Övelgönne ausgewählt hatte. Zwei Punkte, die für ihn sprachen. Friedas Herz schlug schneller, als sie an den Landungsbrücken und der Fischauktionshalle vorbeifuhr, dann weiter die Große Elbstraße hinauf und schließlich zur Elbchaussee. Hoffentlich würde ihr Plan aufgehen. Sie hatte nach dem Gespräch mit ihrem Vater sofort einen Brief an Jason abgeschickt und ihm die heikle Lage erklärt. Wenn er eine andere hatte, wollte sie es jetzt wissen. Außerdem hatte sie auch Liz über die brisante neue Situation informiert.

»Wenn es einen Weg gibt, deinen Bruder zu erreichen, dann nutze ihn bitte! Falls sich Jason nicht bald bei mir meldet, falls ich meinen Eltern nichts geben kann, das seine Liebe und seine ernsten Absichten beweist, muss ich einen anderen heiraten.« Liz hatte erschrocken ausgesehen und versprochen, ihm ein Telegramm zu senden. Frieda musste alles auf eine Karte setzen. Es würde schon gutgehen. Sie hatte ein knallrotes Kleid gewählt, das ihr gerade über die Knie reichte. Die Haare trug sie offen, eine Locke frech mit Frisiercreme ins Gesicht gezogen. Dieser Herr Møller sollte sie von einer ganz speziellen Seite kennenlernen. Dann würde er schon die Finger von ihr lassen, und wenn Jason aufgrund des Notrufs seiner Schwester nach Deutschland kam, was sie sehr hoffte, konnte sie Vaters Wunsch erfüllen und einen finanziell abgesicherten Mann heiraten.

Mit durchgedrücktem Rücken und erhobenem Kopf ging sie über die grauen Steinquader, die hier schon seit über hundert Jahren lagen. Sie musste lächeln. Auf der Terrasse vor dem Haus hatte sie mit Großvater manches Mal gesessen. Es war eine Ewigkeit her. Das Fachwerkhaus strahlte in frischem Anstrich. Sie erinnerte sich, dass man die untere Hälfte der Sprossenfenster im Sommer nach oben schieben konnte, um den frischen Wind hereinzulassen, der von der Elbe heraufwehte.

»Fräulein Hannemann, ich freue mich, Sie kennenzulernen.« Per Møller war ein großer schlanker Mann, blond und von beeindruckend sportlicher Gestalt. Sein Lächeln und auch das Blitzen seiner Augen erinnerten sie an Ernst.

»Guten Tag, Herr Møller, ich freue mich auch«, erwiderte sie artig. Wie sollte sie ihn wohl gleich zur Einstimmung brüskieren, wenn ihr seine Lachfältchen und sein Blick so sympathisch waren?

Er nahm ihr den Mantel ab und reichte ihn einem Kellner, dann rückte er ihr den Stuhl zurecht. »Danke schön.« Møller nahm ihr gegenüber Platz.

»Wir Dänen tragen das Herz auf der Zunge, wie man bei Ihnen sagt.« Dieses Lächeln war so freundlich und offen, damit hatte sie einfach nicht gerechnet. »Ich habe einiges von Ihnen gehört und war sehr gespannt. Ich hoffe sehr, dass alles stimmt, was man mir erzählt hat. Allerdings … Sie sind so schön, dass ich es mir kaum vorstellen kann.«

»Was hat man Ihnen denn so Interessantes erzählt? Und vor allem: Was hat das mit meinem Äußeren zu tun?«

»Ich werde in diesem Jahr dreißig, Fräulein Hannemann.«

»Nennen Sie mich doch Frieda«, schlug sie kühn vor.

»Sehr gerne, Frieda.« Er schmunzelte amüsiert. »Glauben Sie mir, ich hatte schon Gelegenheit, einige Damen kennenzulernen. Dabei habe ich die Erfahrung gemacht, dass sie entweder hübsch waren oder mich interessiert haben.«

»Aha, und nun warten Sie also auf eine, die beides zu bieten hat, weil Sie keine Hässliche heiraten wollen.« Sie faltete die Hände. Das hatte gesessen. So viel Offenheit war wohl selbst einem Dänen zu viel.

»Wissen Sie, hässlich ist man doch im Herzen. Ich gebe zu, dass es mehr Freude macht, ein so makelloses Gesicht wie Ihres anzusehen, als eines, in dem alles ein wenig aus dem Lot geraten ist. Doch ist mir Letzteres, auch zum Heiraten, lieber als eine habgierige, eitle oder verlogene Frau.« Der Kellner brachte eine Flasche Wein und trug gleich danach ein Fischsüppchen auf. »Ich war bereits einmal verlobt«, erklärte Per ihr freiheraus. »Bedauerlicherweise wurde meine Verlobte so bald darauf schwer krank, dass es nicht mehr zur Heirat kam.«

»Das tut mir sehr leid«, flüsterte Frieda. »Verzeihen Sie mir bitte meine Taktlosigkeit.«

»In Ordnung.« Er wünschte ihr einen guten Appetit und begann, seine Suppe zu löffeln. Herrje, sie saßen kaum ein paar Minuten zusammen, und schon hatte er ihren brillanten Plan zunichtegemacht. Zwischen Suppe und Hauptgang fragte er nach der Manufaktur. »Das klingt aufregend. Chili, Ingwer und kandierte Minze! Woher haben Sie solche Einfälle?« Es klang weder herablassend noch ironisch, sondern schlicht beeindruckt.

Je länger der Abend dauerte, desto besser ging es Frieda. Sie lachte viel, trank Wein und genoss die Scholle Finkenwerder, zu der es Rote-Bete-Salat gab. Es stellte sich heraus, dass Per und sie am gleichen Tag im Oktober Geburtstag hatten. Irgendwann erzählte Frieda sogar von ihrem Schwimmunterricht.

»Sehen Sie, dort, der Elbstrand.« Sie deutete aus dem Fenster. Noch waren Bäume und Sträucher ohne Laub, und man hatte einen herrlichen Blick. »Da habe ich manches Mal nass wie eine Ratte gekauert und gewartet, bis mein Großvater seine lustige Angel und meinen Bauchgurt wieder verstaut hatte. Meine Mutter durfte schließlich nichts davon zu sehen bekommen, wenn wir wieder zu Hause auftauchten.«

»Ihr Großvater hat das sehr klug gemacht. Übrigens habe ich unter anderem deshalb dieses Lokal gewählt.«

»Sie wussten davon?«

Wenn er irritiert war, kniff er das linke Auge zu. »Wovon?«

»Dass Großvater mir hier nach meiner Schwimmstunde ab und zu ein Eis spendiert hat.«

Er lachte. »Ach so, nein, das habe ich nicht gewusst. Ich meinte die Sorgfalt Ihres Großvaters. Ich habe von meinem Vater eine Regel gelernt: Man darf kein Unglück zulassen, das durch Sorgfalt und Weitsicht zu verhindern ist. Diese Regel gilt für Lotsen ganz besonders, denken Sie nicht?«

»Da haben Sie recht.«

»Wussten Sie, dass hier schon im achtzehnten Jahrhundert die Lotsenbruderschaft gegründet wurde? Sie haben sich auf die Fahnen geschrieben, für die Familien von Elblotsen zu sorgen, die umgekommen sind.« Er tupfte sich die Lippen mit der Serviette ab. »Das ist die zweite wichtige Regel: Halte ein Sprungtuch bereit, wenn ein Unglück geschieht, das nicht zu verhindern war!«

»Ich möchte eine Stiftung zur Unterstützung des städtischen Waisenhauses ins Leben rufen. Verstehen Sie auch so etwas unter einem Sprungtuch?«

»Selbstverständlich. Stiftungen sind mir sehr sympathisch.« Sein Mund verzog sich zu einem breiten Lächeln. Frieda ging das Herz auf. »Ich bin kein Träumer, fürchte ich, obwohl ich weiß, dass viele Frauen das ganz gern haben. Ich halte mich eher für einen Realist und fürchte, dass der Abgrund zwischen Arm und Reich in Zukunft nicht kleiner wird, sondern immer noch wächst. Es ist nicht Ihr Verdienst, in eine Familie geboren zu sein, die zu den Reichen gehört, das Gleiche gilt für mich. Ebenso wenig ist es die Schuld der Waisenkinder, in einem Armenhaus aufwachsen zu müssen. Es ist unsere Pflicht, ihnen wenigstens ein bisschen den Rücken zu stärken.« Als sie sich verabschiedeten, hielt er ihre Hand lange fest und sah ihr in die Augen. »Wir wissen beide, dass ich auf der Suche nach einer Ehefrau bin, Frieda. Und ebenso, dass Ihr Vater Sie geschickt hat, um einen Schwiegersohn zu bekommen, der eine lukrative Geschäftsverbindung mitbringt. Ich würde sagen, es lohnt sich, wenn wir uns unter diesen Umständen wiedersehen. Oder was meinen Sie?«

Wenige Tage später war Ostern. Kein Brief oder auch nur der kleinste Gruß von Jason. Immerhin hatte Liz versichert, ein Telegramm abgeschickt zu haben. Dafür reichte Gertrud Frieda ein Kuvert mit der Aufschrift *Gækkebrev*. Ein dänisches Wort. Frieda lächelte. Darin fand sich ein Vers auf violettem Papier, dazu ein getrocknetes Schneeglöckchen.

Bin kein Träumer, aber ein Mann mit Augen im Kopf.
Ich mag Ihre Art und auch Ihren Schopf.
Der Winter geht, die Blumen läuten den Frühling ein.
Lassen Sie uns bitte noch oft zusammen sein!

Ein großer Dichter war er nicht gerade. Frieda bedankte sich und lud ihn in ihre Manufaktur ein. Sie beschloss, ihm zu Ehren Pralinen zu kreieren. Rot und weiß sollten sie sein, wie die Flagge seines Landes. Eine schöne Idee, nur gab es bei diesen Farben nicht viel Auswahl. Frieda entschied sich für eine Variation ihrer Champagnerpralinen. Die überzog sie mit einer weißen Zuckerglasur, in die sie, solange sie noch feucht war, das Blütenblatt einer Rose drückte. Sie zögerte kurz. Rote Rosen. Hoffentlich bildete er sich nicht zu viel darauf ein. Andererseits sahen die kleinen Kunstwerke einfach zu schön aus. Seine Begeisterung gab ihr recht.

»Die haben Sie extra für mich gemacht? Die sind so hübsch! Danke!« Er schickte sich an, ihre Hand zu nehmen.

»Halt! Erst probieren. Sie wissen doch, wie das mit der Schönheit ist: Wenn das Innenleben nichts taugt, nützt auch die gelungenste Dekoration nichts.«

Er steckte sich eine Praline in den Mund, zögerte eine Sekunde, eher er sie zerkaute. »Hm!«, stöhnte er mit geschlossenen Augen. »Die sind köstlich!« Er sah sie an. »Hier stimmt beides, das verführerische Innere und die schöne Verpackung.« Sein Blick und der Ton seiner tiefen Stimme ließen keinen Zweifel daran, wie er das gemeint hatte. Und ganz gegen ihren Willen spürte sie, wie ihr ganzer Körper bei seinen Worten zu prickeln begann.

Kapitel 21

Der Sommer des Jahres 1923 ließ Frieda ihre Sorgen vergessen. Jedenfalls an den meisten Tagen. Vater war ausgeglichen und sehr zufrieden, und sogar ihre Mutter schien wenig zu jammern zu haben.

Per war eine große Bereicherung für Friedas Leben. Da waren nicht die Aufregung und das Herzklopfen, wenn sie ihn sah, wie sie es bei Jason empfunden hatte. Trotzdem, Per war ein wundervoller Mann. Besonders schätzte sie an ihm, dass er sie nicht zu einer Entscheidung drängte. Es war von vornherein klar, dass sie einander nur kennengelernt hatten, um die Möglichkeit einer Heirat zu prüfen. Trotz seines Alters schien er es damit nicht allzu eilig zu haben. So erlebte Frieda einen Sommer voller Freiheit. Mal verbrachte sie einen Sonntag mit Ernst auf dem Land. Sie versuchten sich im Reiten, und einmal besuchten sie gemeinsam Stade.

»Hast du gewusst, dass die Dänen hier mal alles kurz und klein gebombt haben?«, fragte Ernst sie.

»Nein, das wusste ich nicht. Wann war das?«

»Weiß nicht so genau. Siebzehnhundert und 'n paar Hübsche«, meinte er und kratzte mit der Schuhspitze irgendetwas vom Pflaster.

»Vor etwa zweihundert Jahren also.« Frieda sah ihn fragend an. »Kannst du mir mal erklären, was ich mit dieser Information anfangen soll?«

»Ich mein ja man nur. Mit den Dänen ist nicht gut Kirschen essen.«

Mal ging sie mit Alfred Fellner aus. Er zeigte ihr seine neuesten Werke, begleitete sie in das Waisenhaus. Er überredete sie sogar, sich tatsächlich von ihm porträtieren zu lassen. Vollständig bekleidet, selbstverständlich. Jason fehlte ihr noch immer, nur längst nicht mehr so sehr wie noch vor zwei Jahren. Nur hin und wieder, an Sommerabenden im August etwa, wenn Sternschnuppen über den dunkelblauen Nachthimmel von Hamburg schwirrten und sie sich vorstellte, dass auch Jason welche sehen könnte, dann wünschte sie ihn sich so sehr zurück, dass es sie beinahe zerriss.

Als der Herbst kam, musste Frieda sich eingestehen, dass es für ihren Geschmack immer so weitergehen könnte. Nur hatte das Schicksal andere Pläne. Sie hatte die Vorzeichen einfach verdrängt. Schon im August nämlich hatte es überall im Land Streiks gegeben. Man verlangte den Rücktritt des Reichskanzlers. Im September dann der Ausnahmezustand und keine drei Wochen später das Ermächtigungsgesetz, mit dem Gustav Stresemann beabsichtigte, eine Diktatur zu errichten. Für Frieda war das alles recht abstrakt. Als eine Meute Arbeitsloser das Rathaus stürmen wollte, fühlte sie sich an den Sülzeaufstand erinnert. Das waren handfeste Tatsachen, die sie zwar nicht guthieß, aber verstehen konnte. Ende Oktober kam es schließlich zum Aufstand der KPD. Männer und Frauen stahlen im Morgengrauen Gewehre aus Polizeistationen, verschanzten sich hinter Barrikaden, forderten im Namen des Bürgerschaftsmitglieds Thälmann die Weltrevolution des Kommunismus. Besonders Eimsbüttel und Barmbek waren betroffen. Später hörte man, dass es auch in Stormarn zu Ausschreitungen gekommen, in Bargteheide gar die Sowjetrepublik Stormarn ausgerufen worden war. Der Spuk dauerte zwar nur knapp zwei Tage, hatte dennoch eine schreckliche Bilanz. Rund achtzig Tote, vielleicht auch mehr, und über dreihundert Verletzte waren zu beklagen.

Kaum hatte sich die Aufregung ein wenig gelegt, riss eine Neuigkeit Frieda aus ihrem Alltag, mit der sie niemals gerechnet hätte. An einem erstaunlich milden Tag Ende Oktober kehrte ihr Vater bestens gelaunt von der Börse heim und beraumte eine Familienkonferenz ein, wie er fröhlich erklärte. Dass Hans nicht dabei war, schien ihn kaum zu stören, oder er ließ es sich nicht anmerken. Irgendwie hatten sich alle daran gewöhnt, dass Hans sich kaum noch in der Deichstraße sehen ließ und langsam ganz von der Familie entfernte.

»Mein geliebtes Röschen, Sternchen, ich habe etwas zu verkünden.« Albert hob sein Glas Rotwein und sah feierlich von einer zur anderen. Plötzlich trat ein schelmisches Funkeln in seine Augen, wie ein Lausbub. »Du wirst dich von deiner Schokoküche verabschieden müssen, Friederike.«

»Wie bitte?« Sie stellte ihr Glas so abrupt ab, dass die dunkelrote Flüssigkeit Wellen schlug und ein Tropfen auf das weiße Tischtuch schwappte, wo er sich langsam ausbreitete.

»Ich habe das Haus in der Bergstraße verkauft.«

»Albert!« Ihre Mutter sah aus, als wüsste sie nicht, ob sie lachen oder weinen sollte. Allerdings dauerte ihre Verunsicherung nicht lang. »Dann haben wir Geld.« Sie strahlte, stutzte. »Womöglich ist das morgen schon nichts mehr wert«, sagte sie nachdenklich. »Kannst du es denn sicher anlegen?«

»Das habe ich bereits.« Seine Miene war ein einziger Triumph. »Ich habe das alte Kontorhaus gegen eine Villa an der Elbchaussee getauscht. Der Besitzer hat sich umgebracht«, erklärte er leiser.

»Wie schön!«, jubelte Rosemarie. »Eine Villa. Und dann auch noch an der Elbchaussee.« Sie sah ihren Mann mit glänzenden Augen an. »Das hast du dir so lange gewünscht. Du hast es wirklich verdient.« Sie nestelte ein Spitzentaschentuch hervor und tupfte sich die Augenwinkel. »Endlich kann ganz Hamburg sehen, wie bedeutend du bist.«

»Was wird aus meiner Manufaktur?«, wollte Frieda wissen.

»Du bekommst erst einmal Räume hier im Haus. Die Wohnräume hier werden wir vermieten. Irgendwann geht es wieder aufwärts, dann sehen wir uns nach einem Kontor um, das genug Platz für meinen Schreibtisch, die Buchhalter und Handlungsgehilfen und für deine Küche bietet.«

»Siehst du, mein Herz, es würde sich wirklich lohnen, Per Møller zu heiraten.«

»Was hat das denn damit zu tun?«, knurrte Frieda.

»Sobald sein Vermögen sich mit dem unseren vermählt, geht es aufwärts.« Das war Rosemaries ganz eigene Logik. »Je weniger lang du dich zierst, desto eher hast du deine neue große Küche.«

Rosemarie war nicht die Einzige, die solche Gedanken hegte. Auch Per selbst tat das, wenn auch unter anderen Vorzeichen.

»Ihr Vater hat Sinn für gute Geschäfte«, sagte er, als sie ihm von dem bevorstehenden Umzug erzählte. »Zumal es so aussieht, als wäre Ihre Währung mit der Rentenmark bald wieder stabil. Dann geht es tatsächlich bergauf, und er wird sich so ein stolzes Domizil leisten können.« Er sah sie fragend an. »Was ist mit Ihnen?«

»Ich halte diesen Schritt für überflüssig. Uns stehen in der Deichstraße vier Stockwerke zur Verfügung, ich wüsste nicht, was wir mit noch mehr Fläche anfangen sollten. Wir bewohnen schon jetzt nur zehn Räume wirklich, die anderen gehören dem Geschäft oder sind sowieso überflüssig. Der Bau soll dreiunddreißig Zimmer haben!«

»Es geht doch auch um den Platz drum herum, einen hübschen Park, den Blick auf die Elbe, nehme ich an. Aber das meine ich gar nicht«, erklärte er, ehe sie etwas einwenden konnte. »Sie sind zwar noch nicht so furchtbar alt wie ich.« Er war kürzlich dreißig geworden, sie einundzwanzig. »Mir scheint, Sie stehen trotzdem längst auf eigenen Beinen. Wollen Sie wirklich weiter mit Ihren Eltern unter einem Dach leben?« Darüber hatte sie gar nicht nachgedacht. Wie auch? Das alles kam völlig überraschend. »Vielleicht wäre das ein guter Zeitpunkt, um in eine Villa an der Alster zu ziehen.« Er lächelte. Die Møllers nannten ein prachtvolles Haus am Klosterstieg ihr Eigen. Vom Balkon hatte man einen unvergleichlichen Blick auf die Alster und das Uhlenhorster Fährhaus auf der anderen Seite.

»Sie machen mir nicht etwa einen Antrag?« Frieda lachte leise, obwohl sie wusste, dass es ernst war.

»Denken Sie darüber nach, Frieda. Ich halte es für einen guten Schritt.« So war Per. Kein Romantiker, sondern eher praktisch veranlagt. Und das Herz auf der Zunge, wie er schon bei ihrem Kennenlernen verraten hatte. Er brauchte keine blumigen Worte machen und nicht auf die Knie fallen, Frieda wusste auch so, dass er sie aufrichtig gernhatte, wenn nicht sogar liebte. Sie empfand ja auch etwas für ihn. Sobald sie aber an Jason dachte, war er vergessen. Die Vorstellung, sie stünde im Brautkleid vor dem Altar, Per an ihrer Seite, und dann tauchte Jason auf, war ihr unerträglich. Darum bat sie sich Bedenkzeit aus und ließ Per wissen, sie würde zunächst an die Elbchaussee ziehen. Sie bekäme dort einen kompletten Seitentrakt für sich, dieses Zugeständnis hatte sie ihrem Vater leicht abgerungen.

Auch mit Ernst sprach sie natürlich über die Veränderungen. Immerhin waren seine Mutter und er, die bisher in der Bergstraße gewohnt hatten, direkt davon betroffen.

»Wo bleibt ihr, was wird aus euch?«

»Um uns musst du dir keine Sorgen machen. Das mit den Autos war 'ne prima Sache. Ich bin halt plietsch.« Er griente über das ganze Gesicht. »Hab rechtzeitig ordentlich Schulden gemacht, als das noch ging. Die Summen sind heute nur noch Pfennige und bald gar nix mehr. Aber die Werte, die ich dafür angeschafft hab, die bleiben.« Von welchen Werten die Rede war, erfuhr Frieda nicht, dafür aber, dass die als Mietsicherheit für eine hübsche Zweizimmerwohnung im Valentinskamp unweit des Gänsemarkts reichten. Dort würde er mit seiner Mutter wohnen. »Sie muss denn zwar mit der Bahn zu euch kommen oder 'n büschen laufen, aber ewig wird sie ja doch nicht mehr bei euch arbeiten. Und wenn sie mal aufhört, kann ich mir vielleicht schon was Besseres leisten für mich und denn bestimmt auch für meine Frau.«

Für Friedas Geschmack erfolgte der Umzug überstürzt. Unzählige Helfer wickelten Porzellan ein, stapelten Kisten, trugen Möbelstücke aus dem Haus. Ständig war das Treppenhaus verstopft, weil jemand mit einer Schranktür oder Kommode zwischen Geländer und Wand zirkelte, überall wurden Kommandos gerufen. Hans ließ sich ein einziges Mal sehen und erklärte, er sei für die Elbchaussee nicht geeignet.

»Das Zimmer im Hinterhof des Kornträgerganges passt besser zu einem wie mir.« Frieda verkniff sich einen Kommentar. Als ob er auch noch stolz darauf war, der unangepasste Sohn einer bürgerlichen Familie zu sein, einer, der sich nicht um Konventionen scherte. Vielleicht galt das in Berlin etwas. Ob seine Freunde und Saufkumpane, die Huren und Glücksspieler ahnten, dass Hans nicht einmal die Kaschemme selber zahlte, in der er sich in Hamburg verkroch, sondern dass es seine Schwester war, die dafür aufkam? Ob sie ihn dann auch noch für einen so tollen Kerl hielten?

Die Villa glich in Friedas Augen einem Geisterschloss. Düster war es. Die ovalen Fenster der spitzen schmalen Türmchen erinnerten an eine Kathedrale. Klein waren sie, sodass nur wenig Sonne ins Innere fiel. Überhaupt, es fehlte Licht. Ein massiges Vordach vor dem Portal schluckte zusätzlich Helligkeit, in der Diele würde man stets die Leuchter brennen lassen müssen. Eine Diele konnte man den Eingangsbereich eigentlich nicht nennen. Es war eher eine Halle mit einer geschwungenen steinernen Treppe, die in den zweiten Stock führte. Das immerhin war ein Vorzug, es gab nur noch eine Treppe statt der vier in der Deichstraße. Obwohl sie dort überwiegend auf nur einer Etage gelebt hatten. Die anderen Stufen waren also nicht von Bedeutung, und der Vorzug kein wirklicher. Der Trakt, in dem Frieda ihr eigenes Reich haben würde, war ein Anbau, den man erst später errichtet hatte. Er verfügte über eine kleine Terrasse und bot einen schönen Blick in den großzügigen Garten. Sie würde sich im Frühjahr Beete für Blüten und Kräuter anlegen, überlegte sie. Die Sicht auf die Elbe war von hohen Bäumen versperrt. Wenn sie einmal Laub haben würden, nähmen sie noch mehr Licht, vor allem diejenigen, die nah am Haus standen. Frieda mochte sie dennoch, und für Schatten würde sie im Sommer vielleicht einmal dankbar sein. In den ersten Tagen nach dem Einzug schlich Frieda wie ein Gespenst über die dunklen Holzböden. Herbststürme brausten um die Erker und Türme, zerrten an den Scheiben. Es heulte und ächzte, knackte und pfiff. Die Geräusche der Handlungsgehilfen dagegen, die schon morgens früh durch das Kontor eilten, fehlten. In der Deichstraße hatte Frieda immer das Gefühl von Leben gehabt, weil in den anderen Stockwerken stets jemand war. Hier fühlte sie sich wie in einer Gruft. Eines Nachts schreckte Frieda aus einem Alptraum hoch. Kalter Schweiß bedeckte ihr Gesicht und ließ ihr Nachtkleid an ihrem Körper kleben. Die Villa war zum Leben erwacht und schrie schaurig nach ihrem Herrn. Frieda sah sich dabei zu, wie sie die Stufen hinaufstieg und einen Flur entlangging. Es war finster, nur unter einer Tür ein Lichtschein. Wie magisch angezogen, ging Frieda darauf zu. Sie wusste, dass sie diese Tür nicht öffnen sollte. Der Raum dahinter war der Apfelbaum, von dem sie unter keinen Umständen naschen durfte. Sie konnte nicht anders, legte die Hand auf die Klinke. Etwas in ihr sträubte sich, doch es gelang ihr nicht loszulassen, sie war wie mit dem Messing verschmolzen. Unendlich langsam drückte sie die Türklinke herunter und öffnete. In dem Augenblick zerriss ein Donner die Stille, ein Blitz erhellte die Nacht und strahlte für den Bruchteil einer Sekunde den Mann an, dem die Villa einst gehört hatte. Frieda kannte seinen Namen nicht und wusste nicht, wie er aussah. Trotzdem war sie sicher, dass er es war. Kaufmann war er gewesen und Senator. Leblos baumelte er mitten im Raum von der Decke. Unter ihm erkannte sie schemenhaft das Modell eines Schiffes, Tuben und Tiegel, Scheren und allerlei anderes Werkzeug. Wieder ein Blitz. Sie erstarrte. Aus dem toten wächsernen Antlitz blickten zwei schwarze Augen ihr direkt in die Seele. Frieda lag lange wach, ehe sie wieder Schlaf finden konnte. Am nächsten Morgen fragte sie ihren Vater nach dem Mann, der hier einmal gewohnt hatte.

»Wie hat er sich umgebracht?«

»Bitte, Frieda, das ist kein sehr appetitliches Thema zum Frühstück«, wandte ihre Mutter ein.

»Tot ist tot«, gab Frieda zurück und hoffte, dass sie gelassen klang.

»Aufgehängt hat er sich. Oben in dem Zimmer, in dem jetzt meine *Imperator* steht, glaube ich.«

Kapitel 22

Sommer 1924

Auf das Jahr 1923 folgte 1924, auf die Rentenmark die Reichsmark. Frieda wurde mit dem neuen Domizil noch immer nicht so recht warm. Sie fühlte sich in der Deichstraße, in der Nähe der Speicher und des Hafens, eben wohler als im noblen Blankenese. Nachdem die Villa einen frischen weißen Anstrich erhalten hatte und die Bäume und Sträucher, die nah an dem Gebäude standen, kräftig zurückgeschnitten worden waren, präsentierte sich das Haus viel freundlicher. Die kleinen Fenster und das dicke Mauerwerk, das ihr so abweisend wie ein Kerker erschienen war, lernte Frieda zu schätzen, als die Temperaturen stiegen. Auch ihren Anbau, in den sie sich zurückziehen konnte, wenn sie ihre Ruhe haben wollte, schloss sie ganz allmählich in ihr Herz. Vor allem einen Vorzug erkannte sie: Ihr Leben veränderte sich durch die Villa auf eine wunderbare Weise. Die Freiheit, die sie schon im letzten Sommer genossen hatte, erreichte eine noch höhere Qualität. Mal kam Per zu Besuch, dann war es Ernst, der auf ein Bier mit Musik bei ihr saß. Auch Fellner kam sie besuchen.

»Wenn du so weitermachst, wird nichts aus einer Heirat mit dem reichen Dänen«, ermahnte sie ihre Mutter.

»Wenn ich wie weitermache?« Die Anfeindungen konnten Frieda nicht mehr erschüttern, Mutter war eben so erzogen worden, sie kam mit den Möglichkeiten der modernen Frauen nicht zurecht. Es war nicht ihre Schuld. Vielleicht war sie sogar ein bisschen neidisch auf Frieda.

»Wenn du mal mit dem einen, mal mit dem anderen … Wird nicht lange dauern, und die Leute reden.«

»Solange sie nichts Schlimmeres tun.«

»Du solltest das nicht auf die leichte Schulter nehmen, Frieda. Ehe du dich versiehst, bist du ein spätes Mädchen, dann nimmt dich keiner mehr. Wenn der Däne erst weiß, dass du dich auch mit fremden Männern triffst, ist es vorbei.«

»Er weiß es«, gab sie ruhig zurück.

Rosemarie rang nach Luft. »Und ich dachte, er wäre ein anständiger Mann«, keuchte sie.

Frieda ging nicht darauf ein. »Er weiß, dass ich mit Ernst aufgewachsen bin und er so etwas wie ein Bruder für mich ist. Er weiß auch, dass Alfred Fellner, mit dem übrigens du mich doch unbedingt bekannt machen musstest, meine Waisenhaus-Stiftung unterstützt. Er kann meine Verabredungen mit anderen Männern einordnen, Mutter. Mit der Zeit sollte dir das auch gelingen.«

Frieda und die Villa wurden langsam Freunde. Der Einladung ihres Vaters, ihm beim Basteln Gesellschaft zu leisten, folgte sie jedoch nie.

Mit der Stabilisierung der Währung vollzog sich ein Wandel, der einem den Atem rauben konnte. Sein steinernes Symbol war das Chilehaus, dessen Einweihung Anfang April ganz Hamburg auf die Beine brachte.

Es war innerhalb von nur zwei Jahren dort entstanden, wo einmal in einem typischen Gängeviertel zahllose Menschen gehaust hatten. Jeder Besuch bei Liz hatte Frieda Gelegenheit gegeben, den Baufortschritt zu bewundern. Sie ging mit Fellner zur feierlichen Eröffnung.

»Finden Sie das nun schöner?«, fragte er und zog eine Augenbraue hoch, als er an dem imposanten Backsteinbau hochblickte.

»Sie etwa nicht? Es ist atemberaubend, finde ich.« Das war es wirklich. Ein sieben- oder achtstöckiges Kontorhaus, das einem Ozeandampfer glich, der durch die Straßen der Stadt pflügte. Das Bauwerk strahlte beeindruckende Kraft aus und hatte doch organisch geschwungene Linien, wie Frieda sie in keiner Fassade zuvor gesehen hatte. Ein lebendes Passagierschiff mitten in Hamburg, das war das Chilehaus für sie. Sie hätte es stundenlang betrachten können. Fellner hatte allerdings keine Stunden für sie und den Neubau übrig. Er war mit einer neuen Muse verabredet, es schien etwas Ernstes zu sein. Schade, dachte Frieda, bestimmt würden sie sich dann weniger sehen, falls überhaupt noch.

Am nächsten Tag beim Frühstück berichtete sie ihrem Vater von der prächtigen Eröffnung.

»Erstaunlich«, murmelte ihr Vater. »Dabei geht es unserem Land noch gar nicht wieder so gut. Nur die Preise sind normal. Doch die Leute kaufen, essen und trinken, als hätten sie Geldbörse und Konto voll.« Und so war es. Zwar glaubten alle an bessere Zeiten und nahmen deren Genuss schon einmal vorweg. Der Politik traute man jedoch noch nicht. »Das kann nicht gutgehen«, prophezeite Vater düster, wenn er einen seiner schwermütigen Tage erwischte, die jetzt häufiger kamen. »Du wirst noch an meine Worte denken« sagte er. »Ich bin ein alter Mann, mich trifft das nicht mehr.«

An den heiteren Tagen, die glücklicherweise deutlich überwogen, eilte Vater in sein Kontor, das er nach wie vor in der Deichstraße hatte, spazierte durch seinen Park, wo er die Rosen schnitt, oder er kam Frieda in ihrer Kakaoküche besuchen, um ihre neuesten Kreationen zu kosten. Die scharfe Schokolade für den Herrn war ihr Renner. Und auch sonst kam Frieda mit der Produktion kaum nach. Ob Champagnerpralinen oder Kaffeeschokolade, ob zarte Milchschokolade mit Veilchen oder herbe Bittere mit Karamell, alles wurde ihr aus den Händen gerissen. Die Kasse klingelte sowohl in der Manufaktur im Speziellen als auch im Colonialwarenimport im Allgemeinen. Und endlich behielten die Einnahmen wieder ihren Wert. Nur blieben sie leider nicht automatisch in der Kasse.

Frieda war gerade dabei, Blüten zu kandieren, als sie einen Schrei hörte. Gleich darauf krachte es fürchterlich, dann hörte man Glas splittern.

»Liebe Zeit, was war das?« Sie sah sich um. Eine Weile blieb es still, dann ein ohrenbetäubendes Scheppern und eine Männerstimme. Frieda konnte die Worte nicht verstehen, sie klangen seltsam schief. Es hörte sich an wie »Tunsidanich« und »Werdnbereun«. Frieda schluckte. Ein Überfall. Eine andere Erklärung gab es nicht. Ein Überfall auf das Kontor. Himmel, wo war Ernst? Vater war auf dem Brook, das wusste sie, aber Ernst musste oben sein. Wieder kehrte Ruhe ein. Jemand musste etwas unternehmen. Ein seltsames Gefühl beschlich sie. Die Angestellten, die an der Conchiermaschine und am Mélangeur standen, die Tafeln in Silberfolie wickelten und Pralinen in Schachteln sortierten, hielten inne, als hätten sie sich in Schneiderpuppen verwandelt. Alle Blicke waren auf Frieda gerichtet. Nicht jemand musste etwas unternehmen, sie musste etwas tun. Frieda wischte sich langsam die Hände an ihrer Schürze ab und lauschte. Da, wieder ein Poltern und Lärmen, wie berstendes Holz.

»O lieber Gott, ich habe nichts damit zu tun«, stammelte Henni leise. Frieda achtete nicht auf sie. Jetzt war nicht die Zeit, den Flausen auf den Grund zu gehen, die die Küchenhilfe anscheinend schon länger im Kopf hatte.

»Ich gehe mal nachsehen«, sagte Frieda, ohne sich jedoch in Bewegung zu setzen.

»Seien Sie bloß vorsichtig«, flüsterte Rudolf, ein junger Kriegsinvalide, den sie schon vor zwei Jahren gegen Kost und Logis eingestellt hatten. »Es sollte lieber jemand die Polizei holen«, schlug er vor. Von oben waren jetzt schnelle Schritte und ersticktes Stöhnen zu hören.

»Das dauert zu lange«, antwortete Frieda mehr sich selbst. »Wer weiß, was bis dahin alles passiert ist.« Sie sah sich um. Da war ein Küchenmesser, mit dem sie einen großen Marzipanblock in Scheiben geschnitten hatte, der kürzlich aus Lübeck geliefert worden war. Frieda schluckte, packte das Messer. »Wir machen beides«, flüsterte sie Rudolf zu. »Ich gehe nach oben, und du läufst zur Polizei.« Sie sah an ihm herunter. Rudolf fehlte seit dem Krieg der linke Unterschenkel. »Vielleicht geht besser jemand anderes«, sagte sie.

»Nein, nein«, erklärte er eifrig. »Mir fehlt zwar ein Stück, aber ich bin fix wie ein Wiesel.«

Gemeinsam verließen sie die Kakaoküche im Keller und stiegen Stufe für Stufe eine Treppe hinauf. Rudolf eilte zur Haustür und zog sie lautlos hinter sich zu. Frieda beneidete ihn. Sie schlich auch die nächste Treppe nach oben. Als sie gerade die vierte Stufe erreicht hatte, hörte sie einen merkwürdig dumpfen Schlag, dann war Ruhe. Nur eine Sekunde später, sie setzte sich gerade wieder in Bewegung, wurde ein Schreien immer lauter. Nein, Schreien konnte man das nicht nennen, es war ein Stöhnen und Keuchen. Als würde jemand versuchen, um Hilfe zu rufen, dem man den Mund zuhielt. Ernst! Frieda vergaß jede Vorsicht und nahm immer zwei Stufen auf einmal. In dem Stockwerk angekommen, das sie bis vor kurzem noch bewohnt hatten, sah sie die Bescherung. Die Tür zur einstigen guten Stube stand offen. Hier war vorübergehend das Kontor untergebracht, in dem Vater und Buchhalter Meynecke ihre Schreibtische hatten. Frieda bot sich ein Bild der Zerstörung. Schubladen und ihr Inhalt lagen überall auf dem Boden verteilt. Die Uhr, die die Zeit von New York angezeigt hatte, lag zwischen all den Papieren und Federhaltern. Eine Vitrine war umgerissen. Das war das Klirren gewesen. Frieda hielt das Messer fest umklammert. Die Tür zum Salon nebenan stand offen. Dort konnte sich noch immer ein Eindringling verstecken. Sie sah zu Boden, damit sie nicht in eine Scherbe trat. Da lagen Füße. Nur ein Fuß steckte ordnungsgemäß in einem Schuh, der andere war nackt. Dass sich beide bewegten, beruhigte Frieda ungemein. Sie wagte sich vor, ging um den massigen Nussbaum-Schreibtisch herum.

»Oh, lieber Gott.« Es war Meynecke. Er blutete an Stirn und Schläfe und hatte etwas Dunkles im Mund. Eine Socke. Seine Socke ganz offenbar. Er bewegte die Lippen, versuchte den Knebel loszuwerden. »Warten Sie, ich helfe Ihnen.« Schritte hinter ihr, Frieda schloss beide Hände um den Griff des Messers und wirbelte herum. »Ernst!«

»Was ist denn hier los?« Schon war er an ihr vorbei, hockte sich neben Meynecke, befreite ihn von seinem Strumpf und löste die Fesseln.

»Er war nicht er selbst, Fräulein Hannemann, so habe ich ihn noch nie erlebt«, platzte der Buchhalter heraus, kaum dass er wieder sprechen konnte. Ernst half ihm auf die Füße. »Er hat das ganze Bargeld mitgenommen und die Wertpapiere.«

»Sie kannten den Einbrecher?« Frieda sah ihn an, auch Ernst ließ ihn nicht aus den Augen.

»Ja, gewiss, es war Ihr Bruder.« Die Trümmer begannen sich zu drehen wie die Pferdchen auf einem Karussell, der Boden schwankte, als stünde Frieda auf einem Schiff. Merkwürdig, obwohl es doch kaum zehn Uhr sein konnte, wurde es schon dunkel.

»Ach nee, die Schlafmütze wacht wieder auf.« Frieda blinzelte und blickte in Ernsts besorgtes Gesicht, das sehr nah über ihrem schwebte. Er machte zwar schon wieder seine Witze, wirkte aber so, als sei ihm gar nicht nach Lachen zumute.

»Wo ist er, wo ist mein Bruder?«, stammelte sie und wollte sich aufrichten.

»Man langsam, ne?« Ernst hielt sie sanft zurück. Sie lag in seinen Armen.

»Langsam? Wenn er abgehauen ist, haben wir keine Zeit zu verlieren.« Wieder machte sie Anstalten aufzustehen, dieses Mal half Ernst ihr. Im gleichen Augenblick hörte sie Schritte auf der Treppe. Ihr Vater stürzte herein, mit ihm zwei Polizisten.

»Was ist bloß geschehen? Ist jemand verletzt?«

»Nein«, antwortete Meynecke sofort. Er musste sich das Blut gleich abgewaschen haben, nachdem Ernst ihn befreit hatte. Gottlob hatte er anscheinend nur Kratzer abbekommen. »Tut mir sehr leid, Herr Hannemann.« Meynecke atmete tief ein und aus. »Ihr Sohn war hier.« Albert ließ sich auf einen Stuhl sinken. »Er hat mich aufgefordert, ihm Geld zu geben und … Ich wollte natürlich erst mit Ihnen Rücksprache halten, ob alles mit rechten Dingen zugeht. Immerhin war er in letzter Zeit kaum noch im Kontor, ich habe angenommen, dass er nicht mehr für uns arbeitet. Für Sie. Nun ja, jedenfalls kam es mir seltsam vor, zumal Sie nichts davon gesagt hatten, dass Sie ihn schicken wollten, um … Wertsachen zu holen«, beendete er den Satz. Die beiden Polizisten sahen sich an. »Da hat er mich niedergeschlagen und sich einfach genommen, was er wollte.«

»Der Täter ist also bekannt?«, fragte einer der Uniformierten.

Albert nickte.

»War er allein?«, wollte er von Meynecke wissen.

»Er wusste ja, wo alles aufbewahrt wird, was Wert hat.« Er deutete auf eine zersplitterte Vitrine. Mehr war nicht nötig. Frieda hätte liebend gern gewusst, was ihr Bruder sich alles unter den Nagel gerissen hatte. Doch ihre Angestellten aus der Küche standen an der Tür, steckten die Köpfe zusammen und versuchten, etwas aufzuschnappen oder zu sehen zu kriegen.

»An die Arbeit«, kommandierte sie deshalb und ging mit ihnen zurück in den Keller. Lange hielt sie es dort nicht aus, sondern lief bald in den Kornträgergang. Hans war nicht da. Die Schuhmacher-Witwe ließ Frieda gern einen Blick in sein Zimmer werfen. Sie hatte sie schon einige Male bei Ulli gesehen, vertraute ihr also. Vermutlich war der guten Frau dieser Untermieter auch ein wenig unheimlich, so wie er, einem Geist gleich, kam und ging, wie er aussah mit den tief in den Höhlen sitzenden Augen und der Wulst der Narbe und wie er manches Mal nicht einmal mehr fähig war, einen vernünftigen Satz zu formulieren. Frieda war nicht überrascht, ihn nicht anzutreffen. So dumm war er nicht. Wenn er auch davon ausgehen konnte, dass weder Vater noch Mutter von seinem Unterschlupf wussten und Frieda im Grunde ihres Herzens immer zu ihm halten würde, so musste ihm doch auch klar sein, dass er den Bogen überspannt hatte. Ein paar Sachen von ihm waren allerdings noch dort. Er hatte das Zimmer also nicht vollständig aufgegeben.

Am Abend saß Frieda mit Ernst auf ihrer Terrasse. Die Luft war erfüllt vom Singen der Zikaden und von dem Duft von Vaters Rosen, der jeden Winkel des Parks auszufüllen schien. Mit Wein brauchte sie Ernst nicht zu kommen, aber dem Kirschlikör von Nagel konnte er dann doch nicht widerstehen.

»Ich könnte wetten, er ist in den nächsten Zug gestiegen und nach Berlin gefahren« sagte Frieda finster. »Bestimmt ist schon nichts mehr übrig von dem Geld, das er geklaut hat.«

»Die Wertpapiere wird er so fix nicht los«, beruhigte Ernst sie. »Da musst schon einen kennen, der so was kauft. Na ja, auf der anderen Seite«, überlegte er laut, »findest so einen schnell in 'ner großen Stadt. Dein Bruder ist ja wohl nicht das erste Mal da, denn kennt der bestimmt die richtigen Leute.« Er seufzte, blickte in die Weite und nahm einen Schluck Kirschlikör. »Mann, der ist aber lecker!«

»Die Spirituosen von Nagel sind eben etwas Besonderes«, meinte sie und lächelte schwach. »Weißt du, was das für Aktien waren, und vor allem, was sie wert waren?«

»Ich hab deinem Vater so oft gesagt, er soll die nicht im Kontor aufheben. Die gehören in die Bank oder von mir aus in 'ne Kassette, die du abschließen kannst«, ereiferte er sich und nahm gleich noch einen Schluck. »Aber einfach in 'ne Vitrine ... Nu sind se weg. Dein Vater hatte Aktien von den Deutschen Babcock & Wilcox-Dampf-kessel-Werken. Da kriechst schon ordentlich was für. Und denn die von der Deutschen Continental-Gas-Gesellschaft. Die hatte schon dein Großvater Carl angeschafft, glaub ich. Denn waren noch wel-che von der Deutschen Erdöl-AG dabei, und zuletzt hatte dein Vater bei der Eisenbahn-Betriebs-Gesellschaft investiert. Die Bahn ist die Zukunft, die Aktien steigen bestimmt.« Ernst kannte sich also aus. Wahrscheinlich waren das die Wertsachen, in die er noch schnell ge-liehenes Geld gesteckt hatte, ehe die Währung vollkommen aus dem Ruder gelaufen war, und die ihm als Mietsicherheit dienten. »Nur 'n Döskopp würde die ohne Not verkaufen«, brummte er.

»Oder einer, der alles schnell versilbert, was er in die Finger kriegt«, entgegnete sie.

»Oder 'n Döskopp, der alles versilbert, was er er zu fassen kriegt«, meinte er. Irgendwo schrie ein Kuckuck. Die Abenddämmerung spannte ein rosa Tuch über die Elbchaussee. Nicht mehr lang, dann würde sie eine Kerze anzünden müssen. »Weißt, was ganz eigen ist?« Ernst wandte sich ihr zu. »Dein Vater war auf'm Brook, und ich war auch grad los, 'n paar Besorgungen machen. Als ob er's gewusst hätte.«

»Kann ich mir gar nicht vorstellen«, sagte Frieda langsam. »Er kriegt doch kaum noch etwas von dem mit, was in der Firma vor sich geht. Er weiß ja nicht einmal mehr, was seine eigene Familie treibt«, schimpfte sie.

»Trotzdem.« Ernst blickte wieder in den dunkler werdenden Garten, eine Falte über seiner Nase verriet, wie angestrengt er nachdachte. »Entweder hat er die ganze Zeit in der Deichstraße gelauert und den Eingang im Blick gehabt. Oder jemand hat ihm Bescheid gesagt.«

»Wer sollte das tun?« Es gab im Kontor oder in der Küche niemanden, der Kontakt zu ihrem Bruder hatte.

»Meynecke kommt jedenfalls nicht in Frage«, stellte Ernst fest und musste schmunzeln. »Der wird sich nicht freiwillig einen über den Nischel hauen lassen.«

Die Nachricht von dem Überfall auf das Kontor von Hannemann & Tietz hatte sich herumgesprochen wie das sprichwörtliche Lauffeuer. Gleich am nächsten Tag stattete Per Frieda einen Besuch ab, um sich nach Einzelheiten zu erkundigen.

»Ihnen ist wirklich nichts passiert?«, wollte er wissen. »Ich darf gar nicht daran denken, dass Sie ganz alleine ins Kontor geschlichen sind, obwohl der Räuber noch hätte da sein können.« Er wirkte tatsächlich sehr aufgeregt.

»Ich wünschte, er wäre noch da gewesen und ich hätte ihn zu fassen gekriegt. Mein eigener Bruder hat uns bestohlen! Aber das wissen Sie sicher längst. Bestimmt zerreißt sich schon ganz Hamburg das Maul: Der Hannemann klaut bei Hannemann.« Sie strich sich ungeduldig eine Strähne hinter das Ohr. »Ich wette, der verprasst Vaters hart erarbeitetes Vermögen, so schnell kann man nicht Labskaus …« Sie seufzte. Per kniff irritiert das linke Auge zu. »Wenn ich nur wüsste, wie ich ihn aufhalten kann. Berlin ist groß. Es könnte Wochen dauern, ihn dort zu finden. Falls es überhaupt gelingt.«

»Sie denken, er ist in Berlin?« Er ließ sie nicht antworten. »Nach allem, was Sie mir über ihn erzählt haben, ist das naheliegend, ja. Und Sie haben keine Idee, wo er sich aufhält, keinen Anhaltspunkt?«

Seine blauen Augen sahen sie aufmerksam an. Er wollte ihr zu gerne helfen. Frieda musste lächeln. Es tat gut, dass er sich sorgte.

Sie wurde wieder ernst und schüttelte den Kopf. »Nein, wir haben in den letzten Monaten kaum miteinander gesprochen.« Dann fiel ihr etwas ein. »Er hat mal von einem Wintergarten gesprochen und vor allem vom Admiralspalast geschwärmt«, erinnerte sie sich. »Das ist aber schon lange her, mindestens zwei Jahre. In diesem Palast soll es Römische Bäder geben, die die ganze Nacht geöffnet haben. Ein Vergnügungstempel ist ganz sicher der richtige Ort, um Geld auszugeben.«

»Dann sollten wir dort anfangen«, schlug er vor.

»Wie meinen Sie das?«

»Jemand muss Ihren Bruder stoppen, solange noch etwas von seiner Beute da ist. Ich werde ganz bestimmt nicht zulassen, dass Sie allein fahren.«

Frieda sah ihn lange an. Er hatte absolut recht, jemand musste Hans aufhalten, falls es nicht sowieso schon zu spät war. Mit Per zusammen würde sie leichteren Herzens sämtliche Spelunken von Berlin betreten. Alles war besser, als untätig in Hamburg herumzusitzen und zum Warten verdammt zu sein. Aber wo sollte sie mit der Suche beginnen? Clara! Der Gedanke an sie kam aus heiterem Himmel. Durch Großvaters Tod war Frieda damals davon abgekommen, sie zur Rede zu stellen. Irgendwann hatte sie beschlossen, es auf sich beruhen zu lassen. Was, wenn Clara weiterhin in Kontakt mit Hans stand? Dann wusste sie möglicherweise, wo er zu finden war.

»Nur wird sie es mir nicht verraten«, murmelte sie.

»Bitte?«

Frieda sah überrascht auf, sie hatte gar nicht gemerkt, dass sie laut gesprochen hatte. »Clara ist eine ehemalige Freundin von mir. Sie war mal sehr in Hans verliebt.« Sie erzählte ihm von der verhängnisvollen Nacht im Krankenhaus und davon, dass Clara schwanger gewesen war. Auch von dem Äther erzählte sie Per. »Schon möglich, dass sie weiß, wo er steckt, bloß wird sie ihn niemals verraten«, schloss sie.

»Warum sind Sie da so sicher?« Per sah sie eindringlich an. »Sie glauben, Sie würde ihn schützen? Sie denken doch nicht etwa, dass diese Frau es gut mit ihm meint.«

»Sie riskiert immerhin ihre Arbeitsstelle, um Hans dieses Teufelszeug zu beschaffen.«

»Sie sagen es doch selbst, Äther ist eine teuflische Substanz, jedenfalls wenn man sie trinkt. Ist Ihnen nie der Gedanke gekommen, dass diese Clara sich an Ihrem Bruder rächen will? Vielleicht beschafft sie ihm das Mittelchen, um ihn langsam damit zugrunde zu richten.«

Frieda war wie vom Donner gerührt. Darauf wäre sie nie gekommen. Doch seine Theorie war erschreckend schlüssig. Frieda verabschiedete sich hastig von Per und machte sich auf den Weg. Sie brauchte keinen Blick auf den Zettel zu werfen, auf dem die Adresse stand, die ihr die Krankenschwester damals verraten hatte.

»Ach nee, das ist ja eine Überraschung.« Clara musterte sie misstrauisch. Bei Friedas Anblick waren ihre Gesichtszüge entgleist, doch sie hatte sich schnell wieder im Griff. Nun stand sie mit verschränkten Armen vor Frieda und versperrte geradezu den Weg in ihre Wohnung.

»Die hätte ich dir längst bereiten sollen«, gab Frieda kühl zurück. »Gleich als mir klar geworden ist, dass du Äther klaust, um meinen Bruder damit zu versorgen.«

Jetzt war Claras Fassung dahin. Panik trat in ihre Augen, und sie öffnete den Mund, doch es kam nicht einmal eine Silbe über ihre Lippen.

»Zuerst dachte ich, du willst damit das Herz meines Bruders gewinnen. Stimmt gar nicht.« Frieda bluffte. »Du willst dich rächen. Du legst ihm die geladene Pistole in die Hand und kannst dir sicher sein, dass er abdrückt.«

»Was sagst du da? Du glaubst …? Komm rein.«

Frieda war verunsichert, sie hatte damit gerechnet, dass Clara leugnen würde oder sofort zum Angriff übergehen. Beklommen folgte sie ihr in ein kleines Wohnzimmer. Ein zerschlissenes Sofa, ein Sesselchen, ein runder Couchtisch, dessen Schrammen ein Spitzendeckchen nicht völlig verdecken konnte, ein siebenarmiger Leuchter auf einer schlichten Kommode. »Setz dich.« Clara klang schrecklich müde, sie sah erschöpft aus, verhärmt. Falten hatten sich in ihr Gesicht gegraben, die zu einer Frau von vierzig Jahren gepasst hätten. Ihr Haar trug sie noch immer lang, aber zu einem strengen Knoten gedreht.

»Du glaubst also, ich will deinen Bruder umbringen?« Sie ließ sich auf den Sessel sinken, jetzt setzte auch Frieda sich. »Warum sollte ich das tun?« Sie sah Frieda traurig in die Augen. »Ich habe deinen Bruder geliebt. Ich fürchte, ich liebe ihn noch immer, obwohl von ihm eigentlich nicht mehr viel übrig ist.« Lange betrachtete sie ihre Hände und atmete schwer. Dann begann sie: »Als Hans damals bei uns eingeliefert wurde, dachte ich, das ist ein Geschenk des Schicksals. Und als er mich auch noch bat, nicht zu gehen, in der Nacht, da glaubte ich wirklich, dass er mich doch ein wenig lieb haben könnte.« Sie sprach so leise, dass Frieda sie kaum verstehen konnte. Es tat weh, die Freundin so unendlich verzweifelt und verletzt zu sehen. »Dabei wollte er nur, dass ich ihm Schmerzmittel gebe, starke Dinger, später Opium. Als ich merkte, dass ich guter Hoffnung war, sagte ich ihm, das müsste aufhören. Wie wollte er denn ein guter Vater für sein Kind sein, wenn er ständig dieses Zeug nahm?« Wieder musste sie eine Pause machen. »Er hat mich angefleht, es nicht zu bekommen, Frieda. Er könnte das nicht, hat er gesagt, das würde sein Leben zerstören. Also hab ich's wegmachen lassen. Aber es fehlt mir jeden Tag.« Tränen liefen über ihre bleichen Wangen.

Frieda musste schlucken, ihre Stimme gehorchte ihr kaum. »Warum bist du nur nicht zu mir gekommen, Clara? Ich hätte dir doch geholfen. Ich war doch deine Freundin.«

»Schöne Freundin. Du wusstest doch ganz genau, was im Krankenhaus zwischen deinem Bruder und mir war. Du willst mir doch nicht erzählen, dass du nichts von meiner Schwangerschaft wusstest. Ganz Hamburg hat sich das Maul zerrissen. Die kleine Mendel und ein uneheliches Balg!«

»Nein, Clara, ich schwöre dir, ich wusste es nicht.«

Clara sah sie an.

»Aber er hat doch gesagt, du wärst auch der Meinung, ich solle die Schwangerschaft beenden. Ich würde doch wissen, wie das geht, hast du gesagt, und er solle bloß nicht auf die Idee kommen, mich mit einem Kind in euer Haus zu bringen. Am Ende müsstest du dich noch darum kümmern und könntest deine geliebte Manufaktur vergessen.« Hass funkelte in ihren Augen. »Es ging doch wieder nur um dich und deine Pläne. Wenn du ihn unterstützt hättest, hätte ich das Kind vielleicht behalten können«, schrie Clara.

Frieda war schwindlig. In ihren Ohren rauschte es bedrohlich. »Das ist nicht wahr«, flüsterte sie. »Um Gottes willen, Clara, das ist doch nicht wahr!« Sie packte Claras Hand, drückte sie. Auch ihr liefen jetzt die Tränen über die Wangen. Sie konnte kaum einen klaren Gedanken fassen. »Er hat nie mit mir darüber gesprochen. Ehrenwort! Er hat sogar behauptet, dass er dir die Unschuld nicht genommen hat. Ich weiß noch nicht lange, dass das gelogen war. Er hat immer gelogen, Clara, oder ist mir ausgewichen. Ich habe ihn doch in der letzten Zeit kaum noch gesehen. Es tut mir alles so leid«, brachte sie gerade noch heraus, ehe sie laut schluchzen musste.

Clara saß noch immer wie versteinert. Frieda ließ sie los und schlug beide Hände vors Gesicht. Wie hatte Hans ihnen das nur antun können? Er hatte nicht nur Claras Leben zerstört, sondern auch ihre Freundschaft. Frieda wollte sich beruhigen, wollte Clara so viele Dinge fragen, doch sie zitterte und weinte, und es gelang ihr einfach nicht, ihre Fassung zurückzubekommen. Da bemerkte sie, wie Clara sich neben sie setzte. Frieda ließ die Hände sinken und sah sie an. Endlich fielen sie sich in die Arme, weinten gemeinsam, hielten einander fest. Es dauerte lange, ehe sie allmählich ruhiger wurden. Clara machte ihnen einen Tee, und dann redeten sie über alles, was geschehen war. Frieda erzählte von ihrer unerfüllten Liebe, von Jason, der schon so lange fort war. »Warum nur hast du so über ihn gesprochen?«

»Ich wollte dir weh tun«, gestand Clara. »Ich dachte doch, du wärst schuld an meinem Unglück. Hättest du uns eine Chance gegeben, hätten wir unser Kind aufziehen können. Dachte ich.«

Ehe Frieda etwas erwidern konnte, sagte sie: »Außerdem hätte ich mir sonst doch eingestehen müssen, dass Hans unser Kind nie gewollt hat, dass er mich nie gewollt hat. Ich habe für ihn mein Kind getötet und meine Arbeit riskiert, und ich kann doch nicht aufhören, ihn zu lieben. Ich will ihn ganz sicher nicht umbringen, Frieda, das musst du mir glauben. Ich habe schon versucht, ihm aus dem Weg zu gehen, damit er mich nicht immer wieder um Rauschmittel bitten kann, aber er fängt mich ab, lauert mir auf. Und wenn ich ihm das Zeug nicht besorge, dann womöglich jemand, der es mit der Reinheit nicht so genau nimmt. Das konnte ich nicht zulassen.«

»Du musst damit aufhören, Clara.« Frieda sah ihr in die Augen. »Hans hat Vaters Kontor überfallen und einen Mann niedergeschlagen. Wenn er sein Diebesgut versilbert und sich dafür Rauschmittel besorgt, dann können wir beide ihn nicht mehr schützen. Bitte, Clara, ich vermute, er ist in Berlin. Wenn er mal irgendetwas gesagt hat, wenn du eine Ahnung hast, wo er stecken könnte, dann sag es mir, ich flehe dich an!«

Clara ließ sich Zeit. »Ja«, sagte sie nachdenklich, »er hat mal etwas gesagt. Blumenstein in Charlottenburg. Gegenüber der Kaiser-Wilhelm-Gedächtniskirche. Tut mir leid, mehr weiß ich nicht.«

Frieda stand auf. »Das ist besser als nichts. Danke, Clara! Ich schicke dir eine Nachricht, wenn ich ihn gefunden habe.«

»Ja, bitte.« Sie standen sich an der Wohnungstür gegenüber, beide erschöpft, aufgewühlt und mit rot geweinten Augen. Gleichzeitig machten sie einen Schritt aufeinander zu und nahmen sich noch einmal in die Arme.

»Ich hätte dich besser kennen müssen«, flüsterte Clara. »Bitte verzeih mir, ich hätte mit dir reden müssen. Du hast versucht, mich zu erreichen, ich war so dumm.«

»Nein, Clara, du warst verletzt. Du hast schon recht, ich war zu sehr mit mir beschäftigt. Als ich erfahren habe, was du durchgemacht hattest, hätte ich auf jeden Fall die Zeit finden müssen, zu dir zu kommen. Verzeih mir, Clara.«

Sie nahmen den ersten Zug, der am nächsten Morgen von Hamburg nach Berlin fuhr. Frieda war seit Jasons Abreise, seit sie seinem Nachtzug nur noch hatte hinterhergucken können, nicht mehr am Hauptbahnhof gewesen. Ihr Herz krampfte sich zusammen, als die Erinnerungen so deutlich zurückkamen, als wäre alles gestern geschehen. Eine Möwe hatte sich unter das mächtige Glasdach verirrt. Der typische Hall ihres Schreis wurde dort oben noch verstärkt. Er klang nach Ferne und Fremde. Eine Lokomotive keuchte gerade schwarzen Qualm aus ihrem Schornstein, während sie sich langsam in Bewegung setzte und die schweren Waggons hinter sich an ein Ziel zog, das Frieda nicht kannte. Sie stand starr und sah ihr nach.

»Machen Sie sich keine Gedanken, wir werden ihn finden«, sagte Per und legte ihr eine Hand auf den Arm. Es war so gut, dass er da war. Gleichzeitig hatte Frieda ein schlechtes Gewissen, weil sie an

Jason dachte und ihm noch immer nachtrauerte. Sie kam sich verlogen vor, Per musste ihre Verfassung falsch deuten. Nur konnte sie ihm einfach nicht sagen, was sie wirklich bedrückte.

Sie hatten Billets für die Erste Klasse gekauft. Die Stunden in dem rumpelnden Wagen schienen nicht enden zu wollen. Ihr war es recht. Solange sie in dem fauchenden ratternden Zug saß, der hin und wieder sein Tuten hören ließ – kurz, lang –, hatte sie Schonfrist. Wie oft war ihr Bruder diese Strecke gefahren. Wie mochte er sich gefühlt haben? Sie hatte keinen Schimmer, die beiden hatten sich viel zu sehr voneinander entfernt. Wann hatte sie eigentlich aufgehört, ihn retten zu wollen? Sie brütete versunken vor sich hin, Per ließ sie gewähren. Er hatte anfangs versucht, ein Gespräch zu führen. Da sie höchst einsilbig reagiert hatte, war er hinter einer Zeitung verschwunden.

In Berlin angekommen, sog ein Strudel Frieda auf, der sie erst ausspucken sollte, als sie wieder im Zug zurück nach Hamburg saß. Schon beim Aussteigen erschien ihr alles lauter und größer als in ihrer Heimatstadt. Sie ließen sich mit einem Automobil zu einem Hotel am Kurfürstendamm bringen. In wenigen Minuten hatten sie sich frisch gemacht, gleich wieder im Foyer getroffen, los ging's.

»Hat sie wirklich gegenüber der Kaiser-Wilhelm-Gedächtniskirche gesagt?«, erkundigte sich Per schon wieder.

»Sie müssen nicht mit mir suchen«, antwortete Frieda, wie schon zuvor. »Es könnte dauern, ich weiß.«

»Glauben Sie, ich bin mit Ihnen hierhergefahren, um mich gemütlich in ein Café zu setzen?« Er schüttelte den Kopf, dann wandte er sich dem Gotteshaus mit seinen Türmen und einem beeindruckenden runden Fenster zu, das sie nach kurzem Fußmarsch erreicht hatten. Nur auf einer Seite grenzte es an den Zoologischen Garten, in den Straßen, die sternförmig von allen anderen Seiten auf den Auguste-Viktoria-Platz zuliefen, standen Wohnhäuser. Wo sollte man anfangen? Strukturiert vorgehen, ermahnte sie sich.

»Gut, dort zuerst!« Frieda ging los. Hardenbergstraße. Sie studierte die Klingelschilder der ersten drei Häuser auf einer Straßenseite, überquerte die Fahrbahn und suchte anschließend auf der anderen Seite. Nichts. Kein Blumenstein. Dann zum Kurfürstendamm. Auch nichts. Zurück am Auguste-Viktoria-Platz, zuckte Per nur mit den Schultern und ging augenblicklich zum nächsten Abzweig. Wieder nichts.

Als Nächstes die Tauentzienstraße. Frieda las fremde Namen, ging von einem Hauseingang zum anderen. Kunstvoll verzierte Messingschildchen mit Klingelknöpfen, die von den vielen Fingern schon ganz stumpf waren. Die Namen zum Teil kaum noch zu lesen, so verblichen oder von Vogeldreck bedeckt waren sie. Kaufmann, Kisch, Lang, Roth, Heinrich. Blumenstein!

»Hier ist es!« Ihr Herz schlug schneller. Per kam zu ihr herüber.

»Sie haben es geschafft.« Er strahlte, als habe sie einen Schatz gefunden. Im nächsten Moment wurde er wieder ernst. »Hoffen wir, dass Ihr Bruder auch wirklich hier ist oder wir wenigstens eine Auskunft bekommen, die uns hilft.« Sie hielt den Atem an, drückte den Knopf. Nichts rührte sich. Noch einmal. Sie spürte, wie Per ihre Hand nahm. »Beruhigen Sie sich, bis jetzt läuft es doch nicht schlecht.« Erst jetzt merkte sie, dass sie zitterte.

»Nicht schlecht? Wir stehen vor einer verschlossenen Tür.«

»Immerhin vor der richtigen, jedenfalls können wir davon ausgehen. Wenn niemand zu Hause ist, kommen wir eben später wieder.« Er schien ganz ruhig zu sein und strahlte eine solche Zuversicht aus, dass auch Frieda neuen Mut schöpfte. Er hatte recht.

»Und was jetzt?«

»Lust auf einen Spaziergang?«

Sie konnten doch nicht einfach … Doch, konnten sie. »Gute Idee. Nach den Stunden in der rumpelnden Bahn tun ein paar Schritte sicher gut.«

»Sehr schön.« Er nahm ganz selbstverständlich ihren Arm. »Bis zum Brandenburger Tor können wir durch den Tiergarten gehen, der wird Ihnen gefallen.« Sie überquerten einen Kanal und traten aus der staubigen grellen Hitze in die schattige feuchte Kühle hoher Bäume. Das zweite Mal, seit Frieda im Hauptbahnhof aus dem Zug gestiegen war, wurde sie sich des Lärms, der Fülle und des Schmutzes dieser Stadt besonders bewusst. Gerade weil in diesem Tiergarten, wie Per den Park genannt hatte, all das einer himmlischen Stille wich, in der nur das Rascheln der Blätter, das Zwitschern der Vögel und vereinzelte Stimmen zu hören waren.

»Sie haben recht, es gefällt mir hier sehr gut.« Er drückte ihren Arm ein wenig, und sie lächelte ihn an. »Woher kennen Sie sich in Berlin so gut aus?«

Er lachte. »Überschätzen Sie mich nicht. Ich war nur einige Male mit meinem Vater hier. Geschäftlich.« Genau wie Hans. Nur dass der die Zeit in der Stadt ganz anders genutzt hatte als Per. Sie hatten das Tor erreicht, von dem Frieda schon viel gehört und auch mal eine Abbildung gesehen hatte. Es wirkte reichlich ramponiert und wurde offenbar gerade ein wenig in Schuss gebracht. Sein Anblick konnte Frieda nur kurz von dem ablenken, was sie zum dritten Mal an diesem Tag mit Wucht traf: Hektik und Getöse einer Großstadt. Hinter dem einstigen Stadttor erstreckte sich der Prachtboulevard Unter den Linden. Neben Droschken und Automobilen fuhren sogar Omnibusse in beachtlicher Zahl über die von Linden gesäumte Allee. Frieda sah Frauen in weiten Hosen, andere in knielangen Kleidern, einige rauchten auf offener Straße! Die Männer trugen Knickerbocker und Schiebermütze, einige Anzug. Es war ein Gewimmel, Fußgänger huschten haarscharf vor Automobilen über die Straße.

Friedas Blick blieb an einem Bettler hängen, der gerade einem Herrn mit Gehstock die Hand hinstreckte. Gleich war ein Uniformierter da, der ihn verscheuchte. Frieda schmiegte sich an Per, es waren so viele Menschen auf dem Trottoir unterwegs, dass sie fürchtete, von ihm getrennt zu werden, doch er führte sie sicher zwischen den anderen Fußgängern hindurch. Kurz vor einer großen Kreuzung, auf der ein Polizist den Verkehr regelte, bogen sie ab.

»Ist zwar ein kleiner Umweg, aber die Kaisergalerie sollten Sie gesehen haben«, meinte Per und führte sie in eine Passage. Frieda stockte der Atem.

»Das ist … unglaublich«, flüsterte sie. Sie fand sich auf einer schmalen Straße wieder, flankiert von zwei Prachtbauten. Skulpturen und Reliefs aus Sandstein und Terrakotta, auf einer Reihe von Schaufenstern und großzügigen Portalen hockten zwei Etagen, die Fenster jeweils von Säulen und Bögen eingerahmt. Darüber eine spitz zulaufende Konstruktion, wie ein Zeltdach aus Glas, die Frieda an die oberen Stockwerke der Hamburger Speicher erinnerte. Nur dass hier das gesamte Dach, das sich von einem zum anderen Gebäude spannte, aus Glas war und das Sonnenlicht hereinließ. Über fünfzig Geschäfte und Cafés konnte man selbst bei schlechtem Wetter trockenen Fußes erreichen, erzählte Per, und auch ein Theater und sogar ein Wachsfigurenkabinett gab es hier. Beeindruckend, zweifellos. Wenn nur das Klacken der Absätze auf dem Steinfußboden und die Stimmen der Flanierenden nicht so furchtbar laut von den Wänden zurückhallen würden. Frieda war froh, als sie wieder den klaren Himmel über sich hatte.

»Voilà, die Friedrichstraße«, verkündete Per. »Sie sagten, Ihr Bruder habe vom Wintergarten gesprochen und vom Admiralspalast. Versuchen wir da unser Glück.« Sie hielten sich links, überquerten Unter den Linden und zwei schmalere Straßen, in die Frieda jeweils einen kurzen Blick erhaschte. Welch ein Unterschied. Abseits der prächtigen Vorzeigeboulevards bröckelte die Fassade der feinen Gegend. Auf dem Central-Hotel unmittelbar gegenüber dem Bahnhof Friedrichstraße hingen die Fahnen schlapp an den Masten. Die Luft stand, als läge nicht nur die Kaisergalerie, sondern die ganze Stadt unter einer gläsernen Kuppel. »Haus I. Ranges«, war auf einer Tafel zu lesen, darunter: »700 Zimmer und Salons«.

»Feinste französische Küche im Hause«, las Per vor. »Klingt nicht schlecht. Was meinen Sie?« Hinter ihnen hupten Autos, eine Gruppe Fußgänger drängte vorüber, dazu das Klappern der Pferdehufe und das Geräusch von rollenden Rädern auf Kopfsteinpflaster. Frieda konnte nicht denken. »Also ich habe großen Hunger.«

Über dem Portal an der Ecke prangte ein großes Schild mit der Aufschrift *Café Wintergarten.*

»Warum nicht?« Frieda hatte keinen Appetit. Sie betrachtete gedankenverloren die Buchstaben C und H, die in den Silberlöffel gestanzt waren. In den senkrechten Balken des H waren die Worte *Central* und *Hotel* zu lesen. Ihre Zwiebelsuppe war gut, das Rindersteak mit Sauce Béarnaise und grünen Bohnen, das Per genussvoll verspeiste, sei sogar außerordentlich köstlich, wie er betonte. Die Aufregung des Tages, die permanente Anspannung fielen allmählich von Frieda ab. Sie war müde und enttäuscht. Nach dem Essen sahen sie sich noch einmal im Wintergarten um, von Hans keine Spur. Also gingen sie ein paar Schritte quer über die Friedrichstraße zum Admiralspalast, dessen Fassade nicht weniger beeindruckend war als die Kaisergalerie.

»Wir könnten abends in eine Vorstellung gehen«, meinte Per. »Nicht gerade heute, Sie sehen so aus, als wollten Sie recht bald im Bett landen.« Sie sah ihn streng an. Ihre Gedanken waren gerade bei den Bädern und Varietés im Inneren des sogenannten Palasts. Was immer sich dort abspielte, stellte sie sich ziemlich frivol vor. »Habe ich etwas Falsches gesagt?« Er kniff das linke Auge zu.

»Nein, nein.« Frieda senkte den Blick. »Stimmt, ich bin vollkommen erledigt und würde mich wirklich gern ausschlafen.«

»Ich besorge uns einen Wagen, der uns zum Hotel bringt.«

»Aber vorher versuchen wir es noch einmal bei Blumenstein.«

Das Taxi brachte sie zur Tauentzienstraße. Wieder beschleunigte Friedas Puls, als sie auf den kleinen runden Messingknopf drückte. Wieder ohne Erfolg. Auf dem Weg zu ihrem Hotel auf dem Kurfürstendamm kamen sie an einem fünfstöckigen Bau vorbei, an dem *Marmorhaus* geschrieben stand. Tatsächlich war die Fassade ganz aus kostbarem Marmor gemacht. Zwischen zweitem und drittem Stock hing ein riesiges Plakat mit der Aufschrift: »Der Tonfilm verdirbt Gehör und Augen!« Frieda floh regelrecht in das Foyer ihrer Unterkunft. Sie empfand eine tiefe Abscheu und hätte nicht einmal sagen können, wogegen. Berlin war ohne Frage eine moderne Stadt voller atemberaubender Architektur. Sicher konnten die Freigeister sich hier entfalten und wohlfühlen, Künstler experimentelle Werke schaffen.

Doch keine Medaille mit nur einer Seite. Drehte man die von Berlin um, bekam man Armut und Verlierer zu sehen, Obszönität und Dreck.

»Gut geschlafen?« Per erhob sich und rückte ihr einen Stuhl zurecht. Dann setzte er sich wieder, faltete die Zeitung zusammen, in der er gelesen hatte, als sie den Frühstücksraum betreten hatte, und legte sie beiseite.

»Wie ein Bär!« Frieda fühlte sich tatsächlich erfrischt und voller neuer Kraft. Verglichen mit dem Vortag musste sie ihm geradezu redselig erscheinen. Einen wirklich guten Plan, für den Fall, dass sie bei Blumenstein wieder nichts erreichten, hatte sie nicht. Aber eins nach dem anderen. Zunächst ließ sie sich die Schrippe schmecken, wie man hier zum Rundstück sagte. Der Himmel über Berlin war an diesem Tag gelblich bedeckt, die Luft war so feucht, dass Friedas Haare sich unbändig lockten.

»Wahrscheinlich gibt es heute noch ein Gewitter«, vermutete Per. Hoffentlich, das würde die Luft reinigen. Sie gingen auf die Treppe zu, die zum Untergrundbahnhof Uhlandstraße hinabführte. Ein Geruch von Unrat und Urin stieg von dort unten auf. Frieda verzog das Gesicht und hielt den Atem an. Bloß rasch weiter. Aus dem Augenwinkel nahm sie einen Mann wahr, der auf unsicheren Beinen die Stufen heraufkam. Sie wusste sofort, dass er es war. Frieda blieb stehen, sah zu, wie Hans mühevoll einen Fuß vor den anderen setzte. Passanten liefen einfach um ihn herum. Er hatte einen hellen Anzug an, der ihm eine Nummer zu groß war. Seine Haare trug er jetzt mit Seitenscheitel und einer kräftigen Portion Rasiercreme nach hinten gekleistert. Wie ein Dandy, der die Nacht draußen verbracht hatte, dachte sie. Als er den Bürgersteig fast erreicht hatte, trat sie ihm in den Weg. Hans blickte erst im letzten Moment auf. Dann hatte er sie erkannt, machte kehrt und rannte die Treppe hinab. Per war ihm sofort auf den Fersen. Auch Frieda rannte los. Dunkel war es hier unten, dreckig und verwinkelt. Menschen strömten von oben nach, andere eilten in Richtung Ausgang.

»Wo ist er hin?«, schrie sie, hastete weiter. Er durfte nicht entwischen. Sie bog ab. Gleise. Zurück. Woher war sie gekommen? Sie bog erneut ab. Wieder ein Bahnsteig. Verdammt, wo waren die beiden? Ein Polizist wurde auf sie aufmerksam, wie sie Leute anrempelte, hilflos herumirrte. Er kam auf sie zu. Wenn er ihr nicht glaubte, sie festsetzte … Von denen hörte man nichts Gutes. Die waren nicht zimperlich. Bloß weg! Die Treppe. Frieda rannte nach oben, sah sich um. Nichts. Per und Hans waren wie von der U-Bahn-Station verschluckt. Der Druck auf ihrer Brust nahm zu. Wenn Per nur nichts zugestoßen war. Womöglich hatte Hans ihn …

»Frieda, Schwesterchen«, hörte sie hinter sich. Sie drehte sich um.

Per hatte Hans am Schlafittchen und zerrte ihn die Stufen herauf. Jetzt standen sie vor ihr. Eine Wolke aus Zigarettenrauch und Schnaps wehte zu ihr herüber. Hans schwankte so sehr, dass er noch rückwärts die Treppe hinabstürzen würde. Sollte er doch, Frieda packte eine Wut, wie sie sie noch nicht kannte. Als würde ihr gesamtes Inneres sich zu einem harten Ball zusammenziehen. Wenn sie diese Spannung nicht auf der Stelle lösen konnte, würde es sie in tausend Stücke reißen. Frieda holte aus und schlug ihm so kräftig ins Gesicht, dass sein Kopf herumflog. Hans riss die Arme hoch, ruderte in der Luft. Hätte Per ihn nicht wieder gepackt, er wäre wahrhaftig gestürzt. Durch den Schwung, der für Hans vollkommen überraschend kam, fiel er stattdessen nach vorn und landete auf den Knien auf dem Trottoir. Eine Sekunde lang geschah nichts. Frieda bebte. Der Ball in ihrem Leib war weicher geworden, aber noch da. Sie musste sich vor dieser fremden Energie noch immer in Acht nehmen, einatmen, ausatmen, beruhigen. In diesem Moment hasste sie ihren Bruder wirklich. Sie hasste ihn dafür, dass er eine solche Wut in ihr auslösen konnte. Sie wollte nicht so sein, und doch spürte sie genau, dass sie am liebsten nach ihm treten würde, obwohl er schon am Boden lag. Per reichte ihr ein Taschentuch. Sie sah in seine blauen Augen.

»Wo ist das Geld?«, fragte sie ihren Bruder frostig, tupfte die Tränen ab, die ihr über die Wangen gelaufen waren, und gab Per sein Taschentuch zurück. Sie würde nicht mehr weinen. »Sind noch ein paar Pfennige übrig? Sind wenigstens die Aktien noch da?«

Hans versuchte auf die Beine zu kommen, hatte aber Mühe. Per reichte ihm eine Hand. Schließlich stand ihr Bruder vor ihr, blass, der helle Anzug voller Straßenschmutz. Nicht nur von dem Sturz.

»Wolltest du mich umbringen?«, fragte er heiser.

»Das erledigst du ganz gut selbst.« Sie konnte das Zittern ihrer Lippen nicht verhindern, die Tränen hatte sie im Griff.

»Und wer ist das?« Er sah Per feindselig an. »Hat unser Herr Vater einen neuen Buchhalter, weil ich den alten versehentlich totgeschlagen habe?«

»Dafür wirst du ins Zuchthaus gehen, das ist dir doch klar, oder?« Sie sah ihm ins Gesicht, ohne mit der Wimper zu zucken.

Hans wich das Restchen Farbe aus den Wangen. »Er ist wirklich tot?«

»Vielleicht sollten wir die Unterhaltung an einem ruhigeren Ort fortsetzen«, schlug Per vor. Erst jetzt nahm Frieda wieder all die Menschen wahr, die um sie herum waren, den Trubel, die neugierigen Blicke. »Gehen wir!« Sie war dankbar, dass Per ganz selbstverständlich die Führung übernahm.

Sie gingen schweigend zum Auguste-Viktoria-Platz. Schon am Tag zuvor war Frieda das Romanische Haus aufgefallen, in dessen Erdgeschoss ein Café untergebracht war. Das Gebäude war nicht zu übersehen, es erinnerte an eine Mischung aus kleiner Burg und venezianischen Türmen. Drinnen war es düster, aber angenehm kühl. An zwei Tischen saßen Männer und spielten Schach. Das Café hatte den Charme einer Bahnhofshalle. Egal, Hauptsache, sie konnten ungestört reden.

»Ist er tot, der Meynecke?«, fragte Hans, kaum dass sie Platz genommen hatten.

»Interessiert dich das wirklich?« Sie funkelte ihn an. »Nein, du hast ihm gerade mal ein paar Kratzer verpasst.«

»Gott sei Dank«, murmelte er und schlug sich die Hände vor das Gesicht. Frieda und Per sahen einander an.

»Wie konntest du das nur tun?« Endlich, die Verhärtung in ihrem Inneren war verschwunden, eine weiche Wärme machte sich breit, die sie ganz ruhig werden ließ.

Hans fuhr sich hektisch mit beiden Händen durch das schmierige

Haar. »Es stand mir zu«, sagte er viel zu laut. Einer der Schachspieler sah sich um. »Ich bin der Erstgeborene, mir steht die gesamte Firma zu. Aber unser Vater vermacht sie eher einem dahergelaufenen Lehrling, als dass er sie mir anvertrauen würde.« Seine Miene war verzerrt vor Zorn, er war eine Karikatur seiner selbst.

»Ernst ist nicht dahergelaufen, er arbeitet für Vater, seit er ein kleiner Junge ist. Ernst ist fleißig und zuverlässig. Er hat einen wachen Verstand und denkt zuallererst an das Wohl der Firma. Was macht dich zum würdigen Nachfolger außer dein Familienname?«

Er fiel in sich zusammen. »Hast recht, hast ja recht. Du bist der bessere Mensch von uns beiden. Du bist eine Heilige.« Er begann zu schluchzen. Frieda sog scharf die Luft ein. Er riss sich sofort zusammen. »Ein Jammer, dass du ein Mädchen bist, mit dir hätte Vater den perfekten Erben.« Welch eine Schmierenkomödie. Frieda wollte das Theater schnellstens beenden.

»Sofern es noch etwas zu erben gibt. Also?«

»Die Aktien sind im Geldschrank bei einem Freund.« Der Kellner brachte Kaffee. Hans trank die erste Tasse fast in einem Zug leer. Frieda fragte sich, wie er das mit dem heißen Zeug machte, ohne sich zu verbrennen.

»Bei diesem Blumenstein?«, fragte sie. Er starrte sie an.

Seine Augen traten vor, als würden sie gleich aus den Höhlen springen. »Woher kennst du diesen Namen?«

»Sind die Wertpapiere bei ihm?«

Ein winziges Lächeln huschte über sein Gesicht. »Nein. Sie sind bei Nelson.« Er lehnte sich zurück. »Am besten kommt ihr heute Abend in die Vorstellung. Die Revue solltet ihr wirklich gesehen haben, bevor ihr zurück ins miefige Hamburg fahrt.« Er beugte sich wieder vor und legte die gefalteten Hände auf die Tischplatte. »Du musst nicht mit leeren Händen nach Hause kommen, Schwesterchen. Dein Papsi wird stolz auf dich sein, wie immer.« Er stand auf.

»Mir hätten die Kröten, die ich für die Papiere bekommen hätte, sowieso nicht lange geholfen.« Weg war er.

Frieda und Per tranken ihren Kaffee nicht einmal aus. Er war kalt geworden und hatte schon heiß nicht geschmeckt. Viel zu bitter. Draußen versetzte die feuchte Hitze ihnen einen Schlag. Ohne sich zu besprechen oder auch nur ein einziges Wort zu wechseln, gingen sie wieder zum Tiergarten. Sie spazierten schweigend die geschwungenen Wege entlang nach Osten. Auf den von bunten Blumen durchzogenen Rasenflächen hatten Familien ihr Picknick aufgeschlagen, einige spielten Federball. Sie durchquerten den Rosengarten, passierten einen Goldfischteich und erreichten schließlich die Siegesallee. Wandte man sich nach Norden, fiel der Blick zwischen Marmorstatuen hindurch zwangsläufig auf die Siegessäule, auf der eine goldene Frau thronte, in der Hand einen Lorbeerkranz, auf dem Kopf einen Helm mit Flügeln. Dahinter erhob sich der massige Bau des Reichstags. Eine Komposition, die man erst einmal verkraften musste.

»Welch ein Protz!«, knurrte Frieda. »Wenn das die vielbeschworene Avantgarde ist, ziehe ich den Mief Hamburgs vor.«

»Gefällt's Ihnen nicht?«

»Sie machen wohl Scherze«, eiferte sie sich.

»Stimmt.« Frieda sah ihn an, seine Augen blitzten, die Fältchen um seine Lippen wurden sichtbar.

Sie musste schmunzeln. »Im Ernst, was soll daran wohl fortschrittlich sein? Das ist doch tiefste Kaiserzeit.«

»Sie haben schon wieder recht. Wussten Sie, dass der Begriff Avantgarde aus der Sprache des Militärs kommt?« Sie verneinte. »Avantgarde, die Vorhut, die vor dem Regiment gegen den Feind ziehen musste. So betrachtet, ist es sinnvoll, aufgeblasen daherzukommen, denken Sie nicht?« Sie überquerten den Königsplatz, ließen die Siegessäule auf ihrem Sockel hinter sich und bogen links ab.

Ein Ausflugslokal reihte sich hier an das andere. »Kommen Sie, legen wir eine Pause ein.« *In den Zelten 4* stand auf einem geschwungenen Schild über dem Eingang.

»Sogar die Zelte sind hier aus Stein«, bemerkte Frieda und zog spöttisch eine Augenbraue hoch. Auf der Terrasse vor der Gaststätte standen Tische und Stühle im Schatten betagter Bäume. Frieda fühlte sich, als hätten sie die Stadt hinter sich gelassen. »Schön hier.«

Per bestellte Berliner Weißbier. »Ich glaube, das können Sie jetzt gebrauchen. Ist außerdem genau richtig bei diesem Wetter.« Ehe sie protestieren konnte, sagte er: »Soviel ich weiß, stammt das Ursprungsrezept aus Hamburg. Sie können also gar nichts dagegen haben.«

Frieda lächelte.

Der Kellner balancierte ihre Gläser in einer Hand. »Bitte schön«, sagte er, stellte sie so schwungvoll ab, dass ordentlich Bier überschwappte, und ging, ohne sich zu entschuldigen. Die beiden Teller, die er in der anderen Hand getragen hatte, stellte er scheppernd auf den Nachbartisch. Auch für die Herrschaften dort hatte er keinen Blick, sondern eilte weiter. »Hat's jeschmeckt?« Er räumte den halb vollen Teller eines einzelnen Herrn ab. Ohne auf eine Antwort zu warten, brummte er: »Nich anjeschissen is wohl jenuch jelobt, wa?«, und verschwand gleich darauf im Inneren des Lokals.

Frieda stand vor dem Spiegel und fuhr sich noch einmal nervös durch die Haare. Müde sah sie aus und angegriffen, als wäre sie in den letzten Tagen um Jahre gealtert. Trotzdem verzichtete sie auf eine Extraportion Make-up. Im Foyer hatte sie einige Frauen gesehen. Deren Selbstbewusstsein hatte sie schwer beeindruckt, deren Kriegsbemalung eher abgestoßen. Ein wenig Rouge, Lidschatten und ein violetter Lippenstift mussten reichen. Noch vor wenigen Stunden wäre sie am liebsten weggelaufen. Auf keinen Fall wollte sie in irgendeinem dubiosen Etablissement, in dem man gestohlene Aktien in einem Geldschrank deponieren konnte, den Abend verbringen. Doch dann hatten Per und sie ein zweites Weißbier getrunken, das Frieda endlich die Zunge gelockert hatte. Stundenlang hatten sie im Schatten gesessen und geredet. Wie damals, bei ihrem ersten Rendezvous. Dieses Mal hatte sie ihm sogar Empfindungen anvertraut, über die sie mit noch niemandem gesprochen hatte. Ihre Schuldgefühle, weil ihr Vater sich auf sie verließ, ihre Angst um ihren Bruder, den sie in einem großen Winkel ihres Herzens noch immer liebte. Es hatte unendlich gutgetan. Per hatte erzählt, dass auch er oft von Zweifeln geplagt und zwischen Pflichtgefühl und dem Wunsch, einfach irgendwo etwas vollkommen Neues zu probieren, hin und her gerissen war.

»Ich weiß, wo mein Platz ist. Gleichzeitig ist es doch bedauerlich, dass man nur ein einziges Leben hat. So viele Möglichkeiten, die man nicht nutzen kann«, sagte er mit leuchtenden Augen. »Vielleicht ist es das, was Ihren Bruder verrückt macht. Er war jung, als er in den Krieg ging. Er hat so viel Tod und Zerstörung gesehen. Ich glaube, dass es sein unstillbarer Hunger auf Leben ist, der ihn umbringt. Absurd, ich weiß. Vielleicht können Sie ihm klarmachen, dass er auf eine andere Weise viel mehr Möglichkeiten ausprobieren und nutzen kann. Geben Sie ihn nicht auf, Frieda, retten Sie ihm das Leben«, sagte er eindringlich. Zurück im Hotel, war sie erschöpft gewesen, als hätte sie die ganze Stadt zu Fuß umrundet. Über eine Stunde hatte sie tief geschlafen, die Welt hinter zugezogenen Vorhängen ausgesperrt, jetzt fühlte sie sich gewappnet für den Abend.

Das Nelson-Theater lag hinter dem Untergrundbahnhof Uhlandstraße in Richtung Kaiser-Wilhelm-Gedächtniskirche. Entgegen Friedas Befürchtung machte es einen anständigen Eindruck. Bequeme Sesselchen, ein bisschen Stuck und Gold und etwas Plüsch. Das

Publikum war recht gemischt. Frauen mit langen Zigarettenspitzen zwischen knallroten Lippen, mit Boas um den Hals und mit Kleidern, die aus nicht viel mehr als Fransen zu bestehen schienen. Andere trugen klassische Abendgarderobe. Hans wirkte nicht mehr so desolat wie am Morgen, sondern eher aufgeräumt.

»Schön, dass ihr gekommen seid. Es wird euch gefallen.« Da war Frieda nicht so sicher. »Keine Sorge, Schwesterchen, die Berber tritt nicht auf, und auch sonst keine Nackttänzerin. Nicht heute«, setzte er mit einem Grinsen hinzu. Sie ersparte sich jeglichen Kommentar. Die Saalbeleuchtung verlosch, ein kreisrunder Lichtschein erfasste einen Mann mit weiß geschminktem Gesicht und Clownsmund, der vor den Vorhang getreten war.

»Jibt dir dit Leben mal een Buff, denn weene keene Träne. Lach dir 'n Ast und setz dir druff und baumle mit de Beene.«

Es wurde kurz wieder dunkel. Als die Scheinwerfer das nächste Mal erstrahlten, war der Vorhang geöffnet. Die Revue fing an. Sie war kurzweilig, ein Wechsel aus amüsanten Szenen, Tanz und Gesang. Einige der Darstellerinnen waren zwar nicht nackt, trugen aber auch nicht gerade viel auf dem Leib. Es war Frieda unangenehm. Was mochte Per denken? Verstohlen warf sie ihm hin und wieder einen Blick zu, doch sie konnte in seinem Gesicht nicht lesen, ob ihm die spärlich bekleideten Damen gefielen. Deren Tanz war mal wild, mal sinnlich. Anstößig war die eine oder andere Nummer sicher, abstoßend nicht. Frieda musste sich eingestehen, dass die Darbietung sie auf eine Weise ansprach, die sie noch nicht kannte. Wie hatte Per es genannt? Unstillbarer Hunger auf das Leben. In diesem Moment konnte Frieda spüren, was er damit meinte. Nach der Vorstellung blieben sie eine ganze Weile sitzen. Der Saal leerte sich, da kam ein Mann zu ihnen, der sich als Nelson vorstellte, der Chef des Theaters. Sie wechselten ein paar Worte, Frieda und Per lobten die Revue.

»Bitte, die Herren, trinken Sie noch ein Schlückchen auf meine Rechnung«, sagte Nelson unvermittelt und winkte mit einem Fingerschnipsen eine Kellnerin heran, die Per und Hans Champagner servierte. »Wir erledigen derweil das Geschäftliche«, verkündete er mit einem Augenzwinkern und führte Frieda freundlich, aber bestimmt aus dem Saal. Konnte man diesem Mann trauen? Was, wenn ihr Bruder mit dem Theaterchef etwas ausgeheckt hatte? Ihr war nicht wohl, aber sie wollte sich nichts anmerken lassen.

»Ich wollte Sie alleine sprechen«, erklärte Nelson, als sie sein Büro betraten, das überraschenderweise ebenso gut in ein Hamburger Kontor gepasst hätte. »Ihr Bruder braucht Hilfe, er braucht Geld, viel Geld«, sagte er ohne Umschweife. »Sie wissen, dass er Kokain schnupft?«

»Nein, ich dachte …« Frieda schluckte.

»Um sich den Genuss leisten zu können, spielt er in Hinterzimmern von mehr als zwielichtigen Etablissements, in der *Weißen Maus* zum Beispiel.« Sie hatte diesen Namen noch nie gehört, konnte sich aber lebhaft vorstellen, um welche Art Lokal es sich handelte. »Er verspielt Geld, das er nicht hat, und nimmt bei … nun, sagen wir, halbseidenen Leuten Kredite auf.« Er zuckte mit den Schultern, wodurch sein ohnehin kurzer Hals für eine Sekunde verschwand. »In der *Weißen Maus* verkehrt Berlins Unterwelt, einige von denen fackeln nicht lange, wenn jemand seinen Kredit nicht zurückzahlen kann, wenn Sie verstehen.«

»Was soll ich denn tun?« Dieser Nelson war deutlich älter als sie und hatte etwas Väterliches an sich. »Ich kann ihm doch unmöglich die Papiere lassen, damit er die auch noch am Spieltisch durchbringt.«

»Liebe Zeit, nein, da haben Sie mich aber gründlich missverstanden.« Er faltete die Hände und sah ihr in die Augen. »Hans hat mir nicht erzählt, wie genau er an die Aktien gekommen ist. Für meine Ohren klang es aber ziemlich abenteuerlich. Und ich lese Zeitung.

Ich möchte Ihnen dringend raten, Ihren Bruder nicht vor dem Gefängnis zu bewahren.«

»Bitte?« Sie verstand kein Wort.

»Er muss von Kokain und all den anderen Rauschmitteln ferngehalten werden, sonst macht er es nicht mehr lange.« Nelson bückte sich ächzend und holte unter einer Anrichte eine Geldkassette hervor. »Aufwärts steigt man langsam, herunter kullert man schnell, sagen wir.« Plötzlich war Lärm zu hören, der aus dem Theatersaal zu kommen schien. Ein regelrechter Tumult. Nelson wirkte nicht beunruhigt, im Gegenteil. »Ah, da sind die Herren schon«, sagte er nur. Sie begriff noch immer nicht. »Helfen Sie Ihrem Bruder aufwärts, wenn er wieder raus ist aus dem Gefängnis. Sonst kullert er womöglich ganz nach unten.«

»Frieda!« Hans' Stimme. Er klang gar nicht gut.

»Das kann jetzt ein bisschen hässlich werden«, warnte Nelson sie und überreichte ihr einen Umschlag. Sie sah hinein. Die Aktien.

»Danke, dass Sie sie aufbewahrt haben.« Er nickte nur. Da rief Hans wieder nach ihr, geradezu panisch dieses Mal.

»Auf in den Kampf«, sagte Nelson.

Zurück im Saal, bot sich Frieda ein unwirkliches Bild. Zwei Männer mit dunklen Hosen, schwarzen Stiefeln, blauen Uniformjacken und schwarzen zylinderartigen Hüten, deren Schirme ihnen über die Augenbrauen ragten, hielten ihren Bruder fest, jeder an einem Arm. Per saß ruhig am Tisch, als warte er auf einen Kaffee.

»Das ist Friederike Hannemann, meine Schwester«, erklärte Hans den Polizisten aufgebracht. »Sie kann bestätigen, dass ich kein Verbrecher bin, sondern ein rechtmäßiger Erbe, weiter nichts.« Er sah sie an. Das Flehen in seinem Blick entging nicht einmal einem Blinden. »So ist es doch, nicht wahr? Bitte, du musst es diesen Männern sagen!« Das kann jetzt ein bisschen hässlich werden, hatte Nelson sie gewarnt. Es war sehr hässlich.

»Entschuldigen Sie, Gnädigste, aber man hat uns gerufen, weil der Herr Aktien gestohlen haben soll. Vielleicht können Sie das aufklären.« Frieda schluckte. Sie spürte Pers Blick und den von Nelson. Sie sah das Schimmern in Hans' Augen. »Also?«

Noch einmal schluckte sie und atmete zitternd ein. »Es stimmt, was er sagt«, begann sie. Nelson senkte den Blick und schüttelte kaum merklich den Kopf. »Er ist mein Bruder.«

Hans atmete laut aus und lachte. »Was habe ich Ihnen gesagt?« Er zerrte, doch die Uniformierten hielten ihn noch fest. »Lassen Sie mich sofort los, und dann lassen Sie sich mal eine schöne Entschädigung für diese demütigende Behandlung hier einfallen!«

»Leider stimmt es auch, was Sie über die Aktien gehört haben. Er hat sie unserem Vater gestohlen.«

»Bist du irre?« Hans' Stimme überschlug sich, seine Miene verwandelte sich in eine Grimasse. Der Rest war schnell erledigt, kam Frieda allerdings vor, als würde alles eine Ewigkeit dauern. Nelsons Meldung hatte zu dem gepasst, was die Hamburger Kollegen in der ganzen Republik bekanntgegeben hatten. Man würde Hans in die Hansestadt bringen, wo sein Prozess auf ihn wartete. Als sie ihn endlich abführten, schrie er zusammenhangloses Zeug. »Wie konntest du? Ich habe keine Schwester mehr! Jetzt habe ich nicht einmal mehr eine Schwester. Du musst zu Selma gehen. Blumenstein. Sie hat die Briefe. Lass mich nicht alleine!«

Kapitel 23

Frieda hatte erwartet, dass sie erleichtert sein würde, nach Hause zu kommen. Sie hatte sich vorgestellt, wie sie zur Ruhe käme, sobald sie die frische Brise von der Elbe wieder spürte, wie sie all das Chaos und die hässlichen Szenen mit ihrem Bruder vergessen würde, sobald sie den Geruch von Salz in der Nase hatte. Frieda hatte gehofft, sie könnte seine Verhaftung leichter verkraften, wenn sie nur endlich wieder an einem vertrauten Ort war. Doch so war es nicht. Sie konnte Berlin nicht leiden, war andererseits doch fasziniert von der Stadt und ihren schier unzähligen Möglichkeiten. Wie hatte Per sich ausgedrückt? Manchmal wünschte er sich, etwas ganz Neues auszuprobieren.

Als Mädchen hatte sie von England geträumt. Sie könnte es einfach tun. Sie könnte nach England gehen. Auch dort wurde bestimmt Schokolade gemacht. Mit einem Schlag war Jason wieder in ihren Gedanken. Oder Indien. Sollte sie es wagen, zu ihm nach Indien fahren und ihn von Angesicht zu Angesicht zur Rede stellen? Die ganze Welt roch nach Aufbruch, nach Abenteuer. Man musste es ja nicht übertreiben, aber man durfte sich doch auch nicht alle Chancen entgehen lassen. Sie war gerade mal zweiundzwanzig. Wenn ihre Mutter mit der modernen Gesellschaft nicht zurechtkam, musste man es ihr nachsehen, aber sie selbst? Eins stand fest: Sie musste ihr Leben gründlich überdenken.

Dass sie mit sich selbst gerade mehr als genug zu tun hatte, interessierte das Schicksal nicht im Geringsten. Gleich nach ihrer Rückkehr eröffnete ihr Vater ihr, dass Mutter im Krankenhaus sei.

»Sie ist zusammengebrochen. Der Überfall, dass du … Das alles war zu viel für sie.«

»Wie geht es ihr?«

Er lächelte matt. »Sie wird wieder. Dr. Matthies hat sie nur zur Sicherheit in die Klinik bringen lassen. Sicher dürfen wir sie morgen schon nach Hause holen.« Warum machte er dann so ein Gesicht? »Frieda, ich muss dir etwas sagen. Du sollst es jetzt gleich erfahren, damit du dich bis morgen beruhigt hast.«

»Um Himmels willen, was ist los?«

»Es ist gut, dass du deinen Bruder in Berlin aufgespürt hast. Finanziell hilft es uns leider kaum.«

»Wie bitte? Wieso nicht?«

»Deine Mutter hat sich über Monate Geld geliehen. Hohe Beträge von verschiedenen Leuten.«

»Wofür?«

»Das fragst du noch?«

»Nicht für Hans, oder?« Sie kannte die Antwort. »Das glaube ich einfach nicht.«

»Sie wollte nicht wahrhaben, dass es ein Fass ohne Boden ist, wie man so sagt. Sie hat daran geglaubt, dass sie Hans helfen kann, dass er seine Schulden zurückzahlt und endlich ein anständiges Leben beginnt.« Sie wusste beim besten Willen nicht, was sie dazu sagen sollte, also blieb sie stumm. »Es ist richtig, dass er ins Gefängnis kommt. Vielleicht lernt er es so. Auf die sanfte Tour haben wir bei deinem Bruder doch nie etwas erreicht.« Beide hingen traurig ihren Gedanken nach. Plötzlich sah er auf. »Eine gute Nachricht gibt es: Ernst will sein Geld nicht zurückhaben. Er würde sogar noch einen weiteren Betrag in die Firma stecken. Dafür will er Teilhaber werden.«

Frieda lächelte. »Das ist nicht die schlechteste Lösung. Die Zeit ist längst reif dafür, meinst du nicht?«

»Ich denke darüber nach.«

Rosemarie durfte das Krankenhaus am nächsten Tag wahrhaftig verlassen. Dass es richtig war, Hans nicht vor dem Gefängnis zu bewahren, sah sie natürlich ganz anders. Kein Wort darüber, dass Frieda die Aktien gerettet hatte, nicht ein Anzeichen dafür, dass sie sich über die sichere Rückkehr der Tochter freute. Sie sprach es nicht aus, aber es war klar, dass Rosemarie allein Frieda die Schuld dafür gab, dass Hans' Leben ein Trümmerhaufen war. Frieda stürzte sich in die Arbeit, um ihr schlechtes Gewissen zu betäuben. Ihr Verstand beteuerte in jeder Minute, dass sie richtig gehandelt hatte, leider hörte ihr Herz meist nicht zu. Sie dachte darüber nach, Liz endlich mal wieder einen Besuch abzustatten. Nein, sie hatte sich vorgenommen, Ordnung in ihr Leben zu bringen. Falls es Nachricht von Jason gäbe, hätte sich Liz längst gemeldet. Das hatte sie nicht. Kein Wort, keine Zeile. Es wurde Zeit, sich mit der Wirklichkeit abzufinden und Jason aus ihrem Leben zu streichen. Frieda brachte Trinkschokolade in das Waisenhaus und auch gleich einen Karton in die Hafenapotheke.

»Es ist eine Spende. Verteilen Sie das bitte an arme Leute, die dringend eine Stärkung brauchen«, wies sie den Apotheker an, der sie erstaunt hinter runden Gläsern ansah. Per hatte nach seiner Rückkehr nach Hamburg einiges zu erledigen gehabt. Trotzdem begleitete er sie auf ihren Wegen und unterstützte sie bei allem, was sie tat. Er mischte sich nicht ein, gab ihr aber gerne einen Rat, wenn sie ihn danach fragte. Manchmal erinnerte er sie sogar ein bisschen an Jason. Einen sehr großen Unterschied gab es zwischen den beiden: Per war hier, Jason Tausende Kilometer entfernt.

Am dritten Tag nach ihrer Rückkehr aus Berlin schaute Ernst vorbei.

»Tut mir leid, dass ich jetzt erst komme. Mann, hier war was los, als du weg warst.« Er sah sie an. »Na, bei dir war wohl auch 'n büschen was zugange, ne?«

»Kann man so sagen.« Sie saßen auf ihrer Terrasse. Der August ging zu Ende, noch war es hochsommerlich, das Gras war dunkelgrün, die Bäume strotzten geradezu vor Saft. Viele Blüten waren bereits Geschichte, dafür kündigten sich allerorten Früchte an, die schon sehr bald Körbe und Kisten, Teller und Keller füllen würden. Frieda hatte in den letzten Tagen so viel nachgedacht, dass sie das Gefühl hatte, ihr Kopf sei mit Blei ausgegossen. Er war schwer und hart und ließ keinen Platz für Leichtigkeit und unbekümmerte Freude. Sie mochte einfach nicht sofort über all das reden, was gerade in ihr vorging. »Dann mal raus mit der Sprache, was war hier so los?«

»Viel Arbeit, wie immer. Und denn noch die Polizei, die ständig was wissen wollte. Kannst dir ja denken. Die haben immer wieder das Gleiche gefragt. Ich kam mir schon vor wie 'n Papagei.« Schon die ganze Zeit fummelte er an einem imaginären Faden herum, den er auf seiner Hose entdeckt zu haben schien. Seine Augen blitzten, seine Lippen zuckten.

»Was ist los, Ernst Krüger? Du willst mir doch etwas ganz anderes erzählen.«

»Ja, stell dir vor, die haben mich gefragt, ob ich mitsegeln will!«

»Die Polizei?« Sie schmunzelte.

»Nee, die doch nicht. Die vom Segelverein. Du, ich könnte auf richtig große Fahrt gehen. Die woll'n die Elbe hoch und denn ganz bis nach Norden.«

»Aha. Und wo soll's hingehen, nach Glückstadt?«

»Nee, nach Norden.«

Sie runzelte die Stirn. »Glückstadt liegt doch im Norden.«

Er stutzte, dann brach er in schallendes Gelächter aus. »Ich mein die Stadt Norden ganz im Westen. Von da geht's an den Friesischen Inseln längs zurück. Wenn ich da mitfahre, denn kannst Kuddel Daddeldu zu mir sagen!«

»Herzlichen Glückwunsch, Kuddel. Dann hast du ja endlich erreicht, was du dir so lange gewünscht hast.« Seine Miene verfinsterte sich. »Wo ist der Haken?«

»Na, ich kann hier doch nicht weg. Nicht jetzt. Dein Vater braucht seinen besten Mann.« Er zwinkerte. »Im Ernst, das soll schon bald losgehen. Ich hab deinem Vater aber vorgeschlagen, das ich ihm in seiner vertrackten Lage noch 'n büschen Geld geb. Dafür …«

»… möchtest du sein Teilhaber werden. Für dich ist nichts unmöglich, Ernst Krüger, das wusste ich schon immer. Du hast schon als Knirps behauptet, du hättest mal ein eigenes Kontor. Wer weiß, jetzt ist es vielleicht bald so weit.« Sie lächelte ihn an. »Du darfst mitsegeln, du wirst ein richtiger Hamburger Kaufmann, dir gelingt einfach alles.«

Er wurde doch tatsächlich rot. »Na ja, nee, alles nu auch nicht. Noch nicht. Außerdem musst du das grad sagen, fährst nach Berlin und kriechst deinen Bruder nicht nur zu fassen, sondern holst auch noch die Aktien zurück. Das war 'n Glanzstück!«

»Es war vor allem hässlich.« Endlich erzählte Frieda, wie Hans ihr über den Weg gestolpert war. »Diese Stadt ist … sie ist zu groß, zu laut, zu dreckig. Aber sie steckt auch voller Möglichkeiten. Ich kann Hans ein bisschen verstehen. Er hat seinen Platz hier nie gefunden, in Berlin fragt ihn niemand danach, was er ist oder hat oder woher er kommt. Dort gehört er dazu. Wenn auch zu einer Gesellschaft wie Sodom und Gomorrha.« Sie verzog das Gesicht.

»War's doll schlimm?«

»Ach schlimm … das Schlimmste ist, dass Vater noch immer nicht über den Berg ist. Finanziell, meine ich.«

»Na ja, Frieda, das ist ja so. Wenn dein Vater das macht, wenn er mich zum Teilhaber nimmt, und wenn wir die Krise überstehen, denn wär ich ja irgendwann der erste Mann bei Hannemann & Tietz. Also, wenn dein Vater sich dann irgendwann zur Ruhe setzt. Ich bin vielleicht nicht standesgemäß, aber ehe du so 'n fremden Dänen heiratest, da könntest du doch lieber mich nehmen. Ist doch fast logisch, meinst nicht?« Er nestelte mit einer Hand ständig in seiner Jackentasche herum.

»Ach, Ernst, das ist wirklich lieb von dir. Aber das kann ich nicht annehmen. Du hilfst uns mit dem Geld schon sehr, und ich finde es logisch und überfällig, dass mein Vater dich zu seinem Partner macht. Aber das Geschäft ist das eine, dein privates Glück etwas ganz anderes. Du hast es verdient, deine große Liebe zu finden, Ernst, und mit ihr eine Familie zu gründen.«

»Die hab ich doch längst gefunden«, sagte er leise und sah sie an. Er hatte die Hand jetzt aus der Tasche gefummelt und hielt die geballte Faust ganz ruhig.

Frieda schluckte. Sie war durcheinander. »Siehst du«, sagte sie und lachte unsicher. »Dann geht das mit uns beiden schon gar nicht. Es geht um meine Familie und um mein Erbe. Also bin ich diejenige, die sich opfern muss.« Sie lachte wieder leise. »Wenn ich meine große Liebe schon nicht heiraten kann, tu du das wenigstens. Per, dieser fremde Däne, ist ganz in Ordnung. Ich habe ihm schon mein Jawort gegeben«, schwindelte sie.

Am nächsten Morgen brachte Henriette Frieda einen Strauß roter Rosen mit einem Kuvert.

»Es sind fünfzig, ich habe sie gezählt«, sagte sie atemlos und mit großen Augen. »Fünfzig Rosen, was das kostet!«

»Danke, Henriette.« Frieda nahm ihr den gewaltigen Strauß ab. Die Küchenhilfe rührte sich nicht vom Fleck, sondern reckte den Hals, um nichts zu verpassen, falls Frieda den cremefarbenen Umschlag öffnen sollte. »Danke, Henriette«, wiederholte Frieda bestimmt. Das Mädchen machte eine Mischung aus Diener und Knicks und ging davon.

Liebste Frieda,
bitte machen Sie mir die Freude, heute Abend um sieben Uhr im Lotsenhaus mit mir zu essen.
Ich denke, es ist an der Zeit …
Ihr Per

Es ist an der Zeit. Frieda lief ein Schauer von der Kopfhaut über den Nacken hinab bis zu den Zehen. Es war klar, was das bedeutete. Mit zweiundzwanzig war sie noch jung. Sie könnte sich mit dem Heiraten Zeit lassen, könnte sich in Abenteuer stürzen. Aber stand ihr wirklich der Sinn danach? Frieda wollte Schokolade machen, Pralinen kreieren, ein eigenes Leben haben. Per war ein guter Mann, anständig und klug. Er würde ihr alle Freiheiten geben, die sie sich wünschte. Sie konnten sich gemeinsam um das Waisenhaus kümmern. Vielleicht würde sie mit der Zeit sogar ihre Liebe zu ihm entdecken. Konnte doch sein. Keine zwölf Stunden, und sie musste es wirklich tun oder für immer auf diese Chance verzichten. Es kribbelte in ihrem Bauch, ihre Wangen brannten. Es war vernünftig, seinen Antrag anzunehmen, das war es ganz sicher. Frieda horchte in sich hinein. Da war keine Abwehr, kein harter Klumpen, der sie zu zerreißen drohte. Es war nicht nur vernünftig, es war gut. Nur ein Gedanke raubte ihr den Atem: Was sollte sie tun, wenn Jason doch noch zu ihr zurückkam und sie eine verheiratete Frau war? Die Vorstellung brachte sie beinahe um den Verstand.

»Fünfzig rote Rosen?« Ihre Mutter stürzte in Friedas gute Stube. Ohne anzuklopfen. Wie immer. Frieda holte Luft, ließ es dann aber gut sein. Rosemarie Hannemann war im Ausnahmezustand, das war offensichtlich. Erneut darüber zu diskutieren, dass Friedas Reich ihr Rückzugsgebiet war, in das niemand, ohne zu fragen, einzudringen hatte, wäre sinnlos. »Dann hält er jetzt um deine Hand an, das steht fest. War ein Brief dabei? Hat er etwas verraten?«

»Ja, Mutter, es ist ein Brief dabei. Nein, er hat nichts verraten. Es ist nur eine Einladung zum Essen«, sagte Frieda ruhig. Pers letzter Satz war nur für Frieda bestimmt, er ging ihre Mutter nichts an.

»Aber er wird dir einen Antrag machen, das ist so sicher wie der nächste Regen.« Rosemarie kam auf Frieda zu und begann mit ablehnender Miene an deren Haaren zu zupfen. »Wie soll man mit dem Gestrüpp nur eine Brautfrisur hinbekommen?«, murmelte sie.

Frieda schob ihre Hand beiseite. »Für eine Brautfrisur braucht man vor allem eine Braut. Noch gibt es nicht einmal einen Antrag«, erklärte sie ärgerlich.

»Den wird es geben, mein Herz, den wird es geben. Gott sei Dank! Ehe du dich versiehst, bist du ein spätes Mädchen …«

»Ich bin bald zweiundzwanzig …«

»Noch, aber wenn du weiter so wählerisch bist, mit verschiedenen Männern ausgehst oder sogar durch die Gegend reist, dann bist du mit zweiunddreißig noch immer nicht unter der Haube.«

»Lass das doch einfach meine Sorge sein«, fauchte Frieda. Ihre Mutter gab eine Mischung aus Schrei und Seufzer von sich, fasste sich an die Stirn und sah sich nach der nächsten Sitzgelegenheit um, in die sie bühnenreif sinken konnte.

»Albert!«, rief sie, als sie sicher und bequem in einem Sesselchen gelandet war, »Albert, unsere Tochter bringt mich noch ins Grab!«

»Mutter, bitte!«

»Röschen?« Vater klang nicht besonders nervös, er hatte sich daran gewöhnt, dass seine Gattin einmal täglich einem Zusammenbruch nahe war. Er steckte den Kopf zur Tür herein. »Ah, hier bist du.«

»Ach Albert, was haben wir bei unseren Kindern nur so gründlich falsch gemacht?«

»Was ist denn los, Sternchen?« Frieda wusste nicht, womit sie beginnen sollte.

Ihre Mutter kam ihr zuvor: »Denk nur, Liebster, Per Møller will Frieda wahrhaftig heiraten. Er ist perfekt, genau die Partie, die wir nach dem Debakel mit den kostspieligen und leider gänzlich unnützen Automaten brauchen.« Wie bitte? Der Kauf der Automaten war keine Glanzleistung gewesen, aber auch keine Katastrophe. Was ihnen das Genick brechen konnte, waren die Summen, die ihre Mutter sich für ihren Prinzen geliehen hatte. Frieda rang nach Luft. Sie spürte wieder diese Spannung in sich, diese Kraft, die wie ein harter Kern in ihrem Inneren bebte. Allein der Blick ihres Vaters ließ sie schweigen.

»Per hat bereits gestern bei mir um deine Hand angehalten.«

»Was?«, fragte sie gleichzeitig mit ihrer Mutter.

Er lächelte. »Nun, es ist doch keine allzu große Überraschung. Dennoch wollte er sich meines Einverständnisses sicher sein. Deine Mutter hat recht, er ist eine sehr gute Partie. Mit den Automaten hat das jedoch nicht das Geringste zu tun.« Er warf seiner Frau einen strengen Blick zu. »Wer als Kaufmann nichts riskiert, der kann auch nichts gewinnen.« Frieda sah in seine Augen und fühlte, wie sich etwas in ihr lockerte. »Sobald alles unter Dach und Fach ist und wir wieder liquide sind, trennen wir uns vom Kontor in der Deichstraße und beziehen ein neues Domizil«, verkündete er. »Ich habe etwas im Ballinhaus in Aussicht.«

»Der Neubau gegenüber vom Chilehaus?« Frieda stockte der Atem.

»Genau der. Er wird bald bezugsbereit sein. Dann bekommst du endlich deine schöne große Kakaoküche. Mit mehreren Conchier- und Walzmaschinen, mit Packtischen und Kammer für deine Gewürze und mit sehr viel Platz für Angestellte.« Frieda schossen die Tränen in die Augen. Eine richtige Schokoladenmanufaktur mit allem Drum und Dran, und sie würde bestimmen, was hergestellt wurde. Das Ballinhaus! Es lag mitten im Herzen der Stadt, und sie hätte das Chilehaus ständig im Blick. Sie konnte es nicht glauben.

»Noch etwas. Ich werde langsam alt.« Er lächelte und setzte sich auf die Armlehne zu seiner Frau. »Nein, ich bin es bereits. Niemand weiß, wie viele Sommer mir noch vergönnt sind.« Er sah auf Rosemarie hinab. »Die möchte ich mit meiner schönsten Rose hier in unserer Villa an der Elbchaussee verbringen.«

»Ich fürchte, mit der Schönheit ist es nicht mehr weit her«, hauchte Rosemarie wie ein kleines Mädchen. Albert tätschelte ihr den Arm.

»Du wirst meine Nachfolgerin«, sagte er zu Frieda.

»Sie ist ein Mädchen!«, rief Rosemarie.

»Wirklich?« Vater schmunzelte. »Ich habe keine Zweifel, dass sie das Geschäft führen kann.« Er wandte sich an Frieda, die noch immer kein Wort herausbrachte: »Mit Hilfe deines Mannes. Mir ist klar, dass Per sich in erster Linie um die Reederei kümmern muss, aber du hast schließlich auch noch Ernst an deiner Seite. Er ist der beste Partner, den man sich wünschen kann, ihr vertragt euch prächtig. Ich könnte mir keine bessere Lösung vorstellen. Trotzdem habe ich Per natürlich gesagt, dass er zwar meinen Segen hat, dich aber schon selbst fragen muss. Du sollst ein ganzes Leben mit ihm verbringen, du entscheidest es mit deinem Herzen und deinem Verstand.«

»Das ist … das kommt alles so überraschend.« Friedas Gedanken rasten, ihr wurde ganz schwindlig.

»Sobald Ernst zurück ist, werde ich mit ihm reden. Und sobald du mit Per verheiratet bist, firmieren wir auf Hannemann & Krüger um.«

Gerade noch schien alles so düster und aussichtslos, nun war es, als sei die Sonne durch dicke schwarze Wolken gekommen, und die Welt würde strahlen. Was sie sich immer gewünscht hatte, rückte in greifbare Nähe. Nein, Frieda wollte weder nach England gehen noch nach Indien reisen. Sie wollte auch nichts Neues ausprobieren, jedenfalls nicht, wenn sie dafür ihre wunderbare kleine Manufaktur aufgeben und Hannemann & Tietz im Stich lassen müsste. Während sie darüber nachdachte, dass auch für Ernst die Erfüllung seiner Träume zum Greifen nah war, sickerte in ihr Bewusstsein, was Vater gesagt hatte.

»Sobald Ernst zurück ist? Wo ist er denn hin?«

»Er hat etwas von Norden im Westen gesagt. So genau habe ich das nicht verstanden. Auf jeden Fall ist er mit einem Segelboot los. Der Junge hat sich wirklich ein bisschen Urlaub verdient, ehe er unser Kompagnon wird.«

»Ich darf gar nicht daran denken, was hätte passieren können, wenn Sie meinen Bruder nicht gehalten hätten, als ich ihm …« Frieda hatte Per das schon lange sagen wollen, seit sie aus Berlin zurückgekehrt waren. Immer wieder hatte sie sich ausgemalt, was geschehen wäre, wenn er nicht eingegriffen hätte, und wie sie damit hätte leben sollen. »Wissen Sie, was das Schlimmste ist? Ich glaube, ich wollte ihn in dem Moment wirklich die Treppe hinunterstürzen. Ich war so unglaublich wütend. Wie konnte er uns das alles antun, unserer Familie und Clara?«

»Ihn ins Gefängnis zu bringen, war der bessere Weg. Dort ist er vor sich selbst sicher, und vielleicht kommt er dort zur Vernunft. Denken Sie daran, er hat Schweres durchgemacht, das hinterlässt seine Spuren …«

Sie nickte traurig. »Sie haben ja recht, trotzdem ist es schwer, ihm zu verzeihen.«

»Die Zelle ist seine einzige Chance, denke ich.«

Für einen Moment schwiegen beide, dann nahm Per ihre Hand.

»Frieda, Sie wissen, was die Rosen zu bedeuten haben und was ich damit meine, dass es Zeit wird.«

Etwas in ihr begann zu flattern.

»Sie wissen aber nicht, warum ich es auf einmal so eilig habe.« Seine Augen blitzten. »Bisher dachte ich, Ernst Krüger ist ein Freund aus Kindertagen und ein Angestellter Ihres Vaters. So wie Sie neulich von ihm gesprochen haben …«

»Was meinen Sie?«

»Ihrem Bruder gegenüber in diesem schrecklichen Romanischen Café«, erinnerte er sie. »Sie sagten, er sei fleißig und zuverlässig. Er habe einen wachen Verstand und würde immer zuallererst an das Wohl der Firma denken. Klingt nach einem guten Ehemann für eine kluge und tüchtige Kaufmannstochter.«

»So war das doch nicht gemeint. Ernst ist … Er war mir immer ein guter Freund. Aber er liebt eine andere.«

»Zu Ihrem Bedauern?«

»Aber nein!«

»Gut. Kurzfristig hatte ich wirklich Bedenken, dass Ihr Herz schon einem anderen gehört.« Sie blickte ertappt auf das weiße Tischtuch. »Ich warne Sie, Frieda, ich bin eifersüchtig.«

»Auf Ernst müssen Sie gewiss nicht eifersüchtig sein«, sagte sie leise.

»Das höre ich gerne.« Sie hob den Kopf und blickte in glänzende blaue Augen, die sie noch nie so sanft gesehen hatte. »Ich hatte Sie schon einmal gebeten, zu mir und meiner Familie zu ziehen. Das war vielleicht zu früh und womöglich auch nicht deutlich genug. Seitdem haben wir uns noch besser kennengelernt.«

Er blickte sie lange an, und aus seinen Augen sprach tiefe Zuneigung. »Ich schätze deinen Dickkopf und deinen Kampfgeist, ich mag dein Pflichtbewusstsein und deine hanseatische Haltung. Ich bin verzaubert von deiner Schönheit und deinem Charme. Ich habe mich in dich verliebt, Frieda. Darum bitte ich dich, meine Frau zu werden.«

»Ich danke dir für dieses …«

»Bitte, sag nur nicht, du weißt es zu schätzen und es ist eine große Ehre. Das wäre der Todesstoß.« Er schnitt eine Grimasse.

Frieda musste lachen. »Aber es ist eine große Ehre, wirklich.« Sie drückte seine Hand. »Ich danke dir, Per, es bedeutet mir sehr viel, alles, was du gesagt hast.« Wie sollte sie ihm nur erklären, dass sie Zeit brauchte? Sie verstand es doch selbst nicht. Nur war da irgendetwas in ihr, das sie aufhielt.

»Du hast in diesem Lokal im Berliner Tiergarten etwas gesagt, das mich nicht loslässt«, begann sie zaghaft. »Du hast davon gesprochen, wie viele Möglichkeiten es gibt, die einem entgehen, weil man sich für eine entscheidet.«

»Und nun denkst du an all die Männer, die dir entgehen, wenn du dich für mich entscheidest?«

»Im Ernst, ich habe viel darüber nachgedacht. Ich liebe meine Arbeit, und ich liebe Hamburg. Aber ich werde in einem Monat doch erst zweiundzwanzig. Sollte ich nicht noch etwas anderes tun, ehe ich für immer in meiner Manufaktur stehe, eine Familie gründe?«

»Wie du weißt, werde ich in einem Monat einunddreißig. Für mich wird es jetzt Zeit, eine Familie zu gründen«, entgegnete er ruhig. »Ich habe die Frau gefunden, mit der ich das tun möchte. Ich wüsste nicht, worauf ich noch warten sollte.« Sie suchte nach den richtigen Worten, die ihn nicht verprellen oder womöglich verletzen würden, die ihr aber Aufschub gewährten, da kam er ihr zuvor:

»Ich kann deine Überlegungen verstehen, Frieda. Außerdem hast du viel durchgemacht in den letzten Tagen. Ich bitte dich um deine Entscheidung bis zum Ende der Woche, einverstanden?«

In der Nacht träumte Frieda, sie stünde mit Per vor dem Altar. Kaum, dass sie ja sagte, wurde mit lautem Poltern die Kirchentür aufgerissen. Jason stürzte herein, zog eine Pistole und zielte auf sie. Sie wachte keuchend auf mit einem brennenden Druck in der Brust, als habe tatsächlich jemand auf sie geschossen. Als sie endlich wieder einschlief, träumte sie wieder von ihrer Hochzeit. Dieses Mal war die Trauung bereits vorbei, die Gäste waren fort und Per und sie bereits in ihrem ehelichen Schlafzimmer. Elemente aus einer Nacktrevue mischten sich mit dem Bild von Per, der sie ungeduldig auszog. Plötzlich war es Jason, der sie an sich zog. Sie spürte die Erregung und war mehr als bereit, sich ihm hinzugeben. Jason trug sie auf das Bett, war in der nächsten Sekunde über ihr, seine Lippen auf ihrem nackten Körper. Ihre Haut brannte, sie stöhnte und räkelte sich wie die Tänzerinnen in Nelsons Theater. Als Jason seine Hose abgestreift hatte, wollte sie ihn sofort zu sich ziehen. Da sah er kurz zur Seite und lächelte sehr zufrieden. Frieda folgte seinem Blick und sah Per in einem Stuhl sitzen. Sein Gesicht eine Mischung aus Abscheu und unendlicher Enttäuschung. Als sie am Morgen erwachte, schämte Frieda sich noch immer. Vor allem weil die Erinnerung an Jasons Hände, seine Lippen sie augenblicklich wieder in Aufruhr versetzte. Dieser Mann übte eine so große Anziehung auf sie aus, obwohl sie sich seit drei Jahren nicht mehr gesehen hatten. Der Gedanke machte ihr Angst. Wenn Jason jetzt vor ihr stehen und sie bitten würde, mit ihm zu gehen, wie würde sie sich dann entscheiden? Wenn er sie jetzt so berühren würde wie in ihrem Traum, könnte sie ihm dann widerstehen? Sie wusste es nicht. Frieda zog sich an und verließ das Haus. In der Fischertwiete angekommen, klingelte sie an der Tür von Eliza Williamson. Es rührte sich nichts. Frieda legte bereits den Finger erneut auf den Klingelknopf, als sie etwas hörte.

»Wer ist denn da, du meine Güte? Um diese Zeit scheucht man noch nicht mal einen Hund vor die Tür.« Schlurfen, dann das Geräusch des Schlüssels im Schloss. »Morgen. Was wollen Sie denn?« Die Frau war etwa in Liz' Alter, im Gegensatz zu ihr jedoch klein, rundlich und blond.

»Verzeihung, ich wollte zu Eliza Williamson.«

»Du meine Güte, wissen Sie denn nicht, dass die hier längst nicht mehr wohnt?«

»Nein, das … Haben Sie vielleicht ihre neue Anschrift für mich? Bitte, es ist wirklich wichtig!«

»Nee, die hab ich nicht. Nach Hause wollte sie. Du meine Güte, sie wird irgendwo in England sein.«

Für den Rückweg brauchte Frieda fast den ganzen Tag, weil sie die gesamte Strecke von der Fischertwiete bis hinaus zur Elbchaussee zu Fuß ging. Vor drei Jahren hatte Jason Hamburg verlassen, nun war auch seine Schwester weg. Seit Ewigkeiten hatte sie nichts von ihm gehört, Liz hatte sich nicht einmal verabschiedet. Wenn sie Per zum Mann nahm und einmal an der Spitze von Hannemann & Tietz, besser gesagt, von Hannemann & Krüger stehen würde, hätte sie alle Freiheiten, die sie sich immer gewünscht hatte. Bei dem Gedanken an Ernst musste sie schmunzeln. Er hätte nie von alleine gefordert, auch namentlich in die Firma aufgenommen zu werden, wäre damit aber am Ziel seiner Träume. Mit nur wenig mehr als zwanzig Jahren. Für Ernst Krüger war nichts unmöglich.

Dann sah sie wieder Jasons Gesicht vor sich. Was, wenn er doch zurückkam? Sie sah ihn, wie er auf sie zurannte, sie in seine Arme schloss, sie küsste … dann schüttelte sie den Kopf. Wem versuchte sie eigentlich etwas vorzumachen? Er hatte sich nicht bei ihr gemeldet, schon so lange nicht mehr. Sie musste sich einfach eingestehen, dass es vorbei war. Bemühe deinen Verstand, statt dich wie ein dummes Huhn von Gefühlen leiten zu lassen. Das Schicksal hatte doch längst entschieden und ihr mehr als einen Hinweis gegeben. Wie lautete Pers Motto? Man darf kein Unglück zulassen, das durch Sorgfalt und Weitsicht zu verhindern ist. Daraus folgte, dass man auch kein Glück verhindern durfte, das durch Sorgfalt und Weitsicht wahr werden konnte. Und dass Glück an Pers Seite wahr werden konnte, glaubte sie ganz sicher.

Kapitel 24

Die Verlobungsfeier fand für Rosemaries Geschmack in einem viel zu kleinen Rahmen statt. Frieda und Per waren sich einig gewesen, dass nur seine Eltern und Geschwister dazu eingeladen werden sollten. Sein Bruder konnte aus gesundheitlichen Gründen nicht kommen, seine Schwester musste absagen, weil sie gerade ihr fünftes Kind zur Welt gebracht hatte. Dass Hans in Fuhlsbüttel in Gewahrsam war, tat Frieda zwar weh, andererseits hätte sie den ganzen Abend fürchten müssen, dass er sich mal wieder gründlich danebenbenahm. Umso glücklicher war sie, dass Clara ihrer Einladung gefolgt war. Frieda hatte sie zwar überreden müssen, doch sie war gekommen!

Erfreulicherweise hatte Pers Vater nichts mit Reeder Rickmers gemein, sondern war ein humorvoller Mann mit großem Interesse an den geschäftlichen Ambitionen seiner Schwiegertochter. Seine Frau besaß ein feines Gespür für Menschen und Stimmungen. Sie wandte sich schnell Rosemarie zu, lobte die geschmackvolle Einrichtung, fragte nach Rezepten der verschiedenen Gänge und wollte unbedingt mit Rosemaries Schneiderin bekannt gemacht werden. Henriette hatte gerade die Dessertschalen abgeräumt und sich verabschiedet, als es klingelte.

»Nanu, kommen doch noch Überraschungsgäste?«, juchzte Rosemarie ein wenig überdreht.

»Sie entschuldigen mich.« Albert ging nachsehen. Per kniff das linke Auge zu. Es dauerte und dauerte. Vater sprach bemüht leise mit einer Frau. Zunächst versuchten noch alle, ein Gespräch am Leben zu halten, dann richtete sich die gesamte Konzentration auf den späten Gast.

»Wer kann das bloß sein?« Frieda stand auf. »Ich werde mal …«

Da trat eine Frau in das Speisezimmer, Albert direkt hinter ihr. Die Fremde hatte einen abgenutzten braunen Lederkoffer bei sich, trug einen für die ersten Herbststürme viel zu dünnen Mantel, unter dem sich ein mächtiger Bauch wölbte.

»Ich bin Selma. Ich möchte Hans Hannemann sprechen, bitte«, sagte sie mit leiser, aber fester Stimme. Selma, den Namen hatte Frieda schon gehört. Wenn sie nur wüsste, wo.

»Wie ich Ihnen schon sagte, der ist im Moment nicht da.« Albert wirkte völlig hilflos.

»Aber er wohnt doch hier?«

»Ja, hin und wieder jedenfalls«, schwindelte Rosemarie. »Was wollen Sie denn von ihm? Albert, würdest du die Dame bitte wieder hinausbegleiten? Es ist jetzt doch wirklich unpassend. Die Kinder sollen heute doch ganz im Mittelpunkt stehen, nicht wahr, mein Herz?« Sie sah Zustimmung heischend in die Runde.

Frieda wechselte einen Blick mit Clara. Deren Miene war versteinert. Wahrscheinlich befürchtete sie das Gleiche wie Frieda. Sie rückte der Fremden einen Stuhl zurecht. Die Frau sah völlig erschöpft aus.

»Setzen Sie sich doch erst mal«, sagte Frieda sanft. »Können wir etwas für Sie tun?«

»Danke.« Sie stellte ihren Koffer neben die Tür und setzte sich an den Tisch. Alle Augen waren auf sie gerichtet. »Mein Name ist Selma Blumenstein. Ich bekomme ein Kind von Hans.«

»Grundgütiger, ein Judenbalg!« Rosemarie sprang auf, taumelte. »Nehmen wir den Kaffee doch im Salon«, stammelte sie und rannte beinahe hinaus. Blumenstein, der Name an der Wohnung in Berlin.

Selma Blumenstein. Den Namen hatte Hans genannt, als man ihn abgeführt hatte. Du musst zu Selma gehen, sie hat die Briefe. Was hatte das zu bedeuten?

»Ist Frieda Hannemann vielleicht zu sprechen?«, fragte Selma.

»Das bin ich.«

»Ich habe Ihnen etwas mitgebracht. Könnten wir …? Kann ich alleine mit Ihnen sprechen?«

»Ein Kaffee zum Abschluss ist eine gute Idee«, meinte Pers Mutter, als sei nichts geschehen. »Gehen wir in den Salon. Die beiden Damen kommen nach, wenn sie alles besprochen haben, denke ich.« Sie warf Frieda und Selma einen gütigen Blick zu und führte ihren Mann und ihren Sohn zur Tür, Albert folgte ihnen.

»Ich muss dann auch los«, brachte Clara mühsam beherrscht hervor und verabschiedete sich eilig.

»Brauchst du mich?«, fragte Per, ehe er das Speisezimmer verließ.

Sie lächelte. »Nein, danke. Ich komme gleich nach.« Er nickte und ging. Selma stand auf und holte ein Päckchen, das in braunes Papier eingeschlagen war, aus ihrem Koffer.

»Die hat Hans in meiner Wohnung aufbewahrt. Mal sagte er, er hätte sie verbrennen sollen, dann wieder hat er geweint und gesagt, er müsste sie Ihnen geben.« Sie sprach leise und mit Bedacht und klopfte auf das Bündel. »Das sei seine Versorgungssicherheit, hat er behauptet. Dann wieder hat er sich Vorwürfe gemacht und gesagt, er hasst sich dafür, sie Ihnen vorenthalten zu haben. Er hätte Ihnen das Herz gebrochen.«

In Frieda kroch eine Ahnung hoch, die ihr die Kehle zuschnürte. Während Selma weitersprach, wickelte sie den Stapel aus dem Papier. »Nelson hat mir gesagt, dass sie Hans verhaftet haben.« Sie legte eine Hand auf ihren prallen Bauch. »Ich kann mein Kind nicht alleine ernähren. Ich wusste nicht, wohin ich sonst hätte gehen soll. Außerdem dachte ich, Sie sollten das hier vielleicht haben.« Das Packpapier fiel zu Boden, Selma reichte Frieda einen Stapel Briefe. Frieda erkannte Jasons Schrift sofort.

Frieda hatte die Verlobungsfeier für beendet erklärt. Sie müsse sich um Selma kümmern, die immerhin einen Hannemann-Spross unter dem Herzen trug. Dann hatte sie Selma ein Lager in ihrem Salon hergerichtet.

In der Nacht fand sie keinen Schlaf, wieder und wieder las sie die Briefe, versuchte irgendetwas darin zu finden, das ihr sagte, was sie tun sollte. Lange nach Mitternacht stand sie auf, zog sich eine Jacke über und ging in den Garten. Der Mond stand hoch am Himmel, und sie hörte aus der Ferne das geheimnisvolle Murmeln der Elbe. Sie dachte an Pers Worte, ehe er ihr eine gute Nacht gewünscht hatte. Mit einem Mal wurde sie ganz ruhig, sie wusste, was zu tun war.

Am nächsten Morgen fuhr Frieda zum Zentralgefängnis in Fuhlsbüttel, wo Hans in der Anstalt für männliche Gefangene einsaß. Sie musste bei der Leitung vorsprechen, weil ihr Besuch nicht angekündigt war, nach einigem Hin und Her bat man sie schließlich in einen Raum, in dem sie warten sollte. Die Minuten verstrichen quälend langsam. Endlich brachte ein Uniformierter ihren Bruder herein.

»Frieda, Schwesterchen!« Er sah elend aus, noch dünner als zuvor, mit gelblich-blasser Haut. Hoffnung trat in seine matten Augen. »Holst du mich hier raus? Bitte, ich flehe dich an, du musst mich hier rausholen! Ich halte das nicht länger aus.« Er schluchzte auf, wollte nach ihrer Hand greifen, sofort war der Uniformierte bei ihm und hielt ihn zurück.

»Hinsetzen, reden, das ist alles, was Ihnen erlaubt ist.«

Sie setzten sich einander gegenüber an einen einfachen kleinen Tisch. Sofort begann Hans wieder, sie anzuflehen. Er war mit den Nerven wirklich am Ende, und er dachte wieder einmal nur an sich.

»Du hast Jasons Briefe abgefangen«, sagte sie und musste schlucken. Es tat noch immer schrecklich weh. Frieda verdrängte die Zeilen, die mit einem Schlag ihren Kopf und ihr Herz ausfüllten. Warum antwortest du nicht mehr? Ich liebe dich, Frieda, ich vermisse dich mehr, als du dir vorstellen kannst. Komm zu mir nach Indien, ich bitte dich! Einmal war sogar eine Fahrkarte für das Schiff dabei. Und auch ein Brief von Liz hatte in dem Packen gelegen, in dem sie erklärt hatte, dass ihre Mutter gestorben sei und sie deshalb zurück nach England gehen musste. Ich würde dich vor meiner Abreise gerne sehen. »Wie konntest du …?«

Er nahm sie wörtlich. »Ich habe Henriette Geld gegeben. Die hat jedes Kuvert an dich abgefangen und auch deine Briefe nicht zur Post gebracht.« Henriette also. Daher hatte sie das Geld, sich ständig neue Kleider zu kaufen. Frieda spürte wieder diese Wut in sich aufsteigen, die ihr selber unheimlich war, weil sie so groß war und so gewaltig, dass Frieda fürchtete, zu allem fähig zu sein. »Ich musste das machen«, hörte sie ihn wie durch einen Nebel. »Clara wollte es so.« Mit einem Schlag war der Nebel fort.

»Was hat die damit zu tun?«

»Das war meine Gegenleistung für die Rauschmittel. Wenn ich's nicht gemacht hätte, hätte sie mir nichts mehr beschafft. Dass du seine Briefe nicht kriegst, war das Einzige, was sie von mir verlangt hat.«

»Ich habe mit Clara gesprochen, Hans«, sagte sie hart. »Zwischen uns ist alles geklärt.«

Er starrte sie an. Da hatte er sich ein so schönes Lügengeflecht ersponnen, hatte immer einen Schuldigen im Ärmel, auf den er alles schieben konnte, und doch hatte die Wahrheit ihren Weg gefunden. Er wurde ganz blass.

»Wie kannst du nur?«, zischte sie. »Du hast ihr erst ein Kind angehängt und es ihr dann genommen, du hast ihre berufliche Zukunft riskiert, das Einzige, was sie noch hatte. Und du hast unsere Freundschaft zerstört, hast uns gegeneinander ausgespielt und tust das selbst jetzt noch.« Frieda schossen Tränen in die Augen, die Wut wurde zu einem harten Kloß, der sich in ihrem Hals festsetzte. »Es ist vorbei, Hans, begreifst du das nicht?«

»Bitte, Schwesterchen, du musst das verstehen. Was hätte ich denn machen sollen? Wenn du die Briefe bekommen hättest, dann wärst du gegangen. Du hättest mich alleinegelassen. Was wäre dann aus mir geworden? Das musste ich doch verhindern!«

»Aufhören.« Sie erkannte ihre Stimme selbst nicht mehr. »Du hättest mit dem Zeug aufhören sollen und endlich erwachsen werden, das hättest du machen sollen. Du hast alles kaputtgemacht.«

»Ich habe es auch für dich getan«, wimmerte er. »Dieser Kerl ist schon ewig weg, während du hier vertrocknest. Du brauchst endlich mal einen Mann, du musst endlich die Liebe erleben.«

Frieda stand auf. Sie musste sich am Tisch festhalten. Hans wich zurück. »Ich glaube nicht, dass du auch nur eine Ahnung hast, was Liebe bedeutet«, sagte sie kaum hörbar.

»Bitte, meine kleine Frieda, hol mich hier raus, ja? Ich werde mich auch bei Clara entschuldigen, und ich nehme nichts mehr, keine Rauschmittel, nicht mal mehr Alkohol.« Er lachte gequält. »Es kann doch alles gut werden, jetzt hast du ja die Briefe.«

»Die Briefe sind zu spät gekommen«, sagte sie leise. »Nur einen Tag zu spät. Wenn ein Unglück geschieht, das nicht zu verhindern war, dann halte ein Sprungtuch bereit.« Sie holte tief Luft und ging zur Tür. Ohne sich noch einmal umzudrehen, sagte sie: »Übrigens, Selma ist in Hamburg. Sie erwartet ein Kind von dir. Aber das weißt du sicher. Dieses Mal ist es zu spät, es wegmachen zu lassen.«

Auf dem Heimweg kam Frieda an einem Postamt vorbei. Jasons letzter Brief war ein Abschied. Ich muss davon ausgehen, dass du nicht mehr an mich denkst. Wahrscheinlich hast du einen anderen getroffen. Ich kann es dir nicht verdenken. Sollte sie ihm schreiben? Sie zögerte. Er hatte ein Recht auf die Wahrheit. Nein. Sein letzter Brief war eine Weile her. Warum Wunden aufreißen, die sicher längst verheilt waren? Jason hatte sie sehr gerngehabt, daran bestand kein Zweifel. Trotzdem war er Hals über Kopf gegangen, ohne ihr Zeit zum Überlegen zu geben. Trotzdem war ihm der Wille seines Vaters wichtiger gewesen als ihre Chance, in Ruhe eine Entscheidung zu treffen und diese auch mit Bedacht umzusetzen.

Per war ganz anders, er war einfach wunderbar. Als sich die Aufregung am Abend gelegt hatte, war er noch einmal zu ihr gekommen.

»Ich hätte dir mein Verlobungsgeschenk gern unter erfreulicheren Umständen gemacht«, hatte er gesagt und sanft gelächelt. »Es gibt da ein Haus in der Nähe von Jenischs Landschaftspark. Wir werden es uns ansehen, und wenn es dir gefällt, werde ich es kaufen. Es ist kein Palast, aber doch recht geräumig. Was meinst du, wollen wir dort für Selma und Hans' Kind ein paar Zimmer einrichten?«

Alles fügte sich. Vor Frieda lag die Zukunft, die sie sich immer gewünscht hatte. Auf das Kribbeln und Flattern, das sie bei Jason kennengelernt hatte, konnte sie verzichten. Das war vorüber, ehe man Labskaus sagen konnte. Die Wärme und tiefe Zufriedenheit, die sie erfüllten, wenn sie nur an Per dachte, würden ein Leben lang bleiben. Frieda lächelte. Bis dass der Tod uns scheidet.

Anmerkung & Nachwort

Einige Straßennamen, die im Buch vorkommen, haben sich inzwischen geändert. Um die Handlung auf einem aktuellen Stadtplan nachvollziehen zu können, hier die alten und neuen Namen:

Damals	Heute
Alsterdamm	Ballindamm
Elbstraße	Neanderstraße
Pferdemarkt	etwa am Gerhart-Hauptmann-Platz
Ballinhaus	Meßberghof

Berlin:

Auguste-Viktoria-Platz	Breitscheidplatz

Wie immer habe ich Wert darauf gelegt, dass die Historie richtig ist. Das heißt, sowohl Hamburgs Geschichte als auch die des Kakao-Imports sind gründlich recherchiert und an die Geschichte des Hamburger Handelskontors Albrecht & Dill angelehnt. Wenn Reeder, Architekten, Senatoren und andere Persönlichkeiten mit Namen genannt sind, so haben diese zur besagten Zeit eine Rolle gespielt und für die Stadt eine Bedeutung. Um niemandem ungerechtfertigterweise einen schlechten Charakter anzudichten, habe ich nur die realen Familiennamen verwendet, dann aber jeweils einen beliebigen Vornamen gewählt und damit einen Spross geschaffen, den es nur in meinem Roman gibt.

Für den Kunstmaler Alfred Fellner stand Arnold Fiedler Pate, der von 1900 bis 1985 gelebt hat.

Das Warenhaus Mendel ist eine Anlehnung an das damalige Warenhaus Hermann Tietz, das später als Alsterhaus bekannt wurde.

Ein Cocoa-Dinner wird traditionell alle vier Jahre vom Verein der am Rohkakaohandel beteiligten Firmen e.V. in Hamburg ausgerichtet. Die Termine der ersten Veranstaltungen waren nicht auffindbar, darum habe ich einen passend in die Handlung eingearbeitet.

Die Geschichte des sogenannten Weihnachtsfriedens 1914 gab es tatsächlich. Er ereignete sich vor allem zwischen britischen und deutschen Soldaten an der Westfront. In der Realität dauerte er teilweise bis in den Januar und musste durch heftige Strafandrohungen der Befehlshaber beendet werden.

Hälssen & Lyon ist ein Hamburger Teehandelsunternehmen, das seit 1879 existiert. Heute ist es in den Händen der Familie Ellerbrock. Seine Rolle im Roman ist frei erfunden.

Das Nelson Theater existierte von 1920 bis 1933 am Standort des heutigen Astor Kinos in Berlin. Gründer Rudolf Nelson hieß eigentlich Lewysohn und war Jude.

Danksagung

Mein Dank geht zuallererst an Christoph Kröger, der mir ohne Zögern die Chronik seiner Firma Albrecht & Dill zu lesen gegeben und viel über seine Eltern erzählt hat. Sie standen für die beiden Hauptfiguren Frieda und Ernst Krüger Pate. Ich hoffe, dass ich ihnen, wenn meine Geschichte auch nur leicht an ihr Leben angelehnt ist, ein würdiges Denkmal setzen konnte.

Ein weiterer Dank geht an Ingo Vierk von Pepper Tours für die interessante Führung durch Hamburgs alte Speicher!

Ein ganz besonders dickes Dankeschön sage ich meinen beiden Testlesern Sandra und Mark, die mich mit ihrem Lob ebenso motiviert und bestätigt, wie mit ihrer Kritik angeregt haben, einige Punkte oder Passagen noch einmal kritisch unter die Lupe zu nehmen. Ihr habt dazu beigetragen, dass das Ergebnis ist, wie es ist!

Außerdem danke ich dem Aufbau Verlag und hier allen voran meiner Lektorin Anne Sudmann und Reinhard Rohn von ganzem Herzen für das große Vertrauen und die behutsame kreative Zusammenarbeit.

Joan
Weng

Die
Frauen
vom
Savignyplatz

Roman

atb

BERLIN

Frühling 1916

1. Kapitel

»Ungemachte Betten sind aller Laster Anfang! Wie oft soll ich es dir noch sagen? Bei schlampig gemachten Betten fängt es an, und ich darf mir gar nicht vorstellen, wo es endet!« Einen Moment unterbrach Vickys Mutter ihren Monolog. Einerseits, um in Gedanken an das schmachvolle Ende ihrer Tochter zu schaudern, andererseits, um für das große Finale ihrer Strafpredigt noch einmal Luft zu schöpfen: »Ich sterbe vor Scham, wenn ich mir ausmale, was der Herr Tucherbe Ebert von mir denkt, wenn er im Juni so ein kleines Lotterflittchen zur Frau bekommt. Denn auf wen fällt die mangelnde Erziehung am Ende zurück? Auf wen werfen Falten auf dem Bettzeug am Ende ein schlechtes Licht?«

»Auf die Frau Mama, Frau Mama«, entgegnete Vicky betont gehorsam. Um des lieben Friedens willen verkniff sie sich auch den Hinweis, dass *Tucherbe* entgegen der Meinung ihrer Mutter gemeinhin kaum als fester Namensbestandteil galt und die Familie Ebert des Weiteren Strümpfe herstellte. Vermutlich aus Seide oder Wolle, aber ganz sicher nicht aus Tuch. Und weil ihre Mutter mit einem gefallenen und zwei weiteren Söhnen an der Front genug Kummer hatte, ergänzte sie mit dem gesenkten Blick einer braven Tochter: »Es tut mir leid.«

»Das will ich dir auch geraten haben. Mit siebzehn Jahren kann man von einem Mädchen ja wohl durchaus etwas Anstand und Sitte erwarten. Als ich in deinem Alter war, da war ich schon Frau Metzgermeister Greiff, da hatte ich schon Otto, Gott habe ihn selig, und mit Peter war ich in anderen Umständen. Dein Herr Papa hätte wenig Nachsicht gehabt, wenn ich derartige Saumseligkeiten an den Tag gelegt hätte.« Sie seufzte und musterte den Verkaufsraum der Metzgerei Greiff & Söhne. Pieksauber und das Glas vor der kriegsbedingt sehr leeren Auslage spiegelblank. »So! Fertig.«, stieß sie hervor und wrang den Wischlumpen aus, was Vicky als Zeichen nahm, mit ihrem nachlässigen Wienern der Registrierkasse aufzuhören.

»Ach, der Herr Tucherbe Ebert ist so ein feiner Herr!«, hauchte ihre Mutter jetzt, und Vicky nickte stumm. Ihre Gedanken waren bei ihrem gefallenen Bruder. Auch von Bambi und Peter, ihren anderen Brüdern, hatten sie schon lange keine Post mehr bekommen. Vicky seufzte, sie durfte der Mutter wirklich nicht noch zusätzlichen Kummer bereiten, indem sie sich so abschätzig über den von den Eltern sorgsam ausgewählten Verlobten äußerte.

Dabei wäre ihr durchaus manches eingefallen. Es begann bei Kleinigkeiten, zum Beispiel, dass sie kaum wusste, wie der Herr Ebert aussah, ihn aber als eher klein und blässlich-blond in Erinnerung hatte. Still und sehr höflich war er gewesen.

Vicky, aufgewachsen zwischen den groben Scherzen wandschrankbreiter Metzgergesellen, war bei ihren drei Brüdern früh zur lachenden Komplizin ungezählter Weibergeschichten geworden – leichtfertige, herrlich verwegene Abenteuer, die im gleißenden Gegensatz zu Eberts langweiliger Höflichkeit standen. Nach Meinung von Vickys Eltern hing der Gedeih einer Ehe jedoch kaum von derart kleinlichen Geschmacksfragen ab, da zählten ganz andere Dinge, Sockenfabriken nämlich!

Jetzt war es an Vicky, zu seufzen. Man hatte ihr beigebracht, dass die Liebe mit der Zeit kommen würde, und sie wollte es ja auch glauben, aber trotzdem … heftig schlug sie das Metallgitter vor der Eingangstür zurück, blinzelte einen Moment in das grelle Frühmorgenlicht und nuschelte dann: »Ich finde aber wirklich, er hätte mich zuerst selbst fragen sollen. Es alles mit Papa zu besprechen, war nicht eben romantisch.«

»Romantisch? Ach, Gusta!« Da war er wieder, der verhasste, altmodische Name, auf den ihre Eltern sie hatten taufen lassen. Und als wäre einmal nicht schlimm genug, wiederholte ihre Mutter: »Gusta, wirklich, du bist doch kein Kind mehr.« Sie gab ihr einen flüchtigen Kuss auf den blonden Scheitel und schnipste ein unsichtbares Staubflöckchen von Vickys frisch gestärkter weißer Überschürze. »Hübsch bist du, nur sollte ich dich nicht so viele von diesen albernen Romanen lesen lassen. Dein Herr Papa ermahnt mich deswegen oft genug, davon bekomme ein Mädchen wirre Vorstellungen vom Leben. Aber jetzt zu den wichtigen Dingen. Wenn die Köchin des Herrn Oberst kommt, dann weißt du, was du zu tun hast?«

Vicky nickte und zeigte mit dem Kinn in Richtung der Luke zum Eiskeller. »Die Rindersteaks.«

»Schsch!«, machte ihre Mutter ärgerlich, dabei waren sie nicht nur allein im Laden, auch die Straße vor dem Schaufenster lag in morgendlicher Verlassenheit. »Ich bin oben. Wenn du Hilfe brauchst, ruf.«

Abermals nickte Vicky. Seit Otto gefallen war, ließ die Mutter sie oft allein im Laden, und wenn Vicky doch einmal um Unterstützung rief, dauerte es lang, bis sie kam – das Korsett hastig geschnürt und die Augen trocken, aber rot verschwollen. Nein, sie durfte der Mutter nicht noch weiteren Kummer bereiten.

Sie lauschte den sich entfernenden Schritten, und erst als die Wohnungstür im ersten Stock ins Schloss gefallen war, entnahm sie den Tiefen ihrer Schürze die aktuelle Ausgabe der *Mädchenpost*. Da erschien gerade *Mamsell Sonnenschein*, ein neuer und, wie auf der Titelseite zu lesen war, exklusiv für *Die Mädchenpost* geschriebener Fortsetzungsroman von Courths-Mahler. Ein seliges Lächeln umspielte Vickys Mundwinkel. Wenn sie Glück hatte, kam den ganzen Morgen kein Kunde.

Fleisch war zwar eigentlich nicht knapp, aber Fleisch, das man regulär in einer Metzgerei erstehen konnte, das war es durchaus. Man munkelte, demnächst würden wie beim Brot Marken eingeführt, doch bis dahin liefen die Geschäfte über das Damenkränzchen ihrer Mutter, die Kegelbrüder ihres Vaters und über die Nachbarschaft.

Vicky verstand wenig von all dem, genau wie sie so erschreckend wenig vom Krieg verstand. Zeitungen durfte sie seit dem Juli vor zwei Jahren überhaupt nicht mehr lesen, derartige Lektüre war nach Meinung des Vaters Gift für ihr zartes Gemüt. Von solcherlei Themen bekämen junge Mädchen Keuchhusten und Fieberkrämpfe, weshalb man auch bei Tisch nicht darüber sprach. Anfangs hatte ihr das Verbot nicht viel ausgemacht, schließlich wurde das Fleisch beim Verkauf in die Zeitung vom Vortag gewickelt, ob sie vom Beginn der Belagerung Antwerpens gestern oder heute erfuhr, war ja im Grunde egal. Leider hatte der Vater sie während des Weihnachtsfriedens beim Lesen erwischt, das hatte Prügel gesetzt, und dann war von irgendwoher ein ganzer Pferdekarren voll Einschlagpapier gekommen: Die Jahrgänge 1890 bis 1895 der *Allgemeinen Zeitung der Lüneburger Heide*. Das bisschen, was sie nun wusste, hatte sie sich mühsam zusammengetragen: Bei ihren weniger behüteten Freundinnen aufgeschnappt oder es stammte aus den Briefen ihres Lieblingsbruders Bambi. Die Post wurde zensiert, aber eine Sache war ihr trotzdem nur allzu bewusst: dass Bambi große Angst hatte zu sterben. Anders als Peter und Otto lag er an der Ostfront, dort ging es wohl recht beschaulich zu – nicht so wie im Westen.

Vicky hatte es dem nächtlichen Gespräch der Eltern erlauscht, da hatte es gerade eine Schlacht bei? … um? … Verdun gegeben, in der war Otto gestorben und ihr Peter verwundet worden. Der Onkel ihrer Freundin Lisbeth, beide Brüder einer ehemaligen Klassenkameradin und der Ehemann der Köchin waren gefallen. Einer ihrer ehemaligen Metzgergesellen galt als vermisst und ihr Postbote hatte beide Beine verloren. Verdun musste also eine große Schlacht gewesen sein. Sicher wusste Vicky eigentlich nur, dass der Kaiser den Krieg nicht gewollt hatte, Deutschland ihn aber sehr bald schon gewinnen würde, zumindest sagten das vom Vater bis zum Pastor alle, und deshalb würde es vermutlich stimmen. Hoffte sie. Und bevor die zweiflerischen Stimmen in ihrem Kopf zu laut wurden, schlug sie entschlossen *Die Mädchenpost* auf. Doch sie hatte kaum den ersten Satz gelesen, als das Scheppern der Türglocke einen Kunden ankündigte.

Vicky blickte auf. In der Tür, das Licht im Rücken, stand ein Mann. Seine Schultern füllten den Rahmen fast vollkommen aus, etwas, das sie bisher nur von ihren Brüdern Peter und Otto kannte und sie einen winzigen Moment mit der aberwitzigen Hoffnung erfüllte, Peter sei unerwartet auf Fronturlaub.

»Haben Sie offen?« Die Stimme jedoch war fremd, hatte nicht einmal die wohlvertraute Berliner Färbung.

»Ja, natürlich. Kommen Sie herein«, entgegnete Vicky und ließ die Zeitschrift verstohlen in die Tasche ihrer Schürze gleiten. »Womit kann ich Ihnen helfen?«

Der Mann trat in den Laden und bei jedem Schritt knallten seine schweren Lederstiefel auf dem frisch geputzten Fliesenboden. Er trug einen etwas schmutzigen Zivilmantel, darunter eine Leutnantsuniform, weder Mütze noch Hut. Seine Haare leuchteten karottenrot, und er hatte sich ganz offensichtlich heute nicht rasiert. Vermutlich hatte er auch bisher kein Bett gesehen. Er wirkte eindeutig verkatert.

»Ich möchte etwas kaufen«, erklärte er. Er sprach mit leicht bayrischem Dialekt. »Ein Rindersteak, wenn Sie haben. Notfalls tut's ein Kotelett.«

»Wenn Sie mir die Bemerkung gestatten, Ihnen wäre mit einem Rollmops oder einem sauren Hering besser gedient.« Gegen ihren Willen und gegen die eisernen Gebote ihres Vaters, niemals fremde Herren anzulächeln, musste Vicky grinsen. Der Geruch nach kaltem Rauch, Schnaps und Leder, der dem Mann anhaftete, war ihr von ihrem Bruder Peter wohlvertraut, machte sie plötzlich zur Komplizin des Fremden, so wie sie nach durchzechten Nächten stets Peters Komplizin gewesen war. »Wenn Sie sich in Charlottenburg nicht auskennen, erkläre ich Ihnen gern, wo Sie ein Glas Heringe kaufen können.«

»Nein, ich brauche wirklich ein Steak!«, beharrte der Rothaarige, wobei er den Kopf etwas zu ihr drehte und auf sein rechtes Auge zeigte. Und jetzt sah sie es, der Mann hatte ein Veilchen. »Verstehen Sie?«

Vicky schluckte. Ihr kamen plötzlich die Tränen. Ihre Brüder fehlten ihr so furchtbar. Sie hatte solche Angst, dass sie sterben könnten, sterben würden, wie Otto einfach gestorben, einfach weg war. Ein offizieller Brief und seine Sachen und dann nichts mehr, nie mehr.

Um Peter sorgte sie sich nicht so sehr, Peter hatte sich freiwillig gemeldet, Peter war inzwischen Leutnant, er war dafür gemacht. Aber Bambi nicht! Männer wie er brachten es nicht weiter als zum Gefreiten und Gefreite wie Bambi fielen. Es war eine Sache der Hände. Man brauchte sich nur Bambis Finger ansehen, klein, schmal, mit scharf hervortretenden Gelenken und muschelrosa Nägeln. Mit solchen Händen überlebt man keinen Krieg.

Vicky schluckte abermals und noch einmal und noch einmal. Es half nichts, eigentlich half es ja nie, und sich die nassen Augen mit dem Ärmel wischend, stammelte sie: »Bitte entschuldigen Sie. Entschuldigen Sie vielmals, Sie erinnern mich nur so furchtbar an jemanden. An jemanden ... jemanden, der mir sehr viel bedeutet. Ich weiß gar nicht, warum. Sie sehen ihm nicht einmal ähnlich. Vielleicht, weil Sie ungefähr gleich alt sind? Bitte entschuldigen Sie.«

Abermals verstieß sie gegen das väterliche Gebot. Noch immer weinend, lächelte sie den Fremden an, um Verständnis bittend diesmal, und der Mann beugte sich über den Verkaufstresen, fuhr ihr mit dem Daumen über die feuchten Wangen, wischte die Tränen einfach fort. »Ist schon in Ordnung. Ist doch schon wieder gut. Wo ist er denn stationiert?«

»An der … Ostfront.« Das war irgendwie die Unwahrheit, denn der breite Fremde erinnerte sie an den im Westen stationierten Peter, aber sie konnte ihm ja kaum ihre komplette Familiengeschichte, inklusive ihrer Theorie zu der Verbindung von Sterblichkeit und rosa Nägeln erklären, und so wiederholte sie eilig: »An der Ostfront. Ich weiß, die gilt als sicher, aber ich habe trotzdem solche Angst um ihn. Einmal, da hat er für mich Sonnenblumen geklaut, ich bin vollkommen verrückt nach Sonnenblumen, und als er gerade wieder über den Zaun kletterte, kam der Gartenbesitzer aus dem Haus, und er musste fliehen. Und bei der Flucht ist er gegen eine Litfaßsäule gelaufen und hatte ein blaues Auge und … bitte entschuldigen Sie, das ist für Sie natürlich vollkommen gleichgültig.«

Einige Male holte sie tief Luft, fasste sich und fragte dann mit zittriger Ruhe: »Was wollten Sie noch einmal kaufen?«

»Ein Steak.«

Eigentlich hätte Vicky nun sagen müssen, dass sie aufgrund kriegsbedingter Knappheit leider keine Steaks hatten, sie ihm aber Pferdesalami und Leberwurst empfehlen könne. Ihr Vater hatte sie ausdrücklich angewiesen, die Leberwurst rasch zu verkaufen, die hielt sich schlecht – des großen Anteils an Steckrüben wegen –, doch zu ihrer eigenen Überraschung hörte sie sich sagen: »Dafür muss ich in den Eiskeller. Warten Sie bitte einen Moment.«

Würde die Köchin des Herrn Oberst eben ein Steak zu wenig bekommen und eine Szene machen, würde die Mutter Vicky deswegen eben anbrüllen und der Vater sie dafür vertrimmen, seltsam egal war ihr all das plötzlich. Da, wo der Daumen des Rothaarigen ihr über die Wange gefahren war, fühlte die Haut sich noch immer wärmer an.

»Das geht aufs Haus.« Vicky schüttelte den Kopf, als der Mann seine Geldbörse zückte. Inzwischen fast schon gewohnheitsmäßig gegen die väterliche Anordnung verstoßend, reichte sie ihm lächelnd sein in die Geburtsanzeigen der *Lüneburger Heide* geschlagenes Stück Fleisch. »Sie wissen doch: *Ohne Brot kein Sieg.*«

»Danke.« Etwas umständlich begann er, das Paket in einer Innentasche seines Mantels zu verstauen. »Vielen Dank, das ist sehr großzügig.«

Er wandte sich zum Gehen, doch in der bereits geöffneten Tür drehte er sich ruckartig um: »Bitte sehen Sie mir die Frechheit nach, Sie haben ja selbst gemerkt, ich bin noch halb betrunken, aber ich muss es Ihnen einfach sagen: Ich beneide Ihren Mann. Oder Ihren Verlobten. Ich gäbe den Blauen Max, den ich nicht habe, und das Eiserne Kreuz, das ich auch nicht habe, darum, an seiner Stelle zu sein. Ich bin sicher, wenn er weiß, dass Sie zu Hause auf ihn warten, wird er sehr vorsichtig sein. Ihm wird nichts passieren.«

»Wie bitte?« Verwirrt starrte Vicky ihn an. Wovon sprach er? Herr Ebert war doch sowieso die Vorsicht in Person, außerdem hatte er dank bester Beziehungen einen wunderschönen Druckposten bei einer Feldpostsammelstelle. Der lief höchstens Gefahr, sich an einem Blatt Papier zu schneiden. »Wovon reden Sie denn bloß?«

»Ich wäre gern der Mann, wegen dem Sie geweint haben«, erklärte der Rothaarige und auch er klang nun reichlich durcheinander.

»Aber wieso?«, stammelte Vicky. Sie tat sich ein wenig schwer mit der Konzentration, solange sie dieser Leutnant aus seinem einem gesunden Auge ansah. »Warum, um alles in der Welt, wollen Sie mein Bruder sein?«

»Ihr Herr Bruder?« Plötzlich lachte der junge Soldat, breit, laut und sehr erleichtert. »Also, da haben Sie recht. Ihr Bruder möchte ich wirklich nicht sein, nicht für alles Geld der Welt. Aber heute Abend mit Ihnen spazieren gehen, das möchte ich. Ich bitte Sie, gehen Sie mit mir spazieren, bis dahin bin ich wieder nüchtern. Sie werden staunen, wie zivilisiert ich sein kann. Ich werde keine dreisten Komplimente mehr machen und mich ganz tadellos betragen. Geben Sie mir eine Chance. Ich bitte Sie!«

Sie schwieg.

Im Gegensatz zu allen Rothaarigen, die Vicky kannte, hatte er keine blauen oder grünen, sondern braune Augen. Sie hatte noch nie einen Rothaarigen mit braunen Augen gesehen. Darüber dachte sie nach und darüber, dass sie mit dem Herrn Ebert verlobt war, zumindest aus Sicht der Eltern und vermutlich auch aus Sicht des Herrn Ebert. *Die Mädchenpost* in ihrer Schürzentasche knetend befand sie, dass man den Eltern keinen Kummer machen durfte und hübsche, verkaterte Leutnants mit Veilchen und ohne Tapferkeitsorden waren genau die Sorte Männer, die einem am Ende Kummer bereiteten. Ganz sicher waren solche Männer kein Umgang für eine Augusta Greiff, wohlanständige Tochter des Metzgermeisters Greiff, treusorgende Verlobte des Strumpffabrikerben Ebert.

»Ich kann nicht mit Ihnen flanieren. Es tut mir leid.«

Er nickte, sehr beherrscht. »Natürlich. Das verstehe ich.«

Er hatte wirklich die hübschesten braunen Augen, die sie je gesehen hatte, selbst jetzt, wo das rechte halb verschwollen war. Vielleicht waren Männer mit so hübschen Augen und so breiten Schultern aber ja Umgang für Mädchen, die sich Vicky nannten und Einschlagzeitungen lasen? Mädchen, die nachts bei weit geöffnetem Fenster rauchten und sich mit der Pinzette heimlich die Haare von den Beinen zupften? Mädchen, denen es beim Tischgebet manchmal vor Sehnsucht nach Leben den Hals zudrückte?

Sie lauschte, im ersten Stock war die Tür aufgegangen, weshalb Vicky leise zischte: »Um halb sieben vor der Bäckerei Frech, kommen Sie erst raus, wenn Sie mich sehen. Sprechen Sie mich nicht an. Ich gehe voraus, Sie folgen mir mit Abstand auf der anderen Straßenseite.« Und laut sagte sie: »Wenn Sie keine Leberwurst kaufen möchten, muss ich Sie leider wirklich bitten, zu gehen. Auf Wiedersehen.«